Copyright © Mark Lawrence 2015
Tradução para a língua portuguesa
© Dalton Caldas, 2017

© HarperCollinsPublishers Ltd 2015,
design de capa
© Jason Chan, ilustração de capa
© Andrew Ashton, mapa

Os personagens e as situações desta obra
são reais apenas no universo da ficção;
não se referem a pessoas e fatos concretos,
e não emitem opinião sobre eles.

Diretor Editorial
Christiano Menezes

Diretor Comercial
Chico de Assis

Gerente de Novos Negócios
Frederico Nicolay

Editor
Bruno Dorigatti

Design e Adaptação de Capa
Retina 78

Designers Assistentes
Pauline Qui
Raquel Soares

Revisão
Marlon Magno
Nilsen Silva

Impressão e acabamento
Intergraf Ind. Gráfica Eireli

DADOS INTERNACIONAIS DE CATALOGAÇÃO NA PUBLICAÇÃO (CIP)
Angélica Ilacqua CRB-8/7057

Lawrence, Mark
 The Liar's Key / Mark Lawrence ; tradução de Dalton Caldas.
— Rio de Janeiro : DarkSide Books, 2017.
592 p. (A Guerra da Rainha Vermelha ; v. 2)

ISBN: 978-85-9454-048-5
Título original: The Liar's Key

1. Literatura inglesa 2. Ficção I. Título
II. Caldas, Dalton III. Série

17-1043   CDD 823.6

Índices para catálogo sistemático:
1. Literatura inglesa - Ficção.

DarkSide® Entretenimento LTDA.
Rua do Russel, 450/501 - 22210-010
Glória - Rio de Janeiro - RJ - Brasil
www.darksidebooks.com

LIVRO II

THE LIAR'S KEY

TRADUÇÃO
DALTON CALDAS

DARKSIDE

Dedicado à minha mãe, Hazel.

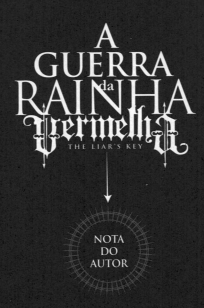

NOTA DO AUTOR

Para aqueles que precisaram esperar um ano por este livro, aqui está um breve lembrete do Livro 1, *Prince of Fools*, para refrescar suas memórias e evitar a enorme dor de fazer com que os personagens digam uns aos outros coisas de que já sabem em seu benefício. Aqui eu conto apenas o que tem importância para a história a seguir.

1. Jalan Kendeth (neto da Rainha Vermelha) e Snorri ver Snagason (um gigantesco viking) saíram de Marcha Vermelha (no norte da Itália) até o Gelo Mortal (no norte da Noruega), unidos por um feitiço que amaldiçoou um deles a ser jurado pela luz e o outro jurado pela escuridão.

2. Jalan agora é jurado pela escuridão e a cada pôr do sol recebe a visita de um espírito de mulher chamado Aslaug.

3. Snorri é jurado pela luz e visitado a cada nascer do sol por um espírito de homem chamado Baraqel.

4. Eles viajaram ao Forte Negro para resgatar a esposa e o filho sobrevivente de Snorri de Sven Quebra-Remo e agentes do Rei Morto, como necromantes, desnascidos e Edris Dean. Esse resgate fracassou. A família de Snorri não sobreviveu.

5. Jalan, Snorri e Tuttugu, um viking gordo e ligeiramente tímido, são os três sobreviventes da jornada até o Forte Negro. Eles retornaram à cidade portuária de Trond e passaram o inverno lá.

6. Snorri está com a chave de Loki, uma chave mágica que abre qualquer porta. O Rei Morto quer muito essa chave.

7. Dos inimigos do Forte Negro é possível que Edris Dean e vários outros de Hardassa (Vikings Vermelhos) tenham sobrevivido, junto com alguns necromantes das Ilhas Submersas.

8. A avó de Jalan, a Rainha Vermelha, permanece em Marcha Vermelha com sua irmã mais velha, conhecida como Irmã Silenciosa, e seu irmão mais velho e deformado, Garyus. Foi o feitiço da Irmã Silenciosa que uniu Snorri e Jalan.

9. Uma série de indivíduos poderosos usa magia para manipular os acontecimentos no Império Destruído, muitas vezes agindo como forças controladoras por trás de muitos tronos da Centena. O Rei Morto, a bruxa do gelo Dama Azul, Skilfar e o mago dos sonhos Sageous são quatro deles. Jalan conheceu Skilfar e Sageous a caminho do Forte Negro. O Rei Morto tentou matar Jalan e Snorri diversas vezes. A Dama Azul está travando uma longa e secreta guerra contra a Rainha Vermelha e parece estar guiando a mão do Rei Morto, embora talvez ele não saiba.

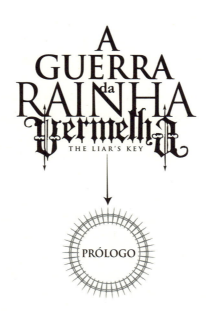

PRÓLOGO

Dois homens em um recinto com muitas portas. Um deles, com suas vestes, é alto e sério, marcado por crueldade e inteligência; o outro é mais baixo, bem magro, os cabelos como um choque de surpresa e trajando retalhos mutantes que confundem a visão.

O homem baixo ri, um som em vários tons, tão capaz de matar pássaros em pleno voo quanto fazer florescer os galhos.

"Eu o convoquei!", disse o homem alto, com os dentes cerrados como se ainda tentasse manter o outro em seu lugar, embora suas mãos estivessem ao seu lado.

"Um belo truque, Kelem."

"Você me conhece?"

"Eu conheço todo mundo." Um sorriso afiado. "Você é o mago das portas."

"E você é...?"

"Ikol." Suas roupas mudam, um quadriculado amarelo e esfarrapado sobre azul, onde antes era flor-de-lis escarlate no fundo cinza. "Olik." Ele dá um sorriso que fascina e corta. "Loki, se quiser."

"Você é um deus, Loki?" Não havia humor em Kelem, apenas controle. Controle e uma grande e terrível concentração nos olhos cinzentos como pedra.

"Não." Loki gira, olhando para as portas. "Mas sou conhecido por mentir."

"Eu chamei o mais poderoso..."

"Você não consegue sempre o que quer", respondeu, quase de maneira cantada. "Mas às vezes recebe o que precisa. E aqui estou."

"Você é um deus?"

"Deuses são chatos. Já estive diante do trono. Wodin fica sentado lá, aquele velho caolho, com seus corvos sussurrando em cada ouvido." Loki sorri. "Sempre os corvos. Engraçado isso."

"Eu preciso..."

"As pessoas não sabem do que precisam. Elas mal sabem o que querem. Wodin, pai das tempestades, deus dos deuses, severo e sábio. Mas principalmente severo. Você ia gostar dele. E observando – sempre observando; nossa, as coisas que ele já viu!" Loki gira para olhar o recinto. "Eu sou apenas um bobo da corte no salão onde o mundo foi feito. Eu salto, eu brinco, eu faço uma dança. Tenho pouca importância. Imagine, porém... se fosse *eu* quem fizesse os deuses dançarem. E se, lá no fundo, você cavasse bastante, revelasse cada verdade... se, no centro de tudo... houvesse uma mentira, como uma minhoca no centro da maçã, enrolada como um ouroboro, assim como o segredo dos homens se esconde enrolado no centro de cada parte sua, por mais fino que você corte? Isso não seria uma bela piada?"

Kelem franze o rosto para aquela baboseira e depois volta a seu propósito com uma rápida sacudida de cabeça. "Eu fiz este lugar. Com os meus fracassos." Ele acena para as portas. Treze, alinhadas lado a lado em cada parede de um ambiente vazio. "Essas são portas que não consigo abrir. Você pode ir embora daqui, mas nenhuma porta se abrirá até que cada porta seja destrancada. Eu fiz dessa maneira." Uma única vela ilumina a câmara, dançando conforme os ocupantes se movem, com suas sombras saltando de acordo com a música.

"Por que eu iria embora?" Um cálice de prata aparece na mão de Loki, transbordando de vinho tão escuro e vermelho quanto sangue. Ele toma um gole.

"Eu lhe ordeno pelos doze arcanjos do..."

"Sim, sim." Loki dispensa a invocação com um aceno. O vinho escurece até ficar tão preto que atrai o olhar e o cega. Tão preto que a prata fica manchada e corroída. Tão preto que não há nada além da ausência de luz. E de repente é uma chave. Uma chave de vidro preto.

"Essa é...", há um desejo na voz do mago das portas, "... ela irá abri-las?"

"Espero que sim." Loki gira a chave em volta dos dedos.

"Que chave é essa? Não é a de Acheron? Tirada do paraíso quando..."

"É minha. Eu a fiz. Agora mesmo."

"Como sabe que irá abri-las?" O olhar de Kelem percorre o recinto.

"É uma boa chave." Loki olha nos olhos do mago. "É todas as chaves. Todas as chaves que já existiram e existem, todas as chaves que existirão, todas as chaves que poderiam existir."

"Me dá aqui..."

"Qual a graça disso?" Loki caminha até a porta mais próxima e põe os dedos nela. "Esta aqui." Cada porta é simples e de madeira, mas, quando ele a toca, a porta se torna uma placa de vidro preto, sólida e brilhante. "Esta aqui é a danada." Loki encosta a palma na porta e uma roda aparece. Uma roda de oito raios, do mesmo vidro preto, orgulhosamente na superfície; como se, ao girá-la, fosse possível destrancar e abrir a porta. Loki não toca nela. Ele apenas encosta a chave na parede ao lado dela e a sala inteira se transforma. Agora ela é uma grande galeria abobadada, de linhas limpas, paredes de pedra moldada e uma enorme porta circular de aço prata no teto. A luz vem de painéis embutidos nas paredes. Um corredor se estende além do alcance da visão. Treze arcos de aço prateado ficam em volta das margens da galeria, cada um a trinta centímetros da parede, cheios de uma luz brilhante, como o luar dançando sobre a água. A não ser o que está diante de Loki, que é preto, com uma superfície de cristal rachando a luz e em seguida engolindo-a. "Abra esta porta e o mundo se acaba."

Loki segue adiante, tocando cada porta de uma vez. "Sua morte está atrás de uma dessas portas, Kelem."

O mago se enrijece e depois dá um riso de escárnio. "Meu Deus, de truques eles..."

"Não se preocupe", sorri Loki. "Você jamais conseguirá abrir aquela ali."

"Me dê a chave." Kelem estende a mão, mas não se move na direção de seu convidado.

"E aquela porta ali?" Loki olha para o círculo de aço prateado. "Você tentou escondê-la de mim."

Kelem fica mudo.

"Quantas gerações seu povo viveu aqui nestas cavernas, escondido do mundo?"

"Não são cavernas!", repreende Kelem. Ele puxa a mão para trás. "O mundo está envenenado. O Dia dos Mil Sóis..."

"... foi há duzentos anos." Loki balança sua chave displicentemente para o teto. A grande porta range e em seguida se abre, despejando terra e poeira sobre eles. Ela é tão espessa quanto a altura de um homem.

"Não!" Kelem cai de joelhos, os braços acima da cabeça. A poeira se assenta sobre ele, transformando-o em um velho. O chão se cobre de terra com coisas verdes crescendo, minhocas rastejam, insetos correm e, bem lá no alto, através de um longo poço vertical, um círculo de céu azul arde.

"Pronto, abri a porta mais importante para você. Vá lá fora, pegue o que puder, antes que acabe tudo. Há outros repovoando pelo leste." Loki olha em volta como se procurasse sua própria saída. "Não precisa me agradecer."

Kelem levanta a cabeça, limpando a terra de seus olhos, deixando-os vermelhos e lacrimejantes. "Me dê a chave." Sua voz é um resmungo.

"Terá de procurá-la."

"Eu lhe ordeno a..."

Mas a chave se foi, Loki se foi. Apenas Kelem permanece. Kelem e seus fracassos.

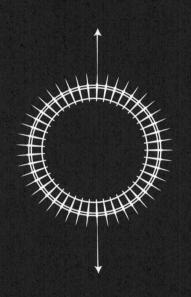

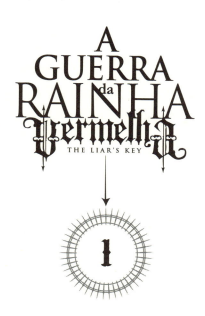

1

Houve uma chuva de pétalas entre gritos de adoração. Montado em meu glorioso cavalo de batalha, à frente da melhor unidade de cavalaria de Marcha Vermelha, abri caminho pela Rua da Vitória em direção ao palácio da Rainha Vermelha. Lindas mulheres se esforçavam para escapar da multidão e se atirar sobre mim. Homens urravam de aprovação. Eu acenei...

Pam. Pam. Pam.

Meu sonho tentou encaixar as marteladas em alguma coisa que coubesse na história sendo contada. Tenho uma boa imaginação e por um instante tudo continuou normalmente. Eu acenei para as damas bem-nascidas que adornavam cada sacada. Um sorriso másculo para meus irmãos emburrados no fundo da...

Pam! Pam! Pam!

As casas altas de Vermillion começaram a desmoronar, a multidão começou a diminuir, os rostos embaçados.

PAM! PAM! PAM!

"Ah, diacho." Eu abri os olhos e saí do calor de minhas cobertas de pele para a escuridão congelante. "E chamam isso de primavera!" Com dificuldade, entrei tremendo nas calças e desci as escadas apressado.

O salão estava repleto de canecos vazios, bêbados cheios, bancos tombados e mesas reviradas. Uma manhã típica na taberna Três Machados. Maeres farejava ossos espalhados perto da lareira, abanando o rabo quando eu entrei.

PAM! PAM...

"Calma! Calma! Já vai." Alguém havia aberto meu crânio com uma pedra durante a noite. Ou isso, ou eu estava com uma ressaca dos infernos. Sabe-se lá por que um príncipe de Marcha Vermelha precisava abrir sua própria porta, mas eu toparia qualquer coisa para fazer parar aquelas pancadas na minha pobre cabeça.

Escolhi um caminho em meio aos detritos, passando por cima da barriga cheia de cerveja de Erik Três-Dentes e chegando à porta logo após ela reverberar com mais uma pancada.

"Puta que pariu! Cheguei!", gritei o mais baixo que pude, cerrando os dentes contra a dor atrás dos olhos. Os dedos se atrapalharam com a barra da tranca e eu a tirei. "O que é?", perguntei, e abri a porta. "O que é?"

Suponho que com a mente mais sóbria e menos podre de sono eu teria achado melhor ficar na cama. Certamente, esse pensamento me ocorreu assim que o punho me acertou bem na cara. Cambaleei para trás com um berro, tropecei em Erik e caí de bunda olhando para Astrid, emoldurada pela porta em uma manhã consideravelmente mais clara do que qualquer coisa que eu quisesse ver.

"Seu desgraçado!" Ela estava com as mãos nos quadris agora. A luz frágil se rachava em volta dela, lançando farpas em meus olhos, mas transformando seus cabelos dourados em uma maravilha e declarando em termos inequívocos o corpo de violão que me atraiu o olhar no meu primeiro dia em Trond.

"Q-quê?" Eu tirei as pernas de cima da barriga protuberante de Erik e rastejei para trás, de bunda. Minha mão saiu do nariz ensanguentada. "Anjo, querida..."

"Seu desgraçado!" Ela veio atrás de mim, agora se abraçando, com o frio vindo atrás dela.

"Bem..." Não dava para argumentar contra "desgraçado", a não ser tecnicamente. Pus a mão em uma poça de algo decididamente desagradável e me levantei rapidamente, limpando a palma em Maeres, que apareceu para investigar, com a cauda ainda abanando, apesar da violência sofrida por seu mestre.

"Hedwig ver Sorren?" Astrid tinha sangue nos olhos.

Continuei a me afastar. Eu devia ter uns quinze centímetros de altura a mais, mas ela ainda era uma mulher alta com uma direita poderosa. "Ah, você não pode acreditar em conversa de rua, meu docinho." Balancei um banquinho entre nós. "É muito natural que Jarl Sorren tenha convidado um príncipe de Marcha Vermelha para seus salões quando soube que eu estava na cidade. Hedwig e eu..."

"Hedwig e você o quê?" Ela segurou o banquinho também.

"É, nós... nada, na verdade." Apertei as pernas do banquinho com mais força. Se soltasse, eu estaria lhe entregando uma arma. Mesmo em perigo, visões de Hedwig invadiram minha mente, morena, muito bonita, olhos perversos, e tudo que um homem poderia desejar embalado em um corpo pequeno, porém convidativo. "Nós mal fomos apresentados."

"Deve ter sido uma apresentação muito malfeita mesmo para Jarl Sorren mandar chamar seus soldados para levar você e fazer justiça!"

"Ah, merda." Eu soltei o banquinho. Justiça no norte normalmente significa ter as costelas quebradas saindo do peito.

"Que barulheira é essa?" Uma voz sonolenta atrás de mim.

Eu me virei e vi Edda descalça nas escadas, com nossas cobertas enroladas no meio do corpo, pernas finas embaixo, ombros pálidos como leite em cima e seus cabelos loiríssimos caídos sobre eles.

Ter me virado foi meu erro. Nunca tire os olhos de um inimigo em potencial. Especialmente após ter lhe entregado uma arma.

"Calma!" Uma mão em meu peito me empurrou de volta ao chão, que parecia grosso de sujeira.

"O quê..." Eu abri os olhos e vi "alguém" em cima de mim, alguém enorme. "Ai!" Alguém enorme com dedos desajeitados cutucando um ponto muito dolorido em minha bochecha.

"Só estou tirando as farpas." Alguém enorme e gordo.

"Sai de cima de mim, Tuttugu!" Eu me debati outra vez para me levantar e dessa vez consegui sentar. "O que aconteceu?"

"Você foi atingido por um banquinho."

Eu gemi um pouco. "Eu não me lembro de um banquinho, eu... EI! Que diabos?" Tuttugu parecia obcecado em beliscar e espetar a parte mais dolorida de meu rosto.

"Você pode não se lembrar do banquinho, mas estou tirando pedaços dele da sua bochecha. Então fique quieto. Não queremos estragar essa sua beleza, não é?"

Eu fiz o possível para ficar quieto depois disso. Era verdade, beleza e um título eram a maior parte do que eu tinha a meu favor e não estava disposto a perder nenhum dos dois. Para me distrair da dor, tentei me lembrar de como havia conseguido apanhar de minha própria mobília. Nada. Uma vaga lembrança de gritos agudos... a memória me trouxe uma imagem de um chute enquanto eu estava no chão... um vislumbre, entre os olhos semicerrados, de duas mulheres saindo de braços dados; uma pequena, pálida, jovem, e a outra alta, bronzeada, talvez trinta anos. Nenhuma das duas olhou para trás.

"Certo! Pode levantar. É o melhor que consigo fazer por ora." Tuttugu puxou meu braço para me pôr de pé.

Eu fiquei balançando, enjoado, de ressaca, talvez ainda um pouco bêbado e – embora achasse difícil de acreditar – com um leve tesão.

"Vamos. Temos que ir." Tuttugu começou a me puxar na direção da claridade da entrada. Tentei frear com os calcanhares, mas sem sucesso.

"Aonde?" A primavera em Trond havia se mostrado mais rigorosa do que o alto inverno de Marcha Vermelha e eu não tinha o menor interesse de me expor a ela.

"Às docas!" Tuttugu parecia preocupado. "Talvez a gente consiga!"

"Para quê? Conseguir o quê?" Eu não me lembrava da maior parte da manhã, mas não havia me esquecido que "preocupado" era o estado natural de Tuttugu. Eu o ignorei. "Cama. É para lá que eu vou."

"Bem, se é lá que quer que os soldados de Jarl Sorren o encontrem..."

"Por que eu ligaria a mínima para Jarl Sorr..." Ah. Eu me lembrei de Hedwig. Eu me lembrei dela nas cobertas da casa do jarl quando todo mundo ainda estava no banquete de casamento de sua irmã. Eu me lembrei dela sobre minha capa durante uma imprudente escapadela ao ar livre. Ela manteve minha frente aquecida, mas minha bunda congelou. Eu me lembrei dela lá em cima na taberna, naquela vez que escapou de suas acompanhantes... Fiquei surpreso por não termos derrubado os três machados do alto da entrada naquela tarde. "Me dá um minuto... dois minutos!" Ergui a mão para fazer Tuttugu parar e corri escada acima.

Já de volta em meu quarto, um único minuto foi mais que suficiente. Pisei com força na tábua solta do chão, peguei meus pertences, apanhei umas roupas e já estava descendo novamente as escadas antes que Tuttugu tivesse tempo de coçar o queixo.

"Por que as docas?", perguntei, ofegante. As colinas seriam uma fuga mais rápida – e em seguida um barco de Hjorl no Fiorde Aöefl, subindo pela costa. "As docas são o primeiro lugar onde irão procurar depois daqui!" Quando os homens do jarl me encontrassem, eu estaria parado lá, ainda tentando negociar uma passagem para Maladon ou para os Thurtans.

Tuttugu pisou em volta de Floki Lemerrado, estatelado e roncando ao lado do bar. "Snorri está lá, preparando-se para zarpar." Ele se abaixou atrás do bar, gemendo.

"Snorri? Zarpar?" Parecia que o banquinho havia deslocado mais do que as lembranças da manhã. "Por quê? Aonde ele vai?"

Tuttugu se levantou, segurando minha espada, empoeirada e negligenciada durante o tempo em que ficou escondida na prateleira do bar. Eu não estendi a mão para pegá-la. Não me importo em andar com uma espada em lugares onde ninguém irá interpretar isso como um convite – Trond nunca foi um lugar assim.

"Pegue-a!" Tuttugu inclinou o cabo na minha direção.

Eu a ignorei, debatendo-me para entrar nas roupas, aquela trama rústica do norte que coça, mas esquenta. "Desde quando Snorri tem um barco?" Ele vendera o *Ikea* para bancar a expedição até o Forte Negro – disso eu me lembrava.

"Preciso trazer Astrid aqui outra vez para ver se mais uma surra com um banquinho lhe dá um pouco de juízo!" Tuttugu jogou a espada para baixo, ao meu lado, enquanto eu me sentei para calçar as botas.

"Astrid...? Astrid!" Um momento voltou a mim com clareza cristalina – Edda descendo as escadas seminua, Astrid olhando. Já fazia algum tempo que uma manhã não dava tão espetacularmente errado para mim. Eu nunca pretendi que as duas se trombassem em tais circunstâncias, mas Astrid não me parecia ser do tipo ciumento. Na verdade, eu não estava totalmente certo de que era o único homem mais jovem a esquentar sua cama enquanto seu marido atravessava os mares fazendo negócios. Nós nos encontrávamos principalmente na casa dela na Encosta Arlls; portanto, discrição com Edda não era uma prioridade. "Como é que Astrid sabia sobre Hedwig?" Mais importante: como ela chegou a mim antes dos soldados de Jarl Sorren, e quanto tempo me restava?

Tuttugu passou a mão em seu rosto vermelho e suado, apesar do frio primaveril. "Hedwig conseguiu mandar um mensageiro enquanto seu pai ainda estava enfurecido reunindo seus homens. O garoto saiu a galope de Sorrenfast e começou a perguntar onde encontrar o príncipe estrangeiro. As pessoas o indicaram à casa de Astrid. Soube de tudo isso por Olaaf Mão-de-Peixe, depois que vi Astrid voando pela Via Carls. Então..." Ele respirou fundo. "Podemos ir agora, porque..."

Mas eu já havia me levantado e passado por ele, saindo para o frescor doentio do dia, espirrando lama semicongelada, descendo a rua em direção às docas, com os topos dos mastros visíveis acima das casas. Gaivotas circulavam no alto, assistindo a meu avanço com gritos zombeteiros.

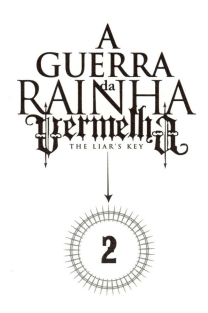

2

Se existe uma coisa que eu gosto menos do que de barcos é de ser brutalmente assassinado por um pai ultrajado. Cheguei às docas dolorosamente ciente de que havia colocado as botas nos pés errados e pendurado minha espada baixo demais, de modo que a cada passo ela tentava me fazer tropeçar. Fui recebido pela cena habitual, uma orla repleta de atividade, apesar de os pescadores terem saído para o mar horas antes. O fato de o porto ficar bloqueado pelo gelo durante os meses de inverno parecia deixar os nórdicos em um frenesi quando a primavera chegava – uma estação caracterizada por ser levemente acima do ponto de congelamento do oceano, em vez do desabrochamento das flores e da chegada das abelhas, como em climas mais civilizados. Uma floresta de mastros pintava linhas retas no horizonte claro, escaleres e barcos vikings comerciais se enfileiravam ao lado de navios mercantes de três mastros de uma dúzia de países ao sul. Homens se alvoroçavam por toda parte, carregando, descarregando, fazendo coisas complicadas com cordas, e as esposas dos pescadores, mais ao fundo, tramavam redes ou utilizavam facas afiadíssimas em montes reluzentes da pesca da noite anterior.

"Não o vejo." Normalmente era fácil avistar Snorri na multidão – bastava olhar para cima.

"Ali!" Tuttugu puxou meu braço e apontou para o que devia ser o menor barco do cais, ocupado pelo maior homem.

"Aquele troço? Não dá nem para Snorri!" Corri atrás de Tuttugu mesmo assim. Parecia haver algum tipo de confusão perto do posto do capitão do porto e eu podia jurar que alguém gritou "Kendeth!".

Ultrapassei Tuttugu e corri ruidosamente pelo cais, chegando bem antes dele ao barquinho de Snorri. Snorri olhou para mim através do emaranhado preto e esvoaçante de sua cabeleira. Dei um passo para trás ao ver a desconfiança explícita em seu olhar.

"O que foi?" Eu abri as mãos. Qualquer hostilidade de um homem que empunha um machado como Snorri precisa ser levada a sério. "Que foi que eu fiz?" Eu me lembrava de alguma espécie de altercação – embora me parecesse improvável que eu tivesse colhões de discordar com um doido musculoso de dois metros de altura.

Snorri balançou a cabeça e se virou para continuar a amarrar seus mantimentos. O barco parecia cheio deles. E dele.

"Não, sério! Levei uma pancada na cabeça. *O que foi que eu fiz?*"

Tuttugu surgiu ofegante atrás de mim, parecendo querer dizer alguma coisa, mas sem fôlego para falar.

Snorri soltou uma bufada. "Estou indo, Jal. Não pode me fazer mudar de ideia. Vamos ver quem tomba primeiro."

Tuttugu pôs a mão em meu ombro e se curvou o máximo que sua pança permitia. "Jal..." O que ele pretendia dizer além disso sumiu com um chiado e um suspiro.

"Quem de nós tomba primeiro?" Aquilo começou a voltar para mim. O plano maluco de Snorri. Sua determinação de rumar ao sul com a chave de Loki... e eu igualmente decidido a ficar aconchegado na taberna curtindo a companhia até meu dinheiro acabar ou o tempo melhorar o bastante para prometer uma travessia calma de volta ao continente. Aslaug concordava comigo. A cada pôr do sol ela ressurgia dos recantos mais sombrios de minha mente e me dizia o quanto o nórdico era irracional. Ela até havia me convencido de que a separação de Snorri seria o melhor, deixando que ela e o espírito jurado pela luz, Baraqel, retornassem aos seus domínios, levando consigo os últimos resquícios da magia da Irmã Silenciosa.

"Os homens de..." Tuttugu encheu os pulmões de ar. "Os homens de Jarl Sorren!" Ele apontou o dedo para o começo do cais. "Vá! Rápido!"

Snorri se esticou, assustado, e franziu o rosto para a mureta das docas, por onde os soldados de armadura estavam abrindo caminho entre a multidão. "Não tenho nenhuma rixa com Jarl Sorren..."

"Jal tem!" Tuttugu me deu um forte empurrão entre as escápulas. Balancei por um momento, girando os braços, dei meio passo à frente, tropecei naquela maldita espada e mergulhei para dentro do barco. Bater em Snorri acabou sendo um pouco menos dolorido do que dar de cara no casco e ele segurou uma parte suficiente de mim para fazer com que eu caísse na água do esgoto, em vez de na água salgada um pouco mais à esquerda.

"Mas que diabos...?" Snorri ficou parado em pé por mais um instante, enquanto Tuttugu começou a descer para o barco com dificuldade.

"Também vou", disse Tuttugu.

Eu fiquei deitado de lado na água suja congelante, no fundo do barco sujo congelante de Snorri. Não era a melhor hora para reflexões, mas eu parei para pensar em como havia conseguido passar tão rápido de estar agradavelmente enrolado nas pernas quentes de Edda para estar desagradavelmente enrolado em uma confusão gelada de corda molhada e água de esgoto. Agarrando-me ao pequeno mastro eu me sentei, praguejando contra minha sorte. Quando parei para tomar fôlego, acabei me perguntando por que Tuttugu estava descendo em nossa direção.

"Volte!" Pareceu que Snorri teve o mesmo pensamento. "Você fez uma vida aqui, Tutt."

"E também vai afundar o maldito barco!" Já que ninguém parecia disposto a fazer nada para escapar, eu comecei a encaixar os remos sozinho. Era verdade, porém – não havia nada para Tuttugu no sul e ele parecia ter se adaptado bem melhor à vida em Trond do que como explorador viking.

Tuttugu deu um passo para trás a fim de entrar no barco, quase caindo ao se virar.

"O que está fazendo aqui, Tutt?" Snorri estendeu a mão para segurá-lo enquanto eu agarrei as laterais. "Fique. Deixe aquela sua mulher tomar conta de você. Você não vai gostar de onde estou indo."

Tuttugu olhou para Snorri, os dois desconfortavelmente próximos. "Undoreth, nós." Foi tudo o que ele disse, mas pareceu ser o suficiente para Snorri. Afinal, eles eram provavelmente os dois últimos de seu povo. Tudo o que restava dos uuliskind. Snorri se curvou como se fosse vencido e em seguida foi para o fundo, pegando os remos e me empurrando para a proa.

"Parem!" Gritos do cais, acima do ruído de passos. "Parem esse barco!"

Tuttugu desamarrou a corda e Snorri puxou os remos, afastando-nos suavemente. O primeiro soldado de Jarl Sorren chegou corado ao local onde estávamos atracados, berrando para voltarmos.

"Reme mais rápido!" Eu estava em pânico, apavorado com a ideia de que pudessem pular atrás de nós. Ver homens nervosos portando ferros afiados tem esse efeito sobre mim.

Snorri riu. "Eles não estão de armadura para nadar." Olhou para eles lá atrás, levantando a voz em meio a um estrondo que abafou seus protestos. "E, se aquele homem realmente atirar o machado que está erguendo, eu vou mesmo voltar e devolver-lhe pessoalmente."

O homem continuou segurando o machado.

"E que bons ventos o levem!", gritei, mas não tão alto a ponto de os homens no cais conseguirem me ouvir. "Que Norseheim e todas as suas mulheres tenham uma ziquizira!" Tentei ficar de pé e agitar o punho para eles, mas pensei melhor após quase cair pela lateral. Eu me sentei pesadamente, segurando o nariz dolorido. Pelo menos eu estava enfim rumando para o sul, e pensar nisso de repente me deixou de ótimo humor. Eu navegaria para casa, seria recebido como herói e me casaria com Lisa DeVeer. Pensar nela me fizera seguir em frente no Gelo Mortal, e agora, com Trond recuando ao longe, ela povoou minha imaginação outra vez.

Parecia que todos aqueles meses vagando ocasionalmente até as docas e fazendo careta para os barcos me transformaram em um marujo melhor. Eu não vomitei até estarmos tão longe do porto que mal dava para ver as expressões nos rostos dos soldados.

"Melhor não fazer isso contra o vento", disse Snorri, sem interromper o ritmo de suas remadas.

Terminei de gemer antes de responder: "*Agora* eu sei disso".

Enxuguei a maior parte do meu rosto. Não ter nada para o desjejum, além de um soco no nariz, ajudou a diminuir o volume.

"Eles vão nos perseguir?", perguntou Tuttugu.

A sensação de exaltação por ter escapado de uma morte horrível murchou com a mesma rapidez que havia surgido e meus bagos tentaram voltar para dentro do meu corpo. "Não vão... será?" Eu me perguntei até que velocidade Snorri poderia remar. Certamente, nosso barquinho não superaria um dos dracares de Jarl Sorren.

Snorri deu de ombros. "O que você fez?"

"Passei a noite com a filha dele."

"Hedwig?" Ele balançou a cabeça e soltou uma gargalhada. "Erik Sorren já perseguiu vários homens por causa daquela lá. Mas a maioria apenas tempo suficiente para que eles continuassem correndo. Um príncipe de Marcha Vermelha, no entanto... Talvez se esforce um pouco mais por um príncipe, arraste você de volta e o amarre perante a pedra de Odin."

"Ah, que ótimo!" Mais uma terrível tortura pagã de que nunca ouvira falar. "Eu mal encostei nela. Eu juro." O pânico começou a crescer, junto com o próximo monte de vômito.

"Significa 'casado'", disse Snorri. "Amarrado. E pelo que ouvi dizer você mal encostou nela repetidas vezes, no próprio salão de hidromel do pai dela, para piorar."

Eu disse alguma coisa cheia de vogais, debruçado na lateral, antes de me recuperar e perguntar: "Então, onde está nosso barco?"

Snorri pareceu confuso ao responder: "Você está nele".

"Quis dizer o de tamanho adequado que vai nos levar ao sul." Ao analisar as ondas, não vi sinal da embarcação maior que presumi estarmos indo encontrar.

A boca de Snorri ficou com a mandíbula travada como se eu tivesse insultado a mãe dele. "Você *está* nele."

"Ah, espera aí..." Eu hesitei com o peso do olhar dele. "Não vamos realmente cruzar o mar até Maladon neste barco a remo, vamos?"

Como resposta, Snorri prendeu os remos e começou a preparar a vela.

"Mas que ótimo..." Eu me sentei, apertado na proa, com o pescoço já molhado pelos respingos, e olhei para o mar cinzento como ardósia, salpicado de branco onde o vento tirava as pontas das ondas. Eu havia passado a maior parte da viagem ao norte inconsciente e aquilo foi uma bênção. O retorno teria de ser suportado sem a felicidade da abstração.

"Snorri planeja ir parando em portos ao longo do litoral, Jal", disse Tuttugu de seu amontoado na popa. "Velejaremos de Kristian para cruzar o Karlswater. É o único momento em que perderemos a terra de vista."

"Um ótimo consolo, Tuttugu. Eu prefiro sempre me afogar com terra à vista."

Horas se passaram e os nórdicos pareciam estar verdadeiramente se divertindo. Da minha parte, eu fiquei enrolado no sofrimento de uma ressaca temperada com uma forte dose de banquinho-na-cabeça. De vez em quando, eu tocava meu nariz para ter certeza de que o soco de Astrid não o quebrara. Eu gostava de Astrid e me entristeci ao pensar que não nos aconchegaríamos novamente na cama de seu marido. Achava que ela se contentava em ignorar minhas escapadas, contanto que se visse como o centro e o auge das minhas atenções. Flertar com a filha de um jarl, alguém de linhagem tão alta, e isso ser tão público deve ter sido mais do que seu orgulho suportava. Eu esfreguei o queixo, fazendo uma careta. Caramba, eu sentiria falta dela.

"Aqui." Snorri empurrou uma caneca de peltre na minha direção.

"Rum?" Eu levantei a cabeça e apertei os olhos para ela. Sou um grande adepto de beber para curar ressaca, e aventuras náuticas sempre pedem um pouco de rum, de acordo com minha experiência em grande parte fictícia.

"Água."

Eu me estiquei com um suspiro. O sol havia subido o máximo que alcançaria, como uma bola pálida esforçando-se através das nuvens brancas no alto. "Parece que você tomou uma boa decisão. Embora por engano. Se não estivesse pronto para zarpar, eu poderia estar amarrado agora. Ou coisa pior."

"Serendipidade."

"Seren-o-quê?" Eu tomei um gole da água. Troço horrível. Como água geralmente é.

"Um feliz acidente", disse Snorri.

"Hum." Bárbaros deveriam saber seu lugar; usar palavras difíceis não lhe cabem. "Mesmo assim, foi loucura sair tão no começo do ano. Olha lá! Ainda há gelo flutuando!" Apontei para uma grande placa, o suficiente para aguentar uma pequena casa. "Não vai restar muita coisa deste barco se batermos." Eu rastejei de volta para me juntar a ele no mastro.

"Então é melhor não me distrair do comando." E, só para provar seu ponto, ele nos jogou para a esquerda e um pedaço letal de madeira passou a meros centímetros acima da minha cabeça quando a vela girou.

"Para que a pressa?" Agora que o atrativo de três mulheres deliciosas e apaixonadas por meus muitos encantos havia sido eliminado, eu estava mais preparado para ouvir os motivos de Snorri para ter partido tão precipitadamente. Fiz questão, por vingança, de usar "precipitadamente" na conversa. "Por que tão precipitadamente?"

"Já falamos sobre isso, Jal. À exaustão!" O maxilar de Snorri se contraiu, os músculos se amontoando.

"Fale mais uma vez. Esses assuntos ficam mais claros ao mar." O que significava que eu não prestei atenção da primeira vez porque pareciam apenas dez razões diferentes para me arrancar do calor de minha taberna e dos braços de Edda. Eu sentiria saudade de Edda, era realmente um doce de menina. E também um demônio sob as cobertas. Na verdade, às vezes, tinha a impressão de que eu era o casinho estrangeiro dela, em vez do contrário. Nunca falou em me convidar para conhecer os pais dela. Nunca um sussurro sobre casar-se com um príncipe... Um homem que estivesse aproveitando menos que eu poderia ter seu orgulho um pouco ferido por causa disso. Os costumes do norte são bem estranhos. Não estou reclamando... mas são estranhos. Com as três, eu havia passado o inverno em um estado constante de exaustão. Sem a ameaça de morte iminente, talvez nunca tivesse reunido forças para ir embora. Eu poderia ter vivido o resto de meus dias como um taberneiro cansado, porém feliz, em Trond. "Fale mais uma vez e nunca mais conversaremos sobre isso!"

"Já contei cem v..."

Eu fiz que ia vomitar e me inclinei para a frente.

"Está bem!" Snorri levantou a mão para me deter. "Se isso fizer você parar de vomitar por todo o meu barco..." Ele inclinou-se para fora por um momento, conduzindo a embarcação com seu peso, e depois sentou-se novamente. "Tuttugu!" Dois dedos na direção dos olhos, dizendo-lhe para prestar atenção ao gelo. "Esta chave." Snorri apalpou a frente de seu casaco de lã, acima do coração. "Não foi fácil encontrá-la."

Tuttugu bufou ao ouvir aquilo. Contive um calafrio. Eu havia feito um belo trabalho ao me esquecer de tudo que aconteceu entre a saída de Trond, no dia em que partimos para o Forte Negro, e nossa chegada de volta. Infelizmente, só foi preciso uma ou duas dicas para as lembranças começarem a vazar pelas barreiras. Em especial, o rangido das dobradiças de ferro voltou para me assombrar, conforme cada porta cedia ao capitão desnascido e àquela maldita chave.

Snorri me lançou aquele olhar honesto e determinado, que faz você querer unir-se a ele em qualquer esquema louco que esteja apoiando – apenas por um momento, que fique claro, até o bom senso voltar. "O Rei Morto vai querer esta chave de volta. Outros também irão desejá-la. O gelo nos manteve a salvo, o inverno, a neve... uma vez que o porto se desobstruísse, a chave precisaria ser transferida. Trond não o manteria afastado."

Eu balancei a cabeça. "Segurança é a última coisa em sua cabeça! Aslaug me contou o que realmente pretende fazer com a chave de Loki. Todo esse papo de levá-la de volta para a minha avó é bobagem." Snorri semicerrou os olhos com aquilo. Pela primeira vez, aquela expressão não me fez vacilar – amargurado pelo pior dos dias e encorajado pelo sofrimento da viagem, continuei a vociferar sem pensar. "E aí? Não era bobagem?"

"A Rainha Vermelha destruiria a chave", disse Snorri.

"Ótimo!" Quase um grito. "É exatamente o que ela *deveria* fazer!"

Snorri abaixou a cabeça e olhou para as mãos viradas para cima em seu colo, grandes, marcadas, cheias de calos. O vento chicoteava seu cabelo, escondendo seu rosto. "Eu vou encontrar essa porta."

"Ah, meu Deus! É o último lugar aonde essa chave deve ser levada!" Se realmente existia uma porta para a morte, nenhuma pessoa sã iria querer ficar diante dela. "Se eu aprendi alguma coisa esta manhã foi para tomar muito cuidado com as portas que são abertas, e quando."

Snorri não respondeu. Ele ficou em silêncio. Imóvel. Nada durante longos instantes, a não ser o barulho da vela e as batidas das ondas contra o casco. Eu sabia quais pensamentos passavam por sua cabeça. Não podia dizê-los, minha boca ficaria seca demais. Eu não podia negá-los, embora reconhecesse que isso me causaria apenas um arremedo do mal que faria a ele.

"Vou trazê-los de volta." Seus olhos se fixaram nos meus e por um instante eu acreditei que ele seria capaz. Sua voz, seu corpo inteiro tremiam de emoção, embora eu não soubesse quanto era por tristeza e quanto por raiva.

"Vou encontrar essa porta. E vou abri-la. Trarei de volta minha esposa, as crianças, e meu filho que não nasceu."

3

"Jal?" Senti alguém sacudindo meu ombro. Estiquei a mão para trazer Edda para mais perto e meus dedos se emaranharam no matagal imundo da barba ruiva de Tuttugu, cheia de gordura e sal. Toda aquela triste história caiu sobre mim e eu soltei um gemido, agravado pelo movimento das ondas voltando à consciência, levantando e abaixando nosso barquinho.

"O quê?" Eu não estava tendo um sonho bom, mas era melhor que isso.

Tuttugu atirou um tijolo de pão preto viking para mim, como se comer em um barco fosse realmente uma opção. Eu fiz sinal para dispensá-lo. Se as mulheres nórdicas eram um ponto alto do Extremo Norte, a culinária deles estava entre os mais baixos. Com os peixes, em geral se saíam bem, com pratos simples, embora fosse preciso tomar cuidado, senão começavam a querer servi-los crus ou quase podres, fedendo mais que carniça. "Iguarias", como chamavam. A hora de comer uma coisa é o estágio entre o cru e o podre. Não é nenhuma alquimia complicada! Com carne – a carne que se podia encontrar agarrada às superfícies quase verticais do norte –, você podia confiar neles para assá-la em uma fogueira. Todo o resto sempre saía um desastre. E com qualquer outro tipo de comida os nórdicos tinham propensão a deixá-la o mais próximo do intragável, não importa se usavam uma combinação de sal, conserva ou alguma nojeira desidratada. Carne de baleia eles preservavam mijando nela! Minha teoria é que um longo histórico saqueando uns aos outros os levou a deixar sua comida tão nojenta que ninguém em sã consciência iria querer roubá-la. Assim, garantiam que, por mais que o inimigo pudesse levar mulheres, crianças, cabras e ouro, pelo menos o almoço eles deixavam.

"Estamos chegando a Olaafheim", disse Tuttugu, tirando-me de meu cochilo outra vez.

"Hein?" Eu me levantei para olhar sobre a proa. A orla aparentemente interminável e nada convidativa de penhascos pretos e molhados, protegidos por pedras pretas e molhadas, dera lugar a uma foz. As montanhas subiam rapidamente dos dois lados, mas aqui o rio havia aberto um vale cujas laterais podiam servir de pasto e deixado uma várzea inacabada onde um pequeno porto se abrigava naquela paisagem crescente.

"Melhor não passar a noite no mar." Tuttugu parou para roer o pão em sua mão. "Não quando estamos tão perto da terra." Ele olhou para o oeste, onde o sol planejava sua descida em direção ao horizonte. A rápida olhada que ele me deu antes de se sentar novamente para comer deixou bem claro que preferia não dividir o barco comigo quando Aslaug viesse fazer sua visita durante o pôr do sol.

Snorri mudou a direção na desembocadura do Rio Hœnir, como ele o chamava, formando um ângulo com a correnteza na direção do porto de Olaafheim. "Esse povo é de pescadores e saqueadores, Jal. O clã Olaaf é liderado pelos jarls Harl e Knütson, filhos gêmeos de Knüt Ladrão-de-Gelo. Isso aqui não é Trond. As pessoas são menos... cosmopolitas. Mais..."

"Mais propensas a me partir a cabeça se eu olhar da maneira errada para elas", interrompi. "Deu para entender." Levantei a mão. "Prometo não levar nenhuma filha de jarl para a cama." Eu até falei sério. Agora que estávamos realmente em movimento comecei a ficar animado com a expectativa do retorno à Marcha Vermelha, de ser um príncipe outra vez, voltar às minhas antigas diversões, andar com meu antigo grupo e deixar todos esses aborrecimentos para trás. E se os planos de Snorri o levassem por um caminho diferente, aí nós teríamos de ver o que aconteceria. Nós teríamos de ver, como ele colocou mais cedo, quem tombaria primeiro. Os laços que nos uniam pareciam ter enfraquecido desde o acontecimento no Forte Negro. Nós podíamos nos separar mais de oito quilômetros até surgir algum desconforto. E, como já havíamos percebido, se a magia da Irmã Silenciosa realmente conseguisse sair de nós, o efeito não seria fatal... a não ser para outras pessoas. Além disso, se a coisa ficasse feia, o conselho de Aslaug parecia sensato. Deixar a magia ir embora, deixar que ela e Baraqel se libertem e voltem aos seus domínios. Não seria nem de longe agradável, a julgar pela última vez, mas depois seria muito melhor, assim como arrancar um dente. Obviamente, no entanto, eu faria tudo que pudesse para evitar arrancar aquele dente em particular – a não ser que isso significasse atravessar perigos mortais na busca de Snorri. Meu próprio plano era levá-lo até Vermillion e fazer vovó mandar sua irmã realizar uma abertura mais suave de nossos grilhões.

Nós chegamos ao porto de Olaafheim com as sombras dos barcos ancorados nos alcançando sobre as águas. Snorri enrolou a vela e Tuttugu remou até um ancoradouro. Os pescadores fizeram uma pausa em seus afazeres, deixando de lado suas cestas de pescada e bacalhau para nos observar. As mulheres dos pescadores largaram as redes pela metade e se amontoaram atrás de seus maridos para ver os recém-chegados. Os nórdicos que se ocupavam com a manutenção do mais próximo de quatro escaleres inclinaram-se pela lateral e gritaram no antigo idioma. Se eram ameaças ou boas-vindas, não dava para saber, pois um viking consegue gritar a recepção mais calorosa em um tom que insinua que irá cortar a garganta de sua mãe.

Ao costearmos o último metro, Snorri subiu no muro do porto pela lateral do barco. As pessoas imediatamente o rodearam, um mar delas surgindo em volta da pedra. Pela quantidade de tapinhas nos ombros e o tom dos gritos, eu supus que não estávamos em perigo. Uma risada aqui ou ali até escapava das várias barbas expostas, o que exigia certo esforço, já que o clã Olaaf tinha as barbas mais impressionantes que eu já vira. Muitos davam preferência às espessas explosões que se parecem com barbas comuns, mas que foram expostas a notícias abruptas e muito chocantes. Outros as trançavam e deixavam duas, três, às vezes cinco tranças cobertas de ferro descendo até o cinto.

"Snorri." Um recém-chegado, com bem mais de um metro e oitenta e pelo menos o mesmo de largura, gordo, com os braços como pedaços de carne. A princípio, achei que estivesse usando peles de primavera, ou algum tipo de camisa de lã, mas ao se aproximar de Snorri ficou claro que os pelos de seu peito simplesmente não souberam a hora de parar de crescer.

"Borris!" Snorri passou por entre os outros e cruzou os braços com o homem, lutando brevemente com ele, nenhum dos dois cedendo.

Tuttugu terminou de atracar e, com dois homens em cada braço, foi puxado até a doca. Eu subi rapidamente atrás dele, sem querer ser tocado pelos homens.

"Tuttugu!" Snorri o apontou para Snorri. "Undoreth. Nós podemos ser os últimos de nosso clã, ele e eu..." Ele parou, convidando qualquer um dos presentes a desmenti-lo, mas ninguém afirmou ter visto nenhum outro sobrevivente.

"Que os Hardassa tenham uma ziquizira." Borris cuspiu no chão. "Nós os mataremos onde os encontrarmos. E qualquer um que tome partido das Ilhas Submersas." Resmungos e gritos se elevaram. Outros homens cuspiram quando disseram a palavra "necromante".

"Que os Hardassa tenham uma ziquizira!", gritou Snorri. "Isso é algo a se brindar!"

Com vivas gerais e batendo os pés, todo o grupo começou a se deslocar em direção às cabanas e salões atrás das várias peixarias e galpões dos barcos do porto. Snorri e Borris foram na frente, com os braços sobre os ombros um do outro, rindo de alguma piada, e eu, o único príncipe presente, fui atrás, sem ser apresentado, no fundo com os pescadores, cujas mãos ainda estavam escamosas da pesca.

Acho que Trond devia ter seu próprio fedor; todas as cidades têm, mas após um tempo você nem percebe mais. Um dia no mar respirando o ar do Oceano Atlantis, contaminado apenas por um toque de sal, foi o suficiente para fazer com que minhas narinas se ofendessem com meus companheiros outra vez. Olaafheim fedia a peixe fresco, suor, peixe velho, esgotos, peixe podre e couros crus. Só foi piorando conforme subimos, marchando por um labirinto de cabanas de troncos rachados, com telhados verdes e rentes ao chão, cada uma com redes na frente e combustível empilhado em um abrigo lateral.

O grande salão de Olaafheim era menor do que o vestíbulo do palácio de minha avó, com uma estrutura de enxaimel e lama emplastrada em qualquer buraco ou fresta por onde o vento pudesse deslizar seus dedos, e telhas de madeira no teto, irregulares após as tempestades de inverno.

Eu deixei os nórdicos se aglomerarem à minha frente e me virei de costas na direção do mar. No oeste, o céu limpo mostrava o sol vermelho descendo. O inverno em Trond havia sido um troço longo e frio. Posso ter passado mais tempo que o razoável nas cobertas, mas na verdade a maior parte do povo do norte faz o mesmo. A noite pode durar vinte horas e, mesmo quando o dia finalmente aparece, nunca fica acima do nível de temperatura que eu chamo de "nem fodendo" – quando você abre a porta, seu rosto se congela instantaneamente a ponto de doer até quando se fala, mas bravamente você consegue dizer "nem fodendo" antes de dar meia-volta e retornar para a cama. Há pouco a se fazer em um inverno no norte, a não ser aguentá-lo. Nas profundezas da estação, o nascer e o pôr do sol são tão próximos que se Snorri e eu ficássemos no mesmo recinto Aslaug e Baraqel podiam até se encontrar. Um pouco mais ao norte eles certamente se encontrariam, pois lá os dias diminuem até sumir e se transformam em uma única noite que dura semanas. Não que o encontro de Aslaug e Baraqel fosse uma boa ideia.

Eu já estava sentindo Aslaug coçando lá no fundo da minha cabeça. O sol ainda não havia tocado a água, mas o mar ardia sangrento com ele e eu podia ouvir os passos dela. Eu me lembrei de como os olhos de Snorri escureciam quando ela o visitava. Até a parte branca se enchia de sombras e por um ou dois minutos ficavam tão completamente pretos que podia-se imaginar que eram buracos para uma noite infinita, de onde jorrariam possíveis horrores se ele olhasse em sua direção. Eu achei que isso fosse um choque de temperamentos, no entanto. Minha visão sempre me pareceu mais clara quando ela aparecia. Eu fazia questão de estar sozinho a cada pôr do sol, para que pudéssemos ter nosso momento. Snorri a descrevia como uma criatura mentirosa, uma sedutora cujas palavras eram capazes de transformar uma coisa terrível em uma ideia que qualquer homem ponderado pudesse cogitar. De minha parte, eu a achava muito agradável, embora talvez um pouco excessiva, e definitivamente menos preocupada com minha segurança do que eu mesmo.

A primeira vez que Aslaug apareceu para mim eu me surpreendi por ela ser tão parecida com a imagem que as histórias de Snorri pintavam em minha mente. Eu lhe disse isso e ela riu de mim. Disse que os homens sempre viam o que esperavam ver, mas que havia uma verdade mais profunda por trás disso. "O mundo é formado pelos desejos e medos da humanidade. Uma guerra da esperança contra o temor, travada sobre o substrato maleável que o próprio homem fez, embora há muito tenha se esquecido como. Todas as pessoas e suas obras têm pés de barro, esperando serem formadas e reformadas, forjadas em monstros pelo medo saído das profundezas sombrias de cada alma, aguardando partir o mundo em pedaços." Foi assim que ela se apresentou a mim.

"Príncipe Jalan." Aslaug saiu das sombras do salão. Presas a ela, teias escuras que não queriam soltá-la. Ela se libertou quando o sol beijou o horizonte. Ninguém a tomaria por humana, mas ela usava a forma de uma mulher, e a usava bem, com a pele clara como osso, mas embebida em tinta sugada por cada poro, revelando a textura que juntava pretume em todas as reentrâncias. Ela me olhava com olhos que não tinham cor, apenas paixão, dispostos em um rosto estreito e delicado. Cabelos escuros como petróleo a emolduravam, caindo em cachos artificiais. Sua beleza tinha alguma coisa do louva-a-deus, alguma coisa da desumanidade das esculturas gregas. Se era máscara ou não, no entanto, aquilo funcionava comigo. Sou facilmente convencido em assuntos carnais. "Jalan", disse ela novamente, passando ao meu redor. Ela usava os farrapos da escuridão como um vestido.

Não respondi nem me virei para acompanhá-la. Os aldeões ainda estavam chegando, e os barulhos e risadas lá de dentro do salão estavam atraindo outros a cada minuto. Nenhum deles veria Aslaug, mas se me vissem rodando e falando para o vento isso não ficaria bem. Os nórdicos são um bando de supersticiosos e, sinceramente, com o que eu havia visto nos últimos meses, tinham razão de ser. A superstição, todavia, tende a ter uma ponta afiada e eu não queria me ver empalado nela.

"Por que está aqui neste fim de mundo com toda essa plebe malcheirosa?" Aslaug reapareceu do meu lado esquerdo, com a boca próxima da minha orelha. "E qual o motivo", continuou, com mais dureza em seu tom de voz, os olhos se estreitando, "para aquele jurado pela luz estar aqui? Posso sentir o cheiro dele. Ele estava indo embora..." Ela inclinou a cabeça. "Jalan? Você o seguiu? Veio atrás como um cachorrinho? Já falamos sobre isso, Jalan. Você é um príncipe, um homem de sangue azul, na linha de sucessão do trono de Marcha Vermelha!"

"Estou indo para casa." Eu falei com um sussurro, quase sem mexer os lábios.

"Deixando suas beldades para trás?" Ela sempre tinha um tom de reprovação quando falava de minhas conquistas amorosas. Obviamente era do tipo ciumento.

"Achei que era a hora. Elas estavam ficando pegajosas." Esfreguei o lado da minha cabeça, sem me convencer de que Tuttugu havia retirado todas as farpas.

"Melhor assim. Em Marcha Vermelha, nós podemos começar a limpar seu caminho para a sucessão." Um sorriso iluminou seu rosto, com o céu atrás dela vermelho pelo sol agonizante.

"Bem..." Meus próprios lábios se curvaram repetindo a expressão dela. "Não sou a favor de matar. Mas se um monte de primos meus caísse de um penhasco eu não perderia o sono por isso." Eu havia descoberto que valia a pena fazer o jogo dela. Embora me regozijasse com qualquer infortúnio que o destino pudesse jogar sobre meus primos, especialmente uns três ou quatro deles, eu nunca tivera estômago para os jogos mais letais de algumas cortes, com facas e venenos. Minha própria visão para meu glorioso caminho até o trono envolvia bajulações e favoritismo, azeitada com histórias de heroísmo e relatos de caráter. Uma vez escolhido como o favorito de vovó e promovido injustamente à posição de herdeiro, seria apenas questão de a velha ter um oportuno ataque cardíaco e meu reinado de prazer teria início!

"Você sabe que Snorri irá tramar sua destruição, Jalan?" Ela esticou o braço em volta de mim, com o toque frio, mas de algum modo vibrante também, repleto de todas as deliciosas possibilidades que a noite esconde. "Você sabe o que Baraqel irá instruir. Ele lhe disse o mesmo quando Snorri me prendeu dentro dele."

"Eu confio em Snorri." Se ele me quisesse morto, poderia ter feito isso muitas vezes.

"Até quando, Príncipe Jalan? Até quando irá confiar nele?" Seus lábios estavam perto dos meus agora, a cabeça com um halo dos últimos raios do sol. "Não confie na luz, Príncipe Jalan. As estrelas são bonitas, mas o espaço entre elas é infinito e cheio de promessas negras." Atrás de mim, eu quase pude ouvir sua sombra se misturar à minha, com suas pernas de aranha seca roçando-se uma na outra. "Voltar com seu corpo e a história certa a Vermillion faria Snorri conquistar gratidão em muitos círculos, por vários motivos..."

"Boa noite, Aslaug." Contraí o que podia ser contraído e consegui não estremecer. Os últimos momentos antes de a escuridão levá-la era quando ficava menos humana, como se sua presença durasse mais que seu disfarce apenas por um instante.

"Fique de olho nele!" E as sombras a puxaram para baixo, fundindo-se com a penumbra singular que se transformaria em noite.

Eu me virei e segui os habitantes até seu "grande" salão. Meus momentos com Aslaug sempre me deixavam um pouco menos tolerante com camponeses suados e suas vidinhas broncas. E talvez Snorri realmente precisasse ser vigiado. Afinal, ele estava a ponto de me abandonar quando eu mais precisava de ajuda. Se fosse um dia depois, eu poderia ter sido submetido a todos os horrores da amarração ou a alguma forma ainda mais cruel de justiça viking.

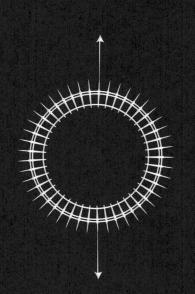

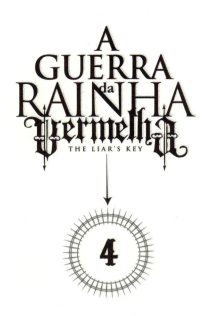

4

Três mesas longas dividiam o salão de hidromel, agora repleto de homens e mulheres erguendo os canecos espumantes e transbordantes. Crianças, algumas com apenas oito ou nove anos, corriam de um lado para o outro com jarros que saíam de quatro grandes barris para que nenhum copo ficasse vazio. Uma grande fogueira rugia na lareira, com peixes assando em espetos diante dela. Cães brigavam pelos cantos do salão, arriscando serem chutados para correrem para baixo das mesas caso alguma coisa caísse. Levava um tempo até se acostumar com o calor, o barulho e o fedor do local, após sair da gélida noite de primavera. Eu tracei um percurso até o fundo do salão, passando bem longe dos cachorros. Os bichos geralmente são bons avaliadores de caráter – não gostam de mim –, exceto cavalos, que, por motivos que jamais entendi, fazem o melhor que podem a meu favor. Talvez seja nosso interesse em comum de fugir que crie a conexão.

Snorri e Borris se sentaram perto da lareira, ladeados pelos guerreiros de Olaafheim. A maioria dos acompanhantes parecia ter trazido seus machados para a bebedeira noturna, colocando-os sobre a mesa de tal maneira que ficava complicado apoiar as bebidas. Snorri se virou quando eu me aproximei e bradou para que abrissem espaço. Alguns resmungos surgiram, logo silenciados por murmúrios de "berserker". Eu me espremi em um pedaço estreito do banco polido pelos traseiros, tentando não demonstrar meu desprazer em estar tão apertado entre bandoleiros peludos. Minha tolerância para tais intimidades havia aumentado durante o período como proprietário e operador da taberna Três Machados... Bem, na verdade eu pagava Eyolf para ficar no bar, e Helga e Gudrun para servir as mesas... Mas mesmo assim eu estava lá em espírito. De qualquer modo, apesar da minha tolerância ter aumentado, ela ainda não era lá essas coisas e, pelo menos em Trond, os bárbaros barbudos empunhadores de machados eram de melhor qualidade. Confrontado com a situação atual, porém, sem falar na mesa cheia de machados, eu fiz o que qualquer homem faria se quisesse sair com a mesma quantidade de membros que entrou: sorri feito um idiota e aguentei.

 Estendi a mão para pegar o canecão trazido até mim por uma criança loira e descalça, e decidi me embebedar. Isso provavelmente me evitaria problemas e a possibilidade de passar a viagem inteira até o continente em estado de embriaguez me pareceu convidativa. Uma preocupação paralisou minha mão, todavia. Embora me doesse admitir, o sangue de minha avó pareceu realmente se revelar em mim. Snorri ou Tuttugu já havia mencionado minha... deficiência a nossos anfitriões. No coração do norte que lutava com trolls, ser um berserker parecia carregar uma bela dose de prestígio, mas qualquer homem em sã consciência lhe diria o terrível estorvo que isso é. Eu sempre tive pavor de batalha, sensatamente. A descoberta de que, se for levado ao limite, eu me transformo em um louco enfurecido que se atira de cabeça na pior das brigas não era nada reconfortante. A maior vantagem de um sábio reside em reconhecer a hora ideal de fugir. Esse tipo de estratégia de sobrevivência é de certa forma comprometida pela tendência de começar a espumar pela boca e deixar de lado todo o medo. O medo é algo valioso, é o bom senso comprimido em sua forma mais pura. A ausência dele não é algo positivo. Felizmente, era preciso muita pressão para fazer meu berserker interior vir à tona e, até onde eu sei, isso só aconteceu duas vezes. Uma vez na Passagem Aral e outra no Forte Negro. Por mim, seria ótimo se nunca mais acontecesse novamente.

"... Skilfar..." Um homem caolho diante de Snorri, falando para dentro de sua caneca de cerveja. Eu captei aquela única palavra, e já foi o suficiente.

"Quê?" Eu tomei de uma vez o resto de minha cerveja, limpando a espuma de meu bigode, um troço loiro que havia cultivado para me adequar ao clima. "Não vou voltar lá, Snorri, de jeito nenhum." Eu me lembrei da bruxa em sua caverna, com sua legião de plastik por toda parte. Ela me metia muito medo. Eu ainda tinha pesadelos...

"Relaxe." Snorri me deu aquele seu sorriso vencedor. "Não precisamos."

Eu realmente relaxei, inclinando-me para a frente ao liberar a tensão que nem sabia que existia. "Graças a Deus."

"Ela ainda está em seu trono de inverno. Beerentoppen. É uma montanha de gelo e fogo, não muito longe no interior. Será nossa última parada antes de deixarmos o norte daqui a alguns dias, descendo pela costa, e zarparmos para Maladon pelo mar aberto."

"De jeito nenhum!" Era a mulher que me metia medo, não os túneis e estátuas – bem, eles também, mas a questão era que eu não iria. "Rumaremos para o sul. A Rainha Vermelha terá as respostas de que precisamos."

Snorri balançou a cabeça. "Eu tenho perguntas que não podem esperar, Jal. Assuntos que precisam de um pouco de luz do norte para serem esclarecidos."

Eu sabia sobre o que ele queria falar – aquela maldita porta. Se ele levasse a chave até Skilfar, porém, ela provavelmente a tomaria. Não duvidava nem por um segundo do que ela seria capaz. Mesmo assim, eu não estava nem aí se ela a roubasse. Uma coisa poderosa como aquela estaria mais segura nas mãos da bruxa velha, em todo caso. Longe de onde eu pretendia estar e fora do alcance do Rei Morto.

"Está bem." Eu interrompi o guerreiro caolho novamente. "Você pode ir. Mas eu fico no barco!"

O camarada na frente de Snorri virou o olho azul e gelado na minha direção, a outra órbita apenas um buraco vazio, com a luz da fogueira iluminando a contração de pequenos músculos feiosos no buraco sombreado. "Esse *fit-firar* agora fala por você, Snorri?"

Eu sabia que aquilo era um grande insulto. Os vikings não conseguem pensar em nada pior do que chamar alguém de "homem da terra", alguém que não conhece o mar. É esse o problema dessas vilas atrasadas – todo mundo é nervosinho. Eles estão todos a postos para dar um pulo a qualquer momento e arrancar suas tripas. É a compensação, obviamente, por viverem em cabanas congelantes ou em uma praia inóspita. Em casa, eu xingaria o camarada e deixaria metade da guarda do palácio me segurar, enquanto a outra metade o escorraçaria da cidade. O problema de um amigo como Snorri é que ele é do tipo que leva as coisas a sério e pensa que eu realmente quero defender minha própria honra. Se conheço Snorri, ele ficaria batendo palmas enquanto o selvagem me retalhava.

O homem, Gauti, como acho que Snorri o tinha chamado, estava com uma mão no machado à sua frente, bem casual, com os dedos abertos, mas não tirava aquele olho frio de cima de mim e havia muito pouco a interpretar ali além do desejo de matar. Isso podia dar muito errado, muito rápido. A repentina vontade de urinar quase tomou conta de mim. Dei aquele sorriso audacioso do Jalan, ignorando a sensação de enjoo em meu estômago, e saquei minha adaga, uma bela peça de ferro preto. Aquilo atraiu um pouco de atenção, embora menos do que em qualquer outro lugar que já vira uma arma ser sacada antes. Pelo menos eu tive a satisfação de fazer Gauti hesitar, quase fechando os dedos em volta do cabo de seu machado. A meu favor, eu me *pareço* com o tipo de herói que exigiria satisfação e teria a habilidade de tirá-la.

"Jal...", disse Snorri, meio que franzindo a testa, apontando com os olhos para os vinte centímetros de faca em minha mão.

Eu empurrei para o lado alguns cabos de machados e em um movimento repentino inverti minha lâmina de modo que a ponta pairasse uns cinco milímetros acima da mesa. Novamente, o olho de Gauti se contraiu. Eu vi Snorri pôr delicadamente a mão na lâmina do machado do homem. Vários guerreiros chegaram a se levantar, mas depois se sentaram novamente em seus lugares.

Um grande trunfo de minha carreira como covarde secreto é a habilidade natural de mentir fluentemente em linguagem corporal. Metade dela é... como é que Snorri chamou? Serendipidade. Puro acidente fortuito. Quando estou com medo, fico ruborizado, mas em um jovem saudável de quase um metro e noventa isso normalmente parece indignação. Minhas mãos também raramente me entregam. Eu posso estar tremendo de medo por dentro, mas elas se mantêm firmes. Mesmo quando o pavor é tão grande que elas finalmente tremem, isso é muitas vezes confundido com raiva. Agora, porém, quando eu encostei a ponta da faca na madeira, minhas mãos se mantiveram firmes e seguras. Com alguns traços eu desenhei uma forma irregular com um chifre no topo e um arredondado embaixo.

"O que é isso?", quis saber o homem à minha frente.

"Uma vaca?", perguntou uma mulher de meia-idade, muito bêbada, inclinada sobre os ombros de Snorri.

"Isto, homens do clã Olaaf, é Scorron, a terra de meus inimigos. Estas são as fronteiras." Eu tracei uma pequena linha sobre a parte de baixo do arredondado e continuei: "Isto é a Passagem Aral, onde eu ensinei o exército de Scorron a me chamar de demônio". Levantei a cabeça e encarei o olho de Gauti. "E você pode notar que nenhuma dessas fronteiras é o litoral. Portanto, se eu fosse um homem do mar isso significaria, em meu país, que eu jamais poderia acabar com meu inimigo. Na verdade, cada vez que eu zarpasse estaria fugindo deles." Espetei a faca firmemente no centro de Scorron. "De onde eu venho, 'homens da terra' são os únicos que podem ir à guerra." Eu deixei um garoto encher meu caneco. "E assim nós aprendemos que insultos são como adagas – o que importa é a direção em que os aponta e onde você está." E então joguei a cabeça para trás para esvaziar meu copo.

Snorri bateu na mesa, os machados dançaram, e vieram as gargalhadas. Gauti recostou-se, azedo, mas seu mau humor perdera a força. A cerveja jorrava solta. Trouxeram bacalhau à mesa com algum tipo de papa de grãos salgados e terríveis bolinhos de alga queimados, quase pretos. Nós comemos. Mais cerveja fluiu. Eu me peguei conversando embriagadamente com um senhor de barba grisalha, com mais cicatriz do que rosto, sobre as vantagens dos diversos tipos de escaler – um assunto cujos conhecimentos eu adquirira em várias etapas, durante inúmeras conversas igualmente embriagadas com os fregueses da taberna Três Machados. Mais cerveja, derramada, espirrada, engolida. Acho que havíamos começado a falar sobre tipos de nós quando eu elegantemente escorreguei do banco e decidi ficar onde estava.

"Hedwig", resmunguei, ainda meio adormecido. "Sai de cima de mim, mulher."

As lambidas pararam e depois começaram novamente. Eu me perguntei vagamente onde estava e quando a língua de Hedwig havia ficado tão longa daquele jeito. E tão molhada. E fedorenta.

"Sai fora!" Eu enxotei o cachorro. "Maldito vira-lata." Eu me apoiei em um cotovelo, ainda no mínimo meio bêbado. As brasas acesas da lareira pintavam o salão com contornos e sombras. Cães vagavam embaixo das mesas, procurando migalhas. Eu pude perceber meia dúzia de bêbados roncando no chão, deitados onde caíram, e Snorri estirado sobre a mesa central, com a cabeça em seu fardo, num sono profundo.

Eu me levantei, trêmulo, com o estômago revirado. Embora o salão cheirasse como se mijar nele pudesse melhorar as coisas, tracei um caminho até as portas principais. Naquela penumbra, eu poderia atingir um viking adormecido e seria bem difícil sair dessa na conversa.

Cheguei às portas duplas e puxei a da esquerda para abrir, com as dobradiças rangendo a uma altura que acordaria os mortos – mas aparentemente ninguém mais – e saí. Minha respiração se esfumaçava à minha frente e a praça iluminada pelo luar estava reluzente pela geada. Mais uma bela noite de primavera no norte. Eu dei um passo à esquerda e comecei a tirar a água do joelho.

Por trás dos esguichos de cerveja emprestada estavam as batidas das ondas contra o muro do porto; e, por trás disso, era possível ouvir o murmúrio da arrebentação quebrando sem entusiasmo na praia distante que descia até o rio; e, por trás disso, uma... quietude que arrepiou os pelos da minha nuca. Escutei atentamente, sem encontrar nada que justificasse meu desconforto, mas mesmo de pileque eu tenho senso de perigo. Desde a chegada de Aslaug, a noite parecia um sussurro para mim. Hoje ela estava de boca calada.

Eu me virei, ainda atrapalhado para amarrar as calças, e percebi que precisava fazer de novo, imediatamente. A nada mais que dez metros de mim estava o maior lobo do mundo. Eu já ouvira muitas histórias na taberna e estava preparado para crer que o norte tinha lobos maiores do que os encontrados no sul. Eu já havia até visto um lobo gigante com meus próprios olhos, embora estivesse empalhado e montado no hall do Palácio dos Prazeres de Madame Serena lá na Rua do Magistério, em Vermillion. A coisa diante de mim devia ser a tal raça Fenris de que falavam em Trond. Era da altura de um cavalo, só que mais largo, com sua pelagem felpuda e a boca cheia de dentes afiados brilhando ao luar.

Fiquei ali, completamente imóvel, ainda mijando no chão entre meus pés. A fera mexeu-se para a frente, sem rosnar, sem rondar, apenas um rápido avanço, levemente desajeitado. Nem me ocorreu pegar minha espada. De qualquer forma, o lobo parecia que simplesmente poderia arrancar a ponta da lâmina com uma dentada. Eu apenas fiquei ali, parado, fazendo uma poça. Normalmente me orgulho de ser o tipo de covarde que age no momento, fugindo na hora certa, em vez de criar raiz naquele local. Dessa vez, porém, o peso do terror se mostrou grande demais para me permitir correr.

Foi só depois que a enorme fera passou com tudo por mim, arrombando as portas duplas e entrando com pressa no grande salão, que tive a presença de espírito de começar minha fuga. Eu corri, prendendo a respiração por conta do fedor de carniça do bicho. Cheguei até a beira da praça, impulsionado por gritos horríveis e uivos atrás de mim, antes de meu cérebro soltar a âncora. Os cachorros do salão passaram correndo por mim, ganindo. Eu parei, ofegando – principalmente de medo, já que não havia corrido muito –, e saquei minha espada. À minha frente, na noite escura, poderia haver vários monstros semelhantes. Lobos caçam em bando, afinal. Será que eu queria estar sozinho no escuro com os amigos da fera ou o lugar mais seguro seria com Snorri e mais uma dúzia de vikings enfrentando o que eu tinha acabado de ver?

Por toda Olaafheim, as portas estavam sendo abertas aos chutes, chamas se acendendo. Cães que haviam sido pegos desprevenidos agora se expressavam, e gritos de "Às armas!" começaram a ecoar. Rangendo os dentes, eu me virei, sem fazer esforço para correr. Parecia o inferno lá dentro: gritos e xingamentos dos homens, estrondos e estilhaços, mas estranhamente nem um único rosnado ou uivo de lobo. Já tinha visto brigas de cães antes e são coisas barulhentas. Lobos, aparentemente, tinham tendência a morder as línguas – a sua também, sem dúvida, se tivessem a oportunidade.

Ao chegar cada vez mais perto do salão, a cacofonia lá de dentro foi diminuindo, apenas gemidos, resmungos, os arranhões das garras na pedra. Meu passo virou um rastejo. Apenas os sons da atividade atrás de mim faziam com que eu continuasse a me mexer. Eu não podia ser visto simplesmente parado ali, enquanto homens morriam a poucos metros de distância. Com o coração disparado, ao contrário dos pés, cheguei à porta e inclinei um pouco a cabeça para que um dos olhos pudesse enxergar lá dentro.

Mesas estavam reviradas, com os pés como uma floresta curta e bêbada, mexendo-se ao brilho do fogo. Homens, ou melhor, pedaços de homens estavam espalhados pelo chão, em meio a poças escuras e manchas mais escuras ainda. De início, não consegui ver o lobo Fenris. Um resmungo de esforço atraiu meu olhar para a sombra mais escura na lateral do salão. A fera estava agachada, preocupada com alguma coisa no chão. Dois machados estavam fincados em seu flanco e havia outro enterrado em suas costas. Dava para ver sua grande boca aberta em volta de alguma coisa e as pernas de um homem se debatendo sob o seu focinho, cobertas de uma gosma preta de sangue e baba. De algum modo, eu sabia quem era, preso naquela bocarra.

"Snorri!" O grito saiu de dentro de mim sem permissão. Tapei a boca com a mão, no caso de sair mais alguma bobagem. A última coisa que eu queria era que aquela cabeça terrível se virasse na minha direção. Para meu horror, percebi que havia entrado pela porta – o pior lugar de todos para estar, iluminado pelo luar, bloqueando a saída.

"Às armas!"

"Ao salão!" Gritos de todos os lados agora.

Atrás de mim, eu podia ouvir as batidas de muitos pés. Não havia como recuar por ali. Os nórdicos amarram o covarde pelos polegares e arrancam as partes que ele precisa. Entrei rapidamente para me tornar um alvo menos óbvio e me arrastei pela parede de dentro, tentando não respirar. Os vikings começaram a chegar à porta atrás de mim, aglomerando-se para entrar.

Enquanto eu observava o lobo, uma mão, que parecia de criança em comparação ao tamanho do animal, deslizou para cima pelo outro lado da cabeça dele e agarrou-o entre os olhos. Uma mão reluzente. Uma mão que ficou tão brilhante que todo o recinto se iluminou, tornando-se quase tão claro quanto o dia. Exposto pela luz, eu fiz o que qualquer barata faz quando alguém acende um lampião na cozinha: corri para me esconder, saltando na direção do abrigo de um pedaço de mesa caída de lado, no meio do caminho entre nós.

A luz ficou ainda mais ofuscante e, quase cego, cambaleei por cima do tronco de alguém, caí por cima da mesa e tropecei para a frente, com vários passos precipitados, tentando desesperadamente ficar de pé. Minha espada estendida se enterrou em alguma coisa macia, raspando no osso, e um instante depois um peso imenso caiu em cima de mim, levando embora toda a luz. E todo o resto também.

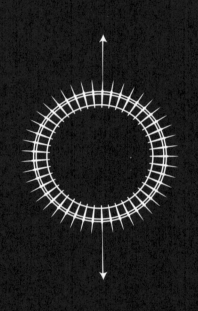

"... por baixo! Foram necessários seis homens para tirá-lo de lá." Era a voz de uma mulher, com um tom de admiração.

Senti como se tivesse sido levantado. Carregado.

"Segure!"

"Cuidado..."

Um pano molhado e quente passou em minha testa. Eu me aninhei na maciez que me envolveu. O mundo estava a uma agradável distância e apenas fragmentos de conversas chegavam até mim enquanto eu cochilava.

Em meu sonho, eu vagava pelo palácio vazio de Vermillion em um belo dia de verão, com a luz entrando pelas janelas altas que davam para a cidade ensolarada.

"... até o cabo! Deve ter atingido o coração..." Era uma voz de homem.

Eu estava me movendo. Sendo movido. O movimento era algo entre os solavancos familiares de um cavalo e o detestável sobe e desce do oceano.

"... vi o amigo dele..."

"Ouvi-o gritar da porta. 'Snorri!' Ele vociferou como um viking..."

O mundo ficou mais próximo. Eu não queria que isso acontecesse. Estava em casa. Onde era quente. E seguro. Bem, mais seguro. Tudo que o norte podia oferecer era queda macia. A mulher que me segurava tinha o peito tão montanhoso quanto o terreno local.

"... atacou direto para cima dele..."

"... mergulhou nele!"

O ranger de uma porta. O remexer dos carvões.

"... berserker..."

Eu me virei da paisagem banhada pelo sol de volta para a galeria vazia do palácio, momentaneamente cego.

"... Fenris..."

As manchas de sol sumiram de meus olhos, os vermelhos e os verdes desvanecendo. E eu vi o lobo, ali no corredor do palácio, de boca aberta, as presas de marfim, a língua escarlate, saliva escorrendo, hálito quente...

"Arrrgh!" Eu me levantei com um solavanco, tirando a cabeça dos seios masculinos e peludos de Borris. Aquele cara nunca usava camisa?

"Calminha aí!" Braços grossos me puseram para baixo com a mesma facilidade de uma criança em um berço forrado de peles. Uma cabana enfumaçada apareceu à nossa volta, maior que a maioria delas, com pessoas aglomeradas de todos os lados.

"O que foi?" Eu sempre pergunto isso – embora, pensando bem, raramente queira saber.

"Tranquilo! Está morto." Borris se endireitou. Guerreiros do clã Olaaf lotavam a cabana, além de uma mulher matrona com grossas tranças loiras e várias moças robustas – supostamente esposa e filhas.

"Snorri..." Eu comecei a dizer antes de notá-lo deitado ao meu lado, inconsciente, pálido – mesmo para um nórdico – e com várias feridas bem feias, uma delas mais antiga, aberta com raiva sobre as costelas, com uma crosta branca. Mesmo assim, ele parecia estar em estado muito melhor do que um homem deveria, após ter sido mordido por um lobo Fenris. As inscrições em seus braços se destacavam pelo forte contraste com a pele branca, o martelo e o machado de azul, as runas de preto, prendendo minha atenção por um momento. "Como?" Eu não estava em condições de dizer frases que contivessem mais de uma palavra.

"Emperrou um escudo na boca da fera. Aberta na marra!", disse Borris.

"Depois você a matou!", completou uma das filhas dele, com o busto quase tão desenvolvido quanto o do pai.

"Nós tiramos a sua espada", disse-me um guerreiro do bando, entregando-me minha espada, com o cabo primeiro, quase em reverência. "Deu um bom trabalho!"

O peso do bicho havia enterrado a lâmina, conforme ele caiu.

Eu me lembrei do quanto a boca do lobo estava aberta em volta de Snorri e da ausência de mastigação. Ao fechar os olhos, vi aquela mão brilhante apertando entre os olhos do lobo.

"Quero ver o animal." Eu não queria, mas precisava. Além do mais, não era sempre que eu podia bancar o herói e aquilo provavelmente não duraria muito, após Snorri recobrar os sentidos. Com certo esforço, consegui ficar de pé. Respirar fundo foi a parte mais difícil, pois o lobo me deixara com as costelas machucadas dos dois lados. Foi sorte ele não ter esmagado todas elas. "Caramba! Cadê o Tuttugu?"

"Estou aqui!" A voz veio de trás de várias costas largas. Os homens se afastaram para o lado e revelaram a outra metade dos undoreth, sorridente, com um olho se fechando, inchado. "Fui jogado contra a parede."

"Isso está virando um hábito." Eu me surpreendi com o quanto fiquei satisfeito ao vê-lo inteiro. "Vamos!"

Borris foi na frente. Flanqueado por homens com tochas de junco, fui mancando atrás, segurando minhas costelas e praguejando. Uma fogueira piramidal de toras agora iluminava a praça e vários homens feridos estavam deitados em catres ao redor dela, recebendo tratamento de um velho casal, ambos com longos cabelos brancos e desgrenhados. Eu não imaginava, do breve tempo que passei no salão, que alguém tivesse sobrevivido, mas um homem ferido tem o instinto de rolar para qualquer greta ou esconderijo em que caiba. Na Passagem Aral, nós tiramos mortos de fendas e tocas de raposas, alguns apenas com as botas à mostra.

Borris passou conosco pelos feridos e nos levou até as portas do grande salão. Um homem pequeno com uma grande mancha verrugosa na bochecha montava guarda, segurando sua lança e vigiando a noite.

"Está morto!" Foi a primeira coisa que nos disse. Ele parecia distraído, coçando seu capacete de ferro excessivamente grande como se aquilo fosse satisfazer o que lhe causava coceira.

"Ora, é claro que está morto!", disse Borris, empurrando-o para passar. "O príncipe berserker o matou!"

"Claro que está morto", repeti ao passar pelo camaradinha, permitindo-me um toque de desdém. Eu não sabia por que o bicho havia escolhido aquele momento para cair em cima de mim, mas seu peso havia enterrado minha espada até o cabo, e mesmo um lobo do tamanho de um cavalo não vai conseguir se levantar depois de um acidente desses. Ainda assim, eu me sentia incomodado. Algo a ver com as mãos de Snorri brilhando daquele jeito...

"Pelos bagos de Odin! Como fede!", disse Borris, logo à minha frente.

Eu tomei fôlego para salientar que estava claro que fedia. O salão fedia à beça, mas, justiça seja feita, era apenas ligeiramente pior do que o aroma da cabana de Borris ou de Olaafheim em geral, na verdade. Minhas observações se perderam em um ataque de tosse, como se a podridão tivesse invadido meus pulmões. Engasgar-se com as costelas gravemente machucadas é um troço doloroso e distrai sua mente das coisas, como ficar de pé. Felizmente, Tuttugu me segurou.

Nós avançamos, com a respiração curta. Lampiões haviam sido acesos e postos na mesa central, agora novamente de pé. Uma espécie de incenso queimava em vasos, cortando o fedor com um forte cheiro de lavanda.

Os homens mortos haviam sido colocados diante da lareira, com as partes relacionadas. Eu vi Gauti entre eles, mordido bem no meio, com seu olho fechado pela dor do momento e a órbita vazia apontada para as vigas do teto. O lobo estava no local onde caíra enquanto atacava Snorri. Estava esparramado de lado, com as patas apontadas para a parede. O terror que havia me contaminado quando eu o vi pela primeira vez agora voltou com força. Mesmo morto, ele era uma visão pavorosa.

A fedentina piorou conforme nos aproximamos.

"Está morto", disse Borris, caminhando na direção da ponta perigosa.

"Ora, é claro...", interrompi a mim mesmo. A coisa fedia a carniça. Seu pelo havia caído em certas partes, e a carne por baixo era cinzenta. Nos lugares onde havia cortes, vermes se contorciam. Ele não estava apenas morto – estava morto fazia um bom tempo.

"Odin...", sussurrou Borris. A palavra saiu por entre a mão sobre seu rosto, sem encontrar nenhuma parte da anatomia divina à qual vincular seu xingamento. Eu me juntei a ele e olhei para a cabeça do lobo. Crânio enegrecido seria uma descrição mais precisa. Os pelos haviam caído, a pele enrugada como se estivesse diante do fogo, e no osso, entre as órbitas oculares por onde escorria sangue negro, uma queimadura em formato de mão.

"O Rei Morto!" Eu girei na direção da porta, espada em punho.

"Quê?" Borris não se mexeu, ainda olhando para a cabeça do lobo.

Eu parei e apontei na direção dos corpos. Quando fiz isso, o olho bom de Gauti se abriu. Se seu olhar já era frio em vida, agora todos os invernos do Gelo Mortal sopravam ali. Suas mãos agarraram o chão e onde seu tronco terminava, nos destroços vermelhos pendurados abaixo de sua caixa torácica, os pedaços começaram a se contorcer.

"Queimem os mortos! Desmembrem-nos!" E comecei a correr, segurando minhas costelas com um braço, cada respiração uma pontada.

"Jal, aonde..." Tuttugu tentou me segurar quando passei por ele.

"Snorri! O Rei Morto mandou o lobo para Snorri!" Eu passei com tudo pelo verruguento da porta e saí para a noite.

Com as costelas daquele jeito e o tamanho de Tuttugu, nenhum de nós foi o primeiro a voltar à casa de Borris. Homens mais ágeis haviam alertado a esposa e as filhas. Já havia gente chegando para vigiar o local quando nós passamos abaixados pela entrada principal.

Snorri tinha se sentado, exibindo a topologia musculosa de seu peito e abdômen despidos. As filhas estavam agitadas à sua volta, uma dando pontos em um corte na lateral enquanto a outra limpava um ferimento logo abaixo de sua clavícula. Eu me lembrei de quando era jurado pela luz, carregando Baraqel dentro de mim, e do quanto me esgotava incapacitar um único morto-vivo. Lá na montanha, logo após Chamy-Nix, quando os homens de Edris nos pegaram, eu queimei os braços do cadáver que estava tentando me estrangular. O esforço me deixou arrasado. O fato de Snorri nem sequer conseguir se sentar após incinerar a cabeça toda de um lobo gigante dizia tanto sobre sua força interior quanto todos aqueles músculos sobre sua força exterior.

Snorri levantou a cabeça e me deu um sorriso cansado. Por ter sido, em diferentes momentos, tanto jurado pela luz como agora pela escuridão, posso dizer que o lado escuro é mais fácil. O poder que Snorri e eu havíamos usado nos desnascidos era a mesma cura que ambos usávamos para reparar feridas em outros. Saía da mesma fonte de energia, mas curar um corpo desnascido simplesmente queima o mal de dentro dele.

"Ele veio buscar a chave", disse-lhe.

"Provavelmente morreu no gelo e foi solto no degelo." Snorri estremeceu quando a filha ajoelhada deu mais um ponto. "A verdadeira pergunta é: como ele soube onde nos encontrar?"

Era uma boa pergunta. A ideia de que qualquer coisa morta por aí pudesse se virar contra nós em qualquer ponto de nossa jornada não me agradava. Uma boa pergunta para a qual eu não tinha resposta. Olhei para Tuttugu como se ele pudesse tê-la.

"Hum." Tuttugu coçou a papada. "Bem, não é exatamente um segredo que Snorri saiu de Trond velejando para o sul. Metade da cidade viu isso." Tuttugu não acrescentou "graças a você", mas nem precisou. "E Olaafheim seria o primeiro lugar sensato para três homens em um barco pequeno pararem. Facilmente alcançado em um dia de viagem com vento razoável. Se ele tivesse um agente na cidade com alguma forma arcana de comunicação... ou se talvez os necromantes estivessem acampados por perto. Não sabemos quantos escaparam do Forte Negro."

"É, faz sentido." Era bem melhor do que pensar que o Rei Morto simplesmente sabia onde nos encontrar quando bem entendesse. "Nós devemos, hã, provavelmente ir embora agora."

"Agora?" Snorri fez uma careta. "Não podemos velejar no meio da noite."

Eu me aproximei, percebendo o grande interesse das duas filhas. "Sei que gostam bastante de você aqui, Snorri. Mas há uma pilha de cadáveres no grande salão, e quando Borris e companhia terminarem de desmembrar e queimar seus amigos e parentes eles podem parar para se perguntar por que esse mal se abateu sobre sua cidadezinha. Ele é um amigo tão bom assim? E se eles começarem a fazer perguntas e quiserem nos levar rio acima para conhecer os dois jarls deles? Você tem amigos importantes também?"

Snorri se levantou, bem mais alto que as garotas e eu, puxando seu justilho. "Melhor irmos." Ele pegou seu machado e começou a caminhar em direção à porta.

Ninguém se mexeu para nos impedir, embora houvesse várias perguntas no ar.

"Preciso pegar uma coisa no barco." Eu disse isso no caminho até o porto. Era quase verdade.

Quando chegamos à orla, já havia uma bela multidão conosco, com seus questionamentos fundindo-se em um único murmúrio de descontentamento. Tuttugu ficou com uma tocha da cabana de Borris, iluminando o caminho em volta de redes empilhadas e caixotes descartados. As pessoas, perdidas nas sombras ao redor, observavam em número desconhecido. Um homem agarrou meu braço, dizendo algo sobre esperar Borris. Eu o afastei.

"Vou verificar a proa!" Demorei um tempo até aprender as terminologias náuticas, mas desde que soube diferenciar proa de popa eu aproveitava todas as oportunidades de demonstrar minhas credenciais. Desci, suspirando com a dor causada pelo salto. Era possível ouvir balbucios lá de cima, de pessoas tomando coragem para nos impedir de partir.

"Talvez esteja na popa... aquela... coisa que precisamos." Tuttugu poderia ter aulas de atuação com um troll de pedra. Ele pulou na outra ponta do barco, inclinando-o perceptivelmente.

"Vou sair remando", disse Snorri, descendo com dois passos. Ele ainda não havia pegado o jeito de mentir, algo que depunha contra minhas habilidades de ensino, após quase seis meses em minha companhia.

Para distrair os homens na mureta do porto do fato de estarmos suavemente nos afastando noite adentro, eu ergui a mão e acenei uma despedida real. "Adeus, cidadãos de Olaafheim. Sempre me lembrarei de sua cidade como... como... um lugar onde tenha estado."

E foi isso. Snorri continuou remando e eu desabei novamente para a semi-embriaguez que estava curtindo antes de começarem todos os aborrecimentos da noite. Mais uma cidade cheia de nórdicos deixada para trás. Em breve, eu estaria relaxando no sol do sul. Quase certamente me casaria com Lisa e começaria a gastar o dinheiro de seu pai antes de o verão terminar.

Três horas depois, o alvorecer nos encontrou na imensidão cinzenta do mar. Norseheim era uma linha escura ao leste, sem prometer nada de bom.

"Bem", disse eu, "pelo menos o Rei Morto não consegue nos alcançar aqui."

Tuttugu inclinou-se para fora e olhou para as ondas escuras como vinho. "Baleias mortas podem nadar?", perguntou.

Nossa partida apressada de Olaafheim nos fez chegar dois dias depois no porto de Haargfjord. Os víveres já estavam no fim e, embora Snorri quisesse evitar qualquer cidade maior, Haargfjord parecia ser nosso único destino.

Eu apalpei nosso saco de mantimentos. "Parece cedo para reabastecer", disse eu, encontrando-o mais para vazio do que para cheio. "Vamos comprar algo decente desta vez. Pão de verdade. Queijo. Um pouco de mel, talvez..."

Snorri balançou a cabeça. "Isso teria durado até Maladon para mim. Não estava planejando alimentar Tuttugu, nem dar comida a você para depois cuspir tudo no mar."

Nós atracamos no porto e Snorri me pôs em uma mesa numa taberna do cais tão básica que nem nome tinha. Os moradores a chamavam de taberna do cais e, pelo sabor da cerveja, a água usada era a que tiravam dos calabouços dos barcos atracados. Mesmo assim, não sou de reclamar, e a oportunidade de me sentar em algum lugar quente que não subia e descia com a maré era uma que não podia recusar.

Fiquei sentado ali o dia todo, verdade seja dita, bebendo aquela cerveja horrível, paquerando a dupla de garçonetes loiras e rechonchudas, e devorando a maior parte de um porco assado. Não esperava ser largado por tanto tempo, mas sem que percebesse eu já havia atingido aquela quantidade de cervejas em que você pisca e o sol salta um quarto de seu caminho entre os horizontes.

Tuttugu juntou-se a mim no final da tarde parecendo preocupado. "Snorri desapareceu."

"Um belo truque! Ele devia me ensinar."

"Não, estou falando sério. Não consigo encontrá-lo em lugar nenhum, e não é uma cidade tão grande."

Brinquei de olhar embaixo da mesa, encontrando apenas tábuas incrustadas de sujeira e um monte de ossos de costela roídos por ratos. "Ele é um cara grande. Nunca conheci ninguém capaz de se cuidar melhor que ele."

"Ele está numa missão para abrir a porta da morte!", disse Tuttugu, gesticulando com as mãos para demonstrar como aquilo era o oposto de se cuidar.

"Verdade." Eu entreguei a Tuttugu um osso de porco assado meio roído. "Veja por este lado: se *realmente* aconteceu algo com ele, você foi poupado de uma viagem de meses... Pode voltar para Trond e eu esperarei aqui por um navio de tamanho decente para me levar ao continente."

"Se não está preocupado com Snorri, pelo menos poderia estar preocupado com a chave." Tuttugu franziu o rosto e deu uma enorme mordida na perna do porco.

Eu ergui a sobrancelha ao ouvir aquilo, mas a boca de Tuttugu estava cheia e eu estava bêbado demais para segurar quaisquer perguntas que pudesse ter.

"Por que está fazendo isso, Tuttugu?" Joguei cerveja sobre minha língua solta. "Caçando uma porta para o inferno? Está planejando entrar atrás dele, se a encontrar?"

Tuttugu engoliu. "Não sei. Se tiver coragem suficiente, sim."

"Por quê? Porque são do mesmo clã? Moraram nas encostas do mesmo fiorde? O que no mundo faria você..."

"Eu conhecia a esposa dele. Conhecia os filhos dele, Jal. Peguei-os no colo. Eles me chamavam de 'tio'. Se um homem consegue perder isso, ele consegue perder qualquer coisa... e aí que sentido tem a vida dele, que importância?"

Eu abri a boca, mas mesmo bêbado não tinha respostas para aquilo. Então levantei meu caneco e não disse nada.

Tuttugu ficou tempo suficiente para terminar minha comida e beber minha cerveja, e em seguida saiu para continuar sua busca. Uma das moças da cerveja, Hegga ou possivelmente Hadda, apareceu com mais um jarro e, quando dei por mim, a noite havia se estabelecido à minha volta e o proprietário havia começado a comentar em voz alta que as pessoas deveriam voltar para seus lares ou pelo menos pagar por espaço em seu belo alojamento.

Eu me levantei da mesa com esforço e cambaleei até a latrina. Snorri estava sentado em meu lugar quando voltei, com a testa enrugada e uma expressão zangada em seu maxilar.

"Snolli!" Cogitei perguntar por onde ele havia andado, mas percebi que se eu estava bêbado demais para dizer seu nome era melhor apenas me sentar. Eu me sentei.

Tuttugu entrou pela porta da rua instantes depois e nos avistou com alívio.

"Onde você estava?", quis saber, como uma mãe dando uma bronca.

"Bem aqui! Ah..." Eu me virei com extremo cuidado para olhar para Snorri.

"Buscando conhecimento", disse ele, virando-se e estreitando os olhos azuis na minha direção, um olhar perigoso que conseguiu me deixar um pouco mais sóbrio. "Encontrando meu inimigo."

"Bem, isso nunca foi problema", disse-lhe. "É só esperar um pouco que eles vêm até você."

"Conhecimento?" Tuttugu puxou um banquinho. "Você foi a uma völva? Qual delas? Eu achei que iríamos até Skilfar em Beerentoppen."

"Ekatri." Snorri se serviu de um pouco de minha cerveja. Tuttugu e eu ficamos mudos, apenas observando-o. "Ela estava mais perto." E em nosso silêncio Snorri começou a falar, e boiando em um mar de cerveja barata eu vi a história se desenrolar à minha frente.

Após me deixar na taberna do cais, Snorri conferiu a lista de mantimentos com Tuttugu. "Tudo certo, Tutt? Preciso ir ver o Velho Hrothson."

"Quem?" Tuttugu levantou a cabeça da pedra onde Snorri havia rabiscado a lista com sal, carne seca e os outros mantimentos, ao lado de traços para marcar as quantidades.

"Velho Hrothson, o chefe!"

"Ah." Tuttugu deu de ombros. "Minha primeira vez em Haargfjord. Pode ir, sou capaz de pechinchar com o melhor deles."

Snorri deu um tapinha no braço de Tuttugu e se virou para sair.

"É lógico que até o melhor pechinchador precisa de *alguma coisa* para pagar...", acrescentou Tuttugu.

Snorri procurou no bolso de seu casaco de inverno e tirou uma pesada moeda, atirando-a para Tuttugu.

"Nunca vi uma moeda de ouro desse tamanho antes." Tuttugu a segurou perto do rosto, tão perto que quase enfiou o nariz nela, com a outra mão enfiada em sua barba ruiva. "O que é isso nela? Um sino?"

"O grande sino de Veneza. Dizem que perto da Baía dos Suspiros dá para ouvi-lo soar em noite de tempestade, embora esteja noventa metros debaixo d'água." Snorri procurou outra moeda em seu bolso. "É um florim."

"Grande sino de onde?" Tuttugu virou o florim do outro lado, encantado com o brilho.

"Veneza. Inundada como a Atlântida e todas as cidades abaixo do Mar Calmo. Era parte de Florença. Foi onde as cunharam."

Tuttugu apertou os lábios. "Encontrarei Jal quando terminar. Isto é, se eu conseguir carregar todo o troco que receber após usar esta belezinha. Encontro você lá."

Snorri assentiu e saiu, pegando uma rua íngreme que saía das docas e levava até as compridas casas na encosta que dava para a cidade principal.

Em anos de guerras e invasões, Snorri aprendera a valorizar a informação acima da opinião; que as histórias que as pessoas contam são uma coisa, mas que, se você pretende arriscar as vidas de seus soldados, é melhor que as histórias sejam amparadas pela comprovação de seus próprios olhos – ou os de um olheiro. Melhor ainda, vários olheiros, pois se você mostra uma coisa para três homens irá ouvir três relatos diferentes, e se tiver sorte a verdade estará em algum lugar no meio deles. Ele iria até Skilfar e procuraria a bruxa do gelo em sua montanha de fogo, mas era melhor ir armado com conselhos de outras fontes, em vez de um barco vazio esperando ser preenchido apenas com a opinião dela.

O Velho Hrothson recebeu Snorri na varanda de sua casa, onde estava sentado em uma cadeira de encosto alto de carvalho negro, toda esculpida com símbolos asgardianos. Nas colunas que subiam acima dele havia deuses, austeros e vigilantes. Odin olhava por sobre a cabeça curvada do velho, com Freja ao seu lado, flanqueado por Thor, Loki e Aegir. Outros, esculpidos mais embaixo, estavam tão gastos após anos sendo tocados que podiam ser qualquer deus que você quisesse. O velho estava sentado e curvado sob seu manto de trabalho, apenas pele afundada e ossos, cabelos brancos e ralos coroando a cabeça cheia de manchas senis, e um forte odor de doença à sua volta. Seus olhos, no entanto, permaneciam acesos.

"Snorri Snagason. Ouvi dizer que os Hardassa tinham dado fim aos undoreth. Uma facada nas costas em uma noite escura?" O Velho Hrothson mediu suas palavras, com a idade rangendo em cada sílaba. O Hrothson mais jovem estava sentado ao lado dele em uma cadeira mais baixa, um homem grisalho de sessenta anos. Guardas de honra vestidos de cota de malha e peles estavam dos dois lados, com longos machados apoiados nos ombros. Os dois Hrothsons estavam sentados ali quando Snorri os viu da última vez, talvez cinco anos antes, olhando para a cidade lá embaixo e o mar cinzento.

"Apenas dois sobreviveram", disse Snorri. "Eu e Olaf Arnsson, conhecido como Tuttugu."

O Hrothson mais velho inclinou-se para a frente e pigarreou um monte de catarro escuro, cuspindo-os no chão. "Isso é para os Hardassa. Que Odin lhe conceda a vingança e Thor a força para aguentar."

Snorri bateu o punho contra o peito, embora as palavras não o consolassem. Thor podia ser o deus da força e da guerra e Odin o da sabedoria, mas ele às vezes se perguntava se não era Loki, o deus trapaceiro, que estava por trás do que aconteceu. Uma mentira pode ser mais profunda do que a força ou a sabedoria. E o mundo não havia mesmo provado ser uma piada amarga? Talvez até os próprios deuses tivessem caído no maior truque de Loki e o fim da piada seria ouvido no Ragnarök. "Eu busco sabedoria", disse ele.

"Bem", disse o Velho Hrothson, "há sempre os padres."

Todos eles riram, até os guardas de honra.

"Não, sério", falou pela primeira vez o Hrothson mais novo. "Meu pai pode aconselhá-lo sobre guerra, colheita, comércio e pesca. Está falando sobre a sabedoria deste ou do outro mundo?"

"Um pouco de ambos", admitiu Snorri.

"Ekatri." O Velho Hrothson assentiu. "Ela voltou. Você encontrará sua cabana de inverno perto das cataratas do lado sul, cinco quilômetros saindo do fiorde. Há mais em suas runas do que nas fumaças e sinos de ferro dos padres, com suas intermináveis histórias de Asgard."

O filho assentiu e Snorri se despediu. Quando ele se virou para olhar para trás, ambos os homens estavam da maneira como ele os deixara cinco anos antes, olhando para o mar.

Uma hora depois, Snorri se aproximou da cabana da bruxa, uma pequena construção redonda, feita de toras, o teto de urze e couro, com um fino rastro de fumaça saindo do meio. O gelo ainda debruava as cataratas, descendo atrás da cabana em uma cascata fina e interminável, com pontos brancos atravessando a névoa acima de onde a água caía.

Um calafrio passou por Snorri quando ele seguiu o caminho pedregoso até a porta de Ekatri. O ar tinha sabor de magia antiga, nem boa nem ruim, mas sim da terra, sem amor ao homem. Ele parou para ler a runas na porta. Magia e Mulher. O significado de völva. Ele bateu e, sem ouvir nada, empurrou a porta.

Ekatri estava sentada em peles espalhadas, quase perdida debaixo de uma pilha de cobertores de remendos. Ela o observou com um olho escuro e uma órbita lacrimejante. "Entre, então. Está claro que não vai aceitar não como resposta."

Snorri se abaixou para evitar o batente da porta e em seguida para não bater nas ervas penduradas em maços secos nas vigas do telhado. A pequena fogueira entre eles serpenteava sua fumaça para a chaminé no teto, enchendo o único aposento com um perfume de lavanda e pinho que quase mascarava o cheiro de podre.

"Sente-se, criança."

Snorri se sentou, sem se ofender. Ekatri parecia ter cem anos, tão encarquilhada e retorcida como uma árvore no alto de um penhasco.

"E então? Você espera que eu adivinhe?" Ekatri enfiou a mão fechada em uma das tigelas ao redor e jogou uma pitada do pó nas brasas à sua frente, fazendo uma onda mais escura na fumaça que subia.

"No inverno, assassinos apareceram em Trond. Eles foram até lá atrás de mim. Quero saber quem os enviou."

"Você não perguntou a eles?"

"Dois eu tive que matar. O último eu aleijei, mas não pude fazê-lo falar."

"Você não tem disposição para a tortura, undoreth?"

"Ele não tinha boca."

"Uma criatura muito estranha, realmente." Ekatri tirou um frasco de vidro de seu cobertor, nada que os nórdicos pudessem fabricar. Era coisa dos Construtores, e no líquido esverdeado lá dentro havia um único olho – da própria bruxa, talvez –, girando com vagar na corrente lenta.

"Eles tinham a pele morena, eram humanos em todos os aspectos, exceto pela falta de boca, isso e a terrível rapidez deles." Snorri tirou uma moeda de ouro de seu bolso. "Podem ser de Florença. Eles estavam com a quantia do serviço em florins."

"Isso não quer dizer que sejam florentinos. Metade dos jarls de Norseheim tem um punhado de florins em seus baús de guerra. Nos países do sul, os nobres usam florins em seus salões de jogos com a mesma frequência que suas próprias moedas." Snorri passou a moeda para a garra estendida de Ekatri. "Um florim duplo. Estes, sim, são mais raros."

Ekatri pôs a moeda sobre a tampa do frasco onde seu olho perdido flutuava. Ela pegou um saco de couro em seus cobertores e o sacudiu, de modo que o conteúdo chacoalhou. "Ponha a mão aí dentro, misture-as, e solte-as... aqui." Ela abriu um espaço e marcou o centro.

Snorri fez como ela pediu. Já haviam lido as runas para ele antes. Agora a mensagem seria mais sombria, imaginava. Ele fechou a mão em volta das runas, achando-as mais frias e pesadas do que esperava, depois tirou o punho de dentro, abriu-o com a palma virada para cima e deixou as runas caírem de sua mão na pele que estava embaixo. Parecia que cada uma caía na água, com o trajeto lento, girando mais do que deveria. Quando elas aterrissaram, um silêncio atravessou a cabana, dando caráter definitivo ao pronunciamento lavrado em pedra entre a bruxa e o nórdico.

Ekatri analisou as runas com o rosto ávido, como se ansiasse por algo que pudesse ler entre elas. Uma língua muito rosa surgiu para molhar os lábios velhos.

"Wunjo, virada para baixo, embaixo de Gebo. Uma mulher enterrou sua alegria, uma mulher pode libertá-la." Ela tocou em duas outras viradas para cima. "Sal e Ferro. Seu caminho, seu destino, seu desafio e sua resposta." Um dedo rugoso desvirou a última runa. "A Porta. Fechada."

"O que significa isso tudo?" Snorri franziu o rosto.

"O que acha que significa?" Ekatri o observou com uma diversão irônica.

"Eu é que preciso ser a völva para você?", retumbou Snorri, sentindo-se zombado. "Cadê a magia aí, se *eu* lhe disser a resposta?"

"Deixo você me dizer seu futuro e você me pergunta onde está a magia?" Ekatri estendeu a mão e girou o frasco do lado dela, de modo que o olho em conserva lá dentro girou com a corrente. "A magia pode estar em fazer essa sua cabecinha dura de guerreiro entender que seu futuro depende de escolhas e que só você pode fazê-las. A magia consiste em saber que procura tanto a porta como a felicidade que pensa estar atrás dela."

"Tem mais", disse Snorri.

"Sempre tem mais."

Snorri levantou seu justilho. Os arranhões e cortes que o lobo Fenris lhe causara estavam formando crosta e se curando, com hematomas escuros sobre seu peito e flanco, mas em cima das costelas um único corte extenso estava reluzente, com a pele ao redor de um vermelho raivoso, com uma crosta branca de sal ao longo da ferida. "Presente dos assassinos."

"Um ferimento interessante." Ekatri estendeu a mão com os dedos murchos. Snorri se sobressaltou, mas se manteve firme quando ela pôs a mão sobre o talho. "Dói, Snorri ver Snagason?"

"Dói", respondeu entredentes. "Só me deixa em paz quando velejamos. Quanto mais eu fico parado, pior ela fica. Eu sinto um... puxão."

"Ela puxa você para o sul." Ekatri recolheu a mão, limpando-a em suas peles. "Você já sentiu esse tipo de chamado antes."

Snorri assentiu. A ligação com Jal exercia uma atração parecida. Ele a sentia até mesmo agora, de leve, mas presente, querendo puxá-lo de volta à taberna onde deixara o sulista.

"Quem fez isso?" Ele olhou no olho da völva.

"Por que é uma pergunta melhor."

Snorri pegou a pedra que Ekatri chamou de Porta. Ela não parecia mais indevidamente fria ou pesada, apenas um pedaço de ardósia, gravada com uma única runa. "Por causa da porta. E porque pretendo encontrá-la antes dela", disse ele.

Ekatri estendeu a mão para pegar a Porta e Snorri lhe passou a pedra, sentindo uma pontada de relutância em soltá-la.

"Alguém no sul quer o que está carregando, e quer que o leve até ele." Ekatri molhou os lábios novamente – a rapidez de sua língua era perturbadora. "Está vendo como um simples corte junta todas as runas?"

"O Rei Morto fez isso? Ele enviou aqueles assassinos?", perguntou Snorri.

Ekatri negou com a cabeça. "O Rei Morto não é tão sutil. Ele é uma força bruta e elementar. Isso tem uma mão mais antiga por trás. Você tem algo que todos querem." Ekatri levou a mão em forma de garra ao peito enrugado, com o movimento apenas visível sob as cobertas. Ela tocou em si mesma o exato ponto onde a chave de Loki tocava a pele de Snorri.

"Por que só os três, enviados no meio do inverno? Por que não mais, agora que viajar é fácil?"

"Talvez ele estivesse testando alguma coisa. Três assassinos desses fracassando contra um homem parece-lhe razoável? Talvez a ferida fosse tudo que pretendessem lhe dar. Uma espécie de... convite. Se não fosse a luz dentro de você combatendo o veneno daquela lâmina, você já pertenceria à ferida, correndo apressadamente para o sul. Não haveria possibilidade de qualquer atraso ou desvio para falar com velhas em suas cabanas." Ela fechou o olho e pareceu analisar Snorri com sua órbita vazia por um tempo. "Realmente, dizem que a chave de Loki não gosta de ser tomada. Dada, com certeza, mas tomada? Roubada, certamente. Mas tomada à força? Dizem que há uma maldição aos que a possuem através da força. E não é bom enfurecer deuses, não é mesmo?"

"Eu não mencionei chave nenhuma." Snorri lutava para impedir que suas mãos fossem na direção dela, queimando gelada em seu peito.

"Os corvos voam até no inverno, Snagason." O olho de Ekatri se empederniu. "Você acha que, se algum mago do sul soubesse de suas façanhas semanas atrás, a essa altura a velha Ekatri não saberia em sua cabana logo abaixo do litoral? Você veio atrás de conhecimento: não pense que sou tola."

"Então eu devo ir ao sul e ter esperança?"

"Não há obrigação alguma. Entregue a chave e a ferida se fechará. Talvez até as feridas que não consegue ver. Fique aqui. Tenha uma vida nova." Ela bateu nas peles ao lado dela. "Estou sempre precisando de um homem novo. Eles parecem nunca durar."

Snorri começou a se levantar. "Fique com o ouro, völva."

"Ora, parece que meu conhecimento está valorizado hoje. Agora que pagou por ele tão generosamente, talvez possa segui-lo, criança." Ela fez a moeda desaparecer e suspirou: "Estou velha, meus ossos estão secos, o mundo perdeu sua graça, Snorri. Vá, morra, esgote-se nas terras mortas... Para mim, faz pouca diferença, minhas palavras são um ruído bonito para você, sua cabeça está feita. O desperdício me entristece, pois você é jovem e cheio de energia, mas no fim, no fim nós somos todos consumidos pelo tempo. Pense a respeito, no entanto. Aqueles que estão no seu caminho começaram a cobiçar a chave de Loki apenas neste inverno?".

"Eu..." Snorri sentiu vergonha por um instante. Seus pensamentos estavam tão fixos na escolha que fizera que se esquecera do resto do mundo.

"À medida que suas tragédias o atraem para o sul... pergunte-se como essas tragédias aconteceram e de quem é a mão que realmente está por trás delas."

"Fui um tolo." Snorri ficou de pé.

"E vai continuar sendo. As palavras não podem desviá-lo desse caminho. Talvez nada possa. Amizade, amor, confiança, esses conceitos infantis que já deixaram esta velha mulher... mas não importa o que as runas tenham a dizer, são eles que o governam, Snorri ver Snagason: amizade, amor e confiança. Eles o arrastarão até o submundo ou o salvarão dele. Ou um, ou outro." Ela inclinou a cabeça, olhando para o fogo.

"E a tal porta que procuro? Onde posso encontrá-la?"

A boca enrugada de Ekatri franziu-se com o pensamento. "Eu não sei."

Snorri sentiu-se murchar. Por um instante, achou que ela pudesse lhe dizer, mas teria de ser Skilfar. Ele começou a se virar.

"Espere." A völva ergueu uma mão. "Eu não sei. Mas posso supor onde ela pode estar. Três lugares." Ela pôs a mão novamente em seu colo. "Em Yttrmir, o mundo desce até Hel, pelo que dizem. Nos terrenos baldios que vão até Yöttenfall, os céus ficam escuros e as pessoas estranhas. Se for longe o bastante, encontrará vilas onde ninguém envelhece, ninguém nasce e cada dia passa sem mudanças. Mais adiante, as pessoas não comem, não bebem e não dormem, apenas ficam sentadas em suas janelas, olhando. Nunca ouvi dizer que haja uma porta... mas, se quiser ir até Hel, há um caminho. Esse é o primeiro. O segundo é a Caverna de Ruinárida, na margem de Harrowfjord. Monstros vivem lá. O herói Snorri Hengest lutou com eles e em sua saga fala-se de uma porta que fica na parte mais profunda daquelas cavernas, uma porta preta. O terceiro é o menos seguro, contado por um corvo, um filho de Crakk, já com as penas brancas de senilidade. Mesmo assim. Há um lago em Scorron, o Venomere, preto retinto, onde nenhum peixe vive. Nas profundezas, dizem que há uma porta. Antigamente, os homens de Scorron jogavam bruxas naquelas águas e nenhuma jamais flutuou até a superfície, como os corpos costumam fazer."

"Obrigado, völva." Ele hesitou. "Por que me contou? Se meu plano é tão insano?"

"Você perguntou. As runas puseram a porta em seu caminho. Você é homem. Como a maioria dos homens, precisa encarar sua vítima antes de poder decidir de verdade. Você não vai desistir disso até encontrá-la. Talvez nem mesmo assim." Ekatri abaixou a cabeça e não disse mais nada. Snorri esperou mais um momento, depois se virou e saiu, observado por um olho solitário flutuando em seu frasco.

"Assassinos?" Eu levantei a cabeça e o salão continuou se mexendo depois que eu parei. "Bobagem. Você nunca mencionou ataque nenhum."

Snorri levantou seu justilho. Uma única ferida feia descia pela lateral de seu corpo até a parte de trás, logo depois das costelas, encrustada com sal, como ele descrevera. Talvez eu tivesse visto quando as filhas de Borris estavam lavando-o lá em Olaafheim, depois que o lobo Fenris o pegara, ou talvez ele estivesse virado para o outro lado... de qualquer maneira, eu não me lembrava dela em minha embriaguez.

"Então quanto é que custa contratar assassinos, hein?", perguntei. "Só por curiosidade. E... cadê o dinheiro? Você devia estar rico!"

"Eu dei a maior parte para o mar, para que Aegir nos concedesse uma passagem segura", disse Snorri.

"Bem, é claro que não funcionou!" Eu bati na mesa, talvez com um pouco mais de força do que pretendia. Posso ser um bêbado excitável.

"A maior parte?", perguntou Tuttugu.

"Eu paguei uma völva em Trond para tratar a ferida."

"Fez uma merda de trabalho, pelo que pude ver", exclamei, segurando-me à mesa para não escorregar e cair.

"Estava além da capacidade dela e enquanto ficarmos aqui só vai piorar. Vamos, zarparemos ao amanhecer."

Snorri se levantou e acho que fomos atrás, embora eu não tenha lembrança disso.

7

Eu acordei na manhã seguinte já no mar, com tanta dor de cabeça que podia ficar contorcido na proa, gemendo pela misericórdia da morte, até bem depois do meio-dia. A noite anterior me voltou em fragmentos ao longo dos dias seguintes, mas levava muito tempo para montar as peças em alguma coisa que fizesse sentido. E mesmo assim não fazia muito sentido. Eu me consolei com nosso progresso contínuo na direção de casa e seus confortos civilizados. Conforme minha cabeça melhorou, planejei quem veria primeiro e onde passaria minha primeira noite. Provavelmente pediria a mão de Lisa DeVeer, se é que ela não havia sido arrastada até a ópera naquela noite e queimada com os outros. Ela era a mais bela das filhas do velho e eu me afeiçoara muito a ela. Especialmente em sua ausência. Pensar em casa me manteve aquecido e eu me encolhi na proa, esperando chegar lá.

O mar está sempre mudando – mas, na maioria das vezes, para pior. Uma chuva fria e inclemente chegou na manhã seguinte e nos atormentou o dia inteiro, levada por ventos que levantavam o oceano em colunas ondulantes de água salgada. O barquinho pavoroso de Snorri espojava-se como um porco tentando se afogar, e quando a noite ameaçou chegar até o nórdico já estava farto.

"Vamos parar em Harrowheim", disse Snorri, enxugando a chuva em sua barba. "É um lugarejo que conheço." Alguma coisa naquele nome me deu uma sensação ruim, mas estava com vontade demais de estar em terra firme para me opor e supus que até o nórdico, por mais obstinado que fosse, preferia passar a noite na terra.

Assim, com o sol se pondo lá atrás, nós nos viramos para a orla escura, deixando o vento nos lançar na direção das rochas até que finalmente a boca de um fiorde apareceu e nós entramos. O fiorde provou-se bem estreito, pouco mais de duzentos metros de largura, com suas margens subindo mais acentuadamente do que um lance de escadas, indo até os cumes serrilhados de rocha carrancuda que embalavam as águas.

Aslaug falou comigo enquanto os dois nórdicos se ocupavam com as cordas e velas. Ela se sentou ao meu lado na popa, vestida de sombras e insinuações, insensível à chuva e à força do vento.

"Como eles o atormentam com este barco, Príncipe Jalan." Ela pôs a mão em meu joelho, os dedos de ébano manchando o tecido e uma sensação deliciosa me envolvendo. "Baraqel é quem guia Snorri agora. O nórdico não tem sua força de vontade. Enquanto você era capaz de aguentar os sermões daquele demônio, Snorri fica balançado. Seus instintos sempre foram..."

"Demônio?", murmurei. "Baraqel é um anjo."

"Você acha?" Ela ronronou aquilo perto da minha orelha, e de repente eu não sabia o que achava, nem ligava de não saber. "As criaturas da luz usam quaisquer formas que as deixam roubar das lendas. Por baixo, elas são todas únicas em sua força e são tão amigas e guardiãs suas quanto o fogo."

Eu tremi em minha capa, desejando ter uma bela chama para me aquecer. "Mas o fogo é..."

"O fogo é seu inimigo, Príncipe Jalan. Escravize-o e ele lhe servirá, mas dê-lhe uma brecha, dê a ele qualquer oportunidade, e terá sorte se conseguir escapar das ruínas em chamas de sua casa. Você mantém o fogo a certa distância. Não se leva um carvão em brasa até o peito. Assim como não se deve abraçar Baraqel nem outros de sua espécie. Snorri fez isso e sua força virou cinzas – um fantoche por meio do qual a luz atingirá seus objetivos. Veja como ele olha para você. Como ele o observa. É apenas uma questão de tempo até agir abertamente contra você. Marque essas palavras, meu príncipe. Marque..."

O sol afundou e Aslaug caiu na escuridão que escorreu pelo casco.

Nós chegamos ao cais de Harrowheim ao escurecer, guiados pelas luzes das casas amontoadas na encosta íngreme. A oeste, uma espécie de baía ou deslizamento de terra fornecia uma ampla área achatada onde se podia plantar, ao abrigo do fiorde.

Um velho com um lampião acenou para nos aproximarmos de seu barco, onde estava sentado retirando o último peixe de suas redes.

"É melhor eu levar vocês lá em cima", disse ele, todo desdentado e com tufos de barba.

"Não se incomode, padre", disse Tuttugu, subindo no cais com bem mais elegância do que demonstrava em terra. Ele se agachou acima do barco do homem. "Arenque, é? De guelras brancas. Bela captura. Ainda leva algumas semanas para vermos esses lá em Trond."

"Ah, é." O velho ergueu um deles, ainda se debatendo desanimadamente em seus dedos. "São bons." Ele o pôs de volta quando Snorri saiu, deixando-me cambaleando por cima do barco em movimento em direção ao degrau. "Ainda assim. Melhor ir com vocês. O pessoal tá inquieto hoje. Invasores por aí – é a temporada deles. Capaz de encher vocês de espeto antes que percebam."

Minha bota, molhada com água de esgoto, escapuliu de mim quando ele disse "invasores" e quase desapareci na faixa de água escura entre o cais e o barco. Eu me segurei dolorosamente nas tábuas, mordendo a língua ao agarrar o suporte. "Invasores?" Eu senti gosto de sangue e esperei que não fosse uma premonição.

Snorri balançou a cabeça. "Não é coisa séria. Os clãs atacam para pegar esposas quando chega a primavera. Aqui são os homens guntish."

"Ah, é. E os westerfolk da Ilha do Corvo." O velho largou as redes e uniu-se a nós, com mais facilidade do que eu tivera.

"Vá na frente." Eu fiz sinal para ele passar, contente em ir atrás, se isso significava que ele seria espetado em vez de mim.

Agora que Snorri comentou, eu me lembrei de ouvir a respeito dessa prática lá na taberna Três Machados. A ideia de roubar garotas em idade de se casar parecia uma coisa que o povo de Trond julgava inferior, mas eles adoravam contar histórias de seus primos matutos fazendo isso. Na maior parte, parecia ser quase uma coisa de boa índole, como um acordo tácito entre ambas as partes – mas é claro que, se o invasor se mostrasse suficientemente incapaz e fosse pego, ele levaria uma pequena surra... e, às vezes, uma bela sova. E se ele escolhesse uma garota que não quisesse ser pega, ela podia lhe dar algo pior ainda.

Homens surgiram das sombras enquanto andávamos entre as cabanas. Nosso novo amigo, o Velho Engli, os tranquilizou rapidamente e o clima melhorou. Alguns poucos reconheceram Snorri e muitos outros reconheceram seu nome, levando-nos no meio de um grupo cada vez maior. Lampiões e tochas se acendiam à nossa volta, crianças corriam nas ruas enlameadas, mães e filhas nos olhavam pelas portas reluzentes e algumas garotas, mais ousadas que as restantes, apareceram penduradas em janelas recém-destampadas com a despedida do inverno. Uma ou duas delas chamaram minha atenção, a última delas uma jovem de proporções generosas com cabelos cor de milho, que caíam em ondas grossas, e sininhos de cobre pendurados.

"Príncipe Jalan..." Eu consegui fazer meia mesura e meia apresentação antes que o grande punho de Snorri se enrolasse em minha capa e me puxasse para a frente.

"Olhe o comportamento, Jal", chiou o nórdico entredentes enquanto sorria abertamente para os dois lados. "Conheço essa gente. Vamos tentar não sair correndo dessa vez."

"Sim, claro." Eu me libertei. Ou ele me soltou. "Você acha que sou uma espécie de animal selvagem? Meu comportamento é sempre o melhor!" Eu segui pisando duro atrás dele, endireitando minha gola. Maldito bárbaro, achando que podia ensinar bons modos a um príncipe de Marcha Vermelha... mas ela realmente tinha um rosto muito bonito... e que dava vontade de apertar...

"Jal!"

Eu me peguei passando direto pela porta na qual todos entraram. Uma rápida volta e eu atravessei a entrada do salão de hidromel, para a fumaça e o barulho. Cabana de hidromel, eu diria – fazia o salão de Olaafheim parecer grande. Mais homens entraram atrás de mim, enquanto outros pegavam seus lugares nos longos bancos. Parecia que nossa chegada havia ocasionado uma convocação geral para furar barris e encher os chifres de bebida. Nós começamos a festa, em vez de entrarmos como penetras. E isso dá uma boa ideia de como é Harrowheim. Um lugar tão deserto e carente de coisas interessantes que a chegada de três homens em um barco é motivo de celebração.

"Jal!" Snorri bateu na mesa para apontar um espaço entre ele e Tuttugu. Parecia bem-intencionado, mas alguma coisa aqui dentro refreou com o gesto, devolvendo-me a meu lugar, onde ele pudesse ficar de olho em mim. Como se não confiasse em mim. Eu! Um príncipe de Marcha Vermelha. Herdeiro do trono. Sendo vigiado por um hauldr e um pescador como se eu pudesse causar vergonha em um antro de selvagens. Eu, sendo vigiado por Baraqel, mesmo que não precisasse mais aguentá-lo dentro de minha cabeça. Eu me sentei ainda sorrindo, mas me sentindo irritado. Peguei o chifre de bebida à minha frente e dei um grande gole. A cerveja escura e azeda dentro dele não ajudou muito a melhorar meu humor.

Conforme a cacofonia geral de disputas por causa de assentos e gritos pedindo cerveja se acalmou, dando lugar a conversas mais distintas, comecei a perceber que todos ao meu redor estavam falando nórdico. Snorri tagarelava com um velho magro como uma vara, cuspindo palavras que quebrariam a mandíbula de uma pessoa decente. Do meu outro lado, Tuttugu havia encontrado uma alma gêmea, outro nórdico ruivo cuja barba jorrava sobre uma barriga tão grande que o forçava a se sentar a tal distância da mesa que pegar sua cerveja era um problema. Eles também estavam conversando profundamente em nórdico antigo. Estava começando a parecer que a primeira pessoa que conhecemos era a única entre eles que sabia falar como um homem do Império.

Lá em Trond, quase todos conhecem a língua antiga, mas todos falavam o idioma do Império e o usavam tomando cerveja, no trabalho e na rua. Geralmente, o povo da cidade evitava a língua antiga e suas complicações de dialetos e variações regionais, e então se atinham ao idioma dos comerciantes e reis. Na verdade, a única hora em que a boa gente de Trond tinha tendência a mudar para o nórdico era quando procuravam o xingamento mais apropriado à situação. Insultar uns aos outros é um esporte nacional em Norseheim e, para os melhores resultados possíveis, os competidores gostam de recorrer às antigas pragas do norte, de preferência usando todo o estoque de coisas-cruéis-a-se--dizer-sobre-a-mãe-de-alguém que se encontra nas grandes sagas.

No meio do nada, contudo, era uma história bem diferente – uma história contada exclusivamente numa língua em que parecia ser necessário engolir um sapo vivo para pronunciar algumas palavras e gargarejar meia caneca de catarro para o resto. Já que minha compreensão de nórdico se limitava a chamar alguém de imbecil ou dizer que tinha seios bem empinados, eu fiz uma careta para as pessoas e optei por ficar de boca fechada, a não ser, é claro, que estivesse jogando cerveja para dentro dela.

A noite seguiu e, embora estivesse profundamente feliz por estar fora daquele barco, fora do vento, e por ter um chão embaixo de mim que tivesse a decência de ficar onde havia sido colocado, eu não consegui realmente apreciar estar apertado no meio de um bando de harrowheimenses fedorentos. Eu fiquei pensando na história de Engli sobre as invasões, já que toda a população masculina parecia ter se enfiado no salão de hidromel na primeira oportunidade.

"... Hardassa!" O punho de Snorri pontuou a palavra batendo na mesa e eu me dei conta de que a maioria dos presentes ali prestava atenção nele agora. Pelo silêncio, supus que ele estava contando a história de nossa viagem ao Forte Negro. Eu só esperava que não comentasse sobre a chave de Loki.

Na minha cabeça, o vilipêndio de Loki parecia algo estranho. De todos os deuses pagãos deles, Loki era claramente o mais inteligente, capaz de planos e táticas que poderiam ajudar Asgard em suas guerras contra os gigantes. E mesmo assim eles o desprezavam. A resposta estava bem clara ao meu redor em Harrowheim. As filhas deles não estavam sendo cortejadas nem seduzidas, estavam sendo tomadas por invasores. Nas histórias antigas, às quais todos os vikings aspiravam, a força era a única virtude e o ferro a única moeda que importava. Loki e sua astúcia, com a qual um homem mais fraco podia vencer um mais forte, era um anátema para aquelas pessoas. Não era de se admirar então que sua chave trouxesse uma maldição a quem tentasse tomá-la à força.

Será que Olaaf Rikeson a tomara à força e atraíra a maldição de Loki, e com isso vira seu enorme exército congelar no Gelo Mortal? Quem quer que tenha aberto aquela ferida em Snorri tinha mais senso do que o Rei Morto. Usar um lobo Fenris de meia tonelada para pegar a chave talvez pareça um caminho mais certeiro, mas tais métodos também podem ser uma bela maneira de se ver do lado errado a ira de um deus.

"Cerveja?" Tuttugu começou a me servir, sem esperar resposta.

Eu crispei os lábios e outro pensamento me ocorreu: por que diabos chamavam aqueles lugares de salões de hidromel? Eu já esvaziara muitos galões de diversos chifres de bebida, bem como canecos, jarros... até um balde, certa vez... em meia dúzia de salões de hidromel desde que cheguei ao norte, mas nunca me ofereceram de fato hidromel, nem uma única vez. O mais próximo de doçura a que os nórdicos chegavam era quando deixavam o sal de fora de suas cervejas. Enquanto ponderava essa importante questão, decidi que era hora de esvaziar a cerveja já consumida na latrina e me levantei com apenas uma leve tontura.

"Ainda estou me acostumando à terra firme." Eu pus a mão no ombro de Tuttugu para me apoiar e, quando me estabilizei, saí em direção à porta.

Minha deficiência no idioma local não foi um impedimento na busca pela latrina – deixei meu olfato me guiar. No retorno ao salão, um tinido bem baixinho de sinos chamou minha atenção. Apenas um rápido *tlim* agudo. O som parecia ter vindo de um beco entre dois prédios ali perto, grandes estruturas feitas com toras, um deles com gabletes elaborados... possivelmente um templo. Estreitando os olhos, pude ver uma figura encapuzada na escuridão. Fiquei parado, piscando muito, rezando a Deus para que não fosse um integrante excitado e míope de algum clã que fosse tentar me carregar para algum vilarejo distante ainda mais deprimente que Harrowheim.

O vulto ficou parado, abrigado na passagem estreita. Duas mãos esguias saíram das mangas escuras e puxaram o capuz para trás. Sinos tilintaram novamente e a garota da janela se revelou, com um sorrisinho atrevido que não precisou de tradução.

Eu olhei rapidamente para o retângulo aceso da porta do salão de hidromel, depois para as latrinas, e, sem ver ninguém olhando em minha direção, fui apressadamente até o outro lado para me unir à minha nova amiga no beco.

"Bem, olá." Eu lhe ofereci meu melhor sorriso. "Sou o Príncipe Jalan Kendeth de Marcha Vermelha, herdeiro da Rainha Vermelha. Mas pode me chamar de Príncipe Jal."

Ela pôs o dedo sobre meus lábios antes de sussurrar algo que soou tão delicioso quanto incompreensível.

"Como é que eu posso dizer não?", cochichei de volta, pondo a mão no quadril dela e imaginando por um momento qual seria a verdadeira palavra nórdica para "não".

Ela se contorceu para se desvencilhar de minha mão, com os sinos tinindo, e pôs os dedos entre as clavículas. "Yngvildr."

"Lindo." Minhas mãos a procuraram enquanto minha língua cogitou lutar com o nome dela até decidir que não.

Yngvildr saiu saltitando e rindo, e apontou para trás, entre os prédios, com mais doces baboseiras saindo de sua boca. Ao ver meu olhar perdido, ela parou e se repetiu, lenta e claramente. O problema é que lentidão e clareza não importam quando se está repetindo baboseiras. É possível que a palavra "arrebitada" estivesse ali em algum lugar.

Bem acima de nós, a lua mostrou sua face e a luz que projetou no nosso beco estreito ressaltou os contornos da garota, iluminando a curva de sua bochecha, sua testa, deixando os olhos na escuridão, brilhando em seus cabelos cheios de sininhos, pintando de prata a ondulação de seus seios e fazendo as sombras descerem na direção da cintura fina. De repente, o que ela estava dizendo não importava nem um pouco.

"Sim", disse eu, e ela me guiou pelo caminho.

Nós passamos entre o templo e seu vizinho, entre cabanas, contornamos chiqueiros onde os porcos roncavam agitados em seu feno, nos esgueiramos por pilhas de lenha e currais vazios até onde a encosta se suavizava, na direção do trecho agrícola de Harrowheim. Eu peguei um lampião de vela pendurado do lado de fora de uma das últimas cabanas. Ela chiou e resmungou, com um meio sorriso e certo ar de reprovação, fazendo sinal para eu devolvê-lo, mas me recusei. Um pedaço de cera com uma tampa de vidro mal soprado não seria considerado um grande roubo; eu é que não ia terminar a noite com a perna quebrada ou enterrado até os joelhos em um poço de lama. Onde quer que Yngvildr pretendesse experimentar o sabor de Marcha Vermelha pela primeira vez, eu queria chegar lá bem-disposto para dar conta do recado.

Então nós prosseguimos, cambaleando em nosso pequeno círculo de luz, sobre uma leve ladeira, com a terra sulcada pelo cultivo, agora de mãos dadas, e ela ocasionalmente dizendo alguma coisa que parecia sedutora, mas que podia muito bem ser uma observação sobre o tempo. Um pouco mais de cem metros depois da última cabana apareceu um celeiro alto no meio da noite. Eu fiquei mais atrás e vi Yngvildr levantar a barra de travamento e abrir uma das portas duplas de tábua na frente da estrutura rústica de toras. Ela olhou para trás sobre os ombros, sorrindo, e entrou, sendo logo engolida pela escuridão. Cogitei por uns dois segundos se aquela relação era sensata e fui atrás dela.

A luz do lampião não chegava ao teto nem às paredes, mas dava para ver o suficiente para saber que o lugar guardava fardos de feno e ferramentas de fazenda. Não tinha muito nem de um nem de outro, mas o bastante para tropeçar. Yngvildr tentou mais uma vez me fazer abandonar o lampião, apontando para a porta, mas sorri e a puxei mais para perto, calando seus argumentos com beijos. Por fim, ela revirou os olhos e saiu para fechar a porta outra vez.

Levando-me pela mão, Yngvildr me puxou mais ao fundo do celeiro, até o ponto onde uma escada subia para outro nível acima do estoque de feno principal. Subi atrás dela, aproveitando para admirar as pernas sujas, mas bem torneadas, que desapareciam nas sombras de suas saias. No alto de um grande monte de feno solto, havia se formado algo que lembrava vagamente um ninho.

Em Marcha Vermelha, um celeiro de feno na primavera ou no outono pode ser um lugar mais ou menos decente para se deitar com uma camponesa qualquer ou uma moça amigável de fazenda, embora nunca digam nessas histórias indecentes o quanto a palha coça e é afiada, nem como ela entra em todo tipo de lugar onde nenhum dos parceiros quer que entre nada afiado ou que coce. Um celeiro de feno em Norseheim na primavera, no entanto, é parecido com uma geladeira. Um lugar onde nenhum homem são, por mais que tenha vontade de deitar e rolar, tiraria suas roupas; onde qualquer coisa que ponha a cabeça no ar gelado seja capaz de murchar e morrer. Eu pus o lampião no chão ao lado e, com o ar se condensando à minha frente, imaginei se havia alguma maneira de voltar ao salão de hidromel naquele instante, enquanto ainda tinha um pingo de orgulho. Yngvildr, por outro lado, parecia disposta a proceder como planejado e, com sorrisos, gestos e logo depois com acenos impacientes de cabeça, ela ficou de quatro, indicando que eu deveria me apressar com a minha parte do acordo.

"Me dê só um minutinho, Y... Yng... Enfim, querida." Estendi as mãos sobre o lampião para aquecê-las. "O ar frio nunca é lisonjeiro para um homem..."

As mulheres nórdicas podem ser bastante proativas e Yngvildr não foi uma exceção, empurrando-me contra a parede e levantando uma quantidade considerável de saias grossas para dar início aos procedimentos. Com algumas trapalhadas por conta dos dedos dormentes e despindo-nos o mínimo possível, Yngvildr e eu nos entrelaçamos de modo nada incomum nos currais, comigo servindo de recheio de sanduíche, de certo modo maltratado, entre a parede do celeiro e minha última "conquista".

Apesar do frio que cortava, da palha que coçava e das tábuas duras, logo comecei a me divertir. Yngvildr era, afinal de contas, atraente, entusiasmada e enérgica. Eu até comecei a me aquecer um pouco e a tocar os sininhos dela. Estendi as mãos para segurar seus ombros e fazer algum esforço, para ver que tipo de notas eu poderia tirar dela. Os tinidos ficaram mais altos conforme nossa excitação aumentava... e mais graves...

"Isso aí! Mais alto! Aposto que nenhum nórdico tocou seus..."

A constatação de que nem o melhor amante do mundo seria capaz de provocar tinidos tão graves ou numerosos dos minúsculos sinos de cobre de Yngvildr me pegou no meio de minha vanglória. Eu abri os olhos e, ainda batendo ritmadamente contra a parede, olhei por cima da beira do nível superior e vi que o celeiro lá embaixo estava cheio de gado, e mais bichos estavam entrando pela porta, cada um com um enorme guizo no pescoço.

"Você – afff! – não –afff! – fechou a porta direito!"

Yngvildr pareceu ocupada demais para se importar ou perceber, e provavelmente pensou que meu comentário foi para estimulá-la a se esforçar mais. Por mais alguns momentos, fiquei ajoelhado ali, tentando fazer com que minha cabeça não batesse na madeira.

"Sim... talvez nós possamos fazer menos barulho..." O entusiasmo dela parecia estar atraindo mais vacas a cada segundo. "Shhh!" Meu pedido de silêncio não teve o menor efeito nela. Eu olhei, de certa forma impotente, para o mar bovino lá embaixo e os que não estavam ocupados se servindo do feno ou simplesmente cagando no chão olharam de volta para mim. Eu só comecei a entrar em pânico na hora que, por cima do barulho dos sinos de Yngvildr, de sua respiração ofegante e do tinido dos sinos das vacas, ouvi o som de homens se aproximando.

"Querida dama, se puder só... afff!" Eu bati a cabeça com bastante força dessa vez, juntando raiva à mistura de pânico crescente e tesão involuntário. "Cale a boca!"

Parecia que uma boa quantidade de harrowheimenses se aproximava e suas vozes eram mais curiosas do que alarmadas. Provavelmente, quando eles vissem que as vacas haviam entrado no celeiro, isso injetaria um pouco mais de urgência na situação. Sabe Deus o que eles fariam se pegassem o forasteiro no ato de despojar sua donzela!

"Hora de parar, Y..." Bati a cabeça novamente enquanto tentei dizer o nome dela. "Pare! Eles estão vindo!"

Infelizmente, Yngvildr pareceu entender minha pressão como encorajamento e se mostrou totalmente indisposta a parar. Eu pude perceber o brilho de um lampião lá no campo, por uma pequena janela acima das portas.

"Cai... fora!" E, com um esforço considerável, consegui empurrar Yngvildr o bastante para desengatar e me libertar da parede. Quando ela caiu para a frente, de rosto no chão, infelizmente, seu ombro bateu no lampião e o derrubou.

"Puta merda!" É incrível como o fogo toma conta rapidamente da palha. Eu me afastei de bunda no chão, chutando para longe os tufos em chamas mais próximos. Eles imediatamente caíram pela beirada para o celeiro principal. Segundos depois, ouvi um grande mugido lá de baixo, rapidamente transformando-se em notas de pânico animal. Yngvildr rolou para o lado, com feno preso em sua boca, e olhou em volta desnorteada – uma expressão que rapidamente passou para fúria e logo tornou-se pavor.

"Não! Não, não, não, não, não!" Eu tentei bater no feno em chamas, mas só ajudei o fogo a se espalhar. Enquanto isso, lá embaixo, o gado havia debandado totalmente, arrombando as portas do celeiro na pressa de sair. Pelos gritos agudos quase inaudíveis por cima do alarido geral do rebanho, parecia que as pessoas atraídas pelo comportamento anormal das vacas tiveram sua curiosidade recompensada com um belo pisoteio.

"Vem comigo!" Sempre um cavalheiro, fui na frente para garantir que era seguro, deslizando escada abaixo com uma velocidade destemida, sem me preocupar com farpas. O ar já estava espesso de fumaça, quente como o inferno. Engasgando e chiando, fui para os fundos do celeiro, pensando que tinha de haver uma porta lá, e ela estaria mais perto. Além disso, embora o fogo sem dúvida encabeçasse minha lista de prioridades, eu não queria saltar dele direto para a frigideira. Sair pelos fundos poderia me permitir escapar sem ser visto e me safar da coisa toda.

"Merda!" Eu parei no meio do caminho, confrontado por uma pequena porta bloqueada por vários fardos de feno, todos já fumegantes. Yngvildr chegou cambaleando atrás de mim, fazendo-me tropeçar para a frente no fardo mais próximo, sobre o qual surgiram chamas como se estivessem irritadas com minha aproximação. A fumaça me cegou, enchendo meus olhos de lágrimas e rodopiando em volta, tão forte que só dava para ver as labaredas. Yngvildr empurrou alguma coisa na minha mão, engasgando palavras que não ficaram menos incompreensíveis por sua falta de fôlego. Parecia algum tipo de instrumento de fazenda, duas hastes de ferro afiadas na extremidade de um longo cabo de madeira. Em algum recanto de minha cabeça, a palavra "forcado" apareceu, embora eu provavelmente tivesse usado o mesmo nome para diversas ferramentas campestres. Mais algaravias quando Yngvildr sacudiu meu braço e me empurrou para a frente. A garota havia claramente enlouquecido de medo, mas, mantendo a cabeça fria e mostrando o pensamento inovador que faz a fama dos Kendeth, eu comecei a jogar o feno em chamas para o lado com o tal forcado. A gravidade da situação deve ter arrancado uma força nova de meus músculos, pois consegui lançar os fardos a torto e a direito, apesar da falta de fôlego e de cada um deles ser mais pesado que eu. Com a última gota de energia e o fogo crepitando atrás de mim, eu abri a porta com um chute e nós dois fomos atirados juntos para fora.

O clarão do fogo pela porta lançava um súbito cone de luz na escuridão, mostrando cinco ou seis homens vestidos de cinza correndo pelo campo. Nem quis saber o que estavam fazendo, mas, no calor do momento, e ao descobrir com um grito que o forcado que eu segurava diante de mim estava pegando fogo, atirei o troço neles. Meu interesse na ferramenta terminou assim que saiu de minhas mãos chamuscadas, pois percebi que minha capa também estava em chamas.

Yngvildr e eu voltamos cambaleando pelo campo, acompanhados dos mugidos agitados do rebanho e iluminados pelo incêndio espiralado lá atrás, que consumiu o celeiro instantes depois de nossa fuga. Ao chegarmos às margens da vila, encontramos o caminho bloqueado por dezenas de harrowheimenses, todos em volta de suas cabanas e casebres, de boca aberta, os rostos brilhando com o reflexo do fogo atrás de nós. Snorri se destacava, enorme, entre eles.

"Diga que não foi você..." A expressão que ele fez me deu quase certeza de que pedaços de minha capa ainda estavam soltando fumaça.

"Eu..." Nem tive a chance de começar a mentir – no mesmo instante, Yngvildr saiu debaixo de meu braço, com o qual estava me apoiando nela, e desatou a falar com uma velocidade e volume assustadores. Eu fiquei parado, um pouco atordoado, enquanto a moça gesticulava em uma grande pantomima do que supus ser os acontecimentos recentes. Parte de mim esperou que ela caísse de quatro para demonstrar por completo como o monstro sulista havia deflorado a virgem de Harrowheim.

Yngvildr fez uma pausa para respirar e Tuttugu gritou para mim: "Para que lado eles foram?"

"Hum..." Felizmente Yngvildr me salvou de ter que inventar uma resposta, enquanto eu adivinhava o que ela teria dito. Com os pulmões reabastecidos, ela começou a próxima etapa de sua história.

"Um forcado?", perguntou Snorri, olhando para Yngvildr e para mim com a sobrancelha levantada.

"Bem, é preciso improvisar." Eu dei de ombros. "Nós, príncipes, podemos transformar a maioria dos objetos em armas, em caso de emergência."

Yngvildr ainda tinha energia em abundância e continuou a despejar sua história no mesmo volume, mas a atenção do grupo se desviou dela e foi atraída para as sombras, onde três guerreiros estavam vindo do campo, com um deles brandindo o forcado em questão e bradando algo que soava desconfortavelmente como uma acusação. Eu peguei Yngvildr pelos ombros, de maneira protetora, para usar como escudo.

"Ora, veja só! Eu..." Minha bravata sumiu temporariamente, enquanto eu tentava pensar que defesa poderia apresentar para não ser usado como alvo de lançamento de machado.

"Ele falou que, quando alcançaram os invasores, estavam tirando isso das costas de um de seus amigos", disse Snorri, abrindo um sorriso dentro da escuridão de sua barba cortada rente. "Então você resgatou Yngvildr e afugentou o quê? Seis deles? Com um forcado? Esplêndido." Ele riu e deu um tapinha nos ombros de Tuttugu. "Mas por que eles incendiariam o celeiro? Essa é a parte que não entendo. Isso vai dar a maior confusão na reunião do clã!"

"Ah", disse eu, tentando dar um tempo para todas as mentiras se assentarem. Yngvildr aparentemente era uma menina altamente criativa sob pressão. "Acho que isso pode ter sido... acidental? Um dos idiotas deve ter levado um lampião para o celeiro – provavelmente estavam planejando juntar algumas garotas lá antes de rumarem para casa. Deve ter caído na confusão..."

Snorri repetiu o que eu disse em nórdico para o grupo reunido. Um silêncio acompanhou sua última palavra e mais de quarenta olhos de Harrowheim me fitaram através da penumbra iluminada pelo fogo. Logo pensei que, se empurrasse Yngvildr aos pés dos mais próximos e saísse correndo, talvez eu os perdesse pela noite. Eu me retesei para o momento do empurrão quando, de repente, surgiram gritos de aprovação, as barbas se dividiram em largos sorrisos cheios de dentes ruins e, antes que eu soubesse o que estava acontecendo, nós fomos levados pelas ruas enlameadas de volta ao salão de hidromel. Dessa vez eles conseguiram enfiar o dobro de pessoas no local, metade delas mulheres. Foi só quando a cerveja começou a correr solta outra vez e eu me vi esmagado entre Yngvildr e uma mulher mais velha, mas não menos jeitosa – a qual Snorri me garantiu ser a irmã dela, não sua mãe –, é que comecei a pensar que uma noite em Harrowheim talvez tivesse seus encantos, no fim das contas.

Nós partimos na maré da manhã, com as cabeças doendo e lembranças turvas dos acontecimentos da noite. A chuva havia parado, o vento incessante havia cessado e a verdadeira história de como o maior celeiro deles se queimou até o chão ainda não tinha vindo à tona. Parecia a melhor hora para partir. Mesmo assim, eu teria me atrasado um ou dois dias, mas Snorri tinha urgência e estava de mau humor. Quando achou que ninguém estava olhando, eu o vi segurar o flanco do corpo acima da ferida envenenada e soube naquele momento que ele sentia aquele puxão, atraindo-o ao sul.

É triste dizer que nem Yngvildr nem sua irmã ainda menos pronunciável foram se despedir de mim no cais, mas ambas sorriram quando Snorri me tirou das cobertas naquela manhã, e eu deixei que aquilo me aquecesse do vento frio quando zarpamos.

Conforme a distância levava Harrowheim, eu não me senti tão livre daquela cidade nórdica quanto me sentira de Trond, Olaafheim e Haargfjord. Mesmo assim, as glórias de Vermillion me chamavam.

Vinho, mulheres, música... de preferência não ópera... e eu certamente procuraria Lisa DeVeer, talvez até me casasse com ela um dia.

"Estamos indo na direção errada!" Eu demorei quase meia hora para perceber. O fiorde se estreitou um pouco e não havia sinal do mar.
"Estamos subindo o Harrowfjord", disse Snorri no leme.
"Subindo?" Eu olhei para o sol. Era verdade. "Por quê? E de onde eu conheço esse nome?"
"Eu disse a você quatro noites atrás. Ekatri me falou..."
"A Caverna de Ruinárida. Monstros!" Tudo aquilo me voltou à mente, tipo um vômito inesperado dentro da boca. A história maluca da völva sobre uma porta em uma caverna.
"Era para ser. Predestinado. Meu xará velejou aqui três séculos atrás."
"Snorri Hengest morreu aqui", disse Tuttugu da proa. "Nós deveríamos ver Skilfar. Com certeza ela conhece um caminho melhor. Ninguém vem aqui, Snorri. É um lugar ruim."
"Estamos procurando uma coisa ruim."
E isso foi tudo. Nós continuamos em frente.

"Então, quem foi Ruinárida?" Navegar em um fiorde é infinitamente melhor do que no mar. A água fica onde foi colocada e a costa é tão perto que até eu podia alcançá-la, se fosse preciso nadar. Dito isso, preferia estar navegando em mares revoltos, para longe de qualquer lugar conhecido por seus monstros, a velejar na direção dele no mais manso dos lagos. "Eu perguntei quem foi..."
"Não sei. Tuttugu?" Snorri manteve os olhos na costa esquerda.
Tuttugu deu de ombros. "Deve ser doloroso para o espírito de Ruinárida ser conhecido o bastante para seu nome sobreviver, mas não o suficiente para que alguém se lembre do motivo de se lembrarem."
Uma forte brisa nos carregou em direção ao interior. O dia permaneceu cinzento e o sol apareceu apenas brevemente e fraco. Ao fim da tarde, nós havíamos percorrido quase cinquenta quilômetros sem ver

nenhum sinal de habitação. Eu achava que os invasores de Harrowheim vinham de mais acima do fiorde, mas ninguém vivia ali. Tuttugu tinha razão. Um lugar ruim. Dava para perceber, de alguma maneira. Não era nada simples, como árvores mortas e retorcidas, ou rochas com formatos sinistros... era uma sensação, uma coisa estranha, certa percepção de que o mundo rareava ali e que aquilo que aguardava sob a superfície não nos amava. Eu observei o sol se afundando na direção dos cumes altos e prestei atenção. O Harrowfjord não era silencioso ou sem vida, a água batia em nosso casco, as velas se agitavam, pássaros cantavam... mas cada som tinha uma nota dissonante, como se as cotovias estivessem a uma nota de começar a gritar. Quase dava para ouvir... alguma melodia terrível sendo tocada um pouco abaixo do audível.

"Ali." Snorri apontou para um lugar no alto dos degraus da costa à esquerda. Como um olho escuro no meio das encostas pedregosas, a Caverna de Ruinárida nos observava. Não podia ser nenhuma outra.

Os nórdicos abaixaram as velas e nos levaram às águas rasas. As águas rasas dos fiordes são fundas, com descidas tão acentuadas quanto os vales que as contêm. Eu saltei a um metro da margem e fiquei molhado até os quadris.

"Você vai simplesmente subir lá... agora?" Eu procurei em volta pelos monstros prometidos. "Nós não deveríamos esperar e... planejar?"

Snorri pôs o machado sobre o ombro. "Você quer esperar até escurecer, Jal?"

Ele tinha razão. "Fico vigiando o barco."

Snorri amarrou a corda do barco em volta de uma pedra que saía da água. "Venha."

Os nórdicos saíram e Tuttugu pelo menos parecia que preferia não estar ali, olhando de um lado para o outro. Estava carregando uma corda enrolada várias vezes em volta dele. Dois lampiões balançavam-se em seus quadris.

Eu corri atrás deles. De alguma maneira, não conseguia pensar em horror pior do que ficar sozinho naquele lugar, sentado perto da água parada enquanto a noite caía pelas encostas.

"Cadê os monstros?" Não que eu quisesse ver algum... mas se eles estivessem ali eu preferia saber onde.

Snorri parou e olhou em volta. Eu imediatamente me sentei para recuperar o fôlego. Ele sacudiu os ombros. "Não estou vendo nenhum. Mas também quantos lugares condizem com a reputação que têm? Já fui a vários Não-Sei-O-Quê do Gigante e Negócio do Troll, sem sombra nem de um nem de outro. Escalei o Chifre de Odin e não o conheci."

"E As Belas Donzelas são uma enorme decepção." Tuttugu assentiu. "Quem foi que pensou em dar esse nome a três ilhas rochosas cheias de homens feios e peludos e suas esposas feias e peludas?"

Snorri novamente acenou para o alto da ladeira e saiu. Alguns pontos eram mais íngremes que escadas e eu tive que escalar para subir.

Escalei, esperando um ataque a qualquer momento, esperando ver ossos entre as rochas, restos deles, com marcas de dentes, alguns acinzentados pelo tempo, alguns frescos e molhados. Mas descobri apenas mais pedras e que aquela sensação crescente de algo errado agora sussurrava à minha volta, audível, mas fraca demais para desmembrar em palavras.

Em questão de minutos, nós estávamos na abertura da caverna, uma boca rochosa, salpicada com líquen em cima e manchada de lodo preto onde a água escorria. Vinte homens podiam entrar marchando lado a lado e ser engolidos.

"Estão ouvindo?", perguntou Tuttugu, mais pálido que nunca.

Nós ouvimos, embora talvez a caverna dissesse palavras diferentes a cada um de nós. Eu ouvi uma mulher sussurrando a seu bebê, suavemente a princípio, prometendo amor... depois de forma mais aguda, mais tensa, prometendo proteção... depois aterrorizada, rouca de agonia, prometendo – eu falei em voz alta para abafar os sussurros. "Precisamos ir embora. Este lugar nos levará à loucura. Já estava me perguntando se a voz pararia se eu me atirasse lá embaixo da colina."

"Não estou ouvindo nada", disse Snorri, e entrou. Talvez seus próprios demônios falassem mais alto que a caverna.

Dei um passo atrás dele, por hábito; depois me contive. Pôr os dedos nos ouvidos não ajudou em nada a bloquear a voz da mulher. Pior ainda: percebi que havia algo familiar nela.

O avanço de Snorri ficou mais lento à medida que o chão da caverna se inclinava, tão íngreme quanto o vale atrás de nós, mas escorregadio com o limo e sem ter onde se apoiar. A descida ficou ainda mais acentuada e a caverna se estreitou em uma garganta negra e faminta.

"Não faça isso."

Um homem alto estava entre Snorri e mim, à sombra da caverna, no espaço por onde o nórdico acabara de andar. Um homem jovem, vestido com uma estranha túnica branca, com mangas, e aberta na frente. Ele nos observou com olhos cinzentos feito pedra, sem sorrir. Todas as outras vozes recuaram quando o homem falou – minha mulher com a criança morta e as outras atrás dela, não desaparecidas, mas reduzidas ao chiado pulsante que se pode ouvir em uma concha.

Snorri se virou, tirando o machado das costas. "Preciso encontrar uma porta para Hel."

"Tais portas são vedadas aos homens." O homem então sorriu – sem nenhuma bondade. "Leve uma faca às suas veias e logo estará lá."

"Eu tenho uma chave", disse Snorri, e começou a retomar sua descida.

"Eu disse para não fazer isso." O homem ergueu a mão e nós ouvimos os ossos da terra gemerem. Placas de pedra se estilhaçaram do teto da caverna, levantando poeira.

"Quem é você?" Snorri o encarou novamente.

"Eu vim pela porta."

"Você está morto?" Snorri deu um passo na direção do homem, fascinado agora. "E voltou?"

"Esta parte de mim está morta, com certeza. Não se vive tanto tempo como eu sem morrer um pouco. Tenho ecos de mim no inferno." O homem inclinou a cabeça, como se estivesse confuso, como se estivesse refletindo consigo. "Mostre-me sua chave."

"Quem é você?" Snorri repetiu sua pergunta inicial.

À minha frente, Tuttugu parou de apertar as palmas das mãos contra os ouvidos. Seus olhos passaram de semicerrados a arregalados. Ele apanhou seu machado nas pedras e rastejou até o meu lado.

"Quem? Quem eu fui? Aquele homem está morto, outro mais velho está em sua pele. Sou apenas um eco – como os outros ecoando por aqui, embora minha voz seja a mais forte. Eu não sou eu. Apenas um fragmento, incerto de meu propósito..."

"Quem..."

"Não vou dizer meu nome diante de um guerreiro jurado pela luz." O homem morto pareceu se recompor. "Mostre-me sua chave. Deve ser a razão pela qual estou aqui."

Snorri crispou os lábios e tirou a mão do machado para puxar a chave de Loki que pendia sob seu justilho. "Pronto. Agora, se não vai me ajudar, sombra, vá embora."

"Ah. Essa é boa. É uma boa chave. Dê-me aqui." Havia um desejo nele agora.

"Não. Mostre-me a porta, fantasma."

"Dê-me a chave e eu permitirei que continue em seu caminho."

"Preciso da chave para abrir a porta."

"Também achava isso antes. Tive muitos fracassos. Eu me chamava de mago das portas, mas muitas portas resistiam a mim. A chave que possui foi roubada de mim, há muito tempo. A morte foi a primeira porta que abri sem ela. Para algumas portas, exige-se apenas um empurrão. Para outras, é preciso levantar um trinco. Algumas estão trancadas, mas uma mente afiada pode abrir a maioria dos fechos. Apenas três ainda resistem a mim. Trevas, Luz e a Roda. E quando me der a chave eu as possuirei também."

Snorri olhou na minha direção e me chamou. "Jal, preciso que tranque a porta atrás de mim. Pegue a chave e a entregue a Skilfar. Ela saberá como destruí-la."

"Tenho algo que você quer, bárbaro."

O mago das portas estava com uma criança ao seu lado, segurando o pescoço dela por trás. Uma garotinha com uma bata de lã esfarrapada, as pernas de fora, pés sujos, os cabelos loiros jogados sobre o rosto enquanto o homem forçava a cabeça dela para baixo.

"Einmyria?" Snorri sussurrou o nome.

Em uma das mãos a criança segurava uma boneca de madeira.

"Emy?", disse, agora num grito. Ele parecia apavorado.

"A chave, senão eu quebro o pescoço dela."

Snorri enfiou a mão eu seu justilho e arrancou a chave de sua correia. "Pegue-a." Ele deu um passo à frente e a empurrou descuidadamente na mão do mago, olhando para sua filha, curvando-se para ela. "Emy? Docinho?"

Duas coisas aconteceram ao mesmo tempo. De alguma maneira, o mago deixou cair a chave de Loki e, ao estender a mão para pegá-la, soltou o pescoço da criança. Ela levantou a cabeça e os cabelos se repartiram para os lados. Seu rosto era uma ferida, com os músculos vermelho-escuros de sua bochecha aparecendo, sem a pele e sem a gordura. Ela abriu a boca e vomitou moscas, milhares delas, com um grito vibrante. Snorri caiu para trás e ela saltou para cima dele, com garras enegrecidas surgindo em suas mãos.

Eu avistei Snorri em meio à nuvem escura, deitado de costas, lutando para impedir que a criança-monstro lhe arrancasse os olhos. Tuttugu se arrastou para a frente, protegendo o rosto, balançando seu machado com golpes constantes. De alguma maneira, ele conseguiu atingir o demônio sem acertar Snorri, e a força do impacto atirou a criança para longe. Por um segundo, ela arranhou a encosta lamacenta, ganindo em um tom inumano, e em seguida caiu, gemendo, na escuridão devoradora. As moscas a seguiram, como fumaça inalada pela boca aberta.

Com aquele zumbido ensurdecedor se afastando, percebi a risada pela primeira vez. Ao desviar o olhar da garganta da caverna, vi que o mago permanecia agachado no chão, com a chave ainda à sua frente, na pedra. Ele não estava olhando para Snorri, apenas para a chave, e tentou pegá-la outra vez, mas de alguma forma seus dedos a atravessavam. Mais uma gargalhada terrível e amarga irrompeu dele, um barulho que atravessou meus dentes e os deixou com uma sensação de fragilidade.

"Não consigo tocá-la. Não consigo sequer tocá-la."

Snorri ficou de pé e correu até o homem, jogando-o para trás com um urro. O mago saiu rolando, batendo com tudo em uma pedra. Snorri pegou a chave e esfregou o ombro com o qual empurrara seu inimigo para o lado, com uma expressão de repulsa em seu rosto, como se o contato o nauseasse.

"O que fez com minha filha?" Snorri avançou para cima do mago, machado em riste.

O homem pareceu não escutar. Ele ficou olhando para suas mãos. "Todos esses anos e eu não consegui pegá-la... Loki precisa ter suas brincadeirinhas. Mas você a trará para mim. Você me trará essa chave."

"O que fez com ela?", perguntou Snorri, da maneira mais sanguinária que já o ouvira.

"Não pode me ameaçar. Estou morto. Estou..."

O machado de Snorri arrancou a cabeça do homem. Ela bateu no chão, quicou uma vez e saiu rolando. O corpo permaneceu de pé por tempo suficiente para garantir que apareceria em meus pesadelos, depois desabou, com o toco do pescoço pálido e sem sangue.

"Vamos." Snorri começou a descer a garganta negra da caverna, engatinhando para trás, com os pés primeiro, procurando bordas que aguentassem seu peso. "Deixem-no!"

Eu me afastei dos restos do homem, do fantasma, do eco, do que quer que ele fosse.

Os sussurros surgiram novamente. Eu ouvi a mulher chorando, o som raspando minha sanidade.

"Jal!", chamou-me Snorri.

"Eu disse *não faça isso!*"

Eu me virei, procurando a voz. Meus olhos pararam na cabeça decepada. A coisa estava me olhando fixamente.

Fiz um esforço para falar, mas uma voz mais grave que a minha respondeu. Em algum lugar, muito abaixo de nós, a terra retumbou, com sons de pedras que ficaram caladas por mais de dez mil anos agora falando todas ao mesmo tempo – não com um sussurro, mas com um rugido distante.

"O quê?" Eu olhei para onde Snorri estava pendurado, com uma expressão confusa.

"Melhor correr." A cabeça falou lá do chão, contorcendo os lábios enquanto as palavras soavam dentro de meu crânio.

O estrondo de pedras caindo vinha rapidamente em nossa direção, subindo das profundezas com um rangido terrível, como se o espaço entre nós estivesse sendo devorado por dentes de pedra.

"Corra!", gritei, e acatei meu próprio conselho. Em meu último vislumbre da caverna, vi Tuttugu correndo na minha direção e Snorri atrás dele, ainda tentando se livrar da queda.

Eu passei correndo por baixo do líquen pendurado e bati em Tuttugu quando nossos caminhos se cruzaram. O impacto fez eu me estatelar no chão e provavelmente salvou minha vida, pois o pavor teria me feito correr mortalmente pela queda acentuada em direção ao fiorde.

"Rápido!" A palavra saiu com um chiado enquanto eu tentava botar ar novamente em meus pulmões recém-esvaziados.

Tuttugu e eu saímos cambaleando pela encosta, agarrados um ao outro, com uma nuvem de pedra pulverizada levantando atrás de nós. Nós caímos no chão e olhamos para trás quando a caverna exalou poeira, como fumaça saindo da boca de um enorme dragão. Um trovão abafado vibrou dentro de nós, ressoando em meu peito.

"Snorri?", chamou Tuttugu, olhando para a boca da caverna, desesperançoso.

Eu fiz que ia sacudir a cabeça, mas lá, surgindo da nuvem, cinza da cabeça aos pés, estava Snorri, cuspindo e tossindo.

Ele desabou ao nosso lado e durante muito tempo nenhum de nós falou.

Finalmente, com os últimos resquícios de poeira pairando sobre a água lá embaixo, eu constatei o óbvio: "Chave nenhuma no mundo vai abrir isso para você".

Nós retornamos às nossas paradas pelo litoral, com a praia de Norseheim nos levando ao sul. Considerando que as opções de Snorri pareciam estar reduzidas aos desertos de Yttrmir, ao distante e inóspito reino de Finn, ou a um lago envenenado em Scorron, ainda mais distante, ele se conformou em procurar Skilfar conforme planejado originalmente, pois sua busca até então só havia acrescentado mais perguntas em vez de respostas.

Aslaug veio ao meu encontro naquela primeira noite, assim como na anterior, no fiorde, enquanto saíamos do desmoronamento da Caverna de Ruinárida, e me alertou contra os planos do nórdico.

"Snorri é guiado por aquela chave e ela será sua ruína, assim como a de qualquer um que lhe fizer companhia."

"Ouvi falar que é a chave de Loki", disse a ela. "Não confia em seu próprio pai?"

"Rá!"

"Será que a filha das mentiras não consegue perceber os truques do próprio pai?"

"Eu minto." Ela sorriu daquele jeito que faz a gente sorrir de volta. "Mas minhas mentiras são coisas delicadas comparadas às que meu pai trama. Ele pode envenenar um povo inteiro com quatro palavras."

Ela emoldurou meu rosto com as mãos, e seu toque era seco e frio. "A chave está trancando você em seu destino, ao mesmo tempo em que abre todas as portas. Os melhores mentirosos sempre dizem a verdade – eles só escolhem as partes. Eu posso verdadeiramente lhe dizer que, se você travar uma batalha no equinócio, seu exército será vitorioso – mas talvez seu exército venceria em qualquer dia daquele mês, mas apenas no equinócio *você* não sobreviveria à batalha para ver o inimigo voltando."

"Bem, acredite em *mim* quando digo que vou parar em Vermillion. Cavalos, selvagens ou não, não seriam capazes de me arrastar à porta de Kelem."

"Ótimo." Outra vez o sorriso. "Kelem quer possuir a porta da noite. Seria melhor que ela nunca fosse aberta, em vez de aquele velho mago assumir seu controle. Pegue a chave para si mesmo, Príncipe Jalan, e você e eu poderemos abrir essa porta específica juntos. Eu o tornaria Rei das Sombras e seria sua rainha..."

Ela se desfez na penumbra quando o sol se pôs, e seu sorriso foi o último a sumir.

Nós nos reabastecemos de água e de víveres em comunidades isoladas e passamos ao largo dos portos maiores. Sete dias após sairmos do cais de Harrowheim, nós avistamos Beerentoppen, nossa última parada nas terras de Norseheim. Sete dias que era melhor esquecer. Eu achava que havia visto o pior em viagem marítima quando o *Ikea* nos levou ao norte. Antes de desmaiar, vi ondas do tamanho de um homem batendo no barco, fazendo-o rolar por completo, aparentemente fora de controle. Entre Harrowheim e Beerentoppen, no entanto, nós pegamos uma tempestade que até Snorri reconheceu como "ventando um pouco". A ventania formou ondas que ultrapassariam casas, deixando o oceano inteiro em uma ondulação constante. Em um instante, nosso minúsculo barco estava no fundo de um vale aquoso, rodeado por enormes montanhas escuras de água salgada. No segundo seguinte, nós éramos içados para o alto, erguidos até o topo de uma colina revestida de espuma. Parecia certo que o barco inteiro seria atirado no ar por uma onda, apenas para desabar nos braços da próxima em um abraço final. Em algum momento daquele longo pesadelo molhado, Snorri decidiu que nosso barco se chamaria *Troll do Mar*.

O único bom motivo para deixar a manhã encontrá-lo acordado é que o vinho da noite anterior ainda não acabou ou que uma jovem exigente está mantendo-o de pé. Ou ambos. Estar com frio, molhado e enjoado não era um bom motivo, mas era o meu.

O brilho de antes do amanhecer revelou Beerentoppen debruçada no meio das fronteiras de suas irmãs menores, que se aglomeravam no litoral. Uma nuvem de fumaça muito fraca a demarcou, surgindo de um pico abrupto. A serra ficava na ponta mais ocidental do território de Bergen e dessas margens nós sairíamos em mar aberto para a travessia final até o continente.

Eu observei as montanhas com profunda desconfiança enquanto Tuttugu nos levava na direção da orla distante. Snorri dormia como se a ondulação do oceano fosse um berço, parecendo tão confortável que me dava vontade de lhe dar um chute.

Snorri havia me dito que qualquer criança do norte sabia que Skilfar podia ser encontrada em Beerentoppen. *Quando o gelo chega ao mar, até a primavera descongelar, Skilfar reside no Salão de Beeren.* Poucos, porém, até mesmo entre os mais velhos, desdentados e grisalhos, empoleirados em seus bancos no salão do jarl, podiam dizer *onde* na montanha de fogo ela residia. Snorri certamente parecia não fazer ideia. Olhei para aquela protuberância grande e sombreada que ele formava e estava ponderando onde seria melhor chutá-lo. Foi quando ele levantou a cabeça, poupando-me do esforço.

Quando o sol surgiu sobre o lado sul do vulcão distante, Baraqel apareceu em seus raios. Ele caminhou sobre o mar, avançando quando cada onda refletia o brilho do dia. Suas grandes asas capturavam a luz e pareciam se acender, com o fogo refletindo em cada escama de bronze da armadura que o envolvia. Tentei me abaixar fora da vista na proa do barco. Não sabia se ainda conseguiria ver o anjo, e por não ter o hábito de saudar a manhã com Snorri eu não havia comprovado a suposição.

"Snorri!" O anjo estava diante de nós, com os pés sobre as ondas, olhando para baixo, de uma altura um pouco menor que a do mastro do *Troll do Mar*. Eu registrei a voz dele com um leve horror. Será que Snorri conseguia ver Aslaug e ouvir tudo que eu dizia a ela? Isso seria constrangedor, e o desgraçado nunca dissera uma palavra a respeito...

"Preciso encontrar Skilfar." Snorri se sentou, segurando-se à lateral do barco. Ele não tinha muito tempo, Baraqel desapareceria quando o sol se livrasse da montanha. "Onde fica a caverna dela?"

"A montanha é um lugar tanto de trevas quanto de luz." Baraqel apontou para o Beerentoppen com sua espada e os raios de sol arderam no aço brilhante. "É apropriado que você e..." Baraqel olhou na minha direção e eu abaixei a cabeça para me esconder. "... ele... cheguem lá juntos. Não confie nesse príncipe de cobre, contudo. A prostituta das trevas lhe sussurra veneno e ele lhe dá ouvidos. Ele tentará tomar a chave de você em breve. Ela precisa ser destruída, e rápido. Não lhe dê tempo nem oportunidade de fazer a vontade dela. Skilfar pode fazer..."

"A chave é minha e eu a usarei."

"Ela será roubada de você, Snorri, e pelas piores mãos. Você só serve à causa do Rei Morto com essa loucura. Mesmo que consiga escapar de seus capangas e encontrar a porta... nada de bom pode sair dela. O Rei Morto – o mesmo que lhe causou todo esse mal – quer que a porta da morte seja aberta. Seu desejo de abri-la é o único motivo pelo qual seu povo, sua esposa e seus filhos morreram. E agora você quer fazer esse trabalho por ele. Quem sabe quantos desnascidos estão reunidos do outro lado, esperando para atravessar no instante em que a chave girar na fechadura?"

Snorri balançou a cabeça. "Eu os trarei de volta. Sua repetição não mudará isso, Baraqel."

"O raiar do dia muda todas as coisas, Snorri. Nada dura além da contagem do sol. Ponha uma pilha suficiente de manhãs sobre alguma coisa e ela *irá* mudar. Nem as próprias rochas durarão mais que a manhã."

O sol agora estava na ponta do Beerentoppen; em instantes ele se libertaria.

"Onde encontrarei Skilfar?"

"A caverna dela olha para o norte, no meio da montanha." E Baraqel se desfez em pedaços dourados, brilhantes e morrendo nas ondas, até que no final elas eram nada mais que a luz da manhã dançando em meio às águas.

Eu levantei a cabeça para checar se o anjo havia realmente sumido.

"Ele está certo quanto à chave", disse eu.

Tuttugu me lançou um olhar confuso.

Snorri bufou, sacudiu a cabeça e se pôs a montar a vela. Ele tomou o leme de Tuttugu e virou o *Troll do Mar* para a base da montanha. Em pouco tempo, gaivotas avistaram o barco, circulando no alto em volta dele, juntando seus gritos aos do vento e às batidas das ondas. Snorri respirou bem fundo e sorriu. Debaixo do céu nublado, com a manhã clara à sua volta, parecia que até o homem mais carregado de tristeza podia ter um momento de paz.

Quando alcançamos a costa naquele dia mais tarde, Snorri e Tuttugu tiveram de me arrastar para fora do barco como um saco de mantimentos. Passar dias vomitando me deixara desidratado e fraco como um recém-nascido. Eu me enrolei em minha capa alguns metros acima da linha da maré alta, decidido a nunca mais me mexer novamente. Areia preta, rajada com amarelos doentios, descia até a arrebentação. Eu cutuquei meio sem vontade aquela coisa, bruta e com pedaços de rocha preta fragilizada por inúmeras bolhas dentro delas

"Vulcânica." Snorri largou o saco que estava trazendo do barco e pegou um punhado da areia, passando-a entre os dedos.

"Fico vigiando a praia." Eu bati na areia.

"Pode levantar, a caminhada vai lhe fazer bem." Snorri estendeu a mão para mim.

Caí para trás com um grito de queixa, descansando a cabeça na areia. Eu queria estar de volta a Vermillion, longe do mar e em algum lugar um pouco mais quente que aquela praia miserável que Snorri havia escolhido.

"Será que devemos esconder o barco?" Tuttugu levantou a cabeça após amarrar a última faixa de seu fardo.

"Onde?" Eu joguei a cabeça de lado, olhando sobre a areia preta e lisa até o monte de pedras que terminava a enseada.

"Bem..." Tuttugu estufou as bochechas, como sempre fazia quando se complicava.

"Não se preocupe, fico de olho nele por você." Estendi a mão e bati em sua canela. "Diga 'oi' a Skilfar por mim. Você vai gostar dela. É uma mulher adorável."

"Você vem conosco." Snorri assomou-se sobre mim, bloqueando o sol fraco da manhã.

"Não, sério. Vocês podem subir sua montanha de gelo e fogo atrás de sua bruxa. Eu vou descansar um pouco. Podem me contar o que ela disse quando voltarem."

A silhueta de Snorri estava escura demais para ver seu rosto, mas pude sentir que fez um esgar. Ele hesitou, deu de ombros e se afastou. "Tudo bem. Não estou vendo nenhum celeiro para você queimar nem mulheres para perseguir. Deve ser seguro o bastante. Cuidado com os lobos. Especialmente os mortos."

"O Rei Morto quer você, não a mim." Eu fiquei de lado para vê-los subindo a montanha em direção ao interior rochoso. O terreno se erguia rapidamente em direção ao sopé do Beerentoppen. "Ele quer o que você está carregando. Você devia tê-la jogado no mar. Eu ficarei a salvo." Nenhum dos dois se virou nem sequer parou. "Eu ficarei a salvo!", gritei para eles. "Mais seguro que vocês dois, em todo caso", murmurei para o *Troll do Mar*.

Para um homem da cidade como eu, há algo profundamente perturbador em estar no meio do nada. Com exceção de Skilfar, eu duvidava que outra alma pudesse viver num raio de oitenta quilômetros de minha pequena enseada solitária. Não havia estradas, trilhas, nem o menor indício de trabalho do homem. Nem mesmo cicatrizes deixadas pelos Construtores no passado enevoado. De um lado, as elevações das montanhas, intransponíveis a todos, exceto ao viajante mais determinado e bem equipado, e do outro lado o amplo oceano, estendendo-se a distâncias e profundezas inimagináveis. Os vikings diziam que o mar contava com seu próprio deus, Aegir, que não tinha a menor utilidade para os homens e tomava por impertinência as aventuras em sua superfície. Ao olhar para o horizonte desolador, dava muito bem para acreditar nisso.

Uma leve chuva começou a cair, levada sobre as areias em um ângulo raso pelo vento que vinha do mar.

"'Droga." Eu me abriguei atrás do barco.

Eu me sentei de costas para o casco, com a areia úmida sob a bunda, as pernas esticadas para a frente e os saltos das botas formando pequenas trincheiras. Eu poderia ter entrado e me enfiado novamente na proa, mas já estava farto de barcos para o resto da vida.

Novamente busquei refúgio no sonho com Vermillion, os olhos fixos na areia preta, mas enxergando os telhados de terracota da cidade ocidental, costurada por vielas estreitas e dividida por largas avenidas. Dava para sentir o cheiro de especiaria e fumaça, ver as meninas bonitas e as senhoras bem-nascidas caminhando onde os comerciantes vendiam seus produtos em tapetes e tendas. Trovadores enchiam a noite com serenatas e as antigas canções que todos conhecem. Senti saudades das pessoas, relaxadas e felizes, e do calor. Eu pagaria uma coroa de ouro apenas por uma hora de um dia de verão em Marcha Vermelha. A comida também. Eu só queria comer alguma coisa que não fosse em conserva, nem salgada, nem queimada em uma fogueira. Ao longo da Estrada Honória ou na Praça de Adão, os ambulantes passavam com bandejas de doces ou árvores confeitadas, repletas de delícias penduradas... Meu estômago roncou alto o bastante para quebrar o encanto.

Os gritos das gaivotas ecoavam, fúnebres, por toda a desolação daquela orla. Tremendo, eu me enrolei ainda mais em minha capa. Snorri e Tuttugu já haviam desaparecido fazia muito tempo atrás do primeiro morro. Eu me perguntei se Tuttugu já estava desejando ter ficado para trás. Em Vermillion, eu tiraria um dia para falcoar com Barras Jon ou ir à pista de cavalos com os irmãos Greyjar. À noite, todos nós nos reuniríamos no Caneco Real; ou perto do rio, na Cervejaria Jardins, nos preparando para uma noitada com as prostitutas; ou, caso Omar se unisse a nós, dados e cartas no Sete da Sorte. Nossa, que saudades daquele tempo... É claro que, se eu aparecesse no Sete da Sorte agora, quanto tempo levaria para Maeres Allus saber que eu estava sob um de seus tetos e me chamar para ter uma palavrinha em particular? Um sorriso contorceu meus lábios quando me lembrei de Snorri decepando o braço de John Cortador, o torturador de Maeres. Mesmo assim, Vermillion não seria um lugar saudável para mim até que esse aborrecimento fosse resolvido.

Os gritos das gaivotas, antes tão comoventes naquela paisagem triste, passaram a estridentes e aumentaram, tornando-se então uma cacofonia.

"Malditos pássaros." Procurei uma pedra, mas não havia nenhuma à mão.

Atirar a primeira pedra... um prazer simples. No passado, minha vida havia sido um prazer simples após o outro. Imaginei o que Barras e os rapazes pensariam de mim, voltando com meus trapos pagãos, mais magro, com a espada marcada, cicatrizes para mostrar. Menos de um ano havia se passado, mas será que as coisas ainda seriam as mesmas? Era possível? Será que aqueles velhos passatempos ainda satisfariam? Quando finalmente cavalgasse pelos Portões Vermelhos, será que eu teria realmente voltado... ou o momento, de alguma maneira, já teria passado, para nunca mais ser recuperado?

Eu havia presenciado coisas demais em minha viagem, aprendido demais. Eu queria minha ignorância de volta. E minha felicidade.

Alguma coisa caiu em minha testa. Fui enxugar os pingos em minha bochecha e meus dedos saíram melecados de gosma branca.

"Malditos pássaros filhos da puta..." Esquecendo a fraqueza, eu me levantei abruptamente, o punho em riste com uma raiva impotente das gaivotas circulando lá no alto. "Desgraçados!" Eu me virei para o mar, decidido a encontrar uma pedra mais para baixo da praia.

Só depois que encontrei minha pedra – um belo pedaço achatado de ardósia preta-acinzentada, suavizada pelas ondas e com aquela sensação perfeita de encaixe na mão – e comecei a me endireitar para meu ajuste de contas com as gaivotas foi que reparei no dracar. Ainda estava a certa distância, em meio às primeiras arrebentações, de velas enroladas, quarenta remos espirrando ritmadamente, guiando-o adiante. Eu fiquei ali de pé, boca aberta, paralisado de choque. De cada lado da proa, um olho vermelho havia sido pintado, olhando para a frente, cheio de ameaças.

"Merda." Soltei minha pedra. Já tinha visto isso antes. Uma lembrança de nossa viagem ao norte. Olhando para baixo, do alto do Fiorde Uulisk. Um dracar minúsculo devido à distância. Um ponto vermelho em sua proa. Eram homens de Hardanger. Vikings Vermelhos. Eles podiam até estar com Edris Dean, se o desgraçado tivesse conseguido escapar do Forte Negro. Dois vikings estavam na proa, com escudos redondos e marcados com runas, capas de pele de lobo, os cabelos ruivos caindo em volta dos ombros, machados a postos, perto o suficiente para ver as argolas de ferro dos olhos e o protetor de nariz de seus capacetes. "Merda." Eu cambaleei para trás, peguei minha espada, apanhei o menor dos três sacos de mantimentos e comecei a correr.

Um inverno comendo e bebendo em excesso não fez muito bem à minha forma física, e o único exercício que eu praticava acontecia debaixo das cobertas. A respiração saiu irregular de meus pulmões antes mesmo de eu chegar ao primeiro cume. O que era uma dor incômoda das costelas esmagadas com o peso do lobo Fenris rapidamente se tornou a dor de punhaladas no pulmão a cada arfada. Ao chegar ao terreno mais elevado, arrisquei parar e me virar. Os homens de Hardanger haviam atracado o dracar, com uma dúzia deles atarefados ao seu redor. Pelo menos o dobro desse número já estava começando a subir a encosta em meu encalço, escalando as pedras como se pegar um cara do sul fosse fazê-los ganhar o dia. E sim: no meio deles, de cabeça descoberta, um cara forte, de justilho de couro cravejado, cabo da espada saindo atrás do ombro, cabelos grisalhos como ferro, com aquela faixa preta-azulada, amarrados atrás em uma trança apertada. "Edris 'Filho da Puta' Dean." Eu parecia estar desenvolvendo o hábito de ser perseguido montanha acima por aquele homem.

O terreno subia em direção a Beerentoppen, como se estivesse com uma pressa terrível. Eu arquejei pelo caminho, atravessando grupos densos de tojo e urze, lutando por entre troncos de pinheiro e freixo, e arranhando trechos de pedra, onde o vento não permitia o acúmulo do solo escasso. Um pouco mais acima, as árvores desistiam de tentar e logo meu caminho se tornou pedra exposta desprovida de qualquer vestígio de verde. Eu segui em frente, amaldiçoando Snorri por me deixar, amaldiçoando Edris por me perseguir. Agora não restavam dúvidas sobre quem estava nos vigiando em Trond. E, se Edris estava aqui e coisas mortas também estavam nos caçando, parecia certo que pelo menos um necromante escapara do Forte Negro com ele. Possivelmente, a vadia assustadora de Chamy-Nix que fez os mercenários que Snorri matou se reerguerem.

Snorri e Tuttugu não deixaram rastro, então o pico partido de Beerentoppen era tudo que eu tinha para me guiar. Baraqel lhes dissera onde Skilfar estava, mas até parece que eu iria me lembrar. Ofegante e ruidosamente, tropecei nos enormes pedregulhos que decoravam qualquer superfície remotamente plana e escorreguei por um caminho perigoso em encostas repletas de pedras quebradiças que podiam ter sido cuspidas pelo vulcão... ou jogadas por duendes, vai saber.

Um deslize me levou um pouco longe demais. Bati em uma pedra, tropecei e me esborrachei, parando a menos de trinta centímetros de uma queda grande o bastante para ser do tipo fatal. "Merda." Meus perseguidores mais próximos estavam a trezentos metros de distância e movendo-se com rapidez. Eu fiquei de pé, com as mãos ensanguentadas.

Sou muito bom em fugir. Para melhores resultados, ponham-me em uma cidade. Entre ruas e casas, eu me saio bem. Nesses ambientes, uma bela corrida, curvas rápidas e uma mente aberta quando se trata de esconderijos garantem a fuga de um homem na maioria das circunstâncias. No interior é pior – mais coisas para fazer você tropeçar e os melhores esconderijos geralmente ocupados. Em uma montanha exposta, tudo se resume à resistência; e quando um sujeito está enjoado por causa do mar, além de ter sido atropelado pelo tipo de lobo que só precisaria de dois amigos para derrubar um mamute, bem... não vai terminar numa boa.

O medo é um grande motivador. Ele me pôs novamente de pé e me botou para correr. Nem ousei olhar para trás, por receio de tropeçar outra vez. Segurei meu flanco, arranhei uma respiração após a outra e tentei seguir em linha reta pela encosta. A esperança é quase tão ruim quanto o medo para incitar um homem além do ponto em que deveria desistir. A esperança me fez acreditar que estava abrindo vantagem. A esperança me convenceu de que a próxima elevação mostraria Snorri e Tuttugu logo adiante. Quando, com o barulho repentino de passos, o homem de Hardassa me alcançou e me derrubou, eu caí com um chiado de surpresa, apesar de isso ter sido inevitável desde o instante em que avistei o dracar se aproximando da praia.

O viking desabou em cima de mim, pressionando meu rosto contra a rocha. Fiquei caído, ofegante, enquanto o restante do bando se reuniu. Minha visão mostrava apenas suas botas, mas eu não precisava ver mais que isso para saber que se tratava de um grupo assustador.

"Príncipe Jalan Kendeth. Que bom encontrá-lo novamente." Um sotaque do sul, levemente sem fôlego.

O peso saiu de cima de mim quando meu captor se levantou. Eu demorei para conseguir me sentar. Ao olhar para cima, encontrei Edris Dean me olhando, com os pés apoiados contra a encosta, mão no quadril. Ele parecia satisfeito. A dúzia de Vikings Vermelhos ao redor dele parecia menos contente. Outros se espalhavam pela encosta abaixo, esforçando-se para subir.

"Não me mate!" Parecia um bom ponto de partida.

"Dê-me a chave e eu solto você", disse Edris, ainda sorrindo.

O lance para se manter vivo é se manter útil. Na condição de príncipe, sou sempre útil como... herdeiro e pessoa representativa. Como devedor, eu era útil enquanto Maeres acreditasse que eu poderia pagá-lo. Como prisioneiro de Edris, longe demais de casa para ter uma boa perspectiva de resgate, minha única utilidade real estava na ligação com a chave de Loki. "Posso levá-lo até ela." Aquilo podia significar apenas mais algumas horas de vida, mas eu venderia minha própria avó por isso. E o palácio dela.

Edris acenou para alguns dos homens de Hardassa se aproximarem. Um deles pegou o saco de mantimentos que eu havia me esquecido de abandonar e o outro começou a revistar minhas roupas, e de maneira nada delicada. "Meus amigos aqui me dizem que só há um motivo para parar nesta praia." Ele apontou para Beerentoppen. "Não preciso de você para encontrar a bruxa."

"Ah!" O viking estava sendo especialmente minucioso e suas mãos estavam geladas. "É. Mas... Mas você precisa de mim para..." Eu procurei motivo. "Skilfar! Snorri está com a chave e irá entregá-la a Skilfar. Você precisa pegá-lo antes que ele a encontre."

"Não preciso de você para isso também." Edris tirou o punhal de seu cinto. Do tipo comum, de ferro, para matar porcos.

"Mas..." Eu olhei para a lâmina. Ele tinha razão. "Snorri trocará a chave por mim. É melhor não lutar com ele – não acabou muito bem da última vez. E... e... ele pode jogar a chave fora. Se ele a atirar ao ser atacado, você pode passar uma semana procurando pela montanha e ainda não a encontrar."

"Por que ele trocaria a chave de Loki pela sua vida?" Edris pareceu confuso.

"Dívida de sangue!" Aquilo me ocorreu sem pensar. "Ele deve a vida a mim. Você não conhece Snorri ver Snagason. Honra é tudo que lhe resta. Ele pagará sua dívida."

Edris contorceu a boca em um sorriso de escárnio, que rapidamente desapareceu. "Alrik, Knui, ele é responsabilidade de vocês. Peguem as armas dele."

A dupla que me revistou, revirando meus pertences, levou minha espada e minha faca. Edris saiu andando, ditando o ritmo, e os outros seguiram seu rastro. "Melhor se apressar, meu príncipe, senão teremos de soltá-lo e arriscar a sorte."

Alrik, um capanga de barba escura, me fez começar com um empurrão nas costas. "Rápido." Os Vikings Vermelhos falavam o antigo idioma entre eles e alguns diziam algumas palavras do Império. Knui veio atrás. Eu não tinha ilusões a respeito do que ele quis dizer com "me soltar".

Apressando-me atrás de Edris, fiquei de olho no terreno à frente, sabendo que um tornozelo torcido me faria ser estripado e largado para morrer. De vez em quando, olhava para as encostas nos dois lados da montanha. Em algum lugar dali, a necromante podia estar observando, e mesmo na pior das situações eu conseguia ter medo dela.

Subir até a cratera do Beerentoppen com Edris na liderança foi tão horrível quanto correr na frente dele. Ao subir as paredes rochosas cada vez mais íngremes, com as mãos e os joelhos esfolados, os pés roxos e cheios de bolhas, arquejando com força suficiente para vomitar um pulmão, cheguei a desejar estar de volta ao *Troll do Mar* balançando oceano afora.

Passaram-se horas. Passou o meio-dia. Nós chegamos a uma altura suficiente para ver os picos cobertos de neve ao norte e ao sul, o percurso ficando ainda mais vertical e mais perigoso, e ainda nada de Snorri. Espantosamente, mesmo sem saber que estava sendo perseguido, Snorri se mantivera à nossa frente. Ainda mais com

Tuttugu. O sujeito não foi feito para escalar montanhas. Ele seria bom para descê-las rolando.

A tarde rastejou até a noite e eu rastejei atrás de Edris, impulsionado pela ameaça da machadinha de Alrik e por chutes estratégicos de Knui. O topo da montanha parecia ter sido partido, terminando em uma borda serrilhada. As encostas adquiriram uma característica peculiar de dobras, como se a rocha tivesse se solidificado feito gordura derretida que escorre de um porco assado. Nós chegamos a poucas centenas de metros do topo quando os batedores de Edris retornaram para informar. Eles tagarelaram no velho idioma enquanto eu fiquei estatelado, desejando que centelhas de vida voltassem às pernas dormentes.

"Nenhum sinal de Snorri." Edris apareceu acima de mim. "Nem aqui fora, nem na cratera."

"Ele tem de estar em algum lugar." Cheguei a me perguntar se Snorri havia mentido, se havia saído em outra missão. Talvez a próxima enseada tivesse uma vila de pescadores, uma taberna, camas quentinhas...

"Ele encontrou a caverna da bruxa e isso é uma péssima notícia para todos nós. Especialmente para você, príncipe."

Eu me sentei ao ouvir aquilo. O medo da morte iminente sempre ajuda um homem a encontrar novas reservas de energia. "Não! Veja..." Eu forcei minha voz a sair menos estridente e apavorada. Fraqueza atrai problemas. "Não. *Eu* queria que Snorri desse a chave para Skilfar – mas ele não concordou. É bem capaz que ainda a tenha quando sair. É muito difícil discutir com ele. E aí vocês podem trocar."

"Quando um homem começa a mudar sua história fica difícil dar crédito a qualquer coisa que diga." Edris me olhou de forma especulativa, uma expressão que provavelmente foi a última coisa que alguns poucos homens viram. Mesmo assim, o pavor extremo que tomara conta de mim desde que avistei o dracar havia começado a decair. Essa é uma coisa estranha de estar entre homens que casualmente cogitam sua morte. Em minhas aventuras com Snorri, fui atirado em um horror atrás do outro e saí correndo da maior parte deles tanto quanto pude. O terror que um homem morto provoca, deixando um rastro de tripas ao saltar para cima de você, ou o arrepio que o sopro quente de um incêndio na floresta causa são reações a situações completamente estranhas – coisas de pesadelo. Com homens, no entanto, do tipo comum de todo dia, é diferente. E, após um inverno na Três Machados, eu passei a enxergar até os ladrões empunhadores de machado mais barbudos como pessoas bastante comuns, com as mesmas dores, sofrimentos, queixas e ambições de todos os outros homens, embora no contexto de verões passados saqueando costas inimigas. Com homens que não lhe desejam nenhum mal em especial e para os quais sua morte será mais uma incumbência do que qualquer outra coisa, envolvendo o esforço tanto do ato quanto da limpeza subsequente da arma, o ato de morrer começa a parecer meio comum também. Você é quase tolhido pela loucura da coisa. Especialmente se está tão exausto que a morte lhe parece uma boa desculpa para descansar. Eu o olhei de volta e não disse mais nada.

"Muito bem." Edris terminou o longo período de decisão e se virou. "Vamos esperar."

Os Vikings Vermelhos se distribuíram pelas encostas para procurar a entrada da toca de Skilfar. Edris, Alrik e Knui ficaram comigo.

"Amarrem as mãos dele." Edris se sentou em uma pedra. Ele tirou sua espada da bainha e passou uma pedra de amolar em seu gume.

Alrik amarrou minhas mãos para trás com uma tira de couro. Nenhum deles havia trazido fardos, simplesmente saíram em perseguição. Eles não tinham comida, além da que roubaram de mim, nem abrigo. De nossa elevação, dava para ver o litoral montanhoso, por vários quilômetros de cada lado, e o mar. A praia e o dracar deles estavam escondidos pela lateral do vulcão.

"Será que *ela* está aqui?" A necromante atormentava meus pensamentos, e imagens de mortos se levantando voltavam sem querer à minha mente.

Edris deixou um longo instante passar antes de virar lentamente a cabeça e olhar em minha direção. Ele me deu um sorriso incômodo.

"Ela está por aí." Um aceno com a mão. "Vamos esperar que fique por aí." Ele segurou a espada na minha direção. "Ela me deu isto." Aquele troço me causou uma dor no peito e me fez tremer, como se me lembrasse dele de algum sonho sombrio. Escritos corriam por sua extensão; não as runas nórdicas, mas uma caligrafia mais fluida, parecida com as inscrições que a Irmã Silenciosa usava para destruir seus inimigos. "Mate um bebê no ventre com este pedaço de aço e o pobrezinho será entregue ao inferno. Fica lá, esperando a chance de voltar desnascido. A morte da mãe, a morte de qualquer parente próximo, abre um buraco nas terras áridas apenas para aquela criança perdida. Se você for rápido, se for poderoso, todo esse potencial pode nascer no mundo dos homens de uma forma nova e terrível." Ele falava em tom de conversa, e seu pesar parecia bastante genuíno – mas, ao mesmo tempo, uma certeza fria me envolveu. Aquela era a lâmina que havia matado o filho de Snorri na barriga de sua esposa, e Edris o homem que começara o trabalho sujo que os necromantes continuaram, e que terminou com Snorri enfrentando seu filho desnascido no coração do Forte Negro. "Fique de olho nas encostas, jovem príncipe. A necromante está por aí e você realmente não vai querer encontrá-la."

Alrik e Knui trocaram olhares mas não disseram nada. Knui tirou o capacete, colocou-o sobre os joelhos e esfregou sua careca, passando as unhas entre tufos suados de cabelos ruivos dos dois lados. Em alguns lugares, o capacete o havia esfolado, balançando para a frente e para trás na longa escalada. Fora um dia duro para todos nós e, apesar da dificuldade da minha situação, minha cabeça começou a cair de sono. Com o horror das palavras de Edris chacoalhando em meu cérebro, sabia que jamais conseguiria dormir novamente, mas me recostei para descansar o corpo. Fechei os olhos, afastando a frieza do céu. Um momento depois, o sono me levou.

"Jalan." Uma voz sombria e sedutora. "Jalan Kendeth." Aslaug se insinuou em meu sonho, que até aquela altura havia sido uma repetição enfadonha do dia, escalando o Beerentoppen todo de novo, imagens intermináveis de pedras e terra passando sob os pés, mãos procurando apoios, botas se arrastando. Eu parei subitamente nas encostas do sonho e me endireitei, encontrando-a em meu caminho, envolta em sombras, ensanguentada com o sol poente. "Que lugar chato." Ela olhou ao seu redor, com a língua molhando o lábio superior enquanto considerava o entorno. "Não pode ser tão ruim assim. Por que você não acorda para que eu possa ver de verdade?"

Eu abri o olho embaçado e me peguei olhando para o sol se pondo, o céu ardendo sob nuvens obscuras. Alrik estava sentado ali perto, amolando sua machadinha com uma pedra. Knui estava um pouco afastado onde a encosta descia, vendo o sol se pôr, ou mijando, ou as duas coisas. Edris parecia ter desaparecido, provavelmente para averiguar seus homens.

Aslaug estava atrás de Alrik, olhando para a massa escura de seus cabelos e os ombros largos enquanto ele cuidava de sua arma. "Bem, assim não dá, Jalan." Ela se inclinou para olhar minhas mãos para trás, enfiadas entre minhas costas e a pedra. "Amarrado! Você, um príncipe!"

Eu não podia responder-lhe direito sem atrair atenção indesejada, mas a observei cheio daquela excitação sombria que suas visitas sempre causavam. Ela não me tornava exatamente corajoso, mas ver o mundo na presença dela simplesmente tirava as arestas de tudo e fazia a vida parecer mais simples. Eu testei as amarras em meus punhos. Ainda firmes. Ela tornava a vida simples... mas não *tão* simples.

Aslaug pôs um pé descalço no capacete que Alrik deixara ao seu lado e encostou o dedo na lateral da cabeça dele. "Se você se atirar para cima dele e bater com o topo de sua testa neste ponto... ele não se levantará novamente."

Indiquei a posição de Knui com os olhos; estava a apenas dez metros abaixo da encosta.

"Aquele ali", disse ela, "está parado ao lado de uma queda de quinze metros... Em quanto tempo você acha que conseguiria alcançá-lo?"

Em circunstâncias normais, ainda estaria discutindo a cabeçada. Eu imaginaria zero de probabilidade de conseguir me levantar e percorrer a distância até Knui sem cair de cara no chão. Em seguida, derrubar Knui do penhasco sem acompanhá-lo era certamente impossível. Eu também não teria coragem de tentar, nem mesmo para salvar minha vida. Mas com Aslaug assistindo, uma deusa de marfim fumegando de desejo tenebroso, um leve sorriso de escárnio nos lábios perfeitos, as probabilidades pareciam não ter mais importância. Naquele momento, eu soube como Snorri devia ter se sentido quando lutou com ela ao seu lado. Eu conheci um resquício do espírito temerário que tomou conta dele quando a noite soltou o rastro negro da lâmina de seu machado.

Ainda assim eu hesitei, olhando para Aslaug, esguia, firme, banhada em sombras que se moviam com o vento.

"Viva antes de morrer, Jalan." E aqueles olhos, cuja cor eu nunca conseguia identificar, me encheram de uma alegria ímpia.

Eu me afastei da pedra que me escorava, balancei-me sobre os dedos dos pés e comecei a cair para a frente antes de endireitar as pernas com um movimento repentino. Reprimindo a vontade de rugir, eu me atirei como uma lança, a testa mirando o ponto na têmpora de Alrik onde Aslaug pusera o dedo.

O impacto me atravessou, enchendo minha visão com uma dor lancinante. Doeu mais do que eu achava que doeria – bem mais. Por um ou dois segundos, o mundo desapareceu. Eu me recuperei e me vi caído sobre o corpo inerte de Alrik, com a cabeça em seu peito. Saí rolando de cima dele, tentando enxergar com os olhos fechados de dor. Mais abaixo, na encosta, Knui havia se virado da beira do penhasco e sua contemplação do mar.

Ficar de pé em uma inclinação íngreme com as mãos amarradas para trás não é fácil. Na verdade, eu nem consegui direito. Eu me atirei, quase de pé, sem equilíbrio, e saí descendo pela montanha com tudo, desesperadamente tentando colocar cada pé à minha frente a tempo de não cair de cara na pedra.

Knui se moveu com rapidez. Mirei nele como a única chance de parar minha corrida desenfreada. Ele já havia avançado alguns metros e estava pegando seu machado quando, totalmente descontrolado, eu me choquei contra ele. Mesmo preparado para o impacto, Knui não teve chance. Ele podia ser duro e mais resistente que couro, mas eu era mais alto e tinha pegado um impulso maior do que qualquer pessoa em uma montanha gostaria. Ossos estalaram, eu o empurrei para trás, nós ficamos por uma fração de segundo balançando na beira do penhasco e, com um único grito, nós dois caímos.

Bater em Alrik havia sido mais difícil e mais doloroso do que eu queria ou esperava. Bater em Knui foi muito pior. Foram batidinhas de leve comparadas a bater no chão. Pela segunda vez em menos de um minuto eu desmaiei.

Voltei a mim deitado de bruços sobre alguma coisa macia. E úmida. E... fétida. Eu não conseguia ver muito nem mexer os braços.

"Levante-se, Jalan." Por um instante, não consegui entender quem estava falando. "Para cima!"

Aslaug! Eu não conseguia me levantar – então rolei. A coisa macia era Knui. E também a coisa úmida e fétida. Seu rosto demonstrava surpresa, a expressão congelada. A parte de trás de sua cabeça havia... se espalhado, deixando as rochas vermelhas. Lutei para ficar de joelhos, me machucando nas pedras. Aslaug estava ao meu lado, virada para o penhasco, com a cabeça e os ombros acima de onde Knui estivera. Sombras serpenteavam ao seu redor, como trepadeiras, escurecendo suas feições.

"V-você disse que a queda era de quinze metros!" Eu cuspi sangue.

"Eu estava do seu lado, Jalan. Como eu poderia ver?" Um sorriso enfurecido em seus lábios. "Isso fez você se mexer, no entanto. E qualquer queda em uma montanha pode matar alguém, com um pouco de sorte."

"Você! Bem... eu..." Não consegui encontrar as palavras certas, pois o medo havia começado a me alcançar.

"Melhor libertar suas mãos..." Ela pressionou as costas contra a pedra, agora agachada, sumindo à medida que o horizonte engolia o sol e a escuridão crescia em cada cavidade.

"Eu..." Mas Aslaug desaparecera e eu estava falando com as rochas.

O machado de Knui estava um pouco abaixo da ladeira. Eu me arrastei na direção dele e, com uma dificuldade considerável, me posicionei de modo que pudesse começar a serrar a tira de couro em meus punhos, ao mesmo tempo em que vigiava se outros homens de Hardassa ou o próprio Edris apareceriam correndo.

Mesmo um machado afiado demora um tempo longo demais para cortar couro. Sentado ali, ao lado do corpo de Knui, pareceu uma eternidade. A todo instante, eu desviava o olhar de minha vigilância para ver se ele não havia se mexido. Eu tinha um péssimo histórico de matar homens em montanhas. Eles costumavam se levantar novamente e causar mais problemas mortos do que quando vivos.

Enfim o couro se partiu e eu esfreguei os punhos. Ao olhar para cima, a segunda mentira de Aslaug se tornou aparente. Ela disse que se eu desse uma cabeçada em Alrik onde me havia apontado ele não se levantaria novamente. Mas lá estava ele, de pé no alto do "penhasco" de um metro e vinte onde eu e Knui estávamos. Ele não parecia contente. Pior ainda: brandia sua machadinha em uma mão e uma faca de lâmina grossa e serrilhada na outra.

"Edris vai me querer vivo!" Eu cogitei fugir, mas não queria descobrir se Alrik era um bom atirador de machadinhas. Além disso, ele provavelmente poderia me alcançar. Pensei no machado caído nas pedras atrás de mim. Mas eu nunca havia usado um. Nem mesmo para cortar lenha.

O olhar do viking voltou-se para Knui, caído ali com as pedras pintadas de vermelho-escuro ao seu redor. "Foda-se, Edris."

Duas palavras me disseram tudo que eu precisava saber. Alrik ia me matar. Ele se retesou, preparando-se para pular. Foi quando um machado o atingiu na lateral da cabeça. A lâmina atravessou seu olho esquerdo, passou pelo arco do nariz e parou na metade da sobrancelha do outro lado. Alrik caiu no chão e Snorri apareceu. Ele pôs um pé enorme do lado do rosto de Alrik e puxou seu machado com um terrível barulho de rachadura que me causou ânsia.

"Como está o *Troll do Mar*?", perguntou Snorri.

"*Eu* estou bem! Muito obrigado." Continuei sentado e me apalpei. "Não, nada bem. Machucado e quase assassinado!" Ver Snorri de repente tornou tudo muito mais real e o horror de tudo aquilo se abateu sobre mim. "Edris Dean ia me estripar com uma faca e..."

"Edris?", interrompeu Snorri. "Então ele está por trás disso?" Ele empurrou o corpo de Alrik para a queda com o pé.

Tuttugu apareceu, olhando nervosamente sobre o ombro. "O sulista? Eu achei que fossem só os Hardassa..." Ele me avistou. "Jal! Como está o barco?"

"Qual é a dos nórdicos e seus malditos barcos? Um príncipe de Marcha Vermelha quase morreu nesta..."

"Você pode nos levar para longe dos Vikings Vermelhos?", perguntou Snorri.

"Bem, não, mas..."

"Como está o maldito barco, então?"

Eu entendi a questão. "Está bem... mas está a uma lança de distância do dracar em que esses dois chegaram." Eu acenei para os corpos aos meus pés. "E há mais de uma dúzia a bordo, e duas dúzias na montanha."

"Que bom que Snorri encontrou você, então!" Tuttugu esfregou os lados do corpo, como sempre fazia quando estava aborrecido. "Estávamos esperando que eles tivessem desembarcado em outro lugar..."

"Como f..." Eu me levantei, pensando em perguntar *como* foi que Snorri me encontrou. Foi então que eu a vi. Um pouco mais atrás da beira onde Snorri e Tuttugu me olhavam. Uma mulher nórdica, de cabelos claros repartidos em várias tranças apertadas, cada uma delas amarrada com uma runa de ferro, um estilo que eu havia observado em mulheres mais velhas de Trond, embora nenhuma jamais ostentasse mais que um punhado das tais runas.

Snorri percebeu minha surpresa e acenou para a mulher, dizendo: "Kara ver Huran, Jal". E para mim: "Jal, Kara". Ela me fez um breve aceno com a cabeça. Supus que sua idade estivesse no meio do caminho entre a minha e a de Snorri. Era alta, com o corpo escondido debaixo de uma longa capa preta de couro trabalhado. Eu não a chamaria de bonita... era uma palavra fraca demais. Ela chamava atenção. De traços fortes.

Eu me curvei quando ela se aproximou. "Príncipe Jalan Kendeth de Marcha Vermelha ao seu dis..."

"Meu barco está na próxima enseada. Venham, levarei vocês até lá." Ela me fitou com os olhos impressionantemente azuis, como se estivesse me medindo de maneira desconfortavelmente meticulosa, e se virou para sair. Snorri e Tuttugu começaram a ir atrás.

"Esperem!" Eu cambaleei, tentando recuperar o juízo. "Snorri!"

"O que foi?", perguntou ele, olhando para trás sobre o ombro.

"A necromante. Ela também está aqui!"

Snorri virou-se atrás de Kara, balançando a cabeça. "Melhor se apressar, então!"

Eu pus as duas mãos no alto do "penhasco" e me preparei para me puxar para cima da encosta quando vi o cabo da minha espada saindo do ombro de Alrik. Ele estava deitado de lado, perto de Knui. Acima do nariz, sua cabeça era pouco mais do que fragmentos de crânio, cabelos e cérebro. Hesitei. Eu havia matado meu primeiro oponente com aquela espada, embora quase por acidente – pelo menos ele era o primeiro do qual me lembrava. Havia descolado aquela espada lutando contra todas as probabilidades no Forte Negro e a enterrara até o cabo em um lobo Fenris. Se eu havia feito alguma coisa que pudesse verdadeiramente ser considerada viril, honrosa ou corajosa, isso ocorreu segurando aquela espada.

Dei um passo na direção de Alrik. Os dedos de sua mão direita se contorceram. E eu corri pra diabo.

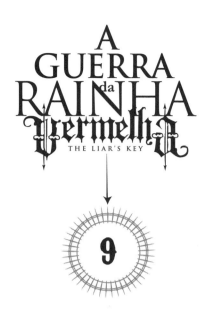

9

Barrancos profundos, esculpidos pela chuva em antigos derramamentos de lava, nos levaram até a enseada onde o barco de Kara estava ancorado.

"Está bem longe", disse eu, olhando através da penumbra. Pisar nos barrancos teria sido perigoso em plena luz do dia. Descer por eles nas sombras profundas foi praticamente implorar para quebrar o tornozelo. E agora, com a noite densa à nossa volta, Kara esperava que eu nadasse na direção de um ponto distante e ligeiramente mais escuro do mar que supostamente era um barco. Dava para ver a fosforescência suave das ondas quando a espuma passava sobre as rochas pontiagudas onde a praia deveria estar, e além disso... nada mais. "Bem longe mesmo."

Snorri riu como se eu tivesse contado uma piada e começou a amarrar suas armas na pequena jangada que Kara havia puxado para a margem quando chegou. Eu me encolhi, tremendo. A chuva tinha voltado. Eu esperava neve – a noite estava fria o bastante para isso. E em algum lugar dali a necromante nos procurava... ou já havia nos encontrado e agora nos observava das rochas. Por ali, Knui e Alrik estariam cambaleando em nosso encalço, gosmentos, quebrados, cheios daquele terrível apetite que invade os homens quando voltam da morte.

Enquanto os outros se preparavam, observei o mar com minha repulsa silenciosa de costume. A lua surgiu detrás de uma nuvem, iluminando a ondulação do oceano com brilhos e fazendo faixas brancas com as ondas se quebrando.

Tuttugu apareceu para compartilhar algumas de minhas ressalvas, mas pelo menos tinha, como um leão-marinho, seu corpanzil para mantê-lo aquecido e para fazê-lo flutuar. Meu nado poderia ser descrito como um afogamento de lado.

"Não sou bom na água."

"Você não é bom na terra", replicou Snorri.

"Vamos chegar mais perto." Kara olhou na minha direção. "Posso trazê-lo mais para perto, agora que a maré está baixa."

Então, um por um, com as roupas mais pesadas na jangada em trouxas bem amarradas, os três entraram na água e foram na direção do barco. Tuttugu foi por último e pelo menos reconheceu como o mar estava gelado com uns gritinhos e suspiros de maneira bem pouco viking.

Eu fiquei na praia sozinho com o barulho das ondas, o vento e a chuva. Água congelante escorria em meu pescoço, meu cabelo caía em meus olhos e as partes de mim que não estavam dormentes de frio sofriam com variações de dor, latejamento e pontadas. O luar pintava as encostas rochosas atrás das pedras de preto e prata, formando um mosaico confuso no qual meus medos podiam conceber o avanço lento dos horrores desnascidos. Talvez a necromante assistisse a tudo daquelas cavidades escuras agora mesmo ou Edris instasse os Hardassa atrás de mim com gestos silenciosos... Nuvens engoliram a lua, deixando-me às cegas.

Por fim, após muito mais tempo do que eu achava razoável que eles levassem, ouvi Snorri chamando. O luar voltou, atravessando um buraco formado pelo vento nas nuvens, e o barco ficou claro na escuridão, com contornos prateados. A embarcação de Kara parecia ser mais digna do que o barco a remo de Snorri – maior, com linhas mais elegantes e um casco mais fundo. Snorri parou seu trabalho nos remos a cinquenta metros da praia e das pedras ocultas mais embaixo. O mastro alto e as velas enroladas se agitavam para lá e para cá conforme as ondas rolavam por baixo, reunindo-se para quebrar na praia.

"Jal! Venha para cá!" O estrondo de Snorri sobre as águas.

Eu fiquei parado, relutante, observando as ondas se quebrando, virando espuma e recuando, arranhando os pedregulhos. Mais ao longe a superfície do mar dançava com a chuva.

"Jal!"

No fim, um medo eliminava o outro. Eu me vi com mais medo do que podia descer da montanha sob o manto de escuridão que do que podia estar à espreita sob as ondas. Eu me atirei na água, berrando xingamentos por conta daquela frieza chocante, e tentei me afogar na direção do barco.

Meu nado consistiu em uma repetição longa e terrível. Primeiro, ser mergulhado em água gelada, depois me debater até a superfície, ofegando cegamente, e finalmente alguns segundos batendo na água antes de a próxima onda me inundar. Aquilo terminou abruptamente quando uma vara com gancho prendeu minha capa e Snorri me puxou para o barco como uma carga perdida.

Durante as horas seguintes eu fiquei deitado, encharcado e quase exausto demais para reclamar. Achei que o frio fosse me matar, mas eu não tinha nenhuma solução para o problema nem energia para agir, caso uma ideia me ocorresse. Os outros tentaram me enrolar em umas peles fedorentas que a mulher tinha guardado a bordo, mas eu os xinguei e não quis cooperar.

A manhã nos encontrou à deriva sob céu limpo, a dois ou três quilômetros da costa. Kara desenrolou a vela e definiu um trajeto ao sul.

"Pendure suas roupas na corda, Jal, e fique debaixo dessas." Snorri jogou as peles para mim novamente. Eram de urso, aparentemente. Ele apontou para seus próprios trapos balançando em uma das cordas que prendiam a vela. Uma túnica de lã que eu nunca vira antes se esforçava para cobrir o peito dele.

"Estou bem." Mas minha voz saiu como a de um sapo e o frio não ia embora, apesar do sol. Alguns minutos depois, peguei as peles, sem graça, e me despi, tremendo violentamente. Lutei para não cair de bunda para cima entre os bancos com a cara na água imunda e fiquei de costas para Kara, pois um homem nunca é favorecido pelo vento frio – não que ela parecesse interessada, de qualquer modo.

Envolto em algo que costumava envolver um urso, eu me abaixei perto de Snorri para sair do vento e tentei fazer com que meus dentes não batessem. A maior parte de mim estava dolorida; as partes que não estavam doíam muito. "Então o que aconteceu?" Eu precisava de alguma coisa para me distrair da febre. "E quem é Kara?" O que eu realmente queria saber é se ele ainda estava com aquela maldita chave.

Snorri olhou para o mar, com o vento jogando sua juba preta para trás. Acho que sua aparência até estava bem boa, daquele jeito rústico dos bárbaros, mas sempre me espantava que uma mulher pudesse olhar para ele quando o jovem Príncipe Jal estava disponível.

"Acho que estou alucinando", disse eu, um pouco mais alto. "Tenho certeza de que fiz uma pergunta."

Snorri meio que se assustou e balançou a cabeça. "Desculpe, Jal. Só estava pensando." Ele escorregou para se aproximar de mim, protegendo-me. "Vou lhe contar a história."

Tuttugu chegou para escutar, como se não tivesse visto a história acontecer diante de si no dia anterior. Ele se sentou, coberto com uma lona, enquanto suas roupas balançavam no mastro. Apenas Kara ficou afastada, com a mão no leme, olhando para a frente, de vez em quando observando a vela manchada, inchada pelo vento.

"Então", começou Snorri, e, da mesma maneira como fizera tantas vezes em nossas viagens, ele nos envolveu com aquela voz e nos levou até suas lembranças.

Snorri se levantou na proa, observando a costa se aproximar.

"Vamos encalhá-lo na praia? Sim?" Tuttugu parou ao lado da âncora, um gancho de ferro bruto.

Snorri assentiu. "Veja se consegue acordar Jal." Snorri desferiu um tapa de mentirinha no ar. Ele sabia que Tuttugu seria mais delicado. A presença daquele gordo o alegrava de maneiras que não conseguia explicar. Com Tuttugu por perto, Snorri podia quase imaginar que aqueles eram os velhos tempos outra vez, quando a vida era mais simples. Melhor. Na verdade, quando os dois, Jalan e Tuttugu, apareceram no cais de Trond, o coração de Snorri se encheu de alegria. Apesar de sua decisão, ele não gostava de ficar sozinho. Sabia que Jal fora empurrado para o barco pela circunstância, em vez de pular por vontade própria, mas Tuttugu não tinha motivos para estar ali além de lealdade. Dos três, apenas Tuttugu tinha começado a construir uma vida em Trond, encontrando trabalho, novos amigos e uma mulher com quem dividir os dias. E mesmo assim ele abandonou tudo num instante porque um velho amigo precisava dele.

Uma hora depois, a praia estava muito atrás deles. Snorri havia subido alto o bastante para se afastar dos pinheiros que enchiam as laterais do Beerentoppen. Tuttugu saiu bufando da linha das árvores um minuto depois. Eles se viraram para o norte e percorreram a montanha em uma espiral lenta e ascendente. Snorri pretendia levá-los à face norte, onde poderiam subir direto, procurando a caverna. Eles viram poucos sinais de vida – uma águia, com as asas bem abertas para abraçar o vento alto, e uma cabra da montanha, correndo sobre encostas acidentadas que pareciam praticamente intransponíveis.

Em duas horas, eles estavam com as costas para o norte, prontos para escalar de verdade.

"Terra de trolls, eu diria." Tuttugu farejou desconfiado, com o nariz para o vento.

Snorri bufou e levou seu cantil de água aos lábios. Tuttugu jamais havia sentido o cheiro de um troll, muito menos visto um. Ainda assim, ele tinha razão: as criaturas pareciam gostar bastante de vulcões. Enxugando a boca, Snorri começou a subir.

"Ali!" Após mais uma hora escalando, Tuttugu provou ter os olhos mais afiados, apontando o dedo para uma saliência a várias centenas de metros à esquerda.

Snorri estreitou os olhos. "Pode ser." E saiu, colocando cada pé naquela superfície traiçoeira com cautela. No meio do caminho entre eles e a caverna havia uma ladeira de seixos escuros, onde qualquer escorregão os faria deslizar de volta para baixo em uma avalanche crescente de pedras soltas e partidas pelo gelo. Por duas vezes, Tuttugu caiu bruscamente de bunda com um gemido desesperado. Mas a sorte prevaleceu e eles chegaram à base mais firme dos penhascos nos quais a caverna estava.

Snorri foi novamente na frente, com Tuttugu farejando atrás. "Estou sentindo cheiro de alguma coisa. São trolls. Eu sabia." Ele procurou seu machado. "Malditos trolls! Eu devia ter ficado com Jal..."

"Não são trolls." Snorri também sentia o cheiro. Algo poderoso, animal, o tipo de fedor que só um predador consegue aguentar. Ele tirou o machado de cima dos ombros e o pegou com as duas mãos, o machado de seu pai, recuperado do Quebra-Remo no Gelo Mortal. Passos lentos o levaram até a boca da caverna e o interior escuro revelou segredos conforme crescia para abrigar sua visão.

"Pelas tetas de Hel!" Snorri sussurrou o xingamento antes de fechar a boca, que havia caído aberta. Nas sombras, dormia um monstro. Um cachorro que de pé seria mais alto que um cavalo Shire e da largura de um elefante do circo de Raiz-Mestra. Tinha aquela cara curta e enrugada de cachorros feitos para lutar em vez de caçar. Um canino, de tamanho semelhante aos dedos reunidos da mão de Snorri, saía do maxilar inferior, escapando pelas dobras babadas e apontando na direção do focinho úmido.

"Está dormindo." Um cochicho rouco atrás dele. "Se ficarmos bem quietos, podemos escapar."

"Esta é a caverna dela, Tutt. Não vai haver outra. E este deve ser seu guardião. Não está aqui por acaso."

"Nós podíamos..." Tuttugu esfregou sua barba furiosamente, como se esperasse arrancar uma resposta. "Você podia atraí-lo para fora e eu atirava uma pedra nele lá de cima!" Ele apontou para o alto do penhasco.

"Eu acho que isso pode... irritá-la. Eu conheci essa mulher, Tutt. Ela não é uma pessoa que você queira irritar."

"Então o quê? Não podemos simplesmente chegar e fazer carinho no cãozinho."

Snorri pôs a mão sob suas peles para tocar a chave de Loki. Imediatamente ele os sentiu, Emy, Egil, Karl, Freja, como se fosse a pele deles debaixo de seus dedos, não a obsidiana lisa. "É exatamente isso que faremos."

Com a necessidade de fugir tremendo em todos os membros, Snorri avançou na caverna, com o machado abaixado, em silêncio, mas sem se arrastar. Alguns metros adiante, sentiu que estava sozinho. Virando-se, chamou Tuttugu. A outra metade dos undoreth estava no mesmo lugar desde a última vez que se falaram, encolhido em suas peles e seu casaco acolchoado, com os braços tão firmes em volta de si que quase se esmagava. Snorri chamou novamente, com mais urgência. Tuttugu lançou um olhar desesperado aos céus e entrou apressadamente na caverna.

Bem próximos, os dois trilharam um caminho silencioso em direção a um túnel que saía do fundo da caverna, alguns metros depois do enorme cachorro. O tamanho do bicho dominava os sentidos de Snorri, bem como o forte cheiro do animal e o calor de sua respiração quando passou a centímetros daquele grande focinho. Suas costas se arranhavam na parede da caverna a cada passo. E, no ponto mais próximo, um imenso olho se abriu no meio da topologia enrugada da cara do cão, olhando para Snorri com uma expressão indecifrável. Por um momento, ele ficou paralisado, a mão firme no machado, erguendo a arma por alguns centímetros até se lembrar de como lhe teria pouca serventia. Com o olhar fixo na entrada do túnel, Snorri seguiu adiante, com Tuttugu chiando atrás dele, como se o pavor tivesse tomado conta de sua garganta.

Vinte passos depois, eles estavam fora da vista do cachorro, em um túnel pequeno demais para qualquer perseguição. Snorri sentiu seu corpo relaxar. Quando o lobo Fenris foi para cima dele, ele pôde atacar, canalizando sua energia na batalha. Conter todos aqueles instintos o havia retesado quase até o limite.

"Venha." Ele acenou para o brilho refletido nas paredes do túnel à frente.

Outra curva da passagem os levou até uma caverna, iluminada de cima por fissuras que atravessavam o maciço da montanha até o céu distante. Havia uma pequena poça sob essas aberturas, brilhando com a luz. A câmara, tão grande quanto o salão de qualquer jarl, estava repleta de vida. Um colchão de palha com pilhas de cobertas de pele, uma lareira enegrecida por uma chaminé natural da pedra, um caldeirão diante dela, outras panelas empilhadas em um dos lados, baús espalhados, alguns fechados, outros abertos, exibindo roupas ou sacas de mantimentos. Duas mulheres estavam sentadas juntas em cadeiras de carvalho esculpidas ao estilo dos Thurtans. Elas seguravam um pergaminho entre elas, com a mulher mais nova passando o dedo por uma linha qualquer, enquanto a mais velha observava e concordava.

"Entre, se quiser." Skilfar ergueu o braço. Sua pele estava tão branca quanto na ocasião em que prestou consultoria na colocação dos trilhos dos Construtores, protegida pelo exército de plastik de Hemrod, mas já não fumegava mais de frio. Seus olhos rutilavam aquele mesmo azul invernal, mas agora eram os olhos de uma velha, não os de um demônio jurado pelo gelo.

Snorri deu alguns passos para dentro da câmara.

"Ah, o guerreiro. Mas sem príncipe desta vez? A não ser que ele tenha engordado... um pouco." Skilfar inclinou a cabeça, olhando para Tuttugu atrás de Snorri, tentando se esconder em sua sombra, sem êxito. A mulher mais nova de cabelos trançados largou seu pergaminho, sem sorrir.

Snorri deu mais um passo e então percebeu que ainda estava de machado em punho. "Desculpe." Ele o colocou nas costas. "Aquela sua fera me assustou para caramba! Não que um machado pudesse ajudar muito."

Um leve sorriso. "Então você enfrentou meu pequeno Bobo, foi?" Seu olhar se voltou para a entrada atrás dele. Snorri se virou. Um pequeno cão, de pernas curtas, cara enrugada e peito largo havia seguido Tuttugu. Ele estava sentado agora, olhando para o gordo nórdico com olhos tristes, um dente que se projetava de seu maxilar inferior até as dobras de seu focinho.

"Como...?"

"Tudo neste mundo depende da forma como se vê, guerreiro. Tudo é uma questão de perspectiva – uma questão de posição."

"E qual é minha posição, völva?" Snorri manteve o tom de voz respeitoso, pois na verdade sempre respeitou a sabedoria das völvas, as irmãs das runas, como alguns as chamavam. Bruxas do norte, de acordo com Jal. Embora tivessem suas diferenças com os padres de Odin e de Thor, as irmãs das runas sempre davam conselhos que pareciam essencialmente mais sinceros, mais sombrios, cheios de dúvida, em vez de arrogância. É claro que as völvas com quem Snorri lidara no passado não eram tão famosas nem tão perturbadoras como Skilfar. Alguns diziam que ela era a mãe de todas as outras.

Skilfar olhou para a mulher ao seu lado. "Kara?"

A mulher, uma nórdica de talvez trinta anos, franziu a testa. Ela lançou para Snorri um olhar fixo e desconcertante, e passou as runas de ferro nas pontas de suas tranças por entre os dedos. Elas indicavam o quanto era sábia, muito além de sua idade.

"Ele está na sombra", disse ela. "E na luz." Franziu o rosto ainda mais. "Além da morte e da perda. Ele vê o mundo... pelo buraco da fechadura?" Ela balançou a cabeça, chacoalhando as runas.

Skilfar apertou os lábios. "Esse aí é difícil, é verdade." Ela pegou outro papel da pilha ao seu lado, bem enrolado e com tampas de dentes esculpidos de baleia. "Primeiro jurado pelas trevas e agarrado a uma esperança perdida. Agora jurado pela luz e apegado a uma pior ainda. E carregando algo." Ela pôs a mão esquelética em seu peito estreito e mirrado. "Uma profecia. Uma lenda. Algo feito de crença."

"Estou procurando a porta, völva." Snorri encontrou sua própria mão em seu peito, pousada sobre a chave. "Mas eu não sei onde ela está."

"Mostre-me o que tem, guerreiro." Skilfar encostou em seu esterno.

Snorri a observou por um momento. Não era uma vovó boazinha, mas bem mais humana que a criatura que ele e Jal encontraram em meio ao exército de guerreiros de plastik no ano anterior. Ele se perguntou qual era sua verdadeira face. Talvez nenhuma das duas. Talvez seu cachorro não fosse nem o monstro que ele vira inicialmente nem o totó que agora parecia estar sentado na boca do túnel. Quando um homem não pode confiar em seus olhos, ao que ele recorre? E o que a escolha que ele faz revela sobre si? Sem respostas, Snorri tirou a chave com a tira que pendia em seu pescoço. Ela fez rotações lentas no espaço diante de seus olhos, de alguns ângulos refletindo o mundo; de outros, tenebrosa e devoradora. Será que Loki realmente a forjara? Será que as mãos de um deus haviam tocado o que ele estava tocando? Se sim, que mentiras aquele trapaceiro havia deixado nela, e que verdades?

Três palmas lentas, soando no ritmo das voltas da chave. "Extraordinário." Skilfar balançou a cabeça. "Eu subestimei nossa Irmã Silenciosa. Você realmente conseguiu. E torceu o nariz deste tal 'rei dos mortos'."

"Você sabe onde a porta está?" Snorri quase via o rosto deles nos lampejos entre o reflexo e a absorção, o olho de Emy vislumbrado num instante, como se através de uma fenda que se fechava. O fogo dos cabelos de Freja. "Eu preciso saber." Ele podia sentir o sabor do erro. Ele conhecia a armadilha e sabia que estava entrando nela. Mas ele os viu, sentiu... seus filhos. Homem nenhum poderia se afastar. "Eu preciso saber." Sua voz rouca de tanta necessidade.

"Essa é uma porta que não deve ser aberta." Skilfar olhou para ele, nem bondosa nem cruel. "Nada de bom sairá dela."

"É escolha minha", disse ele, sem saber se era ou não.

"A Irmã Silenciosa rachou o mundo para encher você e aquele príncipe bobo de magia. Magia suficiente para combater até mesmo os desnascidos. Foi-se o tempo em que se fazia uma rachadura no mundo que curava rapidamente, como um arranhão na pele. Agora essas feridas apodrecem. Qualquer rachadura é capaz de crescer. De se espalhar. O mundo se tornou ralo. Pressionado de muitos lados. Os sábios conseguem sentir isso. Os sábios temem isso."

"Com tempo suficiente e paz", continuou ela, "a ferida que você carrega irá se curar. O tempo ainda cura todas as feridas, por enquanto. E as cicatrizes que ficam são nosso legado de recordação. Mas, se cutucá-la, ela irá apodrecer e consumi-lo. Isso serve tanto para a rachadura que a Irmã Silenciosa abriu em sua medula como para a dor que o Rei Morto lhe causou."

Snorri percebeu que ela não mencionou o corte do assassino. Ele não confiava nela o bastante para lhe oferecer a informação voluntariamente e apenas cerrou os dentes contra a crescente dor que saía dele e do puxão para baixo que parecia tomar conta de cada costela sua.

"Dê-me a chave e eu a manterei além do alcance dos homens. Os espíritos que você carregou, tanto das trevas como da luz, são iguais. Como o fogo e o gelo, eles não são amigos de nossa espécie. Eles existem nos extremos, onde a loucura existe. Os homens traçam uma linha central e, quando se desviam dela, eles caem. Você traz uma manifestação de luz agora, mas ele mente com a mesma doçura da escuridão."

"Baraqel me disse para destruir a chave. Para dá-la a você. Para fazer qualquer coisa, menos usá-la." Snorri aguentara o mesmo discurso, dia após dia.

"A escuridão, então, seja lá qual foi a forma que assumiu para persuadi-lo – você não deve acreditar nela."

"Aslaug me alertou contra a chave. Ela disse que Loki transpirava mentiras, respirava-as, e seus truques arruinariam toda a criação, se tivesse a mínima oportunidade. Seu pai daria toda a escuridão de comer ao dragão assim que o dia raiasse. Qualquer coisa para prejudicar o equilíbrio e afogar o mundo no caos."

"Essa é realmente sua vontade, guerreiro? Somente sua?" Skilfar então se inclinou em seu assento e seu olhar era um calafrio que atravessou seu corpo inteiro. "Diga – eu saberei se é verdade." A idade dela tremeu em sua voz, um peso assustador dos anos que não soava muito diferente da dor. "Diga."

O nórdico pôs a chave de volta contra seu peito. "Eu sou Snorri ver Snagason, guerreiro dos undoreth. Eu vivi uma vida de viking, rústica e simples, na costa do Uulisk. Batalha e clã. Fazenda e família. Eu fui tão corajoso quanto pude ser. Tão bom quanto sabia ser. Estou sendo um fantoche de poderes maiores que eu, atirado como uma arma, manipulado, enganado. Não posso dizer que não há nenhuma mão em meus ombros, mesmo agora – mas no mar, durante as tempestades noturnas e as calmarias das manhãs, olhei para dentro, e se isso não for verdade então eu não conheço a verdade. Levarei esta chave que conquistei através de batalha, de sangue e de perda. Abrirei a porta da morte e salvarei meus filhos. E se o Rei Morto ou seus asseclas vierem contra mim eu semearei sua ruína com o machado de meus antepassados."

Tuttugu foi ficar ao lado de Snorri, sem dizer nada, com sua mensagem clara.

"Você tem um amigo aqui, Snorri dos undoreth." Skilfar avaliou Tuttugu, mexendo os dedos como se brincasse com um fio. "Coisas assim são raras. O mundo é ternura e dor – o norte sabe disso. E nós morremos sabendo que há uma batalha final por vir, maior que qualquer outra. Deixe seus mortos descansarem, Snorri. Navegue em novos horizontes. Ponha a chave de lado. O Rei Morto está além de você. Qualquer uma das mãos ocultas poderia tomar essa coisa de você. Eu poderia congelar a medula em seus ossos e tomar-lhe a chave aqui e agora."

"E no entanto não fará isso." Snorri não tinha certeza se as magias de Skilfar podiam derrotá-lo, mas entendia que, após procurar saber suas motivações e intenções com tal dedicação, a völva não lhe tomaria a chave pura e simplesmente.

"Não." Ela soltou um suspiro, que se condensou no ar. "O mundo é mais bem moldado pela liberdade. Mesmo se isso significar deixar homens tolos perderem a cabeça. No coração de todas as coisas, aninhado entre as raízes de Yggdrasil, está o logro da criação, que humilha todas as mentiras de Loki. O que nos salva, a todos nós, são os atos dos tolos, tanto como os atos dos sábios."

Ela então continuou: "Vá, se achar que deve. Vou lhe dizer sem rodeios, porém: o que quer que encontre, não será o que procurava".

"E a porta?" Snorri disse as palavras baixinho, sem a menor determinação.

"Kara." Skilfar se virou para sua acompanhante. "Esse homem busca a porta da morte. Onde ele a encontrará?"

Kara levantou o olhar dos dedos que estava observando, fazendo uma expressão de surpresa. "Não sei, mãe. Essas verdades estão além de minha capacidade."

"Bobagem." Skilfar estalou os dedos. "Responda ao homem."

A expressão se aprofundou, as mãos se levantaram, com os dedos enrolados nas tranças com runas penduradas, em um gesto inconsciente. "A porta para a morte... eu..."

"Onde ela *deveria* estar?" Skilfar quis saber.

"Bem..." Kara sacudiu a cabeça. "Por que ela deveria estar em algum lugar? Por que a porta da morte precisa estar em qualquer lugar? Se ela estivesse em Trond, isso seria certo? E os homens do deserto em Hamada? Será que eles deveriam estar tão longe de..."

"E o mundo é justo?", perguntou Skilfar, com um sorriso se contorcendo nos lábios finos.

"Não. Mas há beleza e equilíbrio. Integridade."

"Portanto, se há uma porta, mas ela não está em lugar nenhum – e então?" Um dedo pálido girou para apressar a jovem mulher.

"Ela deve estar em todo lugar."

"Sim." Skilfar virou seus olhos azuis invernais para Snorri outra vez. "A porta está em todo lugar. Você só precisa saber como enxergá-la."

"E como eu a enxergo?" Snorri olhou em volta pela caverna como se pudesse descobrir que a porta estava em algum canto escuro durante todo aquele tempo.

"Não sei." Skilfar ergueu a mão para impedir que ele protestasse. "Eu preciso saber de tudo?" Ela farejou o ar, olhando para o viking com curiosidade. "Você está ferido. Mostre-me."

Sem reclamar, Snorri abriu seu casaco e levantou a camisa para exibir a linha vermelha e incrustada da faca do assassino. As duas völvas se levantaram de seus assentos para inspecionar mais de perto.

"A velha Gróa em Trond disse que o veneno na lâmina estava além de sua perícia." Snorri estremeceu quando Skilfar enfiou o dedo frio em suas costelas.

"Verrugas estão além da perícia de Gróa." Skilfar bufou. "Garota inútil. Não consegui lhe ensinar nada." Ela apertou a ferida e Snorri suspirou com aquela ardência salgada. "Isso é trabalho de algum jurado pela rocha. Uma convocação. Kelem está chamando você."

"Kelem?"

"Kelem, o latoeiro. Kelem, o mestre da moeda do imperador. Kelem, o guardião de portões. *Kelem*! Já ouviu falar dele!" Um estalo irritado.

"Agora ouvi." Snorri deu de ombros. O nome realmente era familiar. Histórias contadas às crianças em volta da fogueira, nas longas noites de inverno. Ele pensou no ouro florentino dos assassinos, relembrando por um momento a rapidez assustadora dos homens. Cada moeda estampada com o sino submerso de Veneza. A dor de seu ferimento aumentou, junto com sua raiva. "Conte-me mais sobre ele... por favor." O pedido era um rosnado.

"O velho Kelem fica metido no sal em sua mina, escondendo-se do sol meridional. Ele permanece enterrado, bem fundo, mas pouca coisa lhe escapa. Ele conhece segredos antigos. Alguns o chamam de o último Mecanista, um filho dos Construtores. Tão velho que me faz parecer jovem."

"Onde..."

"Florença. Os clãs de banqueiros são seus patronos. Ou ele é o deles. Essa relação é mais difícil de desembaraçar do que qualquer nó górdio. Talvez os clãs tenham brotado de seus quadris ao longo dos séculos em que viveu. Como muitos filhos, porém, eles estão impacientes para herdar – ultimamente, os bancos de Florença vêm botando as asas de fora, testando a força do velho... e sua paciência." O olhar de Skilfar voltou-se para Kara, depois novamente para Snorri. "Kelem conhece cada moeda deste nosso Império Destruído e tem o coração pulsante de seu comércio nas mãos. Um tipo diferente do poder imperial ou dos tronos na Centena, mas que é poder mesmo assim." Na palma de sua mão, havia uma moeda dourada, um florim duplo, cunhado pelos bancos do sul. "Um poder diferente, mas à sua maneira mais poderoso que exércitos, mais insidioso que dançar nos sonhos das cabeças coroadas. Uma faca de dois gumes, talvez, mas Kelem vive há séculos e ainda não se cortou."

"Eu achava que ele fosse uma lenda. Uma história para crianças."

"Eles o chamam de guardião de portões também. Ele encontra e abre portas. Está bastante claro por que ele o chamou. Bastante claro por que você precisa se livrar dessa chave, e logo."

"Guardião de portões?", disse Snorri. "Ele é chamado de mago das portas também?" O nórdico sentiu suas mãos se crisparem e viu por um instante um demônio usando a forma de Einmyria, saltando para cima dele, solto pelo mago na Caverna de Ruinárida.

"Houve uma época em que se chamava assim, muito tempo atrás."

"E ele é jurado pela rocha, você disse?"

Skilfar inclinou a cabeça para analisar Snorri de um novo ângulo. "Para viver tanto tempo um homem precisa fazer juras a muitos mestres, mas o ouro vem da terra e sempre foi o seu primeiro amor."

"Eu já o encontrei... ou uma sombra dele. Ele me barrou na entrada de Hel, disse para eu lhe entregar a chave." Snorri fez uma pausa, lembrando-se do demônio e de como seu coração saltara quando ele pensou que fosse sua menininha. Ele forçou suas mãos a se abrirem. "E eu lhe entregarei."

"Isso é loucura. Depois do Rei Morto, não há ninguém pior a quem dar a chave."

"Ele sabe onde fica a porta da morte, no entanto. Você pode mostrá-la para mim? Há uma opção? Uma melhor? Uma que Kelem não possa me negar?" Snorri enfiou a chave de volta e fechou seu casaco. "Pesque um bacalhau e terá o jantar. Pesque uma baleia e você pode *ser* o jantar." Ele pôs a mão na lâmina de seu machado. "Deixe que ele me puxe em sua linha e nós veremos."

"Pelo menos isso me poupa de tentar arrancar o anzol de você sem matá-lo", disse Skilfar, com os lábios franzidos. "Kara o acompanhará."

"O quê?" Kara levantou a cabeça ao ouvir aquilo, virando-se com tal força que seus cabelos esvoaçaram.

"Não. Eu..." Snorri não conseguiu pensar em uma objeção, a não ser que não parecia certo. O protesto mordaz no olhar da mulher despertou nele uma atração instantânea. Ela lembrava Freja. E aquilo parecia traição. Uma ideia tola, porém honesta, tão forte quanto ossos.

"Mas um guerreiro?", disse Kara, sacudindo a cabeça. "O que pode ser aprendido vendo-o balançar seu machado?"

"Você irá com ele, Kara." Skilfar ficou sisuda. "Um guerreiro? Hoje ele é um guerreiro. Amanhã, quem sabe? Um homem lança um milhão de sombras e no entanto você o aprisiona em uma única opinião. Você viajou até aqui buscando sabedoria, menina, mas tudo que eu tenho aqui nestes papéis é informação. Os sábios atingem sua maioridade no mundo lá fora, em meio à imundície e à dor de viver. Não é só jogar as runas e dar um ar de seriedade a velhos chavões. Saia. Vá ao sul. Queime-se no sol. Sue. Sangre. Aprenda. Volte para mim mais velha, experiente, amadurecida." Ela bateu um dedo na caixa de pergaminhos em seu colo. "Estas palavras já esperaram aqui por muito tempo – elas esperarão por você um pouquinho mais. Leia-as com olhos que viram a vastidão do mundo e elas farão mais sentido. Há um benefício ímpar em Snorri ter escolhido Kelem para lhe mostrar a porta. Um benefício de mais de mil quilômetros. Em uma viagem dessas um homem pode crescer e mudar, e encontrar para si uma nova opinião. Talvez você possa ajudá-lo."

Snorri se espreguiçou ao meu lado. "E foi isso." Ele se levantou, com o barco balançando com seu peso, e olhou para Kara. "Skilfar nos enxotou e o cachorrinho dela nos seguiu para ver se tínhamos partido. Kara veio atrás minutos depois. Ela disse que havia homens nos caçando pela montanha e que encontraríamos você perto da cratera na face oeste."

Eu olhei para os três, Snorri, Tuttugu e Kara – o louco, o cão fiel e a bruxinha. Todos contra o Rei Morto e, se ele não os matasse, Kelem aguardava ao fim de sua jornada. E o prêmio, se eles vencessem, seria abrir a porta da morte e deixar o inferno sair...

"Florença, é? O melhor caminho até Florença passa por Marcha Vermelha. Vocês podem me deixar lá."

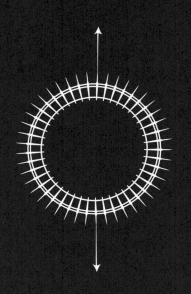

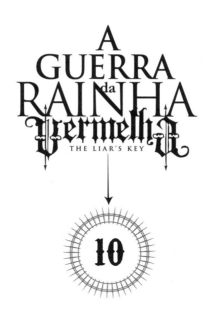

Talvez Kara tivesse uma magia ao seu redor que se espalhava por seu barco, ou talvez eu finalmente tivesse me acostumado ao mar – de uma maneira ou de outra, a viagem ao sul de Beerentoppen foi menos horrenda do que os muitos dias com Snorri no *Troll do Mar*. Kara dera a seu barco o nome de *Errensa*, em homenagem à valquíria que nadava sob as ondas reunindo os mortos da guerra para o Ragnarök. Ela conhecia os ventos e mantinha as velas cheias, levando-nos ao sul com mais rapidez do que um homem consegue correr.

"Ela é uma mulher bonita", disse a Snorri quando ele chegou perto de mim, encolhido na proa. O barco não era grande, mas o vento nos dava privacidade, abafando nossa conversa e levando as palavras embora.

"Isso ela é. Ela tem uma força. Não pensava que seria seu tipo, Jal. Mas você não estava sonhando com aquela sua Lisa desde que nós deixamos Trond?"

"Bem, sim, quer dizer, Lisa é uma menina adorável... Com certeza escalarei sua varanda uma ou duas vezes quando voltar, mas..." Mas um homem precisa pensar no aqui e no agora, e naquele lugar e naquele momento Kara tinha toda a minha atenção.

A vida a bordo de um pequeno barco a vela não é recomendada, por mais atraente que seja a companhia, e mesmo que você não precise passar a maior parte dos dias vomitando pelas laterais. A comida era fria, monótona e escassa. As noites continuavam tentando restabelecer o inverno. Minha febre continuava me deixando fraco e trêmulo. E todas as esperanças que eu tinha de exercer meus encantos sobre Kara morreram logo no início. Para começar, é difícil bancar o príncipe enigmático e romântico quando o objeto de seu afeto vê você cagando no mar duas vezes por dia. Além disso, na primeira vez que minha mão vagou na direção dela, Kara tirou uma longa faca debaixo das muitas pregas de sua saia e explicou em um volume desnecessário como a usaria para prender aquela mão à minha virilha, caso ela se perdesse novamente. Snorri e Tuttugu ficaram só observando e reviraram os olhos como se fosse culpa minha! Eu chamei todos eles de camponeses miseráveis e me retirei para mordiscar nosso estoque cada vez menor de bolo seco de aveia – troço nojento.

Ao pôr do sol, Aslaug apareceu, surgindo pelas tábuas do casco como se as profundezas escuras a protegessem enquanto o dia varria o mundo. Tuttugu olhou na minha direção, tremeu e se ocupou com uma rede que precisava de reparos. Snorri olhou com força para o ponto de onde Aslaug surgiu, com uma expressão indecifrável. Será que sentia falta da companhia dela? Ele parecia não vê-la com clareza, porém, passando os olhos além dela, conforme ela veio em minha direção. Espero que suas palavras também tenham passado direto pelos ouvidos dele.

"Jalan Kendeth. Ainda enfurnado no meio dos nórdicos? Você pertence ao palácio de Marcha Vermelha, não a uma banheira barulhenta."

"Você tem um meio mais rápido de chegar lá?", perguntei, com o humor ainda azedo.

Aslaug não respondeu, mas virou-se lentamente como se procurasse um cheiro, até que viu a popa onde Kara estava ao lado do leme. A völva viu Aslaug no instante em que seu olhar caiu sobre ela. Eu percebi na mesma hora. Kara nem tentou disfarçar aquele reconhecimento, nem sua raiva. Sem tirar os olhos do espírito, amarrou o leme e avançou. Ela contrabalançava as ondas, andando como se o barco estivesse em cima de uma rocha.

"Saia!", disse, alto o suficiente para assustar Snorri e Tuttugu, e me fazer pular de meu assento. "Saia, criatura da noite. Saia, produto de mentiras. Saia, filha de Loki! Saia, filha de Arrakni!" Os olhos de Kara se acenderam como o sol poente. Ela avançou, levantando uma das mãos, segurando algo que se parecia bastante com um osso humano.

"Que gracinha que ela é!", disse Aslaug. "Snorri irá roubá-la de você. Você sabe disso, não sabe, Jalan?"

"Fora!", vociferou Kara. "Este barco é meu!" Ela bateu o osso no mastro e por todo o casco runas se acenderam, ardendo com uma luz invernal. Naquele instante, Aslaug pareceu desabar, transformando-se em uma forma menor, do tamanho de um cachorro grande, tão envolta em escuridão que era difícil enxergar detalhes... a não ser que tinha pernas demais. Debatendo rapidamente as pernas longas e secas, Aslaug correu para o lado e sumiu na água sem fazer barulho. Eu me arrepiei e olhei para Kara, que me olhou de volta com os lábios apertados em uma linha fina. Eu optei por não dizer nada. A völva ficou parada ali, ainda com o osso no mastro, por mais um minuto, depois outro, e em seguida, com o sol posto atrás do mundo, ela relaxou.

"Ela não é bem-vinda aqui", disse Kara, e voltou a guiar o barco.

"Ela e Baraqel são tudo que eu e Snorri temos do nosso lado. Eles são espíritos antigos, anjos e... bem... Há pessoas atrás de nós, *coisas* atrás de nós que fazem magia com a mesma facilidade que respiram. Nós precisamos deles. A irmã da Rainha Vermelha nos deu..."

"A Rainha Vermelha movimenta vocês em seu tabuleiro como todos os seus outros peões. O que ela lhes dá é ao mesmo tempo uma coleira e uma arma." Kara pegou o leme novamente. Curso ajustado. "Não se iluda sobre a natureza dessas criaturas. Baraqel é tão valquíria ou anjo quanto você e eu. Ele e Aslaug foram humanos no passado. Algumas pessoas entre os Construtores se copiaram dentro de suas máquinas – outras, quando a Roda girou pela primeira vez, escaparam de seus corpos e assumiram novas formas."

"Aslaug nunca me contou..."

"Ela é filha das mentiras, Jalan!" Kara deu de ombros. "Além do mais, ela provavelmente nem se lembra. Seus espíritos são moldados pela expectativa há tanto tempo. Quando o Dia dos Mil Sóis veio, o desejo deles os libertou, e eles ficaram livres. Deuses em um mundo vazio... Aí nós voltamos. Pessoas novas, rondando a Terra conforme os venenos se enfraqueciam. Novos desejos. E lentamente, sem que eles e nós soubéssemos, nossas histórias se vincularam com os espíritos e *nossos* desejos os transformaram em algo que se adequasse às nossas expectativas."

"Hum." Eu me recostei, tentando compreender o sentido das palavras da völva. Após um tempo, minha cabeça começou a doer. Então parei e fiquei olhando as ondas.

Nós seguimos em frente. Snorri e Kara pareciam se empolgar com cada trecho revelado do lúgubre litoral nórdico. Até o mar por si só era capaz de fasciná-los. A maré está fazendo isso, o vento está mudando, as pedras são assim, a corrente está para o oeste. Credo. Já tinha ouvido discussões entre pastores mais interessantes que aquela, catalogando as doenças das ovelhas. Ou melhor, teria ouvido, provavelmente, se tivesse prestado atenção.

Uma consequência do tédio é que você é forçado a olhar ou para o futuro, ou para o passado, ou então de lado em sua imaginação. Eu costumo achar minha imaginação perturbadora demais para contemplar e já havia esgotado os possíveis cenários para minha chegada em casa. Portanto, emburrado na proa do *Errensa*, passei várias horas ponderando as circunstâncias de minha abdução de Marcha Vermelha e da marcha forçada através de meio Império até o Forte Negro. Vez ou outra, meus pensamentos se voltavam para meu tio-avô Garyus e sua irmã silenciosa – nascidos como uma monstruosidade xifópaga, os legítimos rei e rainha de Marcha Vermelha. Seu pai, Gholloth, mandou os cirurgiões separá-los, mas nenhum dos herdeiros jamais pôde assumir o trono quando a idade o levou. Ele os preteriu por Alica, a irmã mais nova. Minha avó. Um monstro menos óbvio. Mas qual deles governava? Qual deles havia realmente colocado Snorri e a mim em nosso caminho ao norte? Qual deles havia arriscado minha vida e minha alma contra o Rei Morto? Os homens com facas afiadas e opiniões contundentes haviam separado Garyus de sua irmã, mas os gêmeos não se dividiram por igual. Garyus se tornou um contador de histórias doente e sua irmã sem nome uma espectadora silenciosa dos anos que ainda viriam. E vovó, a Rainha Vermelha, o coração pulsante das Marchas por uma geração, a rainha de ferro que não cedia, com seus exércitos temidos por todo o sul e seu nome detestado.

Naquelas horas vazias, as lembranças me atormentaram, como geralmente fazem quando não há nada para abafar seus sussurros. Garyus me dera o medalhão de mamãe, e ao longo dos anos eu o envolvi em tantas mentiras que não podia enxergar seu valor na palma da minha mão. Talvez eu estivesse igualmente cego em relação a seu propósito. Doutor Raiz-Mestra, o homem que conhecia histórias obscuras sobre as encostas Scraa e as cordilheiras Nfflr de Uuliskind, havia me contado uma coisa sobre minha mãe e eu ri de seu engano. Será que eu envolvera sua vida em tantas mentiras quanto seu medalhão? Será que olhava para sua morte com a mesma cegueira que ocultara de mim a natureza do medalhão?

Não é de meu feitio remoer o passado. Não fico à vontade com verdades desconfortáveis. Prefiro aparar as pontas e as beiradas até ter algo que valha a pena guardar. Mas um barco e a imensidão do mar não proporcionam muito mais que isso.

"Mostre-me a chave", disse-lhe.

Snorri sentou-se ao meu lado, arrastando linha e anzol pelo mar. Ele não havia pegado nada durante todas as horas em que se dedicara àquilo.

"Está segura." Ele pôs a mão em seu peito.

"Acho que essa coisa não pode ser considerada segura." Eu me endireitei para encará-lo. "Mostre-a para mim."

Com relutância, Snorri amarrou sua linha na cavilha do remo e tirou a chave de dentro da camisa. Ela não parecia ser parte do mundo. Parecia que estava fora do lugar, ali à luz do dia. À medida que a chave se virava em sua correia ela parecia mudar, cintilando de uma possibilidade para outra. Supus que uma chave que podia abrir qualquer porta precisava aceitar muitas formas. Estendi a mão para ela, mas Snorri a empurrou de lado.

"Melhor não."

"Está achando que vou deixá-la cair na água?", perguntei.

"É capaz."

"Não vou." A mão continuou estendida.

Snorri ergueu uma sobrancelha. Uma expressão simples, porém eloquente. Eu era conhecido por minhas mentiras.

"Nós chegamos o mais próximo possível de morrer por este troço, Snorri. Nós dois. Eu tenho direito."

"Não foi pela chave." A voz baixa, os olhos enxergando além de mim agora. "Nós não fomos atrás da chave."

"Mas ela é tudo que temos", disse-lhe, com raiva por ele me negar.

"Não é uma coisa que queira tocar, Jal. Não há alegria nenhuma nisso. Como amigo, estou dizendo para não fazer isso."

"Como príncipe de Marcha Vermelha, estou dizendo para me dar a porra da chave."

Snorri tirou a correia que estava em volta do pescoço e, com um suspiro, balançou a chave na minha mão, ainda segurando a tira.

Fechei minha mão em torno dela. Por um breve momento, cogitei arrancá-la dali e atirá-la longe na água. No fim das contas, não tive a coragem ou a crueldade para fazê-lo. Não tenho certeza qual.

"Obrigado." O negócio pareceu mudar na minha mão e eu a apertei para manter à força uma só forma.

Não há muito de que me lembre sobre minha mãe. Seus cabelos – longos, escuros, cheirando a maciez. Eu me recordo de como seus braços pareciam seguros. Lembro-me do conforto de seus elogios, embora não pudesse me lembrar das palavras. Eu me lembrei da doença que a levou como a história que contava quando as pessoas perguntavam. Uma história sem drama nem tragédia, apenas a futilidade da existência cotidiana. Uma linda princesa abatida por uma doença comum, consumida sem romance por uma epidemia. Isolada pelo contágio, com suas últimas palavras ditas a mim através de uma tela. A traição que uma criança sente quando um pai a abandona voltou a mim naquele momento – ainda penetrante.

"Oh." E, sem transição, a chave não era mais uma chave. Eu estava segurando a mão de minha mãe, ou ela segurava a minha, a mão de um menino de sete anos envolvida na dela. Eu senti seu cheiro, algo tão perfumado quanto madressilva.

Snorri assentiu, com os olhos compreensivos. "Oh."

De repente o barco, o mar, Snorri, tudo aquilo desapareceu, apenas por uma fração de segundo. Uma luz ofuscante tomou seu lugar, cegando e diminuindo quando eu pisquei, revelando um ambiente familiar com janelas em formato de estrela embutidas no teto. Uma sala do Salão Roma onde meus irmãos e eu brincávamos nas noites de inverno. Mamãe estava lá, meio curvada para mim, com um sorriso no rosto – o rosto em meu medalhão, porém sorrindo, com os olhos brilhantes. Tudo substituído no instante seguinte pelo barco, pelo céu, pelas ondas. "Quê?" Eu soltei a chave como se ela tivesse me mordido. Ela balançou na correia na mão de Snorri. "Quê?!"

"Desculpe." Snorri guardou a chave. "Eu lhe avisei."

"Não." Eu balancei a cabeça. *Jovem demais, jovem demais para a lâmina do assassino.* As palavras de Raiz-Mestra, como se ele as dissesse em meu ouvido. "Não." Eu me levantei, cambaleando pela maré. Eu fechei os olhos e vi novamente. Mamãe curvada em minha direção, sorrindo. O rosto do homem aparecendo atrás de seu ombro.

Nada de sorriso ali. Meio familiar, mas não um amigo. As feições sombreadas, mostradas apenas de relance, os cabelos tão pretos que pareciam quase o azul das asas da graúna, e grisalhos se espalhando pelas têmporas.

O mundo voltou. Eu dei dois passos até o mastro e me agarrei para me apoiar, com a vela batendo a centímetros de meu nariz.

"Jal!", gritou Snorri, fazendo sinal para eu voltar e me sentar antes que as ondas me atirassem na água.

"Realmente *houve* uma lâmina, Snorri." Cada piscada a revelava, a luz refletindo no fio da espada segurada de maneira casual para baixo, e o punho ao seu lado apertado no cabo. "Ele tinha uma espada!" Eu a vi novamente, com algum segredo escondido no brilho do aço, infligindo dor em meu peito e sofrimento em meus olhos.

"Eu quero a verdade." Olhei fixamente para Kara. Aslaug não havia aparecido com o pôr do sol. A meu ver, aquilo era prova suficiente do poder da völva. "Você pode me ajudar", disse-lhe.

Kara suspirou e prendeu o leme. O vento havia se tornado uma brisa. As velas logo seriam enroladas. Ela se sentou ao meu lado no banco e levantou a cabeça para observar meu rosto. "A verdade raramente é o que as pessoas querem, Príncipe Jalan."

"Eu preciso saber."

"O conhecimento e a verdade são coisas diferentes", disse Kara. Ela tirou os cabelos do rosto. "Eu mesma quero saber. Quero conhecer muitas coisas. Eu enfrentei a viagem a Beerentoppen, procurei Skilfar, tudo em busca de conhecimento. Mas o conhecimento é um negócio perigoso. Você tocou a chave – contrariando os conselhos mais contundentes de Snorri – e isso não lhe trouxe paz alguma. Agora eu aconselho você a esperar. Estamos indo em direção à sua terra. Faça suas perguntas lá, da maneira tradicional. As respostas provavelmente não são segredos, apenas fatos que você evitou ou se esqueceu enquanto crescia."

"Não posso esperar." O barco havia se tornado uma prisão e o mar uma muralha interminável. Eu estava aprisionado ali sentado, sem espaço nem respostas. *Jovem demais, jovem demais para a lâmina do assassino.* Eu me lembrei, na viagem para o norte, de limpar a sopa de meu medalhão e, devido à insistência de Snorri, de realmente vê-lo pela primeira vez em anos. A casca havia caído de meus olhos e eu descobri um tesouro. Agora eu tinha medo do que podia ver se olhasse outra vez para meu passado – mas não olhar havia deixado de ser uma opção. A chave havia destrancado a porta para lembranças enterradas por muito tempo. Agora eu tinha de escancarar aquela porta. "Ajude-me a lembrar."

"Tenho pouca habilidade, Príncipe Jalan." Kara olhou para suas mãos, cruzadas em seu colo, as unhas roídas, os dedos calejados pelas cordas. "Encontre outra maneira... Talvez a chave..."

"É a chave de Loki", ralhei, preenchendo as palavras com mais dureza do que pretendia. "Está cheia de mentiras. Preciso saber se o que eu vi, o que eu me lembro, são memórias reais ou truques de um espírito pagão qualquer."

A noite caiu, espalhando-se sobre a superfície do mar, engolindo o brilho do sol fraco nos céus nublados do oeste. Um pingo grosso de chuva caiu em minha mão, outro raspou minha bochecha. Snorri nos observava da proa, encolhido em sua capa. Tuttugu estava sentado mais perto, talhando um pedaço de madeira que havia pegado na água.

"Tudo o que eu sei de cabeça está no sangue", disse Kara. "O sangue de um homem pode contar os segredos de sua linhagem. A história de sua vida está ali, a história de seu pai também, e a do pai de seu pai. Mas..."

"Vamos fazer isso então. Eu adoro uma boa história e, se for sobre mim, melhor ainda!"

"Mas...", continuou seu pensamento, no tom que sempre significa que o locutor está caminhando para o não, "... sou uma iniciante. Leva uma vida inteira para aprender a língua do sangue. Skilfar pode lhe mostrar um dia de sua escolha ou procurar algum segredo profundo demais para ser dito. Minha arte é menos... precisa."

"Pode pelo menos tentar?" Usei aquele olhar vulnerável que faz as mulheres se derreterem.

Kara comprimiu os lábios em uma linha fina e analisou meu rosto. Seus olhos, muito azuis, moveram-se como se eu fosse um livro que pudesse ler. Eu vi suas pupilas se dilatarem. De alguma maneira ela estava caindo no meu número do cachorrinho. Fiquei levemente decepcionado. Eu queria que ela fosse mais... mágica. Mais forte. Descobri ao longo dos anos que as mulheres querem me salvar. Não importa o quanto eu seja ruim. Não importa o quanto elas me *vejam* sendo ruim – talvez eu tenha deixado as amigas delas de lado depois de me divertir, ou as traído com uma porção de cortesãs, uma diferente a cada dia –, mas, se mostrar ao menos uma pequena esperança de que possa me redimir, muitas delas, até mesmo algumas das mais inteligentes, as mais morais, as mais sábias, caem em minha armadilha. Parece que a chance de domar um réprobo perigoso que provavelmente não se importa de verdade com elas é mais doce para algumas do que, digamos, um homem forte e virtuoso como Snorri. Não me pergunte por quê. Não faz sentido para mim – só agradeço a Deus por ter feito o mundo assim.

Ali no barco, porém, querendo a verdade, querendo talvez pela primeira vez na vida me conhecer, eu preferia estar sentado ao lado de uma mulher que pudesse perceber minhas artimanhas.

"Por favor", disse a ela, arregalando os olhos, "eu sei que isso vai me ajudar a ser um homem melhor."

E foi assim que ela caiu. "Se tem certeza, Jalan." Ela começou a mexer no espaço coberto debaixo do banco.

"Eu tenho." Eu não tinha certeza de muita coisa, a não ser de que a experiência dificilmente me tornaria um homem melhor. Mas eu tinha certeza de que era aquilo que queria, e conseguir o que eu quero sempre foi minha maior prioridade. Aslaug diz que isso mostra força de caráter. Não me lembro de como Baraqel chamava aquilo.

"Aqui!" Ela puxou uma caixa comprida de osso polido do baú e se sentou. Uma única runa havia sido gravada na frente da caixa. Parecia familiar.

"Espinhos." Kara pôs o dedo na runa em resposta à indagação de minha sobrancelha erguida. "A primeira coisa de que vamos precisar é de um pouco de sangue. E para isso – um espinho." Ela abriu a caixa com um clique e revelou a maior agulha que já tinha visto.

"Ah", disse eu, começando a me levantar. "Talvez possamos fazer isso mais tarde." Mas Snorri e Tuttugu agora estavam por perto, os dois rindo como se eu estivesse fingindo para diverti-los.

O peso da expectativa deles me pressionou de volta a meu assento. "Rá. Até parece que eu tenho medo de uma agulhinha." Soltei uma risada seca. "Vá em frente, dona bruxa."

"Preciso dizer os encantamentos primeiro." Ela deu um pequeno sorriso e, de repente, apesar da enorme agulha que havia entre nós e do fato de ela ter prometido corresponder à minha investida seguinte com uma facada nos bagos, eu me peguei desejando-a. Ela não tinha a voluptuosidade de Astrid nem a delicadeza de Edda, nem a beleza de nenhuma das duas... talvez fosse apenas a proibição que provocara meu desejo, mas, mais do que isso, era a sua força que chamava atenção. Velhas bruxas à parte, como Skilfar e minha avó, eu nunca havia conhecido uma mulher mais capaz. Assim como Snorri, Kara tinha alguma coisa que tornava impossível acreditar que ela um dia o desapontaria, um dia teria medo, um dia fugiria.

Kara acendeu um lampião. Falando na antiga língua do norte, ela mergulhou a agulha no mar e depois a passou pela chama. Balbuciou meu nome no meio disso tudo. Mais de uma vez. Soava bem nos lábios dela.

"Quando a agulha estiver com sangue você terá de prová-lo. Em seguida, o que tiver de ser revelado aparecerá."

"Já provei de meu sangue antes. Não me disse muita coisa." Eu devo ter engolido um litro daquele troço quando Astrid me bateu. Depois que meu nariz começa a sangrar ele nunca mais quer parar.

"Será diferente desta vez." Novamente aquele sorriso. "Estenda a mão."

Assim eu fiz. Não sabia ao certo a que profundidade a agulha furaria, mas me enrijeci. Gritar feito uma garotinha provavelmente não me ajudaria em minha nova missão de levá-la para a cama.

Kara pegou minha mão, passando os dedos como se procurasse o ponto ideal. Eu fiquei sentado, imóvel, contente por ela estar segurando minha mão, sentindo um calor se formando entre nós.

"Agora..." Ela circulou sobre a palma da minha mão com a agulha, buscando o lugar certo.

"ARGH! Meu Deus do céu! Jesu amado! A vadia me apunhalou!" Puxei a mão para trás, hipnotizado pela agulha que Kara atravessara totalmente em um só movimento. "Minha nossa!" Trinta centímetros de aço ensanguentado saíam por trás da minha mão.

"Rápido! Prove-o. Quanto mais demorar, mais antigas são as lembranças!" Kara agarrou meu punho e tentou guiar minha mão na direção da minha boca.

"Você me apunhalou, porra!" Eu não estava conseguindo acreditar. O negrume encheu minha visão e eu me senti fraco com o choque. Curiosamente, não estava doendo muito.

"Ajude-me aqui com ele." Kara olhou para Snorri e pôs as duas mãos em meu punho. A agulha ensanguentada balançando na direção de meu rosto. Até parece que eu ia deixá-la fazer aquilo, no entanto. Ela espetaria aquele troço em minha boca sem nem pensar! Eu empurrei de volta. "Pare de resistir, Jalan. Não há muito tempo."

Snorri empregou sua força à tarefa e um instante depois a agulha tirou as queixas de minha língua. Kara puxou a agulha de volta nesse momento. Foi aí que começou a doer – quando a agulha raspou os ossinhos da palma da minha mão.

"Concentre-se agora, Jalan! Essa parte é importante." Kara apertou meu rosto entre suas mãos traiçoeiras apunhaladoras. Provavelmente ela disse outras coisas depois disso, mas a essa altura eu já tinha desmaiado.

Estou voando. Ou sou o céu. As duas coisas são iguais. O dia está terminando e lá embaixo a terra se dobra, desce e sobe. As montanhas ainda pegam sol, florestas se espalham pelas sombras, rios correm, ou se demoram, cada um de acordo com sua natureza, mas todos em direção ao mar. O oceano está ao longe, enrugado com a luz agonizante.

Mais para baixo.

O terreno abaixo sai de planícies verdejantes em direção a morros áridos, cobertos de pedras. Rastros de fumaça enfeitam o céu como fitas torcidas pelo vento. Os campos jazem enegrecidos onde o fogo os consumiu. Uma floresta, de quilômetros de largura, está em chamas.

Mais para baixo.

Um castelo se espalha sobre uma serra alta, com vista para dois vales que correm na direção das terras verdes. Um enorme castelo, com o muro externo do comprimento de uma casa e mais alto que árvores, pontuado por sete torres redondas. Incluída dentro de seu perímetro há uma pequena cidade de pedra e tijolos dos Construtores, depois um segundo muro, com metros de largura e mais alto que o primeiro, e, dentro deste, casernas, arsenais, um poço coberto e uma torre central. A torre eu reconheço – ou acho que reconheço. Ela me lembra a Torre de Ameroth que fica na beira dos Escorpiões, uma cadeia de montanhas que separa a região onde Marcha Vermelha, Slov e Florença se encontram. Visitei a torre certa vez. Eu devia ter uns dez anos. Meu pai enviara Martus para ser escudeiro de Lorde Marsden, que mantém residência lá. Darin e eu fomos juntos, como parte de nossa educação. A torre era a maior construção que já vira na minha vida. Ainda é. Obra dos Construtores. Uma estrutura retangular feia, feita de pedra moldada, sem janelas nem ornamentos. Eu me lembro de que ela era rodeada de pedregulhos e a vila ficava a quase dois quilômetros de distância, pois os habitantes tinham muito medo de fantasmas para morar mais perto. Darin e eu havíamos cavalgado pelos morros circundantes, ainda novos o bastante para explorar e brincar. Lembro de que as rochas dali tinham estranhas marcas chamuscadas. Padrões geométricos que se rompiam dentro delas de maneiras que não sabia explicar.

Mais para baixo.

Um exército está acampado em volta do castelo, preparado para o cerco. Um exército tão numeroso que as tendas das diversas unidades coloriam o chão como as plantações de grandes campos. Os cavalos de sua cavalaria estão encurralados em bandos de milhares. Florestas foram derrubadas para construir o maquinário diante da tropa. Pedras estão empilhadas ao lado de cada uma delas, em pirâmides de três, seis, dez metros de altura. As alavancas dos trabucos, catapultas e mangóis estão puxadas, carregadas, prontas para atirar.

Mais para baixo.

O fedor e a cacofonia da horda são intoleráveis. Uma turba de pessoas e animais em estreito confinamento. No terreno mais alto estão os pavilhões, decorados com brasões. Os grandes nomes de Slov estão ali. Os ricos e poderosos vieram com seus cavaleiros e seus soldados. Dentre as florestas de classes estão os símbolos de nobres de Zagre, Sudriech e até de Mayar. Não pode haver menos de trinta mil pessoas ali. Talvez cinquenta mil.

Estou caindo. Caindo. Em direção ao muro externo. Sem ser visto, desço entre as tropas que se aglomeram no alto da torre do muro mais ao leste. Há uma centena de arqueiros aqui, com proteções de ferro liso sobre os pescoços, toucas de cota de malha, justilhos de couro com placas de ferro pregadas, saias de fitas sobrepostas de couro, cravejadas com ferro. Já vi armaduras daquelas expostas na longa galeria do Salão Roma. Quando criança, costumava me esconder atrás de um traje específico, ao lado da escadaria à esquerda, e saltava para assustar as criadas.

Um escorpião atirador de lanças está à frente da torre, apontado entre as folhagens para o inimigo distante. A equipe de operação está mantendo uma distância respeitável enquanto um pequeno grupo da nobreza, reunido logo atrás da máquina, debate uma questão qualquer.

Em um instante, estou entre eles. Ao meu lado, um enorme guerreiro de armadura surrada, material pesado feito à moda antiga com ferro preto. Ele olha na minha direção, mas não me vê.

"Podemos pedir ajuda. Se levar dois meses, nós conseguimos aguentar", diz ele, com olhos escuros e penetrantes em um rosto brutal, com barba preta cobrindo seu queixo quadrado, atravessado por uma cicatriz clara.

"Nem pelo capeta!" Quem disse isso vira-se de sua contemplação do inimigo. Ela tem quatro dedos acima de um metro e oitenta, porte atlético, forte, e jovem... talvez dezoito anos. Sua armadura é dourada; laqueadas sobre ela estão as lanças ardentes de Marcha Vermelha. Não há vaidade nenhuma nisso; todavia, o aço é da espessura padrão e sem ornamentos. Uma armadura de soldado. "Se os deixarmos esperando aqui, o caminho do czar a oeste fica aberto. Os homens das estepes chegarão aos portões de Vermillion antes da colheita."

Eu observo seu rosto, grande e anguloso, pálido para uma mulher de Marcha – debaixo de cabelos ruivos escuros chocantes, olhos cor de mel furiosos, lábios carnudos. Eu conheço esse rosto.

"Contaph." Ela se aproxima do cavaleiro ao meu lado. Até uma mulher de sua estatura precisa levantar a cabeça para aquele homem. "Podemos atacar? Seguir em frente? Eles não estão esperando um ataque."

Os homens em volta dela respiraram fundo ao ouvir aquilo, capitães, cavaleiros e lordes em suas armaduras. Eu consigo entender isso. Não há tropas suficientes dentro do castelo para desafiar as que estão do lado de fora. Eu sei disso sem nem olhar. Não caberiam tantas no castelo.

"Eles não estão esperando um ataque, princesa", diz Contaph. "Mas estão prontos para um, mesmo assim. Kerwcjz não é bobo."

"Uma deputação!" Isso veio de um homem no muro, olhando por uma luneta.

A princesa leva os nobres às ameias, e os arqueiros se separam para abrir espaço. "Diga", diz ela.

"Dez cavaleiros sob uma bandeira branca. Um emissário. E um prisioneiro. Uma mulher. Uma garota..."

A princesa pega a luneta e a põe sobre o próprio olho. "Gwen!"

"Kerwcjz está com sua irmã?" O punho de Contaph se aperta no cabo de sua espada, e as placas de ferro de sua manopla raspam-se umas nas outras. "Isso significa que Omera caiu."

"Dê-me seu arco", exige a princesa do arqueiro mais próximo.

"Alica!" Um sussurro tenso do homem ao seu lado, menor, mas de coloração semelhante.

"Princesa", diz ela. O arco está em suas mãos, seus olhos nos dele – perigosa. "Chame-me por meu nome outra vez, primo, e eu o atirarei deste muro."

Ela puxa uma flecha da aljava do arqueiro. "É um bom arco?"

"S-sim... princesa", gagueja o arqueiro. "Puxa um pouquinho para a esquerda se fizer força demais. Mas isso não é problema, é arco demais para uma mu..."

A Princesa Alica posiciona a flecha e a puxa até a orelha, apontando para cima, na direção da grande torre central depois do segundo muro. "Sim?"

"Um pouquinho para a esquerda, majestade." O homem se afasta. "Dois dedos em um alvo a cinquenta metros."

"Eles se alinharam", disse o primo no muro.

A princesa relaxa o arco e chega para observar. Nove dos homens formaram uma linha em seus cavalos. O emissário e a prisioneira cavalgam mais uns cinco metros à frente. A garota está vestida de seda, de lado na sela, e parece ter no máximo treze, talvez catorze anos. O homem é gordo, com a armadura adaptada por isso, o pescoço grosso e avermelhado pelo sol de Marcha Vermelha. Ele usa um elmo com uma pluma azul e uma longa capa turquesa.

"Salve, castelo!" Sua voz chega até eles, enfraquecida pela distância.

O rosto da Princesa Alica não se altera. Ela põe a flecha no arco outra vez e estica a corda.

"A bandeira..." Contaph olha fixamente para ela, franzindo a testa em rugas profundas. Lá, em meio ao contingente inimigo, a bandeira branca se agita.

Ela olha uma vez por cima do muro. "Uma errada", diz ela. "Vai me ajudar a me adaptar ao vento." Ela arqueia as costas, puxando a corda do arco para trás da omoplata... e a flecha desaparece, deixando apenas seu chiado para trás em meio a nosso silêncio.

A princesa larga o arco e se afasta da muralha. Atrás dela, um grito agudo ecoa. Uma pausa. Barulhos de galope.

"Princesa Gwen..." O primo fica sem palavras.

"Atirou na irmã..." Um burburinho se espalha pela muralha.

Alica vira-se outra vez para encarar todos eles. "Nada de negociação. Nada de ceder. Nada de condições."

Mais uma virada brusca e ela foi a passos largos na direção da torre central. Contaph corre, fazendo barulho para alcançá-la, com os outros vindo atrás. Estou ao lado dela. Tão perto que consigo ouvir a tensão em sua respiração.

Ela não vira a cabeça quando Contaph a alcança no início da escadaria. "Kerwcjz a teria colocado em um espeto na fogueira, para todos nós vermos pela manhã. Ele a teria mandado cantar uma música triste para minhas tropas e prolongaria isso pelo máximo de tempo que suas habilidades de tortura permitissem." O primo e outros três chegam atrás de nós. Alica fica de costas para eles. Lá atrás, na muralha, a primeira pedra explode contra as ameias. Por toda a linha inimiga, máquinas de guerra soltam suas forças reprimidas com barulhos guturais.

"Ou vencemos, ou morremos. Não há terceira opção."

E, naquele momento, eu reconheci minha avó.

E pedra choveu sobre nós.

"Estou com *tanta* fome."

"Finalmente ele acordou!" A voz de Snorri ali perto.

Eu abri os olhos. "Fiquei cego!" O pânico tomou conta de mim e eu lutei para me levantar, batendo a cabeça em alguma coisa dura.

"Relaxe!" Ele parecia estar rindo. Uma grande mão me empurrou para baixo. A velha magia chiou de maneira desagradável nos pontos de contato.

"Meus olhos! Meus mald..."

"Está de noite."

"Cadê as malditas estrelas, então?" Encostei em minha testa, onde havia batido. Meus dedos voltaram pegajosos.

"Está nublado."

"Cadê o lampião?" Então o apanhei. Nós sempre tínhamos o lampião aceso nas noites escuras, com o pavio bem curto. Era melhor gastar um pouquinho de óleo do que tropeçar no escuro e cair no mar quando desse vontade de ir ao banheiro.

"Você o quebrou quando caiu."

Eu me lembrei de tudo. *Aquela mulher! Minha mão!*

"Minha mão!", gritei, estupidamente segurando o local onde ela me furara e gritando de dor.

Tuttugu murmurou algum resmungo sonolento e parou de roncar. Ultimamente eu só percebia seus roncos quando ele parava.

"Por que estou com tanta fome?"

"Porque é um guloso." Eu ouvi Snorri se virar e pegar suas cobertas.

"Você dormiu por quase duas noites e um dia." A voz de Kara do outro lado do barco.

"Bem..." Parei para pensar naquilo. "Bem, não funcionou. Você me mutilou por nada."

"Você não viu nada?" Ela não parecia convencida.

"Eu vi minha avó. Quando ela era mais nova do que eu sou agora. Ela era uma vadia assustadora naquela época também! Pior, aliás."

"Você demorou muito para provar o sangue", disse Kara.

"Nossa, desculpe por ter ficado olhando para os trinta centímetros de aço saindo por trás da minha mão!" Eu ainda não acreditava que ela não tinha me avisado.

"É possível que veja mais quando sonhar da próxima vez. Talvez o que procura." Ela não parecia incomodada – apenas mais sonolenta que qualquer coisa.

Eu olhei furiosamente para ela no escuro, mas, a julgar pelos barulhos suaves à minha volta, os três já haviam voltado a dormir. Eu não consegui acompanhá-los. Eu havia dormido o bastante. Então fiquei olhando para a escuridão, embalado pelas ondas, até os céus começarem a clarear, anunciando a manhã.

Passei aquelas horas frias e escuras olhando para lembranças de lembranças. Para minha avó, uma eternidade atrás, e todos os sacrifícios que fez para não ceder ao inimigo, para aquele fogo dentro dela que a levou a atacar, muito depois que a esperança havia ido embora do campo de batalha. Como Snorri. Ou melhor, como Snorri fora.

Na madrugada cinzenta eu observei o nórdico caído depois do leme, com as fendas dos olhos escuras enquanto me observava de volta. Baraqel logo falaria com ele. O anjo andaria sobre as ondas e falaria sobre luz e propósito, e mesmo assim Snorri conduziria aquele barco ao sul, rumando em direção à morte.

"Você é um covarde, Snorri ver Snagason." Talvez fosse a falta de sono, ou o sangue da Rainha Vermelha ainda correndo quente em minhas veias, ou até um desejo sincero de ajudar o homem, mas alguma coisa fez as palavras jorrarem da minha boca, esquecendo momentaneamente meu desejo normal de evitar qualquer chance de apanhar.

"Como assim?" Ele não se mexeu nem levantou a voz. Na verdade, eu nunca vi a violência que ele demonstrava na batalha ser levada para a conversa – mesmo aquelas que iam contra ele. Talvez eu apenas o julgasse pelo que eu faria se fosse um grande viking assustador.

"Essa chave. É cheia de mentiras, você sabe disso. Levá-la até a porta da morte..." Eu balancei o braço no ar. "É apenas procurar uma saída, um escape. Era melhor ter feito um buraco no mar de gelo lá no porto de Trond e pulado dentro. Mesmo resultado, menos esforço, menos pessoas incomodadas." Eu teria lhe dito que não iria conseguir sua esposa de volta, nem seus filhos, nem o filho desnascido. Eu teria lhe dito que era tudo bobagem e que não é assim que o mundo funciona. Eu teria dito isso, mas talvez eu não seja tão cruel, ou talvez não confiasse tanto assim em seu temperamento... mas provavelmente porque isso não precisava ser dito. Ele já sabia.

Snorri não falou. Nada além do gemido do vento e das batidas das ondas no casco. Em seguida: "Sim. Eu sou um covarde, Jal".

"Então jogue essa chave no mar e venha comigo para Vermillion."

"A porta é minha missão agora." Snorri se sentou. "A porta. A chave. É tudo o que eu tenho." Ele tocou o local onde a chave estava debaixo de seu justilho. "E o que é a chave, senão uma chance de encarar os deuses e exigir uma explicação para o mundo... para a sua vida?"

Eu sabia que isso não tinha a ver com deuses. Por mais que ele dissesse. Sua família o estava atraindo. Freja, Emy, Egil, Karl. Eu ainda me lembrava de seus nomes e das histórias que ele contara, e eles não eram nem meus. Não é do meu feitio me importar com essas coisas, mas, mesmo assim, eu via aquela menininha, sua boneca de pau, Snorri correndo para salvá-la. Eu esperava que ele falasse deles novamente durante o longo inverno. Esperava e temia. Sabia que alguma noite, após beber todas, ele desabaria e se enfureceria embriagadamente pela perda. Mas ele nunca fez isso. Não importa quão escura a noite, nem quão longa, nem quanto de minha cerveja ele havia bebido, Snorri ver Snagason não fez nenhuma queixa, não disse uma palavra sobre sua perda. Eu não esperava finalmente falar sobre aquilo em um pequeno barco, rodeado por todos os lados de quilômetros gelados de mar agitado.

"Não é isso..."

"Sessenta batidas do coração seriam suficientes. Se eu pudesse abraçá-los. Dizer que fui atrás deles, não importa o que estivesse em meu caminho. Seria suficiente. Sessenta batidas do coração do outro lado daquela porta superariam sessenta anos neste mundo sem eles. Você não amou, Jal, não segurou seu filho, recém-nascido e ensanguentado, macio em um mundo duro, e prometeu àquele filho que o protegeria. E Freja. Não tenho nem palavras. Ela me despertou. Eu estava passando tempo demais sonhando, mordendo todas as mãos que tentavam me alimentar. Ela me acordou – eu a vi – e era tudo que queria ver, tudo que eu podia ver."

Kara e Tuttugu não se mexeram em seus bancos, mas eu vi, pela maneira como estavam parados, que os dois estavam acordados, escutando.

"Não há mais lugar para mim neste mundo, a não ser como uma arma, a não ser como a fúria por trás de uma lâmina afiada, levando tristeza. Estou acabado, Jal. Destruído. Passei da hora."

Eu não tinha nada a dizer depois disso, então não disse nada e deixei o mar falar. Com o tempo, o sol nos encontrou e Baraqel deve ter entrado na mente do nórdico, apesar de não saber se ele tinha alguma palavra a dizer após as de Snorri.

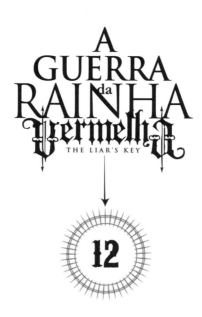

Depois de acordar do sonho do sangue, eu passei aquele primeiro dia segurando a mão em meu colo e olhando feio para Kara. Ela ficou quieta, porém. Pelo menos até eu começar a mexer nos laços de minhas calças para esvaziar a bexiga. Já é um troço difícil, mesmo com tudo nos conformes, ficar de pé em um barquinho para mijar sobre a lateral. Tentar me equilibrar no mar agitado enquanto abria os laços com a mão machucada é duplamente difícil.

"Isso seria bem mais fácil se uma louca não tivesse me furado!" Os nós confundiram meus dedos desajeitados mais uma vez. "Puta merda!" Talvez eu tenha resmungado mais alguns xingamentos e botado em xeque a boa reputação de certa völva...

"No norte, nós chamamos isso de uma picazinha", respondeu Kara, sem sequer se virar de sua posição ao leme.

Tenho certeza de que ela fez o trocadilho de propósito, mas Tuttugu e Snorri, sendo bárbaros ignorantes, riram até ficar roucos à minha custa. Depois disso, eu ignorei valentemente a ferida, percebendo que a língua de Kara era mais afiada que sua agulha.

Tuttugu e eu ficávamos olhando para o norte de vez em quando, procurando as velas de um dracar. Qualquer lampejo branco nos fazia imaginar se havia um par de olhos vermelhos aguardando embaixo, e atrás deles um deque cheio dos Hardassa. Felizmente nós não vimos nenhum sinal deles. Talvez, após os acontecimentos no Forte Negro, o Rei Morto não tivesse mais tanta influência sobre os Vikings Vermelhos para fazê-los seguir nosso caminho até o continente. Ou talvez nós simplesmente os tenhamos deixado para trás.

Em três dias de viagem do Beerentoppen, o *Errensa* havia nos levado tão longe ao sul que o litoral de Norseheim agora se curvava se afastando de nós, rumo ao leste. O Mar Devorador estava adiante, a última barreira até o continente, espalhando-se na direção do litoral de Maladon. Kara fez suas orações, os undoreth recorreram a Odin e Aegir, eu negociei injustamente com o Altíssimo e nós nos separamos do norte, para o bem ou para o mal.

O Mar Devorador, ou Karlswater, como o chamam nos litorais do sul, tem uma má reputação com marinheiros. Tempestades do grande oceano são muitas vezes canalizadas para o Karlswater pelos planaltos de Norseheim. Essas tempestades já são perigosas o bastante nas profundezas, mas nas águas rasas onde navegávamos agora elas de vez em quando produziam ondas tão gigantescas que barco nenhum sobrevivia a elas. Ondas assim eram raras, mas podiam varrer o Karlswater inteiro. A Vassoura de Aegir, como os vikings chamavam. O deus do mar fazendo faxina.

Eu me segurei na popa do *Errensa*, vendo Norseheim diminuir lá atrás, comprimida entre o mar e o céu em uma linha serrilhada e escura. Depois, apenas uma linha. Depois, imaginação. E, finalmente, memória.

"Quando chegar a Maladon vou pagar um barbeiro para cortar este cabelo." Eu corri os dedos pelos cachos, tingidos de loiro claríssimo pelo sol recém-chegado, cheios de sal e oleosidade. Minha velha turma nem me reconheceria, todo cheio de cicatrizes, magro e com os cabelos rebeldes. Ainda assim, nada que um alfaiate, um homem com uma lâmina e um mês vivendo confortavelmente não consertassem.

"Fica bem em você." Kara levantou o olhar para mim, com os olhos azuis indecifráveis. Estava sentada remendando a capa de um dos compartimentos de armazenamento. Ela se abrira um pouco mais comigo ao longo da viagem, verificando o ferimento em minha mão sem se desculpar, mas com delicadeza. Duas vezes ao dia ela passava um unguento adocicado nos buracos de entrada e de saída. Eu gostava tanto daquela atenção que de alguma maneira me esqueci de dizer que havia parado de doer.

Em troca da assistência médica de Kara, eu a entretia com histórias da corte de Marcha Vermelha. E nunca é demais dizer que você é um príncipe – bastante. Principalmente se for um. Ela parecia achar minhas histórias divertidas, apesar de não ter certeza se ela estava sempre rindo das partes que eu achava engraçadas.

"Um peixe!" Snorri deu um pulo, balançando o barco. "Pelos dentes de Thor! Fisguei um!"

E fisgou mesmo, um peixe preto gosmento de uns quarenta centímetros, debatendo-se para lá e para cá nas mãos dele, com a linha ainda saindo da boca.

"E só levou doze dias no mar!" Eu havia lhe dito para desistir um século atrás.

"Fisguei um!" O triunfo de Snorri não conseguiu ser abalado por minhas ironias.

Tuttugu se aproximou para lhe dar um tapinha nas costas. "Muito bem! Ainda vamos transformá-lo em um pescador."

É claro que Tuttugu só precisava enfiar um anzol na água e parecia que os peixes brigavam uns com os outros para ter o privilégio de abocanhá-lo. Devia ter pegado uns vinte peixes nas ondas desde que começamos a viagem. Ele havia passado a treinar Snorri e me confidenciou que o guerreiro havia sido um péssimo fazendeiro também. Tuttugu temia que Snorri não tivesse nada a que recorrer – seu talento era para a guerra, mas podia achar a vida em paz um desafio.

"Um belo peixe." Kara uniu-se a eles, ficando bem ao lado de Snorri. "Um peixe-carvão deve sempre ser cozido e comido com folhas verdes." Os dois pareciam à vontade na companhia um do outro. Eu os observei com uma estranha mistura de ciúme e satisfação. Parte de mim queria que Snorri e a völva fossem para a cama. Uma boa mulher era a única esperança para ele. Ele precisava de alguma outra coisa, além de sua tristeza.

Eu achei bastante preocupante que estivesse cogitando sacrificar o prazer que esperava ter com Kara. Aquilo não tinha nada a ver comigo. Principalmente depois de todas as horas que passei imaginando as maneiras com que faria as runas dela baterem umas nas outras... mesmo assim... se Snorri encontrasse uma mulher ele talvez fosse capaz de abandonar aquela loucura que o possuía, de procurar uma porta para a morte e recuperar sua família perdida. E, quaisquer que fossem meus planos, sempre havia a possibilidade de eu ser arrastado junto com aquela insanidade. Então, no fim das contas, eu estava abrindo mão de Kara por interesse próprio. Relaxei. Aquilo tinha mais a ver comigo.

No meio do Mar Devorador, o mais longe da terra que já havia estado, eu me sentava no meio do sobe e desce do barquinho de madeira de Kara e, sem muita coisa na qual pensar, acabei me concentrando em Snorri. Eu o observei, inclinado para a proa agora, com o vento jogando os cabelos escuros para trás, os olhos no horizonte ao sul. O guerreiro mais feroz que já conhecera, sem nunca desistir, sem medo de enfrentar espada ou machado. Eu sabia por que eu estava indo para o sul – para reivindicar os confortos e os privilégios que eram meus direitos de nascença e viver até me tornar um velho desgraçado. Eu sabia o que atraía Snorri e, apesar do que ele dissera dias antes, eu não conseguia fazer aquelas palavras terem o menor sentido. Já vira muitas coisas que voltaram das terras mortas e nenhuma delas foi algo bonito de se ver.

Também percebi que, desde meu longo sono, ele estava usando a chave em um pedaço de corrente enferrujada – como se tivesse lido minha mente quando cogitei arrancá-la e jogá-la na água. Fiquei um pouco magoado com sua desconfiança, por mais que tivesse cabimento. Considerei abordar a questão, mas ao vê-lo ali, curvado sobre a dor de seu ferimento envenenado e a dor mais antiga de sua perda... eu deixei para lá. Em vez disso, acompanhei o olhar dele até a mancha escura no horizonte que chamava sua atenção.

"Aquilo parece ruim." Parecia pior que ruim.

"Sim." Ele assentiu com a cabeça. "A coisa pode ficar feia."

A tempestade nos pegou a meio dia da orla de Maladon. Uma guerra cataclísmica dos elementos que até os vikings chamaram de tempestade. Ela fez tudo o que eu havia sofrido no mar antes parecer um leve desconforto. O vento se tornou um punho, a chuva suas lanças, fustigadas com força e enterradas na pele. E as ondas... aquelas ondas assombrarão meus sonhos até o dia em que algo pior aparecer. O mar mudou de extensão à nossa volta. Um homem no oceano sempre se sente pequeno, mas, no meio de ondas que podem cobrir e varrer castelos para longe, você entende o que é ser um besouro no meio de uma debandada de elefantes.

O vento nos levou, sem velas, a derrapar sobre colossos cobertos de espuma. Se você se virasse para ele, a chuva o cegava e o vento entrava em você enquanto tentasse gritar. Se lhe desse as costas, era uma luta conseguir respirar, pois o vento não parava tempo suficiente para ser capturado.

Acho que Snorri e os outros estavam ocupados. Eles certamente pareciam gritar e se jogar bastante para lá e para cá. Ocupados com o quê, porém, eu já não sei dizer. Nada que eles fizessem podia fazer qualquer diferença perante aquele ataque. Eu fiquei agarrado ao mastro com os dois braços e às vezes com as duas pernas. O abraço de nenhuma namorada foi tão forte quanto aquele que apliquei ao me segurar ao poste de madeira e, apesar das ondas que passavam por cima de mim até que meus pulmões implorassem por uma chance de respirar, eu me mantive firme.

Barcos pequenos são, ao que parece, altamente resistentes a naufrágios. Eles voltam para cima várias vezes, desafiando a razão e a expectativa. Meu irmão mais velho, Martus, quando tinha dez ou onze anos, costumava ir à ponte Morano com seus amigos, e às vezes Darin e eu íamos escondidos para espiar. Os garotos mais velhos nadavam nas águas rasas ou subiam na ponte e jogavam suas linhas no Seleen. Quando ficavam entediados por não pegarem nenhum peixe, eles começavam a procurar encrenca. Martus os levava pela mureta da ponte cheia de pilastras e mijava nos barcos que passavam, ou provocava os meninos da região, sabendo que os guardas de papai o protegeriam. Papai sempre mandava quatro guardas com Martus, por ele ser o herdeiro.

Em uma bela manhã de primavera na ponte Morano, Martus decidiu simular uma batalha naval. Na prática, isso significava mandar seus amigos arrastarem pedras grandes da margem do rio até a ponte e em seguida jogá-las sobre as patas que passavam e as longas filas de filhotinhos que as seguiam. O negócio é que é bem difícil afundar um patinho com uma pedra. Principalmente quando eles estão saindo debaixo da ponte. O atraso entre os observadores do outro lado da ponte e a aparição dos alvos precisa ser calculado, junto com o ponto de saída e a hora de soltar. Então, durante quase duas horas, Darin e eu ficamos na margem do rio vendo Martus jogar uma cacetada de pedras, algumas maiores que sua cabeça, em uma série de patinhos fofinhos conduzidos sob a ponte por mamães patas equivocadas. E, apesar de jogar água para todos os lados, do movimento de sucção das pedras afundando e de um tumulto de ondas consideráveis, aqueles desgraçados fofinhos continuavam seguindo em frente, infatigáveis, como bolinhas amarelas aveludadas inafundáveis que deixavam Martus cada vez com mais raiva. Ele não conseguiu atingir nem unzinho, e quando correu para a parte rasa, para enfrentar o último deles com as próprias mãos, um cisne raivoso surgiu entre as plantas, escapou dos quatro guardas e quebrou o pulso dele com uma bicada feroz. Foi o melhor dia!

Enfim, o barco de Kara era bem parecido com aqueles patinhos. Só podia ser algum tipo de magia. Independentemente do que a tempestade atirasse para cima de nós, o barco continuava flutuando.

A tempestade não terminou, apenas enfraqueceu aos poucos, ressurgindo cada vez que minhas esperanças aumentavam, até que quando amanheceu ela era apenas uma chuva torrencial arrastada pela ventania. Eu caí no sono ainda abraçado ao mastro, ensopado e congelado, sabendo que o sol havia começado sua escalada pelo céu, mas sem conseguir vê-lo por trás do temporal.

Eu acordei, tremendo e febril mais uma vez, com o som das gaivotas e da arrebentação ao longe.

"Amarre a vela!", bradou Kara.

"Vire! Vire!", disse Snorri, tenso de ansiedade.

"Está vindo uma grandona!", alertou Tuttugu, soando tão cansado quanto eu me sentia.

Eu levantei a cabeça, desenganchei um braço dolorido do mastro e limpei as remelas de sal dos olhos. O céu estava azul-claro, decorado com resquícios de nuvens de chuva. O sol, lá no alto, porém sem muito calor. Eu me virei lentamente para olhar na direção em que o *Errensa* estava apontado, sem querer soltar completamente o mastro. A onda à nossa frente seguiu adiante, revelando uma orla escura de penhascos e enseadas, com a parte alta coberta de grama e arbustos. E depois do promontório... nada. Nenhuma montanha nórdica carrancuda tentando alcançar o céu e mandando você se danar. Finalmente havíamos chegado a Maladon. Um ducado bastante grosseiro, sem dúvida, mas com a decência de fazer o que precisava ser feito ao nível do mar, em vez de estar empoleirado ao lado de alguma montanha ridiculamente íngreme ou amontoado em uma margem estreita entre terrenos nevados e o mar gelado. Um peso saiu do meu coração.

Alguns poucos segundos deliciosos de esperança e em seguida percebi que a única vela que tínhamos era um pedaço de pano esfarrapado amarrado entre a proa e o mastro, e o tamanho que aquelas ondas tinham, e a espuma branca que formavam antes de recuarem e revelarem os dentes pretos das rochas. No segundo seguinte, percebi que estávamos de cabeça para baixo e como a água que entrava em minha boca estava fria. Por vários minutos depois disso, passei a maior parte do tempo me debatendo loucamente e tentando respirar entre as ondas que quebravam e me afundavam e me faziam rolar várias vezes, antes de me soltarem bem a tempo da próxima.

Eu não me lembro de finalmente rastejar para a areia, apenas da visão de Snorri andando pela praia para me encontrar. De alguma maneira, ele havia ficado com seu machado.

"Maladon", disse eu, pegando um punhado dela enquanto ele me botou de pé. "Sou quase capaz de te dar um beijo."

"Osheim", disse Snorri.

"Quê?" Eu cuspi areia e tentei formular uma pergunta melhor. "Quê?", perguntei novamente. *Ninguém vai a Osheim*. E há um bom motivo para isso.

"A tempestade nos jogou para o leste. Estamos a oitenta quilômetros depois de Maladon." Snorri estufou as bochechas e olhou para o mar. "Você está bem?"

Eu me apalpei. Nenhum ferimento grave. "Não", respondi.

"Está ótimo." Snorri me soltou e eu consegui não cair. "Kara está mais abaixo com Tutt. Ele cortou a perna nas pedras. Foi a maior sorte não ter quebrado."

"Sério, *Osheim*?"

Snorri assentiu e começou a voltar, andando por onde as ondas lavavam a areia, apagando cada uma de suas pegadas antes que ele desse mais dez passos. Eu cuspi mais areia e um pedregulho de tamanho considerável, e fui atrás com um suspiro.

Os Construtores nos deixaram vários lembretes de sua época. Lembretes que até alguém como eu, que usava os livros de história essencialmente para bater na cabeça de principezinhos menores, não podia ignorar. Um homem que ignorasse as fronteiras da Terra Prometida veria sua pele cair, enquanto monstros horríveis comeriam seu rosto. A Máquina do Mal em Atta, as pontes e torres ainda espalhadas continente afora, a Cripta de Vozes em Orlanth, as bolhas do tempo nas Encostas Bremmer, ou o Último Guerreiro – aprisionado em Brit... todos esses eram bastante conhecidos, mas nenhum me dava arrepios como a Roda de Osheim. Parecia que quase todas as histórias que nossas babás inventavam para entreter a mim e a meus irmãos quando éramos pequenos aconteciam em Osheim. As piores aconteciam mais perto da Roda. As histórias que Martus exigia, as mais sangrentas e terríveis, começavam todas com "Era uma vez, não muito longe da Roda de Osheim" e daquele ponto em diante era hora de se esconder atrás das mãos ou tapar os ouvidos. Pensando bem, as mulheres que cuidavam de nós quando pequenos eram um bando de bruxas velhas malignas. Elas deviam ter sido enforcadas, todas elas, não designadas para cuidar dos filhos de um cardeal.

Nós nos abrigamos em um pequeno vale atrás do promontório, Snorri e eu, enquanto Kara bisbilhotava o mato ali perto. Tuttugu voltou à praia para ver o que podia ser recuperado do naufrágio ou havia aparecido na areia. A perna de Tuttugu ainda tinha uma cicatriz vermelha irritada, mas o toque de cura de Snorri a deixara funcionando, fechando uma ferida feia que revirava meu estômago só de olhar. O esforço deixou Snorri caído de costas, mas bem menos incapacitado do que em outras ocasiões, e em pouco tempo ele estava sentado mexendo em seu machado. Aço e água salgada são uma péssima mistura e guerreiro nenhum deixa sua lâmina molhada. Eu o observei trabalhar, apertando os lábios. Sua pronta recuperação me pareceu estranha, já que o feitiço da Irmã Silenciosa devia ter enfraquecido ao longo do inverno, de acordo com Skilfar, e coisas assim deveriam ser mais difíceis, não mais fáceis.

"Ovos." Kara voltou de sua investigação pela encosta coberta de urze atrás de nós. Em suas mãos, formando uma concha, havia meia dúzia de ovos de gaivota azul. Provavelmente dava para derramar o conteúdo de todos eles em um ovo de galinha de tamanho decente e ainda assim não enchê-lo. Ela se sentou na grama entre Snorri e mim, cruzando suas longas pernas, expostas e arranhadas e sujas e deliciosas. "Quanto tempo você acha que leva até chegar a Marcha Vermelha?" Olhava para mim como se eu soubesse.

Eu abri os braços. "Com a minha sorte, um ano."

"Precisaremos de cavalos", disse Snorri.

"Você odeia cavalos, e eles odeiam você." Mas era verdade, nós realmente precisávamos de alguns. "Será que Kara sabe montar? E Tuttugu? Kara vem mesmo conosco?" Parecia uma baita viagem a se fazer pelo capricho de uma bruxa velha em uma caverna.

"Se eu ainda tivesse o *Errensa* comigo, seria uma decisão difícil", admitiu Kara. "Mas talvez a tempestade quisesse nos dizer alguma coisa. Nada de voltar até terminarmos."

Snorri levantou a sobrancelha ao ouvir aquilo, mas não falou nada.

"Por mim, nada de ir a lugar algum. Nunca mais. Jamais sairei de Marcha Vermelha outra vez. Nem se eu viver até cem anos. Diabos, duvido que ponha os pés fora dos muros de Vermillion novamente, depois que passar pelos portões." Uma indignação verdadeira se inflou, passando dos limites de meu bom humor inabalável de costume. Atribuo a culpa à minha febre e ao fato de estar sentado na grama, encharcado, com frio, exausto, a dias da cama quentinha mais próxima, de um caneco de cerveja ou de uma refeição quente. Eu chutei a grama. "Império do caralho. Oceanos do caralho. Quem é que precisa disso? E agora estamos nessa porra de Osheim. Maravilha. Que se foda essa história de ser jurado pelas trevas ou jurado pela luz. Eu quero é ser jurado pelo futuro. Teria visto a tempestade chegando e sairia do caminho."

"Os Construtores observavam o tempo de cima." Kara apontou na direção do céu. "Eles podiam prever quais tempestades viriam, mas não conseguiram impedir a enorme tempestade que levou todos eles embora."

"Todos os videntes que conheci até hoje eram falsos. A primeira coisa que se deve fazer com um adivinho é meter o dedo no olho deles e dizer 'não previu essa, né?'" Meu humor ainda estava azedo. Eu não acreditava que havíamos sido levados às margens de um lugar onde todos os meus pesadelos de infância corriam soltos.

"O que acontecerá quando eu soltar?" Kara estava segurando um dos ovinhos de gaivota entre o polegar e o indicador, posicionando a mão acima de uma pedra que saía da grama entre nós.

"Você vai sujar esta bela pedra", disse eu.

"Agora você está prevendo o futuro." Um sorriso. Ela ficava mais jovem quando sorria. "E se você saltasse para a frente e tentasse me impedir?"

Meus lábios repetiram o sorriso dela. Eu gostei bastante da ideia. "Não sei. Vamos tentar?"

"Essa é a maldição dos jurados pelo futuro. Nenhum de nós pode ver além de nossas próprias ações – nem nós, nem os jurados pelo futuro, nem a Irmã Silenciosa, nem Luntar, nem o Vigia de Parn, nenhum deles." Kara me ofereceu o ovo.

"Cru?" O sol havia saído e eu estava começando a me sentir humano o suficiente para comer. Eu não me lembrava da última vez em que havia comido uma refeição decente. Mesmo assim, meu apetite não tinha voltado a ponto de um ovo cru de gaivota ser algo que eu quisesse escorrendo pela minha língua. "Não?" Kara deu de ombros, jogou a cabeça para trás e quebrou o ovo para dentro de sua boca.

Observando-a, era difícil imaginar que Skilfar ou a Irmã Silenciosa tivesse sido assim no passado – uma jovem mulher cheia de inteligência e ambição, começando a caminhada ao poder.

"Imagino o que a Irmã Silenciosa vê com aquele olho cego dela. Coisas das quais ela nem consegue falar."

Kara limpou a boca com a mão. "E se ela se mexer para mudá-las... deixa de ver como terminarão. Então quão terrível o futuro precisa parecer para que você mexa naquela poça límpida a fim de mudá-la, fazendo o lodo subir em volta de sua mão e ficando tão cego quanto todo mundo – sabendo que ele não irá assentar novamente até o dia, a hora e o momento da coisa que mais teme?"

"Eu mudaria tudo de ruim que pudesse acontecer comigo." Pensei em uma longa lista de coisas que teria evitado, com "sair de Marcha Vermelha" bem no topo dela. Ou talvez contrair dívida com Maeres Allus devesse estar no topo, porque sair de Marcha Vermelha na verdade me salvou de uma morte horrível nas mãos de seu torturador. Mas contrair a dívida tinha sido tão divertido... difícil imaginar todos aqueles anos vivendo na pobreza... se bem que eu poderia ter penhorado o medalhão de mamãe... Minha cabeça começou a girar. "Bem... Suponho... É um negócio complicado."

"E se você mudasse essas coisas ruins? Como sabe que as mudanças não levariam a coisas piores que agora esperavam por você escondidas nos anos futuros?" Kara comeu outro ovo e entregou os outros para Snorri. Eles pareciam perdidos na extensão da palma de sua mão.

"Hummm. Talvez a velha bruxa má tenha recebido o que merecia, no fim das contas." Parecia que ver o futuro podia ser tão doloroso quanto ver o passado. O *momento* era claramente o lugar para se estar. Exceto esse momento, que era úmido e frio.

Uma hora depois, Tuttugu voltou carregando uma trouxa improvisada de lona, onde havia colocado os objetos resgatados. Não havia muita coisa, nem nada para comer, a não ser um pote de manteiga que já estava rançosa quando foi comprada em Haargfjord mais de uma semana atrás.

"Devemos partir!" Snorri bateu em suas coxas e se levantou.

"Melhor do que morrer de fome aqui, eu acho." Saí, sem ter espada, fardo, mantimentos nem qualquer outra defesa contra perigos e privações além da faca em minha cintura. Uma bela faca, aliás, também comprada em Haargfjord, um troço brutal de ferro afiado, feita para intimidar e ainda não usada em nenhuma tarefa mais mortífera do que descascar fruta.

Snorri e Tuttugu vieram atrás de mim.

"Aonde estão indo?" Kara permaneceu onde a deixáramos.
"Hum." Eu olhei para o sol. "Sul... oeste, talvez?"
"Por quê?"
"Eu..." Parecia *certo*. Ocorreu-me, enquanto eu pensava na resposta, que alguma coisa boa esperava por nós na direção em que havia saído. Alguma coisa muito boa. Nós provavelmente devíamos nos apressar.

"É a atração da Roda", disse ela.

Snorri franziu o rosto. Tuttugu mexeu em sua barba, procurando inspiração.

"Merda." Vó Willow nos contara sobre isso várias vezes. Vó Willow viera até nós da assessoria especial de minha avó, magra feito uma vara, osso puro, e não aceitava ouvir merda de príncipes desobedientes. Quando estava a fim, ela nos contava histórias – algumas tão tenebrosas que faziam até Martus querer deixar a luz acesa e um beijo para afugentar os espíritos. E praticamente todas as vítimas do matadouro das histórias de ninar de vó Willow eram levadas a Osheim atraídas pela Roda.

"Esse é o caminho certo", assentiu Tuttugu para convencer a si mesmo, e apontou para a frente.

Quanto a mim, eu me virei e corri de volta para o lado de Kara. "Merda", repeti. Parte de mim ainda queria seguir na direção que Tuttugu indicou. "É tudo verdade, não é? Não vá me dizer que há criaturas do lodo e comedores de gente também..."

"O caminho até a Roda vai ficando estranho." Kara disse as palavras como se as recitasse. "Cada vez mais estranho. Se um homem conseguir alcançar a Roda, ele pensará que todas as coisas são possíveis. A Roda dá tudo que um homem possa desejar."

"Bem... isso não parece nada mal." E eu juro que meus pés começaram a me levar ao sul novamente. Ao sul e um pouquinho ao leste. Tuttugu também começou a sair de novo, bem na minha frente.

"São os monstros que os impedem de chegar à Roda." Era a voz de Kara, irritante e indesejável atrás de mim. Mesmo assim, a palavra "monstros" foi suficiente para me deter, e também Tuttugu. Nós dois já havíamos visto mais monstros do que queríamos.

"Que monstros? Você disse qualquer coisa que um homem desejasse!" Eu me virei para trás, contra minha vontade.

"Monstros do id."

"De onde?"

"Os lugares escuros de sua mente onde guerreia consigo mesmo." Kara deu de ombros. "É assim que as sagas contam. Você pensa que sabe o que quer, mas a Roda vai além do que pensa que sabe até os lugares profundos onde nascem os pesadelos. A Roda fica mais forte à medida que você se aproxima. A princípio ela cede à sua vontade. Ao se aproximar, ela atende o seu desejo. Mais perto ainda, ela dança com a sua imaginação. Todos os seus sonhos, cada recanto escuro de sua mente, cada possibilidade que já tenha cogitado... ela alimenta seus anseios, os materializa e os envia até você."

Tuttugu uniu-se a nós. Eu senti seu cheiro quando se aproximou. Queijo velho e cachorro molhado. Você só percebia quando ficavam um tempo separados. Todos nós provavelmente fedíamos após tempo demais naquele barquinho, e levaria mais que um banho rápido para tirar. "Você nos guie, völva", disse ele.

Somente Snorri permaneceu onde estava, lá no pântano com grama alta dançando ao ritmo do vento à sua volta. Ele estava imóvel, ainda olhando para o sul onde o céu tinha um tom arroxeado, como um hematoma desaparecendo. A princípio, achei que fossem nuvens. Agora eu não tinha mais certeza.

"Primeiro você." Fiz sinal para Kara nos guiar. Minha imaginação já era tormento suficiente para mim um dia após o outro. De jeito nenhum iria na direção de um lugar que pudesse materializar todas as coisas que eu sonhasse. As pessoas são derrubadas por seus medos o tempo todo, mas em Osheim isso aparentemente precisava ser encarado de maneira bem mais literal.

Snorri continuou onde havia parado, perto o suficiente para ouvir nossa conversa, mas sem se mexer nem para voltar nem para prosseguir. Eu sabia o que ele estava pensando. Que a grande Roda dos Construtores podia girar para ele e trazer seus filhos de volta. Eles não seriam reais, porém, apenas imagens nascidas de sua imaginação. Mesmo assim – para Snorri, a enorme dor dessa tortura talvez fosse algo do qual não pudesse se afastar. Eu abri a boca para fazer alguma objeção... mas percebi que não tinha palavras. O que é que eu sabia sobre os laços que unem pai e filho, ou marido e mulher?

Criado em uma cultura de guerra e morte, eu achava que um guerreiro viking seria a pessoa mais capaz de deixar uma tragédia dessas para trás e seguir adiante. Mas Snorri nunca fora o homem que eu pensava estar por trás da barba e do machado. De alguma maneira, ele era ao mesmo tempo menos que a fantasia e mais que ela.

Eu me virei e caminhei na direção dele. Tudo que eu tivesse a dizer parecia superficial, comparado à profundidade de sua dor. Palavras são ferramentas estranhas, na melhor das hipóteses, brutas demais para tarefas delicadas.

Eu quase pus a mão em seu ombro, em seguida a deixei cair. No fim, eu me conformei com um "vamos, então".

Snorri se virou, olhou para mim – como se a uma distância de mil quilômetros – depois torceu os lábios, sugerindo um sorriso. Ele assentiu e nós dois voltamos juntos.

"Vela!" Tuttugu havia voltado ao morro acima do pequeno vale enquanto eu fui buscar Snorri. Agora ele estava apontando na direção do oceano quando voltamos.

"Talvez a gente não precise andar, no fim das contas", disse eu quando alcançamos Kara.

Ela balançou a cabeça para minha ignorância. "Você não pode simplesmente fazer sinal para um barco."

"Por que ele está pulando para cima e para baixo, então?"

"Não faço ideia." Snorri disse as palavras em um tom que sugeria uma desconfiança despontando lentamente. Ele nos deixou e correu ladeira acima na direção do morro. Kara foi atrás, em um ritmo mais relaxado, comigo em seu encalço.

Os dois homens estavam agachados quando os alcançamos e Snorri fez sinal para nos abaixarmos também. "Edris", sussurrou.

Eu me arrastei ao lado de Tuttugu com os cotovelos, botando mais lama em minha roupa.

"Merda." Semicerrei os olhos para o lampejo de vela a quilômetros e quilômetros longe da costa. "Como é que você sabe, porra?"

Senti Tuttugu erguer os ombros ao meu lado. "Não sei. É o formato das velas... o jeito delas... Hardassa, com certeza."

"Como é que isso é possível?", perguntei, percebendo Kara se movendo ao meu lado, com as runas das tranças batendo com o vento.

"Os desnascidos sabiam onde procurar a chave de Loki", disse ela.

"Estava sob o Gelo Mortal! Qualquer um que ouvisse as histórias saberia... Ah." O Gelo Mortal se estendia por dezenas de quilômetros de penhascos de gelo e depois continuava por uma distância desconhecida até o inferno branco do norte. "*Como* eles sabiam onde cavar?"

"Alguma coisa os atrai", disse Kara.

"Há desnascidos naquele barco?" De repente eu queria muito estar em casa.

Kara deu de ombros. "Talvez. Ou algum outro servo do Rei Morto que possa sentir a chave."

Desci rapidamente do morro. "Melhor nos apressarmos, então." Pelo menos de fugir eu entendia.

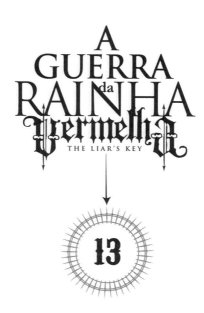

"Temos que sair daqui agora, mas em que direção?", perguntou Snorri.

"Precisamos nos afastar da orla." Tuttugu abraçou a barriga com os braços nervosos, talvez imaginando um Hardassa enfiando sua lança nela. "Tirar a vantagem deles. Senão eles nos seguirão pelo mar e virão atrás de nós à noite. E, se eles forem forçados a atracar, terão de deixar homens para vigiar o dracar."

"Vamos na direção sudoeste." Kara apontou para um morro baixo no horizonte. "Devemos alcançar a fronteira de Maladon em três ou quatro dias. Se tivermos sorte, estaremos perto de Copen."

"Copen?", perguntou Tuttugu. Eu lhe agradeci em silêncio por não me fazer exibir minha ignorância mais uma vez.

"Uma pequena cidade no Rio Elsa. O duque inverna lá. Um bom lugar para descansar e obter nossos recursos", disse Kara. Com isso ela com certeza quis dizer "para Jalan nos comprar comida e cavalos". Desse jeito chegaria a Vermillion tão pobre quanto eu achava que estava quando saí.

Nós saímos em um bom ritmo, sabendo que os homens de Hardassa estariam mais bem abastecidos e equipados... provavelmente eram melhores em todos os aspectos, considerando que nosso segundo melhor guerreiro era possivelmente uma mulher com uma faca.

O sol saiu para zombar de nós. Kara foi na frente, costurando um caminho sobre encostas cheias de urze e arbustos densos de tojo, violentamente afiados.

"Estamos chegando perto da Roda, não é?", perguntei uma hora depois, já com os pés doendo.

"Sim, vamos apenas atravessar a borda externa de seu... domínio."

"Você também está sentindo?" Snorri se atrasou para caminhar ao meu lado, andando livremente como se sua ferida não o incomodasse mais.

Eu assenti. Mesmo a quatro horas do pôr do sol eu sentia Aslaug à espreita, impaciente. Cada trecho de sombra fervilhava de possibilidades, apesar da claridade ao redor. Sua voz estava abaixo de todos os outros sons, urgente, mas indistinta, erguendo-se com o vento, vindo atrás da pergunta de Snorri. "É como se o mundo fosse... mais ralo aqui." Mesmo estando a um braço de distância de Snorri, aquela velha energia crepitava sobre o ombro perto dele, zumbindo em meus dentes, uma sensação de fragilidade, como se eu pudesse me estilhaçar se caísse. Com a velha sensação vieram novas suspeitas, com todos os avisos de Aslaug invadindo minha mente. O controle de Baraqel sobre o nórdico se fortaleceria a cada metro mais próximo da Roda. Por quanto tempo eu poderia confiar em Snorri? Em quanto tempo ele se tornaria o vingador que Baraqel pretendia que fosse, destruindo qualquer um maculado pelas trevas...?

"Você parece... melhor", disse a Snorri.

"Me sinto melhor." Ele deu um tapinha do lado do corpo.

"Toda magia é mais forte aqui", disse Kara, sem se virar. "Com respostas mais rápidas. Snorri é mais capaz de resistir ao chamado de Kelem, pois a luz dentro dele está combatendo o veneno." Ela apertou o passo e olhou em minha direção. "Não é um bom lugar para usar encantos, porém. É como acender uma fogueira em um palheiro." Eu me perguntei se Snorri havia mencionado Harrowheim a ela.

"O que é essa 'Roda', afinal? Algum tipo de máquina?" Imaginei uma enorme roda girando, dentada como as engrenagens de um moinho.

"Ninguém vivo jamais a viu, nem mesmo os magos do mal que vivem o mais perto que conseguem suportar. As sagas dizem que é o corpo de um deus, Haphestur, que não é de Asgard, um estrangeiro, um andarilho. Um ferreiro que forjou armas para Thor e Odin. Dizem que ele está lá apodrecendo e que a magia emana dele à medida que seu corpo se putrefaz." Kara olhou para mim, como se quisesse ver minha reação.

Eu mantive o rosto imóvel. Aprendi que pagãos são bem sensíveis se você rir das histórias deles. "Isso é o que os padres dizem. No que as völvas acreditam?"

"Na biblioteca de Rei Hagar, em Icefjar, há restos de livros copiados diretamente das obras dos próprios Construtores. Entendi que eles diziam que a Roda é um complexo de construções feitas acima de um grande círculo subterrâneo, um túnel de pedra, com muitos quilômetros de comprimento e que não vai a lugar nenhum. Um lugar onde os Construtores viam novas verdades."

Ponderei sobre aquilo, andando mais uma hora em silêncio. Eu imaginei o círculo de segredos dos Construtores, vendo-o brilhar em minha mente enquanto eu tentava ignorar cada nova bolha. Menos dolorosa que as bolhas, mas de alguma maneira mais perturbadora, era a sensação de que cada passo nos levava para mais perto da Roda, com o mundo ficando frágil, como uma pele esticada demais sobre o osso, prestes a ceder de repente, deixando-nos cair em algo novo e muito, muito pior.

"Olhem!", disse Tuttugu, atrás de nós, mas apontando para a frente.

Estreitei os olhos para o ponto escuro embaixo do vale raso à nossa frente. "Achei que ninguém morasse em Osheim."

"Muita gente mora em Osheim, idiota." Snorri fez que ia dar aqueles soquinhos de brincadeira no ombro que acabam deixando meu braço dormente pelas próximas seis horas. Ele parou, contudo, sentindo o velho estalo da magia, tão forte sobre seus dedos quanto foi do meu lado. "A maioria vive no Extremo Sul, em torno da Cidade de Os, mas há fazendeiros por toda parte."

Eu olhei em volta. "Fazendas exatamente de quê? Pedras? Grama?"

"Cabras." Kara apontou para alguns pontos marrons mais próximos. "Cabras e ovelhas."

Atravessamos o vale rapidamente em direção à cabana solitária. Em algum lugar no fundo da minha cabeça, Aslaug sussurrava que Snorri levantara a mão contra mim mais uma vez, insultando-me na minha frente. Um bárbaro da ralé insultando um príncipe de Marcha...

Ao chegarmos mais perto, nós vimos que a residência era uma casa redonda de pedra, coberta com telhado de urze e caniços secos. Além de um galpão que estava a apenas um inverno da extinção e de um muro de pedra seca para o gado se abrigar da neve, não havia mais nenhuma dependência e nenhuma outra residência à vista.

Um bando de cabras abatidas berrou com a nossa chegada, uma delas do telhado. Um machado estava enterrado em um tronco diante da entrada sem porta. O lugar parecia deserto.

"Veja se eles deixaram algumas peles." Acenei para a porta quando Tuttugu apareceu do nosso lado. "Estou congelando." Minhas roupas ainda pareciam úmidas e estavam fazendo um péssimo trabalho de me proteger do vento.

Tuttugu olhou para Snorri, que ergueu os ombros e saiu andando até a entrada.

"Ô de casa." Snorri parou como se tivesse ouvido alguma coisa, apesar de eu não identificar nada além da cabra no telhado, berrando como se se perguntasse como faria para descer.

Snorri deu um passo para entrar. E depois deu um passo para trás. Os dentes longos e brilhantes de algum tipo de ferramenta de fazenda o acompanhavam. "Estou sozinho aqui e não tenho nada que possa querer", respondeu uma voz enferrujada pela idade. "Também não tenho a menor intenção de deixá-lo pegar nada." Centímetro a centímetro, um metro de cabo de madeira apareceu e finalmente do outro lado surgiu um velho, alto, porém encurvado, com os cabelos, sobrancelhas e a barba curta brancos feito a neve, mas grossos, como se o degelo pudesse nos devolver o homem mais jovem.

"Tem outros, é?" Ele estreitou os olhos úmidos para Kara. "Völva?" Ele abaixou o forcado.

Kara inclinou a cabeça e disse algumas palavras no antigo idioma. Parecia uma ameaça, mas o velho aceitou numa boa e fez sinal para a cabana. "Entrem. Sou Arran Vale, filho de Hodd, meu avô..." Virou-se para olhar para nós. "Mas acho que vieram de muito longe para terem ouvido falar de Lotar Vale."

"Você precisa sair daqui, Arran." Snorri se aproximou, falando claramente. "Pegue apenas o que precisar. Os Hardassa estão vindo."

"Hardassa?", repetiu Arran, como se duvidasse da palavra ou do que acabara de ouvir. Ele inclinou a cabeça para cima, olhando para o nórdico.

"Vikings Vermelhos", disse Snorri. Esses o velho Arran conhecia. Ele se virou rapidamente, desaparecendo dentro de sua casa.

"É atrás de nós que eles estão! Devíamos pegar apenas o que precisamos e ir embora!" Eu olhei para a borda do vale lá atrás, quase esperando ver os amigos de Edris descendo as colinas com tudo.

"Isso é exatamente o que *eles* farão quando avistarem este lugar", disse Tuttugu. "Pegar o que eles querem. Reabastecer. O barco deles tem espaço para um monte de cabras." Algo nos olhos dele me disse que seus pensamentos giravam em torno de um cozido de cabra, mesmo naquele momento.

"Rápido!", disse Snorri, e bateu a mão no dintel de pedra, abaixando-se para entrar.

Olhei para trás novamente e uma figura solitária estava no alto da colina, a uns dois quilômetros de distância. "Merda." Eu estava esperando aquilo o tempo todo, mas isso não impediu a verdade de ser um choque gelado.

Arran reapareceu trazendo apenas seu forcado e na outra mão uma faca de açougueiro. Em suas costas havia prendido um arco que parecia tão velho quanto ele e igualmente capaz de quebrar caso entortasse.

"Eu vou ficar." O velho olhou para o horizonte. "Aqui é o meu lugar."

"Qual parte da 'horda de vikings' você não entendeu?" Dei um passo à frente. Bravura de qualquer tipo em geral me causa desconforto. Bravura burra assim só me deixava com raiva.

Arran não olhou para mim. "Eu ficaria grato se levassem o menino, contudo. Ele é jovem o bastante para partir."

"Menino?", retumbou Snorri. "Você disse que estava sozinho."

"Eu enganei vocês." Um sorriso fraco nos finos lábios do velho. "Meu neto está com as cabras no vale sul. A völva saberá o que é melhor para ele – mas não o tragam de volta para cá... não depois."

"Você não vai nem atrasá-los com esse... garfo."

"Venha conosco", disse Tuttugu, com o rosto triste. "Cuide de seu neto." Ele pareceu falar sério, mesmo estando claro que o homem não tinha a menor intenção de ir embora. E, se fosse, isso só nos deixaria mais lentos.

"Você não pode vencer", disse Snorri, com a voz bem grave, franzindo o rosto.

O velho fez um lento aceno com a cabeça e deu dois tapinhas no ombro de Snorri com a mão que segurava a faca. Tal gesto me fez pensar que ele nem sempre foi velho, nem era a idade que o definia.

"Ganhar não importa – só importa assumir uma posição", disse ele. "Eu sou Arran, filho de Hodd, filho de Lotar Vale, e esta é a minha terra."

"Certo... Você sabe que, se simplesmente fugisse, é provável que eles o ignorassem?", perguntei-lhe. Em algum lugar no fundo daquela conversa, os gritos de Aslaug arranhavam para serem ouvidos. *Corra!* A mensagem escorria em cada pausa. Eu não precisava de instruções – correr era o que eu tinha em mente, pode apostar. "Bem..." Olhei mais uma vez para a entrada da casa, imaginando-a cheia de capas de pele lá dentro. "Nós precisamos... ir." Uma olhada para a colina revelou meia dúzia de indivíduos agora, tão próximos que dava para ver seus escudos redondos. Eu comecei a andar para estimular os outros.

"Que os deuses cuidem de você, Arran Vale." Kara curvou a cabeça. "Farei o melhor que puder por seu neto." Ela disse as palavras como se estivesse representando um papel, mas no momento desprotegido em que ela se virou eu vi suas dúvidas – talvez suas runas e sua sabedoria fossem uma fachada, assim como meu título e minha reputação. Ela começou a me seguir. Se for bem no fundo de qualquer pessoa, encontrará um garotinho ou uma garotinha assustada tentando escapar. É apenas uma questão de quanto você precisa cavar para encontrá-los – isso e a questão do que é que realmente assusta a criança.

"Merda." Eu vi o menino, correndo em nossa direção pela longa e suave descida da ponta sul do vale, uma criança maltrapilha, de cabelos ruivos jogados para trás. Snorri acompanhou meu olhar. Eu apertei o passo, tentando interceptar o caminho do garoto, embora várias centenas de metros ainda nos separassem. Kara desviou-se para a esquerda para cobrir aquele lado, caso ele tentasse fugir de mim.

Apenas os undoreth ficaram onde estavam. "Snorri!", gritei para trás.

"Ponha-o em segurança, Jal." O tom ríspido do nórdico me fez parar no meio do caminho.

"Venham!" Eu me virei para trás, fazendo sinal para virem. Tuttugu estava ao lado de Snorri, machado em punho.

"Só importa assumir uma posição." As palavras de Snorri chegaram até mim, embora ele não tenha levantado a voz.

"Ah, meu Deus." Eles acreditaram na bobagem do velho. Eu até podia entender isso vindo de Arran, confuso pela idade e a um passo da cova, em todo caso... mas Snorri? Será que Baraqel lhe roubara a cabeça? E por que diabos Tuttugu estava ficando?

"Kara!", gritei. "Eles não vão vir!"

Mais de vinte dos Hardassa avançavam para baixo da encosta norte em uma linha grosseira de combate, com suas capas de tartã, de pele de lobo e de urso voando em volta dos ombros, os escudos baixos, os machados levantados acima da urze e os capacetes de ferro ocultando qualquer expressão.

"Pegue o menino!"

Ela se virou e começou a voltar na direção de Snorri.

"Espere. O quê?" O rosto dela não se parecia com o de alguém que se preparava para convencer Snorri do contrário. "Inferno." Com Aslaug gritando para eu fugir, meus próprios instintos gritando ainda mais alto e Kara me dizendo para fazê-lo... eu corri.

O desgraçado se desviou de mim, mas eu consegui ultrapassá-lo em uns dez passos e o agarrei pelos cabelos. Nós dois caímos no meio do capim tussock. O garoto não devia ter mais que dez anos, magrelo, mas tinha uma força desesperada, e dentes afiados.

"Ai!" Puxei a mão para trás, botando o dedo na boca. "Seu filho da puta!" Ele fugiu rastejando, jogando terra em cima de mim quando os pés se arrastavam no chão. Eu me atirei para cima dele, pegando impulso com os pés e me lançando – sabendo muito bem que estava indo na direção oposta à que queria ir. Um capim se enroscou em meu pé e caí, mergulhando com os braços esticados. Meus dedos se fecharam no tornozelo do garoto ao mesmo tempo em que meu rosto atingiu a grama.

O ar saiu de meus pulmões com uma explosão e se recusou a voltar. Fiquei caído, apertando o garoto com força suficiente para quebrar ossos e tentando desesperadamente respirar. Ao levantar a cabeça, pude ver, além dos pontos pretos boiando em minha visão, a linha dos Hardassa se aproximando dos três homens diante da cabana. Kara estava na metade do caminho entre mim e o confronto.

Estava tudo acabado. Todos nós iríamos morrer.

Com um grito, os Hardassa avançaram, lanças e machados em riste, escudos no alto.

O grito de guerra de Snorri surgiu junto com o dos Vikings Vermelhos, fazendo ecoar aquela antiga nota de alegria violenta. Não esperou que eles o cercassem e se atirou para cima do maior dos inimigos. O ataque pegou os Hardassa de surpresa, de tão confiantes que estavam por serem numerosos. Snorri saltou, metendo o pé na saliência do escudo erguido do inimigo e subindo acima dele quando o homem se segurou, e em seguida desabou com o peso. Snorri atropelou o escudo, golpeando seu machado em um arco que atravessou um elmo, depois outro e fez um terceiro sair rolando.

Tuttugu e o velho foram atrás, berrando. Ocorreu-me, quando o ar começou a voltar para meu peito, que Tuttugu seria morto nos próximos dez segundos e que eu sentiria saudade dele, apesar de ser um bárbaro gordo, fedorento e malnascido.

Vi Arran enfiar seu forcado em um viking de barba ruiva. Parte de mim, a parte criada com cavaleiros de livros de história e lendas de heróis do passado, esperava alguma demonstração de excelência marcial por parte do homem, algo que correspondesse à seriedade de suas palavras. No fim das contas, porém, por toda a sua bravura, Arran Vale provou ser apenas o que era, um fazendeiro – um fazendeiro velho, ainda por cima. Seu forcado bateu em um escudo, fazendo dois arranhões na pintura, enquanto o machado do viking pegou o pescoço dele, perdido em uma enxurrada vermelha.

Os Hardassa cercaram Snorri e Tuttugu. Em minoria desesperadora e sem defesa além dos machados em suas mãos, os últimos undoreth não tinham a menor chance. A perna que eu estava segurando parou de puxar conforme o menino começou a aceitar a realidade da situação.

Eu ainda conseguia ver Snorri, ou pelo menos sua cabeça, acima da refrega, urrando, aparentemente iluminado por sua própria luz, como os atores do palco de Vermillion acompanhados pelos refletores. De Tuttugu não havia nem sinal.

Kara estava a talvez dez metros das costas dos vikings mais próximos, sem arma na mão. Eu não sabia como eles poderiam tratá-la após a matança terminar. Será que as völvas desfrutavam da mesma situação de proteção que os padres tinham na cristandade... e será que essas tradições de santuário eram pisoteadas no norte com a mesma frequência que no sul?

O machado de Snorri se ergueu acima da turba, deixando um rastro de sangue, um espirro escarlate saindo da lâmina ao girar e descer com tudo. O braço que o segurava brilhava com tanta força que formava sombras do sangue espalhado em sua extensão. Era tanta força que doía olhar. E então, com um barulho que eu senti em meu peito, em vez de ouvir, um brilho se acendeu dentro da aglomeração viking, formando uma floresta negra de braços e troncos. Por um instante, eu não consegui ver nada além das imagens residuais gravadas em meus olhos, as silhuetas de machados e escudos, o emaranhado de braços. Ao piscar os olhos, detectei uma figura surgindo no meio da batalha, empurrando homens para os lados, arrastando alguma coisa. Uma figura brilhante.

"Snorri!" Fiquei de joelhos, soltando o garoto e apertando as palmas das mãos nos dois olhos para retirar os últimos resquícios de cegueira.

Snorri começou a se aproximar, arrastando Tuttugu pelo pé. Ele parou perto de Kara, virou-se e arrancou a lança que trespassava a barriga de Tuttugu. Ele jogou a haste para o lado, com a luz que emanava sumindo a cada instante, e seguiu em frente, puxando seu amigo com um grunhido de esforço. Atrás dele os vikings praguejavam e arranhavam os olhos. Pelo menos um deles abateu um colega, golpeando seu machado em um arco feroz quando levou uma trombada de um cego tentando escapar.

Kara não se mexeu para ir atrás. Ela ficou parada, ainda de frente para o inimigo, levantando as mãos até a cabeça. Em um movimento abrupto, ela arrancou dois punhados de runas do cabelo e as espalhou pelo chão à sua frente, como um fazendeiro semeando grãos.

Snorri chegou até mim e o garoto, e caiu de joelhos. Ele tinha um talho no braço e outro em seu quadril. Ferimentos feios, mas a verdade é que ele deveria estar em pedacinhos ensanguentados. Atrás dele, Kara andava de um lado para outro onde as runas caíram, entoando algum cântico.

"Por que diabos...?" Eu tinha perguntas demais e minha indignação crescente não me deixava estruturá-las.

"Não podia deixá-lo ficar sozinho, Jal. Não depois de atraí-los até a casa dele."

"Mas..." Estendi o braço pelo terreno em volta, de um modo geral. "Agora nós vamos fugir? Com Tuttugu morto?"

"O velho morreu." Snorri olhou para o menino. "Lamento, garoto."

Ele deu de ombros. "Não é minha terra. Nenhum motivo para ficar depois que Arran se foi."

"Não estou morto." Uma voz fraca atrás dele. Em seguida, com menos certeza: "Estou?".

"Não." Kara passou por nós, apressada. "Vamos." Ela disse a última parte por cima do ombro. Algumas runas ainda se balançavam em suas costas, mas a maioria das tranças havia perdido as suas.

Tuttugu se sentou, apalpando-se, com uma expressão desnorteada. Ele cutucou o buraco encharcado de sangue onde o justilho apertava sua barriga. Foi aí que entendi por que Snorri estava de joelhos com a cabeça baixa.

"Você o curou! E a luz..." Parei de falar, olhando além dos undoreth até onde os Vikings Vermelhos estavam, esfregando os olhos, alguns se levantando onde haviam caído, olhando em volta conforme recuperavam a visão. Entre nós, onde Kara semeara suas runas, o chão parecia se elevar em um ponto e afundar no outro. Um dos Hardassa parou de piscar em sua momentânea cegueira e nos avistou. Ele começou a perseguição, de machado em riste para o golpe.

"Que inferno!" Olhei em volta. Snorri e Tuttugu não pareciam estar em estado de lutar. Kara provavelmente teria uma faca fina, se fosse usá-la, para enfrentar o homem do machado. Sobravam eu, minha adaga e um menino desarmado. Não tinha certeza da idade dele – dez? Onze? Doze? O que é que eu sabia sobre crianças? Cogitei empurrar o garoto para a frente primeiro.

O Viking Vermelho correu mais uns doze passos. À sua esquerda, o chão se ondulou, o gramado se partiu e uma enorme cobra surgiu das entranhas da terra. Ela o pegou com a boca, mergulhou de volta e em dois segundos foi engolida pelo solo como se fosse uma serpente marinha.

"O quê...?" Foi o que consegui dizer, uma expressão de descrença mais do que uma pergunta. Outras cobras romperam a superfície, menores, da espessura de um homem, vistas apenas por momentos dispersos e desaparecendo. E a cor delas, tiradas de uma paleta que jamais vira, com um padrão em tons de marrom cristalino, confundindo a visão, como se fossem uma coisa à parte do mundo.

"Crias da Serpente de Midgard – a grande serpente que engloba o mundo." Kara parecia tão impressionada como eu estava.

"Quanto tempo elas ficarão?" As cobras se atinham ao local onde Kara jogara suas runas, formando uma barreira para nos proteger. Agora que os outros Hardassa estavam recuperando a visão, eles se afastaram, com os escudos levantados, como se um escudo pudesse deter serpentes assim, tanto quanto o muro de um castelo.

"Não sei." Assim como eu, Kara não conseguia desviar o olhar. "Isso nunca aconteceu antes. O encanto pode fazer as pessoas imaginarem cobras, fazê-las acreditar que grama se contorce diante delas e tenham medo de pisar ali... isso é além..."

"É a Roda", Tuttugu disse, ainda examinando seu justilho rasgado e ensanguentado onde a lança o perfurou.

"Vamos." Snorri se levantou com esforço. "Não vai demorar muito para eles pensarem em simplesmente dar a volta."

Nós abrimos uma boa vantagem enquanto os Hardassa pararam para fazer um balanço, tratar seus ferimentos e pensar em seu problema com cobras. Nos morros e colinas depois do vale, chegamos até a perdê-los de vista, mas em pouco tempo poderiam nos ultrapassar novamente.

"Estamos chegando mais perto da Roda?" Demorou uma hora até eu perceber: o ato de pôr um pé na frente do outro estava consumindo toda a minha energia.

"Nossa única chance está na magia – não podemos ultrapassá-los, nem derrotá-los." Kara olhou para a perseguição lá atrás. "Nessa direção ficaremos mais fortes."

Kara podia estar ficando mais forte, mas eu me sentia mais fraco a cada metro. De todos nós, apenas o menino, Hennan, ainda tinha alguma energia restante. O som distante de um chifre nos alcançou e eu descobri que podia andar um pouquinho mais rápido, no fim das contas.

"Parece..." Dei mais alguns passos antes de encontrar a força necessária para terminar a frase. "... que a Roda pegou você também. Só demorou um pouco mais."

Era assim que vó Willow contava. A Roda puxava você até ela. Podia ser com lentidão ou rapidez, mas no fim você ia, achando que era ideia sua, cheio de boas razões. Eu me perguntei como Hennan e seu avô viveram ali por tanto tempo sem sucumbir. Talvez a resistência estivesse no sangue deles, passada de uma geração à outra.

A mancha no céu se tornara mais escura e as pedras irregulares que saíam da terra formavam longas sombras. De alguma maneira, meu temor de encontrar Aslaug naquele lugar era apenas um pouco menos intenso do que meu medo saudável das pontas afiadas que os Vikings Vermelhos carregavam atrás de mim.

Nós continuamos nos esforçando para atravessar o terreno cada vez mais retorcido, passando por um urzal selvagem onde as eventuais árvores subiam enviesadas na direção do céu, inclinadas pelo vento norte. Pedras irrompiam no solo com uma frequência cada vez maior. Pedaços escuros de basalto que pareciam ter surgido do leito rochoso mas que deviam ter sido colocados de pé por homens. Em certos lugares, havia campos inteiros dessas rochas enfileiradas, marchando ao longe, apontadas na direção da Roda. Não me restavam forças para admirá-las. Mais tarde nós passamos por cacos pretos de vidro vulcânico, alguns pedaços maiores que um homem, afiados como as lâminas que faziam antigamente com elas. Eu vi meu rosto refletido nas superfícies brilhantes de obsidiana, distorcido como se estivesse se afogando horrorizado dentro da pedra — e não olhei mais. Mais adiante a obsidiana crescia em árvores retorcidas e afiadíssimas.

Mais perto da Roda as rochas assumiam formas perturbadoramente humanas, numa escala que ia do tamanho da cabeça de um homem até maiores que os salões de meu pai. Eu tentei não ver os rostos nem o que estavam fazendo uns aos outros.

Vez ou outra eu dava uma olhada em Snorri enquanto andávamos – tentando avaliar que tipo de controle Baraqel poderia estar exercendo sobre ele ao nos aproximarmos da Roda. Várias vezes eu o peguei lançando olhares furtivos na minha direção, apenas confirmando minhas dúvidas.

Em um local, nos deparamos com um círculo de pedaços de obsidiana, afiados como facas, cada um mais alto que Snorri e apontado para o céu, embora dispostos como se alguma grande força no centro do círculo os tivesse empurrado para fora. Num raio de cinquenta metros o urzal estava destruído, a terra preta, apenas com um ou outro caule retorcido de urze transformado em carvão. Alguma coisa prateada brilhava no centro. Apesar de nossa necessidade de correr, Kara nos desviou na direção do círculo.

"O que é?" Snorri fez a pergunta às costas de Kara, que se aproximava das pedras eretas. Era como se pérolas de brilho suave decorassem a terra preta dentro do círculo, formando o esboço de uma explosão no centro. Kara passou entre dois cacos e entrou no círculo. Ela se apoiou sobre um joelho e arranhou o solo queimado com sua faca. Pareceu que o brilho se intensificou à sua volta. Um instante depois ela se levantou, com alguma coisa brilhando nas mãos, transformando seus dedos em palitos escuros.

Quando ela voltou eu vi que o que estava segurando não era nem prata nem pérola. "Oricalco." Ela afastou uma mão. Uma esfera de metal do tamanho de um punho estava sobre a palma da outra, com a superfície brilhante, acesa com sua própria luz prateada, mas que se partia com reflexos coloridos como óleo na água, um se movendo para o outro, em uma dança lenta, misturando-se e separando-se diante dos olhos.

"Isso nos ajudará a combater os Hardassa?", perguntou Snorri.

"Não." Kara seguiu o caminho em frente. "Tome, Tuttugu."

Tuttugu aceitou a grande esfera. Imediatamente a luz dela morreu e se tornou um mero metal brilhante, como uma gota sólida de mercúrio.

"Uma magia foi feita naquele círculo há muito tempo." Kara pegou a esfera novamente e o brilho retornou. "Oricalco aparece no mundo em lugares assim, embora nunca tenha ouvido falar de descobertas em tanta quantidade. Skilfar tem um pedaço." Ela estendeu o polegar e o indicador para mostrar o tamanho, pequeno como uma ervilha. "Um dos usos para ele é avaliar o potencial de uma futura völva. Não diz nada sobre sabedoria, mas diz muito sobre afinidade com feitiços. Este brilho é o meu potencial. O treinamento e o conhecimento me ajudarão a fazer bom uso dele, assim como um guerreiro aprimora seus pontos fortes em habilidades."

"E quando foi que Skilfar a segurou para entregá-la a você?", perguntou Snorri.

Kara balançou a cabeça. "Ela me pediu para retirá-la de uma tigela sobre a prateleira em sua caverna. Mas semanas depois eu a vi passar debaixo da prateleira e o brilho dentro da tigela era mais forte do que é agora em minha mão." Ela a estendeu para Snorri. "Experimente."

Snorri estendeu a mão, sem diminuir o ritmo da caminhada, e ela soltou o oricalco na palma dele. Imediatamente, a pedra se acendeu por dentro, tão forte que me fez desviar o olhar. "Quente!" Ele a passou rapidamente de volta.

"Interessante." Kara não pareceu decepcionada por ter sido superada. "Dá para ver por que a Irmã Silenciosa o escolheu. Jal, tente você." Ela segurou a pedra para eu pegar.

"Já estou por aqui de feitiçaria pagã." Mantive distância e escondi as mãos debaixo dos sovacos. "Da última vez que fizemos algo desse tipo acabei sendo perfurado." Na verdade, eu não queria me mostrar como um embotado diante dela. Tuttugu podia parecer satisfeito em não despertar nada no metal – mas um príncipe nunca deve ser visto fracassando. Principalmente por uma mulher a quem espera impressionar. E aquilo foi um sorriso que eu vi no rosto de Snorri por ter me superado mais uma vez? Aslaug tinha dito que o nórdico queria me usurpar, e agora os sussurros surgiram no fundo de minha mente para confirmar aquilo. Por um momento, imaginei que os Vikings Vermelhos realmente haviam-no matado. Será que isso teria sido tão ruim?

"Está com medo?" Kara ainda segurava o oricalco na minha direção.

Para mudar de assunto, perguntei: "Escolheu? Ninguém o escolheu – nem a mim. Foi um acidente que nos envolveu na maldição da Irmã. Uma fuga por acaso, um encontro acidental". Eu era dispensável, um principezinho inferior deixado para morrer no incêndio dela, um preço aceitável a se pagar para acabar com um desnascido. E meu "encontro" com Snorri não havia nem de longe sido planejado. Eu corri direto para cima dele, cego de pavor, enquanto tentava escapar da rachadura que se espalhava do feitiço rompido de minha tia-avó.

"Creio que não." Kara não disse mais nada enquanto subíamos uma elevação. No alto ela continuou: "O feitiço da Irmã Silenciosa não se adequaria a qualquer homem. É poderoso demais. Nunca ouvi falar em nada parecido. Até Skilfar ficou impressionada – ela nunca disse isso com essas palavras, mas deu para perceber. Um feitiço como o da Irmã precisou de duas pessoas para levá-lo e para fortalecê-lo a partir da primeira semente. Duas pessoas – opostas –, uma para a parte escura, outra para a iluminada. Isso não seria deixado ao acaso. Não, isso deve ter sido planejado com muita antecedência... para unir dois indivíduos tão raros assim".

Eu ouvira o bastante. O oposto de Snorri. Covarde, enquanto ele era herói; ladrão, enquanto ele era honesto. Devassidão contra fidelidade. Tão mágico quanto lama, contra o potencial brilhante dele. Tudo que eu tinha para me consolar era ser príncipe, e ele plebeu... Pelo menos estava feliz em me descobrir tão apropriado para a bruxaria quanto um paralelepípedo. A magia sempre me pareceu um trabalho árduo e perigoso... não que exista alguma palavra que se possa colocar depois de "trabalho" para torná-lo atraente. Certamente nem "perigoso" nem "árduo".

Nossa ordem de marcha mudou conforme os quilômetros passaram. O garoto ficou cansado e ficou para trás com Tuttugu, cuja carga de energia por ter sido curado parecia gasta. Snorri, Kara e eu, porém, abandonamos nosso cansaço. Eu percebi uma empolgação sombria crescendo em mim. Cada vez que eu passava pelas sombras formadas pelos menires eu ouvia Aslaug, e sua mensagem agora era uma simples promessa: "Eu virei". E, embora eu temesse sua chegada, aquela ameaça borbulhava dentro de mim como uma alegria negra, torcendo meus lábios em um sorriso que provavelmente me assustaria, se tivesse um espelho para vê-lo.

Chegando ao topo de uma montanha um pouco mais alta que as outras nós paramos. Ao virarmos para trás, vimos o inimigo pela primeira vez desde a cabana. Nós esperamos Tuttugu e Hennan alcançarem nossa posição.

"Contei vinte deles", disse Snorri.

"Tinha essa quantidade na casa de Arran, antes do ataque", disse Tuttugu, ofegante. "Cerca de vinte."

"Você não conseguiu matar *nenhum* deles?" Nem tentei disfarçar o tom de reclamação de minha voz.

"Seis, acho", grunhiu Snorri. "Estão nos seguindo com os outros."

"Ah." Eu me virei para Kara. "Você se lembrou da necromante quando disse que a magia era nossa única esperança? Porque parece que ela está nos seguindo."

Quinhentos ou seiscentos metros do outro lado de um amplo vale, nosso inimigo se aproximava em um grupo unido, sem pressa, porém implacável. Eu dei alguns passos para me afastar um pouco mais de Snorri. A pele do lado do corpo mais próximo dele estava ardendo e juro que por um momento vi rachaduras saírem de meu braço em direção a ele, como um relâmpago negro se bifurcando no ar.

Nós seguimos adiante. Descemos correndo pelo outro lado da montanha, com a urze batendo em nossos tornozelos. Lá embaixo, nós esperamos Tuttugu nos alcançar novamente.

"O sol irá se pôr em breve. Nós os enfrentaremos nessa hora." Snorri me olhou de soslaio. "Baraqel me dará forças também. Ele fica mais próximo ao amanhecer, mas o pôr do sol é outro momento em que pode se aproximar – especialmente aqui."

Eu assenti, de repente sem confiar nem um pouco no nórdico. Cada palavra que ele dizia parecia uma mentira e quando eu piscava quase dava para ver as asas de Baraqel se abrindo nos ombros de Snorri. Mesmo assim, à nossa frente estava a Roda e todos os pesadelos já sussurrados em histórias ao pé da fogueira. Eu não iria correr para ela só para evitar um machado. Além do mais, depois que Aslaug aparecesse eu sentia que ela não me deixaria correr para lugar nenhum, a não ser direto para o inimigo, não importa quem fosse.

O vento ainda soprava, indeciso agora, cheio de lembranças do inverno. A área estava estranhamente calma, com o grito solitário de um maçarico parecendo uma impertinência. Senti cheiro de chuva se aproximando.

"Eles não têm mais muita energia", disse a Kara quando Tuttugu se aproximou. Hennan parecia quase um morto-vivo, apesar de não termos ouvido nenhuma reclamação dele. O menino enxugou o nariz ao se aproximar, com lama seca ainda em seus cabelos de quando eu o derrubei enquanto corria para ficar com seu avô.

Tuttugu chegou e levantou o machado como saudação, a lâmina escura com sangue seco, com o gesto marcado pelo esgotamento.

Snorri agarrou a parte de trás do justilho de Hennan quando ele passou, levantando-o do chão e o colocando sobre os ombros com um só braço. "Você vem de carona", disse ele. "Não vou cobrar."

Tuttugu olhou para mim. "E Jal me carrega?"

Eu ri contra a vontade e bati a mão no ombro dele. "Você devia vir a Vermillion, Tutt. Pescar na ponte para sobreviver e sair comigo à noite para escandalizar a alta sociedade. Você iria amar. Se é que o calor não derrete os vikings."

Tuttugu sorriu. "O chefe de guerra dos undoreth aguentou."

"Ah, mas até Snorri ficou queimado nas extremidades – e olha que ele passou a maior parte do tempo em belas celas escuras..."

"Qu..." Tuttugu conteve sua resposta e parou para olhar.

Quando chegamos ao alto de outra dobra no terreno, uma passagem arqueada se revelou em nosso caminho. De pedra gasta, alta como uma árvore, estreita, e com runas gravadas em baixo-relevo. Kara correu à frente para examinar os entalhes.

"Hum, isso é bom." Andei pela passagem, ignorando os chiados de alerta de Kara. Uma parte considerável de mim esperava, embora sem convicção, que eu me encontrasse em algum lugar novo ao sair pelo outro lado do arco. Algum lugar seguro. Infelizmente, eu apenas cheguei à grama do outro lado e olhei para os nórdicos lá atrás, com os cabelos voando no rosto em uma rajada repentina.

"O que é isso?", perguntei.

"Algo para a gente apoiar as costas", disse Snorri.

"Uma obra dos magos do mal." Kara esticou o pescoço a fim de olhar para as runas acima dela. "Uma passagem para outros lugares. Mas abri-la está além de todas as minhas capacidades. E é bem provável que esses lugares sejam piores que este aqui."

"Parece que qualquer um desses magos do mal podia tomar o trono do Império e fazer a Centena se curvar às suas vontades, já que sua magia é tão forte." Acompanhei o olhar dela pela pedra. Runas haviam sido entalhadas do meu lado também. Algumas me lembravam daquelas que a Irmã Silenciosa fez subirem pelas paredes do teatro de ópera, e de repente eu senti novamente aquelas terríveis chamas de cor violeta, enchendo meus ouvidos com os gritos das pessoas que deixei queimando.

"Por Hel, eles podiam dominar o mundo todo com magia assim." Tuttugu se recostou na pedra e deslizou para se sentar apoiado à base. Snorri tirou Hennan de suas costas e ergueu seu machado para inspecionar a lâmina.

"Os magos do mal são ligados à Roda", disse Kara. "E, com o tempo, isso destrói cada um deles. Seu poder diminui rapidamente ao se afastarem do centro. Não que muitos deles tenham força de vontade para sair, em todo caso. Kelem foi o único mago do mal a realmente escapar deste lugar." Seus dedos passaram entre as tranças, retirando a maioria das runas que ainda estavam penduradas no cabelo, preparando-se para a luta.

"Você disse que abrir a passagem estava além de suas habilidades..." Eu franzi o rosto para a völva, que estava com a expressão resignada, mas ainda intensa. "Mas, antes de hoje, aquele feitiço com o qual invocou serpentes havia apenas feito a grama ondular..."

Ela olhou para Snorri, de pé ao lado dela. "Dê-me a chave – não há muito a perder a essa altura... Vou tentar abrir a passagem."

"Quê?" Ele olhou para o espaço aberto entre nós. "É um arco. Não tem fechadura."

Kara tocou o punho esquerdo cheio de runas em um símbolo no suporte esquerdo, os olhos estreitos de concentração, os ecos de alguma litania interna mexendo seus lábios. Ela cruzou para o lado oposto e atingiu um segundo entalhe com o punho direito. "Dê-me a chave. Posso fazer isso funcionar."

Snorri olhou desconfiado. Eu senti certa alegria em descobrir que não era só a mim que ele não confiava o presente de Loki. "Oriente-me", disse ele.

A völva lhe lançou um olhar apertado. "Não temos tempo para discutir, só..."

"Mostre-me como e eu faço." Dava para ouvir o rosnado em sua voz. Aquilo não estava aberto à discussão.

Kara olhou para o cume mais próximo, onde os Hardassa logo apareceriam. "De acordo com as runas, parece que este arco foi uma tentativa de abrir as portas de vários lugares aonde os homens não deveriam ir. Aqui", apontou ela para o primeiro símbolo que tocara, "escuridão; ali, luz. Para atravessar quilômetros neste mundo, é preciso pegar atalhos em lugares assim."

"Abra a porta para a luz", disse Snorri.

"Nem a pau!" Agora eu percebi o plano dele: libertar Baraqel e sua laia sobre o Império Destruído. "Pegue o caminho das trevas – Aslaug pode nos guiar."

"Não!" Talvez fosse a primeira vez desde que enfrentara Sven Quebra-Remo que eu ouvia raiva de verdade em sua voz. Um nimbo de luz se acendeu à sua volta, tingido com o vermelho do céu poente. "Não vamos pegar esse caminho."

Minha própria fúria cresceu com o rosnado no rosto traiçoeiro do nórdico. Uma raiva negra correndo em minhas veias, sombria e eletrizante. A ideia de ter sentido medo de Snorri me parecia tão ridícula como a ideia de ter confiado nele. Agora eu sabia que a mera força dos músculos não lhe serviria de nada quando eu fosse destruí-lo. Eu o olhei nos olhos. O desgraçado queria Baraqel à solta no mundo. Tudo que Aslaug dissera havia se revelado verdadeiro. Snorri era um servo da luz agora. "Kara, abra a porta da noite."

"Não." Snorri deu um passo à frente e eu fiz o mesmo, até estarmos cara a cara debaixo do arco vazio. A escuridão fumegava em minha pele e eu senti as mãos de Aslaug sobre meus ombros, frias e estabilizadoras. A luz que ardia em volta de Snorri agora saía de seus olhos. Existe a luz que traz o calor e o conforto dos primeiros dias de verão, e existe o clarão do sol do deserto, onde a luz passa de confortável para cruel – a luz que Baraqel enviou através de Snorri ia além disso, chegando a algo que não foi feito para humanos, tão forte que não havia lugar para nenhum ser vivo.

"Kara!", bradei seu nome. "Abra."

Snorri ergueu o punho, talvez inconsciente do machado que estava segurando. "Não vou aceitar aquela puta da noite..."

Eu o golpeei. Sem pensar. E o impacto quase me ensurdeceu. Uma explosão de trevas-luz nos atirou metros para trás, mas ficamos de pé em segundos, lançando-nos um para cima do outro, urrando.

Apenas a entrada de Tuttugu na passagem, interpondo-se, impediu um segundo choque ainda mais violento. Snorri se pegou segurando o machado de seu pai acima da cabeça do único outro undoreth vivo. Eu me peguei, com as mãos esticadas em forma de garra, alcançando o rosto de Tuttugu.

Snorri abaixou a mão e deixou o machado cair. "O que... o que estamos fazendo?" O momento de loucura passou.

Eu estava saltando para cima de Snorri, que empunhava um machado, sem nada nas mãos. "Nossa – é este lugar!" Nenhum de nós era dono de seus próprios atos. Um pouco mais e ambos seríamos fantoches das manifestações que carregávamos dentro de nós. "Precisamos sair daqui antes que isso nos mate."

"Os Vikings Vermelhos provavelmente vão fazer isso antes de Osheim." Kara se insinuou, passando por Tuttugu para ficar entre nós. Ela empurrou nós dois para trás. "Vou tentar abrir a porta que eu achar que tiver mais chance de sucesso." Ela levantou a cabeça para olhar para Snorri. "E se você não quiser soltar sua preciosa chave, então sim, eu o orientarei." Apagou a frustração de seu rosto e empurrou Snorri para trás mais alguns centímetros, depois se virou na direção da passagem, com os olhos fazendo aquele negócio desfocado de bruxa. "Ali!" Ela foi para o lado dele, apontando para um ponto arbitrário no ar, com a cabeça inclinada de lado, olhando para o infinito na direção do dedo.

Com uma careta, Snorri pegou a chave em sua corrente, aproximou-se e a ergueu até o ponto indicado. O pretume daquele troço parecia estranho comparado à escuridão crescente. Não havia nada de escuro ali naquele preto, mas algo completamente diferente, talvez a cor das mentiras ou do pecado.

"Nada." Snorri guardou a chave. "Esse rebuliço todo e... nada." Ele se curvou para pegar o machado. "Sinto muito, Jal. Sou um péssimo amigo."

Ergui a mão para perdoá-lo, ignorando o fato de que tinha batido nele primeiro.

Snorri se afastou, balançando seu machado. O inimigo logo chegaria até nós e o nórdico precisava se preparar. O machado formou arcos cintilantes conforme ele desenhou um oito e depois, virando-se com o movimento, inverteu os cortes para cima. Snorri fazia aquilo parecer quase uma arte, mesmo com uma arma tão rudimentar. À minha esquerda, Tuttugu se preparava, apertando o cinto e limpando sua lâmina com o saco de lona. A coragem não lhe vinha naturalmente, pelo menos não do tipo que os guerreiros enaltecem, mas ele já havia recebido seu golpe mortal naquele dia e agora se preparava para morrer outra vez.

"Nós podíamos simplesmente lhes dar a chave." Achei que alguém devia dizer o óbvio. "Deixá-la aqui e seguir a oeste para Maladon."

Todos me ignoraram. Até o menino – e ele não fazia a menor ideia do que eu estava dizendo, então aquilo me pareceu bem desagradável. Dez ou onze anos certamente era muito pouca idade para conseguir ver além do exterior lustroso de Príncipe Jalan, não?

Eu teria saído sozinho, mas a armadilha da Irmã Silenciosa se tornara mais forte a cada passo que demos na direção da Roda. Eu duvidava que conseguisse andar cem metros até que a rachadura se abrisse e Baraqel se libertasse de Snorri, enquanto Aslaug saísse de mim.

"O sol está se pondo", disse Kara desnecessariamente.

"Eu sei." A sombra da passagem arqueada se esticou na direção da Roda, cheia de possibilidades. Eu senti a respiração de Aslaug em minha nuca outra vez – ouvi os arranhões secos na porta que a prendia.

Os Vikings Vermelhos apareceram no alto da colina, tão perto que eu pude ver os detalhes em seus escudos: serpentes marinhas, pentágonos de lanças, o rosto de um gigante cuja boca era a saliência do escudo... Os ferimentos fatais que Snorri havia distribuído agora reluziam à luz avermelhada e minguante – um homem rachado da clavícula até o quadril do lado oposto, outro sem cabeça e levado por um guia, mais atrás. Em algum lugar naquele grupo, Edris Dean nos observava por trás de uma máscara viking. Será que a necromante estava lá também, coberta de peles, com um escudo no braço? Ou será que ela espionava à distância, separada, como tantas vezes antes? De repente, minha bexiga se declarou cheia além da conta.

"Vocês acham que há tempo...", comecei a falar, mas aqueles desgraçados dos Vikings Vermelhos me interromperam com seus gritos de guerra e iniciaram o ataque.

Acabou que havia tempo. Eu saquei minha faca e, com as pernas molhadas, preparei-me para enfrentar o ataque de quase duas dúzias de nórdicos.

Alguma coisa mudou.

Apesar de não ter feito barulho, a passagem desviou meu olhar do ataque daqueles homens com machados. Ela estava completamente negra e a escuridão jorrava dela, fluindo gelada em meus tornozelos, encorpando a sombra à nossa frente.

"Jalan." Aslaug surgiu do chão sombreado como uma mulher se levantando sob os lençóis de sua cama, primeiro encoberta, com a forma imprecisa, em seguida puxando-os em volta de si, cada vez apertando mais, até estar finalmente definida, de pé à sua frente. Ela estava diante de mim, de costas para o inimigo, e eu me preenchi com sua força, vendo o mundo com uma clareza perfeita, com a escuridão fumegando em minha pele. "Isto aqui não é lugar para você, meu príncipe." Ela sorriu, os olhos brilhando, pretos de loucura.

O primeiro dos Hardassa, um jovem ladrão de pés ágeis, correu na direção de Aslaug, prestes a enterrar seu machado entre as escápulas dela. Mas ele parou bruscamente, empalado em uma perna preta afiada, fina como a de um inseto e parecendo sair das costas de Aslaug, embora eu não pudesse ver onde nem como. Aquilo era novidade – ela estava realmente *aqui*, pessoalmente. "Podemos ir?", perguntou enquanto o homem morria, engasgado com seu próprio sangue. Ela fez sinal com os olhos na direção da passagem.

Snorri encontrou a próxima leva de homens, entalhando o rosto do primeiro em perfeita sincronia, os braços longos totalmente esticados. Ele se desvencilhou, com um salto, do homem que estava meio passo atrás, girando para golpear sua nuca conforme o impulso o fez passar direto. Tuttugu – já encurralado do outro lado da passagem – escorregou para o lado com uma habilidade louvável e deixou o primeiro de seus inimigos bater na pedra, de modo que sua arma lhe escapulisse das mãos. Tuttugu respondeu enterrando sua lâmina no esterno do homem.

Outros homens vieram pela esquerda de Tuttugu, mantendo-se longe da abertura esquecida dentro da passagem. Kara atirou suas runas neles, um mísero punhado. Cada uma se transformou em uma lança de gelo, atiradas com mais força até do que Snorri conseguiria. As hastes perfuraram escudos, malhas, carne e ossos, deixando os inimigos olhando, confusos, para os buracos abertos neles.

"Jalan?" Era Aslaug, tirando minha atenção da luta. Mãos pequenas agarraram minha perna. O menino. Sabe lá Deus por que ele me escolheu para protegê-lo... Mais dois Hardassa nos atingiram, tentando se desviar de Aslaug. Ambos caíram estatelados para a frente, presos em fios escuros como uma teia. "Você precisa ir", disse ela. Atrás dela, o homem trespassado em sua perna de inseto levantou a cabeça e me olhou com o apetite devorador daqueles que voltam dos mortos. De sua boca aberta saiu aquele rugido indecifrável que os mortos têm em lugar da linguagem. Aslaug o sacudiu para longe em uma chuva vermelha quando ele começou a se debater. "A minha magia não é a única aqui."

Snorri segurou um machado logo abaixo da lâmina quando ia na direção dele. Ele girou para seu agressor, um ruivo barbudo forte, até suas costas comprimirem o peito do outro homem, com a nuca pressionada à máscara do inimigo. Com os braços abertos, ainda segurando o machado e sua arma livre do outro lado, Snorri girou para cima de outros agressores. Seus golpes bateram nas costas do viking ruivo barbudo, que agora estava lhe servindo de capa. Snorri deixou o homem cair, levando consigo seus machados Hardassa. Desimpedido outra vez, ele decepou seus dois inimigos mais próximos.

Um som violento atrás de mim, e a passagem pulsou com uma luz repentina, como uma ferida clara na escuridão. Do turbilhão resultante, escuro, com partículas brilhantes, surgiu Baraqel, de asas douradas, uma espada de prata na mão, claro demais para contemplar, aproximando-se de Aslaug. Ao mesmo tempo, o chão à nossa volta começou a ferver, com ossos vindo à superfície como pedaços de carne em uma sopa posta no fogo. Ossos e mais ossos, crânios aqui e acolá. O solo turfoso vomitava ossos de braços, de pernas, um pedaço encontrando o outro e se juntando, ligando-se com cartilagem velha e tendões manchados que resistiram à putrefação.

"Este é um lugar de morte!", gritou Kara, da outra ponta do arco. "A necromante..." Ela se interrompeu para enfiar sua faca em uma mão esquelética segurando sua perna, mas outros Hardassa a cercaram rapidamente.

Os mortos espalhados pelo rastro de Snorri também começaram a se levantar. Mãos ossudas fustigavam os pés de Baraqel, estendendo-se até Aslaug. As manifestações de trevas e luz, em vez de partirem um para cima do outro, como Snorri e eu fizéramos, tiveram de parar a fim de lidar com a necromancia que surgiu para derrubá-los.

"Corram!", gritou Kara, que, livre das garras dos ossos, mergulhou de cabeça na passagem.

Eu hesitei por um momento. Ela se parecia muito com uma versão mais larga da rachadura que me perseguira em Vermillion. A passagem fervilhava com escuridão e luz guerreando, uma mistura que eu já vira reduzir as pessoas a pedacinhos ensanguentados e bem espalhados. Até onde eu sabia, pedacinhos de Kara agora decoravam a grama do outro lado do arco.

"Não faça isso!", chiou Aslaug, com mais membros saindo de seu tronco para prender nórdicos ao chão antes que pudessem me alcançar. Membros longos, finos, peludos. "Fique!" Quando o arco estava escuro ela queria que eu atravessasse, mas agora queria que eu ficasse?

Aquilo me convenceu. Corri na direção do redemoinho claro-escuro.

"Espere!" O grito de Aslaug era uma mistura de raiva e angústia. "A völva mentiu para você, ela é uma..."

Saltei. O peso em minha perna me disse que o menino estava conosco. Todos os sons atrás de mim desapareceram em um instante e eu comecei a cair.

A melhor coisa que posso dizer sobre o que se seguiu é que provavelmente doeu menos do que ser esquartejado com um machado.

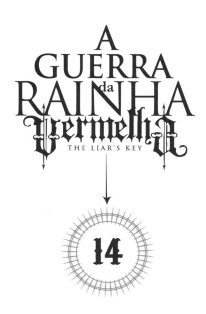

Estou caindo. Atravessei um arco e agora estou caindo, fazendo um buraco com o meu formato através da noite infinita, até que ela finalmente termina, caindo por uma branquidão ofuscante, tão ruim quanto a escuridão, atravessando pontas e espinhos, atravessando uma dor tão forte que leva o tempo embora, e finalmente entrando em sonho. Matéria fria e envolvente de sonho, cinzenta como nuvens...

Eu caio gritando pela base de nuvens, esquecendo de medo que isso é sonho, e enfim desperco no meio do castelo de sete torres de Ameroth, onde minha avó está sitiada por um exército de cinquenta mil soldados. Um exército manejado como uma arma pelo líder Kerwcjz. Chamam-no de Devastador de Slov – o punho de ferro do Czar Keljon, que vive nas estepes do leste, mas que preferia estar sentado em Vyene, imperador por direito de guerra.

Mais uma vez nos encontramos sobre a muralha externa, em cima da vastidão de uma das sete torres. Como estávamos bem alto, a fumaça nos circundava, encobrindo o céu, tão densa que, se eu não tivesse caído do céu e descido até o incêndio, seria difícil saber se a manhã já havia se levantado.

Vovó está lá novamente, Alica Kendeth – princesa de Marcha Vermelha, nem vinte anos ainda, com espada em punho, a armadura surrada, a douração gasta, a laca descascando onde os golpes amassaram o peitoral. Com o mesmo olhar de ferro de quando atirou uma flecha no coração de sua irmã. Ela é mais alta que eu, mas Ullamere Contaph é muito maior que ela, com sua armadura turcomana preta feito um demônio e uma ferida arroxeada que saía do osso nasal passando pelo canto da boca.

Pedras partidas e pedaços das ameias se espalham pelo alto da torre. Soldados defendem as muralhas, menos numerosos que antes. Os mortos estão empilhados ao lado da escadaria na entrada da torre. Há mortos em duas pilhas, uma salpicada com o sangue de Marcha, a outra mais variada. Homens de Slov jazem ali, misturados com guerreiros de Mayar. Há um cavaleiro de Sudriech, e jogados em cima dele dois machadeiros de Zagre, os rostos tatuados com as proteções azuis preferidas por aqueles povos. Houve um ataque, foram virados recentemente. Eu pensei em quantos outros inimigos estavam empilhados e destruídos do lado de fora da torre, entre os destroços de suas escadas, enrolados em suas cordas...

"Precisamos recuar até a segunda muralha." A ferida de Contaph se abre quando fala. Dá para ver dentes através do buraco ensanguentado de sua bochecha.

"Não", diz Alica.

"Estamos espalhados demais, princesa." Não há exaltação em sua voz, apenas cansaço. "Este castelo foi construído para ser defendido por mais homens."

"Não estou interessada em defender este castelo. Quero destruir Kerwcjz e mostrar ao czar que ele se excedeu dessa vez."

"Princesa!" Exasperação agora. "Atacar nunca foi uma opção. Era..."

"Era apenas o que tínhamos de fazer." Ela sai em direção às escadas e chama Contaph sobre o ombro. "Traga os quinhentos melhores à torre central. Escolha por habilidade, não sangue. Eu quero guerreiros. Meu pai pode fazer outros nobres com mais facilidade do que fazer mais guerreiros."

"A torre central, alteza?" A exasperação transformando-se em confusão. "Nós podemos proteger a segunda muralha. Pelo menos por algumas semanas. A torre central deve ser nossa última..."

Alica Kendeth se vira no alto da escadaria e olha para ele. "Não podemos permitir que eles atinjam as torres exteriores. Traga-me quinhentos homens e ordene que as torres sejam defendidas. Se isso significar abrir mão da muralha no meio – então que assim seja."

Contaph fica branco, como se a ponta de um pensamento terrível o atravessasse, mais profundo do que a lâmina que arruinou seu rosto.

Sigo minha avó pelas escadas que descem em espiral no coração da torre, uma construção larga, com muitos andares. Passando por salões de aparato, alojamentos de quartel, arsenais, despensas, para uma segunda camada, esta de pedra moldada, uma torre menor e mais antiga abrigada dentro da construção mais nova e mais grossa. A escada espiralada se alarga em lances que formam um zigue-zague arqueado sobre colunas moldadas. Aparentemente insubstancial, mesmo como fantasma eu fico nervoso de testar meu peso nelas. Cada degrau é apenas uma placa – dá para ver por baixo delas, através dos degraus até o lance inferior... Mesmo assim, está de pé por mais de mil anos e não desmorona agora sob o peso de minha imaginação. Nós descemos pela torre dos Construtores, passamos por portas de ferro, por portas de madeira presas com aço, passamos por um trio de guardas do palácio de Marcha Vermelha e chegamos a um aposento, um cubo singelo, no qual há uma máquina maior que uma carruagem real, feita de aço prata, aceso com uma luz fraca e tremendo com uma vibração suave, porém inegável, como se lá dentro alguma grande fera respirasse dormindo.

Alica põe a mão no metal prateado. Ela se curva, como se se permitisse ficar cansada na solidão deste lugar, com a testa pressionada à frieza do aço dos Construtores, os cabelos, escuros e ruivos, caindo no rosto, e os olhos fechados.

Um momento depois ela caminha decidida para fora da câmara e acena para os guardas, que se põem a fechar a porta. Um longo corredor nos leva até os portões principais da torre.

Eu a acompanho pela saída. Homens se curvam de todos os lados. Um destacamento de seis soldados sai de seus postos na torre para escoltá-la. Nós pegamos uma larga avenida que atravessa a cidade que existe entre as muralhas interna e externa do castelo. Esses são os lares do pessoal do castelo, a mão de obra que mantém o castelo funcionando, que põe comida na mesa, roupas nas costas dos defensores, argamassa entre as pedras, óleo nas engrenagens das máquinas de guerra. Em alguns pontos eu vejo o estrago causado por pedras atiradas lá de fora, mas este lugar foi feito para durar. Robusto. Obstinado. As pessoas apresentam essas características também. Não existe desespero aqui, não ainda. Fracos aplausos surgem conforme princesa Alica passa. Em um ponto, bancas de feira se enfileiram pela rua e nós diminuímos o ritmo para passar entre as pessoas. Algum instinto faz os moradores se virarem para o lado quando nossos caminhos se cruzam. Eles não podem me ver nem me ouvir, mas um sexto sentido os impede de fazer contato.

A portaria da segunda muralha é atravessada por um túnel que pode ser fechado com quatro portas levadiças. Todas elas estão abertas. A escolta é trocada e nós entramos no matadouro entre a torre central e a segunda muralha. As pedras do chão ecoam sob nossos pés. Bem, os meus não, estou apenas sonhando.

A porta da torre central fica do lado oposto ao portão quádruplo da muralha interna, alta o suficiente para um homem a cavalo, mas pequena demais para ser tão forte quanto as próprias paredes. Nós passamos por uma porta menor de ferro em um dos lados. Esta é a Torre de Ameroth, que se estendia até o céu da mesma maneira quando a visitei na infância. Embora agora ela esteja sem as estranhas cicatrizes marcadas na pedra dos Construtores que vi quando garoto – e claro que rodeada por um castelo. Estou começando a me perguntar como pude ignorar a história que explica como, cinquenta anos depois, nenhuma pedra daquele castelo continuava de pé. Será que ele foi simplesmente levado embora bloco por bloco, roubado por moradores décadas após a guerra para construir um castelo em outro lugar, ou casas? Há pedras suficientes aqui para uma cidade.

Nós passamos por mais guardas do palácio, soldados de elite da guarda pessoal de Gholloth, o segundo com esse nome. Por que esses homens não estão com meu bisavô, em seu palácio em Vermillion, eu não faço ideia.

Alica para diante de um capitão que está ao lado de uma porta interna. "Traga os escolhidos para dentro da segunda muralha, John."

"Sim, princesa." Ele bate os calcanhares e curva rapidamente a cabeça.

"Artesãos apenas, John. Mão de obra qualificada. Permita-lhes trazer os filhos se isso facilitar o progresso. Pouca bagagem."

"Sim, princesa." Nenhuma emoção em sua voz.

Nós passamos pela porta que ele protegia e um homem a fecha atrás de nós. Um corredor curto leva a uma câmara abobadada. Uma escada em espiral penetra a pedra dos Construtores de espessura impressionante. Pontas de barras de ferro de reforço cintilam com uma luz fraca no ponto onde se projetam para a escadaria que as atravessa. Essa escada deve ter consumido anos de trabalho. Os lampiões bruxuleiam quando Alica passa, com a armadura retinindo a cada passo.

Nós saímos em um recinto de talvez dez metros quadrados. Um círculo de aço prata de três metros de diâmetro sai do chão de pedra e vai até a altura da cintura, com a face superior inclinada em nossa direção. Luzes fracas brilham ali, mudando lentamente de padrão entre três configurações. No centro do círculo uma estranha estrela azul está acesa, sem calor, mas com uma luz que chama atenção. Ela está à altura de um homem acima da pedra, flutuando como qualquer outra estrela. Eu me pego olhando fixamente para ela, perdendo toda a noção de tempo passando. Dizem que o tempo é o fogo no qual ardemos. Agora eu sei qual é a aparência do tempo quando *ele* arde.

Alica passa através de mim – uma sensação desagradável, mas que me livra do transe da estrela. Sem a intervenção de minha avó, acho que nunca mais teria desviado o olhar. Eu me policio para não olhar para ela novamente. Não faço ideia se momentos se passaram ou horas.

As luzes no topo inclinado do muro de aço que forma um círculo abaixo da estrela agora brilham com uma claridade que não deixa nada a dever ao fogo. Os padrões se tornaram mais complexos, mais numerosos e mais curtos. Alica move-se rapidamente aqui e ali, tocando uma luz ao se acender, depois outra. Eu fico ciente de que não estamos sós. A sala tem poucas sombras, mas parecem se reunir no canto oposto. Uma mulher está de pé lá, vestida de cinza, com o manto enrugado em volta de si. Ela é quase tão alta quanto Alica, porém ligeiramente curvada, e aparenta não ter mais que trinta e cinco anos, mas seus cabelos são grisalhos, escorridos em volta do rosto. Ela ergue os olhos – e me encontra.

"Como...?" Qualquer outra pergunta morre em meus lábios. O olho esquerdo da mulher tem um aspecto perolado. Ela ergue um dedo pálido e o pousa nos lábios como se quisesse me calar. Quando abaixa a mão, há um levíssimo sorriso por trás.

"Estou pronta", diz Alica. "Estão todos posicionados? Os soldados reunidos?"

Não há ninguém aqui além de mim e sua Irmã Silenciosa; nenhum de nós responde.

Ela levanta a voz. "Eu perguntei se..."

"Os óticos indicam a zona de estase totalmente ocupada."

A surpresa quase me arranca do sonho. Há um fantasma diante de minha avó. Não estava ali um momento atrás. Um fantasma de verdade, pálido, transparente. Um fantasma velho pra caramba, há que se dizer – o rosto de uma perfeição de estátua grega de mármore que nunca poderia ser confundido com algo vivo.

Alica curva a cabeça. "Comece o evento."

"Eu já expliquei que a estase não é possível. Grandes reparos seriam necessários para que os geradores pudessem fornecer um pulso de energia suficiente. Os geradores sete e três estão funcionando com trinta por cento, os restantes com menos de dez por cento. Uma estase malsucedida resultará em uma aceleração. Tudo a ser alcançado será uma bolha de marcha rápida, à máxima proporção de trinta para um."

"E eu reconheço isso. Você executará os reatores além dos limites toleráveis."

"Você não entende as consequências desse ato. Os geradores fracassarão catastroficamente. As estimativas preveem um raio de devastação de..."

"Mesmo assim fará isso." Alica mantém o olhar nas luzes pulsantes.

O fantasma não demonstra expressão, com o tom inabalado. Parece ainda menos humano do que o capitão John na porta da torre. A guarda do palácio pratica com esmero uma aparente impassibilidade.

"Receio, Usuário, que como Convidado você não tem autoridade para isso. Este algoritmo irá..."

"Minha irmã já viu além de você, Raiz. Ela já viu além dos anos, embora a visão tenha lhe queimado o olho. Você é uma dança de números, sem alma. Inteligência sem perspicácia. Você fará o que eu mando."

"Usuário, você não..."

"Desabilitar segurança alfa-seis-gama-fi-doze-ômega."

"Permitido. Pulso de energia em três minutos. Aceleração prevista na proporção central de trinta e dois para um."

Nós esperamos enquanto o fantasma conta os segundos. Convocado por algum sinal invisível, Contaph desce as escadas conduzindo um conjunto de guardas do palácio, soldados comuns, cavaleiros e até um ou dois lordes. Muitos trazem consigo a sujeira e o fedor da batalha. Homens duros, guerreiros natos.

"Quinze."

A câmara está abarrotada e mais homens se empurram descendo a escada. Alica salta o aro de aço e fica do outro lado olhando, com a estrela azul logo atrás de sua cabeça, formando uma silhueta.

"Liberem as escadas!", grita Alica, com urgência na voz. "Abram o caminho até os portões."

"Catorze."

O grito é repetido escadaria acima e além.

"Já foi feito, princesa", diz Contaph. "Como ordenado."

"Onze."

"Contaph, vocês outros aí. Juntem-se a mim."

"Dez. Nove. Oito. Sete."

Os homens se apertam. Eu me uno a eles, abaixado sob a estrela.

"Seis."

Um leve barulho pode ser ouvido, crescendo entre a algazarra de braços e pés.

"Cinco."

Há alguma coisa no ar. Um zumbido frágil que atravessa meus dentes, mesmo eu não estando realmente ali.

"Quatro." Arrisco olhar para a Irmã Silenciosa, encontrando-a através de uma abertura momentânea. Ela está me observando em seu canto, no qual ninguém quis se empurrar.

"Três."

"Você me conhece, não é?" Eu não quero falar com ela. Eu me sinto como aquele garotinho outra vez, que acabou de fazer cinco anos e acabou de ser apresentado à Rainha Vermelha. Lembro de seu toque seco, naquele momento em que a Irmã Silenciosa pôs a mão sobre a minha pela primeira vez, e eu caí em um lugar quente e escuro.

"Dois."

Ela não vai responder. Apenas sorri.

"Um."

"Sim", diz ela.

"Zero."

A estrela azul se expande, seu fogo frio nos engole e atravessa as paredes do recinto. E é isso. Nada mudou. Todos nós ficamos paralisados, esperando, esperando a suposta magia que deveria salvar o castelo.

"Rápido agora." Alica salta de volta sobre o muro. Não é algo que eu conseguiria fazer de armadura completa. Sua força é prodigiosa.

Os homens logo à minha frente rapidamente a seguem e eu vou atrás deles. O contato com o aço é uma coisa estranha e gordurosa quando a pele dos sonhos procura apoio em algo real. Nós corremos pela passagem aberta no meio dos guerreiros amontoados e estamos quase na escada quando percebo que somente os homens mais próximos do círculo fizeram algum esforço para nos seguir, e até eles foram lentos à beça. Alica não está esperando, contudo, e então eu me apresso para ir atrás.

No alto das escadas, percebo que algo está errado. Os soldados aqui estão parados feito estátuas, nem mesmo nos acompanhando com os olhos. Será que a mágica dos Construtores os paralisou? Não há tempo para pensar no assunto – Alica segue correndo, de maneira ruidosa, em direção à grande porta.

Fico surpreso ao ver a porta escancarada, como se não estivéssemos em guerra. Ao olhar para trás, vejo homens da câmara estendendo-se, os mais distantes movendo-se como se estivessem correndo através de uma lama espessa. Demora um pouco, mas eu acho que entendo. A luz da estrela nos acelerou. Os que estavam mais próximos dela ganharam velocidade. Marcha rápida, ele disse? Será que a máquina dos Construtores fez nossos segundos passarem mais rápido? Nossos corações baterem mais céleres que as asas de um beija-flor?

Saindo da torre central, penso que devo estar sonhando. Depois eu me lembro de que estou realmente sonhando, mas esses sonhos são supostamente as memórias de minha linhagem, guardadas em meu sangue e reveladas pelas magias de Kara. A muralha de dentro foi estraçalhada, em alguns lugares de pé, em outros reduzida a pilhas de destroços. Corpos estão esmagados debaixo de entulhos caídos – esperando para gritar. Nos pontos onde o muro caiu, as chamas chegaram à torre, decorando as paredes com marcas geométricas de queimado e reduzindo todas as pessoas em seu caminho a colunas fumegantes.

O céu está cheio de fumaça, fogo e pedras cadentes. Um pedaço de alvenaria maior que um cavalo está caindo, formando um arco que termina onde eu estou. Ele rodopia enquanto desce, mais lento que uma folha de outono. Eu dou um passo para o lado e saio para seguir Alica. Atrás de mim, o míssil atinge a parede da torre e se quebra com um som que é ao mesmo tempo indescritivelmente grave e sobreposto pelo grito agudo da pedra se rachando.

Pelas brechas nos muros eu vejo apenas fogo fervente. Nenhum sinal da cidade, nenhum vestígio da enorme muralha externa e das sete grandes torres. O ar está cheio de pedaços. Pedras, ladrilhos, alvenaria... Há corpos também: eu os vejo caindo do alto como se afundassem na água.

Alica corre para baixo da guarita do portão, sob as quatro portas levadiças, ainda erguidas. Contaph e eu não conseguimos acompanhá-la e ela abre vantagem. Saímos debaixo do quarto portão e entramos no inferno. O fogo ainda queima aqui. Não as chamas em cima da lenha na lareira, nem as labaredas de uma casa em chamas, mas nuvens de incêndio – uma coisa viva e líquida. Parece estar diminuindo enquanto olhamos, subindo aos céus em espiral e revelando um deserto chamuscado onde nenhuma construção sobrevive. Alica não esperou. Sua passagem é registrada por um buraco aberto através do fogo. Nós seguimos, rezando para que nossa agilidade nos preserve.

Alica traça um caminho passando por crateras, fogueiras, trincheiras cavadas por uma força inimaginável. Ela se desvia de fundações que teimam em se projetar pelo chão. Contorna os pontos de fogo mais intensos, esquiva-se de destroços que caem e pula detritos ardentes da muralha externa em três grandes saltos. Vou atrás, descobrindo, como Contaph com sua armadura, que posso pular distâncias que humilhariam os atletas da Grécia Antiga. Percebo que estamos perto do lugar onde ficava uma das sete torres – agora uma coluna de fogo esbranquiçado espiralando-se acima de uma enorme cratera. Os fragmentos de rocha que ainda pairam no ar à nossa volta, atraídos ao chão pela força da gravidade, irradiam todos desse ponto.

Do outro lado da muralha, além do alcance de uma flecha, os muitos milhares agrupados contra o Castelo de Ameroth queimam. Nós corremos atrás de minha avó pelo terreno morto entre os sitiantes e os sitiados. As máquinas de guerra estão aos pedaços, flamejantes. Pedaços de alvenaria que voaram da grande muralha abriram largas avenidas entre as tropas do inimigo, vias sangrentas em seus acampamentos. Os homens mais próximos da muralha estão ardendo, transformados pelo calor em gordura chamejante, derretida em meio a ossos carbonizados. Mais atrás, os soldados estão capturados em seu sofrimento, com os gritos guturais e graves aos nossos ouvidos. Ainda mais atrás eles permanecem de pé, de escudos em riste e fumegando, com as tendas em brasa. Se estiver assim por todas as sete torres, então milhares e milhares morreram – muito mais do lado de fora da muralha do que dentro.

Alica parece saber exatamente aonde está indo. Nós seguimos, com outros da câmara da Torre de Ameroth espalhados atrás de nós, mais lentos que nós, mas ainda bem mais rápidos do que qualquer homem deveria ser.

Nós penetramos profundamente no exército do senhor da guerra, passando pelos maiores estragos causados pela explosão das torres, até o centro de sua tropa, onde os pavilhões exibem os símbolos das casas nobres. Até aqui pedras enormes caíram, esmagando homens, cavalos, tendas – mas nove entre dez sobrevivem. Nós nos desviamos de soldados que estão quase congelados, com os olhos lentos demais para nos acompanhar, rastejando com as mãos esticadas na direção dos cabos de suas espadas.

Enfim avistamos os símbolos aglomerados de Slov, com os pavilhões ficando cada vez maiores e mais resplandecentes. Anar Kerwcjz, o braço ocidental do czar, está saindo de seu grande pavilhão de lona quando chegamos, com uma magnífica lança em sua mão. Brocados dourados decoram a entrada, e as insígnias de seus vassalos estão penduradas em hastes, formando uma avenida para sua saída. Os Últimas Espadas estão por toda parte em sua residência, esplendorosos com sua cota de malha preta, os rostos cobertos por máscaras de azeviche e marfim, uma temida elite cuja reputação repercutiu com tanta força ao longo dos anos que até eu já ouvi falar neles.

Nós estamos mais lentos agora, como se nossa velocidade fosse algo alcançado com as papoulas de Maeres Allus, uma droga que escorre de nossas veias, devolvendo-nos em tempo ao mundo dos mortais. Mesmo assim, os Últimas Espadas mal se mexeram antes que Alica deslizasse sua lâmina pelo pescoço de Kerwcjz. Ela não perde tempo com decapitação – talvez sua lâmina se quebrasse se fosse forçada a atravessar o pescoço de um homem com tanta velocidade. Ela nem olha duas vezes para o lendário senhor da guerra, apenas passa para o soldado mais próximo e repete o ato antes que o jato de sangue da ferida de Kerwcjz esteja a um quarto do caminho até o chão.

Sua lança está suspensa no ar, parecendo de alguma maneira mais real do que tudo ao redor dela, mais brilhante que o sangue, mais viva do que os guardas de todos os lados. É de madeira escura, revestida com arabescos de aço prata, com as lâminas alargando-se por quinze centímetros atrás da ponta. Ela me chama e, sem pensar, estendo a mão para pegá-la. Minha mão se fecha sobre o cabo e eu a sinto ali, sólida sob meus dedos.

"Matem todo mundo!", grita Alica.

E Ullamere Contaph lhe obedece. Outros de seus escolhidos chegam quando a carnificina começa e se põem a fazer seu trabalho sangrento. Eu ponho a lança do senhor da guerra em movimento e vou atrás de Alica, estremecendo quando o jato vermelho espirra em cima e através de mim.

Ela corta vinte gargantas até o senhor da guerra atingir o chão. Ela corta cem até ter que se abaixar de uma espada. Em alguns lugares ela passa por grupos de dez ou vinte soldados da infantaria sloviana e segue até a próxima concentração antes que os homens comecem a cair.

Isso dura o que parece uma eternidade, mas que devia ser apenas minutos para o exército ao nosso redor. Alica matou centenas de homens antes de precisar se esquivar de um golpe. Ela está coberta de escarlate da cabeça aos pés, com sangue jorrando de sua espada, voando de seus cabelos quando ela se vira. Sangue pinta seu rastro acampamento afora. Mesmo agora ela devia parecer um borrão, movendo-se com uma velocidade sobre-humana e deixando mortos tombando pelo caminho.

O exército de Marcha Vermelha, aqueles poucos sobreviventes da Torre de Ameroth, começam a se reagrupar conforme a magia dos Construtores se enfraquece. Alica e Ullamere os conduzem, procurando quaisquer formações fortes que ainda estejam defendendo seus postos em torno do castelo arruinado e cortando-os em pedaços, completando seu circuito.

Na última batalha, minha avó lidera seus quatrocentos sobreviventes contra um exército de dois mil machadeiros de Zagre que estavam na reserva. Os homens de Marcha Vermelha ainda são um pouco mais rápidos do que deveriam ser, um punhado deles duas ou três vezes mais velozes que humanos normais, e todos eles encharcados de sangue e imundos. Os zagrenses se separam logo e se espalham. É a última resistência. O cerco está desfeito.

As tropas de minha avó estão vermelhas e em silêncio, a não ser pelo barulho do sangue pingando deles. Ela se afasta alguns metros, à frente dos homens, subindo um pedaço de pedra da muralha em dois passos. Ela fica ali, ofegante, lentamente recuperando o fôlego, com a armadura pingando sangue enquanto inspeciona seus guerreiros. As ruínas em chamas de seu castelo formam o cenário de fundo, com a Torre de Ameroth de pé, desafiadora, em meio à ruína da segunda muralha.

Ullamere Contaph dá um passo à frente. Olha para Alica, levanta sua espada e, embora ela seja apenas uma princesa, é "Rainha Vermelha!" que ele urra.

"Rainha Vermelha!" O exército continua o grito. "Rainha Vermelha." Armas erguidas. "Rainha Vermelha." Suas vozes estão cheias de emoção, embora eu não saiba dizer se de tristeza, triunfo ou as duas coisas, entre outras.

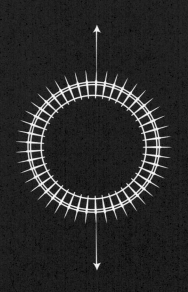

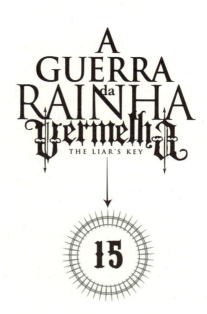

15

"Acorde!"

"Quê?"

"Acorde!" Era a voz de Kara.

"Não", respondi. "Ainda está escuro e estou confortável." Bem, quase. Alguma coisa onde eu estava deitado ficava cutucando minhas costas.

Uma mão me sacudiu. Com força.

Bocejei e me levantei. "Eu sei por que chamam minha avó de Rainha Vermelha."

"Porque ela é a rainha de Marcha Vermelha", disse Tuttugu, em algum lugar atrás de mim.

"Dá essa impressão. Mas não é por isso." Eu toquei o chão à minha volta. Duro, úmido, sujo. "Por que está um cheiro tão ruim?" Esfreguei minha coluna dolorida e apalpei o chão atrás de mim, encontrando o objeto longo e duro sobre o qual estivera deitado. "O que diabos é este troço..."

Uma luz repentina me mostrou o rosto de Kara, o de Tuttugu insinuado de leve, mais atrás, e uma forma maior envolta em sombras que devia ser Snorri. A luz veio da mão de Kara – uma esfera brilhante de metal prateado.

"Oricalco", disse eu, mexendo bem a boca ao pronunciar a palavra. De repente eu me lembrei. "O arco!" Olhei em volta e não vi nada além de escuridão. "Onde estamos, caramba?"

"Não sei", disse Kara, o que foi desanimador, visto que era ela que deveria saber das coisas.

"Em um lugar nada bom", disse Tuttugu. Dito no escuro, parecia ser verdade. "Onde arrumou essa lança?"

Olhei para baixo e vi que o objeto sobre o qual estava deitado era realmente uma lança. A lança de Kerwcjz. Eu a tomara do senhor da guerra em meu sonho... ou nas memórias de minha avó. "Diabos, como foi que eu..."

"Não sei onde estamos. As obras dos magos do mal estão além da minha capacidade", disse Kara. "Mas, sem orientação, nós deveríamos ter saído o mais perto possível – retrocedemos a algum lugar onde o mundo fica rarefeito. Algum lugar aberto por magia recente. Magia poderosa."

"Isso não vai nos levar mais para perto da Roda?" Magia poderosa e recente não soava bem. "Por que nunca é 'um lugar com bebida barata, mulheres caras, uma pista de corrida e uma bela vista do rio'?"

"O arco é feito para servir à vontade do usuário. Eu abri o caminho e estava tentando nos tirar dali..."

"Cadê o menino?" Eu me lembrei dele quando os últimos resquícios de sonho me abandonaram e o medo começou a se assentar sobre meus ombros. "Snorri! Você viu...", comecei a dizer, mas o nome me fugiu, "... o menino?"

"Snorri também não está aqui", disse Tuttugu outra vez – mais perto de minha orelha do que eu esperava. "Espero que esteja com Hennan."

"Mas..." Eu tinha certeza de tê-lo visto. Eu balancei a cabeça, certo de que o sonho ainda devia estar com as garras em mim. "Que *cheiro* é esse?"

"Trolls", disse Tuttugu rapidamente.

"Você sente cheiro de trolls toda vez que o vento muda – Snorri me disse que você nunca nem viu um." *Por favor, que não sejam trolls.* Eu também nunca encontrara um, nem queria. As cicatrizes que Snorri me mostrou de seu próprio encontro me contaram toda a história que eu precisava ouvir.

Kara se aproximou e nós nos amontoamos sobre o brilho do oricalco, três rostos pálidos iluminados em um mar de escuridão. "Parece que estamos em uma caverna", disse ela.

"É melhor sairmos." Esperei que outra pessoa dissesse como.

"Antes que os trolls nos comam", disse Tuttugu.

"Chega desses malditos trolls!" O medo levantando minha voz. A escuridão estava cheia daqueles desgraçados agora, colocados ali por minha imaginação – o que foi um esforço e tanto, já que eu não sabia como eles se pareciam. "Snorri diz que você não reconheceria um troll se um..."

"Ele está certo dessa vez!" A voz de Snorri, distante, porém chegando mais perto.

"Snorri!" Eu tentei muito não soar como uma donzela em apuros.

"Hennan está com você?", perguntou Kara. Dava para perceber que estava aliviada também, embora não demonstrasse em sua voz.

"Sim." Snorri chegou perto o bastante para o brilho mostrá-lo, com uma figura menor logo atrás.

Hennan correu para o outro lado e se grudou ao lado de Kara. Não posso dizer que a mesma ideia não tenha me ocorrido. "Suponho que não tenha uma caixa de fósforos nesse sa... Espere. Tuttugu está certo? Foi isso que você disse?"

"Sim." Nem Snorri pareceu satisfeito com aquilo.

"Nada de caixa de fósforos", disse Tuttugu, remexendo como se pudesse encontrar uma a essa altura.

"Vamos ter um pouco mais de luz", disse Snorri, estendendo a mão.

"Ele acabou de dizer que não t..."

Eu me interrompi quando Kara soltou o oricalco na palma da mão de Snorri: "Ah".

O brilho ficou mais forte, empurrando as sombras para as margens da caverna. O chão embaixo de nós era plano, de lama compactada deixada por algum rio subterrâneo. Mais embaixo, as paredes haviam sido alisadas por correntes antigas; mais para cima, elas ficavam ásperas, o teto cravejado de estalactites, como muitas espadas de Dâmocles penduradas acima de nossas cabeças. Algumas delas já haviam caído e estavam despedaçadas pelo chão. Tinham um aspecto escurecido. Na verdade, as paredes também... e o chão embaixo de nossos pés... como se um grande incêndio tivesse acontecido, preenchendo o local de parede a parede.

"Ali", disse Snorri, indicando com seu machado uma mancha escura que resistia ao brilho do oricalco. "E lá." Ele apontou para outra, mais perto da parede da caverna.

"Lá o quê?" Eu estreitei os olhos para elas.

"Trolls."

Um xingamento, cheio de terror, escapou de Tuttugu antes que ele se controlasse. Eu recuei na direção de Kara, segurando a lança com força e me perguntando se jamais ficaria em segurança outra vez.

"Você derrotou um troll, certo, Snorri?", perguntei, com a boca repentinamente seca, a voz falhando.

"Uma vez", disse ele. "Tive sorte." Ele acenou para uma passagem escura que saía do outro lado da caverna. "Mais dois ali. A única coisa que eu não entendo é por que ainda estamos vivos."

Uma das criaturas se desprendeu da parede e chegou alguns passos mais perto. Mesmo assim, continuava difícil de enxergar, com sua pele engolindo toda a luz que incidia sobre ela. Uma criatura preta, mais alta e de porte mais poderoso do que Sven Quebra-Remo, que mal era humano. Membros longos e retintos, o rosto tão preto como se recusasse qualquer feição. Mais um passo para perto e eu vi o brilho de seus olhos, escuros como os de Aslaug, e uma grande boca que se abria com dentes negros, língua negra, agora escancarada no que deveria ser um rugido, embora apenas um chiado chegasse até mim, quase inaudível.

Snorri segurou seu machado, pronto para o golpe. Ele e Tuttugu estavam cobertos de sangue de outros homens. O cheiro deve ter atraído outros deles, e estava levando aqueles diante de nós à loucura. Eu cogitei largar minha lança.

"Quem são vocês, violadores de trégua?" Uma voz surgiu atrás de nós, o tipo de voz grave que parecia em casa no meio das raízes das montanhas.

Nós nos viramos para ver o locutor. Com tantos inimigos, era impossível não dar as costas a pelo menos um deles. Não que minha frente fosse ajudar a afastar um troll. A lança era uma arma magnífica, mas eu tinha a impressão de que esses trolls iriam simplesmente arrancar a ponta a dentadas. Quando me virei, eu vi por um instante aquele pequeno sorriso que a Irmã Silenciosa me deu no sonho. Será que tinha visto esse momento com seu olho cego? Será que era essa a fonte de seu divertimento?

A coisa que havia nos observado, com os olhos estreitados pela nossa luz, podia ter sido um troll no passado, mas alguma coisa o deturpara. Duvido que Deus tocasse naquelas criaturas, então sobrava uma mão ainda mais sombria, saindo do enxofre para perverter a fera. Suas costelas saltavam do peito como longos dedos pretos, quase se fechando em cima do coração. Uma imagem de Aslaug e pernas de aranha se desdobrando passou rapidamente em minha cabeça e eu me arrepiei. Este aqui tinha uns dois metros e quinze de altura, talvez um pouco mais, uns trinta centímetros menor que os outros, mas consideravelmente mais sólido, e tinha a pele que as sombras insinuavam que podia ser vermelha. Olhos de gato, dentes que um lobo gigante invejaria e, no lugar dos outros longos dedos de troll que terminavam em garras negras, seus dedos eram da grossura do braço de uma criança, três em cada mão, terminando em unhas vermelhas e curtas. Além disso, ao contrário dos outros, ele usava uma espécie de túnica, mais uma toga, na verdade, de xadrez escuro das montanhas. Eu tive bastante tempo de absorver os detalhes enquanto esperava que alguém de nosso grupo superasse seu espanto e respondesse à sua pergunta.

"Não violamos trégua nenhuma." Foi Kara quem finalmente encontrou as palavras para responder.

"Vocês podem não ter violado intencionalmente, podem desconhecer totalmente a existência dela, mas com toda certeza violaram a trégua." O monstro troll falou com uma calma admirável para uma fera selvagem e com um nível de cultura que não o deixaria deslocado na corte, se não fosse a voz grave o suficiente para provocar sangramentos no nariz.

"Uma grande magia foi feita nesta caverna", disse Kara. "Ela nos chamou aqui. O que aconteceu?"

"Dois jurados pelo fogo discordaram." Uma resposta concisa, como se a lembrança lhe doesse.

"Que lugar é este? E qual é o seu nome?", perguntou Kara, talvez esperando desviar a conversa do assunto de tréguas violadas.

O monstro sorriu, um troço largo, revelando muitos dentes afiados, mas não de maneira hostil. "Vocês estão sob Halradra, uma montanha de fogo dentro do Heimrift. Estas cavernas foram um presente para meus irmãos aqui de Alaric, Duque de Maladon."

"Maladon!" Não consegui me conter. "Graças a Deus." Se não fosse por todos os trolls me olhando eu teria ficado de joelhos e beijado a lama.

"E eu", continuou a fera, "sou Gorgoth."

"Você reina aqui?", perguntou Snorri.

O monstro deu de ombros e eu posso jurar que ele pareceu constrangido. "Eles me chamam de rei, mas..."

"Príncipe Jalan Kendeth, neto da Rainha Vermelha de Marcha." Eu estendi a mão. "Prazer em conhecê-lo."

Gorgoth olhou para minha mão, como se não tivesse certeza do que fazer com ela. Eu estava prestes a puxá-la de volta, para que não a arrancasse ou lhe desse uma mordida, mas ele a dobrou em seus três dedos e por um momento senti um pouquinho de sua força.

"Então", disse, recuperando minha mão e apertando o punho para conter a dor. "Então, espero que como Rei de Hal... hum..."

"Radra", completou Snorri.

"Sim, Halradra." Lancei um olhar amargo a Snorri. "Como rei de... embaixo desta montanha... espero que tenha a cortesia devida a outro membro da realeza do Império e nos escolte até as fronteiras de sua terra."

Gorgoth não deu a menor indicação de ter me ouvido. Ele apenas apoiou-se em um dos joelhos e estendeu a mão aberta na direção de Hennan. "Como é que vocês estão com uma criança e têm sangue em seus machados?" Em seguida, focando aqueles olhos de gato dele sobre o menino, completou: "Venha."

Preciso dar crédito ao desgraçadinho, ele demonstrou tanta coragem ou audácia no escuro quanto de dia. Nós o conhecemos correndo de volta para os dentes dos invasores de Hardassa e agora ele se aproximou com pés firmes e pôs a pequena mão na palma do rei dos trolls.

"Seu nome, criança."

"Hennan... senhor."

"Eu tive um irmãozinho", disse o monstro. "Teria a sua idade agora..." Ele soltou o garoto e se levantou. "Meus novos irmãos estão se preparando para marchar para um novo lar, mil e cem quilômetros ao sudoeste. Fica nas Terras Altas de Renar. Vocês podem viajar conosco durante a parte de sua jornada que os leve naquela direção."

"Isso seria ót..." Tive de controlar meu entusiasmo. "Isso parece aceitável." Eu não consegui me fazer chamá-lo de majestade. Mas realmente parecia ótimo. Contanto que não nos comessem, não poderia imaginar guarda-costas mais apropriados para afugentar os servos do Rei Morto de nossas costas. As pessoas tendem a ficar mortas quando são comidas! "Quando pretendem partir?"

"O Duque de Maladon está providenciando uma escolta, para prevenir quaisquer mal-entendidos com seu povo. Eles devem estar aqui dentro de uma semana. A trégua declara que temos que viajar depois do festival de Heimdal. E que nenhum humano pode pôr os pés em Halradra até lá... Os soldados do duque patrulham para garantir que ninguém perambule por aqui."

"Nós viemos por caminhos além da capacidade de proteção do duque", disse Kara. "Podemos abusar de sua hospitalidade, Rei Gorgoth, agora que estamos aqui, e ficar com vocês até que estejam prontos para partir?"

Eu me arrepiei com aquilo – aguentar o fedor dos trolls e ficar em uma caverna escura e úmida, quando podia estar bebendo cerveja na mesa do duque. Vi os undoreth franzirem o rosto também. Mas, no fim das contas, eu não tinha forças para atravessar montanhas e florestas para chegar ao duque e seus salões, nem mesmo se a cerveja fosse um néctar servido por deusas nuas: eu simplesmente precisava me deitar e dormir, com ou sem chão úmido.

"Vocês podem ficar", disse Gorgoth. E foi isso.

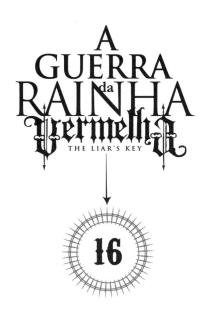

Eles nos deram uma caverna aberta sobre as lúgubres encostas de Halradra, com vista para uma floresta interminável de pinheiros. Eu me deitei, exausto, tentei ficar confortável e caí no sono em instantes.

"Essa lança que você encontrou na caverna..." Era a voz de Kara.

Acordei com um sobressalto, desorientado, descobrindo que havia escurecido. Kara tinha acendido uma fogueira na entrada da caverna e estava sentada perto das chamas, examinando uma das últimas runas que ainda pendiam de suas tranças. "Eu não a encontrei na caverna."

"Você disse que estava deitado em cima dela."

"Eu a encontrei em meu sonho. Eu a tomei do senhor da guerra." Aquilo parecia tolice até para mim. Ela devia estar no chão, descartada como intragável pelo troll que matara seu dono anterior. Só que não foi isso. Eu a vira nas memórias de minha avó, até o último detalhe.

"É difícil acreditar que ela foi simplesmente deixada lá", disse Snorri, saindo da penumbra, com o rosto agora iluminado pelo fogo.

"Não foi. Ela estava no meu..."

"Mostre-a para mim de novo." Kara estendeu a mão.

Eu respirei fundo e rolei para ficar sentado, pegando a lança atrás de mim.

"Gungnir!", disse Tuttugu, de olhos arregalados, quando eu a levantei.

"Gungnir para você também." Bocejei e esfreguei o rosto.

"Odin tinha uma lança assim. Thor tinha Mjölnir, seu martelo. Seu pai tinha a lança, Gungnir."

"Ah", respondi. "Bem, duvido que seja ela."

"É uma *bela* de uma lança, porém." Snorri se inclinou e a pegou de minha mão.

"Fique com ela." Eu aqueci as mãos. "Nunca mais confiei totalmente em um sonho desde que conheci o mago de estimação dos Ancrath, Sageous."

"Não faz sentido um senhor da guerra de Slov estar carregando uma lança nórdica." Kara fez uma cara feia para a arma enquanto Snorri a revirava, examinando o revestimento.

"Os deuses a enviaram para nós." Tuttugu acenou com a cabeça, como se estivesse sugerindo aquilo a sério. "Talvez o próprio Odin."

"Os deuses sabem que precisamos de uma arma", disse Kara. "Se Snorri está decidido a nos levar até o covil de Kelem... O que pretende fazer se Kelem disser não? E se ele simplesmente transformar você em uma coluna de sal e pegar o que lhe trouxe?"

Snorri estreitou os olhos e tocou o machado ao seu lado.

"Kelem não poderia considerar Skilfar jovem se tudo que fosse preciso para separá-lo da vida fosse uma lâmina afiada." Kara estendeu as mãos e Snorri lhe passou a lança sobre as chamas.

"E uma lança fará o serviço melhor do que um machado?", perguntou ele.

"Os mitos projetam sombras." Kara segurou a lança à sua frente e o fogo lançou sua sombra sobre o rosto dela. "Todos os tesouros das sagas formam muitas sombras e até as sombras deles podem ser uma arma mortal. E para projetar a sombra mais escura, mais afiada, você precisa da luz mais forte. Escuridão e luz juntas podem ser uma força poderosa." Ela olhou brevemente entre Snorri e mim. "Uma lança como esta... com luz forte o bastante, pode formar a sombra de Gungnir. Uma coisa dessas faria até Kelem parar!"

"Ótimo, vamos voltar até Skilfar e perguntar a ela se..."

"Eu posso fazer isso." Kara me interrompeu. "Se fizer agora, antes que o toque da Roda saia de mim e minha magia volte ao que era."

"A lança de sombra vai durar mais do que o que Osheim fez conosco?", perguntou Snorri.

A völva assentiu. "Ela será ancorada por mais do que meu feitiço."

"Os deuses não mandaram esse troço." Eu bufei e contive o resto. Não seria bom dizer a eles que seus deuses eram baboseiras pagãs.

Kara me ignorou e se levantou, ainda segurando a lança. "Melhor fazer logo. Cada um segure uma ponta." Ela acenou para mim e para Snorri.

Nós fizemos como ela pediu. Fiz questão de ficar com a ponta sem lâmina. Era uma arma igualmente assustadora aqui, com a luz do fogo brincando sobre as runas de aço prata que revestiam a madeira escura, assim como tinham feito na mão do senhor da guerra.

Kara deu um passo para trás e pegou o pedaço de oricalco, afastando as sombras conforme ele se acendia em sua mão.

"Segurem a lança firme, para que a sombra fique entre vocês dois." Ela ergueu o oricalco. "Mantenham-na perto do chão... Virem as cabeças para o outro lado e não se movam."

E, de repente, o metal na mão dela se inflamou em uma incandescência branca, cegando o mundo inteiro. A última coisa que vi foi a sombra da lança no chão entre nós, uma linha preta no meio do brilho ao redor. Apertei a lança com toda a minha força e a vi se desfazendo sob meus dedos, como se a luz tivesse queimado sua vitalidade, deixando apenas cinzas.

"Pelo amor de Deus, mulher!" Pressionei as palmas das mãos nos olhos. "Não consigo enxergar."

"Shhh. Espere. Logo você vai enxergar novamente."

Minha visão voltou lentamente, borrada nas pontas primeiro, luz e sombra, depois cor. Eu consegui ver o fogo e o brilho na mão de Kara. Os borrões viraram contornos e eu vi que, da bola de oricalco do tamanho de um punho que ela estava segurando, apenas uma fração restava, uma conta brilhante do tamanho de um olho, como se o restante tivesse sido gasto.

"Agora, sim, esta é uma lança digna de um deus!" Snorri se endireitou, tirando do lugar onde a sombra caiu uma nova lança, parecendo maior que a antiga, de desenho semelhante, mas com alguma coisa feroz acrescentada a ela, como se as runas em volta gritassem sua mensagem, a madeira entre elas mais escura que o pecado, o aço prata ardendo com luz própria.

Nós ficamos sentados por um tempo, observando Snorri segurar a lança. Escureceu. Peguei no sono.

A semana que Gorgoth disse que levaria até os soldados do duque chegarem acabou sendo quatro dias. Quatro dias acabaram sendo três dias além do necessário – e eu passei o primeiro dia dormindo.

Nossas camas eram montes de samambaias, urze e eventualmente um raminho espetado de tojo, parecendo terem sido arrancadas com raiz e tudo, ainda com a terra fresca sobre elas. O jantar, previsivelmente, era cabra, apresentada crua, e ainda nos olhando com aquela expressão de leve surpresa que tinha quando o troll arrancara sua cabeça. O desjejum era cabra também. Assim como o almoço.

Eu acordei antes do amanhecer no segundo dia e fiquei imóvel quando a luz começou a querer entrar, tateando, encontrando apenas as beiradas. O tempo passou e eu vi, ou pensei ter visto, em meio a todo aquele cinza, uma sombra mais forte, deslizando na direção da protuberância que eu imaginava ser Snorri. A penumbra pareceu se atrapalhar em volta de... alguma coisa, escondendo-a, mas insinuando o suficiente para atrair meu olhar. Talvez, se eu não fosse jurado pelas trevas, eu não tivesse visto nada. A coisa, ou o nada, recolheu-se ao se aproximar de Snorri e se elevou acima dele, e ainda assim eu fiquei deitado, paralisado, não de medo, mas pelo momento, absorto nele da mesma maneira que sonhar acordado às vezes aprisiona um homem.

A manhã nasceu, sem raios de sol entrando em nossa caverna, apenas com uma característica diferente na luz.

"Batidas." Snorri se sentou, murmurando. "Estou ouvindo batidas."

E assim aquela estranheza me deixou, e eu não consegui ver nada mais sinistro do que Snorri, esfregando o rosto de sono, e Kara inclinando-se sobre ele.

"Não estou ouvindo nada." Ela deu de ombros, com talvez uma leve irritação em sua testa. "Preciso dar uma olhada nesses ferimentos. Hoje eu farei um emplastro."

Na manhã daquele segundo dia, Kara desceu pela encosta cinzenta da montanha até um nível onde as plantas ousavam crescer, e voltou horas depois carregando um saco de linho recheado com várias ervas, cascas, flores e algo que se parecia muito com lama. Com isso, ela se pôs a tratar as feridas que nossos vikings haviam aguentado, com o corte acima do quadril de Snorri demonstrando ser a mais séria. Tudo que eu podia alegar era que meus joelhos estavam esfolados, algo de que padecem os garotinhos. Eu provavelmente havia conseguido o machucado caindo de joelhos para implorar misericórdia ou rezando para um Deus insensível, mas, para ser sincero, eu não tinha a menor lembrança disso. De qualquer maneira, não obtive nenhuma compaixão de Kara, que ficou mexendo no flanco hipermusculoso de Snorri.

Aslaug não voltou a mim naquela segunda noite também. Na primeira noite, eu havia adormecido antes do pôr do sol e estava tão morto para o mundo que seria preciso uma necromante de verdade para me fazer despertar. No segundo pôr do sol, porém, quando Aslaug não apareceu, eu me perguntei se a filha de Loki ainda estava com raiva por eu ter atravessado o arco do mago do mal. Já que as alternativas todas pareciam terminar em mortes horríveis, a objeção dela me pareceu despropositada, mas na hora ela foi contra. Irritada ou não, aquilo me pareceu estranho. Aslaug parecia ávida para voltar naquele primeiro dia em terra firme, após ter sido afastada de meus ouvidos por tanto tempo pelas magias em volta do barco de Kara. Eu atribuí aquilo a "um lance de mulher" e disse a mim mesmo que ela mudaria de ideia no fim. Elas sempre mudam.

Na penumbra e no tédio de nossa caverna, eu reprisei aquelas memórias de minha avó no Castelo de Ameroth mais de uma vez. Na verdade, quando minha mente se voltava aos acontecimentos do último dia de cerco, eu não conseguia impedir a exibição da carnificina atrás de meus olhos. Eu me perguntei outra vez como havia conseguido evitar aquela história por tanto tempo. Se bem que já me acusaram no passado de ser um pouco egocêntrico e que meu único interesse na gloriosa história da família consistia em saber onde haviam enterrado a pilhagem. Pensando bem, havia uma música sobre a Rainha Vermelha de Ameroth, mas na verdade eu nunca prestara atenção à letra...

Eu pensei em vovó com seus planos a longo prazo, em sua irmã estranha e serpeante que jogou seu feitiço em mim e Snorri, e em Skilfar, fria como o gelo e mais velha que todas as pessoas.

"Kara?"

"Sim?"

Tentei encontrar as palavras certas para minha pergunta e, ao fracassar, conformei-me em usar as erradas. "Por que você decidiu virar bruxa? Você sabe que elas ficam bem estranhas, né? Vivendo em cavernas e falando maluquices enquanto abrem sapos... assustando gente honesta. Quando foi que falou para si mesma 'Sim, abrir sapos, essa é a vida que eu quero'?"

"O que você teria feito, se não tivesse nascido príncipe?" Ela olhou para mim, os olhos refletindo a luz.

"Bem... Eu fui... destinado a ser..."

"Esqueça o direito divino ou qualquer desculpa que seu povo use – e se você não fosse?"

"Eu... eu não sei. Talvez tivesse uma taberna ou criasse cavalos. Alguma coisa com cavalos." Parecia uma pergunta boba. Eu *era* príncipe. Se não fosse, eu não seria eu.

"Você não pegaria sua espada e esculpiria um trono para si, então? Independentemente de sua origem?"

"Bem, sim, claro. Isso. Obviamente. Como eu disse, fui destinado a ser príncipe." Eu preferia ser destinado a ser rei, no entanto. Mas ela estava certa – eu *não* esculpiria um reino para mim mesmo, eu trabalharia com cavalos. Espero que cavalgando os bichos, em vez de limpando seu estrume. Mas melhor empunhar uma pá do que uma espada.

"Sou filha de camponeses escravizados pelos thorgil, os Vikings do Gelo. Posso lhe dizer que tinha vontade de saber coisas, de compreender o que há por trás do que vemos, de desvendar os segredos que prendem uma coisa à outra. Grande parte das jovens aprendizes de völva dirá algo desse tipo, e muitas delas estão sendo sinceras. Curiosidade. Já matou mais gatos do que os cachorros. Mas o verdadeiro motivo? Para mim, pelo menos – vou contar com sinceridade, pois nunca se deve mentir em uma montanha. Poder, Príncipe Jalan de Marcha Vermelha. Eu quero tomar a minha própria parte daquilo que lhe foi dado junto com o leite de sua mãe. Tempos ruins estão por vir. Para todos nós. Tempos em que vai ser melhor ser uma völva, mesmo que isso signifique ser uma bruxa assustadora em uma caverna. Melhor isso do que uma camponesa tentando tirar sua sobrevivência do solo, de cabeça baixa, sem saber o que está por vir, assim como o cabrito da primavera desconhece a faca do fazendeiro."

"Ah." Eu não tinha resposta para aquilo. Todo membro da realeza compreende o valor de pessoas ambiciosas e dos perigos inerentes a elas. As cortes do Império Destruído estão cheias delas. Eu meio que imaginava que forças diferentes impulsionavam aqueles que brincavam com a estrutura do mundo e sonhavam com futuros estranhos e assustadores... mas talvez eu não devesse me surpreender em encontrar ambição, a simples ganância pelo poder, nas camadas mais inferiores também.

No terceiro dia eu fiquei tão entediado que deixei Snorri me convencer a caminhar até a cratera, trezentos metros acima de nós. Ele levou a lança, usando-a como bengala para se apoiar, e foi mancando, favorecendo o lado bom do quadril, em um passo que eu podia acompanhar, para variar. O menino veio conosco, pulando na frente sobre as pedras.

"Um belo cabritinho." Snorri balançou a cabeça na direção de Hennan, que esperava por nós trilha acima.

"Não deixe os trolls ouvirem-no chamá-lo de cabrito. Eles irão devorá-lo em duas dentadas, sem querer saber quem está perambulando pela ponte." Olhei para o menino, curvado contra o vento. Supus que fosse um bom garoto. Nunca tive motivo para pensar em crianças como boas ou não, apenas pequenas e no meio do caminho, comentando em voz alta onde eu estava tocando sua irmã mais velha.

Nós subimos através de reentrâncias profundas na pedra preta. Passamos entre os dentes serrilhados da borda da cratera e olhamos para baixo, para um enorme e inesperado lago.

"Cadê o fogo?", perguntei. A falta de fumaça subindo no alto durante nossa escalada já havia me deixado desconfiado. Eu tinha perdido a oportunidade de olhar para baixo, para a cratera do Beerentoppen, quando Edris Dean me forçou a marchar lá para cima daquele troço maldito, e francamente eu fiquei agradecido de não ter que escalar os últimos cem metros até a borda. Eu me lembro, contudo, de que fumaça saía do Beerentoppen, sendo carregada pelo vento, voando ao sul como os últimos tufos de cabelo de um careca. Ao me esforçar para cima de Halradra, eu esperava ser recompensado com um pouco de fogo e enxofre, no mínimo.

"Já se apagou há muito tempo." Snorri encontrou um lugar para se sentar longe do vento. "Este senhor aqui está dormindo há séculos, talvez mais de mil anos."

"A água não é funda." Hennan, mais abaixo da ladeira interna – a primeira coisa que teve a dizer o dia todo. Estranho, considerando que a característica definitiva de crianças para mim era que elas nunca calavam a boca. Ele estava certo, porém; parecia ser pouco mais que três ou cinco centímetros de água espalhada sobre uma imensa camada de gelo.

"Há um buraco ali perto do meio." Snorri apontou.

A luz refletida disfarçava, mas depois de ver era difícil saber como eu não vira antes. Uma carruagem com quatro cavalos podia cair através dele.

Eu me lembrei das palavras de Gorgoth. *Dois jurados pelo fogo discordaram.* "Talvez tenha sido assim que os trolls acabaram com a discussão dos jurados pelo fogo." Um balde de água fria para separar dois cães briguentos – um lago inteiro para terminar uma batalha que causou uma rachadura tão profunda no mundo que nos permitiu atravessar por ela, do lugar de onde o arco dos magos do mal nos enviou.

O garoto começou a jogar pedras na água, como os garotos fazem. Eu quase quis me juntar a ele, e teria feito isso, se envolvesse menos esforço. Há um prazer simples em atirar uma pedra em águas paradas e ver as ondulações se espalhando. É a emoção da destruição aliada à certeza de que tudo ficará bem novamente – tudo como era antes. Uma pedra havia caído em minha confortável existência na corte, tão grande que as ondas me carregaram até os confins do mundo, mas talvez em meu retorno eu a encontrasse como antes, inalterada e esperando para me receber. Boa parte do que os homens fazem na vida adulta é apenas atirar pedras, embora sejam pedras maiores em lagos diferentes.

Snorri ficou sentado em silêncio, com o azul de seus olhos um tom mais claro com o reflexo do céu no lago. Ele observava as águas, observava o garoto, de braços cruzados. O vento contornou a pedra onde ele havia se recostado e jogou seus cabelos sobre o rosto, escondendo sua expressão. Eu já o vira se afastar de Hennan, mais de uma vez, deixando seus cuidados e sua segurança para Kara ou Tuttugu. Mas ele o observava; toda vez que achava que ninguém estava vendo ele o observava. Talvez um homem de família como Snorri não conseguisse deixar de se preocupar com uma criança órfã. Talvez achasse que cuidar dele seria uma traição com seus próprios filhos perdidos. Eu nunca havia visto realmente como funciona uma família – não pelo mundo, sem governantas e babás pagas para fazerem o trabalho no lugar dos pais –, então eu não saberia dizer. Se eu estivesse certo, porém, aquilo parecia muito inconveniente, e uma vulnerabilidade perigosa. Todos aqueles anos passados em treinamento, toda aquela habilidade com armas, só para deixar um garotinho ficar sob sua guarda e sobrecarregá-lo com suas vontades.

Alguns momentos depois, peguei uma pedra solta e a atirei acima da cabeça de Hennan para o lago. A questão não era se eu atiraria uma pedra, apenas quando.

Nós ficamos na beira da cratera até o sol começar a cair e o vento esfriar. Eu tive que chamar o menino de volta das brincadeiras bobas que o estavam ocupando às margens do lago. Ele havia encontrado um graveto em algum lugar e o pôs a flutuar onde a água recém-derretida se acumulava sobre o gelo.

Ele veio correndo entre nós, Snorri olhando para os vales abarrotados de floresta ao longe, e eu encolhido no cobertor que estava me servindo de capa.

"Já vamos descer?" Ele pareceu decepcionado. "Eu quero ficar."

"Nem sempre a gente consegue o que quer", disse-lhe, lembrando, conforme as palavras saíam de minha boca, que ele não precisava de conselhos meus sobre dificuldades. Ele viu o homem que o criou morrer, instantes após o conhecermos. "Aqui." Eu segurei uma moeda de prata entre dois dedos para distraí-lo. "Você pode ficar com esta moeda *ou* pode receber o conselho mais valioso que tenho, algo que um sábio me disse uma vez e que eu nunca dividi."

Snorri virou a cabeça ao ouvir aquilo, olhando para nós dois com a sobrancelha levantada.

"E aí?", perguntei.

Hennan franziu a testa, olhando para a moeda, depois para mim, depois para a moeda. "Eu..." Ele estendeu a mão, depois a puxou para trás. "Eu... o conselho", disse ele abruptamente, como se as palavras doessem.

Eu assenti com sabedoria. "Sempre pegue o dinheiro."

Hennan olhou para mim sem entender quando eu parei, enfiei a moeda no bolso e puxei meu cobertor mais para perto. Snorri bufou.

"Espere... como assim?" A confusão de Hennan deu lugar à raiva.

Snorri foi na frente e eu acompanhei.

"Sempre pegue o dinheiro, garoto. Conselho valioso, esse."

Quando Gorgoth finalmente relatou que os danes foram avistados adentrando a floresta, nós já estávamos ansiosos para estar na estrada novamente.

Nós partimos em um fim de tarde tristonho, com o vento norte jogando chuva sobre as encostas. O plano era viajar à noite em nossa longa jornada, mas a primeira parte de nossa rota, descendo o Heimrift, passava por terras tão pouco povoadas que os danes disseram que não havia necessidade de se esconder. Meu palpite era que nossa escolta simplesmente não queria que o primeiro encontro com uma horda de trolls fosse no escuro.

Ainda vestindo as roupas com que escapamos do naufrágio do *Errensa*, nós descemos as encostas negras de Halradra em direção às florestas de pinheiros nos vales abaixo. Snorri nos manteve na retaguarda da coluna e nós contamos cento e quarenta daquelas criaturas, que saíam das cavernas e chiavam para a luz. É uma coisa estranha seguir mais de cem trolls. Poucos homens haviam sequer visto um ou dois, e menos homens ainda viviam para contar. Nós cinco fazíamos mais barulho que os trolls, que mal produziam um som entre eles. E no entanto o êxodo foi ordenado e rápido. Kara falou que as criaturas deviam se comunicar de alguma maneira além de nossa audição, sem necessidade de palavras. Eu disse que as ovelhas formam uma fila ordenada para saírem de seus currais e são apenas bichos burros. Um troll do fundo virou a cabeça ao ouvir aquilo e fixou aqueles olhos totalmente pretos em mim. Eu calei a boca na hora.

Depois de chegarmos ao abrigo das árvores, Gorgoth fez uma parada e os trolls se espalharam, abrindo caminhos de forma barulhenta entre as moitas densas de galhos velhos e secos.

"Esperaremos aqui, conforme combinado", disse Gorgoth.

Como ele sabia onde esperar eu não fazia ideia. Parecia um trecho qualquer de floresta, indistinguível de qualquer outro, mas fiquei contente de esperar, agora que havíamos saído da pior parte do vento e da chuva. Eu me recostei em uma árvore, com minha camisa molhada grudando de maneira desagradável. Se não fosse pela presença de cem trolls, eu estaria preocupado com homens dos pinheiros e outros horrores que poderiam estar à espreita nas sombras. Snorri e eu não tivéramos boas experiências com as florestas da região em nossa viagem ao norte. Mesmo assim, eu me recostei e relaxei, sem me importar com o fedor dos trolls. Era um preço que valia a pena pagar pela paz de espírito.

"... homem no comando..." Tuttugu conversava com Gorgoth a uma curta distância de mim. Os dois pareceram se dar bem, apesar de um ser um enorme demônio de pele vermelha e o outro um nórdico ruivo e gordo que não alcançava muita coisa além do cotovelo. "... sobrinho do duque..."

Uma onda de desconforto passou sobre mim, como se uma pedra tivesse sido atirada no lago recém-acalmado de minha paz.

"O sobrinho do duque o quê?", perguntei quase gritando.

"O sobrinho do duque vai conduzir nossa escolta, Jal, eles devem chegar em breve", gritou Tuttugu de volta.

"Hummm." Parecia bem justo. Nada mais adequado que um príncipe de Marcha Vermelha ter um nobre responsável por escoltá-lo em segurança até sua casa. Embora um nobre inferior. Sobrinho do duque... alguma coisa me parecia familiar.

Eu deixei o desconforto para lá e fiquei sentado vendo Kara cuidar de Hennan, enquanto a chuva pingava em mim através das folhas densas lá no alto. Após um tempo, avistei a pedra troll, que devia ser o motivo daquele lugar ter sido escolhido como nosso ponto de encontro. Um bloco antigo e desgastado de pedra, coberto de musgo e enterrado no chão, levemente inclinado. Eu soube que era uma pedra troll por ela não ter a menor semelhança com os trolls, de nenhum lado.

"Cavalos! Estão chegando." Snorri se levantou, de lança na mão, com o machado agora preso às costas por um arranjo de tiras de couro de cabra que ele havia feito durante nossa estadia na caverna.

Segundos depois eu os ouvi também, galhos se partindo pela passagem forçada pelas árvores. Em seguida, o primeiro deles apareceu.

"Salve, Gorgoth." O homem parecia desconfortável. Eu consegui ver três deles no total, todos montados, bem próximos, pressionados por alguma coisa além das árvores. Por toda a nossa volta, vultos negros se moviam nas sombras. Os cavalos pareciam ainda mais nervosos que seus cavaleiros, com o cheiro dos trolls fazendo-os revirar os olhos.

Eles se aproximaram, todos com capas de pele de lobo, escudos redondos nos braços, capacetes parecidos com os dos Vikings Vermelhos, justos, amarrados com faixas rebitadas de bronze, com protetores de olhos e nariz que saíam de baixo do aro com detalhes trabalhados.

"Prazer encontrá-los novamente." Gorgoth levantou uma de suas enormes mãos como demonstração de boas-vindas. "Quantos são?"

"Vinte cavaleiros. Meus homens estão ali na estrada da floresta. Vocês estão prontos para partir?"

"Estamos." Gorgoth inclinou a cabeça.

Os cavaleiros puxaram as rédeas, mas, ao se virarem, o líder viu Snorri, saindo das árvores.

"Quem são seus convidados... Gorgoth?" Percebi a hesitação quando ele tentou dar ao monstro algum título honorífico, mas fracassou.

Meu desconforto voltou. O homem parecia ser jovem, de porte mediano. Sua juba dourada caía sobre os ombros. Aquilo me deu uma sensação amarga.

Em meu momento de hesitação, Snorri avançou, sorrindo, mostrando os dentes daquele jeito dele que misteriosamente transforma estranhos em amigos em tão pouco tempo.

"Sou Snorri ver Snagason, do clã undoreth, das margens do Fiorde Uulisk. Este é meu conterrâneo Olaf Arnsson, chamado de Tuttugu." Ele abriu o braço na direção de Tuttugu, que saiu de trás de Gorgoth, catando ramos de sua barba.

Kara se aproximou, tão alheia ao protocolo quanto os outros. Um príncipe deve ter precedência e ser apresentado antes dos plebeus. Eu achava que até os plebeus soubessem disso!

"Kara ver Huran, de Reckja, na Terra de Gelo e Fogo."

Aquilo era novidade! Eu presumi que ela fosse de um dos reinos de Norseheim. Eu conheci alguns marinheiros em Trond que haviam estado na Terra de Gelo e Fogo, mas muito poucos. Eles diziam que a travessia era perigosa – e quando um viking diz "perigoso" isso quer dizer "suicida". Não era de admirar que ela ficasse tão à vontade vivendo em cavernas de vulcões.

Eu pigarreei e dei um passo à frente, desejando que pudesse fazer minha apresentação a cavalo e pelo menos olhar o camarada nos olhos – ou, melhor ainda, olhá-lo de cima.

"Príncipe Jalan Kendeth de Marcha Vermelha ao seu dispor. Neto da Rainha Vermelha." Normalmente, não menciono minha avó, mas, depois de ter visto como ela conquistou seu nome, eu achei que isso pudesse dar um pouco mais de peso ao meu.

Um minúsculo aceno de cabeça e o sobrinho do duque levantou a mão para remover seu elmo. Ele sacudiu os cabelos, repousando o elmo no arção da sela e virando-se para me olhar com seus olhos azuis. "Já nos conhecemos antes, príncipe. Meu nome é Hakon, o Duque Alaric de Maladon é meu tio."

Merda. Eu me segurei para não dizer em voz alta. Eu o conheci na Três Machados, no meu primeiro dia em Trond. Num espaço de dez minutos eu havia conseguido bater uma porta na cara dele, quebrar seu nariz e fazê-lo ser escorraçado da taberna como um charlatão.

"Encantado", respondi, esperando que meu papel no vexame dele continuasse vago em sua mente. Eu o desmascarara como mentiroso, esperando me sair como herói. Na época, fiquei bastante satisfeito comigo mesmo, usando o poder de Baraqel para curar a mão de Hakon e dar como mentirosa a alegação de ter sido mordido por um cachorro enquanto salvava um bebê. Afinal, ele *estava* se exibindo. Qualquer idiota pode ser mordido por um cachorro. Além do mais, parecia que ele poderia roubar Astrid e Edda de mim, antes que meus encantos tivessem a chance de funcionar.

Hakon estreitou os olhos para mim, com duas rugas aparecendo no meio de sua testa, mas ele não disse mais nada; virou seu cavalo para o outro lado e nós partimos, seguindo os danes estrada abaixo.

"Belo rapaz", disse Kara, saindo atrás de Gorgoth.

Snorri e eu nos entreolhamos. Meu olhar disse: "Está vendo? É por isso que tive que mexer com ele naquela época".

Nós não vimos muito de Maladon além do que foi iluminado pela luz das tochas durante nossa jornada ou do urzal isolado onde acampamos durante o dia. Eu não considerei uma grande perda. Já havia visto tudo que queria das Terras Dane em nossa viagem ao norte no ano anterior. Uma terra triste cheia de gente triste, todos desejando ser vikings de verdade. Os Thurtans eram iguais. Piores, se possível. Em meu *Guia Nobre do Império Destruído*, a definição de Thurtan Oriental seria "semelhante a Maladon, só que mais plano". E para Thurtan Ocidental: "Vide Thurtan Oriental. Pantanoso".

Aslaug não voltou, embora eu esperasse sua aparição a cada pôr do sol. Duas vezes eu ouvi batidas leves, como se ao longe alguém estivesse batendo em uma porta pesada, mas parecia que de alguma maneira nossa fuga de Osheim havia finalmente rompido os laços que a Irmã Silenciosa forjara entre nós. Talvez Aslaug e Baraqel, surgindo daquele jeito para combater os Hardassa, tenham sido arrancados de mim e de Snorri, deixando ambos vazios, ou livres, dependendo do ponto de vista.

Na verdade, eu sentia saudade dela. Ela era a única deles que via meu verdadeiro valor. Em nossa segunda noite saindo das florestas de Maladon eu fiquei encolhido em minha capa, atormentado por uma chuva fina e imaginando o que Aslaug diria se me encontrasse ali.

"Príncipe Jalan, dormindo no chão no meio desses homens do norte. Eles não percebem que um homem de seu calibre deveria estar hospedado nos melhores salões que esta terra tem a oferecer?"

Por mais que eu sentisse falta de Aslaug, era bom ver que Baraqel havia sido banido de Snorri. "Fique de olho nele, Jalan", dissera Aslaug. "Olho no jurado pela luz. Baraqel sabe que aquela chave irá abrir mais portas do que apenas a que Snorri procura. As minas de Kelem têm muitas portas. Atrás de uma dessas portas, Baraqel e um bando igual a ele, tão moralista e de julgamento tão rápido, aguardam sua chance. Quando a manhã chegar, ele estará sussurrando outra vez no ouvido de Snorri, lentamente fazendo sua cabeça, até ele colocar a chave de Loki naquela fechadura e o bando de Baraqel sair com tudo – não oferecendo mais conselhos, e sim emitindo sentenças e execuções."

Eu olhei para a protuberância maior dormindo. Aslaug fizera tudo parecer bem convincente, mas Snorri era um homem difícil de conduzir por qualquer caminho que não o seu próprio – eu sabia disso por experiência própria. Ainda assim, eu estava feliz por Baraqel ter ido embora.

Em algum lugar o sol se pôs e as batidas distantes sumiram. Eu olhei para Kara e encontrei Hennan me olhando de volta, aninhado com a völva em seu saco de dormir. Ele me olhou com sua expressão indecifrável e após um tempo eu o ignorei e saí para molhar uma árvore.

Noite após noite, nós cruzamos primeiro Maladon e depois os Thurtans. A estreita aliança do Duque Alaric com os lordes dos Thurtans significava que ele se considerava responsável pela passagem segura de Gorgoth e seus irmãos por aquelas terras – uma questão de honra e que Lorde Hakon repetiu para Gorgoth em mais de uma ocasião.

"Se uma cabra ou ovelha sequer sumir do rebanho de um pastor, seria como se o próprio Duque Alaric a tivesse roubado", disse Hakon.

Gorgoth simplesmente inclinava sua enorme cabeça e o assegurava que tudo ficaria em ordem. "Trolls foram feitos para a guerra, Lorde Hakon, não para roubar."

Hennan estava à vontade na marcha, sem reclamar das distâncias, ainda com energia suficiente para correr pelo acampamento quando anoitecia, importunando os nórdicos para lhe contarem histórias. Ele passava algum tempo com Gorgoth também. A princípio, o interesse do monstro despertou minhas suspeitas, mas parecia que ele simplesmente gostava do menino, contando suas próprias histórias dos mistérios e maravilhas dos lugares escuros sob as montanhas.

Quando a marcha continuou, concentrei meus recursos em seduzir Kara. Embora não fizesse o menor esforço de se tornar atraente, ela ainda conseguia me atormentar. Apesar de ser tão suja e malcuidada como o restante de nós, magra, musculosa, de olhos astutos, eu ainda me pegava desejando-a.

Mesmo com os pontos negativos óbvios – ser assustadoramente inteligente, saber coisas demais, perceber minhas artimanhas em quase todas as ocasiões e ficar mais do que feliz em espetar mãos perdidas – eu a achava excelente companhia. Isso era uma experiência nova e bastante confusa para mim. Ver Kara entreter vinte danes com histórias indecentes em volta da fogueira era como se, durante uma caçada de javalis no Bosque dos Reis perto de Vermillion, nossa vítima parasse de correr, se sentasse e, puxando um cachimbo, começasse a discutir conosco as vantagens da carne de vitela em relação à de cervo, opinando sobre o melhor vinho para servir com cisne.

Snorri, que até a chegada de Hakon eu contava como meu rival pelo afeto de Kara, parecia estranhamente cauteloso perto da mulher. Eu me perguntei se ele ainda estava ligado à memória de Freja, fiel a uma esposa morta. Ele dormia separado de nós, e muitas vezes sua mão saía para apalpar o peito, onde a chave ficava pendurada sob seu justilho.

Nas raras ocasiões em que me levantei antes de Snorri, eu às vezes o via estremecer, retesando o flanco, como se a ferida envenenada que Baraqel diminuíra em Osheim estivesse voltando para atormentá-lo.

As noites de marcha passavam lentamente. Thurtan Oriental se transformou em Ocidental apenas com um aumento de umidade para marcar a transição. Nós andávamos, meus pés ficavam doloridos, e cada vez mais eu queria que um cavalo me carregasse.

Nós passamos nossa primeira noite cruzando Thurtan Ocidental e não pudemos mostrar muita coisa além das botas enlameadas. Eu já havia aguentado o máximo que podia das palhaçadas de Lorde Hakon para cima de Kara – ele estava discursando agora sobre literatura clássica, como se fosse uma velha enrugada que foi libertada de sua torre de livros –, então procurei me distrair com o único de nossos monstros que sabia falar.

"O que espera por você e seus súditos nas Terras Altas, Rei Gorgoth? Não me lembro de ouvir dizer que Conde Renar tenha reputação de hospitaleiro..."

"Não sou nenhum rei, Príncipe Jalan. É só uma palavra que acaba sendo útil momentaneamente." Gorgoth estendeu a mão até o fogo, tão perto que parecia impossível que sua pele não estivesse borbulhando. Os três dedos, imóveis na chama, faziam dele algo estranho. " É Rei Jorg que reina nas Terras Altas agora. Ele nos ofereceu santuário."

"Trolls precisam de santuário? Eu... Espere... Jorg? Não vá me dizer que é aquele menino Ancrath?"

Gorgoth inclinou a cabeça. "Ele tomou o trono do tio à força. Eu vim com ele para o norte até Heimrift."

"Ah." Por um momento, as palavras me escaparam. Eu imaginava que Gorgoth havia nascido entre os trolls, apesar de não ter pensado em como ele adquirira a linguagem entre eles, nem em como conhecera os costumes dos homens o suficiente para negociar com duques e lordes.

"E sim, trolls precisam de santuário. Os homens são muitos e tomam a força como desafio, a diferença como crime. Eles dizem que no passado havia dragões no mundo. Agora eles estão extintos."

"Hummm." Não consegui me comover com a situação dos trolls perseguidos. Talvez se eles fossem mais fofinhos... "Esse tal de Jorg... já ouvi histórias sobre ele. A Rainha Sareth queria que eu pusesse o moleque no colo e lhe arrancasse o couro. E eu teria feito isso – a Rainha Sareth é uma mulher muito persuasiva." Eu levantei a voz, só um pouquinho, de forma bem sutil, para que Kara não perdesse minha conversa sobre rainhas e príncipes. "Além de linda. Você já... bem, talvez não." Eu me lembrei que Gorgoth não era do tipo que recebia convites da corte, a não ser talvez que fosse em uma jaula, como atração. "Eu teria ensinado uma lição ao menino, mas tive negócios mais urgentes no norte. Necromantes e desnascidos para botar em seus lugares, sabe como é." Minhas aventuras podiam ter sido um sofrimento interminável, mas pelo menos agora eu podia usar "necromantes" para superar a oposição em qualquer história de ousadia e adversidade. Gorgoth podia ser um rei monstruoso de trolls, mas o que um morador de caverna como ele saberia sobre necromantes?

Gorgoth roncou, bem no fundo do peito. "Jorg Ancrath é feroz, inescrupuloso e perigoso. Meu conselho é que fique bem longe dele."

"Jorg Ancrath?" Hakon, captando o nome, interrompeu sua discussão sobre as sutilezas de algum verso tedioso da *Ilíada*. "Meu tio diz a mesma coisa, Gorgoth. Acho que gosta dele! O primo Sindri ficou impressionado com o sujeito também. Preciso fazer minha própria avaliação, qualquer dia desses." O dane saiu de perto do fogo e se aproximou – todo cheio de cabelos dourados, queixo quadrado e sombras. "E você pensou em colocá-lo sobre os joelhos, Príncipe Jalan?" Eu ouvi Snorri rindo ao fundo, provavelmente se lembrando dos fatos verdadeiros e de nossa saída às pressas da Cidade de Crath. "Isso pode ser complicado. O cara deu fim a Ferrakind..."

"Ferrakind?"

Kara respondeu: "O mago do fogo que dominava em Heimrift, Jal. Os vulcões se calaram com sua morte". Ela me observou das sombras, apenas com os contornos de seu rosto refletindo a luz do fogo. Eu pude ver o sorriso dela repetido nos rostos de muitos danes.

"Ah." *Foda-se todo mundo.* Eu me levantei, falei qualquer coisa sobre precisar me esticar e saí, deixando-os com uma provocação: "Bem, a Rainha Sareth não parecia achar muita coisa do garoto".

Conforme as noites se amontoavam, uma sobre a outra, e nós chegávamos cada vez mais perto da fronteira de Gelleth, eu parecia estar fazendo um progresso lento em minha outra jornada – em direção às cobertas de Kara –, embora eu tivesse a perturbadora impressão de estar sendo constantemente fisgado, em vez de fisgar minha presa com o velho charme de Jalan e ser quem a estava puxando em minha direção.

Para piorar meu constrangimento, embora Kara tivesse misteriosamente começado a olhar em minha direção e me dar o tipo de sorriso que aquece a alma de um homem... ela também parecia não se iludir com minha lábia rotineira, rindo de minhas mentiras sobre devoção e honra. Com frequência me perguntava sobre Snorri e a chave: as circunstâncias sob as quais a obtivemos, a natureza desaconselhável de sua missão e minhas ideias sobre como ele poderia ser dissuadido dela. Por mais que me aborrecesse ficar falando de Snorri com uma mulher outra vez, eu gostava do fato de ela querer saber minhas opiniões e ouvir meus conselhos a respeito da chave de Loki.

"Uma coisa dessas não pode ser tomada à força", disse ela. "Não sem um enorme risco."

"Bem, é claro que não – é de Snorri que estamos falando..."

"Mais que isso." Ela chegou mais perto, abaixando a voz a um sussurro delicioso ao lado de minha orelha. Lembranças de Aslaug se remexeram em algum lugar ali embaixo. "Isso é obra de Loki. O trapaceiro. O mentiroso. O ladrão. Uma pessoa assim não deixaria sua obra cair para o mais forte."

"Bem, para dizer a verdade, nós não fomos exatamente delicados quando a tomamos!" Estufei o peito e tentei parecer desinteressado.

"Mas o capitão desnascido atacou *você*, Jalan. Snorri simplesmente pegou a chave da ruína dele. Não era seu propósito – ele não atacou o desnascido por causa da chave."

"Bem... não."

"Trapaça ou roubo. Essas são as duas únicas opções seguras." Ela olhou nos meus olhos.

"Se você pensa que essas são seguras", disse-lhe, "você não conhece Snorri."

Ao mesmo tempo em que sentia minha ligação com Kara cada vez mais forte, ela parecia mais encantada a cada dia pelo irritantemente bonito Lorde Hakon. Toda noite o desgraçado demonstrava alguma virtude nova com habilidade consumada, e fazia aquilo parecer uma revelação natural, em vez de estar se exibindo. Em uma noite, foi sua voz grave de tenor, de afinação perfeita, e seu domínio de todas as grandes canções do norte. Na próxima foi derrotar todo mundo, exceto Snorri e um ogro de um homem chamado Hurn, em uma competição de queda de braço da qual ele precisou ser coagido a participar. Em outra noite ele nos presenteou com uma grande demonstração de preocupação com um soldado seu que teve dores repentinas de cabeça – debatendo conhecimentos de ervas com Kara como se ele fosse uma curandeira chamada para tratar os inválidos. E esta noite Hakon nos preparou um cozido de cervo que eu devorei e me forcei a chamar de "tolerável", enquanto uma força de vontade ferrenha me impediu de repetir pela terceira vez... o melhor cervo que já comi.

Durante toda a nossa penúltima noite de escolta, Kara caminhou à frente da coluna com Lorde Hakon, que desceu de seu cavalo para andar ao lado dela. A noite estava quente, a viagem tranquila, os rouxinóis nos faziam serenata e em pouco tempo os dois estavam de braços dados, rindo e fazendo brincadeiras. Eu fiz o possível para separar a conversinha deles, claro, mas existe uma espécie de indiferença com que um casal trata um sujeito que é difícil de contornar, especialmente com vinte danes montados olhando para sua nuca.

Em nosso último dia nós levantamos no fim da tarde, com nosso acampamento em um prado ao lado de um riacho, o dia quente e ensolarado, e novos botões nas árvores. Menos de quinze quilômetros nos separavam da fronteira de Gelleth, onde Lorde Hakon e seus danes iriam se despedir, e eu ficaria sinceramente feliz de vê-los pelas costas. Snorri e Tuttugu com certeza andariam felizes até Florença com os pagãos, passando a viagem inteira até agora trocando histórias de batalha com eles. Os danes amavam histórias do mar e as antigas sagas. Snorri forneceu as primeiras, de suas próprias experiências, e Kara as últimas, de seu vasto arsenal de conhecimento. Eu quase achei que alguns soldados do duque iriam voluntariamente unir-se aos undoreth e viajar com os vikings, tamanho o grau de adoração... Até Tuttugu foi considerado alguma espécie de herói, ancorando nas margens das Ilhas Submersas em uma temporada, lutando com mortos no Gelo Mortal em outra, dando sua última cartada contra os Hardassa na Roda de Osheim...

Eu bocejei, espreguicei-me, bocejei outra vez. Os danes estavam em volta das cinzas da fogueira matinal, os cavalos amarrados em estacas um pouco acima da leve ladeira, os trolls em sua maioria escondidos, espalhados pelo gramado alto perto da água. O dia estava quase quente, comparado aos anteriores – um primeiro toque de verão, embora fosse um arremedo pálido do norte.

Um "café da tarde" foi preparado em ritmo lento, sem ninguém parecendo estar com pressa de partir. Tuttugu me trouxe uma tigela de mingau do caldeirão comunitário e um sujeito chamado Argurh veio trazendo seu cavalo para eu dar uma olhada. Essa era a única coisa que os homens de Maladon admitiam que eu pudesse saber alguma coisa a respeito: cavalos.

"Ele está forçando a esquerda, Jalan." O homem manobrou o cinzento em volta de mim, curvando-se para tocar o machinho suspeito.

Eu contive a vontade de dizer "*Príncipe* Jalan". Quanto mais ao sul nós chegávamos, menos tolerância eu tinha com esses lapsos. Na taberna Três Machados, eu aguentara os nórdicos me chamando de Jal assim como aguentara o inverno, um fenômeno natural sobre o qual nada podia ser feito. Mas agora... agora estávamos nos aproximando de Marcha Vermelha e o verão havia nos encontrado. As coisas iriam mudar.

"Viu? Ali, fez de novo", disse Argurh. O cavalo deu um meio passo.

Pelo canto do olho eu avistei Kara se mexendo, com o saco de dormir que havia recebido enfiado debaixo do braço, andando até a grama alta perto do riacho, com flores silvestres ao redor dela, borboletas voando...

"E ele está com um pouquinho de gases." Argurh, na minha frente outra vez, continuando a tagarelar sobre seu pangaré e tapando minha visão.

"Bem." Com um suspiro, virei minha atenção ao cavalo – melhor dar uma olhada antes que a luz sumisse. "Ande com ele até ali. Vamos vê-lo se mexendo."

Argurh o conduziu. Parecia que o bicho podia estar com um espinho logo acima do casco ou deu uma batida que o deixou dolorido. Fiz sinal para voltarem. Dava para sentir o sol se abaixando atrás de mim e eu precisava resolver aquilo antes que se pusesse. Apesar de Aslaug não ter retornado e até as batidas terem parado, eu sempre sentia uma leve presença quando o sol se punha e os animais à minha volta ficavam ariscos.

"Segure-o." Eu me ajoelhei para checar a pata. Por baixo da barriga do animal eu espiei Hakon se limpando com as mãos. Ele havia amarrado o cabelo para trás e lavado o rosto. Altamente suspeito, na minha opinião. Quando um homem no meio do mato se dá ao trabalho de lavar o rosto, ele está claramente aprontando alguma coisa. Eu manipulei a articulação, murmurando o tipo de bobagens que acalmam um cavalo, com os dedos suaves. Um instante depois, encontrei a ponta do espinho, logo abaixo da pele. Uma arranhada com a unha, um apertão rápido e eu arranquei o troço. Uma coisa horrível, de mais de três centímetros e cheia de sangue.

"Deixe sangrar", disse eu, passando o espinho para Argurh. "Difícil de ver. O problema muitas vezes está acima do casco."

Eu me levantei rapidamente, ignorando os agradecimentos dele, e me afastei do acampamento, agachando-me para destruir uma flor entre os dedos.

"Aslaug!" O sol ainda não havia tocado o horizonte, mas o céu estava avermelhado acima das montanhas de Gelleth a oeste. "Aslaug!" Eu precisava dela ali naquele momento. "É uma emergência."

Kara não havia simplesmente saído para o prado com seu saco de dormir. Hakon não estava apenas se embelezando para o caso de encontrarmos alguns guardas da fronteira de Gelleth e os danes não estavam sendo penosamente lerdos para se aprontarem só por preguiça. Se existe uma coisa que eu não suporto sobre comportamento libertino é quando não estou envolvido.

Olhei para o oeste. A descida atormentadora do sol continuava, e ele agora estava uma fração acima das colinas.

"Quê?" Não a palavra, nem mesmo um sussurro dela, mas um leve e inequívoco som de pergunta, lá dentro de meu ouvido.

"Preciso impedir Hakon..." Hesitei, sem querer deixar claro. Sempre achei que o diabo devia saber o que estava pensando.

"Mentiras." Tão baixo que eu podia ter imaginado.

"Sim, sim, você é a filha das mentiras... e daí?"

"Mentiras." A voz de Aslaug surgiu quase inaudível, e as sombras se expandiram à minha volta. Eu me perguntei o que a deixara tão calada e distante... Não era o temperamento que a afastava de mim – ela havia de alguma maneira sido afastada... "Mentiras." Há um ditado em Trond – "minta quando a luz se enfraquece" – dizem que essas mentiras seriam as mais passíveis de serem acreditadas.

"Mas que mentira eu devo..."

"Olhe." Aquela palavra pareceu ter sugado toda a sua força, sumindo no final. Por um momento, as sombras pareceram flutuar, unindo-se na mesma direção. Uma direção que levou meu olhar até um salgueiro solitário e mirrado que crescia ao lado do riacho, a uns duzentos metros de onde Kara estava indo. Embora eu não pudesse ver nenhum sinal dela – aquela danada estaria deitada, fora da vista...

"Só há trolls dormindo lá, no entanto." Hakon não era idiota, e era preciso ser mais do que idiota para sair cutucando um troll.

Nenhuma resposta, mas eu me lembrei do que Aslaug me dissera fazia pouco tempo, agachada ao meu lado, a boca perto da minha orelha enquanto o sol atravessava seus últimos momentos. "Você se surpreenderia com o que eu posso fazer com as sombras." Eu me perguntei se ela estava planejando fazer alguma coisa naquela noite. Alguma trapaça, talvez? Ela não poderia desejar situação melhor do que o couro preto de um troll... Uma sensação de urgência tomou conta de mim. Era como se Aslaug tivesse se empolgado com a tarefa. Afinal, era uma tarefa perversa.

Eu me levantei com um solavanco. Hakon já estava a caminho, passando pela maioria de seus homens, parando para fazer uma brincadeira. Com o coração disparado, eu corri para interceptá-lo, enquanto tentei fazer o possível para não parecer que estava correndo. Isso é bastante difícil. Não acho que tenha conseguido. Eu o alcancei logo depois do acampamento.

"Sim?" Hakon me lançou um olhar distante. Ele nunca me acusara de malícia por causa da situação na Três Machados, nem sequer reconhecera que o incidente tivesse acontecido, mas dava para perceber que ele suspeitava. Mesmo agora, com Kara à sua espera, ele não relaxou o suficiente para se gabar, apenas me olhou com cautela – acho que até os gatos que não foram escaldados têm medo de água fria.

"Só vim lhe dar os parabéns, o melhor homem venceu e tudo mais; ao vencedor, os despojos. Ela está esperando você logo ali." Eu acenei com a mão para o salgueiro. Conforme eu ia dizendo as palavras, sentia Aslaug repetindo-as, envolvendo a magnificência sombria de sua voz em cada sílaba. Parecia que ela estava mais perto dele do que eu – como se ela tivesse sussurrado a última palavra no ouvido dele.

Por um momento, Hakon apenas franziu o rosto. "Você tem ideias muito estranhas sobre o que é e o que não é um jogo, príncipe.

E pessoa nenhuma deve ser referida como despojos." Por um momento, achei que fosse me bater, mas ele saiu andando na direção do salgueiro sem nem me olhar novamente.

"Bela noite para caminhar!" Snorri levantou seu fardo. Os danes haviam comprado roupas, equipamentos e mantimentos para nós na última cidade pela qual passamos. Usando meu dinheiro, claro. "Passamos por Gelleth e antes que você perceba estaremos de volta em Rhone. Jal ama Rhone, Tutt, simplesmente ama." Hennan levantou a cabeça com os olhos brilhando. "É bom lá?"

"Se existe um lugar que precisa de uma punhalada, é Rhone." Cuspi um inseto voador que decidiu cometer suicídio em minha boca, possivelmente dois mosquitos que vieram com a noite. Snorri parecia inexplicavelmente alegre. Pelo menos Tuttugu me olhou com uma pitada de compaixão.

"Você não está preocupado com a segurança de nossa völva sozinha por aí com a noite caindo?" Cutuquei Snorri, querendo dividir com ele meu sofrimento.

Snorri me lançou um olhar com a testa abaixada. "Ela não está sozinha, Jal. E são as coisas no escuro que devem ter medo de uma völva, não o contrário."

O jovem Hennan nos observava de baixo de seu cobertor, ainda sem ter se dado o trabalho de levantar. Ele olhava para um e para outro enquanto conversávamos, como se estivesse nos medindo e decidindo qual caminho tomar.

Em algum lugar, na escuridão crescente, um grito rompeu a calmaria da noite.

"Preciso falar mais alguma coisa?", disse-lhe, abrindo os braços. Snorri já estava passando por mim, de machado em punho, com Tuttugu correndo atrás dele. Já eu estava menos disposto a seguir. A noite traz todo tipo de terror – e, além do mais, o grito veio da direção do salgueiro. Hennan começou a ir atrás, mas eu estendi a perna no caminho dele. "Melhor não."

Tenho dificuldade de imaginar a cena, mas tudo que posso concluir é que Aslaug entremeou suas sombras bem. Muito bem mesmo, se conseguiu fazer uma troll fêmea reclinada se parecer com a silhueta convidativa de Kara. Exatamente de que maneira Lorde Hakon ofendeu a troll nunca ficou totalmente claro, mas parece que seus avanços foram impertinentes o bastante para fazer a criatura enfiar um galho de salgueiro de tamanho considerável em um de seus orifícios. Mais uma vez os detalhes nunca foram expostos para nós, mas basta dizer que a escolta terminou naquele prado e Hakon não saiu cavalgando quando foi embora, e sim andando com muito cuidado.

No tumulto que imediatamente se seguiu ao incidente, aproveitei a oportunidade para sugerir a Gorgoth que conduzisse seu povo para o oeste, em vez de esperar a indignação dos danes atingir o ponto de ebulição. Gorgoth acatou o conselho e eu fui com eles, assim evitando escutar todos os nomes que Hakon pudesse me chamar – e, é claro, evitando o esforço de tentar não rir enquanto ele fazia isso.

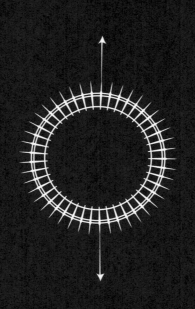

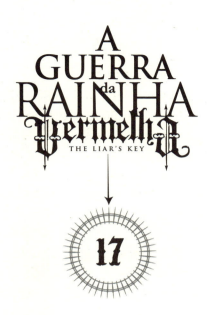

Snorri e os outros nos alcançaram na lateral de alguma colina deserta de Gelleth, iluminada pela lua e coberta com mato baixo. Exatamente como eles seguiram nossa trilha no escuro eu não sei – eu esperava que eles nos alcançassem de dia. O velho elo que unia o nórdico a mim ainda dava uma sensação de desconforto e uma noção de direção quando nos separávamos por dois ou três quilômetros, mas não o suficiente para navegar pela noite em uma região traiçoeira.

"Você fez aquilo!" Foram as primeiras palavras de Snorri para mim.

"Eu de fato tirei Gorgoth e seus amigos ferozes de um confronto potencialmente violento, sim." Snorri abriu a boca de novo, o bastante dessa vez para prenunciar um grito, mas eu o impedi com a mão levantada. "Não precisa me agradecer. A Rainha Vermelha criou os príncipes de sua família para manterem a cabeça fria durante uma crise."

"Eu só quero saber como foi que fez!" Tuttugu se apressou e passou Snorri, com um sorriso insinuado no meio do matagal de sua barba. "O coitado do Hakon parecia que não ia se sentar em uma sela durante muito tempo."

A visão do rosto de Kara no brilho do oricalco parou a risada em minha garganta. O lado engraçado da situação parecia não estar virado para ela. A julgar por seus olhares assassinos, eu estaria mais seguro dormindo com os trolls.

Lá na frente da coluna, Gorgoth emitiu algum comando silencioso e mais uma vez seus súditos começaram a se movimentar. Agradecido pela desculpa, virei as costas para Kara e, após reposicionar meu fardo, comecei a caminhar. Eu já havia pedido a Gorgoth para mandar um troll carregar minhas coisas, mas ele teve algum tipo de restrição estranha a respeito, como se achasse ser uma tarefa aquém de um troll carregar a bagagem de um príncipe de Marcha Vermelha. Acho que esse é o tipo de loucura que se estabelece quando se passa a vida morando em uma caverna escura. De qualquer maneira, no fim ele os dispensou, argumentando que eram capazes de comer meus mantimentos e em seguida o fardo e minha capa sobressalente.

Reclamei com Snorri a respeito, mas ele simplesmente riu. "Faz bem a um homem carregar seu próprio peso no mundo, Jal. Isso vai fortalecer você um pouco também."

Eu balancei a cabeça. "Parece que o conceito de nobreza termina ao norte de Ancrath. Aquele ali", eu acenei para a frente da coluna, "provavelmente nem dobraria o joelho se houvesse um novo imperador e o trouxessem para visitar. Isso me lembra um mendigo de Vermillion, Jack Nojento, como chamavam-no, ou pelo menos Barras Jon o chamava assim... Enfim, ele ficava ali na Rua da Seda, nos fundos do teatro de ópera com sua latinha, mostrando os cotocos das pernas e pedindo dinheiro aos gritos às pessoas de bem que passavam. Eu mesmo joguei uma ou duas moedas para ele. Provavelmente. Barras me contou que vira o homem esvaziar sua latinha sobre um pano e limpar cada moeda de cobre com um pedaço de feltro, com todo o cuidado do mundo para não encostar em nenhuma até tirar o fedor delas. Barras disse que uma vez jogou uma coroa de prata para ele, só para fazê-lo tentar pegá-la. O velho Jack Nojento a deixou cair, pegou-a com seu pano e a esfregou para limpá-la. Prata do filho do embaixador de Vyene simplesmente não era boa o bastante para ele."

Snorri deu de ombros. "Dizem que todo dinheiro é sujo, de uma maneira ou de outra. Esse Jack talvez estivesse certo. Vamos descobrir por nós mesmos em breve, indo até Florença."

"Hummm." Eu decidi ocultar o fato de que não iria além de Vermillion com um barulho descompromissado.

"Todo o dinheiro do Império passa por Florença, fica um tempo nos cofres de um ou outro banqueiro florentino e depois sai novamente. Nunca consegui entender exatamente o motivo, mas, se o dinheiro é sujo, então Florença deve ser o canto mais imundo do Império Destruído."

Cogitei instruir Snorri sobre os detalhes das transações bancárias, mas percebi que não fazia ideia do que se tratava, mesmo tendo passado um ano desesperadoramente horrendo estudando na Mathema, em Hamada – outra tortura jogada sobre todos os príncipes de Marcha Vermelha pela velha bruxa inclemente que alega ser nossa avó.

E assim nós seguimos marchando. Os trolls podiam não sentir falta dos danes e de suas tochas, e eu não sentia tanta falta dos danes, mas gostava mais quando conseguia ver aonde estava indo. Kara deu o oricalco para Snorri, para que não quebrássemos nossos tornozelos, mas mesmo nas mãos dele a luz produziu pouco efeito no escuro e nos espaços vazios à nossa volta.

Após muitos quilômetros atravessando planaltos arborizados, contornando vilas com seus cachorros barulhentos e suas sebes, e descendo vales emaranhados, nós paramos na madrugada cinzenta para acampar em um pequeno vale isolado.

Eu fui até Kara para fazer alguma brincadeira, mas ela incrivelmente ainda parecia estar guardando rancor, virando-se para mim de forma tão abrupta que eu dei um passo para trás.

"E o que *foi* que você fez com Hakon?", quis saber Kara. Simples assim, sem fazer rodeios, sem insinuações. Muito desconcertante.

"Eu?" Tentei uma inocência ofendida.

"Você! Ele disse que contou a ele onde eu estava."

"Você não queria que ele soubesse?" Um pouco de crueldade pode ter escapado aqui.

Eu devia ter dado dois passos para trás. A réplica da mão dela atingindo minha bochecha fez uma dúzia de trolls chiarem para a noite, com as garras levantadas para atacar. "Ah." Eu encostei os dedos no rosto ardido e senti gosto de sangue.

A discrição é a maior parte de... alguma coisa. Em todo caso, eu me retirei do alcance dos braços e abri meu saco de dormir do outro lado do acampamento, resmungando alguma coisa sobre as leis antibruxa que eu criaria quando me tornasse rei. Eu me deitei e fiquei olhando raivosamente para o céu, sem nem mesmo parar um instante para agradecer por não estar chovendo. Eu fiquei ali deitado com o gosto de cobre do sangue em minha boca e achei que demoraria muito tempo até o sono me encontrar. Eu estava errado. Ele me afundou em instantes.

O sono me puxou para baixo e continuei caindo, em um sonho sem fundo. Eu caí através da imaginação para os lugares vazios que todos temos dentro de nós. Na beira de um vazio maior, consegui me segurar em alguma coisa – eu me segurei à ideia de que algo terrível esperava por mim no fundo daquela queda interminável e que ainda poderia escapar dela. Eu me ative à ideia, pendurado nela com uma única mão. E então me lembrei da agulha, a agulha de Kara enterrada em minha palma, e do sangue que escorria brilhante por ela. Eu me lembrei do gosto quando puseram a agulha em minha língua e o feitiço da völva me envolveu, aquele gosto encheu minha boca outra vez. A dor da velha ferida atravessou a palma da minha mão mais uma vez, tão fresca como no primeiro momento em que surgiu, e com um grito desesperado eu me soltei e caí novamente nas lembranças – agora eram as minhas próprias.

"Vamos chamar Fuella para pôr um pouco de pomada nesse corte." Era a voz de uma mulher – minha mãe.

Eu sinto gosto de sangue. O meu sangue. Minha boca ainda arde onde a testa de Martus me atingiu. Martus não faz concessões à minha idade em nossas lutas de brincadeira. Com onze anos, ele tranquilamente esmagaria a mim ou qualquer outra criança de sete anos e declararia uma grande vitória. Meu irmão do meio, Darin, só tem nove anos, mas é um pouco mais elegante e apenas me domina, ou me usa como distração enquanto se aproxima de nosso irmão mais velho.

"Já lhe disse para não se envolver nas batalhas deles, Jally, eles são brutos demais." Minha mão segura a dela enquanto me conduz pela Galeria Longa, a espinha dorsal do Salão Roma.

"Ah", diz ela, e me puxa, mudando de direção, voltando pela galeria.

Luto para me libertar das preocupações do menino, a dor de seu lábio inchado, a raiva de Martus por acumular mais uma vitória sobre ele, e a certeza intensa de que na próxima batalha ele vai bater mais do que apanhar.

É preciso um esforço para desvencilhar meus pensamentos dos do menino, mas fazê-lo traz um alívio considerável. Eu me pergunto por um momento se caí na mente de alguma outra criança, pois nada aqui é familiar ou confortável: ele não tem a menor cautela, o menor medo, a menor astúcia. Só um senso bruto de injustiça e um apetite voraz para se atirar de volta à briga. Não sou eu mesmo. Esse menino poderia crescer e se tornar Snorri!

Mamãe se vira na galeria, levando-me pelo corredor oeste. O Salão Roma, nossa casa dentro do complexo do Palácio Carmim, parece inalterado pela passagem dos anos que me redesenharam dos pés à cabeça.

Eu limpo minha boca, ou melhor, o garoto limpa sua boca e sua mão sai ensanguentada. O ato não tem nada meu – compartilho de sua visão e de sua dor, mas não tenho nenhuma influência no rumo que ele toma. Isso parece razoável, para não dizer justo, pois essas coisas estão acontecendo quinze anos atrás e tecnicamente eu já exerci minha vontade naquela questão.

Na verdade, à medida que os acontecimentos se desdobravam à minha frente, eu me lembrava deles. Pela primeira vez em muito tempo eu me lembrei devidamente do movimento dos cabelos longos e escuros de minha mãe, a sensação da mão dela em volta da minha e o que aquela sensação significava para mim aos sete anos... que vínculo inquebrável de confiança aquilo era, minha mão pequena na dela, maior, uma âncora em um mar de confusão e surpresa.

Nós achamos que não crescemos. Mas isso é porque o crescimento acontece de forma tão lenta que se torna invisível para nós. Já ouvi homens velhos dizerem que se sentem com vinte anos por dentro, ou que o menino que corria solto com a imprudência da juventude ainda vive dentro deles, preso apenas pelas limitações dos ossos velhos e das expectativas. Mas depois de compartilhar o crânio de quando era criança você percebe que isso é uma inverdade – um romance, um autoengano. A criança que leva meu nome pelo palácio de Vermillion vê o mundo através dos mesmos olhos que eu, mas percebe coisas diferentes, aproveita outras oportunidades e chega às suas próprias conclusões. Nós temos pouco em comum, esse Jalan Kendeth e eu, estamos separados por mais do que um abismo de anos. Ele vive mais plenamente, sem estar sobrecarregado pela experiência, ainda não prejudicado pelo cinismo. O mundo dele é maior que o meu, apesar de ele mal ter saído dos muros do palácio e eu ter viajado até os confins do mundo.

Nós saímos do corredor oeste, passando por uma armadura que me faz lembrar da batalha pela Torre de Ameroth, e lembra Jally do escaravelho que encontrou dois dias antes, atrás dos estábulos dos mensageiros.

"Aonde estamos indo?" A mente do menino estava tão distraída pela luta – com a testa de Martus balançando em seu rosto... meu rosto... ele não percebeu até agora que não estamos indo em direção ao berçário e até Fuella, com sua pomada, de forma alguma.

"Ao palácio, Jally. Vai ser legal, não vai?" A voz dela tem um tom frágil, com uma alegria forçada tão esquisita que até uma criança não podia deixar de perceber.

"Por quê?"

"Sua avó pediu que nós visitássemos."

"Eu também?" Sua primeira pontada de ansiedade ao ouvir aquilo, como um dedo frio de medo ao longo da coluna.

"Sim."

Eu não tinha ouvido minha avó pedir. O menino, cujos pensamentos sinto como uma torrente de sussurros infantis passando por trás de minha própria narrativa, pensa que talvez os adultos tenham ouvidos melhores que as crianças, e que quando crescer ele também conseguirá ouvir sua avó chamar através de quilômetros do complexo do palácio, passando por um monte de portas e atravessando muitos muros altos. Meus próprios pensamentos se voltam ao primeiro momento desse sonho, aquele "ah", o puxão da mão de minha mãe, o repentino retrocesso de nossos passos. Será que naquele instante ela se lembrara de que a Rainha de Marcha Vermelha queria vê-la? Esse não é o tipo de coisa de que alguém se esquece. Eu me pergunto se, em vez disso, ela não tenha ouvido um chamado silencioso, do tipo que os adultos não costumam notar. Sei que minha avó tem uma irmã que provavelmente pode emitir tais convocações, mas mesmo assim isso deve exigir certo tipo de pessoa para ouvi-las.

Nós saímos pelas portas principais do Salão Roma, abertas pelos porteiros Raplo e Alphons. Raplo me dá uma piscadela quando passo. Eu me lembro agora, claramente, sua pele se enrugando em volta da piscada daquele olho verde. Ele morreu cinco anos depois – engasgado com um osso de perdiz, disseram. Uma maneira estúpida de um velho terminar uma vida longa.

No pátio, o sol brilha no pavimento claro, o calor está envolvente – um verão de Marcha Vermelha, dourado e interminável. Eu escuto o zumbido dos pensamentos do menino, perplexo com a diferença de seus desejos para a estação em relação aos meus. Ele vê exploração, batalha, descoberta, travessura. Minha visão é de indolência, cochilar debaixo das oliveiras, beber vinho aguado e esperar a noite. Esperar para espalhar minhas moedas pelas ruas quentes e escuras de Vermillion, saindo de um lugar de luz e decadência para o outro. Fossos de luta, bordéis, salões de carteado e qualquer reunião social que me receba, contanto que os anfitriões sejam de posição suficientemente alta e as nobres damas de mente aberta.

Andamos pela praça sob os olhares atentos das sentinelas nas muralhas da Torre de Marsail. Guardas observam das torretas da Casa Milano também, o pavilhão de pedra onde o herdeiro se senta em meio a seus luxos, esperando que vovó morra. Tio Hertet raramente deixa a Casa Milano e, quando sai, o sol o mostra tão velho quanto a Rainha Vermelha, mas com menos saúde.

O calor inunda o menino e eu me banho nele, relembrando o que é sentir calor de verdade. Minha mão fica suada encostada à de minha mãe, mas nem o menino nem eu queremos soltá-la. Ela é nova para mim outra vez, essa minha mãe perdida que tem a pele cor de chá e um talento para ouvir vozes silenciosas. Eu posso estar mais velho, transformado pelos anos em alguém muito diferente do menino que vai atrás dela – mas não tenho a menor intenção de soltá-la.

Jally está pensando na mulher do olho cego e naquele toque dela, que roubou seus sentidos e o deixou no escuro por tanto tempo. O medo que ela lhe causa é como a poluição na primavera límpida. É errado e me deixa irritado, uma raiva sem conflitos, do tipo que não tinha sentido durante muito tempo – talvez desde a última vez que soube que a mão de minha mãe estava ali para eu segurar. A sombra do Palácio Interno cai sobre nós e eu percebo que perdi qualquer lembrança dessa visita que agora se desdobra à minha frente. A história que tantas vezes contei a mim mesmo era que, após a apresentação à Rainha Vermelha, aos cinco anos, eu só fui ficar diante dela novamente aos treze, uma apresentação formal durante o festival da Saturnália, com meus irmãos e primos sussurrando às margens do grande salão, e Martus procurando gente para apostar que eu desmaiaria de novo.

Nós passamos pela enorme fachada do Palácio Interno e seguimos direto.

"Vovó mora *ali*..." Jally aponta para os portais dourados do palácio da Rainha Vermelha.

"Vamos vê-la no Palácio Julian."

O prédio em questão eleva-se à nossa frente, do outro lado da praça dedicada às muitas vitórias de nossa nação. O Palácio Pobre, como todos o chamam. Muitos anos atrás era o palácio dos reis, depois um nome que eu esqueci decidiu que não era bom o suficiente para ele e construiu um teto melhor sobre seu trono. Então agora ele abriga aristocratas empobrecidos que se atiraram à mercê da Rainha Vermelha. Lordes que estão passando por tempos difíceis e são velhos demais ou incapazes demais para recuperarem suas fortunas, generais que envelheceram enquanto enterravam jovens, e até um duque arruinado por dívidas de jogo – com certeza uma história para servir de alerta.

Nós subimos os degraus até as portas grandes, e mamãe esperou pacientemente Jally se esforçar para subi-los, pois suas pernas – minhas pernas – são um pouco curtas demais para alcançá-los com seu passo, embora em grande parte seja a relutância que o atrase. As portas em si se elevam até as alturas sombreadas sob o pórtico, enormes placas de jacarandá com latão marchetado, retratando a longa marcha de nosso povo do leste para tomar posse das terras prometidas, enquanto as sombras de mil sóis recuavam. A marcha vermelha que deu nome ao nosso reino.

Dois guardas, de meia armadura brilhante, achas de armas elaboradas seguradas de lado, lâminas apontadas para o alto, fingindo não nos notar, embora minha mãe tenha se casado com um filho da rainha. Eles são a guarda pessoal de vovó, relutantes em mostrar deferência a qualquer pessoa que não a ela. Eles também são um sinal de que ela realmente podia estar à nossa espera no Palácio Pobre.

A porta esquerda se abre sem fazer barulho ao nos aproximarmos, só o suficiente para que entremos, um reconhecimento a contragosto do nosso direito de entrar. Lá dentro nós paramos, cegados pelo sol, na relativa escuridão do hall de entrada. Quando minha visão clareia eu vejo, do outro lado do recinto, um velho, curvado pela idade, mas muito alto. Ele bamboleia em nossa direção, saindo da fileira de velas votivas na parede oposta. Sua túnica está mal amarrada e cinzenta de tanto ser lavada, a barba por fazer branca na pele vermelho-escura. Ele parece indeciso.

"Venha, Ullamere." Uma mulher jovem, talvez uma enfermeira, sai da porta do outro lado e leva o ancião para longe da vista. Quando ele se vira, uma cicatriz clara é revelada, tão grossa que consigo vê-la até mesmo à distância, saindo do alto de seu nariz até o canto da boca.

Mamãe vira-se do corredor de colunas de mármore, do esplendor do chão de mosaicos, e pega uma pequena passagem arqueada e sem guardas que leva até uma pequena escada em espiral. Subir aquelas escadas me deixa tonto. Jally conta os degraus para conter o medo, mas o rosto descorado da Irmã Silenciosa fica aparecendo entre os números. Eu a odeio por causa dele, com uma intensidade que jamais conseguira sozinho.

"Cento e sete!" E chegamos lá, um pequeno patamar, uma pesada porta de carvalho e uma janela estreita que mostrava apenas o céu. Eu sei que é o quarto da torre no alto do coruchéu oeste, uma das duas pontas que surgem como lanças acima da entrada do Palácio Pobre. Isso é dedução, não experiência, pois eu nunca subi aquelas escadas – ou pelo menos pensava que não até este momento de recordação.

"Espere aqui, Jalan." Mamãe me manda até uma das duas cadeiras de encosto alto ao lado da entrada. Eu subo no assento, nervoso demais para reclamar, e a porta se abre. Assim como os grandes portais, essa porta se abre estreitamente – poucas portas parecem ser escancaradas nos círculos da realeza – e revela as feições angulosas de vó Willow. Mamãe entra e a velha fecha a porta atrás dela, lançando-me um olhar duro pela abertura que diminui. *Blam* – e estou sozinho no patamar.

Digo que o menino e eu não temos nada em comum a não ser o nome... mas ele sai da cadeira e se agacha com a orelha grudada à porta bem rápido. Eu talvez fosse mais lento, com medo de ser apanhado, mas teria escutado mesmo assim!

"... para que me fazer trazer Jalan? Você sabe como ele reagiu mal quando..."

"Aquilo foi... inadequado. Mas ele precisa ser testado novamente." Uma voz velha, mais grave e ainda mais séria que a de vó Willow, mas ainda uma voz de mulher. Minha avó, então.

"Por quê?", pergunta mamãe. Uma pausa, talvez lembrando a si mesma. "Por que ele precisa, alteza?"

"Não mandei trazerem você lá dos indus para me questionar, Nia. Eu troquei dinastias com aquele seu rajá intratável para arranjar alguém para o tolo do meu filho, na esperança de que, se eu cruzasse o lobo do oriente com o jumento de Marcha Vermelha, a promessa de minha linhagem pudesse se revelar mais uma vez na terceira geração."

"Mas você o testou, alteza. Ele não tem o que esperava. Ele é um menino sensível, e demorou tanto tempo para se recuperar... Será que é realmente necessário que ele..."

"A Dama Azul o achou importante o bastante para mandar assassinos atrás dele. Talvez ela tenha visto em seus cristais e espelhos coisas que minha irmã não viu em seu próprio exame."

"Assassinos?"

"Três até agora, dois este mês. Minha irmã os viu chegando e eles foram detidos. Não sem custo, porém. A Dama Azul tem indivíduos perigosos a serviço dela."

"Mas..."

"Esse é o jogo a longo prazo, Nia. O futuro arde e aqueles que podem nos salvar são crianças ou ainda estão para nascer. Em muitos futuros, os Ancrath são a chave. Ou o imperador virá daquela linhagem, ou chegará ao trono por causa dos atos daquela família. Eles levam a mudança consigo, esses Ancrath, e a mudança é necessária.

Os jurados pelo futuro concordam que dois Ancrath são precisos – trabalhando juntos. O resto é mais difícil de ver."

"Não sei nada sobre Ancrath. E meu filho não é uma peça para mover no tabuleiro de seu jogo!" A raiva de mamãe vem à tona agora. Se a Rainha Vermelha lhe mete medo, ela não está deixando transparecer. Ela é filha de um rei. À noite, canta antigas canções de sua terra para mim, sobre palácios de mármore enfeitados com joias, onde pavões desfilam, e fora dos portões existem tigres e especiarias. "Jalan não é seu brinquedo, assim como não sou uma égua que comprou no mercado. Meu pai é..."

"É exatamente o que você é, minha cara. Seu nobre pai vendeu você para o Ocidente. Rajá Varma levou meus rubis e minha prata, em vez de pagar seu peso em ouro como dote para um sátrapa qualquer da região, para que ele pudesse ignorar um defeito seu que eu valorizo tanto. E paguei o preço porque, em muitos futuros, o seu filho está ao lado direito do imperador, assolando seus inimigos e restabelecendo-o no trono."

"Você..." Eu tiro minha orelha da porta e a espessura da madeira reduz o resto a uma negação furiosa, mas indistinta. Algum pavor gelado me puxou de minha escuta. Agora ele me faz virar na direção da passagem e das escadas do outro lado, como se uma mão houvesse puxado sobre meu pescoço e me guiasse, com os dedos congelantes.

Ela está de pé sobre o último degrau, magra feito um osso, branca feito um osso, com a pele morta em volta de sua boca enrugada em um sorriso terrível. Não consigo saber que cor seus olhos podem ser, apenas que um é cego e o outro é um lago para se afogar. O sol banha o chão, a parede, as cadeiras, mas o arco onde ela está parada está sombreado tão profundamente que ela quase podia ser um efeito da luz.

Eu corro. Nisso nós estamos de acordo, o menino e eu. Um chute ágil faz a cadeira deslizar sobre o piso de pedra. Eu vou atrás dela e, quando para, eu começo a subir, com o medo me impulsionando de maneira que eu alcanço o assento em um passo, o encosto no próximo e, conforme ela tomba, eu me atiro na direção da janela. Nunca estive no coruchéu oeste antes, mas estive no leste. O jovem Jalan supõe que sejam iguais. Eu rezo por isso.

Aprendi a temer muitas coisas conforme fui crescendo. A maioria das coisas, talvez. Alturas, porém, ainda me empolgam. Eu me penduro na cantaria e atravesso a janela com um impulso, com os pés procurando o ressalto que deveria estar embaixo e à esquerda. O menino não olha para verificar, mas desliza para baixo, deixando a beira da janela escorregar em suas mãos. Ele se solta e um momento depois seus pés fazem contato. Nós ficamos grudados à parede externa, o parapeito acima de nossa cabeça, os braços abertos para abraçar as pedras e um ressalto de sete centímetros nos apoiando.

Aos poucos, dou a volta até a gárgula, gêmea do demônio medonho que vigia o reino do lado do coruchéu leste, logo abaixo da janela mais alta. Há uma série desses demônios dispostos em uma espiral descendente nos dois coruchéus, todos do mesmo modelo, mas individuais como as pessoas, cada um com seu gêmeo no ponto correspondente do outro coruchéu. Conheço o rosto deles melhor do que os de minha pequena tribo de primos. Meus dedos tremem, mas é o medo da mulher do olho cego que põe o tremor ali, em vez de a queda abaixo de mim.

Eu me solto da saliência para a gárgula, deslizo em volta dos chifres e das pontas para chegar à borda de apoio, circulo até a próxima, salto de novo. Foi assim que descobri o velho na torre – só que ali eu estava escalando para cima, e era quase um ano mais novo. É um milagre que eu não tenha morrido.

Meu tio-avô Garyus mora, ou é mantido, no coruchéu leste. Quando subi lá da primeira vez eu era novo demais para compreender o perigo. Além do mais, os coruchéus foram feitos para escalar. Deve haver poucas torres no Império com tantos apoios para as mãos, tantos ornamentos colocados em intervalos convenientes. Parecia um convite. E mesmo com tão pouca idade eu era obcecado com fuga. Se os guardas e as babás do Salão Roma tirassem o olho de mim por mais de um segundo lá ia eu, correndo, escondendo, escalando, descobrindo todas as saídas, todas as entradas. Qualquer janela alta me atraía. Exceto aquela no coruchéu oeste – aquela sempre me pareceu uma boca devoradora, só esperando que eu subisse.

    Chego ao telhado do palácio e subo correndo pelas telhas inclinadas, passo por cima do serreado do topo e desço na direção do coruchéu leste. As telhas escuras estão escaldantes, queimando minhas mãos. Eu tento manter os braços e pernas afastados, deslizando de bunda, sentindo o calor através das calças. As palmas escorregadias de suor perdem tração na telha. Eu escorrego mais rápido, sem nada para me segurar, sacolejando a coluna. Um esforço mal calculado para reduzir a velocidade me vira de lado, e em um instante eu estou rolando, descendo o telhado em direção à queda. Os braços se debatem, o mundo se turva, eu grito.

    Tum. Alguma coisa dura aparou meu tombo, levando embora em um baque doloroso todo o ímpeto com que a inclinação me empurrava. O impacto me envolveu em torno do objeto imóvel que deteve minha queda, e eu fiquei ali deitado, gemendo. De alguma maneira eu havia me enrolado em um velho cobertor – um cobertor velho e úmido – e parecia estar chovendo.

    "Jal!" Um homem gritando.

    "Jal!" Outro homem, mais perto.

    Gemi um pouco mais alto, mas não muito. Meus pulmões ainda precisavam se encher novamente, após terem sido esvaziados de maneira tão rude. Segundos depois, mãos me encontraram, puxando as cobertas em volta da minha cabeça. Eu me vi olhando para o rosto de Snorri, emoldurado pelo cabelo preto pingando, com árvores por todos os lados, assustadoramente altas e severas contra o céu cinzento que parecia claro demais.

    "Quo", consegui dizer. Parecia suficiente para expressar meus sentimentos.

    "Os trolls soltaram você." Tuttugu, com a cabeça aparecendo e obscurecendo o céu, os cabelos ruivos e molhados pingando em volta da expressão preocupada. "Por sorte você bateu em uma árvore."

Eu fiquei desorientado com essa nova definição de "sorte".

"Eu caí do telhado?" Ainda não estava conseguindo acompanhar a conversa. Tuttugu parecia confuso. "Você perdeu peso", disse-lhe. Talvez não fosse relevante para a situação, mas era certamente verdade que as dificuldades da estrada haviam retirado alguns quilos do homem.

Os vikings se entreolharam. "Vamos subir de novo com ele", disse Snorri.

Com uma clara falta de delicadeza, eles me tiraram da árvore. Uma conífera alta com galhos esparsos – outras como ela pontuavam a encosta. Snorri me colocou de pé, ofegando ao se endireitar, como se aquilo lhe doesse. Ele passou meu braço sobre seu ombro e me ajudou a subir na direção da serra, a uns quinze metros acima de nós. A fileira de trolls estava lá, escura, observando, com Gorgoth à frente, Kara atrás, para onde Snorri estava me levando. Parecia ser fim de tarde, com as sombras crescendo em direção à noite. Hennan observava das costas de um troll conforme nos aproximamos. Parecia que eles estavam passando-o entre si. Não havia percebido antes que, embora houvesse trolls machos e fêmeas em nosso bando feliz, não havia uma criança entre eles.

A chuva fria começou a clarear minha mente e me lembrei do tapa que Kara me dera. Quando a alcançamos, eu estava exausto. "O que aconteceu?", perguntei, mirando a pergunta a qualquer um que estivesse ouvindo.

"Você bateu numa protuberância e saiu rolando." Tuttugu apontou para o que parecia ser uma padiola rudimentar jogada na trilha.

"Não estou vendo protuberância nenhuma", disse Snorri. "Os trolls arrastaram você durante quatro dias. Talvez tenham pensado que podiam jogar você fora e ninguém ia perceber."

Kara se aproximou e começou a apertar partes do meu corpo através da minha túnica. Tudo doía. "Você está bem", disse ela, parecendo levemente arrependida. Ela limpou um arranhão em minha bochecha com um pedaço de pano que cheirava a limão.

"Ai!" Tentei empurrar a mão dela para longe, mas ela foi persistente. "Eu estava sonhando de novo... Que diabo de feitiço você colocou em mim, völva?"

Kara franziu o rosto e guardou seu pano, enfiando-o em um saquinho de couro. "É um trabalho bastante simples. Eu nunca vi ter tanto efeito em alguém. Eu... Eu não sei." Ela franziu ainda mais o rosto e balançou a cabeça. "Acho que a Irmã Silenciosa teve seus motivos para escolher você como parceiro de Snorri para levar a magia dela. Você deve ter afinidade para isso, ou uma suscetibilidade. Posso testá-lo esta noite..."

"Você pode manter esse negócio de oricalco bem longe de mim, é o que pode fazer." Caí com tudo na pilha de samambaias cobrindo o emaranhado de tiras que amarravam as hastes da padiola. "Já estou farto de bruxas. Do norte, do sul, jovens, velhas, não quero nem saber. Nunca mais." Joguei a cabeça para trás, cuspindo a chuva. "Vamos!" Eu vi um sorriso minúsculo se contorcer nos lábios de Kara naquele momento, contra sua vontade, e para minha surpresa os trolls se curvaram para cumprir sua tarefa, me arrastando conforme todo o grupo retomava a viagem.

Por alguns minutos, fiquei deitado de olhos fechados, fazendo força para retomar o sonho. A palavra "assassino" estava no ar; talvez a chave tenha tirado aquela lembrança de mim e destrancado o que poderia ter sido; talvez as condolências de Raiz-Mestra para minha mãe tivessem se baseado em rumores sobre três assassinos itinerantes que a Rainha Vermelha enterrara. Os sonhos, no entanto, assim como o sono, são esquivos quando os perseguimos, e aparecem sorrateiramente quando não esperamos. Após um tempo, a chuva molhando minha face ficou irritante e eu me sentei, enxugando o rosto.

"Quatro dias?" Olhei de Snorri para Tuttugu, marchando atrás dos trolls. "Como foi que não sujei minhas..." Ao olhar para baixo, descobri que não estava usando minhas velhas calças, mas uma espécie de kilt rudimentar. "Ah."

"Está com fome?" Snorri pegou umas tiras de carne seca e as segurou na minha direção.

Eu esfreguei a barriga. "Disso não." Mas eu as peguei assim mesmo e comecei a mastigar, descobrindo em instantes que "fome" era uma palavra pequena demais para dar conta. É preciso mastigar muito para comer carne seca, então aquilo me ocupou durante algum tempo. Eu chamo de carne, em vez de vaca, porco ou cervo, porque depois que é adulterada para conter o apodrecimento fica impossível dizer que bicho morreu para colocá-la em sua mão. Provavelmente um burro. O sabor é semelhante a couro, do tipo que foi usado como sapato por várias semanas quentes. A textura também. "Tem mais?"

"Onde estamos, afinal?"

Eu havia fingido fraqueza a noite toda e planejava continuar fazendo aquilo enquanto os trolls me arrastassem. A padiola não era nenhuma carruagem real, mas era melhor que andar. Quando o dia amanheceu, no entanto, os trolls se espalharam pela floresta para caçar e Snorri pendurou um pano oleado entre os galhos para afastar as piores intempéries, comecei a me interessar mais pelos procedimentos.

"Gelleth Central." Kara se agachou ao meu lado. Tuttugu estava sentado em uma tora ali perto, vigiando uma pequena fogueira sobre a qual fervilhava um caldeirão de cozido, pendurado em um tripé de ferro. "De acordo com Gorgoth, dá para traçar um caminho de um lado a outro da região sem nunca sair da floresta. Isso é bom. A área está em rebuliço, com unidades do exército saqueando por toda parte, tropas recrutadas por uma dúzia de nobres que estão em batalha. Houve algum tipo de desastre em torno do Monte Honas – dizem que o duque está morto e todos os soldados dele queimados..."

"Monte Honas?" Nunca ouvira falar. Mas sabia que o duque era parente meu, embora distante. "Queimados, você disse? Muita burrice da parte dele sair futucando um vulcão!"

"Não é um vulcão. O castelo dele foi construído lá. Alguma espécie de arma antiga explodiu a montanha. Áreas enormes de floresta ao norte foram incineradas; por quilômetros depois disso, há árvores morrendo. Enquanto você estava dormindo, nós passamos dois dias andando entre árvores mortas. Gorgoth disse que isso é obra de Jorg Ancrath."

"Cristo." Eu me lembrei de quando a Rainha Sareth armou para eu desafiar o bastardinho em um duelo. Só que ele não era nada pequeno, um assassino frio de um metro e oitenta, de catorze para quarenta anos. "Quanto falta até chegarmos a Rhone?"

"Menos de uma semana. A cidade de Deedorf fica apenas a quinze quilômetros daqui. Estamos progredindo bem."

"Hum." Na verdade, eu não estava interessado em onde estávamos, o que realmente me preocupava era quanto tínhamos que percorrer até chegar à civilização. Uma floresta molhada era muito parecida com a outra, fosse ela assombrada por camponeses de Thurtan procurando trufas, carvoeiros de Gelleth, madeireiros de Rhone ou silvícolas encantadoramente rústicos de Marcha Vermelha. Todos eles podiam ir se foder, na minha opinião. "Essa maldição que você colocou em mim..."

"Esse encantamento que você implorou que eu fizesse", interrompeu Kara. "Sim. O que tem ele?"

"Eu estava perto. Muito perto. Pouco antes desses trolls tentarem me matar..." Abaixei a voz e fiquei sério. "Sonhei com coisas de que não me lembrava, mas que agora eu me lembro. E eu cheguei perto do dia em que ela morreu. O verão em que fiz oito anos. Eu posso até ter sonhado com o dia de fato." Peguei a mão de Kara; ela recuou, mas me deixou segurá-la. "Como volto a ele? Preciso terminar isso." Não posso negar que a ideia de dormir durante todo o trajeto por Gelleth tenha me ocorrido. Melhor ainda, eu podia dormir depois mais duas semanas enquanto Snorri e Tuttugu me arrastavam ao sul através de Rhone, e só acordar quando os nórdicos me entregassem aos portões de Vermillion. Com sorte, eu podia considerar a excursão inteira um pesadelo e nunca mais pensar nela. Mas, fora essas expectativas, o desejo de saber a verdade sobre a morte de minha mãe me impulsionava, a necessidade de dar fim às mentiras que a chave de Loki impregnava em mim. Aquele troço havia jogado uma maldição sobre mim e eu só teria paz quando aquela comichão fosse coçada, o furúnculo lancetado.

Kara mordeu o lábio e rugas verticais apareceram entre suas sobrancelhas. Aquilo a fazia parecer bem mais nova. "Sangue é o gatilho."

Levantei a mão para afastá-la. "Não precisa me bater de novo!"

"Morda a língua."

"Quê?"

"Morda a língua."

Eu tentei, mas não é fácil se machucar deliberadamente. "Não eftá faindo fangue", disse-lhe, com a língua dolorosamente presa entre os dentes.

"Morda!" Kara balançou a cabeça, desanimada comigo. Sem avisar, ela levantou a mão e deu uma pancada em meu queixo.

"Jesu, isso doeu!" Eu pus a mão na boca, enfiando os dedos para ver se a língua ainda estava grudada. Eles saíram vermelhos e eu não pude fazer nada a não ser olhar para eles, com a cor enchendo minha visão e minha mente.

Por um momento, não sei onde estou nem por que minha boca dói. Desabei no coruchéu leste de supetão e tudo ficou cinza. Minha boca dói e, quando tiro a mão dela, o sangue escorre de meus dedos. Eu devo ter mordido a língua no impacto – uma chegada nada delicada, mas uma recepção mais gentil do que teria obtido do chão, se tivesse caído do telhado.

A necessidade de escapar da mulher do olho cego é mais premente do que a necessidade de gemer e resmungar, então eu limpo as mãos e fico de pé. Suado, cansado e com muito calor, começo a escalada até a janela de Garyus. Nos anos seguintes, muitas vezes fui pelas escadas, principalmente se o clima estivesse inclemente. Mas mesmo nos meses antes de deixar a cidade com Snorri, quando eu encontrava tempo entre acordar de tarde e sair por Vermillion com meu bando de réprobos à procura de pecado, eu escalava o coruchéu de vez em quando. É difícil abandonar velhos hábitos, e de qualquer maneira eu gosto de manter a prática. Quando uma moça convida você da janela de seu quarto, é bom saber escalar.

Com os braços tremendo de fadiga, a túnica ensopada de suor e rasgada, eu me puxo janela adentro até o patamar de Garyus. Às vezes, há um criado aguardando ali, mas hoje está deserto e a porta do quarto dele entreaberta. Minha queda desajeitada pela janela não passou despercebida. Eu ouço Garyus tossir e em seguida:

"Um jovem príncipe ou um assassino incompetente? Melhor entrar, em todo caso." Palavras ditas com a língua inchada, difíceis de entender a princípio, mas eu já peguei o jeito.

Entro pela abertura estreita, enrugando o nariz com o leve fedor. Sempre há um cheiro de penico aqui, embora a brisa o suavize. Ao longo dos anos, passei a considerá-lo mais honesto do que os perfumes da corte. As mentiras têm cheiro doce – a verdade geralmente fede.

Garyus está escorado em sua cama, iluminado pela luz do sol através de uma pequena janela alta, com um jarro e um cálice na mesa a seu lado. Ele vira sua cabeça deformada para mim. Parece estar cheia demais de cérebro, o crânio como uma raiz tuberosa, crescendo acima da testa, os cabelos ralos procurando se firmar nas elevações brilhosas.

"Ora, Príncipe Jalan!" Ele finge surpresa. Garyus jamais se opôs que eu escalasse sua torre, embora fazer malabarismos com escorpiões fosse um passatempo mais seguro. Acho que talvez um homem que nunca andou e nunca teve controle sobre seus próprios altos e baixos não compreende o perigo da queda da mesma maneira visceral que toma qualquer espectador vendo outra pessoa pendurada pelos dedos.

"Estou fugindo", anuncia Jally.

Garyus levanta a sobrancelha. "Receio que tenha chegado a um beco sem saída, meu príncipe."

"A Rainha Vermelha está atrás de mim", diz Jally, olhando para a entrada ali atrás. Ele quase espera ver o rosto branco e sem vida da mulher do olho cego espiando pela fresta.

"Hummm." Garyus se esforça para subir um pouco mais em seus travesseiros, com os braços finos e tortos demais para tornar a tarefa fácil. "Um súdito não deve fugir de sua rainha, Jalan." Ele me olha por um instante, com os olhos arregalados e úmidos, cada íris de um castanho profundo e tranquilizante. Ele me fita com uma expressão sagaz, como se olhasse além da criança para o homem escondido lá dentro. "E talvez você fuja demais. Não é?"

"Ela fez mamãe me levar até a outra torre. Aquela onde a bruxa mora. Falou que ia deixá-la encostar em mim de novo." Jally estremece e eu me arrepio dentro dele – nós dois nos lembramos da mão da Irmã pousando sobre a nossa. Pele e osso.

Uma carranca, sobre a deformidade da testa de Garyus, rapidamente desaparecida. O sorriso volta a seus lábios. "Estou honrado que tenha procurado refúgio comigo, meu príncipe, mas sou apenas um velho, amarrado à cama no Palácio Pobre. Não tenho a menor influência sobre o que a rainha faz ou sobre bruxas em torres..."

Jally abre a boca, mas não encontra as palavras adequadas. De alguma maneira, lá no fundo, suas opiniões e expectativas a respeito do homem à sua frente estão em total desacordo com os fatos claramente apresentados. Nos anos seguintes a este, embora eu visite Garyus na maioria dos meses, essa fé nele se transforma em pena, até que quando faço vinte anos eu considero minhas visitas uma gentileza, uma incumbência secreta que uma última centelha de decência me obriga a fazer. No fim, era o ato de visitá-lo que fazia com que eu me sentisse melhor comigo mesmo. No início, era o próprio Garyus. Em algum momento, parei de escutar o que ele dizia e comecei a escutar meu orgulho. Mesmo assim, somente na presença dele, como então, é que eu me via sem os filtros do autoengano. À medida que cresci, o efeito acabava mais rápido, de modo que, no final, qualquer epifania se tornava um leve desconforto antes de atravessar a praça de volta ao Salão Roma. Mesmo assim, talvez fossem esses momentos de clareza, mais que qualquer coisa, que continuavam me atraindo até ali.

"Você precisa voltar, Príncipe Jalan. A rainha pode ser uma velha assustadora, mas ela não vai permitir que se faça mal ao neto dela, não é mesmo? E a Irmã Silenciosa... bem, nem eu nem ela agradamos aos olhos, então não julgue nossos corações pelas aparências. Ela vê demais e talvez isso deturpe a maneira que ela compreende o que você e eu vemos, mas ela tem um objetivo, e..."

"Ela é boa?", pergunta Jally. Senti a pergunta se formando por trás de seus lábios. Ele sabe que ela não é, e quer ver se Garyus irá mentir.

"Ora, as crianças fazem as perguntas mais complicadas, não é?" Os lábios umedecidos pela língua inchada. "Ela é melhor que a alternativa. Isso faz sentido? A palavra 'boa' é como a palavra 'grande'. Uma pedra é grande? Vai saber. Essa pedra *em particular* é grande? Pergunte à formiga, pergunte à baleia; ambas têm respostas diferentes, ambas estão certas."

"Vovó é boa?" Um sussurro. Jally é novo demais para essas respostas. Ele presta atenção ao tom de voz de Garyus, observa seus olhos.

"Sua avó está lutando uma guerra, Jalan. Ela está lutando a vida inteira."

"Contra quem?" Jally não percebia guerra nenhuma. Ele vê os soldados se exercitando e marchando, desfilando em dias de festa e dias santos. Ele sabe que Scorron é inimigo, mas não lutamos mais com eles...

"Mil anos atrás, os Construtores puseram uma ladeira debaixo de todos nós, Jalan." Era a voz de uma mulher atrás de mim, velha, porém forte. "O mundo está escorregando em declínio. Alguns de nós estão gostando demais do passeio para se preocuparem com a queda, ou acham que vai haver alguma coisa para eles lá no fundo. Outros querem desfazer o ato que nos fez escorregar inicialmente. Essa é a guerra."

Por um momento, penso naquele telhado quente deslizando sob mim, os arranhões desesperados nas telhas enquanto a beira corria em minha direção, o alívio quando eu consegui me direcionar ao coruchéu leste. Será que ela viu tudo aquilo? Não quero perguntar se ela planeja que todos caiamos.

Eu me viro lentamente. A Rainha Vermelha preenche a entrada, com seu vestido vermelho profundo, hastes de osso erguendo-se acima dos ombros para abrir um leque de tecido atrás dela. Um colar de azeviche põe formas pretas e rígidas sobre seu peito, losangos e retângulos. Ela parece velha, mas durona, como uma pedra que resistiu a inúmeras tempestades. Não há nenhuma bondade em seus olhos. Eu consigo ver mamãe atrás dela, ofegante pelas escadas, minúscula em comparação, e vó Willow com ela.

"Venha, Jalan." Minha avó me chama, virando-se para sair. Ela não estende a mão.

"Use um toque mais suave", diz Garyus. Ele tosse, cheio de catarro, tenta se levantar e em seguida agita um braço para uma prateleira na parede oposta. "A caixa de cobre."

Vovó entra no quarto. "É uma medida grosseira, na melhor das hipóteses."

Eu fico de boca aberta, espantado que a Rainha Vermelha tenha deixado um velho aleijado no Palácio Pobre se dirigir a ela daquela maneira.

"Ela diz o suficiente para indicar se o menino precisa de uma inspeção mais minuciosa." Garyus acena para a prateleira outra vez.

Vovó faz um leve aceno e vó Willow corre até a caixa. É pequena, apenas grande o bastante para caber meu punho, sem trinco ou fecho, com desenhos de espinhos gravados.

"Só o que está dentro", orienta Garyus.

Vó Willow a abre e ela faz um gratificante *clique* quando a tampa se solta. Permanece imóvel por um momento, de costas para nós, e quando se vira seus olhos estão iluminados, quase como se ela estivesse à beira das lágrimas, talvez tomada por alguma memória antiga, ao mesmo tempo amarga e doce. Em suas mãos, a caixa está aberta e um brilho escapa, visível na sombra que seu corpo lança sobre o objeto.

"As cortinas, se não se importa." Garyus olha na direção de minha mãe, que parece mais surpresa do que a rainha por receber uma ordem de um estranho, mas após hesitar por um momento ela sai para usar a longa vara ao lado da prateleira para fechar a cortina sobre a janela alta. O quarto fica à meia-luz. Vó Willow vira o conteúdo da caixa em sua mão, fecha a tampa e a põe de volta na prateleira. Em sua palma está um pedaço de prata moldada, um cone sólido com pequenas runas entalhadas em volta. O objeto todo brilha como um carvão da fogueira, mas com luz mais branca, e as runas queimam.

"Se puder deixar seu filho segurar o oricalco, princesa Nia", diz Garyus. No brilho oscilante do cone de metal o rosto dele se torna algo monstruoso, mas nada pior do que as gárgulas que me apoiaram em minha escalada.

Mamãe pega o oricalco da mão de vó Willow e imediatamente o brilho se torna mais forte, mais branco, mas oscilando como se ondas o atravessassem. Ela o segura com o braço esticado, como se ele pudesse explodir, e o traz até mim, passando pela cama de Garyus. O brilho fica momentaneamente ainda mais forte quando ela se aproxima dele. Vovó se afasta quando minha mãe chega perto de nós.

"Aqui, Jally. Isso não vai doer." Mamãe segura o cone para mim, com o polegar na base e a ponta contra o indicador. Eu não estou convencido. A maneira como ela o segura longe do corpo sugere que aquilo pode morder.

Eu o seguro, apesar de meus receios, e ao fazê-lo o troço se acende, claro demais para olhar. Viro a cabeça, quase largando o cone, e no esforço de não olhar eu me furo com a ponta afiada atrás da junta do dedo. Mantendo o olhar desviado, agora eu vejo a iluminação do cone como luz e sombra nas paredes. Quando vó Willow o segurou, o brilho era uma coisa constante, mas agora é como se eu segurasse um lampião coberto girando em uma corda, jogando um feixe brilhante sobre as paredes, lançando primeiro o rosto da rainha em relevo acentuado, depois o de minha mãe, deixando vovó no escuro.

"Ponha-o na mesa, Jalan", diz Garyus. "Sobre esta bandeja." E assim eu faço.

A luz se apaga dele imediatamente, deixando apenas um leve brilho, e as runas ainda ardendo claras, como se esculpidas em um lugar quente onde o sol brilha nas areias desertas.

"Instável." Vovó se aproxima, curvando-se para ver. Apesar do interesse deles, tanto ela como Garyus têm cuidado para não tocar o oricalco. "Conflitante."

Sem receber ordens, vó Willow vai virar a bandeja, girando o oricalco para que a rainha possa ver todas as runas, sete no total.

"Corajoso. Covarde. Generoso. Egoísta. É quase como se ele fosse duas pessoas..." Vovó balança a cabeça, virando-se para me olhar como se eu fosse uma refeição insatisfatória posta diante dela.

"O caráter dele não é a questão", diz-lhe Garyus. "Jalan não tem a estabilidade necessária para treinamento; sim, ele é forte, mas para desempenhar o papel que minha irmã viu para o filho de Nia seria preciso um talento extraordinário, algo que pudesse confrontar gente como Corion, ou Sageous, Kelem ou Skilfar. A Dama Azul está simplesmente enganada. Talvez ela tenha perdido muitos reflexos e sua mente esteja danificada."

Mamãe se aproxima e põe a mão no meu cabelo, um rápido toque enquanto pega o cone e o devolve à caixa na prateleira.

"Talvez você tenha razão." Um resmungo baixo da Rainha Vermelha, que soa mais como uma ameaça do que uma admissão. "Leve o menino, Nia. Mas fique de olho nele."

E, fácil assim, nós somos dispensados.

"O que é um assassino?", pergunta Jally antes de chegar às escadas.

Por um momento, avistei galhos passando, entrelaçados sobre o céu claro. Uma sensação de corpos se movendo ao meu redor, um rosto inclinando-se para perto, indistinto.

"Morda a língua."

Eu levanto o olhar do tapete vermelho. "Desculpe, mamãe."

"A Rainha Alica é sua soberana e você nunca deve falar mal dela, Jally." Mamãe se ajoelha para ficar no meu nível.

"Ela é malvada", digo-lhe. Ou melhor, eu disse quinze anos atrás e agora me lembro do momento, a sensação da palavra, minha mãe ainda acima de mim apesar de ajoelhada, com desaprovação estampada no rosto, tentando não sorrir.

"Às vezes uma rainha precisa ser... dura, Jally. Governar um país é difícil. Os deuses sabem o trabalho que eu tenho com três meninos pequenos todos os dias." *Os deuses.* Às vezes mamãe se esquece. Meu pai diz que só existe um Deus, mas esse é o trabalho dele. Vovó deve ter apostado alto nas linhagens para casar seu cardeal com uma pagã, convertida de seus muitos deuses, gloriosos em suas variedades de forma e virtude, para nossa divindade única e invisível. Quanto será que aquela dispensa de Roma custou ao tesouro? Papai podia ter uma catedral e um livro grosso cheio das sabedorias de Deus, mas Jally gosta mais das histórias de mamãe, contadas em voz baixa ao lado da cama. Ela dá um beijo em minha testa e se levanta novamente.

Estamos de volta ao Salão Roma, em uma das galerias do primeiro andar. A galeria norte, pelo ângulo do sol através das janelas altas. Essas têm vidro, dezenas de pequenos painéis de vidro de Attar chumbados, cada um com uma leve coloração esverdeada. Quando era muito pequeno eu o chamava de Salão do Céu Verde.

"O que há de errado com sua mão, mamãe?" Ela está parada, com a mão direita sob sua própria sombra, e aquilo parece errado... um pouco claro demais. Ela olha para baixo e rapidamente cruza os braços, um movimento de culpa. Jally olha fixamente para ela e eu observo. Ela é a mesma mulher que eu vejo em meu medalhão. Não tem muito mais que trinta anos, e aparenta menos, com longos cabelos escuros, olhos escuros, linda. O retrato que tenho é de um artista muito habilidoso, mas de alguma maneira não a captura. E só quando essas lembranças fluem através de mim que eu me lembro das distâncias que ela viajou para ser minha mãe, do quanto ela deve ter se sentido sozinha em uma terra estranha. Vovó pode ter escolhido minha mãe pelo sangue, mas, seja lá qual herança ela carregava nas veias, aquilo teve pouco impacto na minha aparência e na de meus irmãos. Ela pode ter escurecido o dourado de nossos cabelos, mas olhando para nós não há nada dos indus que se possa ver. O loiro vem de Gabron, o terceiro marido de vovó, ou do pai ou avô dela, Gholloth Primeiro e Segundo, que passou para nosso pai – embora ele o esconda debaixo do chapéu de cardeal na maioria das vezes, junto com a careca – e depois para nós. "Sua mão está... diferente."

"Nada de errado com ela, Jally. Vamos levar você de volta para a vó Odette."

Onde dá para ver os dedos dela, por trás do outro braço, eu consigo ver o brilho, agora mais pronunciado.

"Roubar é feio", diz Jally. Suponho que seja verdade – embora eu não deixasse isso me impedir –, mas não consigo perceber a relevância.

"É um empréstimo." Mamãe põe a mão para fora e a abre. O oricalco está brilhando em sua palma, mais forte do que no quarto de Garyus, com a luz mais constante. "Mas você está certo, Jally, foi errado não pedir." Ela inclina-se para a frente. "Você pode devolvê-lo a ele sem dizer onde o conseguiu? Ele não vai ficar zangado com você." Ela parece preocupada e isso deixa Jally com medo. Ele assente lentamente, estendendo a mão para pegá-lo.

"Não vou dizer, mamãe", diz ele em um tom solene, cheio de confusão. Ele está triste, mas não sabe por quê. Eu poderia dizer a ele que viu, pela primeira vez, sua mãe fazer algo errado, viu sua mãe ter medo e incerteza. É uma dor pela qual toda criança precisa passar ao crescer.

Mamãe balança a cabeça, segurando o oricalco na mão. "Um momento." Ela se vira, sai em direção à porta que dá para um recinto que eu chamo de Sala da Estrela, e entra nela. Eu a sigo até a entrada, espiando pela fresta da porta que ela não fechou adequadamente. Ela está de costas para mim. Pelo movimento de seu braço, dá para ver que está mexendo a mão, descendo do peito até a barriga. O brilho fica mais forte, lançando sombras pretas em todas as direções, mais forte ainda, e de repente é um clarão, como um relâmpago, pintando todo o ambiente com uma intensidade que não permite nenhuma cor. Mamãe solta o cone de oricalco com um grito e eu entro pela porta atrás dela. À medida que dou a volta para descobrir o que ela está escondendo, vejo que está com as duas mãos cruzadas sobre a barriga, uma em cima da outra. Lágrimas estão escorrendo de seus olhos bem fechados.

Eu paro, esquecendo o oricalco. "O que foi...?" Jally não tem a menor ideia. Mas eu sei. Ela está grávida, e a criança tem mil vezes mais talento no útero do que Kara tem em todos os seus anos de treinamento como völva.

Nós ficamos ali na sala, sob o teto com janelas embutidas em formato de estrela, e nos observamos.

"Vai ficar tudo bem, Jally." Uma mentira, sussurrada como se nem mamãe acreditasse nela o suficiente para dizê-la em voz alta. Ela sorri, jogando os cabelos para o lado, e se curva para mim. Mas eu estou olhando sobre o ombro dela para o rosto do homem que surge atrás. Nenhum sorriso ali. Eu quase o reconheço, mas, com a luz entrando pela porta atrás dele, suas feições estão sombreadas, vistas apenas de relance, os cabelos tão pretos que são quase azuis como as asas da graúna, e grisalhos se espalhando das têmporas.

"J..." O resto de meu nome sai ensanguentado. Nós dois olhamos para baixo, para a lâmina que sai de sua barriga. No segundo seguinte ela cai para a frente, libertando-se da espada, agora pingando na mão do homem. Sangue escorre pelas curvas das gravações do aço.

"Shhh", diz ele, e põe a lâmina na lateral do pescoço de mamãe, que está caída, sangrando nos tapetes de indus. O homem agora se revela com seu uniforme, a túnica e o peitoral da guarda geral do palácio. Seu rosto está de alguma maneira borrado, e por uma fração de segundo quer se parecer com Alphons – o mais novo dos porteiros –, e, quando eu rejeito isso, ele muda para o velho Raplo, que piscou para mim naquela manhã. Eu afasto os dois e o vejo nitidamente, apenas por um instante. É Edris Dean, sem a cicatriz sobre a bochecha, e jovem demais para os cabelos grisalhos, mas que embranqueciam mesmo assim.

Os pensamentos de Jally, que por tanto tempo borbulharam por trás dos meus, infantis e vagos, agora ficaram em silêncio. Ele olha para mamãe, para a espada, para Edris, e sua mente fica totalmente vazia.

"Eu sabia que viria...", digo com a boca de Jally.

"Não sabia nada." Edris puxa sua lâmina para trás, cortando o pescoço de mamãe. Ela começa a se debater, tentando se levantar. "Ninguém jamais sabe. Esse é o meu talento, com certeza. Dado pelo próprio Deus Todo-poderoso. Os jurados pelo futuro não podem me ver, garoto." Ele segura a ponta da espada em minha direção. "Não faço sombra nos dias que virão. Isso infernize demais os adivinhos, seguramente. Ficam me dizendo que não viverei para ver o amanhecer."

"Eu mesmo o matarei", digo, e falo sério. Uma estranha sensação de calma toma conta de mim.

"É mesmo?" Edris sorri. "Talvez. Mas primeiro você precisa morrer." E ele dá uma estocada com a espada em meu peito. Alguma parte mais profunda de Jally já estava em movimento, atirando-o para trás, e uma última convulsão da perna de minha mãe, ou por acidente, ou de propósito, distrai Edris de seu ataque. Mesmo assim, a ponta de sua lâmina corta entre minhas costelas e eu vou ao chão gritando, com sangue encharcando minha túnica. Mesmo enquanto grito, a estocada da espada em direção a meu peito é repetida na escuridão por trás dos olhos apertados. Eu vejo runas, meio visíveis no aço por baixo do sangue de minha mãe.

Ouço um grito distante e quando minha cabeça rola para o lado vejo um enorme guarda caindo ao passar por Edris, com o braço esguichando sangue onde a lâmina do assassino o cortou enquanto desviava. É Robbin, um dos favoritos de mamãe, um veterano de guerras de antes de eu nascer – talvez antes de ela nascer. Edris sai para acabar com ele, mas o homem rebate o golpe de lado com sua espada, urrando, e inicia seu próprio ataque. O som é aterrorizante, o choque de lâminas, as batidas secas dos pés, as respirações duras e ásperas. Não consigo acompanhar as espadas oscilantes. Está ficando escuro, os sons mais distantes. Eu vejo os olhos de minha mãe. Estão escuros e vidrados. Ela não me vê. Sua mão está aberta, estendida para mim em seu último momento, com o cone de oricalco que saiu girando com um chute dos homens lutando e desapareceu embaixo de um longo sofá encostado na parede do outro lado.

Sobre a cabeça de mamãe vejo que Edris já tem um ferimento no flanco, algo que ganhou na entrada. Agora, a ponta da lâmina de Robbin abre sua bochecha até o osso, pintando seu rosto de escarlate. Edris retribui o golpe com um talho profundo na carne da coxa de Robbin, logo acima do joelho. O homem cambaleia, mas não cai. Ele pisa com um pé só para ficar entre Edris, de um lado, e minha mãe e eu do outro, embora provavelmente nós dois aparentemos estar mortos. Na verdade, eu acho que estamos. Eu ouço barulhos baixos ao longe. Edris cospe sangue e olha com uma expressão de desgosto para Robbin, e seu olhar rapidamente se volta para os corpos no chão. Decidido, ele dá meia-volta e sai pela porta com uma agilidade impressionante.

Está escuro agora. Frio. Mãos grandes me levantam, mas tudo está muito distante.

Está escuro agora. Frio. Mãos grandes me levantaram.

"Eu mesmo o matarei!" Aquilo saiu como um sussurro, embora eu tenha tentado gritar.

"Kara! Ele está acordando!" A voz de Snorri.

Eu abri os olhos. Eles estavam doloridos. O céu acima de nós estava de um roxo profundo, transformando-se em noite.

"Vou matar o filho da puta." Alguém deve ter me dado ácido para beber – cada palavra doía.

"Quem é você, e o que fez com Jalan Kendeth?" Snorri apareceu na minha frente sorrindo, empurrando um cantil de água para mim.

Eu teria batido nele, mas meus braços não tinham forças, nenhuma parte de mim tinha.

"Q-quanto tempo?", perguntei.

"Mais de uma semana." Kara chegou mais perto, parecendo preocupada, segurando o oricalco para examinar meu rosto. Ela olhou para cada olho, levantando minhas sobrancelhas com seu polegar para deixá-los abertos.

"Dá isso aqui!" Consegui pôr a mão sobre a dela e com uma careta ela me deixou pegar a esfera de metal.

"Odin!" Tuttugu, acabando de chegar com os braços cheios de troncos caídos, largou tudo para proteger os olhos. Hennan se escondeu atrás dele. O oricalco pulsou e piscou em minha mão, lançando feixes brilhantes noite afora, incidindo aleatoriamente sobre as árvores próximas, criando formas estranhas e iluminadas que deslizavam sobre a grama. Eu o soltei e deixei meu braço cair.

"Era verdade..." Alguma coisa subiu pela minha garganta arranhada e me sufocou, de modo que não pude dizer mais nada. Eu apenas rolei para o lado, com o rosto para o chão, enfiado em meu braço. A emoção do jovem Jally ainda me preenchia – o garotinho que eu não conhecia mais –, ele ainda via os olhos de mamãe, vidrados e cegos, e a tristeza daquilo, a dor bruta, simplesmente me inundou, explodindo em meu peito, tanto sofrimento que eu não tinha onde escondê-lo. Eu não me lembrava de ter sentido algo tão forte e tão terrível a ponto de não me deixar espaço para respirar.

As mãos de Kara encontraram meus ombros. "Busque mais lenha, Tutt. Snorri, ajude-o. Levem o menino."

"Mas...", começou a dizer Snorri.

"Andem!"

Enfim eu pude respirar e puxei o ar com um soluço trêmulo. Snorri e Tuttugu saíram apressados, com Hennan indo atrás.

"Jesus!" Bati no chão com toda a força que consegui. "Faça isso parar."

Kara demonstrou a sabedoria de uma völva ao não dizer nada durante muito tempo.

Grandes emoções, como se vê, são uma fogueira, e uma fogueira precisa de combustível. Sem alimento, ela diminui para um brilho quente e amontoado, pronto para se acender novamente, mas deixando espaço para outros assuntos. Quando Snorri e Tuttugu finalmente voltaram com metade da floresta empilhada nos braços, a noite estava escura o bastante para esconder a vergonha de meus olhos vermelhos.

Eu me vi com uma sede dolorosa e sequei o cantil que recebera. Snorri e Tuttugu se puseram a acender a fogueira e preparar comida. Eu vi Snorri com novos olhos agora, compreendendo talvez pela primeira vez o tipo de dor que ele devia estar carregando dentro de si durante todo o tempo que viajamos juntos. Entendi em parte o que estava por trás do homem que eu menosprezei nos Fossos Sangrentos, o que estava por trás daquele "tragam um urso maior".

Eu respirei fundo. "Onde estão os trolls?" Percebi a ausência daquele fedor pungente de raposa deles, mais do que a falta dos gigantes ameaçadores por todos os lados.

"Terras Altas de Renar." Snorri quebrou um galho e o jogou no fogo. "Nós dissemos adeus a Gorgoth duas noites atrás."

"O que nos põe em...?"

"Rhone. Província de Aperleon, dezesseis quilômetros ao sul das ruínas de Compere."

Eu funguei, imaginando que pudesse farejar as cinzas daquela cidade. "Preciso matá-lo."

Snorri e Tuttugu levantaram as cabeças, com os rostos iluminados pelo fogo. "Quem?"

"Edris Dean", disse, sabendo que um desejo de vingança – uma necessidade – seria uma grande inconveniência para um covarde profissional como eu. Uma inconveniência do nível de um jogador de pôquer afligido pela compulsão de sorrir largamente toda vez que tira um ás.

"Edris Dean precisa morrer mesmo. Nisso eu concordo com você." Snorri se virou para me encarar, escondido em sombra agora, de costas para o fogo. "Mas você precisou de duas semanas dormindo sobre esse assunto para chegar a essa conclusão? Ele já tentou matar você duas vezes. E a mim também."

Snorri sabia que eu havia descoberto alguma coisa em meu sonho – aquilo era ele me perguntando o quanto eu lhe contaria. Eu esfreguei o nariz na manga e farejei de novo. O aroma do cozido de Tuttugu chegou até mim, junto com a constatação do quanto eu estava faminto. Eles devem ter me dado alguma coisa para comer enquanto era arrastado durante todos aqueles dias, mas o que quer que tenha sido não foi o bastante. Mesmo assim, deixei a fome de lado e olhei para Snorri.

Tuttugu falou primeiro. "Dean só tentou me matar daquela vez e eu ficaria feliz em empurrá-lo de um penhasco." Ele mexeu o cozido. "Por que Jal precisa de um novo motivo para estar com raiva? O homem já o atacou duas vezes."

"Três vezes." Levantei minha camisa. E ali, logo abaixo do músculo peitoral esquerdo, estava uma cicatriz branca de quatro centímetros de comprimento. Eu costumava dizer que Martus me cortou com uma faca de cozinha – e acreditava nisso. Mais recentemente eu alegava ser um ferimento de guerra da Passagem Aral. Essa eu sabia que era mentira. Agora eu sabia que vinha de Edris, a estocada da mesma espada que atravessou minha mãe, ela e minha irmã que nem nascera. E cortou o pescoço dela. Irmã? Eu não sei dizer como sabia que a criança seria minha irmã... mas sabia. Uma feiticeira para desempenhar o papel que a Irmã Silenciosa previra para ela, uma peça-chave a ser colocada em jogo no tabuleiro do Império, sentada entre a Rainha Vermelha e a Dama Azul.

Eu encostei os dedos na cicatriz, relembrando a dor e o choque dela. Eu não sabia quanto tempo eles passaram cuidando do jovem Jally em seu leito de morte, mas estou certo de que um menino diferente saiu de lá. Um menino sem a menor lembrança das semanas anteriores ou que pôs algum talento louco que tinha dentro de si para apagar qualquer vestígio dos acontecimentos. Eu simpatizava com aquela escolha, se é que foi uma escolha. Eu tomaria a mesma decisão até agora, se soubesse como. Ou pelo menos ficaria tentado a fazer isso.

"E da primeira vez? Quando ele lhe deu essa cicatriz, quem mais Edris cortou?", perguntou Snorri, com Tuttugu e Hennan movimentando-se atrás dele, esquecendo o cozido.

"Minha mãe." Eu apertei o maxilar para dizer, mas acabei suspirando ao vê-la cair novamente e a palavra saiu falhada.

"Eu o matarei pelo meu avô." Hennan estava sentado de pernas cruzadas, olhando para baixo. A criança nunca havia falado tão sério.

Snorri olhou para baixo também e balançou a cabeça. Um momento depois ele apalpou o peito, onde a chave estava por baixo de seu justilho. "Ele virá atrás de mim em breve. Então eu o matarei por todos nós, Jal."

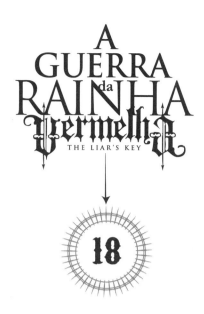

18

Ter passado quase seis meses ao norte de Rhone melhorou consideravelmente minha impressão da região. Primeiro, eles sabiam o que era verão. Nós caminhamos ao sul durante dias longos e quentes, e eu aproveitei o sol enquanto os outros ficaram vermelhos e ardidos. Tuttugu era o pior deles com o sol. A certa altura, parecia que a maior parte de sua pele exposta estava querendo descascar, e ele reclamava disso sem parar, gritando com a menor batidinha no braço – chegando até a sugerir que algumas delas não eram totalmente acidentais.

O sol também levou embora o clima sombrio que havia tomado conta de mim durante dias após acordar. Ele não alcançou o núcleo frio de certeza de que eu teria que matar Edris Dean, mas reverteu as sombras lançadas pela memória e me deixou com lembranças de minha mãe que teriam sido perdidas para sempre, se não fosse a magia de Kara. Enquanto estávamos em movimento, parecia que o passado estava satisfeito em ficar atrás de mim, sem ser esquecido, mas sem atrapalhar cada momento. Durante os dois primeiros dias eu achei que as descobertas do sonho me levariam à loucura, mas estranhamente, após uma semana, eu me sentia mais confortável em minha própria pele escurecida do que havia em anos. Quase uma forma de contentamento. Eu atribuí aquilo à distância cada vez menor entre mim e minha casa.

Talvez fosse o tempo passado em minha própria cabeça com meu eu mais jovem, mas eu parecia ter mais afinidade com Hennan nas últimas semanas de nossa jornada. Nós começamos a passar por cidades de verdade e eu ensinei ao rapaz alguns truques com cartas de baralho que eu sabia. Umas artimanhas simples, o suficiente para aliviar Snorri e Tuttugu de uns trocados e impor-lhes algumas tarefas em volta do acampamento.

"Tenho certeza de que um de vocês está roubando...", troou Snorri naquela noite em que foi sobrecarregado com uma vigília noturna extra e a tarefa de procurar lenha pela quinta vez consecutiva.

"Esse é um equívoco comum entre os perdedores", disse-lhe. "Se você chama a utilização da inteligência e a análise astuta das probabilidades estatísticas de roubo, então sim, eu e Hennan estamos roubando." Na verdade, se alguém chamasse "não jogar de acordo com as regras" de roubo, então nós dois teríamos de levantar a mão para isso também. "As regras do pôquer, Snorri, resistem há mais tempo do que as informações básicas sobre a sociedade e a época em que foram feitas", continuei. O importante quando se está negando o roubo é continuar – não parar de falar até a conversa ter se desviado tanto de suas raízes que nenhum dos ouvintes se lembra qual era o ponto de discórdia original. "O que uma civilização consegue manter, daquilo que se foi antes, diz tanto sobre ela quanto o que deixa para a geração seguinte."

Snorri enrugou a testa. "Por que tem um ás escondido na sua manga?"

"Não tem." Era um rei, e não havia como ele saber que estava lá – era apenas um palpite de sorte.

Continuar é uma boa política, mas às vezes um bárbaro é teimoso demais para se deixar convencer e você acaba fazendo duas vigílias noturnas e apanhando lenha a semana inteira. Snorri me perguntou que tipo de lição eu achava que meu comportamento ensinaria a Hennan – uma muito melhor do que ver um príncipe de Marcha Vermelha reduzido a trabalhos manuais, pensei, mas pelo menos fiquei satisfeito com as trapaças de meu pupilo, que não foram detectadas, mérito de meus ensinamentos.

Outro benefício do retorno ao sol e à civilização foi que o verão mais uma vez recuperou o dourado de meus cabelos, clareando aquele castanho enfadonho. Além disso, a reaparição das pessoas finalmente me ajudou a lembrar que havia outras mulheres no mundo além de Kara. Comprei roupas novas na cidade de Amele e me enfeitei. Cogitei comprar um cavalo, mas, se não comprasse no mínimo quatro, ter uma sela sob meu traseiro não me levaria mais rápido para casa. Eu cheguei a pensar em simplesmente cavalgar sozinho na frente, mas mesmo em Rhone viajar sozinho pode ser um negócio arriscado, e ainda que nossos inimigos estivessem concentrados em encontrar a chave eu não gostava da ideia de ter que explicar a eles, em uma estrada do interior, isolada no meio de milhares de quilômetros de milharais rhonenses, que ela não estava comigo. Eu considerei a ideia de arranjar pangarés para Snorri, Tuttugu e Kara, com Hennan vindo comigo, mas o medalhão de mamãe estava começando a ficar desgastado e eu não sabia se conseguiria aguentar as reclamações e as quedas que os nórdicos provavelmente teriam.

Eu visitei um barbeiro e mandei raspar minha barba – um ritual de desprendimento do norte, digamos. O camarada com a lâmina e a tesoura a chamou de um emaranhado dos infernos e me cobrou uma coroa extra pelo serviço. Sem ela me senti estranhamente nu, com o queixo sensível, e quando ele me mostrou o resultado no espelho eu demorei um tempo para aceitar que o homem olhando de volta era eu. Ele parecia bem mais novo, e vagamente surpreso.

Ao andar por Amele com minhas novas roupas – nada sofisticado, apenas roupas comuns que um cavalheiro do interior pudesse usar – e meu queixo ainda ardendo com a menor brisa, devo admitir que virei algumas cabeças. Eu sorri para uma camponesa curvilínea, saindo para fazer o que quer que ocupe os camponeses, e ela sorriu de volta. O mundo era bom. E ficando melhor a cada quilômetro.

"Bonjour", saudou-me Hennan quando retornei à taberna onde deixara os outros – a Perna do Rei, ostentando um toco de madeira acima da porta.

"Bom o quê?"

"Snorri está me ensinando a língua que os moradores falam." Ele olhou para Snorri para ver se havia falado certo. "Significa bom dia."

"Os moradores todos falam a língua do Império bastante bem." Eu me sentei ao lado de Tuttugu e roubei uma asa de frango de seu prato. "Às vezes, você precisa balançar uma moeda na frente deles para admitirem. Não perca seu tempo, garoto. Língua horrível." Parei de falar para mastigar. Não importa quantos defeitos Rhone tenha – e são muitos –, estará mentindo aquele que disser que não sabem cozinhar. O rhonense mais humilde consegue preparar uma refeição melhor do que todo o norte reunido. "Humm. Só isso já vale a viagem até o sul, hein, Tuttugu?" Tuttugu assentiu, de boca cheia, a barba engordurada. "Onde é que eu estava? Ah, sim, rhonense. Não perca seu tempo. Você sabe qual é a tradução literal da palavra rhonense para defesa? O espaço antes da fuga. É uma língua difícil para mentir, isso eu admito."

Snorri fez uma cara de advertência e Tuttugu ficou ainda mais interessado no resto de seu frango. Eu percebi alguns moradores lançando olhares sérios em minha direção.

"Um povo maravilhoso, corajoso, no entanto", acrescentei, alto o bastante para os bisbilhoteiros engasgarem.

"Você está diferente", disse Snorri.

"Acho que 'ainda mais lindo' é a frase que está procurando." Surrupiei outro pedaço do frango de Tuttugu. Ele tentou espetar minha mão quando eu a puxei.

"Parece uma menina." Snorri pegou seu caneco e o virou inteiro.

"Bem, terei que tirar os pedacinhos da cerveja com a mão, agora que o bigode se foi... mas fora isso está tudo bom. Você deveria experimentar."

Tuttugu bufou ao ouvir aquilo. "Minha barba é a única coisa que impede meu queixo de se queimar neste forno que chama de casa." Ele sugou a carne de um osso de coxa. "Acho que seus frangos são tão gostosos porque já estão quase cozidos quando são abatidos."

Snorri esfregou sua própria barba, mas não disse nada. Ele a aparara bem rente, contra o estilo do norte: comparado à maioria dos vikings, parecia simplesmente que ele havia se esquecido de fazer a barba de manhã.

Kara me observava atentamente como se estivesse fazendo um estudo. "Você está mudando de pele, Jalan, abandonando o norte. Quando chegarmos aos portões de sua cidade você será um príncipe sulista outra vez. Eu me pergunto o que guardará de sua viagem."

E foi minha vez de ficar em silêncio. A maior parte dela eu perderia com prazer, embora tivesse aprendido uma lição sobre isso. Se jogar fora coisas demais de seu passado, você abandona a pessoa que existiu naquele tempo. Quando você se poda, é possível se reinventar, isso é verdade, mas essas aparas sempre parecem revelar um homem inferior, e prometem deixá-lo sem nada no final.

Duas coisas eu guardaria com certeza. O desejo de saber que Edris Dean morreu, e morreu com força, era uma delas. A outra era a lembrança das luzes do norte – a aurora boreal, como Kara me disse que se chamavam –, aquela manifestação fantasmagórica que iluminou o céu na noite mais longa de minha curta vida, quando acampamos no Gelo Mortal, no fim de nossa resistência.

A viagem continuou sob céus azuis. Apesar de nossos medos, nenhum agente do Rei Morto nos interceptou, nenhum monstro saiu de seu túmulo para nos colocar nos nossos, e nós cruzamos a fronteira para Marcha Vermelha sem incidentes. Mesmo assim, Snorri nos pressionou muito, com mais urgência agora do que em qualquer outro momento desde que os Hardassa estavam em nosso encalço. Dava para perceber que seu ferimento doía – havia uma rigidez em seus movimentos. Eu me perguntei o que veríamos, se ele levantasse a camisa para mostrar a marca que Kelem deixou. Talvez, porém, a lembrança de Kelem naquela caverna, segurando a criança morta de Snorri, impulsionasse o nórdico a seguir em frente mais do que os ganchos de seu ferimento o puxavam. Aquilo foi um erro da parte do mago. Ele poderia ter bloqueado aquela rota específica até a porta da morte sem aquilo. Não me importa que magia você faça, botar esse tipo de fúria em um homem como Snorri é sempre uma má ideia.

Na cidade de Gênova, a dois dias de Vermillion, eu fraquejei e gastei meu último ouro com um cavalo decente e comida, junto com uma bela capa de montaria e uma corrente dourada. Um príncipe do reino não pode aparecer como um mendigo de pés doloridos, não importa a distância que tenha viajado e quantos inimigos tenha derrotado. Eu conheço Gênova bastante bem e dá para se divertir lá, mas estando tão perto de casa eu segui em frente sem me atrasar mais.

"Caramba, até o ar é mais agradável aqui!" Dei um tapa na maçaneta de minha sela e respirei fundo – saboreando o aroma inebriante de cebolas selvagens entre os carvalhos e faias das florestas das montanhas.

Snorri, Tuttugu e Kara, queimados de sol e marchando atrás de mim, tinham menos coisas boas a dizer sobre minha terra natal, mas Hennan, empoleirado atrás de mim no cavalo, tendia a concordar.

Era maravilhoso estar de volta à sela outra vez, um pouco estranho, mas bem melhor do que andar. Meu novo corcel era bem bonito também, com pelos pretíssimos e um lampejo torto de branco descendo pela cabeça, quase um relâmpago que saía entre os olhos até o focinho. Se ele fosse um garanhão de um metro e sessenta de altura, em vez de um cavalo atarracado que mal chegava a um e vinte, eu teria ficado ainda mais feliz com ele – embora, lógico, consideravelmente mais pobre. Em todo caso, ele percorria bem os quilômetros e me deixava em uma altura boa para observar Marcha Vermelha passando por mim. Meu único arrependimento foi que os nórdicos amarraram suas bagagens no bicho como se ele fosse um cavalo de carga. Até "Gungnir" estava ali, enrolada em trapos velhos para protegê-la de olhares curiosos, apenas com a ponta da lança reluzindo onde havia perfurado o tecido.

Exibi meu sorriso para Kara do alto uma ou duas vezes, mas surtiu pouco efeito. A mulher parecia estar ficando mais mal-humorada a cada quilômetro. Provavelmente pensando em como sentiria saudades de mim. Ela era inteligente o bastante para não acreditar que eu iria com eles até Florença e o pesadelo que Snorri almejava.

Paguei um quarto para nós em uma estalagem naquela noite, e após o jantar Kara me encontrou sozinho na varanda. Eu estava sentado ali fazia um tempo, observando o último movimento passando apressado pela Via Appan conforme o dia caía na escuridão. Ela veio a mim como sempre soube que viria, finalmente atraída pelo bom e velho charme de Jalan, após a corte mais longa que já havia realizado.

"Você já decidiu como irá impedi-lo?", perguntou ela sem rodeios.

Eu me empertiguei ao ouvir aquilo, esperando um pouco de papo antes de começarmos a velha dança para a qual eu a estava conduzindo. A dança que faria minhas paixões serem finalmente correspondidas na cama alugada que esperava por nós no segundo andar.

"Impedir quem?"

"Snorri." Ela se sentou na cadeira de vime em frente, inconscientemente esfregando o pulso. Um lampião pendia entre nós, com mariposas batendo no vidro enquanto mosquitos zumbiam sem serem vistos no escuro. "Como irá tomar a chave dele?"

"Eu?" Olhei para ela com surpresa. "Não posso fazê-lo mudar de ideia."

Kara massageou o pulso, esfregando marcas escuras. Era difícil enxergar com a luz do lampião em meio a todas as sombras... "Isso são hematomas?"

Ela cruzou os braços – um movimento de culpa, escondendo a mão, e ficou em silêncio enquanto eu olhava, até que: "Eu tentei tirá-la duas noites atrás, enquanto ele dormia".

"Você... ia *roubar* a chave?"

"Não me olhe assim." Ela fechou a cara. "Eu estava tentando salvar a vida de Snorri. Que é o que você e Tuttugu deveriam estar fazendo se fossem realmente amigos dele. Por que você acha que Skilfar o apontou para Kelem? Parecia uma viagem longa o suficiente para que eu o detivesse – ou convencendo-o do contrário, ou se necessário roubando a chave." Ela se levantou e veio se sentar no degrau ao meu lado, recompondo-se e me dando um sorriso doce que parecia bom, mas não condizia com ela. "Você poderia lhe pedir a chave novamente e..."

"Você! Você estava tentando roubar a chave dele na caverna aquela manhã! Ele a colocou em uma corrente por sua causa, não minha! Ele estava sacando você o tempo todo!" Percebi que estava apontando para ela e abaixei a mão.

"Pegar a chave salvaria a vida dele!" Ela olhou para mim, exasperada. "Fazê-lo mudar de ideia também."

"Não dá, Kara. Você devia saber disso a essa altura. Você *saberia* se o visse indo para o norte. Não dá para detê-lo. Ele é um homem adulto. É a vida dele e se ele quiser..."

"Não é só a vida dele que Snorri está jogando fora, Jal." A voz suave novamente. Ela pôs a mão em meu braço. Aquilo me arrepiou, preciso admitir. Kara tinha alguma coisa, talvez apenas um acúmulo após todos esses meses de expectativa, mas acho que era mais que isso. "Snorri pode causar estragos incalculáveis. Se a chave de Loki cair nas mãos do Rei Morto..."

"Vai ser uma confusão dos diabos." De repente, o momento passou, o clima azedou, a escuridão à nossa volta cheia de ameaças mortas, em vez de possibilidades românticas. "Mas ainda não há nada que eu possa fazer." E além do mais eu estaria a salvo no palácio, no coração de Vermillion, no coração de Marcha Vermelha; se a maldade do Rei Morto pudesse me alcançar ali, então estávamos todos fodidos. Mas eu me sentia mais seguro depositando minha confiança nas muralhas de vovó e em seus exércitos do que em minha capacidade de separar Snorri daquela chave. Deixei Kara para lá e me levantei abruptamente, desejando-lhe boa noite. Eu estava tão próximo de casa que podia sentir seu gosto, praticamente estendendo a mão e encostando os dedos nela, e não iria estragar as coisas agora por nada, nem pela promessa do toque de Kara. Homem nenhum gosta de ser o último recurso, em todo caso. Além do mais, apesar dos olhos arregalados, da promessa, do toque de desespero, eu ainda não conseguia me livrar da sensação de que aquela mulher de alguma maneira estava me manipulando.

Aquela foi uma longa noite. Meu quarto quente, sem brisa, e se recusando a me deixar dormir.

Mais um dia, mais trechos intermináveis da Via Appan, mais uma estalagem. E então, em uma gloriosa manhã de verão, após atravessar quilômetros e quilômetros de plantações douradas de trigo e verdes de abóbora, nós cruzamos uma serra e, lá no horizonte, sob uma leve neblina, estava Vermillion, com os muros cintilando à luz matinal. Admito que uma lágrima viril surgiu em meu olho ao avistá-la.

Nós almoçamos cedo em uma das muitas fazendas perto da Via Appan que abrem suas portas a viajantes de passagem. Nós nos sentamos do lado de fora, em uma mesa à sombra de um enorme sobreiro. Galinhas ciscavam no quintal árido, vigiadas por um cachorro amarelo velho e preguiçoso demais para se mexer quando as moscas pousavam nele. A esposa do fazendeiro trouxe pão fresco, manteiga, azeitonas pretas, queijo de Milano e vinho, em uma ânfora grande de barro.

Eu tomei dois ou três copos daquele tinto bom até tomar coragem de tentar, pela última vez, fazer Snorri desistir de seu plano. Não por Kara – bem, talvez um pouco na esperança de uma boa opinião dela – mas principalmente para salvar aquele grandalhão de sua própria estupidez.

"Snorri..." Eu disse com tanta seriedade que ele deixou seu cálice de barro e me deu sua atenção. "Eu... hã..." Kara olhou para mim com seu pão e suas azeitonas, encorajando-me com um discretíssimo aceno.

Mesmo com a língua solta, aquilo era difícil de dizer. "Esse negócio de levar a chave de Loki até a porta da morte..." Tuttugu me lançou um olhar de alerta, fazendo sinal para baixo com a mão. "Que tal *não* fazer isso?" Tuttugu revirou os olhos. Eu fiz uma careta para ele. Droga, eu estava tentando ajudar o homem! "Desista disso. É loucura. Você sabe disso. Eu sei disso. Os mortos estão mortos. Exceto quando não estão. E nós já vimos o quanto isso é horrível. Mesmo que as criaturas do Rei Morto não peguem você na estrada e tomem a chave. Mesmo que chegue até Kelem e *ele* não mate você e tome a chave... Mesmo assim... você *não tem como* ganhar."

Snorri olhou para mim, mudo, indecifrável, enervante. Eu tomei um grande gole de meu copo e, achando que havia chegado ao fundo, tentei novamente.

"Você não é o primeiro homem a perder a esposa..."

Snorri não explodiu nem ficou de pé como eu achei que pudesse fazer por eu ter tocado em sua ferida mais sensível. Na verdade, durante quase um minuto ele não disse nada, apenas olhou para a estrada e as pessoas que passavam.

"Os anos à frente me assustam." Snorri não se virou para me encarar. Ele disse as palavras para a distância. "Não tenho medo da dor, embora na verdade a dor interior seja maior do que posso suportar. Muito maior.

"Ela me iluminou. Minha esposa, Freja. Como se eu fosse uma daquelas janelas que vi na casa do Cristo Branco. Sem brilho e sem sentido de noite, mas aí vem a luz e elas se acendem com cores e histórias. Você já passou por isso, príncipe de Marcha Vermelha? Não uma mulher por quem morreria, mas uma por quem viveria?

"O que me apavora, Jal, é que o tempo irá fechar a ferida. Que em seis meses ou seis anos eu vou acordar um dia e perceber que não consigo mais ver o rosto de Freja. Descobrir que meus braços não se lembram mais do peso da pequena Emy, ou minhas mãos de sua maciez. Eu vou esquecer meus meninos, Jal." A voz dele falhou, e de repente eu só queria retirar o que disse. "Eu vou me esquecer deles. Vou misturar uma lembrança com a outra. Vou esquecer como era a voz deles, as vezes que passamos pescando no fiorde, as vezes que correram atrás de mim quando eram pequenos. Todos aqueles dias, todos aqueles momentos, desaparecidos. Sem mim para lembrar deles... o que eles são, Jal? Meu corajoso Karl, meu Egil, o que eles foram?" Vi o tremor nos ombros dele, a dificuldade de respirar.

"Não estou dizendo que seja certo, nem corajoso, mas levarei o machado de meu pai até Hel e procurarei por eles até o meu fim."

Nenhum de nós falou por uma eternidade depois disso. Eu bebi constantemente, buscando a coragem que existe no fundo do barril, embora o vinho parecesse amargo agora.

Finalmente, com as sombras se expandindo e nossos pratos vazios havia bastante tempo, eu contei a eles.

"Vou ficar em Vermillion." Outro gole, passando sobre meus dentes. "Foi um prazer, Snorri, mas minha jornada termina aqui." Eu nem achava que fosse precisar fazer alguma coisa sobre a maldição da Irmã. Ela havia se desgastado tanto que nem sequer ouvira um sussurro de Aslaug desde que acordei dos sonhos de Kara. O pôr do sol passava quase despercebido agora, apenas com um formigamento na pele e uma intensificação dos sentidos conforme o momento chegava e passava. "Cheguei ao fim."

Kara me olhou com uma expressão de choque, mas Snorri apenas apertou os lábios e assentiu. Um homem como Snorri entendia o poder que o lar e a família tinham sobre alguém. Na verdade, porém, eu não gostava de praticamente nenhum membro sobrevivente de minha família, e o medo de ser assassinado pelos agentes do Rei Morto estava no topo da lista de motivos pelos quais não estava continuando a missão louca de Snorri. Mas a pura verdade era que até o motivo número 6, "viajar é uma chatice terrível", teria sido suficiente por si só. Minha família podia não ter muita influência sobre mim, mas o prestígio de seu nome, o conforto de seu palácio e os prazeres hedonistas disponíveis em sua cidade tinham forte controle sobre meu coração.

"Você deveria levar Hennan junto", disse Tuttugu.

"Hã..." Não havia previsto aquilo. "Eu..." Fazia sentido. Nada do que se seguiria era algo que uma criança deveria aguentar. Não era nada que um homem adulto deveria aguentar, pensando bem. "Claro..." Minha mente já estava percorrendo a lista de lugares para onde eu poderia empurrar o garoto. Madame Rose na Rua Rossoli poderia usá-lo para mandar recados e limpar as mesas da entrada. A Condessa de Palamo empregava em sua mansão homens muito jovens... ela poderia querer um de cabelos ruivos... Ou as cozinhas do palácio poderiam ter utilidade para ele. Tenho certeza de que já vi moleques lá dentro virando espetos de carne e não sei mais o quê.

O próprio Hennan não reclamou, apenas mastigou seu pedaço de pão furiosamente e olhou para a estrada.

"Eu, hã..." Bebi um pouco mais de vinho. "Acho melhor me despedir aqui e partir."

"Não somos bons o suficiente para sermos vistos junto de você na sua cidade?" Kara arqueou a sobrancelha para mim. Ela havia desfeito suas tranças, depois de perder todas as runas, e deixado o cabelo crescer. Ele estava tão claro pelo sol que parecia quase prateado quando caía pelos ombros descobertos, agora cheios de sardas de verão.

"Snorri é um criminoso procurado", disse. Uma mentira completa, claro, e mesmo que ele fosse eu poderia defender uma absolvição para o seu caso. A verdade era que eu não queria que os fatos enlameassem as águas das mentiras que eu estava a fim de contar sobre minhas aventuras no gelo e na neve. Além do mais, quando eu fizesse meu retorno triunfal para a alta sociedade, eu queria todos os olhos em mim, e não subindo e descendo pelos músculos do belo bárbaro intrigante muito maior que eu.

Snorri me olhou do outro lado da mesa e, antes que eu pudesse desviar o olhar, estendeu a mão para o aperto dos guerreiros. Meio sem jeito, eu a peguei. Um aperto de ranger os ossos e ele me soltou. Tuttugu estendeu sua mão de tamanho mais razoável para fazer o mesmo.

"Mares calmos, Príncipe Jalan, e muitos peixes", disse ele, durante o aperto.

"Para você também, Tuttugu. Tente manter esse aí longe de problemas." Acenei para Snorri. "E aquela lá também." Um aceno para Kara. Eu queria dizer algo para ela, mas não conseguia encontrar nenhuma palavra útil. Eu me levantei, cambaleando. "Não faz sentido estender essas coisas... se é que me entendem..." Meu cavalo estava no cocho do outro lado do quintal e, como o mundo parecia estar rodando à minha volta, um pouco mais rápido que de costume, esperei um pouco as coisas se estabilizarem. "Escute meu conselho e jogue essa chave em um lago..." Fiz sinal para Hennan se levantar. "Venha, garoto." E assim eu tracei o caminho mais reto que pude até o cavalo, a quem eu decidi naquele momento dar o nome de Nor, em memória de Ron, o animal que me levou por boa parte do caminho ao norte. Nor me levaria na direção oposta, portanto deveria ter o nome oposto.

Eu montei sem muita dificuldade e estendi a mão para baixo para ajudar Hennan a subir. A lança, Gungnir, bateu em minha perna, amarrada ali na lateral de Nor, ainda enrolada. Ocorreu-me que eu poderia ir embora com ela. A esperança é sempre perigosa, e essa lança, essa falsa esperança, era onde Tuttugu, e talvez Kara, se agarrava. Ela fazia a apresentação diante de Kelem parecer menos com suicídio. Sem ela, eles poderiam recuar no último quilômetro e talvez até fazer Snorri dar meia-volta.

"Gungnir!" Tuttugu começou a avançar. Eu quase enfiei os calcanhares nas costelas de Nor, mas no fim abaixei as mãos para soltar as rédeas e peguei a lança. O troço estremeceu em minha mão, como se estivesse quase vivo, muito mais pesado do que tinha direito de ser.

Eu a joguei para Tuttugu. "Cuidado com isso. Tenho a impressão de que é afiada dos dois lados."

Depois disso e de tirar as bolsas deles, saudei a mesa e saí trotando pela estrada de cascalho até Vermillion.

"Nós deveríamos ter ido com eles", disse Hennan, com a voz sacudindo no ritmo do passo de Nor.

"Ele vai pedir a um louco numa mina de sal para lhe mostrar a porta da morte, para que possa destrancá-la. Um louco que mandou assassinos atrás dele. Isso lhe parece uma coisa que alguém deveria estar fazendo?"

"Mas eles são seus amigos."

"Não posso me permitir amigos assim, garoto." As palavras saíram com raiva. "Está aí uma lição importante – aprender a se desapegar das pessoas. Os amigos são úteis. Quando eles deixam de ter algo que você queira, deixe-os para lá."

"Eu achei que nós..." Havia mágoa em sua voz.

"Isso é diferente", disse eu. "Não seja ridículo. *Nós* ainda somos amigos. Para quem mais eu vou ensinar meus truques de cartas?"

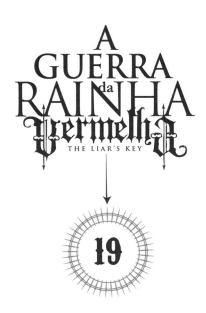

Hennan e eu cavalgamos sem conversar após nos separarmos de Snorri, Tuttugu e Kara. Eu guiei Nor pelo tráfego cada vez maior que convergia na Via Appan para entrar na cidade grande. As casas na beira da estrada agora eram tabernas propriamente ditas ou vitrines de lojas que ofereciam tudo que um homem pudesse querer para a viagem. Ao longe, uma curva cintilante do Seleen refletiu a luz do sol e a dividiu. Minha cabeça começou a latejar de calor e o fedor da capital chegava até nós com a menor brisa.

Os portões de Vermillion ficam abertos ano após ano. Quando a Via Appan encontra a grande muralha, ela já atravessou quatrocentos metros da cidade externa, com cortiços na periferia, afastados da estrada, e residências mais valorizadas mais próximas, algumas de dois ou três andares, misturadas a praças abertas contornadas por árvores e prédios públicos. Vovó regularmente manda postar avisos lembrando aos moradores dessas casas que a área será evacuada a fogo, caso a cidade precise ser defendida – mas todo ano a cidade externa se expande cada vez mais, chegando um pouco mais longe pelas cinco estradas que dão em Vermillion.

Guardas espalhados suportavam o calor na grande guarita que dava para o lado norte da Appan; outros se escondiam à sombra da muralha no nível do chão – mas esses raramente se mexiam para qualquer coisa que não fosse uma carroça carregada. Hennan e eu passamos no lombo de Nor sem sermos questionados. Em instantes, nós estávamos trotando pela Rua da Vitória, passando pelos Grandes Estábulos Antigos, agora liberados para uso público, e ao lado do frescor delicioso da Praça da Fonte, onde cerejeiras se enfileiram pela avenida até a catedral nova.

Parecia irreal, quase um sonho, que tudo estivesse esperando por mim o tempo todo. Enquanto eu tremia no Gelo Mortal, o mais próximo da morte que alguém pode chegar, as pessoas passeavam por estas ruas, comprando guloseimas, vendo os acrobatas, deixando o Seleen correr, jogando, amando, ficando bêbadas... Eu havia percorrido cinco mil quilômetros e aqui, aqui neste pequeno trecho de pedra, nesta incrustação de terracota, estava minha vida inteira.

Eu deixei o cavalo se movimentar no ritmo do tráfego da cidade e observei os prédios enquanto passávamos, ao mesmo tempo familiares e estranhos.

Um homem de rosto escuro na entrada sombreada do Massim observou meu progresso rua afora com um pouco mais de interesse. Maeres Allus, por tanto tempo uma preocupação abstrata, quase esquecido, de repente voltou a ter importância em meus pensamentos. Sacudi as rédeas e fiz Nor apertar o passo.

"Vamos direto para o palácio." Achei que talvez pudesse dar uma olhada em alguns lugares, deixar o garoto, fazer o reconhecimento do terreno, mas agora decidi que era melhor descobrir primeiro tudo que tivesse para descobrir na segurança do palácio. Melhor informar minha presença à minha família para que Maeres não pudesse me arrastar para algum galpão deserto sem ninguém jamais saber que eu havia sobrevivido ao incêndio da ópera.

Atrás de mim, Hennan não disse nada. Ganhar a vida no deserto em volta da Roda de Osheim podia prepará-lo para muitas coisas, mas a cidade de Vermillion não era uma delas. Eu senti sua cabeça virar de um lado para outro, tentando absorver tudo aquilo. Para mim, ela parecia menor do que em minha memória – para Hennan, provavelmente maior do que em minhas histórias. Nós construímos nossas expectativas com o que já conhecemos. Eu só esperava que ele não ficasse pegajoso. Não se pode esperar que um príncipe de Marcha Vermelha fique tomando conta de um menino mendigo pelos corredores do poder...

Ao passarmos pelas ruas imponentes em torno do palácio, nós atraímos alguns olhares curiosos. Guardas nos portões dos jardins das mansões estreitaram os olhos e estufaram os peitos. Jovens criadas em seus afazeres olhavam com surpresa. Com minhas roupas de fazendeiro, eu era uma figura bastante diferente do tipo de visitante a que essas casas estavam acostumadas, e o garoto mendigo pálido atrás de mim dava um toque extra de exotismo.

Nós saltitamos pela Via dos Reis, em frente à larga praça diante do palácio, e finalmente chegamos ao Portão Errik, onde no passado meu tetravô Errik IV voltou em procissão do porto de Imperia trazendo as cabeças de Tibor Charl, Elias Gregor e Robert, o Negro, os piores lordes piratas que saíram das Ilhas Corsárias desde os Mil Sóis. Eu me lembro dos nomes deles porque Martus uma vez colocou três repolhos artisticamente decorados embaixo de minha cama e disse que eram as cabeças decepadas do trio, retiradas das estacas no Portão Errik, e que se eu contasse ou tentasse movê-las elas voltariam à vida. Desgraçado.

Os guardas do Portão Errik avançaram rapidamente, dois deles prontos para me mandar embora, e um deles mais atrás com seu pique abaixado. Nas torres do portão, os arqueiros pareciam interessados. O Portão Errik só é usado para visitas dos mais altos dignitários, para famílias reais, e raramente é aberto.

"Caia fora. Se tiver negócios no palácio, entre pela porta da cozinha, dando a volta pelo castelo antigo. Está vendo?" Ele apontou para a Torre de Marsail.

Naquele momento, ocorreu-me que deveria ter comprado um capuz, para que pudesse jogá-lo para trás dramaticamente e me anunciar. Da maneira que estava, eu estava partindo do ponto de já ter passado sem ser reconhecido.

"Sou Príncipe Jalan Kendeth, voltando do Extremo Norte, e pedirei a cabeça de qualquer homem que me negar acesso ao palácio de minha avó." Deixei aquilo sair com um ar de irritação entediada, ao mesmo tempo em que rezei para que nenhum deles me pedisse para provar.

"Hã..." O mais novo da dupla, proclamado superior pela estrela no ombro de sua túnica, prendeu os lábios em consideração. Supus que ninguém jamais havia chegado até os portões falsamente declarando-se parente da Rainha Vermelha. Talvez alguém bêbado demais para se autopreservar tivesse feito isso, mas não um jovem sóbrio a cavalo. Mais um momento de ponderação e ele franziu o rosto para mim. "Vou verificar. Por favor, espere aqui, senhor. Cogan, deixe-os descansar à sombra."

E assim nós esperamos à sombra da muralha, em silêncio, a não ser por Nor bebendo água do cocho. Não era bem a entrada que esperei fazer, mas Vermillion tinha um número considerável de príncipes, e aqueles não eram os guardas de minha família.

Demorou mais do que eu achei que deveria, mas finalmente o subcapitão voltou com uma figura familiar.

"Gordo Ned!", gritei, andando na direção dele, de braços abertos.

Gordo Ned, parecendo mais magro do que nunca, deu um passo para trás, depois outro. Lá em cima eu ouvi o rangido das cordas dos arcos.

"Sou eu, Ned." Apontei com os indicadores das duas mãos para meu rosto e lhe dei meu sorriso vitorioso.

"Não!" Ned balançou a cabeça, com a pele solta batendo nos ossos. "Mas você está morto, Príncipe Jalan... é... é você mesmo?" Ele inclinou a cabeça, olhando mais atentamente com aqueles seus olhos cansados e velhos.

Abaixei os braços. Eu não tinha a intenção de abraçar o homem, de qualquer maneira. "Eu mesmo, de verdade. E não voltei da cova, também." Bati no peito. "Firme e forte. Os relatos de minha morte foram muito exagerados!"

"Príncipe Jalan!" Gordo Ned balançou negativamente a cabeça, espantado, passando as mãos para baixo do rosto. "Como..."

O capitão do portão agora saiu pela poterna, correndo em nossa direção, com a espada chacoalhando em sua bainha. "Príncipe Jalan! Desculpe! Disseram que o senhor havia morrido. Houve um dia de luto..."

"Um dia?" *Um mísero dia...*

"Por ordem da rainha, para todas as vítimas do grande incêndio do teatro. Muitos nobres morreram naquele dia..."

"Um dia?" Nem foi só para mim. "Espere – meus irmãos sobreviveram?"

"Você foi o único membro da família real a comparecer, meu príncipe. Seus irmãos estão bem." O homem curvou a cabeça e deu um passo para trás, acenando para a poterna e me convidando a ir na frente.

"Um príncipe de Marcha Vermelha não volta dos mortos para reentrar no palácio após seis meses por um portão lateral, capitão." Acenei para o Portão Errik, com a voz imperiosa. "Abra-o."

Os guardas trocaram um ou dois olhares. O capitão, parecendo um pouco desconfortável, pigarreou. "A chave do Portão Errik é mantida na tesouraria, Príncipe Jalan. Ela só pode ser liberada por ordem especial de sua majestade, e..."

"Bem, corra até minha avó e avise a ela que estou esperando!" De alguma maneira eu estava cavando meu buraco antes mesmo de entrar no palácio, mas até parece que eu deixaria um capitão de portão convencido e seus homens rirem de mim pelas costas enquanto eu me espremia pela poterna.

"... e o portão está atualmente fechado para manutenção, em todo caso. Dezenas de quilos de cascalho precisariam ser retirados e uma das dobradiças substituída antes que o portão pudesse ser aberto..."

Maldito capitão. "Eles não abrem para fora?" Eu só tinha uma lembrança muito vaga de alguém o usando. Um duque florentino, Abrasmus, visitou Marcha Vermelha quando eu tinha dez anos, mas eu estava ocupado fazendo travessuras atrás das plataformas quando ele passou...

"Lamento, alteza." Ele não parecia se lamentar o suficiente, porém, nem a metade.

"Tudo bem, droga. Leve-me pelo seu buraco de rato." Desmontei e, balançando a cabeça, comecei a sair em direção à poterna. "Você." Apontei para o subcapitão. "Cuide para que meu cavalo seja entregue ao Salão Roma. Ned, vá junto para ter certeza de que eles não se percam."

Hennan, agachado ao lado da muralha, levantou-se e começou a me seguir.

"Levem o menino também." Eu o apontei para Ned. "Mandem Ballessa lhe dar comida."

Hennan me lançou um olhar magoado e saiu atrás dos homens e de Nor, com a cabeça baixa. Eu ergui as mãos para o capitão, aborrecido. O que diabos o garoto esperava? Até parece que eu iria apresentá-lo pelo palácio. O cardeal Kendeth, Hennan; Hennan, o cardeal. Príncipe Martus, príncipe Darin, este é Hennan, ele cuida de cabras... Loucura. O capitão apenas me deu o mesmo olhar impenetravelmente vago que tinha desde que cheguei, assentiu e se virou para me levar pela porta. E então, finalmente, eu retornei ao palácio, espremendo-me pela passagem estreita e angulosa da poterna. Nós saímos para o sol que brilhava do outro lado e, apertando os olhos, olhei em volta, tentando me localizar. Eu achei que deveria me apresentar ao meu pai e encontrar algo apropriado para vestir antes de fazer as rondas. Todos iriam querer ouvir minha história e, embora contá-la com minhas roupas desgrenhadas da estrada pudesse contribuir para visualizar tudo aquilo, eu preferia o conforto e o esplendor de minhas vestimentas da corte. Um banho não cairia mal também. E talvez uma criada para pegar o sabão quando eu o deixasse cair.

"Eu o acompanharei até seu pai, alteza." O capitão fez sinal para uma dupla de soldados se unir à guarda. Eu teria preferido que me perguntassem aonde eu planejava ir, em vez de me dizerem, mas dei permissão com um aceno.

"Primeiro, se estou morto, mostre-me meu túmulo." Eu estava curioso para ver que monumento duradouro eles haviam erigido ao herói da Passagem Aral.

O capitão fez uma curta reverência e nós saímos pelo complexo do palácio. Com o sol escaldante, havia pouca gente em movimento. Pequenas figuras trajando preto caminhavam vagarosamente pelos lados sombreados do Palácio Pobre, da Casa Milano e da Torre de Marsail, criados que saíam para tarefas variadas. Fora isso, nossa plateia consistia em guardas espalhados e um pequeno contingente de corvos, mudando de pena no calor e parecendo notadamente desgrenhados.

Nós atravessamos a fornalha do Pátio Oeste até a igreja do palácio, na verdade a ala sul do Salão Roma. Papai poderia estar lá dentro, embora passasse menos tempo nos salões de adoração cristã do que alguns pagãos – o que para um cardeal era uma proeza e tanto.

Nós nos aproximamos das portas da entrada da igreja, com as duas torres subindo altas dos dois lados do telhado pontudo. Uma parede de santos nos olhava de cima, com sua desaprovação gravada em pedra. Eu comecei a subir os degraus.

"Aqui, alteza", gritou o capitão, antes que eu chegasse ao degrau mais alto.

Eu me virei. O homem estava apontando para uma placa colocada na parede externa, em meio a muitas outras, placas para lordes e generais de outrora, algumas tão gastas que não dava para ler. Eu retracei meu caminho, com a indignação aumentando. A família real sempre era sepultada dentro da igreja, com nossos túmulos enchendo as margens dos corredores dos dois lados da nave, príncipes e princesas do reino enterrados debaixo de chapas pretas de mármore embutidas no chão, e figuras mais renomadas em seus próprios sepulcros debaixo de suas imagens feitas de alabastro. Para reis e rainhas, eles encontravam espaço no presbitério. A maré lenta dos anos movia os membros esquecidos da realeza para as catacumbas lá embaixo, abrindo espaço para falecimentos mais recentes... mas até o mais inferior dos príncipes tinha o teto da igreja para proteger seu título da chuva. Minha placa estava colocada entre duas outras relativamente novas: à esquerda, o General Ullamere Contaph, Herói da Torre de Ameroth, 17 – 97 ano interregno; à direita, Lorde Quentin DeVeer, 38 – 98 ano interregno. Eu pus a mão sobre a minha.

"*In memoriam*: Jalan Kendeth, terceiro filho do cardeal Reymond, 76 – 98 ano interregno." Eu li as palavras em voz alta. "É isso? Terceiro filho do cardeal?" Nada de príncipe? Nada de herói da Passagem Aral? Desgraçados. "Quero ver o cardeal agora. Se estiver sóbrio e não deitado com um menino qualquer do coral." Eu percebi minha mão repousada sobre a faca, com a palma no punho. "Agora!"

Os guardas ficaram eretos com aquele último comando bradado. O capitão, em posição de sentido, fez sinal para as portas da igreja com os olhos.

"Eu duvido muito que o encontre aí dentro, capitão!" Mas eu voltei a subir os degraus assim mesmo e botei as duas mãos na porta esquerda, empurrando-a com uma medida de violência.

Durante um tempo eu fiquei cego, esperando meus olhos se ajustarem da claridade do dia à suavidade das velas e do espectro abafado dos vitrais. As formas escuras se definiram e eu entrei. Três senhoras ajoelhadas nos bancos, um velho curvado sobre a prateleira de velas votivas e um vulto grisalho abaixado, virado para a parede na metade do corredor norte. Eu realmente não esperava encontrar meu pai entre eles. Do outro lado, debaixo da janela de mandala, um padre de preto estava de pé virando uma página no atril. Eu dei outro passo para a frente. Não haveria nenhum sentido perguntar se meu pai estava escondido nos transeptos, mas mesmo assim alguma coisa me atraiu. Talvez só o frescor. O dia lá fora estava começando a ficar infernal, de tão quente. Talvez meu tempo em Norseheim tivesse diminuído minha tolerância para os verões de Marcha Vermelha, porque foi um alívio abençoado sair do sol por um instante.

Só depois que percorri o caminho pelo corredor norte percebi que o homem abaixado estava de frente para a lápide de minha mãe – uma placa trazendo seu nome e linhagem, e atrás dela, enterrados na espessura das paredes, seus restos mortais. E – como agora eu me lembrava e talvez ninguém mais soubesse – os de minha irmã não nascida.

"Príncipe Jalan?" O homem levantou a cabeça para mim, grisalha e envelhecida antes do tempo, de tanto sofrimento. Ele deu um passo na minha direção, mancando, com a perna direita arruinada. Por algum motivo correspondi a seu avanço com um passo para trás.

"Robbin?" Um dos funcionários de meu pai, embora a princípio eu não tivesse certeza, na penumbra. Ele ficou de pé com a cabeça banhada de luz esverdeada. Ela entrava através da serpente da janela alta, onde São Jorge lutava com o dragão. Agora, porém, eu vi além de seu andar torto e seus cabelos de velho, com mais de uma década e meia de diferença do outro. "Robbin?" Mais uma vez, por um momento, eu não conseguia vê-lo direito – maldito incenso nessas igrejas que faz seus olhos arderem terrivelmente. Eu apertei os olhos para conter as lágrimas e vi Robbin como ele era quinze anos atrás, lutando com Edris Dean, colocando-se diante do assassino para nos proteger. O ferimento que o aleijou foi por minha causa. Eu pressionei os dedos nos olhos para desembaçá-los, imaginando quantas vezes eu zombara dele ou o xingara por sua lentidão ao longo dos anos, enquanto ele mancava por aí com as tarefas de meu pai.

"Sim, alteza." Ele começou a tentar descer para ficar sobre um dos joelhos, como os homens fazem diante do trono. "'Desdisseram' que o senhor estava morto."

Eu o segurei e o puxei para cima antes que ele caísse de frente ou fizesse algo mais constrangedor. "Não me sinto morto." Eu o soltei e dei um passo para trás. "Agora, a não ser que meu pai esteja escondido aqui dentro, eu vou sair e procurar por ele em algum lugar onde seja possível estar. Nosso bom cardeal deve ser capaz de encerrar a questão de eu estou morto ou não de uma vez por todas."

Endireitei a frente do justilho de Robbin, onde o segurei para puxá-lo, e com um curto aceno de cabeça eu o deixei parado ali, ainda meio atordoado. Meus passos ecoaram alto entre os pilares e as velhas viúvas nos bancos observaram minha partida, com suas críticas escritas em cada ruga.

"Ele não está lá. Vamos tentar a casa." Acenei para o capitão e seus homens virem atrás de mim e abri caminho até a imponente entrada do Salão Roma. Uma carruagem de quatro cavalos estava parada diante da escada, o cocheiro de cabeça baixa como se estivesse esperando por um tempo. Eu a ignorei e subi correndo até a entrada.

Não reconheci o lacaio que abriu as portas em resposta às minhas batidas, mas conhecia os dois guardas atrás dele, com seus uniformes de casa, apertando os olhos contra a claridade do dia.

"Alphons! Dobro! Bom ver vocês. Onde está meu pai?" Passei pelo mordomo e entrei no hall, com seus nichos preenchidos pelas estátuas dos indus que o cardeal ainda coleciona, para desgosto de seus padres. O porteiro veio atrás de mim balbuciando toda aquela bobagem de "mas você está morto" que eu já estava vendo que iria se tornar bastante cansativa durante os próximos dias.

"Jalan!" Meu irmão Darin vindo em minha direção, com roupas de viagem e um homem ao seu lado carregando um baú. "Sabia que você iria pular daquele fogo para alguma frigideira!" Ele parecia satisfeito, não radiante, mas satisfeito. "Houve um boato que correu nos salões de vinho que você tinha entrado para o circo!" Darin abriu os braços para me abraçar, com o belo rosto dividido por um largo e aparentemente genuíno sorriso.

"Desgraçado!" Dei-lhe um soco na boca, com bastante força para derrubá-lo de bunda no chão e cortar meus dedos em seus dentes.

"O quê?" Darin ficou onde estava, sentado no chão e cuspindo sangue. Ele sacudiu a cabeça e olhou para mim. "Por que fez isso?"

"Papai está esperando você nessa ópera dele hoje à noite." Eu imitei a voz grave e condescendente que ele fez quando me instruiu a ir e queimar até a morte. "Nada de aparecer tarde ou bêbado. Nada de fingir que ninguém o avisou!"

"Ah." Darin levantou a mão para seu bagageiro, que o ergueu do chão. Ele limpou a boca. "Bem, obviamente eu não sabia..."

"*Você* não foi!", urrei, lembrando-me dos gritos. A intensidade de minha raiva me pegou de surpresa. "Martus não estava lá! Querido papai esqueceu sua própria ópera? Nem um único descendente de vovó presente?" Eu levantei o punho de novo, e Darin, embora cinco centímetros mais alto e desde sempre o melhor lutador, deu um passo para trás.

"Era ópera, pelo amor de Deus. Eu não esperava que fosse! Se não tivesse desaparecido na noite do incêndio eu teria apostado que não estava lá... e acertei, você não estava!" Ele mexeu em seu maxilar com a mão, fazendo uma careta. "Eu só estava fazendo minha obrigação ao lhe dizer a sua. Papai bebeu demais naquela noite e teve que se retirar. Martus apareceu para a segunda metade e encontrou o local em chamas..."

"Bem, *eu estava lá*, e por muito pouco não me queimei!" Eu abaixei um pouco as mãos. "E a culpa é de alguém!"

"De alguém. Só não é minha." Ele enxugou a boca com a mão vermelha. "Belo soco, hein, irmãozinho?" Ele sorriu. "É bom ver você!" E de alguma maneira ele ainda fez parecer que falava a verdade.

"Você..." Eu me lembrei de Lisa e contive a acusação. "Os DeVeer estavam lá naquela noite?"

O sorriso de Darin desapareceu. "Alain DeVeer estava. O choque da perda matou o pai dele, Lorde Quentin, que morreu acamado no fim daquela semana. Felizmente, houve algum tipo de escândalo em casa no dia da apresentação e as irmãs não puderam ir. Foi muita sorte mesmo, pois eu me casei com Micha, a mais nova delas. Estou saindo para nossa casa de campo neste momento, aliás."

Eu mantive o rosto sem expressão. Sem expressão demais, na verdade.

"Micha! Você sabe quem é, não? Deve tê-la conhecido", disse Darin.

"Ah, sim... Micha." Conheci. Uma meia dúzia de vezes. A maioria delas em seu quarto, após uma escalada difícil por uma colunata coberta de hera. A pequena Micha, uma beleza cujo rosto brilhava com a inocência de um anjo e cujos truques eu precisei ensinar às moças do Luva de Seda e de Madame LaPenda. "Eu me lembro da garota. Parabéns, irmão. Desejo que sejam felizes."

"Obrigado. Micha ficará feliz em saber que sobreviveu. Ela estava sempre ansiosa para ouvir boatos sobre você. Talvez possa vir nos visitar, depois que estiver estabelecido. Principalmente se tiver alguma palavra de consolo para oferecer sobre a última noite do pobre Alain..."

"Claro. Faço questão", menti. Micha provavelmente estava verificando se eu estava morto para se tranquilizar com relação a quaisquer histórias que eu pudesse contar a seu novo marido. E duvido que ela quisesse ouvir que seu irmão morreu em uma privada, após eu ter chutado seu rosto enquanto ele arrancava minhas calças. "Visito na primeira oportunidade que tiver."

"Faça isso!" Darin sorriu novamente. "Ah! Esqueci, você não sabe. Você vai ser titio."

"Quê? Como?" As palavras faziam sentido individualmente, mas não formavam nada que fosse compreensível.

Darin jogou o braço sobre meu ombro e fez uma voz séria de brincadeira. "Bem... quando um papai e uma mamãe se amam muito..."

"Ela está grávida?"

"Ou isso, ou engoliu alguma coisa muito grande e redonda."

"Cristo!"

"Parabéns é o que a maioria das pessoas diz."

"Bem... isso também." Eu, tio? Minha Micha? Senti uma necessidade súbita de me sentar. "Sempre achei que daria um ótimo tio. Terrível. Mas ótimo."

"Você deveria vir comigo, Jalan. Para se recuperar de sua provação e tudo mais."

"Talvez." Ver Darin e Micha brincarem de família feliz não era como eu esperava passar meus primeiros dias de volta à civilização. "Mas nesse momento eu preciso ver papai."

"Já vai voltar a viajar, Jal?" Darin inclinou a cabeça, intrigado.

"Não... por quê?" Ele não estava fazendo sentido.

"Papai está em Roma. A papisa o convocou para uma audiência e vovó disse que ele tinha que ir."

"Mas que inferno." Eu tinha perguntas que precisavam de respostas e eu poderia arrancá-las de meu pai com mais facilidade do que em outro lugar. "Bem... olhe, eu vou me limpar e – espere, você não jogou minhas roupas fora, não é?"

"Eu?", riu Darin. "Por que eu iria encostar nas suas penas de pavão? Está tudo lá, até onde eu sei. A não ser que Ballessa tenha resolvido esvaziar seus aposentos. Papai com certeza não teria dado nenhuma instrução. Enfim, é melhor eu ir. Já estou atrasado." Ele acenou para seu criado começar a carregar o baú novamente. "Venha nos visitar quando puder – e não aborreça Martus, ele está de péssimo humor. Vovó designou Micha e o irmão mais velho de Alain, o novo Lorde DeVeer, para capitanearem o batalhão de infantaria reunido nesses últimos meses. E Martus já havia decidido que o posto era dele. Aí, alguns dias atrás, veio outra calamidade ou humilhação. Eu não prestei muita atenção... alguma coisa sobre uma conta enorme de um comerciante. Ollus, eu acho que era o nome."

"Maeres Allus?"

"Pode ser." Darin virou-se na entrada. "Bom vê-lo vivo, irmãozinho." Um aceno com a mão e ele se foi. Eu fiquei parado, assistindo, até a carruagem o levar para fora da vista. Ele nem perguntou onde eu estivera...

Alphons manteve o olhar o tempo todo na porta. O guarda menos velho, Dobro, um sujeito moreno com bolsas sob os olhos, observava-me com uma curiosidade indisfarçada. Eu deixei a insolência passar. Era bom ver que pelo menos uma pessoa achava o aventureiro retornado fascinante.

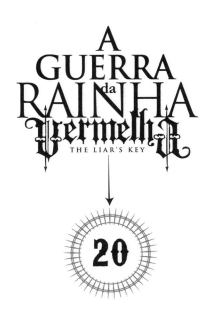

Com papai em Roma, Darin enfurnado em seu retiro rural com a *minha* doce Micha, e Martus em pé de guerra por ter sido presenteado com minhas dívidas póstumas de jogo, eu não tinha nenhuma família próxima para deleitar com a saga de meu exílio acidental.

Na esperança de que Martus pudesse realmente pagar meu débito antes de descobrir que eu não estava morto, eu me mantive discretamente na casa. Eu me reinstalei em meus aposentos e chamei algumas criadas para esfregar minhas costas e outras partes durante meu tão necessário banho. A água logo ficou preta, então mandei Mary esquentar mais enquanto Jayne me ajudou a escolher uma roupa para a corte. Em geral, estava sendo uma recepção decepcionante, nem mesmo as criadas pareciam tão contentes em me ver quanto deveriam. Eu dei um apertãozinho em Jayne e parecia que ela era uma princesa, de tanto que se ofendeu! E isso me fez pensar na última princesa que conheci, a admirável Katherine ap Scorron, dona de um traseiro especialmente tentador e um joelho esquerdo cruel. A lembrança de como ela utilizara aquele joelho esquerdo me deixou desanimado e mandei Jayne voltar a seus afazeres, dizendo-lhe que conseguiria me vestir sozinho.

Nada parecia muito certo, como se o palácio fosse as botas de outro homem que eu calçara por engano. Fui até a Câmara dos Vidros, uma sala onde algum cardeal anterior havia reunido uma coleção de artigos de vidro das cidades submersas de Veneza e Atlântida, todos expostos em armários altos. Eu evitei aquela sala durante anos, desde o incidente da briga de ovos, em que de alguma maneira Martus e Darin escaparam impunes e conspiraram para que eu levasse a culpa. Agora, no entanto, andei por entre os antigos armários e seus conteúdos esquecidos, brilhando com todas as cores entre o vermelho e o violeta, sendo conduzido por uma memória antiga qualquer e o gosto de sangue.

Agachado em um canto, puxei um pedaço solto de rodapé e ali, reluzindo em um pequeno buraco no gesso, estava o cone de oricalco coberto de runas que caíra da mão de mamãe quando Edris Dean a matou. Quando me liberaram dos cuidados do médico e suas enfermeiras, e quando eu finalmente tive minha primeira oportunidade de ficar sozinho, fui até a Sala da Estrela, peguei o cone sob o sofá para onde tinha sido chutado e o escondi na Câmara dos Vidros. A ideia de que Garyus fosse querê-lo de volta me perturbava, e ele nunca perguntou pelo oricalco – talvez porque fazer isso significaria acusar a mim ou minha mãe de roubo. Eu o escondi e afastei todas as lembranças do assassinato de minha mente: o cone, seu esconderijo, toda a terrível história. Até a magia de sangue de Kara despertar essas lembranças.

"Meu." Eu peguei o objeto, frio em meu punho. A luz pulsava através de minha mão, deixando a carne rosada e transformando os ossos de meus dedos em barras escuras. Eu o enrolei em um lenço e enfiei bem fundo em um bolso.

Eu me levantei, mas fiquei no mesmo lugar, olhando para o canto sem enxergar. Eu digo "a magia de Kara" porque foi seu feitiço que trouxe essas recordações mortas de volta à vida, seu trabalho perturbou a paz delas e as fez se repetirem várias vezes dentro de minha cabeça, como um jogo de sombras monstruoso... mas foi a chave que começou. Na verdade, foi a chave de Loki que destravou tudo isso – contrariando as advertências, eu havia usado a chave e aberto uma porta para o passado que não conseguia fechar. Foi aí que imaginei como seria difícil fechar a porta que Snorri pretendia abrir.

Recoloquei o rodapé e durante a hora seguinte vaguei pelos corredores do Salão Roma. O sono não veio fácil naquela noite.

Eu precisava conversar com alguém que pudesse entender o que aconteceu comigo. Cogitei ir até Garyus, mas parecia tolice procurar aconselhamento de um homem trancado em seu quarto fazia sessenta anos e que nunca saíra das muralhas do palácio. Além do mais, o poder estava com suas irmãs. Após meio dia refletindo sobre o assunto, decidi confrontar a irmã não silenciosa. Eu amarrei meu espadim antes de ir. O guarda da porta a tomaria de mim, mas vovó perceberia a bainha, e ela gostava de ver sua prole andar armada.

A caminhada até o Palácio Interno foi quase longa o bastante para corroer minha coragem, quase chegando ao ponto de recuar. Em mais cem metros eu teria feito isso, mas me peguei subindo os degraus até as enormes portas.

Dez soldados da guarda pessoal da rainha ladeavam os degraus mais altos, aguentando o calor em suas meias armaduras. O cavaleiro à porta era muito mais alto que eu, ficando ainda maior pelo seu longo elmo com pluma vermelha. "Príncipe Jalan." Ele curvou a cabeça um pouquinho.

Eu esperei pelo "mas você está morto", pronto para me irritar, e fiquei decepcionado quando não aconteceu. "Desejo ver minha avó." Ela sempre fazia uma reunião formal aos domingos após a igreja. Fui à missa esperando encontrá-la, mas ela deve ter ido à sua capela particular ou simplesmente faltado àquela chatice toda, como eu normalmente fazia. Bispo James realizara a missa do Salão e agradeceu pelo retorno de uma ovelha desgarrada ao redil. Eu teria preferido "leão conquistador ao bando", mas pelo menos aquilo oficializou meu regresso e significava que Maeres não poderia me assassinar em segredo.

"A reunião está acontecendo, meu príncipe." E o cavaleiro bateu à porta para abrirem, afastando-se para me deixar passar.

As reuniões da Rainha Vermelha são diferentes de todas as outras da região. Rei Yollar de Rhone faz uma reunião suntuosa, onde aristocratas se reúnem às centenas para fofocar e brigar e exibir as últimas modas. Em nosso protetorado de Adora, o duque recebe filósofos e músicos em seus salões, com lordes e damas de toda a região comparecendo para ouvi-los. Em Cantanlona, o conde é famoso por festas bacânticas que duram mais de uma semana, esgotando o vinho das cidades em volta de sua capital. A reunião de vovó é mais austera. Um evento prático onde os idiotas são tolerados apenas rapidamente e o brilho de um novo vestido raramente é visto, já que não há plateia para tal.

"Príncipe Jalan Kendeth." O oficial da corte, Mantal Drews, anunciou-me, vestido com os mesmos tons escuros de cinza que usava no dia em que parti.

Os participantes, cerca de uma dúzia, viraram-se em minha direção, em número muito menor que a guarda real, que se espalhava pelas margens com suas armaduras de malha cor de bronze. Estes últimos não me deram nem uma olhadela. Nenhuma surpresa foi estampada nos rostos apontados para mim, nem mesmo um sussurro murmurado por trás dos leques – as notícias correm rápido no palácio. A informação deve ter passado pelos guardas e criados da noite para o dia, confirmadas naquela manhã pelos nobres que me viram na igreja.

A própria rainha não levantou a cabeça, com sua atenção ocupada por um sujeito de manto roxo, pesado demais para a estação, agachado diante do trono e fazendo algum pedido veemente ou coisa que o valha. Duas velhas criadas azedas de vovó a flanqueavam, uma mulher esquelética e a outra uma matrona corpulenta e grisalha de uns cinquenta anos, as duas com xales pretos monótonos. Eu olhei em volta procurando a Irmã Silenciosa, mas não vi sinal dela.

Criando coragem, andei até o meio da sala do trono, com as velhas ansiedades empilhando-se sobre meus ombros. Eu fiz o melhor para apresentar a máscara que me serviu tão bem durante tanto tempo: o franco Príncipe Jal, herói da Passagem, um homem destemido. Eu minto tão bem com minha expressão e linguagem corporal quanto com minha língua, e gosto de pensar que me saio bastante bem com a enganação. Os cortesãos – ou melhor, acho que devo chamá-los de os suplicantes de hoje, pois ninguém da aristocracia ficava na corte depois do término de seus assuntos – deram-me passagem. Eu reconheci alguns deles: lordes inferiores, o Barão de Strombol lá de baixo das sombras dos Aups de Scorron, um comerciante de joias de Norrow cuja filha eu conheci bastante bem por uma ou duas noites... o de sempre.

"E aí está ele!" O homem diante do trono concluiu sua petição levantando a voz além do ponto do decoro e apontando diretamente para mim.

"Estou em desvantagem, senhor." Eu lhe ofereci um sorriso tolerante, bastante certo de que não nos conhecêramos antes, embora alguma coisa nele parecesse familiar.

"Não terá vantagem nenhuma comigo, Príncipe Jalan!" Ele parecia ter uns trinta anos, um sujeito robusto, mais baixo que eu, porém mais largo, as feições do rosto brutas e vermelhas de raiva. "Fiquei sabendo de seu retorno e imediatamente deixei meus regimentos para descobrir a verdade." Ele começou a desafivelar sua bainha vazia – o que fez a guarda pôr as mãos em seus cabos. "Exijo satisfação. Eu exijo agora." Ele jogou sua bainha aos meus pés à moda antiga, fazendo seu desafio. "Lute comigo, e sua reaparição será um erro breve, porém rapidamente corrigido em seu obituário."

"Tome cuidado, Lorde Gregori", alertou vovó do trono, com a voz baixa.

O sujeito virou-se para trás e fez uma longa mesura. "Sem querer desrespeitar, majestade."

Felizmente eu tinha muita experiência em evitar duelos, e vovó havia acabado de me entregar a chave para escapar de mais um.

"Não vou fingir que o conheço, tratante." Deixei uma leve afronta em meu tom de voz. "Mas, já que parece me conhecer, então também entende que eu sou um príncipe de Marcha Vermelha, um homem que, caso um infortúnio aconteça a esta família real, poderá um dia ter de carregar o fardo da coroa." Eu não mencionei exatamente quantos outros herdeiros teriam de morrer para que *aquilo* acontecesse. "Como veterano das lutas de Scorron, meu coração me compele a receber qualquer desafio à minha honra com o aço frio." Eu o vi se levantar nesse momento. "No entanto, o dever é um chamado maior, e me faz chamar sua atenção ao Édito de Gholloth do Ano Seis. Nenhum príncipe do reino deve se rebaixar para aceitar o desafio de meros aristocratas." Parafraseei o original e acrescentei o "meros" para esfregar sal na ferida, mas eu conhecia os decretos reais dessa área melhor do que qualquer lição que meus tutores tentaram me ensinar. Em suma, ele era indigno de mim – de posição insuficiente para desafiar um príncipe ao combate.

Durante um tempo eu o deixei se inflamar, o sangue escurecendo seu rosto até que pensei que ele iria ou me atacar, ou começar a sangrar pelos olhos. Eu ficaria feliz se pulasse em cima de mim e fosse retalhado pela guarda por sua impudência, mas infelizmente ele deu um profundo e trêmulo suspiro antes de virar as costas para mim.

As batidas de meu coração se acalmaram a um ponto em que conseguia me ouvir falar e, agora irritado por ser confrontado perante a corte, chutei a bainha de volta para ele.

"Seu nome, senhor, e linhagem!" Eu não conhecia nenhum Lorde Gregori.

Ele se virou lentamente, flexionando as mãos vazias. "Lorde DeVeer de Carnth, comandante em chefe da Sétima Infantaria. E você... príncipe, você deflorou minha irmã Lisa DeVeer, um ato de violação inadmissível que levou meu irmão mais novo, Alain, à morte."

"Ah..." Entendi de onde vinha a familiaridade. Ele tinha a aparência do irmão. A mesma cabeça demasiadamente dura também, sem dúvida. "Deflorei, você disse? Dificilmente, senhor! Elas é que me defloraram, aliás! Nunca conheci irmãs com tanto apetite!"

Novamente Gregori parecia prestes a se atirar para cima de mim, com a fúria tão ardente que o deixou incapaz de formar palavras. De repente, ele abaixou as mãos.

"Elas? *Elas*, você disse? Elas! A esposa de seu próprio irmão... minha pequena Micha?"

"Não!" Eu gritei a palavra antes de recuperar o controle. "Não, não seja mais idiota do que precisa ser, Lorde DeVeer. Sharal, é claro." Um homem não deve citar nomes, mas só havia três irmãs em questão. Não consegui evitar desviar o olhar por um instante para imaginar a adorável Sharal, com os cabelos batendo nos quadris, a mais alta das três, sempre querendo ficar por cima...

"Sharal..." Ele disse com um tom de satisfação que novamente atraiu minha atenção. Das reações que eu esperava, "satisfeito" estava bem lá para o fim da lista.

Eu balancei a mão para o homem, enxotando-o na direção das portas de bronze. "Se seu assunto terminou, DeVeer..."

"Ah, não se preocupe, Príncipe Jalan. Meu assunto terminou. Vou me retirar." Ele se curvou para vovó. "Com sua permissão, alteza." E, ao receber o aceno, ele se curvou para pegar sua bainha – um belo trabalho, decorado com placas de ferro preto. "Eu irei, todavia, parar na residência do Conde Isen na cidade. Talvez o conheça."

Eu não o agraciei com uma resposta. Todo mundo conhecia Conde Isen. A reputação que construíra para si no sul havia se espalhado além das fronteiras de Marcha Vermelha. Nas terras que defendia para a coroa, seu exército particular acossava contrabandistas e até perseguia piratas pelo mar até as margens das Ilhas Corsárias.

Gregori me fez uma curta mesura. "Sharal agora está noiva e vai se casar com o bom conde. Tenho certeza de que, quando ele souber como pressionou sua devassidão em minha irmã, deixando-a sem opção de resistir, ele também irá querer satisfação para sua honra... e acho que descobrirá que, quando um conde bater à porta, você não poderá mais se esconder debaixo das saias do falecido Rei Gholloth."

Gregori fez uma última mesura ao trono e saiu.

Foi só Gregori sair que meus olhos foram levados à Irmã Silenciosa, de pé na sombra mais escura à esquerda das grandes portas de bronze, branca feito osso e enrolada em roupas que pareciam ter sido colocadas molhadas e secaram no corpo, como uma segunda pele enrugada.

"Então, filho de Reymond." A voz de minha avó me fez virar para o trono. "Onde esteve?"

Eu olhei para ela, um metro acima de mim na plataforma, e a encarei. Alica estava sentada ali – a mesma menina do Castelo de Ameroth, que abriu o cerco com o que ela chamou de morte de misericórdia de sua irmã mais nova e acabou com ele banhada em sangue em meio à ruína de seu inimigo – com uma pequena ajuda de sua irmã mais velha, é claro. Verdade, a passagem de mais de cinco décadas sob o sol de Marcha Vermelha havia afundado a carne em volta dos ossos e chamuscado sua pele em rugas firmes, mas a mesma determinação implacável estava por trás de seus olhos. Eu não conseguiria nada com ela se me achasse fraco. Nada, se sentisse o cheiro de meu medo.

"Perdeu a língua de novo, criança?" Vovó estreitou os olhos, os lábios finos ficando ainda mais, formando uma linha de reprovação.

Eu engoli em seco e tentei me lembrar de cada dor que havia sentido desde a noite em que deixei a cidade, cada dificuldade, cada momento desnecessário de terror.

"Estive onde minha tia-avó me enviou." Eu me virei para apontar para a Irmã Silenciosa perto da entrada. Ela ergueu as sobrancelhas ao ouvir aquilo e me deu um sorriso melancólico, com o olho cego quase brilhando nas sombras de seu rosto.

"Hummm." Um ronco grave na garganta da Rainha Vermelha. "Saiam." Ela acenou para as pessoas atrás de mim.

Lorde, dama, comerciante ou barão, eles sabiam muito bem que não deviam protestar ou protelar e então saíram, dóceis sob o olhar da rainha.

As portas se fecharam às minhas costas, fazendo um barulho como o de um sino fúnebre.

"Você tem bons olhos, garoto." Ela olhou para a palma de sua mão, apoiada no braço do trono.

Eu havia passado a vida inteira com medo da sala do trono, com vontade de sair dali o mais rápido possível toda vez que ia até lá, e com o mínimo de confusão que pudesse. Mas agora, embora cada nervo clamasse por uma chance de fugir, eu estava presente por vontade própria após provocar uma audiência particular com a Rainha Vermelha. Eu apontara para a Irmã Silenciosa e contara seu segredo. O suor jorrava de mim, escorrendo por minhas costelas, mas eu me lembrei de como minha mãe havia enfrentado a velha e morrera uma ou duas horas depois, não pela ira de vovó, mas pelo fracasso dela.

"Sim. Eu tenho bons olhos." Eu olhei para ela, mas ela manteve os olhos em sua palma, como se lesse alguma coisa ali entre as linhas. "Bons o bastante para a observarem no Castelo de Ameroth, com Ullamere."

A rainha ergueu as sobrancelhas, como se surpresa por minha ousadia, depois bufou. "Essa história é contada em tabernas por toda a região. Contam até em Slov!"

"Eu a vi na câmara debaixo da torre", disse-lhe. "Entre os melhores de suas tropas."

Ela deu de ombros. "A torre é tudo o que resta. Qualquer tolo pode ter lhe contado que os sobreviventes se reuniram ali."

"Eu vi a máquina e a ouvi falar. Eu vi a estrela do tempo brilhando, azulada."

Ela crispou a mão. "E quem lhe mostrou essas coisas? Skilfar, talvez? Espelhadas no gelo?"

"*Eu* as mostrei para mim. Elas estão escritas em meu sangue." Eu me virei para olhar para trás, para a velha bruxa ao lado da porta. Ela não havia se mexido, mas seu sorriso desaparecera. "E eu vi minha irmã morrer. Ela sim tinha toda a magia que você esperava de mim... mas a Dama Azul roubou essa chance de você. Edris Dean a roubou. Por que não o matou por isso? Ele trabalha para o Rei Morto agora... Por que você não estende as mãos e..." Fiz um movimento de torção com as mãos. "Por que *ela* não faz isso?" Eu apontei para a Irmã Silenciosa, apenas para descobrir que havia sumido.

"Edris Dean ainda trabalha para a Dama Azul", disse a rainha. "Assim como muitos outros."

"Mas o Rei Morto..."

"O Rei Morto é como um incêndio na floresta – a Dama Azul encoraja as chamas para irem nessa direção ou naquela de acordo com seus propósitos. A Centena acha que essa guerra está sendo travada pelo Império, mas nós que estamos por trás dela sabemos que há coisas maiores em jogo."

Eu tentei imaginar coisas maiores do que todo o Império. E não consegui. Nem estava interessado no Império, destruído ou não. Tudo que eu queria era que o mundo continuasse seguindo seu caminho da maneira que sempre fizera durante minha vida inteira, e que me desse uma meia-idade desprendida e uma senilidade confortável que eu pudesse continuar a desperdiçar, assim como estava fazendo com minha juventude. Eu nem queria ser rei de Marcha Vermelha, apesar de minhas lamúrias. Dê-me apenas cinquenta mil em ouro, uma mansão própria e alguns cavalos de corrida, e eu não incomodaria ninguém. Eu passaria de um jovem rico e devasso para um velho riquíssimo e devasso, com uma linda e obsequiosa esposa jovem e talvez alguns filhos loiros para ocuparem algumas lindas e obsequiosas babás jovens. E quando a idade me pegasse eu cairia na bebida, assim como meu querido pai. Eu só tinha uma mancha no horizonte imaginário e brilhante de meu futuro...

"Quero Edris Dean morto."

"O homem é difícil de encontrar." O rosto da rainha exibiu uma leve insinuação da ferocidade que demonstrava em Ameroth. "Minha irmã não pode vê-lo e seu trabalho para a Dama Azul o levou para muito além de nossas fronteiras. Paciência é a chave. No fim, seus inimigos sempre vêm até você."

Então eu pensei em Snorri. A chave era a chave – Edris viria atrás dela. E Snorri o mataria.

"Sua irmã – minha tia-avó..." Eu ficava desconfortável em declarar nossa relação tão abertamente, mas aprendera em minhas viagens que o conhecimento – algo que sempre evitara como um obstáculo tedioso à diversão – podia ser útil para manter-se vivo. Já que eu tinha tão pouco conhecimento, decidi mostrar o que sabia na esperança de que minha avó preenchesse as lacunas. Se existe uma coisa que eu sei sobre as pessoas, das idiotas às sábias, é que elas têm dificuldade de ocultar que sabem mais do que você – e é claro que, ao fazerem isso, elas preenchem um pouco aquela lacuna. "Minha tia-avó tentou me matar. Na verdade, ela matou centenas de pessoas... e não foi a primeira vez!" De repente, do nada, eu vi Ameral Contaph, com seu rosto redondo e os olhos estreitos de desconfiança. Apenas um dos muitos funcionários do palácio e um pé no meu saco real, mas um homem com quem falei naquele dia e que morreu no fogo. Eu o vi com as chamas de cor violeta ao fundo, iluminando-o com seu brilho. "Espere – Ameral Contaph... ele não era..."

"Neto de Ullamere." A Rainha Vermelha inclinou a cabeça. "Um de oito. A maçã que caiu mais longe da árvore." Ela fixou o olhar sobre mim, os olhos sérios. Eu me perguntei se ela sabia o quanto eu havia caído longe da árvore dela... Se estávamos falando de maçãs, então Jalan Kendeth caiu dos galhos da Rainha Vermelha, rolou ribanceira abaixo, caiu no riacho e foi levado até o mar para aparecer nas margens da praia de um país completamente diferente.

"E o assassinato em massa?" Eu voltei ao meu ponto, procurando em volta mais uma vez pela Irmã Silenciosa, para descobrir com um susto que ela agora estava atrás do trono, com o olho que enxergava duro feito pedra. Eu me lembrei de como ela estava naquela noite, com seus farrapos, pintando sua maldição nas paredes do teatro.

"Essa é uma guerra que começou antes de eu nascer, garoto." A voz de vovó ficou baixa e ameaçadora. "Não tem a ver com quem está usando a coroa. Não é para a sobrevivência de uma cidade, um país, um modo de vida nem um ideal. Troia queimou por causa de um rosto bonito. Isso diz respeito a mais do que você imagina."

"Então diga o que é! Todo esse papo grandioso é muito legal, mas o que eu vi foi pessoas queimando." As palavras me escaparam, irrefreáveis como um espirro. Eu não fazia ideia de por que estava provocando a mulher. Tudo que eu queria era sair dali e voltar a meus velhos objetivos, jogar o charme de Jalan nas moças de Vermillion. E no entanto ali estava eu, criticando a segunda mulher mais poderosa do mundo como se eu fosse seu tutor. Quando me dei conta, rapidamente comecei a me desculpar. "Eu..."

"É bom ver que tenha crescido, Jalan. Garyus disse que o norte seria decisivo em seu sucesso ou fracasso." Juro que vi os lábios dela se contorcerem com uma mínima insinuação de aprovação. "Se fracassarmos nisso. Se a mudança que os Construtores puseram em ação não for detida, ou mais provavelmente revertida, se a magia correr solta e os mundos se racharem, um jorrando para dentro do outro... então tudo está em jogo. As rochas em si irão queimar. Não haverá países, nem gente, nem vida. A grande guerra é sobre isso. É isso que está em jogo."

Eu respirei fundo. "Mesmo assim...", comecei, com a cabeça rodando. A guerra é um jogo, os jogos têm dois jogadores e o outro lado tem seus próprios objetivos. "A Dama Azul e todos aqueles que trabalham para ela... eles não estão procurando destruir o mundo. Ou, se estiverem, há algo que eles podem ganhar com isso. Todo mundo tem sua perspectiva."

A Rainha Vermelha olhou por cima do ombro ao ouvir aquilo, olhando no olho de sua irmã mais velha. "Não é completamente estúpido, então."

A Irmã Silenciosa sorriu, com os dentes estreitos, amarelos, uns separados dos outros. Ela estendeu a mão, passando pelo ombro da rainha, e eu recuei, lembrando-me de seu toque. Os dedos se abriram e de alguma maneira havia uma papoula em sua mão, tão vermelha que por um instante eu achei que fosse uma ferida.

"Fumar a papoula é um vício que contorna os sentidos das pessoas, um desejo que reduz homens orgulhosos e mulheres inteligentes a rastejar no lodo à procura de mais." A Rainha Vermelha pegou a flor da mão de sua irmã e ela virou fumaça em seus dedos, uma névoa carmesim, elevando-se e sumindo. "A magia é uma droga pior; seus ganchos se enterram mais fundo. E é a magia que divide o mundo, a magia que nos levará até o fim. O mundo está partido – cada encantamento abre a rachadura um pouco mais."

"A Dama Azul quer destruir todo mundo porque não quer abrir mão de seus feitiços?" Mesmo durante minha pergunta, meu tom mudou de descrença para credulidade. As velhas putas da Rua da Lama venderiam mais que seus corpos por dinheiro, para comprar mais uma dose da resina que Maeres espremia de suas papoulas. Elas venderiam mais que suas almas, se tivessem mais para negociar.

"Em parte", concordou vovó. "Duvido que ela consiga abrir mão de seu poder. Mas, mais que isso, ela acredita que haja um lugar para alguns eleitos, além da conjunção das esferas. A Dama Azul acha que aqueles que estiverem profundamente submersos em sua magia sobreviverão no final e encontrarão novas formas em uma nova existência, assim como alguns entre os Construtores sobreviveram ao Dia dos Mil Sóis deles. Talvez ela se veja como o primeiro deus a nascer naquilo que virá. Ela considera seus seguidores uma elite, eleita para fundar um mundo muito diferente."

"E você... não acredita?" Com um susto, eu percebi que estava me dirigindo a ela sem formalidade esse tempo todo, e acrescentei tardiamente: "Sua majestade".

"O que eu acho que sucederá um fim desses não importa", disse ela. "Tenho um dever para com meu povo. Não permitirei que isso aconteça."

E no fim, não importa o que Alica Kendeth tivesse dito sobre os riscos, ali estava uma rainha defendendo suas terras, suas cidades e aqueles que estavam sujeitos a seu reinado. "E os incêndios? O maldito teatro inteiro?" Eu vi os olhos dela se estreitarem e acrescentei: "Sua majestade".

"O mundo pode estar se desgastando, mas ainda há pouquíssimos lugares em que os desnascidos podem retornar. As oportunidades são raras e duram pouco, são difíceis de prever. Determinado local a certa hora. Se for perdida, pode não haver outra janela pela qual eles possam passar durante meses, e ela pode estar a mil quilômetros de distância. Para fazer um desnascido atravessar o véu em qualquer outra junção é preciso um enorme dispêndio de recursos."

"O tamanho da população desta cidade e as magias que são feitas aqui fazem de Vermillion um local de desova dos desnascidos. Minha irmã não consegue alertar, apenas detectar e destruir essas coisas assim que elas aparecem. As pessoas em volta desses acontecimentos servem de alimento para o desnascido novo – ele usaria o corpo delas para se regenerar, para construir formas maiores e mais aterrorizantes e para aumentar sua força. A única maneira de garantir a destruição do desnascido é queimar o ninho antes que ele perceba que está sendo atacado."

"Mas eu o vi – no teatro eu vi o desnascido. Ele escapou e nos perseguiu ao norte. Aquela coisa não era como os outros. No circo, um desnascido veio atrás da gente, abortado do ventre ao túmulo e saindo do chão na calada da noite. E no Forte Negro o filho de Snorri, e depois o Capitão deles..."

A Rainha Vermelha apertou os lábios. Eu podia quase achar que ela estava impressionada por eu ter visto quatro desnascidos diferentes e ainda estar diante dela com as tripas para dentro.

"A criatura que viu primeiro não era recém-retornada, mas estava lá para semear o evento, parte de uma dupla. Cada desnascido começa com uma criança morta no ventre. Quanto mais tempo a criança ficar nas terras mortas, mais difícil é trazê-la para o mundo dos vivos, mas ela terá mais capacidade de desenvolver o potencial que está em seu sangue. Esse era para ser um desnascido muito especial, talvez o maior de todos de sua espécie. Os dois piores servos do Rei Morto estavam lá para facilitar sua passagem para o mundo: o Príncipe Desnascido e o Capitão. A passagem se torna menos difícil com a morte de um parente próximo. É possível que o parente de que precisassem estivesse no meio da plateia. Era uma oportunidade rara de testar as magias de minha irmã contra as principais figuras que estão armadas contra nós e bloquear a chegada de um novo e poderoso servo para o Rei Morto."

Eu engoli em seco, relembrando mais uma vez os olhos que me viram pelas fendas de uma máscara de porcelana. Então, percebendo que meu papel no fracasso da maldição era um ponto ruim para deixar a conversa terminar, eu prossegui. "E o Príncipe Desnascido escapou e nos seguiu ao norte para impedir..."

"O Príncipe Desnascido foi para o sul", disse vovó. "O Capitão Desnascido para o norte. Eles informaram o Rei Morto dos acontecimentos, sem dúvida, e enviaram agentes contra você, mas o príncipe foi para o sul, para Florença, onde está trabalhando contra nós neste momento."

"Ah."

"Quando você quebrou o feitiço, minha irmã vislumbrou uma possibilidade. A fenda que você abriu no feitiço dela permitiu que os dois desnascidos mais velhos escapassem, mas ela viu uma maneira de o principal investimento de sua força ser transportada entre dois homens incomuns, e que as marés do acaso levariam vocês até nosso inimigo no norte."

"Marés do acaso?" Aquilo não era um simples acaso. Eu já apostei em possibilidades remotas na mesa de apostas quando estava bêbado, mas nunca joguei os dados para uma chance tão pequena.

"Ela pode ter mudado algumas peças de lugar. O negócio dela é uma arte, mais do que uma ciência, e mesmo que não fosse muda eu duvido que ela pudesse explicar mais da metade do que faz. Seus motivos são difíceis de encaixar em palavras."

"Mas, uma vez que interferiu, depois que agiu sobre o que sabia que aconteceria comigo... ela não pôde mais ver." Eu parafraseei Kara. "Ela pôs a mão na água limpa para mudar o futuro e a deixou enlameada."

Vovó inclinou a cabeça para o lado com aquilo, como se procurasse um novo ângulo para me ver. Eu a vi fazendo a mesma expressão nas ruínas ainda fumegantes do Castelo de Ameroth cinquenta anos atrás.

"Nós sentimos a maldição ser libertada. Sentimos os desnascidos terminarem. Em lugares ermos eles são mais fracos, longe de pessoas com as quais se alimentar... Então me diga, Snorri ver Snagason encontrou o que procurava, depois de abater seus inimigos?"

Eu fiz uma pausa. É sempre uma má ideia planejar mentir. Será que ela sabia o que o Rei Morto estava procurando debaixo do Gelo Mortal? Será que sabia que nós encontramos? O importante era não me colocar em apuros... e os apuros podiam vir de ser pego mentindo, mas também de ganhar alguma incumbência adicional. "A família dele foi toda morta", disse-lhe. Era verdade, embora talvez não fosse o que ela quisesse saber. Snorri não estava procurando a chave, em todo caso – nenhum de nós estava.

A Irmã Silenciosa estendeu a mão novamente, fechada em torno de alguma coisa. Eu prendi a respiração e me recusei a olhar em seus olhos. Lentamente, seus dedos se abriram, revelando uma longa chave preta, a chave de Loki.

"Ah, sim, ele achou isso." Eu não me senti seguro o bastante para mentir. Uma sensação desagradável para caramba. Dizem que a verdade liberta, mas eu normalmente sinto que ela me põe contra a parede. "Snorri tem a chave." Dessa vez, porém, uma sensação imediata de alívio tomou conta de mim. Eu havia contado a elas. Não era mais problema meu. Vovó tinha exércitos, assassinos, agentes, homens e mulheres ardilosos e destemidos que poderiam resolver as coisas.

"E...?", induziu a Rainha Vermelha, com o rosto retesado. A cópia da chave de Loki da Irmã virou uma mancha sobre a brancura da palma de sua mão.

"Ele a está levando até um mago chamado Kelem, em suas minas. Está com uma ideia maluca de destrancar uma porta que o velho pode lhe mostrar... e... hã... pegar sua família de volta."

"Quê?" Um estrondo de descrença que me fez recuar com tanta rapidez que pisei em minha capa e caí de bunda no chão. Enquanto as reverberações ecoavam pela sala do trono eu juro que ouvi um chiado sair da boca escura da Irmã Silenciosa. "Onde..."

Vovó se levantou do trono, parecendo mais terrível do que Skilfar jamais parecera. Ela parecia estar tendo dificuldade com a pergunta, lutando para respirar e dar forma à sua indignação. "Onde está Snorri ver Snagason agora?"

"Hã..." Eu recuei um pouco mais, sem achar seguro ficar de pé novamente. "E-ele deve estar cerca de trinta quilômetros descendo a estrada até Florença. Eu o deixei do lado de fora de Vermillion ontem ao meio-dia."

Vovó bateu com a mão no rosto, segurando-se no braço do trono com a outra. "A chave estava na minha porta? Por que..."

Ela interrompeu sua pergunta e eu não achei que era um bom momento para dizer que ninguém nunca mencionara que ela queria a maldita chave.

"Marth." A Rainha Vermelha abaixou a mão e olhou para a mulher grisalha à direita de seu trono. "Organize cem cavaleiros. Mande-os trazerem o nórdico de volta aqui. Ele não deve ser difícil de achar, tem cerca de dois metros, cabelos e barbas pretas, pele clara. Está correto, garoto?"

Eu havia sido rebaixado a "garoto" novamente. Eu me levantei e limpei minha capa. "Sim. Ele está viajando com um viking ruivo gordo e uma völva loira do Extremo Norte."

"Melhor ainda. Abram bem a rede. Não o percam."

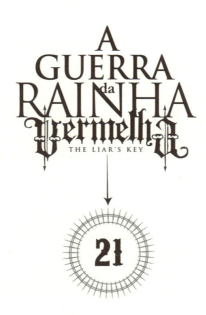

Vovó me dispensou da sala do trono com a mesma falta de cerimônia que concedera a seus cortesãos. Uma curta caminhada, três portas fechadas atrás de mim e eu estava mais uma vez parado no sol escaldante da tarde quente de Marcha Vermelha. Sem obrigações, sem exigências com meu tempo, sem responsabilidades... "Hennan!" Eu me lembrei do garoto e me surpreendi ao perceber que aquilo me dava um senso de propósito que eu apreciava.

"Ballessa!" De volta aos ambientes levemente mais frescos do Salão Roma, eu me pus a encontrar Hennan, e isso significava encontrar Ballessa primeiro. A valente governanta da residência de meu pai sabia onde ficava cada alfinete. "Ballessa!" Eu já estava andando pelos recintos do andar térreo, aos gritos, por um tempo. Cansado, eu me atirei em uma das poltronas de couro do escritório de papai. Inúmeros tomos conceituados de teologia lotavam as prateleiras. Os livros não me despertavam o menor interesse, só que eu sabia que papai havia esvaziado a obra em doze volumes de São Proctor-Mahler para esconder uísque, dois jarros de barro vitrificados com sal, compridos e fechados com rolha. E também as lombadas dos livros da prateleira de cima diziam *O Caminho do Paraíso*, *Salvando os Pecadores, uma Alma de Cada Vez* e coisas do tipo, mas o que estava escrito dentro talvez fossem as coisas mais pornográficas encontradas na cidade.

"Jayne!" Eu vi a arrumadeira tentando passar despercebida.

"Sim, Príncipe Jalan?" Ela se endireitou e me encarou.

"Ballessa – traga-a aqui, sim? Preciso ter notícias do garoto."

"Está falando sobre Hennan, senhor?"

"Esse mesmo. Baixinho. Sujo. Onde está ele?"

"Ele fugiu, senhor. Ballessa o pôs para trabalhar na horta e uma hora depois ele havia sumido."

"Sumido?" Eu me levantei da cadeira. "Sumido para onde?"

Jayne ergueu os ombros, quase insolente. "Não sei, senhor."

"Droga! Diga ao Gordo Ned que eu quero que achem o menino. Ele não pode ter ido longe!" Mas na verdade ele poderia estar bem longe. O palácio era difícil de entrar. Sair era bem menos difícil, contanto que não se estivesse carregando objetos de valor.

Jayne saiu para encontrar Ned – sem a menor pressa, é preciso acrescentar. Deixei escapar um suspiro e peguei um livro na escrivaninha de papai para me distrair. Hennan provavelmente tinha saído atrás de Snorri, na direção sudoeste pela Via Appan, onde ela saía do Portão do Rio. Com um pouco de sorte ele veria os cavaleiros de vovó trazendo os outros de volta e viria junto. Eu não queria ter que explicar a ausência do garoto a Snorri. Especialmente depois que vovó tivesse lhe tomado a chave.

Eu olhei para as lombadas dos livros por um instante, suspirei novamente e saí para verificar a caixa-forte no canto, esperando encontrar algumas moedas. Ela estava trancada, claro, mas eu descobrira como tapear o mecanismo muito tempo atrás. Só era preciso um prego torto e um pouco de paciência. Acabou que minhas reservas de paciência não estavam à altura da tarefa, mas um prego torto e alguns xingamentos frustrados também fizeram o serviço.

"Merda." A caixa estava decepcionantemente sem moedas, mas ao levantar uma capa sobressalente de cardeal eu encontrei um tesouro inesperado. O fone e a pedra sagrada de papai estavam enrolados em veludo. Dois símbolos de seu gabinete, atrás apenas do selo de cardeal. O fone era uma barra fina e surrada de plastik e vidro que cabia facilmente na mão. Um rendilhado de fio de prata prendia o objeto, impedindo que o vidro escuro e fragmentado se soltasse. Os padres contavam que os Construtores podiam falar com qualquer pessoa que quisessem através desses dispositivos, e acessar o conhecimento das enormes e antigas bibliotecas do mundo. O clero usava seus fones de maneira mais religiosa, acelerando suas orações a Deus e, como alegavam, escutando suas respostas. Eu mesmo tentei escutar várias vezes, mas não senti conexão nenhuma.

A pedra sagrada parecia-se demais com um pequeno abacaxi de ferro, com a superfície dividida em quadrados por sulcos profundos e uma alça ou alavanca manchada de aço prata apertada na lateral. Antigamente o abacaxi era sempre o símbolo das boas-vindas, embora a igreja usasse os objetos de maneira diferente. Aparentemente, cada estudante de teologia de boa família e destinado a cargos elevados recebia um, no início de seu treinamento, e era proibido de puxar a alavanca sob pena de excomunhão. Um teste de obediência, eles chamavam. Eu chamava de um teste de curiosidade. Claramente a Igreja queria bispos sem imaginação, para explorar e questionar.

Eu brinquei com a coisa. *Aquele que não tiver pecado que atire a primeira pedra...* e a deixei de lado, sabendo que papai me deserdaria se a quebrasse. Tesouros, mas infelizmente valiosos demais e difíceis demais de penhorar. Eu pensei rapidamente no significado deles. Por via de regra, papai nunca os deixava longe da vista. Talvez temesse que, se os levasse consigo a Roma, a papisa poderia tirá-los dele como forma de castigo por seus fracassos no exercício de suas funções.

Eu fechei a caixa e voltei para minha cadeira, pegando um livro aleatório das prateleiras. *O Filho Pródigo*. Histórias bíblicas não são meu forte, mas tenho a impressão de que o filho pródigo havia sido festejado e celebrado em seu retorno, apesar de ser um desperdício de espaço. Aqui estava eu, com realizações de verdade em meu nome, e tudo que recebera foi uma placa do lado de fora da igreja da família e uma bronca por não arrancar de uma máquina de matar gigantesca e nórdica uma coisa que eu nem sabia que vovó queria, para início de conversa. Junte a isso Micha casada com Darin, que não a merecia; Sharal prometida a um homem que parecia decidido a me retalhar por esporte; e Hennan fugindo para a estrada como se se arrastar pela poeira fosse melhor que a vida no palácio de Vermillion.

"Vou sair." Eu joguei o livro para baixo. Minha vida em Vermillion sempre se centrou em seus locais menos salutares, nos fossos de luta e nos inferninhos, na pista de corrida, nos bordéis...

Primeiro, fui a meus aposentos para encontrar algo apropriado para vestir na cidade. Encontrei o local terrivelmente bagunçado e apertei os lábios. Era perfeitamente possível que houvesse deixado minhas coisas espalhadas quando saí, mas eu esperava que elas tivessem sido arrumadas por... alguém. Não sabia ao certo quem fazia essas coisas, mas elas aconteciam. Sempre. Eu tinha que me lembrar de reclamar com Ballessa sobre isso. Estava quase parecendo que alguém vasculhara meus pertences... Erguendo os ombros, eu escolhi um belo colete, calças de veludo cortado que revelavam um forro de seda escarlate e uma capa escura e cara com uma fivela de prata. Uma olhada no espelho. Arrebatador. Hora de ir.

Lá na guarita chamei os dois velhos que papai designou para minha proteção pessoal: Ronar e Todd, ambos veteranos de uma guerra que não valia uma canção. Eu nunca perguntei o sobrenome deles. Eles se levantaram, resmungando, e vieram atrás de mim fazendo barulho, como se eu fosse uma enorme imposição, depois de passarem os últimos seis meses sentados jogando battamon no quartel.

Saí do Salão Roma em direção à área dos hóspedes para reunir alguns de meus antigos comparsas. Cortei caminho pelo Campo, que na verdade era um pátio onde durante a juventude eu passei muitas horas infelizes sendo treinado em todas as artes militares. Eu passei por tio Hertet, quase perdido no meio de seu séquito. Já na casa dos cinquenta e envelhecendo mal, ele era uma figura espalhafatosa, com uma túnica de gola alta costurada com fio de ouro suficiente para fundar um orfanato. Eu avistei primos Roland e Rotus, mas nenhum dos dois sequer me olhou. Eles pareciam estar vindo da direção do Palácio Interno – talvez outra visita formal onde os possíveis futuros herdeiros verificavam se sua mãe já havia tido a decência de morrer.

Do Campo eu levei meus dois guarda-costas vagabundos até a ala de hóspedes, um braço expandido do Palácio Interno, separado dos aposentos reais e lar de uma população fluida de nobres visitantes, diplomatas, delegações comerciais e outros. O pai de Barras Jon, embaixador de Vyene, tinha uma série de aposentos no segundo andar. Vyene podia ser a capital de um Império Destruído, mas a lembrança de sua antiga glória conferia a seus embaixadores certa compostura – ainda mais reforçada pela qualidade da Guarda Gilden, que havia servido ao último imperador e agora protegia a dinastia de oficiais que ele deixara.

Exatamente por que Grand Jon já estava na corte fazia três anos ninguém parecia saber. O Império tinha uma centena de fragmentos tão grandes quanto Marcha Vermelha e, embora os embaixadores vyenenses certamente visitassem cada um deles de tempos em tempos, poucos pareciam fixar residência. Barras dizia apenas que seu pai, por ter negociado uma trégua entre Scorron e Marcha, agora se recusava a ir embora por medo de o acordo cair por terra assim que virasse as costas.

Eu fui na frente, atravessando vários longos corredores, subindo escadas, descendo escadas e subindo escadas. Finalmente, chegamos às portas certas e eu bati para entrar.

"Barras!" Ele chegou às portas do quarto meio vestido, embora tivesse levado uma eternidade depois que eu mandei o porteiro buscá-lo. Rollas apareceu atrás dele, um sujeito pesadão, competente nos punhos e nas lâminas, boa companhia, mas você nunca se esquecia de que ele estava ali para proteger o filho do embaixador das consequências de sua própria irresponsabilidade.

"Jalan! É verdade! Nós pensamos que a ópera tivesse matado você." Ele sorriu, embora com um ar nervoso. Ele abotoara a camisa de maneira errada e tinha marcas em seu pescoço que pareciam de mordida.

"Foi arriscado por um tempo", disse eu. "Mas consegui sair durante o intervalo. Fiz uma espécie de aventura pelo norte, mas estou de volta e pronto para aprontar. Nós vamos para a cidade hoje à noite."

"Parece bom... 'nós' quem?" Ele esfregou o pescoço, piscando os olhos para Rollas, que viera se reunir na entrada, fazendo um aceno amistoso para mim.

"Vamos pegar os Greyjar, tirar Omar de seus estudos, descer até os Jardins Davmar e entornar um pouco de vinho... ver aonde a noite nos leva." Um lampejo de saias de cetim me chamou atenção e eu espiei atrás de Barras para um canto no fim do corredor. "Recebendo uma jovem aí dentro, Barras? O que Grand Jon diria, hein?"

"Ele, hã... me daria sua bênção." Barras olhou para os pés, franzindo o rosto. "Eu, hã..."

"Ele se casou", disse Rollas. "Quando você 'morreu', ele ficou um pouco abalado. Começou a pensar quais eram seus planos, o que ele deixaria para trás caso alguma coisa o levasse cedo também." Ele deu de ombros como se isso fosse uma etapa pela qual todos os homens passassem.

"Seu cachorrão!" Eu tentei parecer animado com aquilo. Embora seja difícil se animar com a perda de um bom homem. "Quem é ela? Espero que seja rica!"

Barras ainda não conseguia me olhar nos olhos. Rollas pigarreou.

"Ah, puta merda... não Lisa!" Minha voz saiu mais alta que o planejado. "Você se casou com Lisa DeVeer?"

Barras levantou a cabeça, acanhado. "Ela ficou muito triste quando você... quando achou que você tivesse morrido com Alain. Eu achei que era minha obrigação consolá-la."

"O diabo que achou." Eu podia vê-lo "consolando-a" agora mesmo. "Pobre Jalan. Espero que ele esteja em um lugar melhor agora..." Podia vê-lo chegando perto dela na espreguiçadeira. "Pronto, pronto!" Os braços passando em volta dos ombros dela. "Foda-se." Eu me virei e comecei a ir embora.

"Aonde está indo?", gritou Barras atrás de mim.

"Procurar Roust e Lon. Não vá me dizer que os Greyjar estão casados agora?

"Voltaram para Arrow", gritou ele, conforme a distância entre nós crescia. "O primo deles levou o país à guerra. Eles agora são parte da invasão de Conaught!"

"Omar, então!", berrei de volta.

"Voltou para Hamada para estudar na Mathema!"

"Que merda isso tudo!" E eu estava fora do alcance, descendo as escadas três degraus por vez. Parei para respirar nas portas principais e absorvi a injustiça de tudo aquilo. Definitivamente iria pedir Lisa em casamento. Lisa, cuja lembrança me amparou nos desertos de gelo, que me fez prosseguir apesar da dor, das dificuldades e da natureza suicida de nossa missão. Lisa, a quem minha mente sempre voltava nos desertos vazios. Casada! Com meu *amigo* Barras! Eu dei um forte chute no batente da porta e saí cambaleando para o sol ardente.

Fiz do Palácio Pobre minha próxima parada. Não era minha intenção, mas com as coisas nessa maré baixa eu saí pela Praça da Vitória e subi para ver o que o velho Garyus tinha a dizer. Eu usei as escadas, pois estava quente demais para escalar. De qualquer maneira, essas atividades estavam abaixo da dignidade de um príncipe retornando, após olhar nos olhos da morte às margens do Gelo Mortal.

"Alô?" Não havia ninguém presente e a porta estava entreaberta.

Nenhuma resposta.

"Alô?" Eu me inclinei para dentro. "Sou eu. Jalan."

A protuberância na cama se virou ponderosamente. Com um suspiro e um esforço que o deixou tremendo, Garyus levantou a cabeça, tão feia e deformada quanto eu me lembrava, mas ele parecia mais velho e mais cansado.

"Jovem Jalan."

"Estou de volta." Eu peguei a cadeira perto da cama e me sentei sem ser convidado. Com as cortinas puxadas, dava para ver pouca coisa, exceto pela mobília.

"Estou contente." Ele sorriu, com os lábios molhados, um rastro de baba secando no queixo, mas um sorriso genuíno.

"Você é o único." Eu me curvei para esfregar os dedos do pé, ainda ardendo pelo chute na parede. "Vovó me pôs para fora da sala do trono aos berros por causa de uma chave..."

"A chave de Loki." Não pareceu ser uma pergunta. Garyus me observou com os olhos suaves.

"Provavelmente será a chave de Kelem em breve." Um silêncio se estendeu. "Kelem é..."

"Eu sei quem ele é", disse Garyus. "Qualquer um com interesse em negócios conhece o velho Kelem. Não faz muitos anos, podia muito bem ter sido o rosto dele em todas as moedas do Império."

"E agora? Eu achei que ele fosse dono de todos os bancos de Florença." O que foi mesmo que Snorri dissera? Alguma coisa sobre o coração pulsante do comércio.

"Chamam-no de pai dos clãs de banqueiros, mas se um pai vive tempo demais seus filhos acabam se virando contra ele." Com esforço, Garyus balançou o braço para a pilha de correspondência na escrivaninha atrás de sua cama. "Há problemas se formando em Umbertide. Instituições financeiras procurando novos parceiros. Alguns chegaram até a procurar nas Ilhas Submersas. Esta é uma época interessante, Jalan, uma época interessante."

"As Ilhas Submersas? O Rei Morto está interessado em ouro, além de cadáveres?"

Garyus deu de ombros. "Um geralmente vem depois do outro." Ele se recostou, com a respiração ofegante, aparentemente exausto.

"Você está..." Eu procurei a palavra certa, obviamente ele não estava "bem". "Quer que eu chame alguém?"

"Cansado, Jalan. Velho, cansado e doente. Eu... preciso dormir." Ele fechou os olhos. Havia mil perguntas que eu quis lhe fazer em minha jornada. Mas agora, vendo-o frágil e velho, nenhuma delas parecia tão premente. Como nós acabamos falando sobre bancos eu não sei, mas não tive coragem de desafiá-lo com nenhuma de minhas suspeitas – elas pareciam bobas agora que estava sentado diante dele.

"Então durma, tio." Quase um sussurro. Eu me virei para sair.

Ele falou mais uma vez quando passei pela porta, a voz cheia de sonhos. "Eu *estou* contente... em ver você, Jalan... sabia que conseguiria, garoto."

"Só vocês e eu por enquanto, rapazes."

Ronar e Todd esperavam por mim, descansando à sombra, à vontade, de um jeito que só os velhos soldados conseguem. Eles não pareceram nem animados nem decepcionados pelas notícias, simplesmente se endireitando e se preparando para sair. A aparência deles não era grande coisa, ambos acinzentados, grisalhos e barrigudos, e eu também não esperava muito deles, lembrando-me da rapidez com que eles desapareceram naquela última vez nos Fossos Sangrentos quando Maeres Allus veio ter uma palavrinha.

Lá fomos nós, atravessando o Portão dos Médicos para o calor obstinado do fim de tarde, uma neblina suja sobre os tetos da cidade e uma ameaça distante de nuvens carregadas se aglomerando acima dos Montes Gonella, ao sul. Eu me sentia um pouco diminuído, mas nada melhor do que uma garrafa cheia de vinho para inflar novamente o ego de um homem. Assim, eu conduzi meus guardas pela Via Corelli, que reflete as curvas do Seleen, afastada em uma encosta de onde se pode ver as águas por entre as casas. As residências de comerciantes e casas da aristocracia inferior abrem espaço com o tempo para as praças e parques de Pequena Veneza, dividida e delimitada por inúmeros canais. Nós cruzamos algumas das muitas pontes arqueadas e chegamos a uma casa de vinhos que eu conhecia bem, Uvas do Roth. O velho Roth havia morrido muitos anos atrás, mas seus filhos herdaram seu talento para selecionar boas safras e manter a plebe longe.

"Príncipe Jalan!" O filho mais velho dançou entre as mesas, gracioso, apesar do movimento balançante de sua pança. "Achamos que tinha nos abandonado!"

"Jamais!" Eu o deixei me conduzir e puxar uma cadeira para mim em uma das mesas reservadas, perto do centro, sob toldos altos. "Nem mesmo a morte poderia me afastar de sua hospitalidade, Marco!"

"O que posso lhe trazer, meu príncipe?" Um sorriso cordial nas bochechas gordas e bexiguentas. O homem tinha um bom humor contagiante, sua feiura era de certo modo encantadora, e se o fato de eu lhe dever quase cinquenta coroas de ouro o aborrecia... bem, ele não demonstrava na superfície.

"Um bom tinto rhonense", disse eu.

"Ah, seu paladar se expandiu, Príncipe Jalan! Mas todos os tintos rhonenses são bons. Qual escolher? Bayern? Vale Ilar? Chamy-Nix? Don P..."

"Chamy-Nix."

"Perfeitamente." E com uma mesura ele saiu. Logo um menino sairia correndo para a adega em busca de meu vinho.

Eu me recostei. Todd e Ronar haviam se dirigido à sombra de um grande bordo, não muito longe da parte da praça separada para os fregueses de Roth por uma corda. O lento vaivém do mundo passava conforme as sombras se alongavam. Meu vinho chegou e eu o beberiquei, sentindo o sabor em minha língua. Relaxado, aquecido, seguro, respeitado. Era para a sensação ser melhor do que estava sendo. Após um tempo, o vinho começou a desfazer minha sensação de descontentamento, mas de tempos em tempos eu via um ou outro horizonte longo e retumbante de minhas viagens, expandindo-se, cheio de segredos esperando para serem revelados. Eu tentei espantar a sensação e me lembrar do quanto tudo havia sido horrível, do início ao fim.

"Príncipe Jalan! Como vai? Precisa nos contar sobre suas aventuras." Um homem, chamando minha atenção de uma mesa vizinha. Eu franzi o rosto um instante, assimilando-o, magro como uma fuinha, careca, uma mancha de vinho do porto embaixo do olho como se estivesse chorando sangue... Bonarti Poe! Um desagradável alpinista social e um sujeito que normalmente eu mataria com um corte, mas na falta de companhia e lembrando-me de como sua irmã era bonita, eu lhe dei um brevíssimo aceno e com um balanço do dedo chamei-os, ele e seus comparsas, para a minha mesa.

Antes dos filhos de Roth acenderem os lampiões eu já estava bêbado, com uma garrafa e meia, e mentindo sobre o primeiro trecho de minha jornada ao norte. Eu evitei detalhes desnecessários e não fiz menção ao Rei Morto, mas mesmo assim me surpreendi ao descobrir que, pela primeira vez, as mentiras eram apenas fachada e a verdade é que dava um suporte decente à história.

"Duas dúzias de bandoleiros perseguindo-nos para cima de montanhas tão íngremes quanto as que pode encontrar em volta da Passagem Aral!" Eu sequei meu cálice, moldando as montanhas em questão com a mão livre. "Edris Dean à frente deles – o assassino mais abominável..."

A conversa murchou à minha volta, não morrendo como se um homem tivesse entrado carregando uma cabeça decepada, mas diminuindo como se cada pessoa ali de repente não quisesse ser notada. Pelas expressões nos rostos ao meu redor, todos virados para mim, eu achei por um momento que talvez Edris Dean estivesse atrás de nós, exatamente como eu o descrevera.

"Príncipe Jalan, que bom ver você." Uma voz suave, levemente nasalada, que quase poderia ser chamada de chata.

Eu me virei, tendo que esticar meu pescoço de maneira esquisita. "Maeres Allus." Consegui não gaguejar, embora eu imediatamente tenha me sentido como se estivesse amarrado àquela mesa dele, esperando John Cortador redesenhar meu rosto com uma faquinha afiada.

"Não me deixe atrapalhá-lo, meu príncipe." Maeres pôs uma de suas pequenas e bem-cuidadas mãos sobre meu ombro. "Eu só queria lhe dar as boas-vindas. Acredito que Conde Isen deva fazer uma visita ao Salão Roma amanhã, mas se estiver disponível depois seria um prazer vê-lo nos Fossos Sangrentos outra vez e discutir questões de negócios."

A delicada pressão em meu ombro cessou e Maeres se afastou sem esperar por uma resposta. Ele me deixou com uma desagradável sensação de sobriedade e de repente desejando a segurança das paredes do palácio.

"Sujeito maldito." Eu me levantei, limpando o ombro onde ele me tocou. "Lembrei que tenho um negócio no palácio. Uma... recepção real." Eu não me sentia bêbado, mas minhas mentiras estavam abaixo da média. Em algumas ocasiões eu já acalmei maridos traídos com as desculpas mais ridículas – a arte está na entonação. Dita com convicção suficiente, até "eu deixei cair minha abotoadura em seu corpete, presente de minha mãe, sabe como é, e ela precisou de ajuda para retirá-lo" pode soar temporariamente plausível. Ninguém àquela mesa, contudo, pensou nem por um segundo que eu estava indo embora por qualquer outro motivo que não fosse Maeres Allus.

Eu saí apressado por entre as mesas, fazendo um garçom tropeçar para evitar um desastre, e me desviei quando Marco apareceu, com certeza para discutir seus próprios assuntos de negócios e a compra de quatro garrafas finas de Chamy-Nix safra 96.

"Levantem-se. Rápido!", estalei os dedos para Todd e Ronar, cochilando sob o bordo. A guarda de Martus teria ficado de pé a noite inteira, não sentada e encostada no tronco de uma árvore. "Vamos voltar." Eu poderia ter falado com a própria árvore, pela resposta que recebi. Chutei o pé de Ronar, com força. "Acorde! Se estiver bêbado, vou mandar suas..."

Ele caiu para o lado, com a cabeça batendo no pavimento com um baque seco. Em algum lugar atrás de mim uma mulher riu.

"Merda."

Cutuquei Ronar com meu pé. Sua cabeça pendeu, os olhos vidrados, um fio de baba vermelha escorrendo de sua boca. Maeres tinha mandado matar os dois. Era a única explicação. Mandou matá-los como um aviso. Eu saí correndo.

Demorei uns duzentos metros para ficar sem fôlego e parei, ofegando, curvado, com uma mão apoiada ao portão de uma casa grande. O suor me ensopava e pingava de meu cabelo. Depois que parei de correr e deixei o bom-senso me alcançar, percebi que não tinha motivo para correr. Se Maeres me quisesse morto eu já estaria morto. Eu sabia, por causa daquela ocasião em seu armazém, que a loucura estava por trás de seu exterior calmo e moderado. Ele não comandava metade dos criminosos da cidade por sua persuasão delicada, eu sempre soube disso, mas equivocadamente achei que ele fosse apenas outro tipo de homem de negócios, um pragmático que tivesse jogo de cintura. O homem que vi desmascarado naquele armazém, porém, aquele homem consideraria minha fuga uma afronta a seu orgulho, e eu não sabia quanto ouro seria necessário para curar uma ferida dessas. Só que seria mais do que eu tinha.

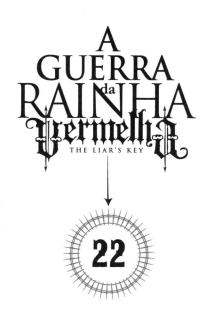

22

O mensageiro trouxe dois pergaminhos ao Salão Roma e, embora uma ressaca estivesse atravessando minha cabeça como uma enorme lança de metal, eu estava acordado e pronto para recebê-los na mesa do desjejum. Lá fora, a manhã cinzenta começara a engatinhar pela Via dos Reis em direção ao palácio. Eu fiquei sentado olhando para meus ovos mexidos, o estojo preto do pergaminho e o estojo trabalhado com cobre, todos com igual desconfiança. Os protestos de meu estômago me levaram a empurrar o prato primeiro. O estojo preto tinha um cartucho de marfim que exibia um navio naufragado em silhueta, o brasão dos Isen. Lá dentro estaria um anúncio formal de sua visita planejada. A única questão em minha mente era para onde eu iria correr e se iria ler a outra mensagem primeiro. Eu não tinha fundos, nenhum lugar para onde fugir e nenhuma desculpa para fazer isso, mas não havia a menor possibilidade de ficar para duelar com o Conde Isen. Seria preciso mais do que a reprovação de vovó para me deixar prestes a encarar um louco como Isen em combate.

Pressionando minha testa com a palma da mão na tentativa de espantar a dor infligida por mim mesmo, eu peguei o estojo de pergaminho de cobre, gemendo. Não havia legenda. Tentei tirar a tampa com uma só mão, com cuidado, caso Maeres tivesse me mandado uma áspide. Eu acabei derrubando o troço no chão e precisando usar as duas mãos – ambas tremendo pelo resultado de vinho em demasia, estresse e a certeza de que, se houvesse uma áspide ali, agora ela estaria decididamente irritada. A tampa se desenroscava, em vez de ser de puxar. Eu sacudi o pergaminho dali de dentro e o alisei sobre a mesa. A princípio foi difícil focar os olhos embaçados o suficiente para ler a caligrafia sobre o velino. Uma espécie de carta oficial ou mandado.

Eu me ative a uma linha perto do topo: "Davario Romano Evenaline da Casa Ouro, Derivados Mercantis". Depois a uma na parte de baixo: "Portador Príncipe Jalan Kendeth, nomeado para representar os interesses de Gholloth no comércio com Afrique – especificamente os RMS *Júpiter, Marte* e *Mercúrio*". Eu pisquei, surpreso, levantei o pergaminho na frente do rosto e estreitei os olhos para ele. "Casa Ouro, Umbertide, Florença."

Parecia um documento que ao mesmo me autorizava e me despachava para conduzir alguma espécie de negociação comercial em Umbertide, a capital bancária de Florença. Eu passei o dedo sobre o borrão duro de cera do lacre impresso com um símbolo complexo. Demorei um tempo para me lembrar de onde eu o conhecia. Oito dedos interligados.

"Garyus!", disse em voz alta. Alta demais. E me arrependi. Por um momento, a agonia perfurante de minha ressaca não deixava espaço para pensamentos. "Garyus." Um sussurro. Ele tinha esse símbolo tatuado sobre as veias de seu pulso esquerdo. E Gholloth devia ser seu nome verdadeiro, em homenagem a seu pai, Rei Gholloth II, Garyus no diminutivo, talvez até "Gharyus" – eu nunca vira escrito. Olhei mais atentamente e vi que o "Jalan" parecia ter sido escrito por cima de outro nome que fora apagado, com outra marca de selo para autenticar a mudança.

Enrolei o pergaminho de volta e o enfiei no estojo, e depois o segurei bem firme, respirando aliviado. Eu tinha minha desculpa para partir e um lugar aonde ir. Meu querido e velho tio-avô Garyus tinha ouvido falar de minha situação e me substituiu para a tarefa. Se corresse, eu estaria fora do palácio antes que eles trouxessem Snorri arrastado, antes de o conde aparecer brandindo sua espada e berrando para tirar satisfação, e antes de Maeres Allus descobrir qualquer coisa a respeito. Melhor ainda, eu estava indo para Umbertide, para onde todo o dinheiro do mundo escoa mais cedo ou mais tarde – que lugar melhor para um príncipe empobrecido forrar os bolsos? Eu poderia voltar cheio de ouro, pagar Allus e os outros abutres, e com sorte descobrir que Sharal DeVeer havia botado juízo em seu novo marido até lá.

"Sele meu cavalo!" E, esperando que alguém transmitisse a ordem ao cavalariço, eu tracei um caminho instável de volta a meus aposentos, decidido a fazer a mala para a viagem, desta vez. A primeira coisa que fiz foi trocar o espadim ao meu lado por minha velha espada de luta. A paz da rainha reinava nas estradas para Florença, mas mesmo assim valia o antigo adágio: quanto mais usada sua espada parecer, menos terá de usá-la.

Andar a cavalo é um tratamento vai-ou-racha para ressaca e eu consegui ficar do lado certo da divisão, embora tenha desejado várias vezes o abraço misericordioso da morte. Eu saí de Vermillion trotando, com os alforjes abarrotados batendo nos flancos de Nor e o sol da manhã começando a aquecer os paralelepípedos à nossa volta.

Eu desacelerei o passo de Nor assim que a distância diminuiu a cidade atrás de mim para algo que pudesse se esconder atrás de um polegar. Era bom estar em movimento outra vez, agora com um destino seguro, uma carta de autoridade na bagagem, mantimentos em abundância, roupas sobressalentes, um cavalo, um punhado de moedas de cobre e seis coroas de prata. Eu deixei instruções para avisarem ao conde que havia sido chamado para tratar de assuntos oficiais da realeza. Agradava-me pensar nele esperando no calor do lado de fora do Salão Roma e depois voltando para casa batendo os pés. Maeres Allus podia se danar também. Eu prossegui a viagem de bom humor. Há algo extremamente edificante em seguir em frente e deixar seus problemas para trás.

Cavalguei um dia inteiro, dormi em uma estalagem decente, comi um enorme desjejum com omelete de cogumelos e batatas fritas e saí novamente. Viajar incógnito por minha terra natal estava sendo uma experiência libertadora. Embora eu sentisse falta da companhia que os nórdicos proporcionavam, aquilo me deu tempo de pensar meus próprios pensamentos e ver o mundo passar. Acabei descobrindo que isso é altamente supervalorizado.

Dois pensamentos começaram a ganhar proeminência entre todas as minhas especulações sobre os acontecimentos lá de Vermillion. Precisamente, onde estavam os cavaleiros de vovó, com Snorri prisioneiro no meio deles, e por que diabos eu não havia alcançado Hennan ainda? Como é que um moleque a pé, apenas com um dia de vantagem sobre mim, conseguiu se manter à frente esse tempo todo? Mais um dia galopando pela Via Appan não respondeu nenhuma das perguntas. O sol se pôs atrás de mim trazendo um sutil sussurro da presença de Aslaug e jogando todo o vale de Edmar em sombras. O raio branco na cara de Nor parecia refletir a última luz e apontar a direção. Brisa morna, o barulho dos grilos surgindo entre os vinhedos que forravam as encostas dos dois lados, de vez em quando uma carroça ou caçamba carregada puxada por um burrico de costas tortas... o anoitecer mais tranquilo que alguém podia desejar. Mas eu me peguei desejando um alvoroço embriagado da noite no Follies, acompanhado de um rala e rola embriagado com uma das artistas mais flexíveis (elas gostavam de ser chamadas de atrizes) ou talvez duas delas, ou três. Eu rolei confortavelmente na sela de Nor me perguntando como Vermillion passou a me chamar assim que eu saí de lá, apesar de ter se mostrado um pouco decepcionante após minha longa ausência.

Eu não percebi os cavaleiros chegando atrás de mim até o último momento – aí está outra desvantagem de se perder em seus pensamentos. À minha esquerda, um homem se inclinou em sua sela e pegou minha espada, à minha direita outro puxou seu cavalo para o caminho de Nor e tomou as rédeas de mim.

"Tenha a gentileza de desmontar, Príncipe Jalan." Uma voz atrás de mim.

Ao me virar, eu vi mais três homens montados, o do meio um sujeito robusto, bem-vestido, com uma capa de gola alta, a última moda, amarrada com uma grossa corrente de ouro. Ele parecia ter uns cinquenta anos, com cabelos grisalhos e cortados rentes, olhos escuros e um sorriso amargo. Mãos frias se contraíram em volta da minha barriga e bexiga ao perceber que o tal sujeito provavelmente era o Conde Isen. À sua esquerda, uma figura mais magra de capuz cinza, segurando as rédeas com uma única mão, e à direita um brutamontes feio de cabelos escuros bem parecido com os que estavam me ladeando, só que esse tinha uma pesada balestra apontada para minhas costas.

Levantei as mãos, com a mente acelerada. "Estou a serviço da rainha. Não tenho tempo para jogos – muito menos para ser emboscado na estrada. Isso é criminalidade comum! Minha avó manda pregar homens às arvores por esse tipo de coisa." Eu mantive a voz mais calma possível, escolhendo minhas palavras para lembrar ao duque de seus deveres e dos meus. Desafiar um homem em um duelo é uma coisa. Forçá-lo a sair da estrada com uma balestra apontada é completamente diferente.

"Eu pedi para desmontar, Príncipe Jalan. Não pedirei outra vez." O conde pareceu impassível.

Lentamente, para não dar desculpa ao sujeito com a balestra, eu desmontei. Seria preciso apenas um trejeito nervoso do homem, ou mesmo de seu cavalo, e eu poderia acabar olhando para o buraco que a flecha da balestra abriu em mim. Eu já vira homens atingidos por flechas de balestra à queima-roupa e desejei muito não ter visto.

"Calma aí. Isso é loucura! Você só precisava esperar..."

"Свяжите его руках." O conde acenou para os dois homens que desmontaram junto comigo. Eu balancei a cabeça, mas não consegui compreender as palavras.

"Espere aí!" Eles agarraram minhas mãos e as prenderam atrás de mim com uma agilidade perturbadora, com um laço de corda já pronto para enrolar nos dois punhos.

O conde olhou para trás, para a estrada, e em seguida se levantou nos seus estribos para olhar adiante. Satisfeito pela certeza de que não seríamos perturbados por um ou dois minutos, ele se sentou novamente. "E a máscara." Nenhum dos homens se mexeu. O conde pôs a palma da mão sobre a boca: "слепок!".

Um barulho atrás de mim e mãos surgiram à minha volta para apertar alguma coisa pesada contra minha boca.

"Não!" Eu comecei a me debater, mas o homem na frente, alto como eu e cheio de músculos, deu-me um soco no estômago, bem naquele ponto que manda o ar sair de seus pulmões o mais rápido possível.

Quando eu me curvei, eles prenderam a mordaça, forçando a parte de couro entre meus dentes enquanto eu tentava respirar. As grossas tiras de couro passavam por cima de meu rosto e iam até a nuca como os dedos de uma mão, parcialmente cobrindo meu nariz e quase cobrindo meus olhos. Uma máscara comum de mentirosos, do tipo usado para transportar sedicionistas e loucos. Eu teria sorrido, se pudesse. Conde Isen fora longe demais. Vovó não aceitaria que ninguém que levasse seu nome passasse por tanta humilhação. Arrastar-me por Vermillion dessa maneira podia manchar minha reputação um pouco, mas o conde teria sorte de escapar com suas terras e título, e certamente não haveria dúvidas sobre eu ter que duelar com ele.

"Para cima!" O conde acenou para a dupla que me maltratava e com uma facilidade desconcertante eles me levantaram e me puseram de volta em cima de Nor. Eu deslizei minhas botas nos estribos e apertei os joelhos bem firme. Cair de um cavalo com as mãos amarradas nas costas é uma maneira rápida de quebrar o pescoço.

O terceiro homem eslavo abaixou sua balestra e removeu a flecha. Acho que o trio não falava a língua do Império, mas por que motivo o conde empregaria homens assim eu não saberia...

"Não!" é o que eu teria dito. Em vez disso, dei um grito abafado pela mordaça. O homem do outro lado de Isen havia levantado seu capuz. Ele soltou as rédeas para fazê-lo, já que só tinha um braço. O capuz escorregou pela cabeça branca e careca, os olhos claros olharam os meus de um rosto descarnado que, de alguma maneira, apesar de parecer apenas pele esticada sobre o osso, conseguiu parecer contente em me ver. Diabos, como é que o principal torturador de Maeres Allus, John Cortador, passou a andar com o Conde Isen? Eu tentei exortar Nor a trotar, mas o grandalhão ao meu lado segurou as rédeas com força e o outro me deu um soco na perna, com força suficiente para eu perder a sensibilidade nela.

"Aguente aí!" O conde levantou a mão. "Você saiu um pouco tarde para fugir, Príncipe Jalan." Ele sorriu sem humor. "Estou vendo que reconheceu John. Sou Alber Marks, e os nomes de meus associados não são importantes. O que é importante é que eles não entendem nada que lhes disser e não têm ideia de quem você seja. Estou dizendo isso apenas para lhe poupar fôlego ao tentar suborná-los ou desviá-los de seu propósito de outra maneira."

Merda. Merda. Merda. Maeres Allus enviara um de seus melhores tenentes atrás de mim. Alber Marks tinha reputação por sua eficiência desumana. E eu pensando que apenas gentilezas sociais e o dever real me impediriam de ser atravessado pela espada do conde. Mas a verdadeira ameaça era me familiarizar novamente com os alicates de John Cortador – e qualquer coisa que me impedisse de ser amarrado a uma mesa em um dos armazéns de Maeres me escapou quando parei de prestar atenção. Eu devia saber que não era o conde. Diziam que Isen era um homem pequeno e, mesmo a cavalo, diminuído por seus capangas, Alber Marks não se adequava.

"Vamos." Alber inclinou a cabeça e saiu na frente, em direção a uma abertura na margem onde uma minúscula pista saía da estrada.

Os eslavos foram dois na frente, um atrás, encurralando-me. Eles me conduziram atrás de Alber e John Cortador em um ritmo relaxado. Demorou um ou dois minutos para sumir de vista da estrada entre as filas de videiras e as sebes divisórias de espinheiros.

Os homens me tiraram do lombo de Nor novamente e John Cortador veio verificar minhas amarras, passando a mão fria e de dedos longos por cima de cada uma das tiras em volta de minha cabeça – um toque íntimo que me fez arrepiar de repugnância. Um instante mexendo em minha nuca e eu ouvi o estalo de um cadeado. John Cortador apareceu novamente, balançando uma pequena chave antes de jogá-la em seu bolso. Ele sorriu, exibindo dentes estreitos, e abriu sua capa para mostrar o cotoco do braço, que terminava em uma massa feia de cicatrizes esbranquiçadas logo acima do cotovelo. Na última vez que vi John Cortador, sangue pulsava da ferida – por Snorri ter arrancado o braço apenas momentos antes – e eu lhe dera vários belos chutes na cabeça enquanto ele estava inconsciente e, esperava eu, morrendo. Agora desejei ter furado seu crânio com a perna de uma mesa.

Vasculhando de maneira meio desajeitada em um bolso interno, John Cortador tirou um alicate de ferro. "Lembra?", perguntou ele.

Eu não havia me esquecido, mas Deus sabe o quanto eu queria. Aquela maldita coisa apareceu regularmente em meus pesadelos durante uns bons seis meses.

"Vou ficar esperando", disse ele, e passando por trás de mim ele pegou a ponta de um dedo meu no alicate, apertando com força. Eu urrei por trás da mordaça e me debati enquanto os eslavos me seguravam. De alguma maneira meu dedo se soltou, mas com tanta dor que eu não sabia se ele havia arrancado a ponta ou não. Minha mão inteira latejava de dor e eu inspirei e expirei o ar pelo nariz, babando pela mordaça.

Alber Marks se aproximou e se inclinou. "John e eu iremos embora agora. Não seria sensato arriscar sermos pegos com você em nosso poder. Arranjaremos uma entrada discreta na cidade para você e, se eu não o encontrar novamente... bem, tenho certeza de que John o fará." Ele se endireitou. "Boa viagem, Príncipe Jalan." E assim os dois saíram trotando, com John Cortador se sacudindo como alguém que não estava acostumado a montar.

Eu fiquei sentado lutando para respirar com a máscara, os olhos molhados de lágrimas, e com meu dedo ardendo de dor como se tivesse sido mergulhado em ácido quente. Mesmo assim, meu coração martelava de maneira ligeiramente menos frenética a cada metro que se abria entre nós. Podia parecer um pequeno consolo, mas por mais terríveis que fossem minhas circunstâncias, o fato de John Cortador estar indo embora tornava tudo um pouquinho melhor.

O alívio acabou durando pouco. Com um grunhido, um dos três eslavos puxou as rédeas de Nor e nós começamos a voltar na direção da Via Appan. Eu pisquei algumas vezes para limpar os olhos e olhei para os guardas em volta enquanto cavalgávamos. Eles tinham as mesmas feições abrutalhadas, um conjunto de planos largos formando os rostos: testa pesada acima de um nariz pequeno, maçãs do rosto proeminentes de onde a pele amarelada se esticava descendo para o maxilar quadrado. Eu supus que eram irmãos, talvez até trigêmeos, pois havia pouco que os diferenciasse. Se não fossem a máscara e a barreira da língua, talvez eu tivesse chance de levá-los na conversa, mas alguma coisa em seus olhos – aquele olhar fixo e sem imaginação que os três tinham – dizia-me que seria difícil desviá-los de seu curso mesmo assim.

Nas primeiras três vezes que passamos por pessoas na estrada eu imediatamente comecei a me debater e a tentar gritar. Aquilo me fez ganhar olhares de nojo e vaias de escárnio dos viajantes que passavam e bofetadas dos eslavos na cabeça, depois que sumiam de vista. Da quarta vez que tentei, o colega do carroceiro atirou uma pedra em mim e o maior dos eslavos me deu um soco nos rins com tanta força que urinaria sangue pela manhã. Eu desisti depois disso. A máscara de mentiroso me deixava quase impossível de ser reconhecido, mesmo que nossos criados domésticos passassem por mim. Além do mais, ela me marcava como inimigo de Marcha Vermelha, cujas inverdades eram veneno. A maioria suporia que eu estava sendo levado a julgamento e provavelmente perderia a língua depois que fosse considerado culpado, ou talvez, se o juiz fosse leniente, simplesmente mandar dividi-la ao meio até a raiz.

Nós acampamos ao lado da estrada, afastados o bastante em um campo de milho para nos esconder. O alívio que havia sentido ao me separar de John Cortador mais uma vez se corroeu rapidamente à medida que encurtávamos a distância de novo, avançando constantemente para Vermillion. Eu não fazia a menor ideia de como escapar, e ser levado por meu próprio reino, passando por dezenas de súditos fiéis, irreconhecível e impossibilitado de pedir ajuda, era enlouquecedor.

Instalados em um círculo achatado de milho e cercados de todos os lados por uma legião alta e verde de plantas intactas, nós estávamos bem escondidos. Nem os cavalos seriam vistos, com as cabeças baixas, mastigando as espigas quase maduras. Um dos irmãos eslavos martelou uma estaca de madeira no chão e pregou as costas de minha máscara a ela, com uma corrente já presa na estaca. Depois disso, os irmãos dividiram comidas frias e se sentaram para comer – pão preto, um pote de manteiga acinzentada e uma salsicha vermelho-escura salpicada com grumos brancos de gordura e nervos. Eles devoraram tudo em silêncio, exceto pelas mastigadas constantes e uma ou outra palavra ininteligível enquanto trocavam os alimentos. Nenhum deles me deu a menor atenção. Eu tentei pensar em um plano de fuga enquanto tentava não pensar na vontade de mijar. Nenhuma tentativa foi bem-sucedida, e começou a parecer que a única maneira de alertar os desgraçados de minhas necessidades fisiológicas seria me mijar.

Acabei descobrindo que urinar em si mesmo é bastante difícil, indo de encontro a uma série de instintos básicos. Mesmo assim, com o tempo você chega lá. Eu estava a ponto de me sujar quando um dos eslavos se levantou e tirou um gancho de metal estranho do bolso. Sem avisar, ele agarrou minha nuca com um braço e enfiou o gancho na mordaça, puxando-me pelo canto da boca como um peixe. Em seguida, impedindo meus esforços ao simplesmente segurar o gancho, ele pegou um funil e enfiou a ponta no final do gancho, que descobri ser um tubo oco.

"воды." Ele pegou um cantil de água e começou a encher o funil. Daquele ponto em diante, até ele parar, não engasgar até morrer me manteve totalmente ocupado. O incidente deixou duas coisas claras: primeiro que eles não tinham a chave da máscara; segundo que, se eu fosse ser alimentado novamente algum dia, isso aconteceria após chegarmos a Vermillion.

A "rega" resolveu o outro problema que estava tendo, e minha bexiga perdeu toda a timidez enquanto eu engasgava. O efeito a princípio foi um calor nada desagradável, que desapareceu rapidamente para dar lugar à sensação menos agradável de calças molhadas.

O sol se pôs e, embora eu imaginasse Aslaug sussurrando entre as vozes secas do milharal, eu não conseguia identificar as palavras, e ela não ajudou. Na verdade, soou quase como uma gargalhada.

Dois irmãos se assentaram para dormir, deixando o terceiro para me vigiar, e por fim eu me deitei na cama de pés de milho achatados para tentar dormir. Meu dedo, ou o que imaginava restar dele, latejava de dor, e sem poder trazer os braços para a frente eu não consegui achar uma posição em que eles não doessem. A máscara era um sofrimento e insetos saíam da escuridão para explorar cada centímetro de meu corpo. Mesmo assim, em algum momento da noite, eu desmaiei, e dez segundos depois, pelo que pareceu, meus algozes estavam me sacudindo para eu acordar, com o céu insinuando um cinza acima de nós.

Eu os observei fazerem seu desjejum, engasguei com mais água e fui içado ao lombo de Nor mais uma vez. Nós retomamos nossa viagem em direção a Vermillion, cavalgando em um ritmo suave passando pelo tráfego cotidiano de vagões, mensageiros e carruagens com destino a lugares distantes, e camponeses fazendo visitas mais curtas em carroças repletas ou levando mulas sobrecarregadas atrás deles. A estrada subia em meio a uma serra pedregosa de colinas que eu não me lembrava da viagem de ida, e os terrenos agrícolas deram espaço a uma floresta seca de sobreiros, faias e coníferas de galhos frouxos. A neblina da manhã se dissipou e o sol bateu novamente, parecendo mais forte que antes, levantando um fedor das pilhas de esterco que pontuavam o calçamento da Appan e inesperadamente me fazendo ansiar pelos ventos frescos e limpos da primavera de Norseheim. Eu me balançava na sela, suando, com sede, em um estado lamentável, imaginando quantas moscas estavam aglomeradas em torno de meu dedo arruinado e dolorido, botando seus ovos na ferida reluzente.

"É ele!" Uma voz de homem, estridente e triunfante. "Ou pelo menos é o cavalo dele. Tenho certeza disso. Olhe para o raio."

Eu descolei os olhos e tentei focá-los. Quatro homens a cavalo se movimentaram para bloquear nosso caminho.

"Não pode ser ele." Outro homem, desdenhoso. "Um príncipe de Marcha Vermelha não iria..."

"Vá verificar, Bonarti." O homem no maior cavalo, um verdadeiro monstro.

O último deles instou seu corcel em minha direção. Os irmãos eslavos se retesaram, mas não se movimentaram para impedir seu avanço.

"Definitivamente é o cavalo dele." O primeiro homem, desafiando qualquer um a discordar dele.

Um alívio tomou conta de mim. Se não estivesse amordaçado eu teria gritado de alegria. Todas as dores desapareceram instantaneamente. Vovó, Martus... alguém... havia descoberto as intenções de Maeres e mandado um grupo de resgate. Um grupo de resgate que incluía um homem que percebera as marcas peculiares de Nor – aquele raio branco irregular descendo pelo pretume aveludado de seu focinho. Sua distinção foi o que me atraíra a comprá-lo. Eu queria parecer bem voltando a cavalo para minha cidade natal e, embora um conhecedor de cavalos como eu não deva se deixar levar por esses enfeites, eu havia me deixado levar por aquilo. E aquilo deve ter guiado os homens de Maeres também. Se eu tivesse apenas escolhido um cavalo pardo comum e usado um capuz, estaria cruzando a fronteira de Florença, em vez de estar a um dia de cavalgada dura de Vermillion e afundado na lama até o pescoço.

O homem magro que se aproximava de mim inclinou-se em sua sela para me espiar, os olhos estreitos, um deles com uma mancha vermelha de nascença logo abaixo. Era Bonarti Poe! Eu o vira pela última vez no Uvas do Roth, logo antes de Maeres chegar para acabar com a noite. Ele podia ser um sujeito oleoso de rosto pontudo que parecia pedir para levar uns tapas, mas eu nunca havia ficado tão feliz de ver alguém que eu conhecia. Eu nem guardei rancor de todo o tinto rhonense que ele bebeu por minha conta naquela noite.

"Príncipe Jalan?"

Eu assenti vigorosamente, fazendo barulhos borbulhantes que esperava soarem como afirmação. Bonarti continuou a me olhar atentamente, virando a cabeça de um lado para o outro, como se isso pudesse ajudá-lo a ver através das tiras em meu rosto. "É ele, sim!" Depois com a voz mais baixa e confusa. "Príncipe Jalan, por que você está..."

"Ele está se escondendo, obviamente! Um artifício para voltar para a cidade sem ser visto." O homem no enorme cavalo interrompeu a pergunta de Bonarti. Minha atenção, porém, estava nos irmãos eslavos. Na primeira chance eles abateriam meus salvadores e prosseguiriam a Vermillion como se nada tivesse acontecido. Eu gesticulei com urgência para eles com a cabeça, fazendo barulhos gorgolejantes que esperei soarem como um forte alerta.

"Pare com essa tolice! Desça daí, senhor! E me enfrente como homem! Enfrente-me como deveria ter a decência de fazer quando recebeu meu desafio da primeira vez!" O homem no cavalo grande tinha minha atenção agora, o rosto vermelho de raiva em volta do bigode grisalho arrumado e da fenda estreita de sua boca.

"As mãos dele estão amarradas, Conde Isen!", disse Bonarti, inclinando-se à minha volta.

"Prisioneiro!", declarou o irmão eslavo mais próximo de mim.

"Bobagem!" Conde Isen – o legítimo desta vez – recusava-se a aceitar aquilo. "Chega dessa farsa. Solte-o e faça-o descer. Não tenho tempo para essas besteiras. Um dia desperdiçado na estrada quando poderia estar fazendo algo de útil..."

Bonarti pegou sua faca, uma coisa pequena e enfeitada, e cortou a corda de meus pulsos.

"Prisioneiro!", repetiu o eslavo, mas com boa parte do tráfego parado para assistir ao entretenimento os irmãos seriam idiotas se tentassem qualquer coisa.

Eu trouxe as mãos à frente, esfregando os dois pulsos e analisando de perto meu dedo mutilado. Ele estava menos machucado do que eu imaginara, apenas com a unha arrancada e a carne exposta coberta de crostas pretas. Parte de mim estava contente pelo estrago não ser irreversível, e a outra parte horrorizada que tanta dor pudesse vir de um ferimento tão pequeno. Mesmo com o Conde Isen prestes a me retalhar em pedacinhos trêmulos, eu consegui me arrepiar ao pensar no que John Cortador poderia fazer se tivesse tempo livre com um homem.

"Desça, senhor! Eu exijo satisfações sem delongas!" E o Conde Isen desceu da sela de seu enorme cavalo, desaparecendo completamente atrás dele. Ele saiu de sua sombra, com as mãos na cintura, olhando para mim. Era o menor homem que já havia visto nesses meses na estrada, com exceção do anão do doutor Raiz-Mestra, vestido com as mais finas roupas de viagem e levando uma espada em sua cintura que poderia se arrastar no chão, mesmo que eu a estivesse carregando.

Eu levei as mãos à minha máscara e a puxei, apontando para Bonarti e depois para minha nuca.

"Sim, eu paguei Bonarti para ser seu padrinho. O meu é Stevanas aqui." Isen gesticulou para o guerreiro robusto fazendo cara feia para mim em seu cavalo. "Sir Kritchen aqui irá adjudicar para garantir jogo limpo. Agora desça, senhor, senão eu juro que o arrastarei da sela."

Eu olhei nos olhos de Isen pela primeira vez. Debaixo dos cabelos bem cortados e das sobrancelhas bem-cuidadas, os olhos de um maníaco me olhavam. Um maníaco pequeno, é verdade, mas de alguma maneira assustador à beça mesmo assim. Eu desci das costas de Nor rapidamente, tentando puxar a máscara e descobrindo o pesado cadeado atrás. Desmontar não foi um ato de coragem. Cavalos são ótimos para fugir quando você já está efetivamente fugindo, mas falta-lhes um toque de aceleração inicial. Portanto, se você estiver bem ao lado de uma ameaça e quiser escapar, verá que se sairá melhor a pé. Até que Nor pegasse o embalo e se desvencilhasse de meus vários algozes, inimigos e possíveis assassinos, pelo menos um deles teria atravessado uma espada em alguma parte de mim que eu preferia manter. Então puxei as tiras com força e apontei para minha boca.

"Chega dessa palhaçada! Defenda-se!" Conde Isen sacou sua espada exageradamente longa e a apontou para mim.

Eu estendi as mãos vazias. "Nem espada eu tenho, seu louco minúsculo!", foi o que eu tentei dizer, embora tenha soado como uma longa série de "hãã".

"Sir Kritchen." Isen manteve aquelas pequenas contas pretas de insanidade pregadas em meu rosto. "Dê ao príncipe sua espada. Estou vendo que o sujeito atrás dele tem duas lâminas."

E, enquanto eu continuava a protestar, Sir Kritchen, um sujeito alto e idoso de quem eu me lembrava de algum lugar, desmontou para pegar minha espada com um dos irmãos eslavos. Com a multidão reunida crescendo a cada minuto, o homem não teve opção a não ser entregá-la. Ele não parecia feliz. Provavelmente estava se perguntando se sua terra era distante o suficiente para evitar a ira de Maeres, caso eles não me levassem de volta até ele, em Vermillion, como ordenado.

Sir Kritchen, impecável apesar de sua longa e poeirenta cavalgada da cidade, colocou minha mão direita no cabo da espada. A última vez que havia balançado a arma para valer foi na Passagem Aral. Os entalhes contavam uma história que eu havia esquecido, na maior parte, e não estava a fim de reviver. De alguma maneira, o pavor me impulsionou a um frenesi berserker naquele dia. Mesmo se eu conseguisse repetir a façanha à margem da Appan, isso não me faria bem. A loucura da batalha não torna você um espadachim melhor, ela só faz com que você deixe de se importar se o homem que está enfrentando é o espadachim melhor.

Eu fiquei olhando estupidamente para minha espada por um momento, ofuscado pela luz do sol refletindo-se nela. A desidratação e a fome tinham me deixado lento, sem conseguir me conectar muito bem com os acontecimentos que se desdobravam à minha volta.

"Abram espaço! Stevanas – dê licença!" Isen brandiu sua espada em círculos amplos e perigosos.

"Esperem! Tirem esse negócio de mim primeiro!" Eu puxei a máscara inutilmente e as palavras saíram como gorgolejos. Um instante depois, percebi que estava segurando uma lâmina afiada e, com grande alívio, a coloquei contra as tiras. Infelizmente, não parecia possível segurar a espada a uma distância suficiente para a ponta chegar ao meu rosto. Então tentei serrar as tiras com o fio da lâmina, mas estavam tão apertadas que eu não conseguia passar os dedos por baixo delas, e tão enterradas em minha pele que tentar cortá-las desajeitadamente, sem ver, faria estragos terríveis. Ao ver Isen se virar em minha direção e sabendo que ele pretendia infligir ferimentos mais fatais em mim, comecei a cortar a tira mais proeminente, embora de maneira um tanto hesitante. Doeu.

O nobre, bradando como os nobres são treinados a fazer, abriu um buraco na multidão rapidamente. Os espectadores estavam ávidos para assistir a um espetáculo e dispostos a colaborar.

"Defenda-se, homem!" Isen deu um passo em minha direção, com a espada na frente, a ponta levantada no nível do meu coração.

"Pare!", gritei. "Estão me mantendo prisioneiro!" Ou mais precisamente: "Gagh! Mmam me mamem mimomelo!". Meus dedos estavam escorregadios de sangue ou suor ou os dois, mas a tira parecia estar cedendo.

"É melhor eu não ter que ouvir suas mentiras, Príncipe Jalan, e é melhor você não se envergonhar diante destas testemunhas com desculpas para sua covardia." Os olhos do conde ardiam com uma insanidade que eu não conseguia bem detectar... talvez três partes homicida e duas partes certeza absoluta de que todas as palavras que passavam por seus lábios eram a própria verdade de Deus. "Tome cuidado!"

"Não vou lutar com você! – Mmm mou mumar mom momê!" Eu decidi não me mover para me defender e confiar na honra do conde para me salvar, ou pelo menos o medo de ter sua honra questionada.

A primeira tira cedeu. E com isso ele atacou.

Apesar de estar convicto de que não iria reagir, eu me peguei saltando para trás e balançando minha espada para rebater a dele. Se aquilo foi um atentado para valer contra minha vida ou uma artimanha para me incitar a agir eu não sabia, mas meu corpo tomou a decisão por mim e agora ele estava me atacando com uma profusão de golpes que definitivamente tinham a intenção de me estripar.

Meu braço da espada se moveu instintivamente, acompanhando os movimentos aprendidos na marra durante muitas horas longas e sofridas de treinamento nos salões do mestre de armas, por insistência de vovó. O choque de aço com aço é sempre assustadoramente alto, e uma insinuação bem útil da dor envolvida em ser atingido é transmitida pelo cabo, que emite fragmentos de dor através da palma e do pulso, fazendo você querer apenas largar a maldita espada.

Durante a primeira... bem, a sensação era como se fosse uma hora, mas devia ser consideravelmente menos de um minuto, o ritmo do ataque de Isen não deixava nem uma fração de segundo livre para pensar. O instinto e o treinamento na verdade me serviram muito bem. Eu me defendi bem, apesar de não contra-atacar. A ideia de deliberadamente enfiar minha espada na carne – mesmo a carne de um anão odioso como o Conde Isen – revirava meu estômago. Não tem nada a ver com compaixão – eu só fico enjoado. Eu não conseguia nem imaginar. Como enfiar uma agulha em meu próprio olho, eu achava aquilo uma coisa que nem poderia me forçar a tentar. Além do mais, eu estava ocupado.

Nós nos enfrentamos basicamente em uma só direção, eu recuando, espalhando a multidão; Isen avançando, com um pequeno sorriso de satisfação no rosto à medida que cortava e estocava. Era como lutar com alguém dentro de um buraco, uma sensação desconfortável que me deixou preocupado com um grupo diferente de órgãos vitais do que os de costume. Eu saí da estrada, quase tropeçando na vala e me retirando sobre terreno irregular, com arbustos presos nos pés.

Tudo isso pela honra de Sharal DeVeer? Por causa de brincadeiras que aconteceram muito antes de ele botar os olhos nela... ou será que aquele bode velho estava de olho em Sharal havia muitos anos e estava apenas esperando que a mão dela tivesse idade suficiente para o seu anel? Talvez ele estivesse esperando que seu pai superprotetor morresse antes de estabelecer um acordo de casamento com o novo e menos escrupuloso Lorde DeVeer?

O instinto e o treinamento continuaram a funcionar, e só depois que o pavor absoluto de tudo aquilo me alcançou foi que minha mente começou a interferir e a provocar erros. A ponta da espada de Isen fez um risco vermelho e tépido sobre meu ombro. Não doeu tanto quanto o choque... e o horror. Eu joguei a espada dele para cima, saltei para trás, dei meia-volta e saí correndo em direção às árvores.

A surpresa daquilo me deu uma boa vantagem. Eu abri uma distância de vinte metros antes do urro de incredulidade do Conde Isen me alcançar. Ouvi a perseguição começar antes de chegar à metade do caminho até a linha das árvores, mas poucos homens têm o meu dom especial para a velocidade, e nenhum deles, arrisco-me a dizer, ficara olho no olho com o pequeno Isen.

Passei entre os dois primeiros olmos com o que poderia ter sido um sorriso descontrolado, se não fosse pela máscara. Eu poderia me perder na floresta, me livrar da mordaça, arrumar uma passagem segura para Umbertide e eles todos que se danassem. Os eslavos iriam jurar que não era eu, e eu, no decorrer do tempo, negaria a coisa toda. "Você deve estar enganado. Eu, com uma máscara de mentiroso? Como é que dá para saber quem são os infelizes traidores que usam aqueles troços? Você devia tê-la tirado – aí ficaria óbvio. Por sorte Isen não matou o coitado!"

Ofegante, arranhado e suado, eu parei, perdido entre as árvores, a maioria delas faias altas e cobreadas. O chão abaixo delas estava repleto dos restos farfalhantes das folhas do ano passado, cobertos com espinheiros. Eu me recostei ao tronco mais grosso à vista e comecei a trabalhar nas tiras de couro em volta da cabeça novamente. Dessa vez prendi o cabo da espada entre os pés e cortei com muito mais cuidado.

Usar uma lâmina afiada em seu rosto, com força suficiente para cortar couro velho, e ao mesmo tempo tentar preservar sua beleza de menino, é um troço complicado. Na verdade, a tarefa tomou tanto de minha concentração que eu quase não percebi o barulho de folhas secas debaixo de botas que se aproximavam.

De alguma maneira, a necessidade de poder falar era maior que o pânico súbito e crescente, e eu continuei a serrar por tempo suficiente para arrebentar a última tira. Eu puxei aquela coisa maldita, mexendo a boca dolorida, mas com cuidado para não cuspir ou fazer qualquer outro barulho que pudesse chamar atenção.

"Stevanas? Poe?" Mais barulhos, um xingamento abafado. "Sir Kritchen?" A voz estrondosa do Conde Isen, bem mais grave do que se esperava de um homem tão pequeno, e bem mais perto do que eu achava que estivesse. "Jalan Kendeth! Mostre-se!" Ele parecia bastante rouco, como se tivesse gritado um bocado.

Com uma lentidão agoniante, eu pus a máscara no chão e comecei a virar minha espada para poder pegar o cabo. Apesar da máxima concentração, minhas mãos, escorregadias de suor e sangue, conseguiram fazer exatamente o oposto do que eu lhes pedi e soltaram a arma. Ela caiu com um baque abafado entre as folhas secas.

"Ahá!" Conde Isen apareceu, contornando o tronco da árvore gigantesca ao lado da minha, chegando de uma direção completamente inesperada e mostrando-se bem mais perto do que eu pensei que estivesse – a árvore que ele rodeou era tão próxima da que estava atrás de mim que seus galhos mais baixos se interligavam acima de nós como dedos de uma mão rezando.

Nós dois ficamos paralisados por um instante, olhando fixamente um para o outro, eu sentado de bunda com a espada no chão à minha frente, a floresta silenciosa à nossa volta, iluminada aqui e ali por retalhos irregulares de luz do sol, dourados na penumbra rajada. Sem mais aviso, Isen atacou, com um grito de batalha sanguinário nos lábios. Eu mergulhei para pegar minha espada, gritando que não estava armado.

Apenas a dois metros de distância, comigo ainda me levantando do chão, o pé do conde se enroscou em alguma raiz escondida e sua investida, destinada a me espetar, tornou-se uma coisa desajeitada, tropeçando com aqueles passos largos que damos nessas situações para não cairmos de cara no chão. Ele acabou empalando o olmo, a lâmina enterrada seis ou sete centímetros no ponto exato do tronco onde minha cabeça estivera apoiada.

Para crédito do baixinho desgraçado, ele reagiu rapidamente, tirando uma faca para eviscerar gado e virando-se para sacudi-la em minha direção.

"Olhe aqui, Isen... um pequeno mal-entendido..." As palavras pareciam estranhas em minha boca, após tanto tempo mordendo o pedaço da máscara.

Ainda assim, ele partiu para cima, segurando aquela faca horrível de modo que eu via seus olhos dos dois lados da lâmina, as pupilas como minúsculos pontos pretos de loucura, a boca se contorcendo.

"Espere!" Segurei minha espada com o braço estendido entre nós para afastá-lo. Foi difícil pensar em um bom motivo para ele esperar, e, por livre e espontânea vontade, minha boca disse: "Pegue sua espada, homem. Não vou admitir que digam que o derrotei injustamente!".

Conde Isen parou, franziu o rosto e olhou para sua espada, ainda pendurada no tronco. Ele franziu ainda mais o rosto. "Bem... lutar com facas *realmente* não condiz com homens de origem nobre..." Ele me lançou um olhar que demonstrava dúvidas se eu realmente havia saído de entranhas da realeza e depois recuou em direção à árvore.

Genial! Anos mentindo com frequência me deixaram com uma língua capaz de inventar coisas sem precisar de nenhuma contribuição consciente da minha mente. Eu me retesei, preparando-me para fugir assim que ele começasse a puxar o cabo daquela espada. Quando fiz isso, porém, percebi que meu pé direito estava apoiado em um galho que parecia resistente, com cerca de noventa centímetros de comprimento – um pedaço que se partiu da árvore em alguma tempestade recente.

Conde Isen embainhou sua faca e pôs as duas mãos no cabo da espada, de costas para mim enquanto se preparava para puxar. Eu joguei minha espada para a mão esquerda, peguei o pedaço de pau e avancei com pés furtivos. Passos lentos me levaram atrás do conde, com o ruído suave das folhas caídas embaixo de minhas botas inaudível devido aos grunhidos dele, esforçando-se para libertar a espada presa. Eu olhei para o galho. Tinha um bom peso. Eu dei de ombros e – confiando que minhas pernas mais longas pudessem me afastar caso algo desse errado – bati nele com tudo na lateral da cabeça. Eu tinha péssimas experiências em jogar vasos no alto da cabeça de um homem, então pensei em tentar o lado dessa vez.

Por uma fração de segundo de molhar as calças eu achei que Isen fosse ficar de pé. Ele começou a se virar e depois desabou amontoado na metade do movimento. Eu fiquei parado ali por alguns instantes, olhando para o conde desacordado ali embaixo, respirando com dificuldade. Finalmente, quando me ocorreu soltar o pedaço de pau, tomei conhecimento dos gritos e dos barulhos de espadas ao longe. Eu parei, imaginando qual seria a fonte daquilo.

"Nada bom", murmurei para a floresta. E, encolhendo os ombros, eu saí. Se pudesse, eu teria esvaziado os bolsos do conde como pagamento pela inconveniência e por um cavalo novo, mas os sons da luta estavam se aproximando.

Eu saí em um ritmo razoável, tropeçando por entre arbustos no leito de um riacho seco que passei a seguir. Eu não havia me distanciado nada quando, com um barulho de galhos, alguém saltou para cima de mim pela lateral, fazendo com que caíssemos os dois em uma confusão de pernas torcidas e cotovelos pontudos. Um período confuso de gritos aterrorizados e socos descontrolados se seguiu, terminando quando eu consegui usar meu peso superior e estrutura maior para ficar por cima, com as mãos em volta daquele pescoço magrelo.

"Poe?" Eu me peguei olhando para o rosto estreito de Bonarti Poe ficando roxo. Com um pouco de relutância eu afrouxei os dedos no pescoço dele.

"E..." Ele respirou muito fundo. "E-eles seguiram..." Ele se virou de lado e tossiu como se fosse vomitar no leito do rio coberto de folhas.

"Quem seguiu o quê?" Eu saí de cima dele e dei um passo para trás, com repugnância contorcendo-se em meus lábios.

"A-aqueles homens..."

"Os eslavos?" Eu me virei, imaginando-os avançando sobre nós pelo matagal. Poe não tinha coragem de tentar me deter, mas aqueles três precisavam de mim novamente em seu poder, se quisessem proteger sua pele.

"Eles atacaram Stevanas e Sir Kritchen", assentiu Poe, levantando-se. "Eu fugi." Ele parecia digno de pena agora, com suas roupas da cidade rasgadas e sujas. "Para buscar ajuda." Um rápido adendo. Ele teve a elegância de parecer culpado.

À minha direita, ao longe, folhas farfalharam, gravetos se partiram – alguma coisa invisível avançava em nossa direção.

"Ah, meu Deus!" Bonarti apertou o peito. "Eles estão vindo!"

"Fique. Quieto!" Eu agarrei o braço dele e o puxei para baixo comigo quando me agachei. O importante ao entrar em pânico é fazê-lo em silêncio. Eu o segurei com força, perguntando-me quanto tempo ele atrasaria os eslavos se fosse atirado no caminho deles. Insetos zumbiram à nossa volta, pedregulhos secos se desfizeram sob o salto de minhas botas, a vontade de mijar cresceu implacavelmente, e durante todo esse tempo o barulho no matagal se aproximava. Não parecia um avanço diretamente para nós, mas uma procura sinuosa que poderia acabar nos descobrindo.

"Precisamos correr", chiou Bonarti.

"Espere." Correr é ótimo, mas precisa ser equilibrado com esconder-se. "Espere."

Os barulhos e as farfalhadas ficaram repentinamente mais altos e uma pequena figura escorregou dos arbustos para o leito do riacho, a cerca de trinta metros de nós.

"Conde Isen!" Bonarti deu um pulo e ficou de pé, como se a presença do conde resolvesse todos os seus problemas.

Eu dei um pulo logo em seguida, ou tentei, mas, assustado pela aparição repentina do conde, meus pés escorregaram nos pedregulhos e eu me estatelei para a frente e caí de quatro.

"Você!" Isen apontou sua espada exageradamente longa para mim.

"Posso explicar!" Eu não podia.

"Você simplesmente me deixou! Não pode abandonar um homem que derrotou!" Ele parecia decepcionado em vez de furioso. Filetes grudentos de sangue estriavam o lado de sua cabeça, abaixo do local onde o galho o acertou.

"Príncipe Jalan derrotou você?" Bonarti virou a cabeça para me olhar, surpreso.

Conde Isen avançou, com os pés um pouco instáveis. "Eu o encontrei na floresta, fiz meu desafio, e o ataquei. Não me lembro de muita coisa depois disso. Deve ter me batido na cabeça com a lateral de sua espada." Ele encostou os dedos ensanguentados na ferida.

"Sim! Foi mesmo!" Fiquei de joelhos e rastejei para trás.

O conde parou alguns metros à frente de Bonarti e fez uma curta mesura em minha direção. "Bela luta, senhor!" Ele tocou os cabelos emaranhados de novo. "Mas... mas você não fugiu?" Aqueles olhinhos confusos dele, endurecendo-se em direção à raiva.

"Claro que fugi! Estávamos pondo em perigo cidadãos honestos, brandindo espadas na estrada da rainha como briguentos quaisquer. Além do mais, eu precisava me livrar de meus captores e levá-los à floresta onde eu pudesse matá-los sem risco aos camponeses."

"Plebeus! Bah." Conde Isen fez que ia cuspir.

"Cuidado, Isen." Eu fiquei de pé. "Esses são os cidadãos de minha avó. É a Rainha Vermelha quem decide como a vida deles será tirada, mais ninguém!" Embainhei minha espada, só para ele não se ofender.

Isen mudou de assunto com um aceno. "Mas você me deixou caído lá!"

"Eu tive que atrair os escravos para longe." Às vezes, minhas mentiras me impressionavam pra caramba. "Não poderia deixar que o encontrassem, incapaz de se defender. Eu teria ficado e lutado com eles por cima do seu corpo, mas não tinha certeza se derrotaria todos os três se eles atacassem ao mesmo tempo... então eu os atraí para outro lugar." Eu me endireitei para ficar da minha altura de verdade e, com as duas mãos, puxei minha túnica para a frente sobre o peito, com um gesto que eu esperava que parecesse autoritário, másculo e correto.

"Bem..." Isen não sabia direito o que achar de tudo aquilo. Eu suspeitei que seu juízo ainda estivesse um pouco embaralhado da pancada na cabeça. Ele estreitou os olhos para mim, para Bonarti, para uma árvore ali perto, bufou através de seu bigode e demoradamente embainhou sua própria espada.

"Certo, então!" Eu fiz uma minúscula mesura. "A honra foi feita. Vamos matar uns escravos!" E eu saí na direção oposta àquela onde ouvira o barulho das espadas.

Florestas, como se vê, são coisas traiçoeiras. É muito fácil se perder no meio de todas aquelas árvores e cada uma é praticamente igual à outra. De alguma maneira, apesar de declarar ter certeza do caminho e ignorar todos os conselhos de Isen para voltar à estrada, nós achamos os escravos. Ou pelo menos dois deles, esparramados sem elegância no chão da floresta em meio a seu próprio sangue – felizmente virados para baixo. Sir Kritchen havia caído com os braços cruzados sobre o peito, quase ocultando a ferida que o matara. Eu avistei Stevanas por último, sentado de costas para uma árvore caída, as pernas esticadas para a frente e a espada sobre elas, escura com sangue ressecado. Seu braço e lado esquerdo estavam ensanguentados, com o ferimento no ombro amarrado com tiras rasgadas de sua camisa, exibindo a musculatura de seu tronco.

"Onde está o outro?", disse Isen, olhando em volta, todo sério.

"Saiu correndo." Stevanas acenou para uma densa mata jovem.

Isen soltou um ronco de insatisfação. "Logo, logo o encontraremos." Uma olhada para Sir Kritchen e em seguida um aceno na direção de Stevanas. "Levantem-no." Ele parou por um instante, vendo-se na posição incomum de não conseguir dar ordens a todos à sua volta. "Bonarti, ande!"

Exatamente como Bonarti Poe, magricela e fracote, iria tirar uma placa de músculos como Stevanas do chão eu não fazia ideia, mas eu é que não iria ajudar com um reles conde assistindo. Além do mais, o sujeito havia sido trazido para garantir jogo limpo enquanto Isen me retalhava, então não simpatizava muito com ele. Embora eu realmente tivesse apreciado seu trabalho com os trigêmeos eslavos. Dito isso, dois de três não é nada mal em muitas circunstâncias, mas aqui eu realmente preferia que Stevanas tivesse completado o serviço.

Conde Isen e eu assistimos enquanto Bonarti se esforçava com o guerreiro. Felizmente, apesar de sua perda de sangue, Stevanas tinha energia suficiente para colaborar e logo nós o estávamos seguindo, levando-nos de volta à estrada e demonstrando consideravelmente mais competência nos assuntos de navegação do que o restante de nós.

Nós subimos de volta pela vala até a Via Appan mais uma vez, todos nós bem mais sujos, esfarrapados e machucados do que uma hora antes. A multidão já havia se espalhado, mas felizmente um ambulante havia decidido estacionar sua carroça e cuidar de todos os cavalos abandonados. Ele provavelmente havia passado o tempo comparando a chance de recompensa com o lucro do roubo dos cavalos, e cogitando as possibilidades de ser apanhado e enfrentar a justiça bastante severa que os ladrões de cavalos tendem a receber em Marcha Vermelha.

"Bom homem." Isen jogou uma moeda para o sujeito e o mandou embora. "Espere!" O conde levantou a mão antes que o vendedor pudesse subir de volta para sua carroça. "Poe, leve este homem até a floresta e peguem Sir Kritchen. Nós podemos colocá-lo na carroça e levá-lo de volta a Vermillion." Ele balançou a cabeça como se a ideia de um cavaleiro reduzido à carga na carroça de um ambulante o ofendesse.

Bonarti pareceu prestes a reclamar, mas pensou melhor e marchou de volta à linha das árvores com o ambulante a tiracolo. Stevanas, enquanto isso, conseguiu se colocar na sela onde se sentou, encurvado pela dor de seu ferimento.

"Então..." Conde Isen olhou para mim, com os olhos duros e estreitos como se procurasse uma lembrança.

Eu decidi arrumar um jeito de sair dali o mais rápido possível, no caso de a cabeça de Isen melhorar e os detalhes do que a confundira começarem a voltar. "Não posso dizer que tenha gostado de toda essa história, conde. Um homem que está se casando com uma mulher tão bela quanto Sharal DeVeer devia estar concentrado no futuro, em vez de vasculhar seu passado procurando ofensas." Eu levantei a mão para impedi-lo quando deu um passo à frente, com alguma coisa amarga em sua língua. "Mas agradeço-lhe por me libertar daqueles bandidos. Eles foram pagos por um homem chamado Maeres Allus, um distribuidor e produtor de ópio, entre outras coisas. Provavelmente está metido em alguns dos seus negócios também. Ouvi dizer que ele tem influência nas Ilhas Corsárias. Em todo caso, lidarei com ele quando retornar, mas agora tenho assuntos em Umbertide em nome da rainha."

Pus o pé no estribo de Nor e subi animadamente em suas costas. O Conde Isen continuava botando os dedos na cabeça ensanguentada e eu realmente não queria estar por perto se ele tirasse uma farpa e trouxesse de volta alguma daquelas memórias perdidas. Eu me inclinei e puxei as rédeas de um, depois de dois e finalmente de todos os três cavalos dos eslavos.

"Conde Isen", disse eu, inclinando a cabeça bem de leve. "Stevanas." E saí desajeitadamente, levando os três cavalos ao meu lado.

Eu pretendia vendê-los na próxima estalagem decente, e minha necessidade de dinheiro era maior que a vergonha de roubar na frente de Isen e de seu escudeiro.

Durante os primeiros cem metros pude sentir o olhar de Isen ardendo em minha nuca. Eu podia ter passado a perna no baixinho louco, mas ele ainda me metia muito medo. Homens como ele e Maeres se merecem. Torci para que Isen tomasse a morte de Sir Kritchen como uma ofensa pessoal e fosse tirar satisfação com Maeres Allus por conta disso.

Cavalgando no sol do meio-dia, com a estrada à frente banhada em uma névoa de calor cintilante, uma onda repentina de alívio me atravessou e me deixou tremendo. No intervalo de um dia eu havia sido pego pelos dois pesadelos que me expulsaram de casa com tanta rapidez, após enfim ter voltado. Eu havia pulado, ou sido empurrado, do fogo para a frigideira e finalmente escapei, um pouco chamuscado, para refazer os passos que dera dois dias antes. "Espero que os desgraçados se comam vivos", disse para Nor, fustigando suas costelas para fazê-lo galopar. De pé nos estribos, dei um grito e o impulsionei. Eu queria deixar aquela merda para trás o mais rapidamente possível!

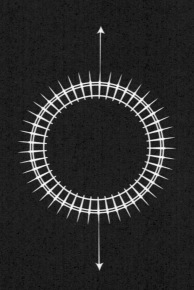

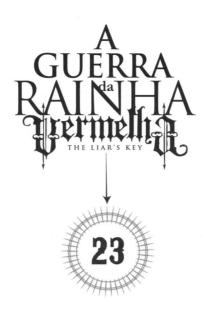

Tendo escapado tanto de Maeres Allus quanto do Conde Isen, eu cavalguei para o sul flutuando, com uma sensação boa que não tinha desde... bem, desde que estava na estrada com Snorri. Meu bom humor durou até o início da noite, quando o calor obstinado formou nuvens carregadas de proporções titânicas que começaram a tentar afogar todas as pessoas na Via Appan. Eu me abriguei debaixo de um enorme carvalho a cem metros da estrada, no meio de uma plantação de tabaco. Relâmpagos começaram a rasgar o céu, e os trovões rolaram para lá e para cá. Nor relinchava e puxava, arredio e ameaçando sair em disparada a cada novo estrondo lá do alto. Dizem que é idiotice ficar debaixo de uma árvore quando há raios por toda parte, mas ficar ensopado quando existe um abrigo à disposição parecia mais idiota, portanto decidi que aquilo devia ser história da carochinha e ignorei o conselho. Em pouco tempo, um pequeno grupo de viajantes se uniu a mim.

Nós ficamos esperando a chuva diminuir, os plebeus fofocando entre si e eu mantendo um silêncio respeitável e prestando atenção sorrateiramente.

"... Nobby? Não vejo Nobby faz um tempão. Tinha a cabeça chata, Nobby – da última vez que o vi, ele equilibrou um caneco de cerveja na cabeça, mais um em cada mão... isso deve ter sido uns vinte anos atrás..."

"... duas dúzias de cavaleiros do palácio! Saíram feito o diabo, indo para o sul. Outros seguiram atrás, verificando todo mundo..."

"Gelleth! Não! Sério...? Deve ter sido um castigo para eles. Um bando de ateus, aqueles lá do norte..."

Lá na estrada, um grupo de cavaleiros passou com pressa em direção a Vermillion. Com a chuva, e com suas capas encharcadas e escuras, era difícil identificar o uniforme, mas dava para ver que *era* um uniforme, o que deixava quase certo que eram parte da cavalaria que vovó mandara atrás de Snorri. Provavelmente, os undoreth e Kara estavam no meio do bando, talvez amarrados, cada um em uma sela.

Quando a fúria do temporal se acalmou, eu peguei a estrada novamente e prossegui em um ritmo razoável. O sol reapareceu e as poças começaram a fumegar. Duas horas depois, a estrada à frente estava empoeirada e seca como se a chuva nunca tivesse acontecido. Há uma lição aí, em algum lugar. A estrada se esquece. Faça de sua vida uma viagem, continue se movimentando na direção daquilo que você quer, deixe para trás tudo que seja pesado demais para carregar.

Os quilômetros se passaram com facilidade. Eu peguei um quarto em uma estalagem decente e um pouco de fuligem, com o qual eu me pus a escurecer o raio branco característico do focinho de Nor. Às vezes, é melhor viajar incógnito do que com estilo.

Eu prossegui, dia após dia, esperando encontrar Hennan na estrada, ainda procurando a boa vida com Snorri, sem saber que o nórdico havia sido capturado e levado de volta a Vermillion com aquela maldita chave.

Quanto mais cavalgava, mais impressionado eu ficava com a resistência e a velocidade de Hennan. Quando cheguei à fronteira de Florença, supus que devia ter me desencontrado dele pelo caminho. Ou isso, ou algo de ruim havia acontecido com ele. O tipo de coisa que pega você distraído e enterra seu corpo em uma cova rasa. Aquela ideia me deu um tipo curioso de dor, mais profunda e diferente do simples medo do que Snorri diria se soubesse que eu havia deixado o garoto fugir e acabar morrendo. Eu afastei o pensamento, atribuindo-o à indigestão do doce que comprara de um vendedor na estrada algumas horas antes. Quanto mais perto de Florença eu chegava, menos a comida local parecia me cair bem.

Quinze quilômetros antes da fronteira entre Marcha Vermelha e Florença, a Via Appan se une à Estrada de Roma e é absorvida por ela, dissipando nosso tráfego no vaivém daquela grande artéria do Império. Para todos nós que íamos ao sul, havia um ar crescente de expectativa. Depois de Vyene e de Vermillion, é claro, não havia nenhuma cidade maior do que Roma em qualquer fragmento do Império Destruído, e o sabor de Roma pairava forte no ar. A visão dos mensageiros papais nos lembrava do quanto estávamos perto da papisa agora. Não se passava uma hora sem que um dos cavaleiros da papisa passasse cavalgando, extravagantes com suas sedas roxas no alto de garanhões esguios, pretos e lustrosos, criados para serem resistentes. Monges se arrastavam pela estrada em grupos de vinte ou trinta, entoando orações ou cânticos para cima e para baixo, e padres de todas as cores e tipos seguiam seus caminhos ao norte e ao sul. Eu me lembrei que meu próprio pai devia ter passado por ali com seu séquito menos de uma semana antes. Supus que o velho já devia estar em Roma agora, apresentado diante de sua santidade e talvez recebendo explicações do que um cardeal deveria ser e o quanto ele estava longe do alvo.

Meus papéis de banco e a óbvia estirpe me fizeram passar pelo controle de fronteira, uma estalagem bastante agradável com um quartel anexo, cheio de soldados florentinos de armaduras decoradas e superaquecidas. O país do outro lado da fronteira se mostrou tão seco e quente quanto a região sulista de Marcha Vermelha. Onde passavam córregos eles plantavam oliveiras, tabaco, pimentas e laranjas. Onde não havia córregos eles cultivavam pedras, com uma ou outra cabra assistindo.

Vilarejos caiados e pacatos observavam a Estrada de Roma das encostas áridas. Com o tempo, as vilas se tornavam cidades e as encostas subiam em direção às montanhas. A Estrada de Roma, com seu apego teimoso à retidão, era finalmente forçada a se insinuar e a virar, curvando-se à mercê do terreno ao redor. O ar ficava um pouco mais fresco e as sombras dos picos enchiam os vales, tornando cada noite um alívio abençoado do calor das planícies.

Umbertide se revelava quando a estrada descia de uma passagem alta para o vale amplo e fértil de Umberto. A cidade, vista do alto, estava branca e esplêndida, rodeada por distritos agrícolas organizados e residências afastadas de tamanho invejável. A impressão de riqueza e paz só crescia conforme a distância remanescente diminuía.

Meus papéis me propiciaram uma passagem rápida pelos portões da cidade e logo eu estava indo atrás de um dos moleques que ficam esperando na entrada de todas as cidades, apregoando levá-lo ao melhor exemplo do que quer que esteja procurando, seja uma cama para dormir, uma cama para fornicar ou uma hospedaria para lavar a sujeira da estrada de sua garganta. O truque é lembrar a eles que, se aquilo não parecer o melhor, vão ganhar apenas uma bota no traseiro, em vez de um cobre na mão.

Eu peguei um quarto na pensão aonde o garoto me levara e estabulei Nor do outro lado da estrada. Após me lavar, com uma bacia e um pano, fiz minha refeição no salão comunitário e esperei o calor do meio-dia passar ouvindo as conversas do local. Os viajantes da respeitável casa de Madame Joelli vinham de todos os cantos do Império e tinham pouco em comum, a não ser por seus negócios em Umbertide. Parecia não haver um só homem entre eles que não estivesse procurando um empréstimo ou financiamento para um empreendimento qualquer. E todos eles cheiravam a dinheiro.

Aquela tarde me encontrou no fresco hall de mármore da Casa Ouro. Visitantes passavam, com os passos ecoando, funcionários percorriam trajetos definidos e recepcionistas rabiscavam por trás de balcões de mármore, levantando as cabeças apenas quando um recém-chegado se apresentava.

"Príncipe Jalan Kendeth para ver Davario Romano Evenaline." Sacudi os papéis para o homem pequeno e de rosto apertado atrás do balcão, imitando aquele ar de enfado que meu irmão Darin usa tão bem com funcionários.

"Aguarde, por favor." O homem acenou para uma fileira de cadeiras encostadas à parede do outro lado e rabiscou alguma coisa em seu livro de registros.

Permaneci onde estava, embora tentado a me debruçar sobre o balcão e bater a cabeça do sujeito nele.

Um longo instante se passou e o homem levantou a cabeça de novo, levemente surpreso por ainda me ver ali.

"Sim?"

"*Príncipe* Jalan Kendeth para ver Davario Romano Evenaline", repeti.

"Aguarde, por favor, *alteza*."

Parecia ser o melhor que conseguiria arrancar dele sem utilizar um martelo, então eu me afastei para olhar a rua de uma das janelas altas. Do outro lado do hall, avistei um rosto familiar e virei para o outro lado. Alguns rostos são difíceis de esquecer – esse rosto, densamente tatuado com escritos pagãos, era impossível de esquecer. Eu o vira da última vez em Ancrath, em um sonho peculiarmente lúcido, incitando-me a mandar matar Snorri. Eu me peguei de frente para uma fileira de cadeiras ao longo da parede ao lado do balcão e me sentei ao lado de um sujeito escuro de túnica clara. Permaneci de cabeça baixa, esperando que Sageous não tivesse me visto, olhando para os pés dele passando pelo chão de mármore. Eu não respirei de novo até que o bruxo dos sonhos saísse para a rua.

"Ele viu você."

Eu me virei para olhar para o homem ao meu lado, um sujeito de porte modesto com o tipo de túnica larga e fluida que mantém o corpo fresco em lugares onde o calor é ainda menos tolerável do que em Umbertide. Eu lhe fiz um aceno. O inimigo de meu inimigo é meu amigo, eu sempre digo, e nós dois havíamos sofrido nas mãos do recepcionista pretensioso. Talvez também tivéssemos em comum Sageous como inimigo.

"Ele estava depositando ouro", disse o homem. "Talvez um pagamento de Kelem. Ele passou tempo nos Montes Crptipa. Dá para imaginar o que dois homens como esses podem fazer juntos."

"Você conhece Sageous?" Eu me retesei, perguntando-me se estava em perigo.

"Sei quem ele é. Não nos conhecemos, mas duvido que haja dois homens como esse vagando pelo mundo."

"Ah." Eu me recostei novamente em minha cadeira. Eu não deveria ter ficado surpreso. Todo mundo fica sabendo de tudo em Umbertide.

"Conheço você." O homem me observou com os olhos escuros. Ele tinha a pele morena da Afrique do Norte, os cabelos escuros, crespos e domados com pentes de marfim que os prendiam rentes à cabeça.

"Improvável." Eu ergui a sobrancelha. "Mas possível. Príncipe Jalan Kendeth de Marcha Vermelha." Sem conhecer a posição do homem, omiti qualquer promessa de estar ao seu dispor.

"Yusuf Malendra." Ele sorriu, revelando dentes pretos como azeviche.

"Ah. Da Mathema!" Todos os matemágicos de Liba escureciam os dentes com algum tipo de cera. Eu sempre achei aquilo uma prática curiosamente supersticiosa para um grupo tão ligado à lógica.

"Você esteve em nossa torre em Hamada, Príncipe Jalan?"

"Hã. Sim. Passei meu décimo oitavo ano estudando lá. Não posso dizer que tenha aprendido muita coisa. Os números e eu só nos damos bem até certo ponto."

"Então é de lá que eu o conheço." Ele assentiu. "Muitas coisas me fogem, mas os rostos tendem a ficar."

"Você é professor lá?" Ele não parecia ter idade suficiente para ser professor, talvez trinta anos.

"Eu tenho uma série de funções, meu príncipe. Hoje eu sou contador, vim para auditar alguns assuntos financeiros do califa em Umbertide. Na semana que vem, talvez eu esteja fazendo algo diferente."

Um ruído metálico fez nossas cabeças se virarem. Um som que ficava entre uma mão revirando a gaveta de talheres e uma dúzia de moscas raivosas. Uma sombra surgiu sobre nós e, ao olhar para cima, eu vi a enorme estrutura do que só podia ser um dos famosos soldados mecânicos dos clãs banqueiros.

"Impressionante", disse-lhe. Principalmente porque realmente era. Um homem construído com engrenagens e rodas, movimentando-se através de dentes que se interligavam, uma coisa girando a próxima que girava a próxima até que um braço se mexia e os dedos se flexionavam.

"Eles são impressionantes", assentiu Yusuf. "E não são obra dos Construtores. Sabia disso? Os Mecanistas os construíram mais de um século depois do Dia dos Mil Sóis. Um casamento de mecanismos que vão diminuindo a tamanhos menores do que seu olho consegue perceber. Não teria funcionado antes que os Construtores girassem sua Roda, é claro, mas uma roda gira a outra, como dizem, e muitas coisas se tornam possíveis.

"Jalan Kendeth." A voz da coisa saiu mais alta e mais musical do que eu esperava. Na verdade, eu não esperava que ela falasse nada, mas se esperasse eu teria imaginado alguma coisa profunda e definitiva, como blocos de chumbo caindo do alto. "Venha."

"Incrível." Eu me levantei para me comparar à construção e vi que nem chegava aos ombros dela. O soldado me perturbava. Um mecanismo inanimado e implacável que, no entanto, andou e disse meu nome. Fora o fato de haver algo extremamente anormal e errado com uma pilha de engrenagens imitando a própria vida, eu me senti muito desconfortável ao pensar em algo tão perigoso, e tão próximo, desprovido dos dispositivos pelos quais eu manipulava os adversários em potencial, como a lisonja, o orgulho, a inveja e o desejo. "E eles podem dobrar espadas? Dar socos que atravessam escudos, como contam as histórias?"

"Nunca vi nenhum assim", disse Yusuf. "Mas vi um carregando a porta de um cofre até um banco que estava sendo reformado. A porta não podia pesar menos do que cinquenta homens."

"Venha", repetiu o soldado.

"Tenho certeza de que ele pode pedir com mais jeito que isso, não pode? Ou será que a mola dos bons modos se soltou?" Sorri para Yusuf e bati os dedos no peitoral do soldado. "Peça-me de novo, direito." Meus dedos doeram, então eu os esfreguei com a outra mão. "Cinquenta homens, você disse? Eles deviam construir mais e dominar o mundo." Andei em volta do negócio, olhando para as frestas das placas detalhadas de sua armadura. "Era isso que eu faria."

"Homens são mais baratos de fazer, meu príncipe." Outra vez o sorriso preto. "E, além do mais, a arte se perdeu. Veja o trabalho do braço direito." Ele apontou. O braço era maior do que o outro, um troço de latão e ferro, maravilhosamente trabalhado, mas olhando de perto, as engrenagens, polias, cabos e rodas, embora variassem desde minúsculas e intrincadas até grandes e pesadas, nunca eram menores do que algo que eu só imaginava um artesão muito habilidoso sendo capaz de produzir.

"É conduzido a partir do tronco, e não tem nenhuma força própria", disse Yusuf. "A maioria dos soldados tem partes substituídas hoje em dia, e as molas mecânicas que foram giradas para dar-lhes força estão acabando – o conhecimento necessário para rebobinar esses mecanismos foi perdido antes que os clãs tomassem posse do legado dos Mecanistas."

Enquanto Yusuf falava, meus olhos se fixaram a um entalhe entre os ombros do soldado, uma depressão complexa para a qual se projetavam muitos dentes de metal. Talvez um ponto de bobinagem, embora eu não fizesse ideia de como fazer aquilo funcionar.

"Venha, Príncipe Jalan", disse o soldado novamente.

"Aí." Passei por ele até o espaço aberto do hall. "Está vendo, você pode dirigir-se a mim apropriadamente, se tentar. Aconselho-o a estudar as formas corretas de tratamento. Talvez consiga dominá-las antes de perder completamente a corda e se transformar em um ornamento interessante de salões."

Os dedos de ferro se flexionaram e o soldado veio em minha direção com os pés pesados. Ele esbarrou ao passar e foi na frente em meio à multidão. Eu me consolei um pouco ao saber que a coisa realmente parecia ter atitude e que eu conseguira irritar sua estrutura de metal.

Segui o mecanismo para cima de escadas de mármore, passando por um corredor largo com escritórios dos dois lados, nos quais uma grande quantidade de funcionários se sentava em mesas verificando listas de números, calculando e contabilizando, e subi mais um andar até uma porta de mogno polido.

A sala atrás daquela porta tinha aquela mistura de estilo espartano e dinheiro que os muito ricos almejam. Quando você ultrapassou o estágio de querer mostrar para todo mundo quanto dinheiro tem com ostentações espalhafatosas do seu poder de compra, você chega a um estágio no qual volta ao design simples e útil. Quando o preço não é problema, cada parte do seu ambiente será construída apenas com o melhor que o dinheiro pode comprar – embora talvez seja necessário analisar de perto para determinar isso.

Eu, é claro, ainda aspirava ao estágio no qual pudesse pagar por minhas ostentações espalhafatosas. Eu podia, contudo, apreciar a extravagância utilitária do peso de papel na escrivaninha à minha frente ser um cubo liso de ouro.

"Príncipe Jalan, por favor, sente-se." O homem atrás da escrivaninha não se curvou nem se levantou para me cumprimentar; na verdade, ele mal levantou os olhos do pergaminho à sua frente.

É verdade que as gentilezas da etiqueta cortesã me são raramente oferecidas fora dos limites do palácio, mas me dói ver essas convenções sendo ignoradas por pessoas que deveriam conhecê-las. Uma coisa é um camponês qualquer da estrada não reconhecer minha posição, mas um maldito banqueiro sem uma gota de sangue real em suas veias, porém sentado em uma pilha de ouro que, metaforicamente, diminuiria o valor de alguns países inteiros... bem, esse tipo de injustiça praticamente exige que o homem puxe o saco de qualquer pessoa de estirpe para compensar. De que outra maneira eles podem nos persuadir a não lhes querer mal, marchar nossos exércitos para seus banquinhos miseráveis e esvaziar os cofres para servir a um propósito maior? Era certamente o que eu planejava fazer quando fosse rei!

Eu me sentei. Um assento muito caro, mas nem um pouco confortável.

Ele rabiscou alguma coisa com sua pena e levantou os olhos, escuros e neutros, em um rosto comum e atemporal. "Você tem uma carta de delegação, pelo que soube?"

Eu levantei o papel que meu tio-avô Garyus me enviara, puxando-o um pouco para trás quando o homem foi pegá-lo. "E você seria Davario Romano Evenaline da Casa Ouro, Derivados Mercantis?" Eu o deixei aguentar as consequências de não ter se apresentado.

"Sou." Ele encostou o dedo em uma pequena placa com seu nome virada para mim em sua mesa.

Eu passei o papel para ele, com os lábios apertados, e esperei, olhando para os cabelos escuros e ralos no alto da cabeça dele quando do se curvou para ler.

"Gholloth depositou uma confiança significativa em suas mãos, Príncipe Jalan." Ele levantou a cabeça com interesse consideravelmente maior, até com um toque de desejo.

"Bem... suponho que meu tio-avô sempre gostou muito de mim... mas não estou bem certo de como representar seus interesses. Quero dizer, são apenas barcos. E eles nem estão aqui. Qual a distância até o porto mais próximo? Cinquenta quilômetros?"

"Até o porto importante mais próximo são cerca de oitenta quilômetros, meu príncipe."

"E, cá entre nós, Davario, não sou fã de barcos de nenhuma espécie; portanto, se houver alguma navegação envolvida..."

"Acho que não entendeu bem, Príncipe Jalan." Ele não conseguiu evitar aquele sorrisinho prepotente que as pessoas dão quando corrigem idiotices. "Esses barcos não nos dizem respeito, exceto de forma abstrata. Não temos o menor interesse em cordas, cracas, alcatrão e velas. Esses barcos são bens de valor desconhecido. Não há nada que os financeiros gostem mais de especular a respeito. Os navios de seu tio-avô não são navios mercantes comuns indo de costa em costa. Seus capitães são aventureiros com destino a margens distantes em embarcações oceânicas. Cada navio tem tanta probabilidade de jamais voltar, afundado em um recife ou com a tripulação comida por selvagens, quanto de chegar ao porto de um Império recheado de prata, ou âmbar, ou especiarias raras e tesouros exóticos roubados de povos desconhecidos. Aqui nós negociamos com possibilidades, opções, futuros. Seu papel...", e aqui ele o segurou no ar, "... depois que os selos forem verificados por um arquivista especializado e comparados com nossas provas... dá a você uma posição no grande jogo que jogamos aqui em Umbertide."

Eu franzi o rosto. "Bem, jogos de azar e eu somos velhos conhecidos. Essas negociações de papéis... são parecidas com apostas?"

"São exatamente apostas, Príncipe Jalan." Ele me olhou fixamente com aqueles olhos escuros, e eu consegui imaginá-lo sentado do outro lado de uma mesa de pôquer em algum canto escuro, em vez de em sua mesa magnífica. "Isso é o que fazemos aqui. Só que com probabilidades melhores e mais dinheiro do que em qualquer cassino."

"Maravilha!" Eu bati as mãos. "Conte comigo."

"Mas primeiro a autenticação. Ela deve estar finalizada até amanhã à noite. Posso lhe dar uma nota de crédito e mandar o soldado escoltá-lo de volta à sua residência. As ruas são bastante seguras, mas não se deve correr riscos desnecessários quando se trata de dinheiro."

Eu não gostei muito da ideia do soldado mecânico me seguir de volta até a pensão de Madame Joelli. Um toque de cautela que desenvolvera na estrada me fazia querer que o menor número de pessoas possível soubesse onde eu deitava a cabeça. Além do mais, aquele troço me deixava desconfortável.

"Muito obrigado, mas posso seguir meu próprio caminho. Não gostaria que o troço perdesse a corda no meio do caminho até lá e ter de carregá-lo de volta."

Foi a vez de Davario franzir o rosto, com uma expressão irritada, rapidamente desaparecida. "Estou vendo que andou ouvindo fofocas, Príncipe Jalan. É verdade que boa parte dos mecanismos da cidade está perdendo a corda, mas temos nossas próprias soluções aqui na Casa Ouro. O senhor verá que somos uma organização progressista – o tipo de lugar onde um negociante jovem e interessado como o senhor se encaixaria bem. Considere manter seus negócios internamente e nós poderemos ter um futuro juntos, príncipe." Ele pegou logo abaixo da beira da mesa o que parecia um chifre de beber, preso a uma espécie de tubo flexível, e falou dentro dele. "Mande entrar o soldado beta." Davario acenou na direção da porta. "Agora verá algo especial aqui, Príncipe Jalan."

A porta se abriu sem fazer barulho e um soldado mecânico entrou, menor do que o que me conduziu ao escritório inicialmente, de passo mais suave, rosto de porcelana, em vez da visão lateral das placas espaçadas de latão e os mecanismos que estavam por trás dos olhos de cobre e da grade bucal do primeiro soldado. Um homem veio atrás do soldado, presumivelmente o técnico responsável, um sujeito de rosto branco e sem humor, com as roupas justas pretas e chapéu esquisito dos modernos.

"Mostre a nosso convidado sua mão, beta", disse Davario.

O mecânico levantou o braço com um zumbido de dentes articulados e me apresentou sua mão esquerda, um troço branco cadavérico, humano sob todos os aspectos, exceto por sua natureza incruenta e o fato de hastes de metal deslizarem na carne por trás dos dedos, fazendo-os se movimentar e se flexionar.

"O mecanismo mexe uma mão morta? Vocês compraram a mão de algum mendigo, ou roubaram de alguma cova?" Aquela coisa revirou meu estômago. Não tinha nenhum aroma detectável, mas de alguma maneira fez meu nariz se contorcer de aversão.

"Doada para sanar uma dívida." Davario deu de ombros. "O banco aceita até partes do corpo. Mas está errado, Príncipe Jalan. Não são as hastes que movimentam a mão. A mão puxa as hastes e dão corda nas molas secundárias dentro do tronco. Não é tão eficiente quanto as molas mecânicas dos Mecanistas, mas é algo que podemos construir e consertar, e adequadas para a mobilidade, se forem constantemente rebobinadas pelo aumento de partes humanas."

Os dedos brancos à minha frente se dobraram em um punho e retornaram ao lado do soldado.

"Mas a mão está..." A mão estava morta. "Isso é necromancia!"

"Isso é necessidade, príncipe. A necessidade gerando a invenção, em seu ventre sempre fértil. A necessidade produz companheiros estranhos, e aqueles que negociam em um mercado livre encontram toda sorte de transações batendo às suas portas. E é claro que isso não se limita a apenas uma mão ou uma perna. O exoesqueleto inteiro de um soldado mecânico pode... potencialmente... ser revestido de carne cadavérica. Portanto, Príncipe Jalan, não é preciso temer pela segurança e vigor da Casa Ouro, como pode ver. A última obra dos Mecanistas pode realmente estar perdendo a força, mas nós... nós estamos ganhando força, preparando-nos para um futuro brilhante. Os investimentos e negócios de seu tio-avô estão seguros conosco, assim como os da Rainha Vermelha."

"A Rainha Verm..."

"É claro, Marcha Vermelha está em guerra ou em pé de guerra pelos últimos trinta anos. Alguns dizem que o oeste já seria leste a essa altura, se não fosse pela Rainha Vermelha sentada no meio deles dizendo 'não' a todos que chegam. E tudo isso é muito bom, mas uma economia de guerra consome, em vez de produzir. Umbertide vem financiado a guerra de sua avó há décadas. Metade de Marcha Vermelha está hipotecada aos bancos que dá para ver da Torre Remonti, do outro lado da praça no fim da rua." Davario sorriu como se aquelas fossem boas notícias. "Aliás, deixe-me apresentar Marco Onstantos Evenaline, Derivados Mercantis do Sul. Marco foi recentemente designado a ajudar na auditoria de nossas contas de Marcha Vermelha."

O moderno atrás da abominação que tanto orgulhava Davario me deu um brevíssimo sorriso e me observou com os olhos mortos.

"Encantado", respondi. De repente, eu não sabia o que me irritava mais, a monstruosidade cadavérica e metálica à minha frente ou o homem de rosto branco na sombra dela. Alguma coisa estava seriamente errada com o homem. Um covarde sabe dessas coisas, assim como o cruel e violento instintivamente procura os covardes.

Sem nenhuma outra observação, Marco levou o soldado mecânico para fora da sala.

"Ele é banqueiro, então, esse Marco?", perguntei quando a porta se fechou atrás deles.

"Entre outras coisas."

"Um necromante?" Eu tive de perguntar. Se a Casa Ouro estava prolongando a vida útil de seus soldados mecânicos através de tais crimes contra a natureza, então eu precisava imaginar quem estava fazendo esse trabalho para eles e se o Rei Morto estava metendo seus dedos esqueléticos no meio.

"Ah." Davario sorriu e exibiu seus dentes brancos e pequenos, em quantidade excessiva, como se eu tivesse feito uma graça. "Não. Não Marco. Embora ele tenha trabalhado em conjunto com nossos profissionais. Necromancia é um termo lamentável, que lembra caveiras e túmulos. Nós somos muito mais... científicos aqui, nossos profissionais seguem orientações rígidas."

"E Kelem?", perguntei.

O banqueiro se retesou com aquilo. Um nervo foi tocado.

"O que tem ele?"

"Ele aprova essas... inovações? De seus profissionais e suas artes?" O que eu realmente queria perguntar era se Kelem era dono de metade de Marcha Vermelha, mas acho que não queria ouvir a resposta.

"Kelem é um acionista respeitado de muitas instituições de Umbertide." Davario inclinou a cabeça. "Mas ele não controla a Casa Ouro nem cria nossas políticas. Somos uma nova espécie aqui, Príncipe Jalan, com muitas associações lucrativas."

Davario pegou um pedaço de pergaminho em sua gaveta, de gramatura pesada e cortado em um retângulo. O papel havia sido marcado por toda parte com arabescos precisos e um brasão finamente detalhado. Ele pegou sua pena e escreveu "100" em um espaço livre perto do meio, assinando seu nome embaixo.

"Esta é uma nota de crédito de cem florins, Príncipe Jalan. Espero que seja suficiente para suas necessidades até a papelada de seu avô ser certificada." Ele o deslizou sobre a mesa na minha direção.

Eu o peguei pelo canto e o sacudi como se fosse uma carta suspeita. Não pesava nada. "Prefiro a moeda fria..." Virei a nota do outro lado, com o reverso decorado com mais arabescos. "Algo mais sólido e real."

Uma pequena ruga se formou entre os olhos de Davario. "Suas dívidas não são moedas, meu príncipe, e no entanto elas são tão reais quanto seus bens."

Minha vez de franzir o rosto. "O que sabe sobre minhas dívidas?"

O banqueiro deu de ombros. "Muito pouco, além de que existem. Mas se quisesse pegar dinheiro emprestado comigo eu saberia bem mais sobre elas quando o sol se pusesse." Seu rosto ficou sério e, apesar de nosso ambiente civilizado, eu tive poucas dúvidas de que, em matéria de recolher o que deviam à Casa Ouro, Davario Romano Evenaline não estaria mais disposto a demonstrar misericórdia do que Maeres Allus. "Mas não estava falando sobre suas dívidas: são as dívidas de seu tio Hertet que são lendárias. Ele vem pegando dinheiro emprestado baseado na promessa do trono desde que atingiu a maioridade."

"Ele vem." Eu consegui impedir que as palavras se tornassem uma pergunta. Sabia que o herdeiro aparentemente improvável gostava de esbanjar e tinha vários empreendimentos, inclusive um teatro e uma casa de banhos, mas eu achava que a Rainha Vermelha lhe fazia as vontades como recompensa por não ter sido uma mãe zelosa nem morrido.

Davario voltou ao seu tema. "Dívidas são muito reais – não são moedas concretas mas são *fatos* concretos, meu príncipe. Esta nota é uma promessa: ela leva a reputação da Casa Ouro. Umbertide inteira, todas as finanças se baseiam em promessas, uma enorme rede de promessas interligadas, cada uma equilibrada na outra. E sabe qual é a diferença entre uma promessa e uma mentira, Príncipe Jalan?"

Eu abri a boca para dizer, parei, pensei, pensei mais um pouco e disse: "Não". Eu já dissera as duas muitas vezes, e a única diferença parecia ser de que lado você a encarava.

"Muito bem, se algum dia encontrarmos alguém que saiba, teremos de matá-lo. Ho ho ho." Ele narrou sua risada, sem nem fingir humor. "Uma mentira pode acabar sendo verdade no final, uma promessa pode ser quebrada. A diferença talvez esteja no fato de que, se uma pessoa quebrar uma promessa, logo todas as suas promessas são suspeitas, inúteis. Mas, se um mentiroso disser a verdade por acidente, não nos sentimos inclinados a tratar todas as suas outras expressões como o evangelho. A promessa desta nota é tão forte, ou fraca, quanto a promessa de qualquer banco deste nosso Império Destruído. Se ela for quebrada, nós caímos no abismo."

"Mas... mas..." Relutei com aquela ideia. É fácil botar o medo de Deus em mim... a não ser que seja realmente de *Deus* que esteja falando, aí eu fico bem mais relaxado, mas essa ideia de reinos e nações subindo ou caindo pela reputação de um bando de banqueiros imundos exigia mais imaginação do que eu tinha. "Qualquer promessa pode ser quebrada", disse eu, tentando pensar em alguém em cuja promessa eu realmente pudesse confiar. Para uma promessa que me beneficiasse, em vez da outra pessoa, eu só conseguia pensar em Snorri. Tuttugu tentaria não o decepcionar, mas isso não é a mesma coisa que realmente não o decepcionar. "A maioria das promessas é quebrada." Eu pus a nota de volta em cima da mesa. "Exceto a minha, é claro."

Davario assentiu. "Verdade, assim como cada homem tem seu preço, cada promessa tem uma falha onde ela pode ser rompida. Até o banco tem seu preço, mas felizmente ninguém tem os meios de pagá-lo, portanto, para todos os efeitos e propósitos, ele é tão incorruptível quanto a santa madre de Roma."

E aquilo levou embora minha fé no papel novamente de uma vez só. Mesmo assim, eu o peguei e saí com as gentilezas necessárias, mais uma vez recusando a sugestão de escolta.

Nas sombras alongadas e becos estreitos de Umbertide, quase me arrependi da decisão de não ter um monstro mecânico me acompanhando. Encontrar a necromancia esperando por mim nos círculos mais exclusivos da cidade não contribuiu em nada para acalmar meus nervos, após ter evitado por pouco os horrores de minha viagem. A cada curva eu sentia olhos ocultos sobre mim e apertava o passo um pouco mais, até que, no momento em que cheguei a meu alojamento, eu já estava quase correndo e minhas roupas estavam ensopadas de suor.

Pensei em Hennan também, perdido na estrada, e em Snorri. Será que ele estava em Vermillion agora, um homem derrotado, com a chave tomada dele?

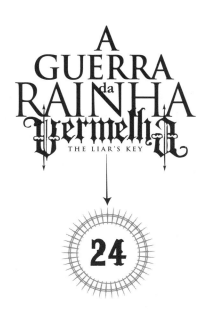

24

Apesar de meus medos, eu caí na vida de Umbertide como um jogador se sentando à mesa de carteado. Eu não viera pela vida noturna, para frequentar os bailes, para saborear os vinhos locais, nem pelas oportunidades de galgar a escada social da região, nem mesmo para encontrar uma esposa rica: viera para pegar o dinheiro.

Com certeza, eu estaria interessado em muitas dessas outras coisas, exceto procurar esposa, talvez em seu devido tempo. Não que uma cidade bancária como Umbertide tivesse um submundo grande para explorar, mas posso ser surpreendentemente focado quando se trata de jogatina. Minha capacidade de passar vinte horas por dia em uma mesa de pôquer, durante sete dias consecutivos, é uma das razões pelas quais consegui acumular uma dívida tão extraordinária com Maeres Allus com tão pouca idade.

Uma série de grandes locais de operação pontuam o mapa de Umbertide, alguns definidos pelas Casas que os controlam, outros pela natureza das operações conduzidas neles. Eu comecei pela Casa Ouro para que pudesse obter as instruções básicas com o subalterno de rosto branco e sem humor de Davario, Marco Onstantos Evenaline.

"Participações em empreendimentos de tamanho modesto são vendidas em vinte e quatro partes; ações de empresas maiores, até mesmo os próprios bancos, podem ser adquiridas em décimos de milésimos. Embora até mesmo um décimo de milésimo de uma empresa como o Banco Central esteja acima dos recursos de muitos investidores particulares." O homem tinha uma voz que podia matar cabras de tédio.

"Entendo. Então, estou pronto para jogar. Tenho ações para vender em três dos maiores navios mercantes em atividade em qualquer oceano, e estou considerando comprar." Olhei para os negociantes: um grupo heterogêneo, homens da Casa Ouro na maioria, mas misturados a independentes de muitas margens distantes. Os negociantes da Casa Ouro vestiam preto com adornos dourados e fumavam constantemente, cachimbo e cigarrilhas, em tal quantidade que uma nuvem irritante de fumaça flutuava acima das cabeças deles. Eu não aguento o cheiro. O tabaco permanece um dos poucos maus hábitos que não me apetecem. "Acho que consigo improvisar daqui."

"As participações são adquiridas usando a pá de calêndula para atrair a atenção do vendedor", continuou Marco, como se eu nem tivesse mexido os lábios. "Ambas as partes então se retiram até uma das cabines de transação, após contratar uma testemunha da Casa Ouro para oficiar a papelada. Em seguida, a venda precisa ser registrada na..."

"Eu entendi, de verdade. Eu só quero começa..."

"Príncipe Jalan." Um tom empertigado de repreensão, a primeira exaltação que ouvi em sua voz. "Vai demorar vários dias até você estar pronto para fazer qualquer aquisição neste ou em qualquer outro pregão. Davario Romano Evenaline me encarregou de sua instrução e não posso permitir de boa-fé que negocie na ignorância. Sua licença não estará disponível até que eu diga que está preparado para comprar." Ele apertou os lábios pálidos e esticou o pescoço até fazer um estalo bem doentio. "Para vendas de valor maior que mil florins, uma testemunha sênior, indicada pelo verde piscando nas lapelas do casaco de operações..."

"E os soldados mecânicos?", interrompi-o. "Existe uma 'firma' que se especializa neles? Posso comprar uma parte dela?" Eu não queria fazer nenhuma aquisição daquele tipo, mas a única vez em que vira um lampejo naqueles olhos mortos de banqueiro foi quando Davario estava discutindo seu projeto macabro favorito, carne morta sobre ossos de metal.

"A propriedade dos soldados está nas mãos de muitos indivíduos particulares e empresas. Não há uma regulação central, embora o estado, em nome do Duque Umberto, detenha os direitos dos conhecimentos dos Mecanistas..."

"Os direitos dos conhecimentos que ninguém entende... Acho que essa eu vou passar. Mas me diga, quantos décimos de milésimos da Casa Ouro eu precisaria possuir para poder dar opinião sobre o que acontece em seus laboratórios? Quanto eu teria de pagar para descobrir até que ponto vai a mão do Rei Morto nas coisas que são construídas abaixo da sala de Davario?"

Se é que era possível, o rosto de Marco ficou ainda mais rígido e mais pálido com minha impertinência. "A utilização de material cadavérico em nossas estruturas mecânicas talvez seja... comercialmente sensível nos detalhes, mas em geral não é segredo. Nós contratamos a colaboração de especialistas independentes nesse ramo. Mais uma vez, devo lhe dizer que os nomes deles não são informação confidencial."

"Diga um, então", retruquei, sorrindo o máximo que pude, tentando sem sucesso despertar o mesmo naqueles lábios tão finos e descorados que eu duvidava serem capazes de sorrir.

"Posso dizer três, um deles recém-chegado à cidade." Ele hesitou. "Mas toda informação tem valor em Umbertide, e nada de valor é dado."

"Então mil florins comprariam os nomes de seus especialistas?"

"Sim." Marco pôs a mão em sua túnica e tirou uma fatura de venda, sem expressão em seu rosto, mas a velocidade com que ele se mexeu foi suficiente para saber que até o coração de uma criatura sem sangue como ele batia um pouco mais rápido ao pensar em mil florins de ouro. Ele pôs a fatura sobre a mesa e foi pegar uma pena para que eu pudesse assinar.

"Não", disse eu, estendendo a mão.

Marco olhou para ela de maneira interrogativa.

"Príncipe Jalan, por que está seguran..."

"Para que possa me dar minha licença, Marco. Você deve me considerar pronto para fazer aquisições, já que acabou de me fazer uma oferta de venda."

Eu ouvi seu maxilar ranger e estalar enquanto procurava o documento em seu casaco preto e justo para entregá-lo a mim.

"Não se sinta mal, Marco, meu velho, eu nasci para lugares como este. Tenho faro, sabe. A essa altura no mês que vem já serei dono do prédio." Eu dei um tapinha em seu ombro, mais porque pensei que isso o irritaria, e saí esfregando a mão. Apesar das aparências, o homem era forte como uma pedra.

Naquela noite, em meu quarto, na pensão de Madame Joelli, sonhei com Hennan, correndo assustado por um campo escuro e pedregoso. Parecia que eu o estava perseguindo, chegando cada vez mais perto até poder escutar sua respiração ofegante e irregular e ver um lampejo de seus pés descalços, escuros de sangue. Eu o persegui, bem em seu encalço, mas sempre fora de alcance – até não estar mais e esticar os braços. As mãos com as quais o peguei eram ganchos, ganchos pretos de metal, cortando os ombros dele. Ele gritou e eu acordei, suando na escuridão de meu quarto, percebendo que o grito dele era o meu.

Passei vários dias observando o vaivém das coisas no pregão da Casa Ouro e fiz alguns negócios, apostas pequenas no preço de azeitonas e sal. O sal é negociado em escalas enormes, um tempero dos ricos, mas um conservante essencial para todo mundo. Apesar de Umbertide ter uma mina de sal nas montanhas que dava para ver de sua muralha, a cidade ainda importava quantidades significativas do produto de Afrique. Depois que peguei o jeito da mecânica dos negócios, segui em frente.

Passei para a Casa de Comércio Marítimo, um grande edifício de arenito que se parecia mais com um anfiteatro abobadado e situado à margem de um parque extravagantemente verde perto da região financeira no meio da cidade. Eu chamo de região, mas ocupa quase dois terços.

Todos os dias, desde o primeiro raio de luz até a meia-noite, grupos dos homens mais ricos do Império Destruído se reúnem nas instalações arejadas do Comércio Marítimo e gritam até ficarem roucos, enquanto mensageiros, geralmente jovens rapazes com mentes ágeis e pés mais ágeis ainda que um dia esperam dar seus próprios gritos, levam as transações para lá e para cá. Não é tão diferente de apostar em lutas lá nos Fossos Sangrentos de Vermillion, exceto que as lutas são apenas as divergências sobre os valores de cargas levadas de navio a vários portos, cargas que a grande maioria dos negociantes jamais verá nem irá querer ver. Navios com os destinos mais distantes e que passaram despercebidos por mais tempo são os que atraem as maiores probabilidades. Talvez nunca se ouça falar naquele navio novamente; talvez ele apareça em três semanas repleto de pepitas de ouro bruto, ou barris de alguma especiaria tão exótica que nem temos nome para ela, só o apetite. Navios sobre os quais existe alguma informação disponível – talvez tenha sido visto um mês atrás por outro capitão, ou alguma informação de que estava cheio de âmbar e resina quando fora inventariado saindo da costa dos indus na primavera – esses navios são apostas mais seguras, com vantagens menores. E você nem precisa esperar seu navio chegar para receber seu lucro ou aguentar sua perda – qualquer aposta pode ser vendida, talvez a um ganho considerável ou talvez por muito menos do que foi adquirida, dependendo de quais novas informações vierem à luz nesse ínterim, e o quanto essa informação é confiável.

Durante minhas primeiras duas semanas, perdi e ganhei, empatando na segunda. Apesar de meu dom natural para apostar, cabeça boa para números e excelente habilidade com pessoas, nem ostentando a grande ajuda financeira que os navios de meu tio-avô representavam eu consegui tirar algum lucro. Alguns podem dizer que trabalhar nos mercados é uma ciência, um ofício que leva anos para aprender enquanto constrói suas redes e desenvolve a compreensão dos vários domínios comerciais. Na minha opinião, tudo se resumia às apostas, embora no maior cassino do Império Destruído, e o que eu realmente precisava era de um sistema. E também dormir mais. Com as longas horas e os sonhos recorrentes com Hennan tendo um fim trágico após o outro, eu estava me esgotando.

A terceira semana me encontrou com quase dois mil florins de lucro e de volta à Casa Ouro para depositar minha coleção de certificados de venda. Eu ainda precisei esperar na fila, o que era inadmissível por dois motivos: primeiro, príncipe nenhum deveria ser obrigado a olhar para a nuca suada de outro homem e esperar sua vez — a não ser, é claro, que aquele homem seja um rei. Segundo, eu duvidava que qualquer um à minha frente estivesse levando tanto dinheiro ao balcão, e certamente qualquer banco sensato daria prioridade aos ricos.

Eu ganhei a maior parte do dinheiro em um acordo para comprar espaço em um porto de Goghan. Pela mágica complexa de meu sistema, eu não teria que de fato realizar a aquisição até muito tempo depois. Nunca, se programasse minha saída da cidade adequadamente. Uma tossida atrás de mim me despertou de minhas contemplações.

"Príncipe Jalan, o que está achando de sua estada em Umbertide?" O matemágico que encontrara em minha primeira visita entrou na fila atrás de mim. Ele estava usando uma túnica chamativa com figuras interligadas, alternando preto e branco, um padrão que ao mesmo tempo fascinava a visão e entregava que o homem vinha de muito longe.

"Eu..." O nome do sujeito me fugiu, mas disfarcei bem. "Ora, obrigado. Lucrativa, podemos dizer, e isso sempre é agradável."

"Yusuf Malendra", disse ele, dando-me aquele sorriso preto de sua casta e inclinando a cabeça. "Então, estou vendo que está mudando de pele." Ele passou os olhos para cima e para baixo de minha roupa, sorrindo.

Eu franzi o rosto. Kara dissera algo parecido. Eu havia adotado algumas modas locais e gastado cinquenta florins com finas camisas de seda, calças com brocados, botas altas de couro de vitela e um bom chapéu de feltro com pena de avestruz.

"Estilo nunca sai de moda, Yusuf." Eu lhe mostrei o sorriso de um homem rico. Um cara bonito como eu pode sustentar a maioria dos visuais e, embora um príncipe esteja sempre na moda, não faz mal nenhum ter a fachada certa.

"Você é um homem rico agora?"

"Mais rico", disse eu, sem gostar da insinuação de que chegara como mendigo.

"Talvez compre um pouco de proteção agora que está ric... mais rico. Todo cuidado é pouco para um homem abastado, e um homem que ganha seu dinheiro com tanta rapidez deve estar correndo riscos. Nós temos um ditado em minha terra. *Correr riscos é arriscado.*" Ele deu de ombros, desculpando-se. "A tradução não é muito boa."

"Talvez eu deva." A ideia tinha me passado pela cabeça. Eu sentia falta de ter ao meu lado uma máquina nórdica de matar de mais de dois metros de altura. Eu só precisava trombar com a pessoa errada na rua para me ver na ponta afiada de uma briga da qual dinheiro nenhum no mundo me salvaria. E além do mais, irritantemente, Yusuf estava certo; meu sistema não era exatamente do tipo que agradaria às autoridades se viesse à tona, e um tipo musculoso ao meu lado poderia me dar algum tempo para escapar, caso as coisas apertassem.

"Você verá que nenhum defensor é mais capaz do que um soldado mecânico." Yusuf fez daquilo uma pergunta, inclinando a cabeça. "Com um desses ao seu lado você será um verdadeiro florentino, sem dúvida."

Seis passos à frente, um comerciante demasiadamente alto do Extremo Leste concluiu sua transação e nós nos aproximamos do balcão.

"Já pensei nisso", disse. Não era verdade. Alguma coisa naqueles troços não me cheirava bem e, apesar do fato de um soldado sinalizar adequadamente minha posição para os outros negociantes do pregão e para a ralé do lado de fora, eu não tinha a menor intenção de ter uma coisa daquelas me seguindo por aí. "Eu ficaria preocupado com a lealdade, no entanto. Como é que poderia confiar em um desses... mecanismos?"

"Como se confia em um homem? Especialmente quando sua lealdade é comprada?" O matemágico puxou suas túnicas como se estivesse com frio, embora Umbertide fervesse fora das paredes da Casa Ouro, e o relativo frescor ali dentro ainda seria considerado quente por qualquer homem são. "Os autômatos dos Mecanistas são reconfigurados quando vendidos. Uma máquina, da qual existem dois exemplos conhecidos em funcionamento, é usada para formar uma impressão do novo proprietário e cria uma fina haste de cobre, do tamanho do meu dedo, na qual se veem estriamentos, que supostamente codificam de alguma maneira os dados do novo dono. Essa haste é inserida em um pequeno buraco na carcaça da cabeça do soldado, completando a transferência de propriedade."

"Fascinante." Ou pelo menos ligeiramente menos entediante do que ficar vendo a nuca do nubano à minha frente, um sujeito gordo que cheirava a especiarias desconhecidas. "Ainda assim, eu prefiro um homem de carne e osso para ser meu guarda-costas."

"Um filho da espada, Príncipe Jalan. Contrate um filho da espada. Não encontrará protetor melhor. Pelo menos não um que sangre."

Eu tomei nota para investir nos serviços de um "filho da espada". Considerando que todos os meus lucros dependiam de um "sistema" para atrasar o pagamento de taxas e encargos de transação através de uma complexa rede de negociantes e subnegociantes, que só existiam nos formulários necessários para participarem de meu esquema, parecia provável que logo eu precisaria transformar meu dinheiro de papel em ouro e sair da cidade sem ser visto. Se fizesse as coisas no tempo errado, eu poderia muito bem precisar de alguém para sangrar por mim, porque tinha bastante certeza de que não queria que o sangue escorrendo fosse o meu.

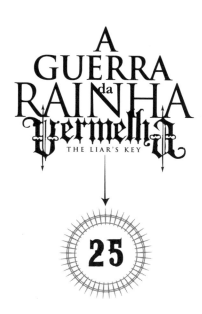

O verão se assenta sobre os telhados de Umbertide, fervilhando na terracota, ofuscando pelas paredes caiadas onde lagartixas se penduram, imóveis, aguardando, assim como toda a cidade aguarda, o sol se pôr.

Durante três noites, o mesmo sonho me assombrou, fazendo aqueles que se repetiram durante as três semanas anteriores parecerem leves, em comparação. De dia eu sentia um mínimo de angústia sobre Hennan – eu gostava do garoto e não queria que nada de mal lhe acontecesse, mas não era seu guardião nem o acolhera no seio da família Kendeth. A criança fugira, como muitas crianças fazem, e não era minha obrigação caçá-lo pela imensidão do Império Destruído.

Aparentemente, minha consciência discordava – embora só depois da meia-noite. Por três manhãs seguidas, acordei exausto e perturbado por visões intermináveis de Hennan em tormento. Na maioria das vezes eu o via sendo capturado, com muitas mãos o agarrando e arrastando-o aos berros para a escuridão. Eu o via curvado de dor em um chão imundo, esfarrapado, pouco mais do que ossos envolvidos em uma pele pálida, sem o fogo de seus cabelos, com os olhos opacos sem ver nada.

Na primeira manhã, contratei um investigador para procurar o menino. Eu tinha dinheiro para isso, dinheiro de sobra.

Na segunda manhã, paguei um padre para fazer orações e acender velas para Hennan, embora eu ainda estivesse longe de ter certeza se algumas velas induziriam Deus a tomar conta de um pagão.

Na terceira manhã, decidi que ter consciência era definitivamente supervalorizado, e resolvi ver um médico para obter alguma forma de medicação para meu problema. Preocupar-me com os outros, especialmente com um garoto plebeu das selvas, não tinha nada a ver comigo.

Umbertide é uma cidade de becos estreitos, cujo calçamento é iluminado apenas rapidamente, quando no ápice de cada dia o sol mete seus dedos bem fundo em cada fresta e recanto. Por essas vias sombreadas, homens vão e vêm para fazer seu trabalho – e seu trabalho é o de outras pessoas. Esses mensageiros cumprindo suas tarefas, portando notas de crédito, faturas, transações registradas e autenticadas, levam consigo gotículas de informação, boatos, escândalos e intrigas, que se reúnem para formar um rio, fluindo de um arquivo para o outro, enchendo e esvaziando cofres. Seria possível pensar que o sangue de Umbertide é o ouro, mas é a tinta preta: a informação tem mais valor e é mais fácil de carregar.

E hoje um entre todos aqueles homens estava fazendo o *meu* trabalho, trazendo, eu esperava, algum pequeno fato de valor para mim.

A porta do restaurante se abriu e após algumas negociações entre o amontoado de garçons, o maître conduziu um homem alto e magro, ainda vestido com sua capa preta da rua, até minha mesa.

"Sente-se." Eu acenei para a cadeira em frente. Ele cheirava a suor e especiarias. "Experimente os ovos de codorna, são maravilhosamente... caros." Eu estava empurrando uma refeição primorosa em três pratos Ling finamente decorados havia algum tempo. Caviar de esturjões das estepes, minúsculas anchovas com molho de ameixa artisticamente pingado sobre a porcelana, cogumelos recheados com alho e cebolinha, fatias finas de presunto curado... nada daquilo me apetecia, embora fosse preciso uma coroa inteira de ouro para pagar a conta.

O homem se sentou e virou o rosto, tão longo e anguloso quanto seu corpo, em minha direção, ignorando os ovos.

"Eu o encontrei. Celas dos devedores do Central, lá no Piatzo."

"Excelente." A irritação lutava com o alívio. Vai saber por que eu havia gastado dinheiro com um investigador – eu poderia ter adivinhado que ele acabaria atrás das grades em algum lugar. Mas uma prisão de devedores? "Tem certeza de que é ele?"

"Não recebemos muitos nortistas em Umbertide – bem, não nortistas branquelos e pagãos, em todo caso, e não como ele." Ele empurrou um pequeno rolo de pergaminho sobre a mesa. "O endereço e o número do caso dele. Avise-me se eu puder fazer mais alguma coisa." E com isso ele se levantou e um garçom o acompanhou até a porta.

Eu desenrolei o pergaminho e fiquei olhando para o número, como se ele pudesse decifrar o caminho que levou uma criança sem um tostão a uma cela de devedor, ou talvez responder a questão mais perturbadora: por que eu havia perdido tempo e dinheiro procurando-o? Pelo menos havia sido surpreendentemente rápido e fácil encontrá-lo. A próxima coisa a fazer era colocá-lo a salvo e preso em algum lugar de onde não pudesse fugir. Depois talvez eu pudesse me recuperar de meu ataque de consciência inconveniente e, graças a Deus, raro.

O ano que passei na Mathema me armou com a expectativa de que os números possuem segredos, mas fracassou ao me dar as ferramentas para revelá-los. Eu havia sido um péssimo aluno, e os matemágicos menores que foram incumbidos de meu treinamento logo se desesperaram comigo. A única parte dos números que eu conseguia absorver era a das apostas, por causa de meu amor pelo jogo. Teoria da probabilidade, como os libanos chamavam, e conseguiram tirar toda a graça da coisa também.

"98-3-8-3-6-6-81632."

Apenas números. O Banco Central? Eu achava que encontraria Hennan morto em uma vala ou acorrentado a um banco em algum barracão... mas não como hóspede do Banco Central de Florença.

Fiquei mais um tempo, observando os fregueses devorarem uma pequena fortuna, sem poder dizer quantos deles estavam realmente gostando de suas iguarias salgadas demais dispostas de maneira esparsa em suas bandejas.

Eu me virei para pedir outra taça de tinto de Ancrath. Há um barulho que as moedas fazem quando batem umas nas outras, não é bem um tinido, nem um farfalho. As moedas de ouro produzem um som mais suave do que as de cobre ou prata. Em Florença, são produzidos florins, mais pesados que o ducado ou a coroa de ouro de Marcha Vermelha, e em Umbertide eles também cunham o florim duplo, estampado não com a cabeça de um rei, nem com Adão, o terceiro de seu nome e o último imperador, nem com qualquer símbolo do Império – apenas a cifra do Banco Central. Aquele leve tilintar de ouro contra ouro, florins duplos escorregando sobre florins duplos, acompanhou meu movimento quando fiz sinal para pedir mais vinho e, embora não tenha sido mais que um sussurro por baixo das conversas, vários pares de olhos viraram-se em minha direção. O ouro sempre fala alto e em nenhum outro lugar os ouvidos são mais atentos à sua voz do que em Umbertide.

A maioria das pessoas que almoçava era moderna, levada, como a cidade inteira, pelos altos e baixos da moda que mudava com uma velocidade desconcertante. No que tangia às vestimentas, a única constante no estilo de Umbertide era que elas fossem desconfortáveis, caras e não se parecessem com roupas.

Olhei para o número outra vez. Eu devia deixá-lo cozinhar enquanto terminava minha refeição. Sob circunstâncias ideais, eu deveria deixar aquele moleque ingrato passar mais um mês à base de água parada e migalhas. Comi um ovo de codorna, olhando para o pequeno mar de chapéus de vários andares inclinados sobre os pratos. Aparentemente, a moda era não os tirar para comer – pelo menos esta semana. Eu não tinha um mês, no entanto. Havia chegado a hora de deixar a cidade, e atrasar um dia sequer poderia ser arriscado.

Com um suspiro, eu me afastei da mesa, pus um florim ao lado do prato principal e saí. O ouro escondido por todo o meu corpo tilintou baixinho para si mesmo, e o excedente, guardado no estojo em minha mão, fez o possível para afastar meu braço.

Os modernos me observaram ir embora, com os olhos por algum instinto atraídos pela partida de tanto capital.

Ta-Nam esperava por mim do lado de fora do Ganso Cevado, à vontade na sombra, mas sem cochilar. Eu poderia ter contratado seis guardas pelo preço que paguei pelo filho da espada, mas o julguei mais mortal, e certamente mais leal à sua moeda, pois a lealdade era o lema de sua casta. Homens como Ta-Nam eram criados com essa única finalidade em alguma ilha infernal na costa da Afrique, bem longe ao sul. Eu aceitara o conselho do matemágico e contratara os serviços de um filho da espada assim que depositei meu primeiro milhar. O valor de seu contrato deixou consideravelmente menos dinheiro para proteger, mas mesmo assim eu senti que o conselho de Yusuf havia sido bom – um príncipe deve ter o melhor, e sua proteção deve indicar o valor do que está sendo protegido. Em todo caso, uma das belezas de Umbertide é a maneira como as mágicas do mercado possibilitam que uma moeda se transforme em muitas, flutuando em uma rede de créditos, promessas e pequenos cálculos complicados chamados de "instrumentos financeiros". Provavelmente pela primeira vez na minha vida eu tinha crédito e podia pagar o melhor.

"Caminhe comigo", disse eu. "Vamos para a prisão."

Ta-Nam não respondeu, apenas me seguiu. Era preciso muito para arrancar uma resposta do homem. Seja lá o que o treinamento deles envolvia, tirava tanto dos filhos da espada quanto acrescentava, deixando-os concentrados demais em seu trabalho para perder tempo ou pensamento com gentilezas sociais ou conversa fiada. Eu tinha dinheiro para substituir Ta-Nam pelo mais novo acessório da cidade a essa altura, se quisesse. Eu ganhara uma pequena fortuna apostando navios de linha, embarcações mercantes sob a bandeira de vovó, contra complexas opções futuras de carga. Com a riqueza que havia acumulado, eu podia comprar a maioria das coisas. Por pior conversador que o homem fosse, contudo, um dos famosos soldados mecânicos da região não melhoraria as coisas nesse aspecto. E além do mais, embora não houvesse guarda mais competente, os brinquedos dos Mecanistas me deixavam nervoso. Só de ter um por perto minha pele já se arrepiava. O zumbido constante de todas aquelas engrenagens e rodas debaixo da armadura, rangendo a cada movimento, tantos dentinhos voltados uns para os outros, tudo se mexendo... aquilo me perturbava, e o brilho de cobre de seus olhos não prometia nada de bom.

Ta-Nam caminhou atrás de mim, como um guarda que é para proteger, em vez de ostentar, sempre faz, mantendo seu protegido à vista a todo momento. De vez em quando olhava para trás para ver se ele ainda estava lá, minha sombra silenciosa. Eu ainda não o havia visto em ação, mas ele certamente tinha a aparência certa, e a valentia dos filhos da espada era lendária havia séculos. Forçosamente musculosos, mas não a ponto de perder agilidade, impassíveis, sólidos, observando o mundo sem julgamento. Mais escuro até do que um nubano, com a cabeça raspada e brilhosa.

"Nem sei por que estamos indo", disse a Ta-Nam sobre o ombro. "Não devo nada a ele. E foi *ele* quem *me* deixou! É muita ingratidão, sabe..."

Nós fizemos um progresso lento, porém constante. Eu havia aprendido a disposição da cidade nas semanas que passara aqui – apesar de passar a maior parte das horas na escuridão da bolsa, logrando os negociantes, jogando com as porcentagens e mentindo até os quadris.

As ruas estreitas e grandes praças ensolaradas de Umbertide têm uma mistura de pessoas quase tão incomuns quanto a maioria dos restaurantes sofisticados. Os mensageiros onipresentes de capa preta costuram as multidões cosmopolitas. A sedução da riqueza da cidade atrai visitantes de todos os cantos do mundo conhecido, a maioria já rica. Não deve existir nenhum outro lugar no mapa onde se possa encontrar um comerciante de Ling do Extremo Leste sentado tomando café com um matemágico de Liba e com eles um feitor nubano coberto de correntes de ouro. Já vi até um homem das Grandes Terras do outro lado do Oceano Atlantis perambulando pelas ruas de Umbertide, mais claro que as tribos da Afrique setentrional e de olhos azuis, com a túnica emplumada e bordada com uma profusão de contas de malaquita formando mosaicos. Qual navio o transportou através da imensidão daquele oceano eu nunca descobri.

O beco se alargava para o que quase poderia se chamar de rua, contornada dos dois lados por prédios revestidos de gesso de cinco ou seis andares, todos desbotados e fechados, rachados e manchados, embora lá dentro o luxo pudesse envergonhar muitas mansões e o custo de uma residência daquelas levaria à miséria a maioria dos lordes provincianos. À frente, um chafariz tilintava no cruzamento de duas ruas, embora eu ainda não pudesse vê-lo, apenas ouvir sua música e sentir seu frescor.

"Príncipe Jalan." O fluxo da multidão diminuiu à minha volta.

"Corpus Armand." Formalmente eu deveria associá-lo à Casa Ferro, mas ele já havia atropelado o protocolo ao não listar minha família e meus domínios. Eu olhei para Ta-Nam atrás – quando um moderno descarta o protocolo, sabe-se que isso representa problemas. Um moderno viola a etiqueta do mesmo modo que um Ancrath mata sua família, isto é, não é algo desconhecido, mas você sabe que eles estão putos.

Corpus se empertigou totalmente, com sua altura inexpressiva, e entrou em meu caminho. Atrás dele seu soldado zumbiu para entrar em posição, ficando mais alto que seu mestre. Eles formavam uma dupla curiosa, o moderno vestido com aquelas roupas pretas e justas, totalmente inapropriadas para o calor, a pele branquíssima onde aparecia, não uma palidez nórdica, mas uma coloração albina conquistada com alvejantes e, se os boatos fossem verdade, uma quantidade nada pequena de feitiçaria. Atrás dele o soldado tinha quase as proporções de um troll, mais alto que qualquer homem, esguio, de pernas compridas, vislumbres de mecanismos onde as placas da armadura se encontravam, garras de aço que se flexionavam conforme os cabos se enrolavam em suas rodas ou que desapareciam para dentro dos protetores de punho.

"Sua nota pela transação de Goghan é inválida, príncipe. Tanto Waylan quanto Butarni a recusaram."

"Ah", suspirei. Ser recusado por qualquer banco já era ruim o bastante. Ter seu crédito invalidado pelos dois mais antigos de Florença efetivamente excluía um homem de todos os melhores jogos financeiros que Umbertide tinha a oferecer. "Ora, isso é um descuido grave! Como é que meros bancos ousam impugnar o nome de Kendeth? É o mesmo que chamar a Rainha Vermelha de vadia!"

Ta-Nam veio para o meu lado. Os regulamentos de Umbertide proibiam o porte de armas maiores que facas na cidade antiga, mas com as lâminas afiadas de aço cromado em sua cintura, o filho da espada era uma chacina sobre pernas. Infelizmente, o autômato atrás de Corpus era supostamente imune a punhaladas.

Corpus estreitou seus olhinhos escuros para mim. "As nações se mantêm ou caem pelas finanças, Príncipe Jalan. Um fato que, tenho certeza, sua avó conhece muito bem. E as finanças se baseiam em confiança – uma confiança consolidada ao honrar dívidas e contratos." Ele estendeu as notas promissórias em questão, documentos finos e firmes no pergaminho mais grosso, com arabescos nas bordas e assinados pela minha boa pessoa juntamente com três testemunhas de posição certificada. "Restabeleça minha confiança, Príncipe Jalan." De alguma maneira, o sujeitinho de cara branca conseguiu deixar transparecer um grau impressionante de ameaça no meio de toda a sua formalidade.

"Tudo isso é loucura, Corpus, meu caro. Meu crédito deveria ser bom." E eu estava falando sério. Eu tomara grande cuidado quando esvaziei minhas finanças para deixar um esqueleto de bens suficientes para manter o edifício de pé pelo menos por um dia ou dois após minha partida. Tudo que eu precisava fazer era transformar minha pilha excessivamente pesada de ouro em alguma forma mais portátil de riqueza – uma que não dependesse de cofres de banco, confiança, ou nenhuma dessas tolices – e eu sairia no cavalo mais rápido que o dinheiro roubado pudesse comprar. Na verdade, se não fosse pelo encontro com o investigador durante o almoço, eu já estaria às portas de certo comerciante de diamantes, comprando as maiores pedras de sua coleção. "Meu crédito é tão bom quanto qualquer..."

"Suspenso devido à questões de taxação." Corpus deu um leve sorriso. "O Central vai vir atrás da parte dele."

"Ah." Mais uma longa pausa cheia de invenções furiosas de desculpas. As taxas bancárias sobre cada transação tornam muito difícil lucrar legitimamente nos mercados de Umbertide. Eu descobri logo cedo que a verdadeira chave do sucesso consistia em não pagar. Isso, é claro, exigia um esquema ainda mais elaborado de pagamentos adiados, pagamentos agendados, pagamentos condicionais, mentiras e mais malditas mentiras. Pelos meus cálculos, levaria até o fim da semana até que aquelas galinhas grandes e potencialmente letais voltassem para o poleiro. "Olhe, Corpus, velho amigo, da Casa Ferro e tudo mais." Dei um passo para a frente e teria jogado o braço sobre os ombros dele, se não fosse o fato de que ele deu um passo para trás, e que seu soldado parecia estar prestes a agarrar qualquer braço que tocasse o homem e atirá-lo sobre os telhados, com ou sem o dono ainda preso a ele. "Vamos tratar disso à moda antiga. Encontre-me na Casa de Java de Yoolani ao primeiro sino amanhã, e terei seu pagamento pronto para você em ouro." Apalpei minhas costelas para fazer as moedas presas debaixo de minha túnica tilintarem para ele. "Sou herdeiro do trono de Marcha Vermelha, afinal de contas, e minha palavra é minha garantia." Eu sorri junto com a oferta e deixei a sinceridade irradiar.

Corpus fez aquela cara de desgosto que todos os financistas de Umbertide fazem quando se menciona algo tão comum e sujo como ouro bruto. Eles constroem suas vidas inteiras com o troço, mas, por algum motivo, consideram-no algo inferior, preferindo seus papéis e notas, em vez do peso do ouro na mão. A meu ver, um zero a mais em uma nota promissória é bem menos empolgante do que uma bolsa que pesa dez vezes mais que antes. Apesar de que ali, com a maior parte de minhas posses embalada em uma caixa e conspirando com a gravidade para deslocar meu ombro, eu simpatizava um pouco com aquela ideia.

"Primeiro sino... príncipe. A quantia total. Senão haverá sanções." Ele virou a cabeça, piscando os olhos para o soldado, sem deixar dúvidas de que as sanções seriam bem piores do que revogar minha licença de operação.

Eu passei por Corpus, sem olhar outra vez para ele nem para sua monstruosidade, disfarçando meu alívio. Eu havia acabado de ganhar o dia com uma pequena bravata e muitas mentiras. Uma pechincha pelo dobro do preço! A mentira era uma moeda que eu estava sempre disposto a gastar.

"Há dois agentes nos seguindo", disse Ta-Nam atrás de mim.

"Quê? Onde?" Eu me virei. Nada no mar de cabeças à nossa volta se destacava, a não ser pelo soldado mecânico de Corpus, diminuindo à distância, sem ninguém que chegasse sequer a seus ombros.

"Será mais difícil escapar se deixar que eles saibam que está ciente da presença deles." Ta-Nam conseguiu não fazer daquilo uma repreensão, não por subserviência, mas talvez por uma expectativa razoável de que as outras pessoas fossem amadoras nesse tipo de jogo.

Eu me virei novamente para o nosso caminho e acelerei um pouco, apesar do calor. "Dois deles?"

"Pode ser que haja outros mais competentes", admitiu Ta-Nam. "Os dois que percebi devem ser contratados particulares – agentes de banco não seriam tão desajeitados."

"A não ser que estivessem mandando um recado..." Contratados particulares? Investigadores como o que me trouxera notícias no almoço. Talvez eu fosse seu próximo caso e ele estivesse me seguindo agora mesmo. De qualquer maneira, o recado era claro: Corpus da Casa Ferro não era o único desconfiado. Eles não poderiam fazer nada até eu ficar inadimplente, mas com toda certeza podiam me vigiar – o que deixava meu plano de fugir da cidade bem mais difícil. O medo saiu daquele lugar próximo onde está sempre à espera e me pegou pelas bolas. "Foda-se todo mundo."

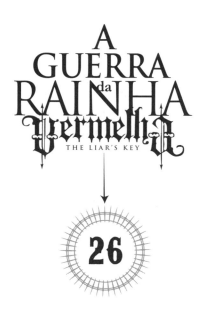

26

Ao sair para a praça Piatzo é que você se lembra do que é o verão no sul. Nos becos, sombreados e angulados para canalizar a brisa, você só pega um bafo quente daquilo, uma lembrança da violência que o espera, mas vá para o Piatzo ao meio-dia no alto verão e o calor o atinge como um soco. De repente, eu queria um chapéu, até mesmo uma daquelas coisas ridículas que os modernos usam. Com a cabeça curvada contra o massacre lá de cima, os olhos estreitos contra o brilho refletido das chapas amplas e claras do calçamento, caminhei na direção da prisão de devedores do Banco Central do outro lado.

Pela fachada, o lugar parece uma residência distinta, arquitetonicamente apropriado para seus arredores e merecedor do local que dava para uma das praças mais famosas de Umbertide. Dizem que no inverno a praça se torna um local onde os cidadãos endinheirados se reúnem para socializar, ambulantes vendem guloseimas caras e orquestras renomadas se apresentam. Não é de se admirar, então, que os devedores com amigos e familiares suficientemente generosos no geral escolham residir nos apartamentos de frente para a prisão, esperando neles as semanas, meses ou talvez décadas necessárias para suas fortunas se recuperarem o suficiente para pagar o que era devido mais os juros incidentes, ou para que suas reservas diminuíssem ao ponto de começarem a lenta e inevitável migração em direção aos fundos escondidos do prédio.

Chegamos às portas da frente, coisas palacianas, douradas e ornamentadas. Primeiro você paga o porteiro. Tudo custa dinheiro nas células de devedores, e apenas o aluguel é adicionado à conta. Se quiser uma cama, se quiser comer, se quiser água limpa, tem de pagar. Se não puder pagar, você vende o que tem. Os moradores dos apartamentos de frente vendem seus serviços. Mais para dentro eles vendem suas roupas, seus corpos, seu cabelo, seus filhos. E lá no fundo, tirados de celas minúsculas e abarrotadas, saem os corpos, esqueléticos, nus, vendidos para alimentar os porcos, com o crédito abatido da soma final de suas dívidas.

Eu sei dessas coisas porque as prisões de devedores, e há muitas em Umbertide, pareciam meu provável fim, caso minhas aventuras nos mercados de commodities azedassem. Não é do meu feitio analisar demais os lados negativos de qualquer vício que tenha, e o jogo sempre esteve à frente de minhas fraquezas. Eu gosto, porém, de explorar todas as rotas de fuga, e isso exigia descobrir um bocado de coisas sobre estabelecimentos como aquele controlado pelo Banco Central de Florença. A conclusão de meu estudo foi: não seja pego.

Aquela conclusão me segurou ali nos degraus, com o sol martelando em minha cabeça, minha sombra preta em volta dos pés, Ta--Nam impassível atrás de mim. Eu estava disposto a comprar liberdade – mas o que me levara a tanto? Um pedaço de pergaminho. Uma nota dada a mim por um homem cujos serviços estavam à venda para qualquer pessoa com dinheiro ou crédito. Dada a mim no dia em que os bancos recusaram meu papel.

"Seria uma ironia se eu viesse aqui pensando em ajudar um detento e descobrisse que estava me entregando sob custódia." Eu falei alto o bastante para Ta-Nam ouvir, mas ele não respondeu. De repente eu me peguei de boca seca, com a cidade à minha volta se elevando como uma mão se fechando. Fugir era a única coisa que eu queria fazer. Esqueça o plano. Esqueça os diamantes. Largue o maldito ouro, se for necessário. Apenas fuja. As visões que me assombraram por três noites voltaram e flutuaram diante de meus olhos – Hennan definhando, apodrecendo como fruta deixada ao sol.

Eu me virei para Ta-Nam. Ele ficou imóvel, o suor reluzindo nos braços de ébano, assistindo a tudo, até a mim.

"Eu tenho uma... uma criança sob meus cuidados aí dentro." Silêncio. "Preciso entrar e fazer com que seja solto." Silêncio. "Pode... pode ser perigoso." Esse não era eu. Amigos eram como lastro, para serem jogados na água caso começasse a afundar. Você não, eu dissera a Hennan, você não, outros amigos – mas é claro que estava falando dele também. E mesmo assim eu não conseguia ir embora. Talvez os sonhos tivessem me assustado.

Ta-Nam me olhou com o mesmo silêncio eloquente, sem um pingo de julgamento, como se fosse capaz de me carregar até os limites da cidade se eu lhe ordenasse, e me colocasse em um cavalo rápido sem a menor repreensão. Maldito. Tentei me concentrar no que Snorri faria comigo se descobrisse que havia deixado Hennan para trás. Entrar me pareceu ligeiramente mais sensato quando pensei no nórdico torcendo meus braços.

No saguão da prisão, três homens corpulentos, mas impecavelmente vestidos, pegaram as adagas de aço cromado de Ta-Nam e meu próprio punhal, com o cabo elegantemente decorado com rubis do interior de Afrique. Em seguida, o maior deles se aproximou de nós com um dispositivo de plastik que se parecia com uma raquete, mas sem as cordas necessárias para bater na bola.

"O que é isso?" Rapidamente entrei atrás de Ta-Nam, preparado para deixá-lo merecer o valor de seu contrato, para variar. Os modernos têm um interesse assustador nos artefatos dos Construtores, surrupiados de cápsulas do tempo espalhadas pelo Império: é difícil achar um moderno de posses significativas que não tenha algum dispositivo de antes do Dia dos Mil Sóis, talvez um fone para poderem falar com Deus – provavelmente para reclamar – ou alguma coisa sem nome com fios e partes e vidro. Corpus tinha uma estranha máquina de aço prata inferrujável, duas gaiolas entrelaçadas em formato de gota que giram uma através da outra quando uma alavanca em cima do dispositivo é acionada. Ele a segurava para cima no pregão, girando as gaiolas quando queria fazer um pedido. Eu olhei para o lacaio que se aproximava. "Não quero esse... objeto... perto de mim!"

"Ele encontra armas escondidas, senhor." O brutamontes sorriu para mim, reconfortante, como se eu fosse algum caipira. Ele balançou o dispositivo sobre os braços grossos de Ta-Nam e na frente do corpo dele.

"Bem, eu não gosto disso!" E não gostava, mas ao terminar com o filho da espada ele veio em minha direção balançando a geringonça. A coisa começou a apitar assim que chegou perto de mim, em um tom do outro mundo, uma nota pura, mais aguda do que qualquer castrato jamais alcançara. Aquilo fez os três sujeitos avançarem para cima de mim, bastante ameaçadores e prontos para me maltratarem, apesar de minha posição.

Logo ficou claro que o brinquedo dos Construtores considerava ouro uma arma – o que, para ser justo, é, sob muitos aspectos – e então, para espanto dos funcionários, eu tive de retirar trezentos e oitenta florins duplos de minha pessoa e deixá-los revirar com os dedos ávidos as três mil e vinte e seis moedas adicionais em minha caixa.

"Tem certeza de que não quer deixar isso conosco durante sua visita, senhor?" O grandalhão parecia ansioso para tomar conta de meus fundos. "Já tivemos rebeliões aqui por causa de uma prata caída. Levar essa quantidade de dinheiro lá para dentro... não é sensato."

"Não é seguro", disse o segundo grandão, mais jovem, sem conseguir tirar os olhos de minha caixa.

"Não é saudável", disse o último e menor deles, embora ainda um pedaço sólido de músculos, aparentemente irritado por ver tanta riqueza em um lugar de dívidas.

"Está tudo bem escondido." Franzi o rosto para o monte de fitas de camada dupla, entre as quais os florins extras foram costurados. "Bem, estava, antes de colocarem as mãos em mim." Eu peguei uma ponta solta e comecei a enrolá-la, tilintando, em volta de minha cintura e tronco. "Ta-Nam será mais que suficiente para proteger meus interesses, com ou sem suas facas." Disse a última parte lentamente, deixando as palavras realçarem o fato de que o filho da espada podia acabar com eles onde estavam. E ele ainda poderia fazer isso de consciência limpa, já que a lei de Umbertide joga o crime aos pés de qualquer homem que possa comprovar ter pago por seus serviços. Ao assinarem seus contratos, os filhos da espada estavam virtualmente imunes a acusações de crimes, sendo tanto um dispositivo como uma espada ou um soldado mecânico, portanto igualmente sem culpa.

Apesar de sua avareza, os guardas não tentaram tomar meu ouro. Posse e dívida eram uma religião em Umbertide, e em nenhum outro lugar eram tão santificadas como nas prisões de devedores. A prisão inteira era essencialmente um meio de esgotar aqueles que caíam em suas garras – drená-los de uma maneira altamente estruturada e completamente legal. No meio de um roubo tão institucionalizado, em escala tão grandiosa, roubos individuais não seriam tolerados em nenhum nível. Somente por estrita observância às regras do roubo, a ilusão de sua legalidade e civilidade seria mantida.

Nosso brutamontes bem-cuidado nos levou pela parte mais salubre da prisão e nos entregou para um sujeito que nos levaria pelo restante do caminho. Eu tive que pagá-lo também.

"98-3-8... como era o resto?" Ele andou à nossa frente balançando um lampião apagado.

"98-3-8-3-6", disse eu, olhando para o papel. Nós havíamos passado pelas janelas altas, passado pelos corredores com lampiões acesos – as portas de madeira que pontuavam as paredes deram lugar a portões gradeados, e os lampiões a óleo faziam tanta fumaça que o punham a tossir. "O que significa?"

"Significa que chegou este ano, 98, não faz muito tempo, menos de um mês, e que é pobre pra caralho, porque está no lugar mais fundo possível."

Eu olhei através da próxima grade para uma cela vazia, o chão de pedra cheio de sujeira, um banco descoberto, um monte de trapos formando uma cama. Um olho brilhou entre os trapos e eu percebi que não era uma cama.

O fedor se intensificava à medida que prosseguíamos, uma mistura de esgoto e cheiro de podre. A passagem se tornou mais um túnel do que um corredor e eu tive de me curvar para não arrastar a cabeça. Tocos solitários de vela, equilibrados em meio a poças de cera, rompiam a escuridão aqui e ali. Nos outros lugares, coisas gemiam e sussurravam nos espaços escuros e fétidos atrás das grades, e eu fiquei satisfeito por não conseguir ver. Nosso guia acendeu uma vela no último daqueles tocos e nós seguimos o brilho dela até o inferno.

"Aqui está 3:6." O homem acendeu seu lampião, reapresentando-nos à topologia rústica e suada de seu dorso nu. Estávamos em uma câmara quadrada de teto baixo, onde oito arcos formavam celas grandes, cada arco fechado com grades sujas e enferrujadas. As criaturas dentro delas desviaram os rostos da luz, como se seus olhos doessem. A maioria estava nua, mas não dava para saber se eram homens ou mulheres, pois pareciam uniformemente cinzentos, cobertos de sujeira e magros além do ponto que se possa imaginar que alguém seja reduzido e ainda assim viver. E o fedor daquele lugar... era menos esgoto e mais podridão... o tipo de cheiro que não sai de suas narinas durante dias. O cheiro da morte – morte sem esperança.

"Qual é a última parte?"

"Quê?" Eu olhei para o carcereiro atrás.

"A última parte. O número do caso."

"Ah." E eu segurei o rolo de pergaminho para cima para conseguir ler. Nós nos aproximamos do arco que tinha a legenda "vi" no alto.

"Para trás!" O carcereiro passou o cassetete pelas grades e os devedores se encolheram, como cachorros acostumados a apanhar. "O novato! Mostrem-me o novato!"

A multidão cinzenta se abriu, espremendo-se nas margens de sua cela, com os pés descalços escorregando pela imundície molhada.

As sombras recuaram com elas, e o lampião revelou um chão de pedra cheio de lixo.

"Onde...?" E então eu o vi. Deitado de lado, com as costas viradas para nós, a espinha uma série de calombos ósseos por baixo da pele pálida e dolorosamente esticada sobre eles. Eu já tinha visto mendigos mortos nas sarjetas de Vermillion com mais carne no corpo, após os cachorros passarem a noite mastigando suas pernas.

"Oito-um-seis-três-dois!", berrou o guarda, como se estivesse em uma pista de desfile. "De pé!"

A dureza daquele berro me fez estremecer, eu, que sairia carregado de ouro e com uma refeição cujo preço poderia comprar a liberdade de uma daquelas almas se estragando em minha barriga. Eu estendi a mão rapidamente até o bíceps do homem. "Basta. Abra", disse entredentes.

"Custa dois hexas para destrancar a escória", disse ele sem rancor.

Eu procurei em meu bolso algo tão pequeno quanto a taxa dele, pegando três moedas hexagonais de cobre após uma eternidade revirando atrapalhadamente. "Ande." Minha mão tremia, embora eu não soubesse ao certo por que estava com raiva.

O carcereiro fez questão de contar suas chaves e por fim pôs o pedaço de ferro mais pesado em seu chaveiro na fechadura à nossa frente. Ele bateu nas grades mais uma vez, fazendo meus dentes rangerem, e abriu o portão.

"Tem certeza de que é ele?" Não havia nada familiar naquela figura. As costelas saltadas onde se curvavam em direção à sua espinha, os cabelos escuros de sujeira. Eu podia pegar aquela coisa de pele e osso nos braços e me levantar sem fazer esforço. Todos aqueles quilômetros que caminhamos ao sul, tirando-nos dos desertos do norte, levaram-no a isso?

Eu entreguei minha caixa para Ta-Nam e entrei, dolorosamente ciente dos devedores dos dois lados, com as mãos curvadas parecendo garras. O fedor deles fez meus olhos lacrimejarem e se prendeu em minha garganta. Cinco passos me levaram até a figura. Passei o pé sobre a pedra para limpá-la e me apoiei em um dos joelhos.

"Sou eu... Príncipe J... Sou eu, Jalan."

Uma levíssima contração, arqueando-se, como se os ossos todos o apertassem por baixo da pele.

"Você está..." Não sabia o que dizer. Ele estava bem? Ele não parecia bem.

Estendi a mão e o virei para mim. Os olhos brilhantes me observaram por baixo dos cabelos emaranhados.

"Hennan." Eu passei os braços debaixo do garoto e, sem ligar para a sujeira, trouxe-o para perto de mim. Ele estava ainda mais leve do que parecia. Eu me levantei sem esforço e virei para o portão, e o vi se fechando ao olhar para ele.

"Não!" Eu me atirei para a frente, ainda carregando o garoto, com as botas escorregando na sujeira, mas o carcereiro virou a chave antes que eu chegasse à metade do caminho. Ele me deu um sorriso por entre as grades. Meu filho da espada ficou imóvel no meio da câmara central. Eu o observei, atônito por um momento, até perceber que tecnicamente o carcereiro não me havia feito nenhum mal.

"Ta-Nam! Tire-me daqui!"

O filho da espada ficou onde estava. Um segundo se estendeu por uma eternidade, e meu estômago virou uma bola pesada e comprimida. Hennan começou a parecer a coisa mais pesada do mundo.

"Ta-Nam! Um filho da espada nunca quebra seu contrato!" Não há muitas verdades no mundo, e menos certezas ainda. Morte, impostos, e não muito mais. Mas a lealdade de um filho da espada era uma coisa lendária...

"*Você* quebrou nosso contrato, meu príncipe." Ta-Nam curvou sua cabeça como se o ato o entristecesse. "Você me adquiriu com papel. Um homem me procurou um dia atrás e me pagou o preço de meu próximo contrato, embora eu tenha lhe dito que não sabia quando você liberaria meus serviços. Eu ainda disse a ele que teria de relatar aquela conversa e nosso acordo a meu mestre. Nessa hora, ele explicou que eu não tinha mestre, pois o banco de Butarni não honraria mais seus documentos, já que o Banco Central suspendeu seu crédito pelas acusações de sonegação de impostos. Sem um mestre, o contrato que eu tinha acabado de assinar se tornou ativo."

"Que acusações?" Corpus dissera a mesma coisa. "Não houve nenhuma acusação, caramba. E para qual desgraçado você trabalha agora?"

Ta-Nam levantou a cabeça e me olhou nos olhos. "Eu trabalho para Corpus Armand da Casa Ferro." Ele pôs a mão na pequena bolsa a seu lado e tirou dois estojos de madeira para pergaminhos. "As acusações foram entregues esta manhã. Eu as recebi em seu nome e as escondi de você por instrução de Corpus."

"Esse dinheiro é meu!" Eu gesticulei para a caixa na mão dele. Ela não parecia sobrecarregá-lo como fazia comigo.

"Eu disse a Corpus que você tinha uma caixa cheia de ouro..."

"Você não pode contar! Filhos da espada nunca contam!" Por toda a minha volta, cabeças se levantaram e se viraram na direção da caixa na mão de Ta-Nam. Mãos pálidas e sujas agarraram as grades nas aberturas dos outros sete arcos, com olhos brilhantes olhando fixamente.

"Nós não tínhamos contrato, meu príncipe." Ta-Nam curvou a cabeça outra vez e se virou para sair. Mesmo nas profundezas de meu desespero, percebi que não havia me arrastado para fora a fim de tirar os florins duplos de meu corpo. Corpus não sabia a respeito deles e o filho da espada tinha a mesma malícia que qualquer lâmina afiada que corta dos dois lados.

"Merda."

Ta-Nam e o carcereiro se viraram para sair, deixando-nos nas sombras profundas. Passo a passo a luz nos abandonava, e a escuridão vinha de todos os lados, com os devedores avançando com ela.

"Merda." Valia repetir.

Hennan, que parecia tão leve, ficou ainda mais pesado em meus braços. Uma sensação de traição tomou conta e a perda de Snorri se abateu sobre mim de repente e do nada. A amizade parecia mais valiosa, de alguma maneira, do que contratos indissolúveis. Fossem quais fossem seus defeitos, o nórdico jamais ficaria parado ali e deixaria isso acontecer comigo.

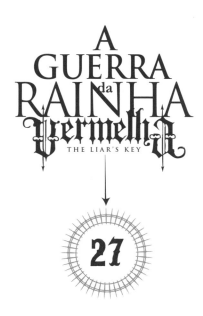

27

O que salva a prisão do Banco Central é que os detentos não são criminosos. Eles não são assassinos, viciados e ladrões, mas sim o tipo de pessoa que pode acumular dívidas sérias o bastante para acarretarem uma ação, e que tenham fontes respeitáveis o bastante para que essa ação seja o encarceramento em vez de uma facada no bucho. Acrescente a isso o fato de que as pessoas que me rodeavam em minha cela escura e fedorenta estavam famintas, mais fracas que uma criança saudável, e uma perspectiva totalmente aterrorizante se tornava apenas muito desagradável.

Os devedores ao meu redor se mostraram tão admirados com o punhado de moedas em meu bolso que eu pude estabelecer a ordem prometendo algumas moedas de cobre. Se soubessem que eu estava vestindo ouro suficiente para quitar a dívida de todas as pessoas em todas as oito celas que davam para a câmara central, aí talvez os instintos mais básicos tomassem conta e a multidão se tornaria uma horda de monstros. Hennan ficou deitado em silêncio ao meu lado enquanto eu afastava os companheiros de cela mais persistentes com promessas e empurrões.

Observei a escuridão e me preocupei. Meu medo imediato, é claro, era que os guardas levassem minha riqueza remanescente, mas Umbertide não era igual a outros lugares. Suas prisões de devedores eram instituições bizarras, regidas pelas regras mais rígidas. Os devedores que estivessem presos poderiam pagar o que deviam e sair, se tivessem os meios, mas não eram obrigados a fazer isso. Um devedor tinha os bens que conseguira manter e esperava-se que muitos deles fossem capazes de continuar a tocar seus empreendimentos da confortável frente da prisão, ganhando dinheiro suficiente para equilibrar suas contas. Uma porção de todo o dinheiro gasto para manter a vida e a integridade física na prisão ia para os credores de qualquer maneira, então cada dia que eu sobrevivesse diminuiria um pouco minhas enormes dívidas.

Após o que pareceu ser uma eternidade, e talvez tenha sido menos de uma hora, o carcereiro retornou. Sua lentidão e a inclinação relaxada de seus ombros me diziam que ele ainda não havia falado com os rapazes da entrada. Talvez eles nem soubessem que eu havia sido detido – mas, cedo ou tarde, as notícias da riqueza escondida ao redor do meu corpo se espalhariam. O que atraíra o homem de volta foram as moedas que ele vira mais cedo, quando lhe paguei para abrir a cela. Ele sabia que eu ainda tinha hexas de cobre e um punhado de meias, e retornou não para roubar, mas para vender. Assim era em Umbertide.

Ele pôs seu lampião no chão e segurou uma vela, um troço grosso da espessura do antebraço dele e metade do comprimento. Era uma vela de sebo amarelo barata, que espirraria e faria fumaça, mas queimaria por um bom tempo.

"Um pouco de luz, vossa senhoria?" Ele me deu aquele mesmo sorriso de quando fechou o portão. O certo seria que fosse banguela e amarelado, mas na verdade ele tinha dentes uniformes e pequenos, todos polidos, de uma brancura surpreendente.

A GUERRA DA RAINHA VERMELHA

"Seu nome, carcereiro." É sempre bom criar um vínculo pessoal.

"Racso, é como me chamam." Ele olhou em volta para os rostos pálidos pressionados às grades de todos os lados. "E não se esqueça disso, escumalha."

"Racso, então." Eu sabia que sem dinheiro eu seria para ele igual à carne moribunda agarrada aos ossos por toda parte. "Quanto é a vela?"

"Duas meias. Ou posso vender um terço dela por uma. Acender é de graça." Ele sorriu. "Da primeira vez."

Embora eu tivesse que dar graças aos modos civilizados de Umbertide por não ser roubado com violência e esfaqueado em minha cela, "civilizado" parecia a palavra errada para aquilo. Um conjunto de regras para morrer. Agarrar-se à vida pelas moedas de um ou de cinquenta até o dinheiro acabar. De alguma maneira, as surras e as punhaladas dadas pelos carcereiros e detentos das prisões mais comuns me pareceram mais honestas naquele momento, sentado ali negociando os rudimentos da vida.

"Quanto é para soltar o garoto? O que ele deve?" Não podia ser muito. Eu estava espantado que ele pudesse ter acumulado qualquer dívida oficial.

"Ah." Racso coçou a barriga, com uma expressão apreensiva no rosto. "Isso é uma incógnita."

"Uma incógnita? Ele está na prisão dos devedores. Ele é um devedor. Quanto é que ele deve?"

"Bem..."

"É apenas um número."

"Sessenta e quatro mil." Um murmúrio ecoou pelas celas.

"Centavos?"

"Tem diferença?", perguntou Racso.

"Bem... não. Sessenta e quatro mil? Isso nem é um número."

"É..."

"Ninguém tem sessenta e quatro mil!" Eu duvidava que até minha avó pudesse pôr as garras em sessenta e quatro mil coroas de ouro sem vender alguma coisa sagrada ou derramar algum sangue. "Quem foi que emprestou a ele essa quantidade de dinheiro?"

"É um código, procure entender." Mais coçadas e Racso curvou a cabeça careca, como se a admissão envergonhasse um homem que era pago para ver as pessoas passarem fome. "Significa que o banco os mantêm aqui por suas próprias razões. Um abuso do sistema, é isso o que é. Coloca homens honestos em uma posição questionável no que diz respeito à lei, é isso o que faz." Ele sacudiu a cabeça e cuspiu pesarosamente.

Eu nos trouxe de volta às perguntas mais imediatas. "Um centavo pela vela, então. E comida, para mim e para o garoto. Pão, manteiga, maçãs...?"

"Um hexa." Novamente o sorriso, satisfeito por estar em terreno mais familiar. "É melhor conseguir comer rápido, porém." Uma olhada para os corpos atrás de mim, com um arrepio de expectativa atravessando-os.

"Quanto é para sair daqui, uma cela privativa lá no corredor?"

"Ah." Uma sacudida lenta com a cabeça, quase com pena. "Isso custaria prata, meu lorde. Acho que nunca vi a cor da prata aqui embaixo nas celas escuras. Você tem prata aí? Tem, meu lorde?" Ele parecia achar improvável.

"Só a comida por enquanto", respondi. "E a vela." Eu pus a mão no bolso e tirei um hexa e um centavo.

Racso pegou meu dinheiro com uma pá achatada de madeira presa em seu cinto. Um dispositivo que indicava que ele nunca precisava chegar a certa distância das grades para ser agarrado. "Dito e feito." Ele guardou as moedas, assentiu para mim e me entregou a ponta fria da vela. Com a transação finalizada, Racso limpou a mão nas laterais da calça e saiu passeando e assoviando alguma melodia primaveril que lembrava flores e alegria.

Quando Racso voltou, ele trazia uma cesta de vime contendo três pães com crosta, um pedaço de queijo azul e meia dúzia de maçãs de bom tamanho, explodindo com o verão. Ele também trouxe consigo um barril sobre rodas, do qual distribuía conchas de água para aqueles que pudessem pagar. A água trocou de mão pelo tilintar de um cobre, por um sapato esquerdo, por uma das canecas de lata na qual a água era despejada – aquele homem bebeu sua porção com as mãos em concha – e pelas promessas de companhia de várias mulheres mais jovens. Eu tive de pagar mais de um centavo por duas canecas e pelo conteúdo delas, pois meu pedido anterior não havia incluído água.

"Dê-me duas maçãs primeiro", disse-lhe. Racso as rolou até as grades.

Eu as joguei para os dois detentos maiores e menos mortos de nossa cela, Artemis e Antonio, homens com os quais negociara antes. Eles abriram espaço e mantiveram os outros afastados enquanto eu peguei o restante da comida.

"Comportem-se e haverá migalhas para compartilhar. Se me aborrecerem, queixos serão quebrados." É bem fácil ser o cara durão quando se está em forma, alimentado e sadio, e os inimigos são pele e osso.

Encostados na parede, com o pão entre nós, as canecas no chão e a vela queimando aos nossos pés, Hennan e eu começamos a comer. O garoto mergulhou seu pão na água para passar com mais facilidade por suas gengivas doloridas. Eu ainda não conseguia decidir uma idade para ele, nem ele mesmo fazia ideia. Então decidi que tinha doze anos. Ele parecia mais velho com fome. Todos eles pareciam. Idosos com os temores de jovens. Mulheres velhas com crianças como pequenos velhinhos. Uma mulher com os seios tão murchos como os de uma anciã, com um bebê nos braços, imóvel e preto de sujeira. Eu engoli a comida que consegui e atirei o resto para eles, xingando todos de mendigos e ladrões. O medo tirou meu apetite.

Hennan se recuperou mais rápido do que eu achava possível, enrugando o rosto para o queijo enquanto o devorava.

"Calma, você vai passar mal", disse eu, recuperado... Ele continuava um esqueleto vestido de pele, mas a luz voltou aos seus olhos e as palavras à sua língua.

"Por que você veio?", perguntou ele.

Eu estava me perguntando a mesma coisa. "Sou um idiota."

"Por que eles trancaram você? Você tem dinheiro."

"Devo mais do que tenho." Essa era a história da minha vida adulta. Uma história bastante curta, mas que nunca havia me trancado no inferno antes. "Na prisão de devedores você tem o que traz consigo. Chamam isso de falência."

"E como vamos sair?" Ele limpou a boca com a mão e pegou sua água. Do outro lado da cela, brigas estavam começando pelo pão que havia atirado.

"Não sei." A verdade sempre me dói. Dizê-la a uma criança que considera você um herói põe uma série de farpas naquelas palavras, tornando-as mais difíceis de botar para fora do que o esperado. "Você não deveria ter fugido." Recriminações são inúteis, mas é preciso um homem melhor do que eu para não chutar alguém próximo que esteja caído. "Você estava no palácio de Vermillion, meu Deus! E agora..."

"Eu queria estar com os outros..." Ele manteve os olhos na maçã em sua mão, vermelha com o sangue dele onde a mordera.

"Sim, mas não os encontrou, não é mesmo?" Snorri e os outros estavam de volta a Vermillion aproveitando a hospitalidade de minha avó – Snorri pela segunda vez. Era impossível que tivessem chegado mais rápido que os cavaleiros de Marcha Vermelha à fronteira, e eu vi os cavaleiros voltando. Portanto, eles deviam ter sido capturados.

"Eu os encontrei, sim." Tão baixinho que eu quase não ouvi.

"Quê? Onde? Estou aqui há semanas e não ouvi nem um pio deles."

"Kara está aqui. Nesta prisão."

"Não!" Eu não conseguia acreditar naquilo. Como é que aquele lugar podia prender uma völva? Eu a imaginei observando das grades da cela em frente, mais um rosto cinzento entre os restantes, e descobri que não queria continuar pensando. "Onde?"

"Ela está cumprindo na frente." Hennan largou o pão, segurando sua barriga dilatada que doía. "Ela não sabe que estou aqui."

"Mas como você sabe que ela está aqui?" Ergui uma sobrancelha de ceticismo.

"As notícias viajam de frente para trás, não o contrário. Dizem que Lady Connagio tem uma empregada pagã com cabelos brancos e pele alva que sabe fazer feitiços que curam verrugas. Chegou na mesma época que eu."

"Minha nossa!" Mil perguntas brigaram para sair de minha boca ao mesmo tempo, mas a maior delas venceu. "Onde está a chave?"

Hennan chegou mais perto e falou mais baixo, com a guerra dos pães chegando ao fim, os vitoriosos mordendo as cascas com os dentes bambos e os perdedores chupando o dedo.

"Não posso falar a respeito. É por isso que estamos presos."

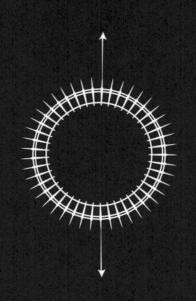

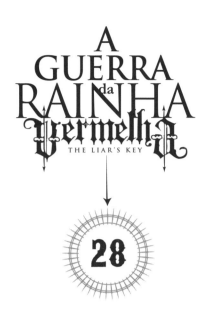

Fiel à sua palavra, Hennan não me contou sobre a chave. Toda pergunta que eu lhe fazia a respeito era respondida com o silêncio. Eu me esgotei questionando-o, mas a criança manteve o bico calado e no fim eu caí no sono, sem saber se o sol ainda estava brilhando lá fora ou não.

Sonhei com um livro, certamente pela primeira vez na vida. Há muito tempo afirmo que nada de interessante jamais aconteceu entre as capas de um livro, excetuando-se o uísque e a pornografia do cardeal, é claro, mas ali estava eu, virando página após página em meu sonho. Nem no sonho eu queria ler aquele troço, mas alguma compulsão me fazia continuar, como se procurasse por uma página em particular. Tentei me concentrar no que estava escrito, mas as letras não faziam sentido, deslizando para lá e para cá como aranhas que se esqueceram como dominar tantas pernas.

Mais uma página, mais uma página, mais uma e então eu a vi, uma palavra como qualquer outra, enterrada no meio de suas companheiras, mas que aferraram meus olhos. *Sageous*. E, quando a pronunciei, o rosto do bruxo dos sonhos saiu da página, levando consigo o texto, de maneira que as palavras ficaram sobre sua pele, penetrando nela como tatuagens. E seu nome, bem, isso desapareceu na fenda preta de sua boca, agora abrindo-se cada vez mais para dizer o meu.

"Príncipe Jalan."

"Você!" Eu fiquei de pé com um salto, deixando o livro cair no chão. Eu estava no recinto onde o encontrei pela primeira vez, um quarto de hóspedes do Castelo Alto, na Cidade de Crath, em Ancrath. "Que diabos...?"

"Você está sonhando, Príncipe Jalan."

"Eu... eu sabia disso." Eu me limpei e olhei em volta. Não parecia um sonho. "Por que está aqui? Quer que Baraqel o espete outra vez?" Eu não gostava nem um pouco do homem e queria que saísse de minha cabeça rapidamente.

"Acho que nenhum de seus amigos irá nos importunar esta noite, Príncipe Jalan, nem da luz, nem das trevas." Ele tocou em uma palavra em seu braço esquerdo e depois em outra no direito ao falar de luz e trevas. "E estou aqui para ver se alguma coisa pode ser salva. Você deveria libertar o garoto e depois ser conduzido até os nórdicos. Com tanto ouro à sua disposição, não deveria estar além da sua capacidade libertá-los também. Você poderia ter contratado um exército com o que estava carregando. Em vez disso, eu encontro você trancado com a criança em uma cela de devedores."

"Eu... deveria?" Olhei para o pagão tentando entender aquela baboseira. "Os sonhos?" Pus a mão no rosto. "Você me mandou os sonhos. Eu achei que estava ficando doido!" Todas aquelas noites assombrado pelo destino de Hennan. Eu sabia que aquilo não tinha a ver comigo. "Seu desgraçado!" Dei um passo em direção a ele e, vendo que minhas pernas não me obedeciam mais, parei.

"Parece que superestimei você, Príncipe Jalan." Sageous me enxotou para trás e minhas pernas traidoras lhe obedeceram. "Um homem que coloca a si próprio em uma prisão provavelmente não será capaz de se libertar. Receio que meu empregador terá de aceitar tanto o seu fracasso quanto as perdas resultantes."

"Empregador?"

"Kelem deseja que liberte seus companheiros da custódia da Casa Ouro para que eles possam continuar sua jornada e levar a chave de Loki até ele. Não acredito que isso seja possível, no entanto."

"Mas Kelem é dono dos clãs de banqueiros..." Embora agora, ao dizer aquilo, eu tenha me lembrado de ouvir falar em conflitos entre eles.

"A Casa Ouro tem suas próprias ambições e se aproximou de outros interesses, em anos recentes."

"O Rei Morto!" Agora fazia sentido. Ou pelo menos estava caminhando nessa direção. "Os soldados mecânicos e a carne de cadáver..."

"Mesmo assim", assentiu Sageous.

"Então o banco capturou Snorri esperando encontrar a chave de Loki? E, quando a obtiverem, eles a darão ao Rei Morto." Aquilo não parecia bom.

"Talvez sim, talvez não. Eles têm, como eu disse, suas próprias ambições. Todavia, a chave ainda não foi encontrada. Seus nórdicos devem saber onde ela está, por isso Kelem queria que os libertasse."

"Ele podia ter pedido!"

Sageous sorriu como se nós dois soubéssemos a resposta que eu teria dado. Ele me apontara na direção de Hennan, um leve empurrão que normalmente teria sido interpretado como aborrecimento de uma consciência pesada. Parecia importante para Kelem que Snorri não se sentisse pressionado a encontrá-lo por medo de ele mudar de ideia. Eu me consolei um pouco com o fato de que nem o bruxo dos sonhos nem o mago das portas pareciam compreender nenhum de nós. A consciência jamais me forçaria a entrar no caminho do perigo, e nada jamais desviaria Snorri de seu caminho, muito menos o fato de Kelem querer tanto que ele o seguisse.

O sorriso de Sageous pairou por um momento e depois desapareceu como se nunca tivesse existido. "E quanto ao propósito de minha visita." Sageous avançou para mim, intimidador, apesar de ser mais de uma cabeça menor que eu. "Onde está a chave de Loki?" Seus olhos se tornaram poças nas quais se podia afogar, e o pavor tomou conta de mim. Caí na escuridão gritando apenas a verdade. Eu não sei. Eu não sei. Eu não sei!

Acordei ensopado, gritando as palavras, com Hennan me sacudindo e gritando para eu acordar.

Após a visita do bruxo dos sonhos eu decidi nunca mais dormir novamente.

Foi preciso insistir um dia inteiro e aguardar a privacidade de outro tumulto por comida para fazer Hennan falar sobre a chave. Depois que a comida entrava no organismo e ele encontrava um pouco de energia, o garoto queria falar sobre tudo, sobre Kara, sobre como Snorri foi derrubado, sobre o que aconteceu com Tuttugu. Eu não queria escutar. Eu tinha uma pergunta: onde está a chave? No fim, a necessidade de falar sobre alguma coisa, mesmo que fosse a única coisa que ele prometera não falar a respeito, foi o que rompeu sua determinação.

"Kara a escondeu", disse ele.

"Snorri não confiaria a chave a ela."

"Ele a viu escondendo."

"Eles a enterraram em algum lugar?" Eu não sabia o que estava esperando, mas a ideia de a chave estar em uma caixa debaixo de quatro palmos de terra, ou enfiada em alguma fresta remota de um penhasco, não trazia muita esperança. Uma coisa como aquela não ficaria escondida. Os desnascidos sentiam a atração dela, e parecia que os necromantes também podiam rastreá-la. Se a única coisa que o Banco Central queria ainda não estivesse lá depois que eu negociasse nossa soltura em troca dela, todos nós sairíamos da prisão da mesma maneira e ninguém ficaria feliz, a não ser os porcos. E se caso eu descobrisse onde ela estava, Sageous roubaria essa informação da minha mente na próxima vez que eu caísse no sono. Kelem pegar a chave podia ser o menor dos males, comparado ao Rei Morto botando as garras nela, mas ainda assim isso me parecia um problema bastante problemático. A única esperança seria descobrir onde ela estava e usar isso a meu favor, da próxima vez que pegasse no sono.

"Diga-me que eles a entregaram a alguém para guardá-la – alguém em quem podemos confiar." Eu não conseguia pensar em ninguém em quem pudesse confiar, mas talvez Snorri tivesse mais amigos e fosse menos afligido por essa questão em particular.

"Snorri não a entregou a ninguém", disse Hennan.

"Ué, onde ela está, então?", chiei, afastando um velho que passou tropeçando por nossos "guardas" após levar uma cotovelada na cara por causa de um miolo de maçã.

O garoto coçou a cabeça como se aquela fosse uma pergunta difícil.

"Hennan!" Tentei conter a exasperação em minha voz.

Ele puxou a mão para trás e a abriu. Uma pequena pastilha de ferro estava em sua palma, do tamanho da unha de meu dedo mindinho, gravada com uma única runa. Kara usava as mesmas coisas no cabelo, até semear a ruína dos Hardassa com elas, perto da Roda de Osheim. Hennan devia ter escondido aquilo no emaranhado imundo de seus próprios cabelos.

"Como é que isso vai ajudar?" Eu não disse que não ajudaria – já vira maravilhas saírem daquelas runas.

Hennan franziu o rosto, tentando se lembrar das palavras exatas. "Deixe a sombra de uma chave cair sobre ela, e assim destrancará a verdade e revelará a mentira."

"Ela vai... o quê?" Ele se esquecera do feitiço. Tudo o que tínhamos era uma baboseira deturpada. A morte de uma pequena esperança dói mais do que uma eternidade de desespero. Aquele medo constante aumentou novamente na boca do meu estômago e lágrimas arderam em meus olhos.

"Ela é a chave." Hennan manteve os olhos na runa. "Mas não podemos vê-la ou usá-la até o encanto ser retirado."

Aquilo parecia loucura. "Com uma sombra?"

"Sim."

"De uma chave?"

"Sim."

"Cristo." Eu me recostei, com os ombros na aspereza da parede. "Você acha que algum desses esfaimados aqui tem uma chave?" Eu me inclinei para o lado e agarrei o tornozelo de um velho que estava caído no chão. "Você! Você tem uma chave?" Comecei a gargalhar, alto demais, o tipo de risada que dói o peito e está apenas a um passo do choro.

Existe uma coisa positiva a se dizer sobre ficar sentado em uma cela sem absolutamente nada para fazer a não ser manter o que é seu e controlar a fome: isso lhe dá tempo. Tempo de pensar, tempo de planejar. Obviamente que, para revelar a mentira dessa bobagem que Kara contou a Hennan ou possivelmente comprovar sua veracidade, nós precisávamos de alguém com uma chave. A única pessoa provável a descer até as entranhas da prisão era nosso amigo Racso. Então tudo o que precisávamos fazer era conseguir que a sombra da chave de Racso caísse sobre ela, e teríamos nossa oportunidade da próxima vez que ele destrancasse a cela.

Racso não voltaria até ter vontade de vender aos devedores comida e água, provavelmente mais umas doze horas, mais ou menos. Eu me recostei de novo na parede e convidei Hennan a me dizer como Snorri havia conseguido fazer com que todos fossem presos.

"E como diabos os encontrou?"

E Hennan me contou. Os suprimentos de comida que ele levara das cozinhas do Salão Roma acabaram após dois dias. Faminto e cansado, ele conseguiu arrumar uma carona com um casal de velhos visitando parentes em Hemero. A dupla de velhos parecia estar levando todos os seus bens materiais na carroça, mas encontraram espaço para o garoto em cima da pilha. A parte de Hennan no acordo era buscar e carregar água, colher gravetos, levar os cavalos para pastar e executar tarefas diversas. Para mim, parecia que os velhos tiveram pena de um menino mendigo estranhamente pálido. Em todo caso, o acordo o levou em segurança até quinze quilômetros da fronteira florentina.

Estradas menores levaram Hennan através da linha invisível entre os dois reinos, em um ponto sem nenhum guarda para barrá-lo. Ele chegou queimado de sol e faminto a Umbertide, esgotando os últimos mantimentos que seus benfeitores idosos lhe deram. Chegar até a cidade havia sido uma aventura de esgotos e escaladas, pois Umbertide já tinha um bocado de crianças de rua sem que os guardas dos portões deixassem outras entrarem.

Foi só quando Hennan já estava quase no fim da história de sua entrada em Umbertide que eu percebi qual era o verdadeiro problema. A compreensão me atingiu como uma contração gelada do estômago e uma repentina relutância em fazer as perguntas que precisavam de respostas.

Eu forcei as palavras a saírem. "Há quanto tempo você foi pego?"

Hennan franziu o rosto à luz da vela. "Não sei. Tudo aqui parece uma eternidade, perdi a noção dos dias."

"Chute."

"Uns dois dias antes de você chegar?"

Aquela sensação de vazio ficou ainda mais feroz, como se uma enorme mão estivesse tentando me puxar pelo chão da cela. Eu pensei que ele estivesse na cela durante todo o tempo em que zanzei por Umbertide. "Mas você está tão magro..."

"Estive vivendo de lixo e dormindo nas ruas por... semanas. Snorri não apareceu na estrada. Não a princípio. Eles pegaram um barco para descer o rio..."

"O Seleen?" Desgraçados ardilosos. Eles desconfiaram que eu fosse abrir o bico a respeito da chave e sabiam que a Rainha Vermelha iria atrás deles. Eles fizeram o que os nórdicos fazem. Foram para o mar.

"Sim, eles conseguiram que um comerciante os levasse em seu barco costa abaixo. Só que eles tiveram problemas e demoraram um tempão. Eles desceram em algum porto da costa florentina e andaram até Umbertide. Eu os vi chegando pelos Portões do Eco. Costumava dormir perto dali, em um telhado."

"Daí você se encontrou com eles e..."

"Soldados nos levaram algumas horas depois."

"Soldados?"

"Bem, homens de uniforme, com espadas."

"E o que vocês haviam feito?"

"Nada. Kara arranjou um quarto para nós, fomos até uma taberna e Snorri me deu algo para comer. Eles estavam falando sobre como encontrariam Kelem depois que chegassem às minas dele – Kara disse que eles não estavam longe. E aí os soldados vieram. Snorri derrubou alguns e nós nos escondemos no quarto. Foi aí que Kara convenceu Snorri a deixá-la esconder a chave. Snorri disse..." Hennan franziu o rosto outra vez, como se tentasse se lembrar das palavras exatas. "'Esconda-a com o garoto. Ele precisa de alguma coisa para dar a eles.'"

"Merda." Nada bom. Nada bom mesmo.

"Quê? O que foi?", disse Hennan, como se já não fosse suficientemente errado de minha parte xingar toda vez que abria a boca.

"Se eles querem a chave, logo virão para cá."

Hennan ficou muito confuso nessa hora, mas pela primeira vez eu não consegui pensar em nenhuma mentira plausível, e a verdade era horrível demais para revelar. Quando eu achava que a Casa Ouro havia retido Snorri por semanas sem aparecer na prisão de devedores para questionar os outros presos, as coisas pareciam menos urgentes. Se eles podem esperar três semanas, então podem muito bem esperar mais uma, e mais outra. Minhas próprias perguntas giravam em minha cabeça, perseguidas por respostas inconvenientes. Por que eles capturariam Snorri se não fosse pela chave? O que poderia ser mais perigoso, em uma cidade onde cofres trancados estavam por toda parte, do que uma chave que abrisse tudo? Por que Snorri daria a chave a uma criança? Porque quando viessem questionar o garoto, Snorri precisava saber que Hennan tinha algo para dar a eles, em vez de ser torturado por informações que não sabia. E a maior questão era quanto tempo os nórdicos aguentariam, depois que os banqueiros parassem de perguntar delicadamente e pegassem os ferros quentes. Se fosse comigo, eu soltaria todos os segredos que conhecia antes mesmo que eles começassem com o linguajar grosseiro. Estavam com eles havia três dias. Se estivessem fazendo as perguntas de maneira dura, ninguém poderia aguentar muito mais que isso, nem mesmo Snorri.

O bom senso dizia que o banco estava atrás da chave e que eles viriam à minha cela depois que tivessem dobrado Snorri. Ou, e o pensamento apenas aumentou meu pânico, depois que dobrassem Tuttugu, o que levaria bem menos tempo. Sem a chave, eu jamais sairia da cela, a não ser como um saco de ossos destinado à porta dos fundos. Nós precisávamos sair o mais rápido possível – agora, na verdade. Mas, até termos a sombra de uma chave, nós não tínhamos uma chave, e sem uma chave nós não podíamos fazer nada a não ser esperar.

Um dia inteiro se passou até o retorno de Racso – um dia e uma noite insone, em que cada hora se arrastava e eu suava a cada minuto. Eu não conseguia imaginar como algum dos nórdicos pudesse estar resistindo tanto tempo sob interrogatório, e cada barulho distante de metal com metal me fazia ter certeza de que alguém estava vindo buscar Hennan. Mas no fim foi só nosso carcereiro que apareceu, com um novo devedor a tiracolo, carne nova para as celas. Ou então um devedor de longa data cujos fundos haviam finalmente ficado tão escassos que foi sentenciado à última parada em seu plano de amortização. O portão deveria ter sido destrancado quase um dia antes, quando um saco de ossos chamado Artos Mantona morreu em silêncio no meio do chão, fraco demais para ficar em seu lugar no canto. Nós gritamos pelas grades, mas se Racso ouviu ele não demonstrou a menor vontade de remover o corpo, provavelmente pensando que um substituto surgiria mais cedo ou mais tarde, e assim ele mataria dois coelhos com uma cajadada só.

Pela aparência de alguns rostos esqueléticos à luz de minha vela bruxuleante, Artos talvez não fosse o único detento esperando para ser arrastado para os porcos quando Racso finalmente se dignasse a abrir.

Um dos "fortões" que eu pagava em maçãs para afastar a turba faminta de mim, um homem com o improvável nome de Artemis Canoni, havia piorado bastante, apesar da melhoria que minha chegada havia feito em sua alimentação. Eu nunca vira um homem ser derrubado com tanta rapidez. Ele parecia se contorcer com alguma dor invisível, ficando menor a cada hora. Outro sujeito estava com uma tosse molhada, não molhada daquela maneira normal, que espirrava; mas havia um som estranho em seus pulmões e na decomposição borbulhante que se ouvia dentro de seu peito deformado. Eu mantive distância dele.

"Para trás, seus vermes caloteiros!" Os gritos de Racso sempre me faziam tremer, cada palavra cavando um pouco mais fundo o ódio que sentia por ele. Os devedores se afastaram das grades quando o cassetete de Racso passou sobre elas, e os vermes de verdade ficaram onde estavam, mastigando os restos dos olhos de Artos Montana com boquinhas minúsculas. "Para trás!"

Hennan e eu ficamos onde estávamos, sentados em volta de nossa vela, a mais recente de uma série delas, agora queimada até seus centímetros finais. Nós nos posicionamos o mais próximo das grades que pensávamos que seria tolerado.

Atrás de Racso estava uma mulher de meia-idade em farrapos cinzentos, olhando-nos com horror. Ela parecia magra, em vez de faminta, e depois que estivesse no meio dos outros detentos pareceria quase saudável.

"Movam esse devedor ao lado do portão." Racso acenou para os restos de Artos. "Você aí, fique perto e role-o para cá." Ele contou suas chaves e se aproximou do portão com o pedaço de ferro mais apropriado para abri-lo. Ele segurava o lampião na outra mão, fazendo uma confusão de sombras se balançarem para lá e para cá, o desenho das grades passando para a frente e para trás no chão. Eu abri a mão para revelar a pequena runa em minha palma, mais fria do que deveria estar, e mais pesada também.

"Ande logo, caramba." Um murmúrio desesperado enquanto eu perseguia sombras, tentando capturá-las em minha mão. Não havia nenhuma sombra maldita que se parecesse com uma chave, apenas borrões aleatórios e a sombra oscilante das grades.

"O que tem aí, excelência?" Racso ajudou a mulher a entrar com um delicado empurrão nas costas. "Algo para trocar?" O velho arruinado que ele designara para mover Artos se esforçava para atravessá-lo pela abertura. O fedor de podridão que subiu quase o fez vomitar sobre o corpo enquanto o rolava. "Alguma coisa boa?"

Eu me levantei, estendendo a palma da mão na direção dele. O movimento saiu rápido demais e, sempre desconfiado, ele bateu o portão, girando a chave na fechadura. Alguns segundos antes, as pernas mortas de Artos teriam impedido que o portão se fechasse, mas o velho as empurrou bem a tempo. O que eu teria feito nessa hora eu não sei. Certamente bater meu crânio no cassetete de Racso não me atraía. Ele parecia ter aquela força obstinada que muitos gordos possuem, com braços feito toras. Não era uma força evidente, musculosa, apenas do tipo que mata.

"Calminha, imperador! Nada brusco. Nada brusco!" Ele estreitou o olhar na direção da minha mão enquanto tirou a chave. "Não parece grande coisa."

"Olhe mais de perto!" Eu dei um passo para a frente e ele recuou, com o lampião balançando, a chave apontada para mim como se quisesse repelir um ataque. Eu tentei com muito afinco, porém, irritando-o, deixando o desespero à mostra.

"É melhor se acalmar, imperador, vá com calma. Não deixe este lugar atingir você. Um pouco de jejum irá acalmá-lo." Ele se virou, evidentemente não aceitando pedidos de comida.

Eu bati nas grades por conta da frustração. Não adiantou. Mais uma noite me faria cair no sono e contar todos os meus novos segredos a Sageous.

"Espere!" A voz aguda de Hennan. "Uma coroa de prata. Coroa de prata de Marcha Vermelha!" Ele me deu uma cotovelada nas costelas, com força. Racso girou com uma elegância considerável, dando uma pirueta com o calcanhar.

"Prata? Duvido. Eu teria sentido cheiro de prata." Ele encostou o dedo no nariz.

Hennan me cutucou novamente e com grande relutância eu tirei uma das três pratas das profundezas de meu bolso, não a coroa de prata prometida, mas um florim de prata do próprio Banco Central. Um suspiro ávido surgiu de todos os lados.

"Calados!" Racso bateu nas grades, fazendo cara feia para os detentos antes de voltar o olhar para o florim. "Prata, é?" Uma ganância peculiar se apossou de seu rosto como se a moeda fosse um pudim que ele estivesse prestes a devorar. "E o que é que gostaria, excelência? Carne? Um belo pernil com osso? Bife? Com um jarro de molho junto?"

"Apenas segure sua lanterna assim." Hennan imitou o gesto. "E a chave da porta assim." Ele segurou uma mão na frente da outra. "E deixe a sombra cair sobre a palma de Jalan."

Racso franziu o rosto, mexendo as mãos para obedecer ao mesmo tempo em que ponderava suas objeções. "Bruxaria, é? Algum troço pagão seu, garoto?" Ele soltou o chaveiro do cinto e tirou a maior chave do molho.

"Ele diz que vai trazer sorte." Eu dei de ombros, entrando no jogo. "E eu já estou bem cansado deste lugar para querer um pouco disso. A chave simboliza a liberdade."

"Está seguindo os deuses do norte agora, excelência?" Racso futucou o nariz distraidamente com a mão que segurava a chave. "Não parece muito cristão."

"Só estou fazendo uma aposta, Racso, só uma aposta. Tenho rezado muito a Jesu e ao Pai desde que cheguei aqui e isso não me adiantou de nada. Eu sendo filho de cardeal e tudo mais! Achei que seria uma boa diversificar as apostas."

E com isso Racso estendeu a chave da porta, com a lanterna atrás, perto o bastante e parado o suficiente para a sombra cair sobre o chão. Como Hennan presumiu, tudo está à venda pelo preço certo, e não são muitas sombras que irão lhe render um florim de prata.

Estendi a mão com a runa no meio de minha palma e peguei a sombra no ar, fechando a mão em volta dela. Em um instante, os dedos se fecharam no espaço vazio e no seguinte eles seguravam a chave de Loki, tão fria, pesada e sólida quanto uma mentira.

No mesmo instante, joguei o florim entre as grades e uma centena de olhos acompanharam seu progresso vibrante. Racso saiu para pegá-la, deixando cair sua chave no chão, além do alcance dos braços, embora isso não impedisse meia dúzia de meus companheiros de tentarem pegá-la.

Ele perseguiu a moeda e pisou nela para interromper seu avanço. "Agora isso não foi certo, devedor." Ele chamava os que estavam mais próximos de morrer de devedores, como se isso desculpasse tudo que estivesse acontecendo com eles. "Não está certo fazer um homem correr atrás de uma moeda como se ele fosse um mendigo da rua. Nem mesmo por uma prata." Ele se endireitou, mordeu a moeda e cruzou o caminho de volta até nós, com o florim em seu punho grosso. Ele deu uma gargalhada para os braços que se afastaram por entre as grades. "Não é uma chave que vai tirar vocês da Prisão Central. Eu podia abrir todos esses oito portões e nenhum de vocês chegaria nem na metade do caminho, seus vermes. Vocês precisam de todas estas aqui." Ele bateu no chaveiro em sua cintura, fazendo as chaves penduradas se chacoalharem. "E um filho da espada para passar pela guarda. Há perto de uma dúzia de sentinelas entre vocês e a liberdade." Ele franziu a testa com a conta. "Seis ou sete, de qualquer maneira."

Racso olhou para a moeda em sua mão, com o rosto quase iluminado pelo brilho dela. "Dinheiro fácil." Ele riu e deu um tapa em sua barriga, com as sombras balançando. "Voltarei para buscar o devedor." Ele encostou o pé no corpo de Artos. "Tenho algumas compras a fazer." E lá se foi, assoviando sua canção de brisas frescas e campos abertos.

Eu me sentei em minha ilha de luz, com a chama da vela balançando-se em seu pavio, a chave de Loki na minha mão e, nas sombras densas por todos os lados, homens desesperados murmuravam sobre moedas de prata.

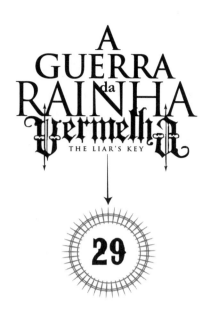

Nós esperamos Racso voltar. Não precisávamos da chave dele, mas eu precisava de luz para executar meu plano e, antes da luz, eu precisava de escuridão. Nós tínhamos de esperar. Não queria esperar. Não queria o tédio, nem o sofrimento, nem a sensação de incerteza, mas acima de tudo não queria dormir e encontrar Sageous esperando por mim lá.

Foi um longo e sofrido teste de resistência, a noite ininterrupta das celas. Gemi e suspirei com aquilo, até me lembrar de que Hennan suportara aquele lugar sozinho antes de eu chegar, a maior parte do tempo faminto e desidratado. Eu fiquei quieto depois disso, embora achasse que provavelmente tinha sido mais fácil para ele, por ter sido criado com as dificuldades da vida de um camponês.

Artemis Canoni parou de responder a meus chamados para manter os detentos e suas mãos curiosas longe de minha pessoa, e passou a gemer em um canto – o que quer que estivesse lhe comendo por dentro agora parecia estar levando vantagem. Meu outro guarda-costas, Antonio Gretchi, um antigo sapateiro das classes endinheiradas de Umbertide, provou ser incapaz de fazer o serviço sozinho. Assim, contratei um novo criado pelo preço de uma maçã murcha e o pus a trabalhar – o que significava pisar em qualquer mão que encontrasse rastejando em minha direção no escuro.

Durante hora atrás de hora inútil nós ficamos sentados no chão duro, com calor demais, com sede demais e prestando atenção, sempre prestando atenção ao ruído de qualquer aproximação. Minha cabeça ficava caindo, a imaginação aparecendo e pintando imagens na escuridão, induzindo-me a sonhar. Eu sacudia a cabeça para cima com um xingamento, mais desesperado a cada vez. Às vezes, alguém começava a falar; uma conversa sussurrada com um confidente, uma longa e lenta ladainha proferida em meio à escuridão. No anonimato das trevas, as pessoas confessavam seus pecados, seus desejos, faziam as pazes com o Altíssimo ou, em alguns casos, enchiam o saco de todo mundo com recordações monótonas e intermináveis de vidas profundamente sem graça. Eu me perguntei quanto tempo teria de ficar sentado ali até que as pessoas se familiarizassem com cada detalhe dos acontecimentos na Passagem Aral e eu começasse então uma reconstrução minuciosa de todos os bordéis de Vermillion. Muito possivelmente mais um dia me faria chegar lá.

O murmúrio baixo das conversas aumentava e diminuía em ciclos, desaparecendo em longos silêncios e depois começando novamente, provocado por uma memória que crescia a um momento recontado e se dividia em meia dúzia de tópicos que corriam por nosso grupo. A coisa possuía um ritmo natural e quando aquele ritmo foi interrompido eu fui despertado de meu devaneio. O burburinho de quatro ou cinco pessoas parou de uma vez só. Até os estertores molhados do Sr. Tosse pararam.

"O que foi?", perguntei. Claramente, era preciso que alguém de sangue azul fizesse as perguntas importantes.

Silêncio, a não ser por um barulho arrastado, alguma coisa pesada sendo puxada sobre as pedras do chão.

"Eu disse..." O barulho arrastado surgiu novamente e eu percebi com um susto que o som estava vindo do lado de fora das grades.

Prendi a respiração. Silêncio. O medo manteve a respiração presa em meus pulmões, apenas para explodir com um berro quando Sr. Tosse de repente começou a engasgar com sua própria respiração presa, tossindo com tanta força que eu tinha certeza de que seus pulmões estavam se enchendo de sangue. Quando ele finalmente parou, algumas pessoas começaram a murmurar novamente, quebrando a tensão. Com um baque seco, alguma coisa caiu contra as grades – e todo mundo engoliu as palavras, prendendo a respiração no peito outra vez. Os detentos foram mais para o fundo da cela, começando a xingar e a gritar de medo.

"Que diabos...?"

"Como é que..."

"Não tem ninguém lá fora..."

E aí alguém disse: "Artos?". O corpo que havia sido deixado estatelado do lado de fora do portão.

"Talvez ele não estivesse morto."

"Ele estava morto. Eu verifiquei. Ele era meu amigo."

"Vermes estavam comendo os olhos dele."

"É claro que ele estava mor..." Um segundo baque seco de carne batendo na grade cortou a conversa.

"Ah, merda."

"Jesu do céu!"

"Artos? É você?"

A escuridão fervilhava de possibilidades – nenhuma delas boa.

"É *Artos*, não é?" Era a voz de Hennan, mais perto de mim do que eu imaginava. Recuei.

"Sim."

"E ele está *morto*, não está?" Uma pequena mão procurando a minha.

"Sim." Em minha mão esquerda, eu segurava a chave, retirada de seu esconderijo, com o feitiço da bruxa desfeito... a chave de Loki pronta para ser usada mais uma vez, e mais uma vez livre para chamar atenção de qualquer coisa abominável que pudesse estar atrás dela.

A pancada de carne no ferro surgiu novamente. Eu imaginei o que não conseguia enxergar. Artos, cambaleando de volta do impacto com as pernas mortas, o rosto ainda cheio de vermes, pronto para se atirar para a frente mais uma vez, respondendo ao chamado do que eu segurava em minha mão.

"Não se preocupe." Eu usei minha voz de blefe, de heróis da Passagem, alta o bastante para todos, mas direcionando a mensagem para apenas um par de ouvidos. "Não se preocupe. Ele está lá fora e nós aqui dentro. Se ele não conseguiu atravessar essas grades em todos os meses que o prenderam deste lado, não é agora que vai conseguir voltar entre elas antes da próxima visita de Racso, não é?"

Eu mal havia terminado de falar quando Sr. Tosse puxou mais uma respiração gorgolejante, como se estivesse se afogando na imundície que enchia seus pulmões. Na mesma hora, depois que aquela respiração de arrepiar chacoalhou Sr. Tosse, meu antigo guarda-costas Artemis Canoni soltou um grito suave de dor em seu canto na cela. Nem Hennan nem eu dissemos nada, mas, pela tensão repentina em sua mão, acho que chegamos à conclusão no mesmo momento. Artos podia estar preso lá fora, mas se o Sr. Tosse ou Artemis Canoni fossem ao encontro do Criador nas próximas dez horas até que Racso voltasse... o Rei Morto teria um novo cadáver para brincar, e dessa vez nós estaríamos presos na cela com o que quer que ele escolhesse para pôr de pé novamente. De repente, minha preocupação com meus companheiros de cela atingiu novos patamares.

"Deem um pouco de espaço ao homem da tosse, cacete! Não fiquem em cima dele. Alguém dê a ele um pouco de água – quem fizer isso leva um cobre. E Artemis – para onde foi meu fiel Artemis? Água para ele também. E aqui está uma casca de pão para molhar nela."

Foi preciso um pouco de organização, mas eu fiz o possível por eles. Não que eu tivesse muita fé nos poderes curativos de água velha e pão mais velho ainda. Nosso amigo lá fora continuava batendo nas grades, e nossos amigos ali dentro continuavam murmurando sobre o *porquê* de ele estar fazendo aquilo. No fim, sem nada para ver e nada a se fazer a respeito, nós nos acomodamos novamente em um silêncio desconfortável.

A verdade sobre o terror absoluto é que, mesmo para um covarde de marca maior como eu, ele não se sustenta. Hora após hora, quando a coisa temida não acontece, ela se torna algo que, embora ainda terrível, permite um pouco de espaço nas beiradas pelas quais outros pensamentos podem passar. Pensamentos vieram. Pensamentos que plantaram suspeitas na escuridão da cela. Suspeitas, regadas pela escuridão, crescendo lentamente, mas de maneira implacável. A guerra da Rainha Vermelha estava no centro de meus problemas. Sua irmã mais velha me mandara ao norte distante para encontrar a chave que eu estava segurando agora. E o que eu estava fazendo em Umbertide? O gêmeo da Irmã Silenciosa me enviara até lá. Na época, aquilo me pareceu uma misericórdia, uma fuga dos perigos de casa... mas será que era? Marcha Vermelha hipotecada aos bancos de Florença, uma luta de poder entre a Casa Ouro e outros contra Kelem, o mestre não oficial da moeda do Império Destruído, o Rei Morto metendo seus dedos ossudos na cumbuca... o último ponto de parada de Snorri, antes de subir os morros com a chave de Loki para procurar o mago das portas... e o jovem Príncipe Jalan jogado no meio de tudo aquilo por um homem que eu passara a compreender mais plenamente em Umbertide do que jamais havia conseguido no palácio – um homem que os negociantes daqui consideravam o mestre da moeda não oficial de Marcha Vermelha. Pensei em Garyus encurvado em sua cama, parecendo estar a dois passos da morte, enviando-me em meu caminho com as únicas palavras gentis que ouvi depois de meu retorno. Pensei nele deitado lá e tentei enquadrar aquela imagem com as novas que se formavam atrás de meus olhos. Com um susto, percebi que estava segurando a chave de Loki apertada contra o peito. Eu abaixei a mão, imaginando se suas mentiras estavam se infiltrando em mim no momento.

Fiquei sentado ponderando, segurando a chave de Loki, mudando de posição de tempos em tempos para não ficar dolorido, até que cada parte de mim ficou doída e o esforço não fazia mais diferença. Eu preferia ter colocado a chave em um bolso, mas não podia arriscar perdê-la. Eu então a segurei com força, com aquela superfície escorregadia e traiçoeira parecendo deslizar sob meus dedos como gelo derretendo.

No começo, eu estava segurando aquela coisa como se ela pudesse me morder, recordando-me de como as memórias pulsaram através de mim ao primeiro toque, imagens do dia em que Edris Dean matou minha mãe. Mas a chave não mordia, assim como o velho Artos não encontrou uma maneira de atravessar as grades da cela. Eu fiquei sentado com ela fria em meu punho durante uma hora ou mais, escutando os barulhos da masmorra. Em determinado momento, ouvi uma batida, como se alguém estivesse batendo em uma porta perto dali – embora eu soubesse que só tínhamos grades e portões, nenhuma porta. As batidas ficaram mais altas, mais insistentes, apesar de ninguém à minha volta dizer nada, e a escuridão em torno de meus ouvidos parecer cheia de sussurros no limiar da audição. Isso durou um minuto, mais outro, e depois parou.

O medo se transformou em desconforto, a apreensão virou tédio, e apenas a longa batalha contra o sono permaneceu enquanto as horas passavam às cegas. Foi aí que a chave bateu. A sensação era como se a chave estivesse sendo arrastada de lado. Eu poderia soltá-la ou ser arrastado com ela. A escuridão se derreteu em visão, apesar de eu lutar com todas as minhas forças para ficar onde estava, e tentar ver apenas o que estava ao meu redor. Meus esforços foram soprados para longe em um vento frio. Eu estava mais uma vez às margens da Roda de Osheim. A passagem, aquele arco oco pelo qual escapamos de Edris e dos vikings Hardassa, estava mais uma vez diante de mim, uma obra solitária dos magos do mal no deserto bizarro pelo qual Kara nos guiara. Da völva, de Snorri e Tuttugu não havia sinal. Nenhum sinal de mim também, apenas meu ponto de vista desencarnado, assistindo, sem piscar, esperando a mentira, esperando a enganação da chave. E nada aconteceu. Eu estava levemente ciente de meu corpo, em outro lugar, em outro espaço e tempo, e a chave como uma barra fria e pesada apertada com bastante força.

"É uma espécie estranha de visão que não me mostra nada..." As palavras soaram apenas na minha cabeça. Em Osheim, o vento falava e tudo mais ficava em silêncio. Olhei para o arco e para as incrustações estranhamente esculpidas de pedra preta e vitrificada que pontuavam o terreno em volta. Eu olhei para o céu lá em cima, como uma ferida lilás. "Quê?"

A luz refletida em um dos afloramentos mais próximos me chamou atenção. Chamam esse troço de obsidiana. Eu sabia disso não por causa de alguma aula de um tutor, mas porque houve uma febre lá em Vermillion de joias feitas com o material. Durante vários meses, em um outono, todo mundo que fosse alguém estava usando aquilo, e depois que Lisa DeVeer me soltou várias dicas óbvias da altura considerável de sua sacada, eu peguei emprestado dinheiro suficiente para lhe comprar um colar feito com as contas e discos polidos de obsidiana. Ela o usou uma vez, pelo que me lembro... A chave ardeu gelada em minha mão e de repente eu sabia do que ela havia sido feita e de onde viera.

"Ah, diacho." Nenhuma história que comece com "perto da Roda de Osheim" termina bem. Eu olhei para baixo e vi que havia chegado de corpo também, além de espírito. Em minha mão, onde a chave deveria estar, havia apenas a pastilha de ferro de Hennan com a runa. No instante seguinte era a sombra de uma chave. E depois a chave. "Kara escondeu você em uma sombra..." Meus olhos vagaram pelas laterais da passagem arqueada, passando desconfortavelmente pelos símbolos entalhados ali na pedra. "Ela é jurada pelas trevas?" Eu me lembrei da facilidade com que ela expulsou Aslaug de seu barco. Ela não se opôs ao espírito com luz ou fogo, apenas ordenou que saísse... e a filha de Loki fugiu.

Olhei para o arco e me lembrei de como Kara o preparara com encantos antes de fazer Snorri usar a chave. O arco se abriu para a escuridão e Aslaug emergiu, depois Baraqel atravessou, fazendo a luz guerrear com as trevas dentro do vão do portal, formando uma espécie de recriação dos poderes centrais do feitiço da Irmã Silenciosa. Só então foi que a völva nos instou a atravessar, abrindo caminho. E daquele momento em diante eu não ouvi mais nenhuma palavra de Aslaug, nem Snorri mencionou Baraqel. Suas vozes repentinamente se calaram e sua influência diminuiu até sumir no espaço de uma semana. Não me parecera tão estranho até agora. Tudo que diz respeito à magia é estranho e duvidoso, de qualquer maneira... mas... Kara nos levou até aquele arco, ela fez um encantamento nele, e depois, além de nos transportar para longe do perigo, ela nos destituiu de nossos protetores, a força que nos fora dada por minha tia-avó. Admito, eram espíritos estranhos que carregávamos, e admito que minha tia-avó era uma feiticeira tão louca quanto se podia encontrar no Império Destruído, mas mesmo assim eles eram uma forma de poder, nossa única proteção contra o pior que nossos inimigos podiam jogar sobre nós... e Kara os tirou de nós.

Andei pelo arco e me vi do outro lado, de volta naquele mesmo maldito matagal. Quando Kara o ativou, o arco nos levara à escuridão debaixo de Halradra... mas dessa vez eu tinha vindo da escuridão e precisava de luz. Por muito tempo, fiquei olhando de volta para a passagem, lembrando-me da escuridão de minha cela e da escuridão das cavernas debaixo do vulcão. Luz. Era por isso que estávamos esperando. Nós precisávamos de luz. E, como se uma chave tivesse girado, pedaços de memória se alinharam e enfim obtive minha resposta.

Fechei os olhos, abri-os novamente, e encontrei o escuro, como sempre havia sido. Quase silêncio – os murmúrios baixos de duas pessoas do outro lado da cela, o barulho da respiração de um moribundo, o arrastar de um morto do lado de fora das grades. Eu apalpei meus bolsos e me xinguei de idiota.

Trabalhei às cegas, retirando florins duplos das tiras de linho nas quais haviam sido costurados, desenrolando os pedaços usados de tecido e empilhando as moedas sobre meus joelhos. Eu tomei um enorme cuidado para não as deixar tilintar.

"O que está fazendo?" Hennan bem perto.

"Nada." Eu amaldiçoei seus ouvidos aguçados.

"Está fazendo alguma coisa."

"Apenas se prepare."

O garoto teve o senso de não perguntar para quê, enquanto muitos homens crescidos não teriam.

Com cuidado ainda maior, equilibrei um prato de metal de cabeça para baixo em cima da pilha de moedas.

"Vou fazer uma luz", disse-lhe, alto o bastante para todos ouvirem. "Vocês devem cobrir os olhos."

A chave de Loki abria muitas coisas, memória entre elas. Eu pus a mão bem fundo em meu bolso traseiro. Lá embaixo, entre as felpas, um velho lenço que precisava de limpeza, pedaços de pergaminho, um medalhão com a imagem de Lisa DeVeer dentro e, por fim, a pequena protuberância dura que estava procurando, enrolada num pano. Eu deslizei um dedo por baixo do pano e toquei no metal frio. Imediatamente, um brilho irrompeu pelo lenço, pelos dedos, e iluminou o tecido de minhas calças. Se houvesse um engraçadinho em nosso bando, ele poderia dizer que o sol realmente parecia estar brilhando em meu rabo. Eu puxei o oricalco de Garyus para fora, escondido em meu punho e ainda assim claro o bastante para iluminar o recinto com os tons rosados de meu sangue, a luz pulsando e errática como as batidas do coração. Sobressaltos de admiração e choque surgiram por toda parte. Mesmo abafada por minha mão, a luz era suficiente para fazer todos ali, inclusive eu, taparem os olhos.

A admiração se transformou em horror em instantes. Por todos os lados, meus companheiros devedores estavam gritando e se afastando das grades. Por estar mais perto da fonte, a luz me cegava por mais tempo que a maioria, e eu precisei abrir os olhos longe do brilho e piscar desamparadamente para tentar ver o que havia causado o pânico. Quando finalmente foquei na coisa do lado de fora das grades, quase deixei escapar um grito também, e só muita determinação me impediu de me afastar e me enterrar na multidão.

Artos havia arrancado quase toda a carne bichada e os olhos que olhavam para nós naquele rosto esfolado e brilhoso eram órbitas gosmentas, escurecidas pela sombra. Mesmo assim, parecia sair um apetite da escuridão daqueles buracos de olhos, um apetite que parecia horrivelmente familiar. Mãos mortas agarravam as barras e a boca cheia de dentes quebrados mastigava ainda mais fragmentos enquanto gorgolejava ameaças incoerentes para nós.

"Em um momento vou destrancar o portão", falei.

Um suspiro coletivo e um coro de "nãos" se elevou.

"Mesmo que *pudesse* abri-lo, eu não iria lá fora!" Antonio, meu guarda-costas mais antigo, olhou para o homem morto e para mim como se eu fosse louco, com os olhos lacrimejando com a luz. "Diabos, eu não iria lá fora nem que aquela coisa não estivesse parada ali! Os guardas iriam simplesmente me pegar no próximo corredor e eu estaria de volta aqui com uma multa adicionada à minha dívida e uma surra pelo trabalho. Precisamos esperar até Racso chegar. Ele vai trazer a guarda para lidar com... seja lá que diabos essa coisa for." Ele fez uma pausa, estreitando os olhos com o brilho de minha mão. "Como diabos você está *fazendo* isso?"

"Em um momento vou destrancar o portão", repeti, agora mais alto, segurando a chave preta à minha frente. "A próxima pessoa a morrer aqui dentro vai acabar como Artos ali – só que estará presa aqui conosco." Eu olhei em volta de forma significativa para Sr. Tosse, deitado de costas semiconsciente, o peito estremecendo para cima, chiando para baixo, estremecendo para cima. "Pensem nisso."

Eu fui até o portão e a coisa que havia sido Artos se mexeu para ficar de pé diante de mim. Quando me aproximei das grades ele meteu os braços para dentro, tentando me pegar, com os restos de seu rosto pressionando-se para a frente como se de alguma maneira fosse conseguir espremer o crânio pela fresta. Por muito pouco eu consegui não pular para trás. Essas pessoas precisavam de coragem, se iam me tirar dali. Elas precisavam de um bom exemplo, precisavam ver um pouco de coragem à mostra. Eu não podia dar isso a elas, mas podia fazer uma imitação razoável.

"Não é muito esperto, hein?" Eu me mantive fora do alcance dos dedos que tentavam agarrar. Havia uma inteligência naquelas órbitas escuras e gosmentas, a mesma inteligência terrível que me olhou pelos olhos dos homens mortos lá nas montanhas com Snorri, mas o desejo dominava as ações da coisa, um desejo de me matar a qualquer preço. Pelo que pareceu uma eternidade eu fiquei parado ali, sabendo que não podia recuar, mas sem a menor ideia do que fazer. No fim, apalpei meus bolsos procurando inspiração. Afinal, o oricalco de Garyus havia ficado ali esquecido desde o meu retorno ao palácio, alguma outra coisa útil podia estar no fundo de outro bolso... Eu olhei para baixo e descobri que a coisa útil estava bem em cima. Puxei um pedaço da tira de linho que até recentemente tinha florins duplos costurados nela. Eu fiz um laço largo com ela – uma tarefa nada fácil –, segurando o oricalco ao mesmo tempo. Com o laço completo eu avancei sobre Artos. Após algumas tentativas hesitantes, lacei seu pulso direito. Jogando meu peso por trás, puxei o braço bruscamente para o lado. A junta do cotovelo cedeu com um estalo de dar ânsia de vômito e o braço se dobrou em um ângulo impossível, possibilitando-me amarrá-lo às grades, fora do alcance da mão esquerda de Artos. Apanhei outro pedaço de linho e repeti o processo com o outro braço.

"Pronto." Artos agora olhava furiosamente para nós, preso ao portão por dois braços quebrados, com a língua projetada para fora e passando sobre os dentes quebrados como se ela também estivesse tentando me alcançar. Eu pus a chave de Loki na fechadura. Ela se encaixou perfeitamente e virou sem dificuldade. Clique. Segurei a borda externa do portão e o empurrei para abrir, colocando meu peso para superar a resistência de Artos que tentava me atacar. Mantive o portão aberto com um braço e chamei os devedores com a mão que estava segurando nossa luz. Em cada uma das outras sete celas, uma enorme quantidade de rostos se pressionou contra as grades, assistindo a tudo com admiração.

Os devedores, todos apavorados e confusos, ficaram onde estavam; alguns até se afastaram ainda mais, embora evitando Sr. Tosse.

Eu suspirei, dei um passo para trás, enfiei a mão no bolso e retirei todas as minhas moedas menores, dois florins de prata, três hexas e doze meias. Sacudi a mão e as espalhei pelo recinto do lado de fora do portão. Como se tivessem sido escaldados, metade da população da cela se atirou para a frente, e a maior parte da outra metade saltou de pé. Vários deles ficaram emperrados no portão, lutando uns com os outros, desesperados para passar primeiro, bem debaixo da fuça de Artos, que contorcia as mãos inutilmente para eles.

Eu fui rapidamente para o lado de Hennan e lhe entreguei o oricalco. "Segure isto."

Na escuridão resultante, peguei a pilha de florins duplos debaixo de meu prato, uns cinquenta ao todo, e os despejei em minha camisa, dobrando-a por cima deles.

"Agora me devolva." Eu precisei elevar a voz por cima da cacofonia que surgiu devido ao tumulto do lado de fora do portão. Após um ou dois segundos atrapalhados, nós fizemos a troca e o lugar se acendeu outra vez, minha mão reluzindo, o brilho saindo entre meus dedos. "Venha." E eu saí na frente, com Hennan em meu encalço e outros seguindo, atraídos pela luz que se afastava e pelo medo de serem deixados sozinhos no escuro com moribundos que podiam não morrer adequadamente.

Eu podia ter dado a chave a Hennan e deixá-lo abrir os outros portões, mas parecia uma crueldade permitir que ele tocasse nela. Eu me surpreendi com aquele conceito. Um ano atrás, a questão de minha conveniência teria suplantado qualquer preocupação de crueldade com uma criança – na verdade, a crueldade podia até ser considerada um bônus...

Eu passei por cima de três homens que lutavam pela posse de um hexa e destranquei o primeiro portão. Alguns dos homens mais saudáveis e maiores saíram apressados para participar da guerra por trocados. A maioria se conteve, quase com tanto medo de mim, com minha mão reluzente e a chave preta, quanto tinham de Artos e seu rosto carcomido.

Quando cheguei à quinta cela, as pessoas estavam começando a sair das celas já abertas. Eu destranquei o portão e imediatamente um sujeito grande saiu com tudo. Ele não se uniu à contenda pela última moeda no centro. Em vez disso, ele se virou para mim. Eu precisei levantar a cabeça para observá-lo. Olhos escuros e beligerantes se estreitavam para mim debaixo dos cabelos pretos emaranhados. O homem havia passado fome com o restante dos devedores de último estágio, mas foi um brutamontes em sua época e parecia bem menos impressionado comigo do que seus companheiros.

"Tenho olhado você comer enquanto o resto de nós fica sem. Tenho olhado você jogar seu dinheiro por aí, nortista." Sua careta piorou e ele ficou em silêncio como se tivesse me perguntado alguma coisa.

"Nortista? Eu?" Essa era nova, embora suponho que tecnicamente estivesse certa. Eu olhei para ele, perguntando-me se conseguiria sobrepujá-lo e definitivamente não querendo tentar.

"Que tal jogar um pouco desse dinheiro no meu caminho – na verdade, que tal me entregar com jeitinho, garoto?"

As celas ficaram em silêncio atrás de mim, e os detentos à minha frente olharam todos em minha direção. Tudo que eu tinha para me defender era a chave em minha mão, segurada de maneira um pouco desajeitada por causa do florim duplo escondido em minha palma. Minha outra mão estava segurando o cone de oricalco e eu a mantinha apertada à barriga, onde havia prendido a dobra de minha camisa, recheada com uma modesta fortuna em ouro.

"Hum." O pânico tomou conta de mim e minhas pernas se prepararam para correr. O grandalhão estendeu a mão magra, na direção do meu pescoço.

"Acabe com ele, Jal!", intrometeu-se Hennan, inutilmente, atrás de mim. Ele pegara aquele maldito hábito de "Jal" de Snorri.

A inspiração bateu antes do valentão. "Olhe!", disse eu, e abri a mão com a chave revelando o disco brilhante de ouro em minha palma suja. Por um segundo, seu rosto se iluminou com a luz refletida e ele abriu um sorriso maravilhado e idiota. "Pegue!" E eu a joguei por entre as grades da cela atrás dele. Um bando de corpos cinzentos imundos imediatamente se atirou em cima do florim duplo e, com um rosnado, meu algoz se virou e partiu para a briga urrando ameaças terríveis.

"Gaste com sabedoria." Eu fechei o portão atrás dele e o tranquei, enfiando a chave no bolso.

Eu me virei, esperando que minha plateia estivesse pelo menos um pouco impressionada, mas acabou que eles não tinham ficado quietos por causa de meu pequeno drama no portão número cinco. Racso estava na entrada do corredor, com três guardas atrás dele, homens grandes com camisas de cota de malha e armas de aço nas mãos.

"Voltem. Para. Dentro." Racso soltou cada palavra como uma pedra. Ele havia substituído seu cassetete normal por um que terminava com uma protuberância horrível de ferro preto. O mar cinza de corpos recuou em direção às celas, com as muitas sombras balançando sobre as paredes conforme o oricalco pulsava em minha mão. Em mais alguns segundos minha chance desapareceria por completo.

"Olhem!", gritei, retirando um punhado de ouro da dobra em minha camisa e segurando-o na direção do teto.

Aquilo chamou atenção deles. Várias cabeças giraram sobre vários pescoços magricelas. A natureza peculiar de nosso encarceramento significava que, em minhas mãos, eu estava segurando a liberdade deles. Apesar de ameaças, ferros afiados ou instrumentos pontiagudos, havia poucos ali que não conseguiriam comprar sua saída agora mesmo com dez florins duplos. Muitos deles poderiam adquirir sua soltura com apenas uma ou duas moedas, e uma única moeda lhes daria no mínimo um ano de comida e bebida, mais um ano entre aquilo e alimentar os porcos.

Deixei o dinheiro falar por mim. Eu atirei o punhado inteiro por cima das cabeças de Racso e dos guardas e as moedas saíram tilintando pelo corredor atrás deles.

O efeito foi imediato. Os devedores se atiraram para a frente sem hesitar nem por um momento. Até Racso e os guardas estavam olhando na direção dos florins se afastando. Os devedores não chegaram a atacar os homens em seu caminho, apenas passaram por cima deles, e uns dos outros, como uma onda avançando.

Eu peguei Hennan e corri atrás da onda, batendo minha bota na nuca grossa de Racso quando ele tentava se levantar. Sempre chute um homem quando ele está caído, é o que eu digo. É a melhor chance que terá.

Os devedores que haviam colecionado mais ouro, disputando-o na refrega enlouquecida, quase sem luz para enxergar, agora avançavam pela prisão, desesperados para pagar sua dívida antes que seus florins duramente roubados por sua vez lhes fossem tomados. Aqueles que haviam se saído não tão bem na luta foram atrás, ansiosos para equilibrar a distribuição de fundos.

Infelizmente, alguns devedores pararam para pensar de onde o dinheiro viera, e ainda estavam parados quando Hennan e eu os alcançamos. Um homem maltrapilho de meia-idade entrou em meu caminho, com uma velha atrás dele, nua e coberta de sujeira; ao lado, uma moça com cabelos aloirados e embaraçados, corpulenta e de olhar maligno, vestindo o que parecia ter sido um saco. Três homens mais velhos, pequenos e parecidos o bastante para serem parentes, saíram das sombras para apoiá-los.

"Vai desembolsando." A moça estendeu a mão. "Três duplos vão curar meus males. Ouvi dizer que é príncipe. Três duplos é a maneira barata de passar por mim, bonitão."

Imediatamente o restante deles começou a gritar suas exigências e a se aproximar, uma choldra imunda.

"Para trás!", bradei, e eles pararam. Ser criado na realeza faz isso por você. O sotaque, a postura e séculos ensinando as classes baixas a lhe obedecerem, tudo isso se junta para permitir que a indignação de um príncipe tenha mais peso que a de um homem comum. "Como ousam?" Eu me empertiguei para ficar da minha altura total, estufei o peito e levantei a mão para atingir qualquer um que chegasse perto. A ameaça de violência deve ter sido de certo modo abafada pelo fato de eu ter continuado a prender o braço esquerdo em cima da barriga, segurando mais trinta ou quarenta florins duplos contra o corpo.

"E então?", rugi. Os devedores pareciam paralisados por minhas reprimendas, olhando para mim boquiabertos. Eu dei um passo brusco para a frente e todos eles saíram correndo, mais de meia dúzia disparando pelo corredor abaixo. "Ora!" Eu sorri para Hennan, bastante surpreso com o quanto havia sido bem-sucedido. "Acho que..." Duas mãos grandes apertaram meu pescoço e me interromperam. Eu me debati em pânico, derrubando ouro, até que as mãos apertaram totalmente e eu me vi de frente para o que realmente havia assustado os outros devedores. Meus olhos encontraram o olhar morto de um guarda cuja cabeça pendia em um ângulo completamente anormal. Seu pescoço devia ter se quebrado em algum momento durante o êxodo dos devedores por cima de seu corpo caído.

O medo é uma coisa maravilhosa. Não só faz você correr consideravelmente mais rápido do que pensava ser possível como também lhe dá mais força do que possuiria num dia normal. Não força suficiente, infelizmente, para quebrar o controle que um homem morto tem sobre seu pescoço, já que estar morto também dá forças a alguns homens, mas o bastante para empurrar meu agressor de volta à câmara. Eu bati seu corpo com força contra as grades de uma cela. Acho que também consegui dar uma joelhada na cara de Racso enquanto ele tentava se levantar, gemendo.

O ataque me tirou todas as forças e eu estava pendurado nas mãos do morto, com pontos pretos surgindo em minha visão e uma sensação de distância tomando conta de mim. A dor em meu pescoço e pulmões recuou à medida que o mundo se afastou, reduzindo-se a um único ponto brilhante. Eu tive tempo, naquela escuridão suave e envolvente, de refletir sobre duas coisas. Primeiro, que ser estrangulado por cadáveres estava se tornando uma espécie de hábito. Segundo, que minha única chance de sobrevivência dependia da ganância de muitos e do pensamento rápido de uma única criança.

Enquanto os últimos resquícios de minha visão desapareciam, eu vi uma dúzia de mãos se estendendo através das grades, prendendo o morto a elas. E logo antes de as batidas do meu coração ficarem tão altas que abafaram todos os outros sons, eu ouvi o barulho de uma espada sendo arrastada sobre a pedra.

Acordei repentinamente, congelando e molhado.

"Calma!" Era a voz de Hennan no escuro.

"Q..." Minha garganta doía demais para falar.

"Tome isto." Alguma coisa bem sólida foi pressionada na palma de minha mão e uma claridade surgiu, enchendo o espaço com uma luz branca e precisa. Eu fechei a mão em volta do oricalco e apertei bem os olhos. O garoto havia jogado água em cima de mim... Eu esperava que fosse água.

Então percebi que parecia estar bem mais pelado do que antes. Minha próxima pergunta começou com onde estão minhas roupas, mas rapidamente se transformou em onde diabos está meu dinheiro.

"Onde diabos está meu dinheiro?"

"Eles pegaram." Hennan apontou para os últimos cinzentos que estavam saindo pelo corredor, com Racso muito pisoteado no caminho. O guarda que tinha me estrangulado estava caído e se contorcendo ali perto, com seu olhar furioso fixado em mim, embora sem os braços necessários para fazer valer a ameaça.

"Eu dei a espada a eles pela grade e o cortaram em pedacinhos." Hennan estremeceu ao lembrar daquilo.

Eu me apoiei para levantar. As faixas de linho nas quais minhas moedas haviam sido costuradas estavam espalhadas, manchadas de sangue empoçado. Ao abrir a mão, eu encontrei a chave de Loki ainda em minha posse, minha pele marcada com a impressão dela.

"Como eles..." Eu esfreguei meu pescoço machucado. "Saíram?"

"Eu peguei as chaves de Racso", disse Hennan.

"Você deixou eles me roubarem!"

"Eles o seguraram pelas pernas e estavam tomando seu ouro de qualquer maneira. O grandão disse que, se eu os deixasse sair, eles não machucariam você."

"Hum." Ele tinha uma desculpa. Fiz força para me levantar, puxei minhas calças rasgadas – foram bastante minuciosos na procura dos florins – e fiquei de pé, cambaleante. "Vamos."

Nós nos apressamos atrás dos devedores fugidos.

Conforme esperado, quase duzentos devedores bem motivados fizeram um belo estrago na segurança da prisão. Em vez de segui-los até a entrada da frente, onde eles estavam ou fazendo arruaça, ou pagando suas saídas, eu encontrei uma passagem que dava para trás. Nós passamos por três portões trancados, por uma guarita vazia, e saímos por uma porta pesada que dava para um pátio fétido de muros altos. A lua cheia banhava a cena com uma luz prateada que disfarçava mais do que revelava. Eu enrolei o oricalco em um pano e o enfiei no fundo do bolso.

"Venha." Eu fui na frente, pisando em volta dos fossos de cal onde eles botavam os restos dos devedores cujos parentes haviam pagado pelo corpo. Dois carrinhos bambos estavam encostados no muro, um deles empilhado com vários cadáveres raquíticos destinados aos porcos.

"Mas..." Hennan agarrou minha mão e me puxou.

"O quê?" A raiva por estar sem um centavo saiu e se impregnou em meu tom de voz.

"Eles estão mortos", sussurrou Hennan.

"Bem, assim espero..." Franzi o rosto para ele. Ele podia ser apenas uma criança, mas já havia visto muitos cadáveres antes. Foi aí que me dei conta de por que seria melhor estarmos enfrentando o tumulto e a possibilidade de recaptura na frente da prisão. "Merda."

Um som seco e arrastado saiu dos fossos de cal atrás de nós, e no carrinho três corpos emaciados começaram a tentar se desenroscar. "Corra!"

Fico apenas um pouco envergonhado de dizer que fui mais rápido que o garoto; velhos hábitos são difíceis de largar. É bom ser mais rápido do que o que está perseguindo você, mas na verdade o que é importante é ser mais rápido do que a pessoa mais lenta sendo perseguida. Regra número um: fique à frente do outro homem. Ou criança.

Os portões para o mundo lá fora se revelavam à minha frente, tábuas grossas de madeira seca com ferro cravejado e um pesado mecanismo de travamento no meio. Eu enfiei a chave em um êxtase atrapalhado, virei e o empurrei com uma força que brotou do desespero. Hennan passou disparado pela abertura segundos depois, com um vulto branco bem em seu encalço, pó de cal fumegando em seu rastro. Juntos, nós batemos o portão e a chave de Loki o trancou ao mesmo tempo em que o primeiro corpo se chocou contra as tábuas.

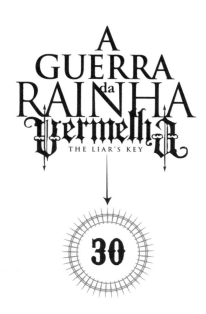

"Continue correndo!" Segurei a mão de Hennan e o arrastei pela rua que passava atrás da prisão. Nós pegamos o primeiro beco que se apresentou. Becos escuros podiam ser lugares perigosos, mas quando se está fugindo de uma prisão de devedores em uma cidade bancária, com detentos mortos ansiosos para comer suas partes macias, até o pior beco da cristandade parece menos ruim.

As passagens estreitas obscureciam a lua com tanta eficácia quanto o sol e, exceto por uma ou outra fresta de lampião que saía dos prédios, nós corremos quase às cegas. A cada esquina eu imaginava que o cadáver de um mendigo pudesse estar ali na escuridão, de braços abertos e com um sorriso faminto. Curva após curva me provaram que eu estava errado: era Hennan que estava me fazendo parar, não um morto qualquer à procura da chave.

A força do menino acabou após apenas alguns minutos. A princípio, ele só precisava de um instante aqui ou ali para recuperar o fôlego, mas as paradas ficaram mais longas e logo aquilo se tornou uma escolha entre carregar, arrastar, abandonar ou parar. Eu mesmo estava bastante cansado, então nós paramos, agachados em um arco fechado que dava para o jardim cercado de alguém. Eu só podia esperar que os mortos vissem tão mal sem luz quanto os vivos, e que o portão através de nós pelo menos impedisse o ataque daquela direção.

"Nós temos apenas que passar pelos portões da cidade e seguir para o norte. Pode ser que eles mandem cavaleiros pela Estrada de Roma, então vamos precisar pegar outra rota. A fronteira pode ser um problema... mas ela está a dias de distância." Fiz uma pausa para tomar um fôlego muito necessário. "Seria bem mais fácil se tivéssemos dinheiro." Eu me permiti um momento de silêncio para relembrar meu adorável ouro, jogado em várias direções, espalhado e roubado naquela maldita prisão. Meus olhos arderam com a injustiça de tudo aquilo. Eu tinha uma fortuna digna de um rei naquela caixa e mesmo quando levaram *aquilo* eu tinha o suficiente amarrado no corpo, digno do cachorro favorito do rei... Eu posso até ter deixado cair uma lágrima máscula na privacidade daquela escuridão.

"Nós precisamos pegar Snorri e os outros primeiro", disse Hennan.

"Kara deve estar bem: ela provavelmente saiu no tumulto. Além do mais, ela é uma bruxa. Estou surpreso que não tenha usado sua magia para escapar. Na verdade..." Na verdade, fui repentinamente tomado pela constatação de que a presença dela na prisão de devedores era realmente muito estranha. Eles não teriam interesse em questioná-la também?

"Nós precisamos libertá-los." A voz de Hennan soou com insistência pela escuridão. "Não podemos deixá-los lá para morrer!"

"Bem, sim, é claro que eu *quero* resgatar Snorri e Tuttugu, Hennan, só que..." Só que eu não quero porque seremos capturados ou mortos. "Não há maneira de fazer isso. Não com um homem só. Nem mesmo se esse homem for um príncipe. Não, o que precisamos fazer é voltar a Vermillion o mais rápido possível e então enviar ajuda."

"Enviar... ajuda?" Ele podia ser apenas uma criança, mas não estava caindo naquela.

"Sim. Eu direi à Rainha Vermelha e..."

"Eles não podem esperar tanto tempo! Eles precisam que os tiremos de lá agora!"

"Eles vão ter que esperar. Eu nem sei onde eles estão, caramba!" Eu sabia, no entanto. Eles estariam na Torre das Fraudes. A prisão mais sinistra de Umbertide, uma torre robusta e cinzenta onde todos os esquemas e tramoias usados fora da lei dos bancos para roubar dinheiro eram desvendados e desfeitos, utilizando uma variedade de instrumentos afiados, quentes ou esmagadores para garantir uma solução completa. Aqueles que roubavam dinheiro dentro da lei dos bancos, é claro, eram muito bem recompensados e chamados de banqueiros. Em Umbertide, fraudadores recebiam tratamento pior que assassinos, e os assassinos eram colocados debaixo de uma larga tábua chamada de "a porta", sobre a qual empilhavam-se pedras, uma de cada vez, até que o criminoso fosse considerado morto.

Tive sorte de não ir direto para a torre e provavelmente seria apenas questão de tempo até eu ser transferido para lá, depois que toda a gama de minhas sonegações de impostos e tarifas viesse à tona. Ou talvez minhas ligações familiares tivessem me mantido longe. De qualquer maneira, ir para lá agora me parecia a pior ideia de todas.

"Não vou sem eles." Hennan, com a voz firme de determinação.

"Não é assim que o mundo funciona, Hennan." Eu tentei fazer um tom paternal, firme, porém justo. Não que eu tivesse muita experiência com a qual contar. "Não se pode sempre fazer alguma coisa apenas porque é o certo a se fazer. É preciso ser sensato nessas questões. Pensar direito."

"Você tem a chave. Ela nos tirou de uma prisão. Ela pode nos fazer entrar em outra."

Ele tinha razão. Era um ponto que precisava de um contra-argumento. Eu poderia simplesmente esbofeteá-lo e atirá-lo ao chão e sair para as colinas sozinho. Deus sabe que um príncipe de Marcha Vermelha não tem de responder a uma criança, ainda mais uma criança plebeia... uma criança plebeia e estrangeira! Mas o fato era que em algum lugar algo havia mudado, talvez fosse algum dano restante que Baraqel me causara... mas, caramba, eu sabia que se simplesmente o deixasse para trás aquilo começaria a me aporrinhar e eu não teria paz, ou pelo menos não paz suficiente para eu me divertir. Então, para meu próprio bem, eu precisava convencer o merdinha a me seguir.

"Não é apenas uma questão de chaves, Hennan", falei, começando em um tom consolador. "Há outras considerações. Não é seguro para um garoto da sua idade. Para início de conversa, o Rei Morto quer a chave. Não podemos ficar por aqui, há cadáveres demais, ele tem material demais com o qual trabalhar... as cidades são erigidas sobre camadas após camadas de gente morta... é isso que as mantêm. E mesmo que chegássemos à cadeia certa..."

"Há guardas. Uma chave não faz você passar pelos carcereiros." A pessoa que falou descobriu seu lampião ali perto, ofuscando-me. Eu me movimentei para trás, bloqueado pelo portão. Minhas mãos encontraram Hennan e o seguraram à minha frente como uma espécie de escudo pequeno e ineficaz.

"Hum... hã... estou em desvantagem, madame." Eu pisquei e desviei o olhar, tentando clarear a visão.

"Você precisa correr, Jalan. Dê-me a chave e o Rei Morto a seguirá, em vez de você." A voz parecia familiar.

"Kara?" Eu tentei enxergar com os olhos apertados. Mas a figura à minha frente era pequena, uma garota da idade de Hennan, loira e pálida, segurando o lampião para a frente. Seu vestido era uma coisa simples de linho branco, trajes de serviçal.

"Dê-me a chave e fuja. Eles querem pegar você, Jalan. Você precisa estar seguro em Vermillion." A garotinha estendeu a mão, aberta e com a palma para cima.

Meus olhos lacrimejaram, ajustando-se à luz. "O quê?" Aquilo não fazia sentido.

"Hennan pode vir comigo." Ela parecia desgastada nas bordas agora, como se as sombras estivessem corroendo-a. Desgastada e... mais alta.

"Não." Eu apertei os ombros dele com mais força e ele suspirou, tentando se livrar, contorcendo-se. Alguma coisa estava me impedindo de soltar o garoto.

"Ora, Jalan, aqui não é seu lugar. Você precisa escapar. Precisa fugir." As palavras tinham uma cadência, um ritmo que me pegava. Eu realmente precisava escapar, eu realmente precisava fugir. Disso eu não discordava.

A garota parecia mais uma lembrança agora. Eu ainda podia imaginá-la ali, ver o azul de seus olhos, mas se piscasse eu via Kara segurando o lampião, esfarrapada e suja.

"É só um encanto, um feitiço para enganar os olhos, espante-o e veja com clareza", disse ela, e lá estava Kara, como se nunca tivesse sido nada além. "Um encantamento para me manter longe da Torre das Fraudes. Rápido. Não teremos muito tempo, os mortos estão se mexendo." E ela ainda estava estendendo a mão.

Hennan se libertou de mim. Eu achei que ele fosse correr para os braços dela. Diabos, eu faria isso se soubesse que receberia um belo abraço protetor. Mas ele saiu correndo pela noite, o desgraçado ingrato.

Kara olhou para ele e balançou a cabeça irritada. "Ele terá de nos alcançar. Precisamos ir *agora*! Dê-me a chave."

"Você não pode simplesmente escondê-la de novo?" Eu não queria entregá-la, era a única coisa de valor que me restara. Talvez ela pudesse me fazer ganhar crédito suficiente com vovó para perdoar a perda dos navios de Garyus para meus credores. Além do mais, Kara a queria demais. Um jogador de pôquer aprende a ler os sinais – não importa o que mais tenha dito, a única coisa que importava para ela era que lhe entregasse a chave. "Transforme-a de volta em uma runa para que os mortos não consigam detectá-la."

Kara balançou a cabeça. "Eu fiquei trabalhando nesse encanto muito tempo, e ele não dura muito se ficar em movimento. É um encanto estático. Além do mais, o feitiço que está me escondendo esgotou a maior parte de minha força."

Eu olhei para ela com surpresa. "Como é que posso saber que é *mesmo* Kara? Você parecia uma criança agora há pouco..." Como ela poderia se parecer daqui a uma hora? Um pensamento gelado tomou conta de mim. "Você pode ser Skilfar. Talvez nunca tenha existido Kara alguma."

Ela riu daquilo, e preciso dizer que não foi uma risada particularmente agradável. "Skilfar teria esganado você enquanto dormia um mês atrás. A capacidade de aguentar tolos é uma característica rara em nossa linhagem."

"Sua linhagem?"

"Você não é a única pessoa a ser uma decepção para a avó, Jalan."

Meus olhos se arregalaram ao ouvir aquilo. A ideia daquela bruxa frígida procriando não entrava facilmente em minha imaginação. "Eu..."

"Chega. Chega de jogos." Ela olhou sobre os ombros como se estivesse preocupada com a perseguição. "A chave, Jalan, ou eu a tomarei."

Eu bati nela. Não sou do tipo que bate em mulheres... ou em ninguém, aliás. Na verdade, não sou do tipo que bate em nada que possa bater de volta, mas se puder escolher entre um cara grandalhão e uma mulher franzina, vou bater na mulher todas as vezes. Não sei ao certo por que bati nela. Certamente, eu queria ficar com a chave, mas também não queria o Rei Morto vindo atrás de mim até em casa, junto com metade das tropas de Umbertide. Então, de várias maneiras, a oferta dela era completamente razoável. O que não foi razoável nem esperado foi a maneira como ela rolou com o golpe e me bateu de volta com tanta força que quebrou meu nariz e me deixou de bunda no chão, fazendo eu bater a cabeça no portão ali atrás. Ela nem largou o lampião.

"Última chance de fazer isso de maneira agradável, Jalan." Ela limpou o sangue de seu lábio rachado com a mão. Eu me perguntei se o tempo na prisão não tinha lhe perturbado o juízo – parecia haver pouca semelhança com a Kara que eu conhecia do barco... exceto pela ameaça constante de retribuição violenta caso seu espaço pessoal fosse invadido, claro... Em todo caso, eu não conseguia acreditar que todos aqueles meses do velho charme de Jalan não haviam produzido uma faísca nela em algum lugar.

"Espere aí, Kara querida", disse-lhe nasaladamente, estremecendo ao tocar no meu nariz.

De alguma maneira, aquela faca longa e fina dela apareceu em sua mão. "Teria sido melhor se você simplesmente..." E ela desabou ao chão, dobrando-se com uma economia elegante e repousando em um turbilhão de saias, de alguma maneira dando um jeito de pôr o lampião delicadamente ao seu lado, e a faca caindo com um baque na estrada de terra. Hennan se revelou de pé atrás dela, com uma expressão difícil de decifrar e uma meia que parecia cheia de areia balançando em seus dedos.

"Você resgataria Snorri por vinte florins duplos?" Ele olhou para Kara estendida no chão, mas ela não deu sinais de querer se levantar.

"Você não tem vinte florins duplos." Eu *diria* que faria *qualquer coisa* por vinte florins duplos agora mesmo.

"Mas resgataria?", insistiu ele.

"Claro que sim."

Hennan deu um passo para trás, ajoelhou-se e virou a boca da meia na minha direção. Uma pesada moeda de ouro deslizou para a terra, e outra brilhou em seguida. A meia parecia estar cheia delas!

"Que diabos...?" Eu me lembrei das moedas que deixei cair no chão quando o morto agarrou meu pescoço na cela.

"Sempre pegue o dinheiro", disse Hennan com um pequeno sorriso.

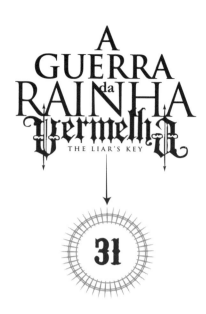

31

Kara estava desmaiada no beco escuro. Desmaiada ou morta. Snorri me disse que muitas vezes quem leva pancada na cabeça morre ou fica com o juízo desorientado até o fim dos dias. Pior, como Alain DeVeer na manhã que começou este longo pesadelo tantos meses atrás, eles podem simplesmente se virar e tentar matar você.

"Ela não está morta", disse Hennan.

"Como é que você sabe?" Eu olhei com afinco, levantando o lampião, procurando pequenos sinais de respiração.

"Ela não se levantou e tentou arrancar seu rosto a dentadas."

"Ah. Verdade." Eu olhei para a esquerda e depois para a direita descendo o beco. "Vamos sair daqui."

Fui na frente e Hennan me seguiu. Qualquer pequena pontada de culpa que sentia por ter deixado Kara inconsciente na sarjeta foi embora com o pensamento de que, se coisas mortas estavam nos perseguindo no escuro, nós estávamos levando-as para longe dela. O sangue, que continuava a escorrer de meu nariz, pingava de meu queixo e deixava um rastro. Sentia o gosto dele escorrendo no fundo de minha garganta, quente e acobreado. Engoli sem pensar. Sangue desencadeia o feitiço – o único pensamento que tive tempo de ter antes de cair em minha própria escuridão.

A noite me engole e eu corro por ela, cego e imprudente, com o vento puxando minhas roupas. Por um tempo interminável não há nada, nenhum som, nenhuma luz, nenhum chão sob meus pés, embora eu esteja correndo o mais rápido que posso, mais rápido do que é seguro. Uma alfinetada de claridade me atravessa, tão fina e afiada que eu me espanto por não doer. Eu corro na direção dela – não há outra direção aqui – e ela cresce, tornando-se maior e mais clara, e mais clara e maior até preencher minha visão, e não há pressa, não há corrida, não há movimento, apenas eu em minha janela, apoiado no parapeito, olhando para fora, para a cidade ensolarada lá embaixo.

"Vermillion parece tão pequena daqui."

A voz vem do meu lado, uma voz de menino, embora falhada com os rumores do homem que está por vir. Eu me viro e me afasto. A criança é deformada. Um garoto de talvez catorze anos, com os braços torcidos em posições anormais, fazendo força e apertados contra o corpo, os punhos dobrados em ângulos dolorosos, as mãos em forma de garra. Seu crânio salta acima da testa como se seu cérebro o sobrecarregasse... igual a...

"O que disse, Garyus?" A voz de uma garota à minha direita.

"A cidade parece tão pequena daqui de cima, como se eu pudesse segurá-la na palma da mão", diz ele.

"Parece desse jeito para mim quando estou lá embaixo, no meio dela."

Eu me viro e é a Rainha Vermelha, apenas uma menina, com no máximo onze anos. O maxilar firme, olhando para a distância ensolarada.

Garyus parece não se afetar. "O mundo, no entanto, irmã, é que parece grande em qualquer lugar onde você esteja."

"Eu poderia conquistá-lo", diz Alica, ainda olhando para fora dos muros do palácio em direção às ruas de Vermillion. "Eu poderia liderar meus exércitos de uma ponta à outra."

"Quando for mais velha", diz Garyus, com a superioridade de um irmão mais velho, "você entenderá como o mundo funciona. Não se pode conquistá-lo com a espada. Exércitos são a última coisa a ser usada, quando o resultado já não está mais em questão. O dinheiro é a força vital do Império..."

"O Império está destruído. Estava destruído antes de nascermos. E comerciantes vão atrás do ouro – as guerras são vencidas por soldados. Você só está obcecado com dinheiro porque papai lhe deu aquelas cem coroas e você as multiplicou. Você só se importa porque..."

"Porque eu nasci quebrado, sim." O sorriso de Garyus parece genuíno. "Partido como o Império. Mesmo assim, estou certo. O dinheiro é a força vital do Império, e cada parte dele, e de qualquer reino, ou nação onde exista indústria suficiente para armar e equipar um exército influente. O dinheiro é o sangue das nações, e a pessoa que entende isso, que controla isso, controla o futuro. Tire o sangue de qualquer país e ele entrará em colapso em pouco tempo."

Os dois se viram e olham para o quarto atrás. Eu me viro também, cegado por um momento pela mudança da claridade do dia.

"Estou certo. Diga a ela que estou certo, _____." Garyus diz um nome, mas ele me passa direto, como se tivesse deliberadamente evitado meus ouvidos.

É Alica quem responde, porém. "Ele não está certo. As guerras decidem, e quando eu for rainha conduzirei meus exércitos até Vyene e reconstruirei o Império." Seu olhar zangado me lembra a expressão que ela fará quando olhar para as forças de Czar Keljon das muralhas de Ameroth, a menos de dez anos deste dia.

Agora eu consigo ver a quem vovó e meu tio-avô Garyus estão se dirigindo. Uma garota pálida, dolorosamente magra, os cabelos escorridos e sem cor, de idade similar à de Garyus. Ela não está olhando para eles, está olhando para mim. Seus olhos são surpreendentes, um verde, outro azul, ambos de tons surreais que parecem ter sido tirados de algum lugar estranho.

"Não esteja tão certa de que será rainha, irmãzinha", diz Garyus, com o tom leve, mas magoado por trás do sorriso. "Quando papai vir o que fiz com o investimento dele em mim, ele irá..."

"Ele só lhe deu o dinheiro para você ter o que fazer aqui em cima", diz Alica, com o olhar agora franzido, como se a verdade dura não fosse tão saborosa em sua língua como ela achava que pudesse ser.

"Papai sabe que um rei precisa governar tanto sua economia como seu povo..." Garyus para e olha para sua gêmea. "Eu poderia ser rei..."

A Irmã Silenciosa lhe lança um olhar indecifrável, aqueles olhos estranhos fitando-o por muito tempo. Por fim ela balança levemente a cabeça e se vira. O rosto de Garyus se enrijece de decepção. Ele é quase bonito embaixo da deformidade de sua testa.

"Eu serei rei." Ele retorna o olhar para a cidade fora da janela. "Você não vê *tudo*!"

Os três ficam em silêncio na penumbra daquele quarto na torre onde apenas o formato da janela, gravado pelo sol no chão, parece ter vida. Alguma coisa me puxa, em algum lugar onde eu deveria estar, alguma coisa que deveria estar fazendo.

"Acorde."

Eu olho em volta para ver qual deles disse isso, mas eles estão todos absortos em seus próprios pensamentos.

"Acorde."

Eu me lembro da rua escura, as coisas mortas rastejando, a bruxa caída na estrada.

"ACORDE!"

Eu tentei acordar, desejando que meus olhos se abrissem, tentando com toda a minha determinação cuspir o sangue de minha boca e soltar os grilhões das lembranças de vovó.

"Acorde." Eu abri os olhos e olhei para Hennan. "Logo." Nós dois fechamos a boca com aquela palavra. O pânico me fez levantar em instantes, cambaleando de um lado do beco ao outro, estendendo os braços para me apoiar na parede de uma casa. Metade de mim ainda se sentia como se estivesse naquele quarto da torre. "Quanto tempo?"

"Séculos!" Hennan olhou para mim, com o rosto sujo e cheio de preocupação. Ele havia resgatado o lampião de minha queda, embora estivesse bastante surrado.

Eu olhei para o céu, ainda aveludado e empoeirado com estrelas. "Não pode ter sido mais que uma hora?" O feitiço de Kara poderia ter me deixado deitado por uma semana. Será que ela planejara dessa maneira? Talvez eu estivesse ficando menos suscetível. "Duas horas?"

Hennan deu de ombros.

"Venha." E eu peguei o lampião antes de sair. As vozes de Garyus e da Rainha Vermelha me seguiram, soando em algum lugar profundo atrás de minha imaginação.

Eu saí correndo, virando a esmo, descobrindo o lampião apenas quando um ou outro obstáculo se apresentava – a capa danificada deixava passar luz suficiente no restante do tempo para impedir que eu batesse nas paredes. Eu mantive os olhos no trecho de luz à minha frente – toda vez que olhava para o escuro eu via as linhas do quarto de Garyus traçadas ali. Ele parecia menos deformado naquela época, mas com certeza devia saber que nenhum rei tão torto como ele jamais se sentara no trono. Ainda assim, as crianças têm esperanças de maneiras que os adultos acham difícil de imaginar. Elas levam seus sonhos à frente, frágeis, nos dois braços, esperando que o mundo as faça tropeçar.

Eu corri, seguindo as vidas e os sonhos de outras pessoas, e cada vez que eu diminuía eles me alcançavam, surgindo ao meu redor para preencher a noite, de modo que eu precisava chafurdar através das imagens, através dos cheiros, lembranças de um toque, fazendo esforço durante todo o tempo para não ser puxado para baixo delas e ser atirado em um daqueles sonos intermináveis que atormentaram minha viagem ao sul.

Com o tempo, as visões diminuíram e nós chegamos a ruas mais largas, onde, às vezes, alguma pessoa ainda ia e vinha, apesar do horário. A manhã não podia estar muito distante e eu senti que podia afugentar as memórias que meu sangue havia desencadeado, pelo menos até ter que dormir – que sonhos poderiam vir nessa hora eu não sabia dizer, Sageous teria de combater a magia de Kara, se quisesse um lugar no palco. Puxei Hennan para o lado da estrada e me sentei de costas para a parede, curvado.

"Vamos esperar amanhecer." Eu não disse o que faríamos ao amanhecer. Fugir, provavelmente, mas pelo menos aquilo parecia um plano.

Eu poderia ter tomado os vinte duplos de Hennan. O fato de que era meu ouro, para início de conversa, só tornava aquilo algo mais fácil de justificar. Eu poderia ter pegado o dinheiro do menino, deixado Kara inconsciente no beco, comprado um cavalo e cavalgado até as colinas. Deveria ter feito isso. Deveria tê-lo agarrado pelos tornozelos e sacudido meus florins dele. Em vez disso, a manhã me encontrou olhando do outro lado da Rua dos Patrícios para as portas altas de bronze da Torre das Fraudes, e para o corpanzil de aço prateado do soldado mecânico montando guarda diante delas.

A manhã avançou lentamente pela rua. Tenho certeza de que um tutor uma vez me disse que o dia se rompe a mil e quinhentos quilômetros por hora, mas ele sempre parece rastejar quando estou olhando. Os pontos altos da armadura do soldado refletiram a primeira luz e pareciam arder com ela.

"Ali. Eu disse a você. Nada que possamos fazer." Segurei Hennan pelo ombro e o puxei de volta para o lado sombreado da rua. Ele me disparou um olhar azedo. Ainda não havia me perdoado por pegá-lo pelos tornozelos e tentar sacudir meus florins para fora. Fracassei em dois aspectos. Primeiro, ele se mostrou mais pesado do que eu imaginava e consegui sacudi-lo muito pouco, a maior parte com a cabeça dele no chão. Segundo, ele teve a perspicácia de esconder todo o ouro. Ele provavelmente havia escondido quando eu caí no sono-visão. Expliquei o quanto aquilo era terrivelmente suspeito e que era um insulto não só à minha pessoa real, mas por extensão à Marcha Vermelha inteira. O merdinha apenas fechou a boca e ignorou qualquer razão. Algumas pessoas poderiam dizer que eu só podia culpar a mim mesmo, por ter lhe ensinado a trapacear nas cartas, aconselhando-o a sempre pegar o dinheiro, e compartilhando com ele minha política sobre amigos descartáveis. Não é o tipo de educação que desenvolve confiança no tutor. É claro que eu diria para essas pessoas calarem suas malditas bocas, e também que era culpa de Snorri por encher a cabeça do garoto de bobagens sobre nunca abandonar um companheiro e por fazer aquela resistência ridícula com o avô de Hennan lá em Osheim. De qualquer maneira, o garoto havia escondido o dinheiro e eu não iria torcer o braço dele até que me dissesse onde o havia colocado. Bem... eu *torci* o braço dele, mas não o bastante para que me dissesse onde meu ouro estava. Acabou que Hennan era mais durão do que eu esperava e, embora eu possa ter torcido seu braço, eu não queria quebrá-lo. A não ser que tivesse certeza de que isso me traria uma resposta, pelo menos. E disso eu não tinha certeza.

No fim, nós chegamos a um acordo. Concordei em levá-lo até a Torre das Fraudes e mostrar que o que estava pedindo seria impossível. Em troca, ele recuperaria o dinheiro, quando se convencesse, e nós compraríamos um cavalo e o cavalgaríamos até a morte para chegar a Vermillion, na esperança de conseguir a ajuda da Rainha Vermelha para libertar Snorri e Tuttugu.

"Talvez haja um caminho por trás", chiou Hennan para mim.

"Se houver, sabe o que vai ter nele?", sussurrei minha resposta. Não sei ao certo por que estávamos sussurrando, mas era adequado ao clima. "Guardas. É isso que as prisões têm. Guardas e portas."

"Vamos lá ver", disse ele. Nós já havíamos observado durante horas os guardas indo e vindo, fazendo suas rondas e carregando seus lampiões, com espadas na cintura. Aquilo não se pareceria melhor na luz do dia nem de um ângulo diferente.

Eu continuei segurando o ombro dele. "Olhe, Hennan. Eu quero ajudar. Quero mesmo." Eu não queria mesmo. "Eu quero Snorri e Tuttugu fora dali. Mas, mesmo que tivéssemos cinquenta homens armados, eu duvido que conseguiríamos. Eu nem tenho espada."

Senti o menino murchar em minhas mãos. Talvez finalmente aceitando na luz o que eu lhe dissera várias vezes no escuro. Eu senti pena dele. E de mim. E de Snorri e Tuttugu sendo interrogados em alguma sala iluminada por tochas, mas a mais pura verdade é que realmente não havia nada a se fazer. Snorri selara seu próprio destino quando decidiu ficar com a chave e sair nesta missão insana. O fato era que, no dia em que Sven Quebra-Remo disse a Snorri que sua família estava morta, Snorri parou de se importar se vivia ou morria. E o negócio sobre pessoas que não se importam se vivem ou morrem... o negócio é que... elas morrem.

"Não podemos ficar muito tempo", disse eu. "Se não continuarmos em movimento a bruxa nos encontrará."

"Não a chame assim." Hennan fechou a cara.

Eu toquei os dedos em meu nariz inchado. "Bruxa execrável, é o que digo." Eu tinha certeza que ela o havia quebrado.

"Ela só quer levar a chave a algum lugar seguro", disse ele. "Ela não é pior que você. Pelo menos ela estava pronta para ajudar Snorri enquanto podia..."

"Não é pior que eu? Ela é uma bruxa e quer dar a chave a uma bruxa pior ainda!" Eu comecei a achar que o único motivo pelo qual batera na cabeça dela era que ele sabia que podia me comprar.

"Meu avô costumava contar histórias sobre Skilfar. Ela não parecia tão ruim. Ajudava muita gente." Hennan deu de ombros. "Para quem você quer dar a chave?"

"Para a Rainha de Marcha Vermelha! Espero que não vá insultar minha avó."

O garoto me lançou um olhar sombrio. "E a chave estará a salvo de bruxas nas mãos de sua avó, é?"

Eu abri a boca, e em seguida a fechei. Kara obviamente andara contando ao garoto histórias sobre a Irmã Silenciosa. Eu olhei sobre o ombro. As sombras ainda estavam fortes o bastante para esconderem uma infinidade de pecados – toda sorte de bruxa ou morto podia estar nos espreitando, enquanto perdíamos tempo observando a prisão.

Ainda assim, o fato de todos os ossos secos da cidade não terem vindo para cima de nós durante a noite parecia indicar que o Rei Morto não conseguia rastrear a chave com tanta precisão. Talvez ele só soubesse seu paradeiro quando ela se aproximava de um cadáver. Na maioria das cidades, haveria uma quantidade suficiente de cadáveres frescos nas sarjetas pela manhã para configurar um problema, caso eles começassem a se arrastar para fora. Umbertide tem surpreendentemente poucos crimes violentos, no entanto – suponho que seus cidadãos estão todos mais ocupados com o tipo mais lucrativo. Eu esperava que, tirando alguém caindo morto aos nossos pés, nós estaríamos seguros o bastante se mantivéssemos os olhos abertos, especialmente durante o dia. Kara, porém, havia nos encontrado bem rápido após nossa fuga. Ela havia botado um feitiço na chave para escondê-la – seria bem provável que tivesse posto outro para encontrá-la. Suas magias não podiam ser tão potentes, contudo, senão ela teria encontrado uma maneira de chegar até Hennan na prisão de devedores... a não ser, claro, que seu encanto também escondera a chave até dela... minha cabeça começou a rodar com as possibilidades e eu me peguei imaginando a curva de seus lábios, sentindo uma profunda sensação de injustiça e traição. Nenhuma das histórias que eu contara a mim mesmo sobre Kara e eu terminavam desse jeito...

Eu esfreguei os olhos doloridos e me recostei agachado. Um bocejo me derrubou. Eu me senti mais cansado e mais necessitado de sono do que em qualquer outro ponto de minha vida. Tudo o que eu realmente queria fazer era me deitar e fechar os olhos...

"Precisamos fazer alguma coisa!" Hennan puxou a manga de minha camisa com a determinação renovada. "Snorri jamais deixaria você lá dentro!"

"Eu não estaria lá dentro!" Eu me horripilei com aquela ideia. "Não sou nenhum fraud..." Eu me interrompi, percebendo que, aos olhos do funcionalismo de Umbertide, era exatamente isso que eu era. Muito provavelmente só o meu nome de família havia me salvado dos horrores da Torre, ou talvez a papelada só não teve tempo de ser processada. Considerando o apego de Umbertide à burocracia, e a lentidão com que as coisas avançavam, a segunda possibilidade provavelmente era a resposta correta.

Arrepiado, eu olhei para os muros de granito da Torre das Fraudes acima. Lá no alto, os primeiros raios de sol estavam aquecendo as telhas de terracota do telhado cônico. Snorri havia resistido aos questionamentos dos carcereiros por dias já, quantos exatamente eu não sabia dizer. Quatro? Cinco? E para quê? Eles acabariam dobrando-o e, até onde ele sabia, pegando a chave. Sua dor era tão inútil quanto sua missão. Será que ele realmente achava que alguém iria salvá-lo? Quem é que iria fazer isso, caramba? Quem é que ele conhecia? Certamente, ninguém que pudesse atacar a cadeia e tirá-lo de lá...

"Nós podíamos escalar a..." Hennan parou, calando-se. Eu nem precisei dizer a ele que não poderíamos.

"Puta que pariu, o idiota não pode estar pensando que... eu? Isso simplesmente não é sensato! Eu nem..."

"Shhhh!" Hennan se virou e me empurrou para trás.

Dois homens passaram em nossa rua lateral, conversando. Nós nos agachamos, escondidos atrás de um lance de escadas, eu lutando com uma vontade repentina de espirrar.

"... o outro. Mas os regulamentos! Faça isso, faça aquilo, mande assinar isto... minha nossa! Dez formulários, duas cortes e cinco dias só para botar um ferro quente na carne!" Um sujeito robusto, de pescoço grosso, em silhueta contra a Rua dos Patrícios que se clareava. Alguma coisa familiar nele.

"Tudo em seu tempo, especialista, e em sua vez. Não é como se a força aplicada até agora fosse... delicada. A lei exige que surras, pauladas e chicotadas sejam usadas antes dos ferros. É preciso avaliar a necessidade de cada um deles, junto com a correta..." A voz do segundo homem diminuiu conforme eles prosseguiram rua abaixo. Um cavalo passou trotando na direção contrária, com um cavaleiro vestido de preto montado em suas costas. Logo as ruas estariam cheias de afazeres, quando chegasse o horário comercial.

Eu me levantei sobre os degraus e olhei para Hennan embaixo. "Havia alguma coisa..." O segundo homem parecia familiar também, apesar de tê-lo visto apenas em silhueta, um homem menor, um moderno, a julgar pela babaquice de seu chapéu. Alguma coisa em seu andar, muito preciso, muito comedido. E a voz do primeiro... ele tinha um sotaque. "Venha!"

Eu arrastei Hennan até a esquina e, agachado, espiei a dupla. Eles haviam cruzado até o outro lado para se apresentarem ao soldado mecânico à porta da Torre e estavam de costas para nós. O soldado era bem maior que ambos, e pegou o pergaminho oferecido pelo mais alto da dupla de uma maneira surpreendentemente delicada, como uma pinça. O moderno se virou um pouco e eu o vi de perfil. Como todos de sua espécie, ele tinha o rosto branco de um homem que evitava o sol fanaticamente, mas aquela tonalidade específica de branco, como a barriga de um peixe, superava até mesmo a palidez de um nórdico no inverno. "Marco!"

"Quem..." Eu botei a mão sobre a boca de Hennan e o puxei para trás.

"Marco", disse. "Um banqueiro. Um dos humanos menos humanos que já conheci, e já conheci vários monstros." Também era a última pessoa que eu queria ver, já que eu devia a seu banco mais do que devia a Maeres Allus. Mas o que ele estava fazendo aqui? Será que foi a Casa Ouro que deu uma dívida de sessenta e quatro mil florins a um garoto mendigo e o deixou morrer de fome na prisão de devedores? Será que foi a Casa Ouro que fez rodar as engrenagens da justiça de Umbertide para autorizar ferros quentes e soltar a língua de Snorri?

Eu arrisquei outra olhada em volta da esquina. Marco já tinha saído pela rua acima. O soldado segurava a porta da Torre das Fraudes entreaberta para o especialista e, quando o homem passou pela abertura, tive um rápido vislumbre dele. Apenas um lampejo, um pedaço de túnica escura, calça cinza, botas empoeiradas e seu cabelo – eu também vi isso –, bem rente à cabeça, grisalho, apenas com uma faixa intocada pela idade, que saía da frente até atrás, uma crista tão preta que chegava a ser quase azul.

"Ai!" Hennan se libertou de meu apertão, em que meus dedos unharam seu braço. "Por que fez isso?"

"Edris Dean", disse eu. "Edris filho da puta Dean." Eu me levantei e saí caminhando pelo novo dia.

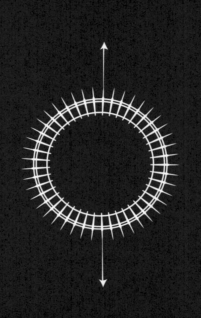

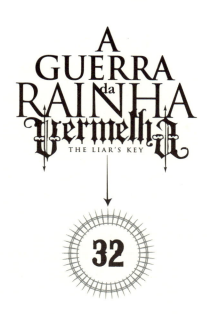

Fui amaldiçoado com sangue berserker. Talvez seja defeito da Rainha Vermelha, sua tendência à violência irrompendo em mim em explosões raras, porém concentradas. Já aconteceu duas vezes, que eu saiba, e não me lembro de nada, a não ser fragmentos do momento que veio depois, apenas imagens soltas de sangue e morte, minha lâmina abrindo um caminho vermelho através da carne de outros homens. Isso e os gritos. A maioria meus. Não consigo me lembrar da emoção daquilo, não é raiva, não é ódio, apenas aquelas imagens, como se visse pedaços do pesadelo de outra pessoa.

Caminhando pela Rua dos Patrícios à primeira luz do que devia ser meu último dia, eu ainda tinha medo, mas era como se o tivesse colocado em uma caixinha no fundo de minha mente. Eu ouvia seus gritos de terror, suas exigências, suas tentativas de argumentar comigo... mas, assim como os gritos do garoto atrás de mim, era apenas barulho. Talvez a falta de sono estivesse me fazendo sonhar de pé. Nada parecia exatamente real. Eu não sabia o que iria fazer, exceto que Edris Dean estaria morto no final. Ao me aproximar do soldado mecânico eu levantei a mão para a frente, firme e segura, sem o menor sinal de tremor.

A coisa deu um passo em minha direção, olhando para baixo para analisar minhas feições, com os olhos de cobre ardendo. A cada movimento que fazia, mil engrenagens zumbiam, das pequenas às maiores, até os maxilares dentados grandes o bastante para me comer. "Sim?" Uma voz mecânica de verdade desta vez, um som metálico que de alguma maneira fazia sentido.

O garoto estava ao meu lado agora. Dava para vê-lo refletido no aço prata da armadura do soldado, deformado e distorcido, mas ainda Hennan. Ele havia tentado me arrastar de volta, impedir meu avanço, e viu que não conseguiria. Estranho, pois isso era o que ele estava querendo desde o início. Nós somos assim. Dê-nos tudo que pedirmos e de repente será demais.

A couraça do soldado reluzia, trazendo poucos arranhões apesar da idade, mas em um lugar, embaixo na lateral, um furo estragava a perfeição, um buraco escuro, angulado, que atravessava a espessura do aço prata, de um calibre que homem nenhum suportaria e em um metal que ferreiro nenhum poderia trabalhar. "Você pode se machucar aí..." Eu me virei e peguei o garoto pelo ombro. "Vá até a porta, Hennan." Eu o virei e o empurrei na direção dela.

"Diga a natureza de sua solicitação." O soldado flexionou os dedos, articulados em muitos pontos e cada um tão comprido quanto meu antebraço. Aquilo me fez lembrar do monstro desnascido construído com as sepulturas do acampamento de Raiz-Mestra. Foi preciso um elefante para derrubar aquele lá, e o soldado parecia que simplesmente rebateria o elefante.

"Só vim ver o que o garoto está fazendo", disse-lhe. "Parece que ele está arrombando a porta."

O soldado girou a coluna, rodando a metade superior de seu corpo na direção da porta atrás dele. Um soldado mecânico não se preocupa em dar as costas a um inimigo em potencial. Tudo que aconteceria, se metesse um machado de guerra entre seus ombros, seria estragar um bom machado e eliminar qualquer dúvida a respeito de ser ou não um inimigo.

Eu estava com uma mão no bolso. Ela se fechou nesse momento em volta da chave. A chave de Loki. Aquela coisa estava fria em meus dedos, lisa, como se fosse escorregar deles à primeira oportunidade, por traição. Eu a puxei para fora e uma pulsação sombria de alegria subiu por meu braço.

Bem acima de mim, entre omoplatas prateadas, uma depressão circular rodeada de dentes complicados brilhava na luz. De perto, dava para ver não apenas um círculo de dentes, mas um segundo mais atrás e mais estreito, depois um terceiro e um quarto, e outros, formando uma cavidade em forma de cone de talvez cinco centímetros de diâmetro. A chave tinha o formato daquela cuja sombra Racso colocara sobre ela, uma coisa bruta e pesada, uma placa retangular chanfrada em uma haste grossa, de uns quinze centímetros de comprimento.

Olaaf Rikeson havia segurado essa chave antes de Snorri. Ela havia sido retirada de seu corpo congelado e, antes de morrer, Rikeson reunira um exército com ela. Um exército que pensava que podia marchar até os portões de Jotenheim e enfrentar os gigantes que até os deuses temiam. Olaaf abriu mais que portas com essa chave – ele abriu corações, ele abriu mentes.

Esticando-me o máximo que pude, eu me atirei para a frente e enfiei a chave na fechadura redonda do soldado. A obsidiana fluiu em minha mão, mais fria que gelo, queimando minha pele, mas eu segurei firme e, no momento em que encontrou o fecho, a chave se tornou um grosso tubo preto que terminava em um cone pontuado por uma infinidade de entalhes.

Há uma regra para fazer e desfazer, uma regra mais antiga que os Impérios, e até uma expressão para defini-la: sentido horário, e o contrário, sentido anti-horário. Uma direção para dar corda, a oposta para desacelerar. No calor do momento, no puro terror do momento, simplesmente escolhi uma. Eu empenhei todas as minhas forças na tarefa. Durante três batidas do meu coração, cada uma que parecia ecoar mais lentamente do que a batida fúnebre mais solene, aquela coisa desgraçada não se mexeu. O tempo congelou ao meu redor. O soldado parou sua própria rotação com um baque estremecido e começou a se virar novamente para mim, puxando lentamente a chave de minha mão. Um braço se estendeu para mim, articulando-se no sentido contrário do cotovelo, de maneira que desmentia qualquer pretensão de humanidade. Longos dedos de metal se abriram para rodear minha cintura, cada um terminando em garras afiadas para arrancar a carne dos ossos.

Talvez o medo extra tenha me dado mais força, ou Loki já tivesse feito sua piada àquela altura, mas de repente o fecho se rendeu e a chave virou. Ela cedeu com uma sacudida brusca acompanhada por um som como alguma coisa cara se quebrando. Um som metálico ressoante veio em seguida, e um zumbido em vários tons à medida que mil rodas, pêndulos, engrenagens e escapamentos se soltaram. O soldado parou assim que a chave escapou de minha mão e aquele rosto de metal se virou para mim. O troço todo se afundou e aquela estranha luz sumiu dos olhos de cobre, e no espaço de um único segundo aquele enorme gigante de aço estava completamente inerte na minha frente, sem o menor indício de som e nenhuma insinuação de movimento.

Os dedos da mão do soldado quase se encontraram em volta de meu peito, com a ponta da garra do dedo mais longo fazendo um rasgo de oito centímetros em minha camisa, e uma pequena mancha vermelha começando a se espalhar pelo tecido do outro lado.

"Merda!" Segurei o dedo e tentei forçá-lo para trás. Hennan correu para ajudar, olhando nervosamente para o soldado enquanto puxava. Apesar do mecanismo estar aparentemente relaxado, o negócio não cedia de jeito nenhum. Eu podia estar enjaulado em barras de ferro.

"Escorregue", disse Hennan.

"Quê?" O corpo mais emaciado atrás das grades dos devedores não conseguiria deslizar pela abertura entre os dedos.

Hennan levantou os braços acima da cabeça como forma de responder e se chacoalhou para baixo, acocorando-se.

"Ah." Pouco digno, mas dane-se. Eu segui o exemplo dele e um instante depois estava saindo debaixo da mão do soldado, sem nenhum ferimento adicional, a não ser pela dragona brocada que se rasgou em meu ombro.

"Você o parou!" Hennan ficou olhando para o soldado, demonstrando um nível de temor, agora que estava perto, que não teve quando estávamos observando da esquina e ele me incentivou a invadir o lugar apenas com meus punhos para derrotar os guardas.

"Se não conseguir fazer melhor que isso, estamos em apuros." Uma grande parte de minha mente já estava gritando para eu fugir. Mas o rosto de Edris Dean flutuava por cima daquele ruído, não como ele estava no Beerentoppen naquela primavera, mas com a mesma aparência de quando mamãe escorregou ensanguentada de sua espada. A mancha escarlate da garra do soldado se espalhou como uma lembrança da ferida que a lâmina de Edris me deu naquele dia. Ela cresceu lentamente, florescendo no local do antigo ferimento que quase me tirara a vida. Por um momento, aquela visão me hipnotizou.

"Jal!" Hennan me exortou, com urgência, puxando minha manga.

"*Príncipe Jalan*", disse eu. "Me solte." Eu o sacudi, recuperei a chave e andei em volta para encarar o soldado. A rua estava vazia de um lado e do outro. Um mensageiro cavalgava pelo cruzamento uns cinquenta metros à frente, firme em seu propósito. Eu estendi a mão e segurei o ombro do soldado, pisando em seu joelho e me puxando para cima.

"Jal – príncipe – nós devemos..." Hennan acenou para a porta.

"Está trancada e há homens com espadas do outro lado", disse, olhando para o crânio de metal reluzente do soldado.

Na testa lisa, onde meu rosto se distorcia em um reflexo horrendo, havia um pequeno disco de metal levemente elevado em relação ao resto. Bati no lado dele com a base da chave e o deslizei para o lado, revelando um pequeno buraco circular do tamanho da pupila de um olho. Pressionei a ponta da chave em forma de cone no buraco e mentalizei a ação daquele artifício de Loki. Foi preciso me concentrar por um momento até que a obsidiana começasse a fluir novamente, a noite líquida se reformando sob meus dedos, fria com possibilidades, sendo sugada para a estreiteza do buraco até eu estar segurando a ponta de uma fina haste preta.

"Você é meu", cochichei, lembrando-me de Yusuf esperando comigo na Casa Ouro, o pretume de seu sorriso enquanto me contava como a máquina dos Mecanistas codificava uma haste para cada novo proprietário, e que essa haste, inserida na cabeça daquele soldado mecânico específico, transferiria sua lealdade para a pessoa que o adquirira. Eu senti a haste mudar, senti-a se travar e depois, com uma volta, eu lentamente a retirei, os quinze centímetros de obsidiana. "Meu!" Mais alto agora.

"Mas...", começou a dizer Hennan, franzindo o rosto quando eu pulei para descer ao lado dele. "Você o quebrou..."

"Eu o desativei", disse. "Existe uma diferença. E ele já estava bastante desativado, em todo caso." Eu dei a volta novamente até a porta de ativação. A chave mudou para se encaixar na cavidade ao se aproximar dela. "Vamos..." Comecei a girar a chave na direção contrária de minha primeira tentativa. "Ver..." Fiz um pouco de força. "O que..." Por todo o tronco do soldado, engrenagens começaram a sussurrar e zumbir. "Podemos..." E continuei girando. "Fazer."

Não sou nenhum estudioso nem artífice, mas acho que me recordo de que a física das coisas é bem parecida com a da vida. Não se consegue alguma coisa do nada, e se quiser muito é preciso contribuir muito. Eu queria muito de minha nova propriedade e não queria contribuir muito. O certo era ter ficado ali dando corda durante uma hora só para fazer o troço dar um único passo à frente, mas a chave em minhas mãos tinha suas próprias regras. A chave havia sido criada para destrancar, remover obstáculos, permitir ao usuário chegar aonde quisesse. E queria chegar a um soldado com a corda toda, e seu não funcionamento era o obstáculo à minha frente. Eu me lembrei de que, quando segurava o oricalco, podia, com foco e determinação suficientes, direcionar a pulsação descontrolada de sua luz em um único feixe brilhante e jogá-lo para a frente até minha concentração falhar e aquilo se desfazer.

Eu invoquei aquele mesmo foco e tentei transformar o potencial que tinha em mim em um único feixe que passasse pela haste preta em minha mão e entrasse no conjunto de metal do soldado.

A cada volta da chave o barulho vindo de dentro do soldado crescia, rodas girando, molas gemendo, engrenagens zumbindo em uma fúria de movimentos, rangidos e ruídos conforme as coisas lá dentro ficavam apertadas, mais apertadas e mais apertadas ainda. Eu pensei em Edris Dean e girei a chave, embora ela resistisse e ameaçasse arrancar a pele da palma da mão, em vez de dar mais uma volta. O soldado grunhiu e sua armadura se contraiu, enquanto lá dentro seus reservatórios de energia se fecharam em núcleos potentes que podiam impulsioná-lo por mais sete séculos. Aquela grande cabeça acima de mim se virou sobre o pescoço de aço prata, com as engrenagens rodando, produzindo respostas agudas. E os olhos que me encontraram ardiam até mesmo na luz do novo dia.

"Jalan Kendeth", disse ele com a voz aguda e nasalada, como as cordas de um alaúde tensionadas demais.

"Príncipe Jalan", corrigi. "Olhe esta criança." Eu apontei e esperei a cabeça se virar para Hennan. "Hennan Vale. Nós vamos entrar nesta cadeia e retirar dois prisioneiros. Você deve nos preceder e nos proteger de qualquer um que tente nos impedir."

A cabeça do soldado rodou de volta para mim, com um movimento suave e repentino, bem mais rápido que seus movimentos antes da rebobinagem. "Isso infringirá várias leis aplicadas na cidade de Umbertide."

"Devidamente anotado. Vamos." E eu acenei para ele na direção da formidável porta que dava acesso à Torre das Fraudes.

O soldado caminhou habilmente até a porta e bateu quatro vezes. Eu ouvi barulhos, alguém murmurando, e a porta começou a se abrir. O soldado a escancarou e o guarda atrás se estatelou na rua, arrastado pela maçaneta da porta. Ele caiu de cara bem perto de mim. Dei-lhe um chute na cabeça quando ele ficou de quatro.

"Filho da puta!" Eu estava prestes a pedir desculpas por chutar um homem enquanto estava caído, mas aquilo doeu mais em mim do que nele. Manquei em volta de seu corpo desmaiado resmungando mais xingamentos explícitos em voz baixa, parando apenas para retirar sua espada curta da bainha.

O soldado mecânico havia desaparecido lá dentro quando cheguei à entrada. Eu consegui agarrar o ombro de Hennan e puxá-lo para trás. "Só os tolos se precipitam. E obviamente tudo isso é profundamente estúpido, mas não vamos piorar." Eu o empurrei para trás de mim e espiei dentro do saguão. O soldado estava lá com um guarda em uma das mãos de metal e um funcionário, arrancado de trás do balcão, na outra. Talvez eles estivessem sendo apertados demais para gritar por ajuda ou com medo demais de serem reduzidos à polpa, mas de qualquer maneira os dois ficaram quietos.

"Muito, bem... hã... você tem nome?" Eu olhei para o soldado.

"Guardião."

"Muito bem, Guardião. Melhor não matar ninguém desnecessariamente. Podemos colocar esses dois em uma cela, caso se comportem direitinho." *Eu deveria estar apavorado. Eu deveria estar a quatro quarteirões daqui e ainda correndo*, mas quando tentava acessar meu medo tudo que encontrava era o rosto de Edris como fora quinze anos atrás, e minha mãe deslizando pela espada dele pela milésima vez, com aquela mesma expressão de surpresa. "Você, balconista." Eu apontei desnecessariamente para o homem calvo, a barriga saltando pelas frestas entre os enormes dedos de Guardião, o rosto ficando roxo. "Em que cela estão os nórdicos e como chegamos lá?"

O homem suspirou alguma coisa, com os olhos arregalados, rajados com veias estouradas.

"Ponha-o no chão para que possa responder a minha pergunta, Guardião."

O soldado abriu a mão e o homem caiu com a elegância de uma saca de grãos.

Eu cheguei um pouco mais perto. Perto o bastante para sentir que o homem havia se borrado. "Fale novamente. E veja se está certo, senão o Guardião aqui irá voltar e lhe arrancar os braços."

"Celas dez e treze, nível quatro." O funcionário tomou fôlego, produzindo um chiado. "Por favor, não me machu..." O soldado o levantou em sua mão novamente.

"Pode continuar, então!" Eu fiz sinal para o soldado prosseguir. "Espere, pare!" Ele parou com um solavanco, balançando-se em pleno passo. "Volte e pegue o guarda da rua." Mesmo que ele não tivesse acordado apressadamente, chamaria atenção caído lá na rua.

O Guardião obedientemente saiu e voltou com o guarda inconsciente sobre o ombro. Eu fechei e tranquei a porta depois que o soldado passou.

"Escadas!" Acenei para o mecanismo prosseguir e ele passou por mim, atravessando o saguão, com os grandes pés fazendo barulho na pedra até chegar à escada central em espiral. Um grande portão de barras cruzadas de ferro, com símbolos de rosas em relevo a cada junção, lacrava as escadas. Várias portas davam para salas ou corredores em volta da escadaria e um homem meticuloso, ou pelo menos um homem cauteloso como eu, realmente deveria ter verificado o andar térreo primeiro para garantir uma fuga tranquila sem nenhum ataque surgindo por trás. Por outro lado, Edris Dean havia quase certamente ido diretamente até a cela de Snorri com seu mandado de tortura. Eu pus a chave de Loki no fecho do portão e a girei. "Nível quatro! Foi isso que o homem disse!"

No primeiro nível, um carcereiro acordou de seu cochilo, assustado, quase caindo de sua cadeira. Ele conseguiu dar um grito breve e espantado antes de o Guardião esbordoá-lo com o balconista. O fedor humano familiar me disse que mantinham prisioneiros. Ao destravar as portas que davam para as escadas, revelaram-se o dormitório do carcereiro, uma despensa, um armário de vassouras, e um corredor que dava para uma passagem paralela ao perímetro da Torre, formando um círculo entre dois círculos concêntricos de celas. Portas pesadas, cada uma com uma pequena janela gradeada, cobriam as paredes. O Guardião depositou o guarda da porta, o guarda do térreo, o carcereiro e o balconista na primeira dessas, surpreendendo o homem idoso e esfarrapado lá dentro com essa companhia inesperada.

Ao voltar à escada atrás do Guardião, ouvi gritos de alerta dos níveis acima de nós. Evidentemente, o grito estrangulado do carcereiro, subsequentemente enfraquecido com um objeto contundente, não havia passado despercebido.

"Suba! Suba!" Bati as mãos. "E você, fique perto." Fiz sinal para Hennan ficar do meu lado e mantive minha espada curta a postos. O medo havia começado a me incomodar agora. Guardião foi em frente. O carcereiro no segundo piso mantivera seu posto, de pé, com um porrete com faixas de latão na mão e flanqueado por dois guardas, espadas em punho. O Guardião avançou sobre eles, de braços abertos, enquanto eles observavam incrédulos. O carcereiro soltou seu porrete, um guarda conseguiu dar uma estocada hesitante que resvalou na armadura do soldado, e todos os três foram levantados em um abraço metálico.

"Vamos trancá-los." Eu passei apressadamente para destrancar a porta do corredor e em seguida a primeira porta depois do corredor. Guardião veio atrás para jogar seus prisioneiros numa cela vazia. "Rápido!" Eu não sabia quanto tempo tínhamos, mas sabia com certeza que estava acabando depressa.

Guardião começou a subir as escadas comigo logo atrás. Quase antes de o soldado dar o primeiro passo, um guarda se arremessou para baixo das escadas berrando o tipo de grito de guerra que soa mais como terror, com a espada curta apontada para o alto. O homem nem teve tempo de processar o que estava acontecendo, antes de ser atirado contra a parede. Guardião pegou o corpo inerte do guarda rebatido com as duas mãos.

"Caramba." A mancha escarlate sobre a pedra contava uma história desagradável. "Cuidado! Não é preciso machucá-los!" Não sou uma das almas mais generosas, mas geralmente não há desejo assassino em mim. Não é tanto por consciência, mas mais por ficar enjoado, e também por medo das repercussões. Por Edris Dean, entretanto, eu abriria uma exceção e a chamaria de justiça.

Guardião deu mais três passos carregando o guarda, subindo cinco degraus por vez, salpicando-os de sangue. De repente, a cabeça do guarda estalou de volta para cima, revelando um lampejo do crânio branco quebrado no meio da sujeira escarlate onde o lado esquerdo de sua cabeça deveria estar. Seus olhos me encontraram e o apetite neles deixou minhas pernas fracas demais para subir escadas. Hennan bateu em minhas costas.

"Ele está morto!" O medo reduziu minha voz a um guincho. O guarda começou a se debater nas mãos do Guardião. "Rápido! Acabe com ele!", consegui gritar.

O Guardião executou sua instrução com uma eficiência pavorosa, enterrando a cabeça do cadáver em uma parede e pressionando a palma de ferro até não restar nada além de uma mancha de mingau ensanguentado e estilhaços de ossos escorrendo pela parede. Eu vomitei uma baba ácida e amarelada no degrau à minha frente.

"Segure o corpo e siga em frente." Eu limpei a boca com a mão e depois procurei algum lugar para limpar a mão. Passei pela minha própria sujeira e a sujeira da parede, prendendo o nariz, que estava latejando para cacete depois de vomitar, por algum motivo, e tentando tapar os olhos para não ter que ver o cadáver ainda se contorcendo nas mãos de Guardião.

"Pelo menos é mais fácil lidar com eles quando se tem ajuda", disse Hennan, logo atrás de mim, parecendo bem menos assustado do que eu.

"Um homem morto não é o problema", falei, ainda soando nasalado. "Eles sabem onde estamos agora." Se o Rei Morto havia olhado para nós através daqueles olhos, ele poderia estar conduzindo cada corpo morto da cidade em nossa direção. Eu só imaginava o que poderia estar à nossa espera do lado de fora quando descêssemos as escadas de volta. Até aquele momento, o pior que minha imaginação havia me mostrado eram fileiras e mais fileiras de guardas da cidade.

Nós saímos da escadaria pelo arco para o terceiro andar, mantendo-nos perto do Guardião. Era idêntico ao andar de baixo, sem o carcereiro e os guardas. Eu conseguia ver através do pequeno corredor até a passagem que circundava a Torre – alguma coisa parecia estranha, mas eu não conseguia identificar o que era.

"Precisamos verificar se há guardas", falei. "Não podemos deixá-los escapar para tocar o alarme." Ou que aparecessem atrás de nós.

Guardião deu três pesados passos para entrar no recinto. Mais um passo pesado e alguma coisa enorme surgiu pela lateral, escondida pela coluna das escadas. Ela saiu golpeando, balançando uma grande porta de ferro, o que imediatamente estabeleceu o que havia de errado com o lugar: o corredor das celas deveria estar escondido atrás de uma porta trancada.

O impacto do golpe derrubou Guardião e o fez bater com tudo na parede, reduzindo a mesa do carcereiro a estilhaços no caminho. Por um momento, Hennan e eu ficamos parados, horrorizados, olhando para os olhos vermelhos-acobreados de um soldado mecânico mais largo e mais alto que Guardião. A coisa segurava a porta de ferro amassada acima da cabeça, prestes a nos esmagar como moscas. E, ao contrário das moscas, nenhum de nós era rápido o suficiente para sair da sua mira quando o soldado começasse a balançar a porta para baixo, em nossa direção. Engrenagens zumbiram quando os grandes músculos de latão e aço se contraíram e a porta de ferro veio descendo com tudo, em vias de reduzir nós dois a manchas.

Guardião saltou para intervir, como se impulsionado por uma única e imensa mola encolhida, disparando por baixo do golpe, por pouco não arrancando fora minha cabeça, e chocando-se no peito do recém-chegado. Os dois desabaram sobre o chão de pedra, e o avanço deles foi impedido pelo impacto esmagador na parede oposta. Eles se levantaram, travados em combate, um segurando as mãos do outro e fazendo força para danificar alguma parte vital.

"Nós devemos ajudar o Guardião", disse Hennan com convicção, mas sem se mexer para fazer nada.

"Nós devemos pegar Snorri e Tuttugu enquanto ainda podemos", disse-lhe, embora "nós devemos fugir enquanto ainda podemos" quase tenha saído no lugar. Eu agarrei o garoto e o empurrei de volta às escadas. Atrás de nós, os dois combatentes de metal se debatiam sem a menor preocupação com quem estivesse por perto. Um chute descontrolado do Guardião derrubou um pedaço de pedra, quase do tamanho de minha cabeça, da quina onde a passagem das celas saía, fazendo-o ricochetear pelas paredes. Não dava para saber quem estava ganhando, mas, embora o soldado da Torre fosse o maior dos dois, Guardião estava com a corda toda pela primeira vez em séculos, e a força extra que isso lhe dava logo começou a se fazer perceber. Metal se forçou contra metal, articulações rangeram, barras de reforço grunhiram sob pressão e engrenagens aumentaram suas rotações.

"Jal!", disse Hennan, me puxando.

Um rebite da armadura do soldado da Torre se soltou e bateu no arco acima da minha cabeça, pulverizando um pequeno pedaço da pedra. Agarrando minha deixa, eu me abaixei e passei apressado pelo garoto, subindo as escadas.

O quarto andar tinha um cheiro diferente, um fedor de sangue e vômito. Não dava para não sentir, nem mesmo com o nariz quebrado. No posto do carcereiro do andar de baixo, um cassetete e um lampião estavam pendurados; neste nível, algemas, cordas e mordaças pendiam de vários pinos, além das ferramentas comuns do ofício. O andar tinha mais do que o definhamento usual de vidas humanas em pequenas caixas de pedra. Aqui eles machucavam pessoas. Cada parte de mim queria sair correndo – parecia que eu estava voluntariamente me colocando aos cuidados de John Cortador. Um barulho metálico agudo ecoou pelas escadas conforme alguma parte vital de um dos soldados cedeu às pressões acumuladas contra si.

"Vamos verificar as celas", disse Hennan, dando um passo à frente. "Encontrar Snorri e Tutt." Ele nunca vira os horrores que eu presenciara, nunca fora amarrado a uma mesa e recebera a visita de Maeres Allus. E também ele não era um covarde. A espada curta tremia em minha mão, parecendo pesada demais e estranha. Cada pedaço do meu ser queria fugir, mas de alguma forma a soma deles seguiu em frente com as pernas vacilantes, empurrando Hennan para trás de mim. Uma pequena voz por trás de meus olhos interrompeu o pânico que me cercava – sem Snorri ao meu lado, eu não chegaria muito longe da cidade, talvez nem mesmo além do alcance da sombra da Torre. Quando racionalizei aquilo como uma versão mais progressiva de corra para as montanhas, minhas pernas pareciam mais bem preparadas para desempenhar seu papel.

Fui até o posto do carcereiro e tirei o lampião do gancho. Os carcereiros haviam saído apressados, talvez se reunindo no último andar para tomar uma posição. Nesse caso, eu esperava que ficassem por lá. Se eles criassem coragem e descessem em bando eu estaria ferrado. Verifiquei com rapidez se havia algum sinal de carcereiros ou guardas e em seguida destranquei a porta para o corredor das celas. O fedor estava ainda mais forte aqui, pungente como algo novo e desagradável... um cheiro de queimado.

Hennan tentou correr na minha frente. Eu o segurei. "Não." E avancei, com a espada curta à frente, lampião na outra mão, fazendo a sombra da lâmina dançar sobre as paredes.

"Quinze, catorze, treze." Hennan leu os números em cima das portas. Eu não sabia se ele sabia ler, mas pelo menos seu avô lhe ensinara os números romanos.

"Vigie o corredor para mim", disse a ele. Eu não sabia o que aguardava do outro lado da porta, mas provavelmente não era algo que ele precisasse ver.

"Está escuro!" Hennan balançou um braço para a penumbra.

"Então vigie para ver se há alguma luz!" Eu me virei para o outro lado, levantei o lampião fora da minha linha de visão e posicionei a chave na fechadura. Ela se encaixou perfeitamente, como sempre, quase ansiosa para girar. Com a porta destrancada, devolvi a chave ao bolso e saquei a espada curta que havia roubado. Edris podia estar esperando do outro lado. A porta rangeu quando a empurrei e a fedentina me atingiu imediatamente, um fedor de esgoto, misturado a vômito e putrefação, junto com fumaça e um terrível cheiro de carne queimada.

Tuttugu parecia menor morto do que em vida. O peso que ele carregara pela tundra congelada e por oceanos selvagens, apesar das parcas rações, parecia ter desaparecido em menos de uma semana na

Torre. Eles haviam arrancado sua barba, deixando apenas tufos aqui e ali em meio à carne viva. Ele jazia sobre a mesa onde o torturaram, ainda amarrado pelas mãos e pelos pés, as marcas do ferro em seu braço, barriga e coxas. O braseiro ainda fumegava, com três ferros com cabos enrolados com panos projetando-se do pequeno cesto de carvão. Eles estavam prontos, aguardando a autorização, e se puseram ao trabalho imediatamente.

Eu fiquei parado, olhando em volta estupidamente, sem saber o que fazer. O recinto estava vazio, uma jarra de água ao lado, no chão, quebrada, um balde no canto. E, aparentemente conflitante com seu ambiente, um espelho com moldura de madeira pendia de um gancho acima da mesa, uma coisa barata e manchada, mas fora de lugar.

Sangue da garganta cortada de Tuttugu se empoçava em volta da cabeça, encharcando os cachos ruivos de seus cabelos, e pingava por entre as tábuas até as pedras do piso embaixo. Ele devia estar vivo quando entrou na Torre...

"Hennan!" Eu me virei.

Edris já estava com o menino, a espada no pescoço dele, a outra mão enrolada em seus cabelos. Eles estavam do outro lado da porta, encostados à parede do corredor.

"Você se escondeu em uma das outras celas..." Eu devia estar apavorado por mim, ou furioso por Tuttugu, ou preocupado com a criança, mas de alguma forma nenhuma dessas emoções veio, como se a parte de mim que lidasse com essas coisas tivesse se fartado e ido embora para casa.

"Isso mesmo", assentiu Edris.

Eu nunca tinha visto um amigo morto antes. Já tinha visto muita gente morta, e de algumas delas eu gostava bastante. De Arne Olho-de-Mira e dos quíntuplos eu gostava. Mas Tuttugu, mesmo de origem humilde e estrangeiro, havia se tornado um amigo. Eu podia admitir isso agora que ele estava morto.

"Deixe o menino ir." Ergui minha espada curta. A arma que Edris estava segurando contra o pescoço de Hennan tinha marcas de runas e manchas de necromancia, a lâmina consideravelmente maior que a minha, mas não sei se isso ainda seria vantagem no aperto do corredor. "Deixe-o ir."

"Vou deixar", assentiu Edris, com aquele sorriso torto dele nos lábios finos, "com toda certeza. Mas primeiro me dê essa chave de que todo mundo está falando, sim?"

Eu observei o rosto de Edris, com sombras contorcendo-se sobre ele. A meia-luz refletia sua idade, pontilhada por velhas cicatrizes, cabelos grisalhos endurecidos pelos anos, em vez de diminuídos. Eu pus o lampião no chão, mantendo-o afastado do alcance dele, e pesquei a chave em meu bolso. No momento em que meus dedos fizeram contato com ela, um rosto mais jovem pulsou sobre o de Edris, aquele que tinha quando matou minha mãe, matou minha irmã dentro dela e impulsionou aquela mesma lâmina que segurava agora em meu peito. Só durante uma batida de meu coração. Apenas seus olhos permaneceram inalterados.

Eu puxei a chave para fora, um pedaço de escuridão no formato de uma chave, cruzando o mundo no meio da noite. Os nórdicos a chamavam de chave de Loki, na cristandade a chamariam de chave do diabo, e nenhum dos títulos oferecia alguma coisa além de trapaças, mentiras e danação. A chave do mentiroso.

O sorriso de Edris se alargou e exibiu dentes. "Entregue-a ao garoto. Quando tivermos passado em segurança pelo que quer que esteja fazendo essa algazarra lá embaixo, eu a tomarei dele e o soltarei."

Para alguns homens, o desejo de vingança pode ser uma fissura que os leva a passar de um perigo a outro – pode consumi-los, como uma luz ardente mais forte que todas as outras, deixando-os cegos para o perigo, surdos para a precaução. Alguns chamam esses homens de corajosos. Eu os chamo de tolos. Eu sei que sou o príncipe dos tolos por ter deixado minha raiva me guiar até a Torre, desafiando toda a razão. Agora, mesmo com Tuttugu morto atrás de mim e seu assassino à minha frente, toda a raiva dentro de mim se apagou como uma chama. A borda afiada no pescoço de Hennan refletiu a luz e chamou minha atenção. Sombras contornavam os tendões esticados e tensos embaixo da pele, as veias, o inchaço de seu pescoço. Eu sabia o estrago que um movimento rápido daquele aço causaria. Edris abrira a garganta de mamãe com a mesma economia de um açougueiro abatendo porcos. Com a mesma indiferença. Com a mesma lâmina.

"O que vai ser, Príncipe Jalan?" Edris pressionou a espada mais perto, com a mão atrás da cabeça do garoto para ajudar no corte.

Tudo que eu queria era estar fora dali, a quilômetros de distância, no lombo de um bom cavalo, cavalgando para casa.

"Aqui." Eu caminhei na direção deles com a chave estendida na mão. "Pegue."

Hennan me olhou com uma expressão furiosa, fazendo aquela mesma cara de louco que Snorri costumava fazer nos piores momentos possíveis.

"Pegue-a!", vociferei a ordem e passei pela porta. Mesmo assim, e com Edris torcendo a mão ainda mais forte nos cabelos do menino, eu achava que Hennan não fosse aceitá-la. E então ele aceitou.

Hennan tomou a chave de mim e eu soltei os ombros, tomado de alívio. Eu vi aquela expressão tomar conta do menino, os olhos se arregalando à medida que o objeto injetava seus venenos nele, abrindo portas em sua mente, enchendo-o com quaisquer visões e mentiras que havia guardado para Hennan Vale.

"Não!" E, com um movimento brusco, Hennan jogou a chave por cima de mim, para dentro da cela de Tuttugu.

Eu me peguei me atirando contra Edris, com a ponta de minha lâmina apontada para o lugar de onde seu sorriso caíra. Ele se mostrou rápido – bem rápido – conseguindo erguer sua espada e defletir minha estocada. Eu posso ter cortado o lóbulo da orelha dele quando o golpe passou. Hennan saiu girando, deixando bastante cabelo na mão de Edris, mas o garoto escorregou, bateu a cabeça na parede, cambaleou e desabou prostrado em algum lugar escuro do corredor.

"Ah." Recuei para a entrada. Por toda parte os sons de movimento nas celas, os ocupantes despertados pelo choque de lâminas, um berro abafado bem próximo. "Descul..."

Edris tentou interromper minhas desculpas com sua espada, então guardei meu fôlego para a defesa. Lutas com espadas no campo de treinamento são uma coisa, mas, quando um desgraçado maligno está tentando cortar partes de você, a maior parte daquilo vai embora pela janela. Sua mente, pelo menos a minha mente, não se lembra de quase nada quando está absorvida no terror absoluto de alguém fazendo o melhor que pode para matar você. Todas as memórias são feitas por seus músculos que, se tiverem sido treinados ano após ano, com ou sem muito entusiasmo de sua parte, farão o possível com o que aprenderam para mantê-lo vivo.

O som de espada batendo em espada em um espaço fechado é ensurdecedor, aterrorizante. Eu rebatia uma investida após a outra, recuando lentamente, ganindo quando chegavam perto demais.

"Pegue a maldita chave", acrescentei, ofegante, no meio do combate.

Quinze anos a mais não pesaram sobre Edris; ele demonstrava a mesma agilidade e habilidade que levaram a melhor sobre o guarda de minha mãe, Robbin, lá na Sala da Estrela. Era a única coisa que eu podia fazer para afastá-lo. O alcance de sua espada longa significava que eu não tinha a menor chance de chegar até ele nem se tivesse tempo de empreender qualquer tipo de ataque.

"Eu não quero essa coisa maldita!" Recuei pela entrada da cela e Edris veio atrás, com o lampião no corredor delineando sua silhueta. Pensamentos loucos me ocorreram sem parar, surgindo em meio ao terror que fervilhava em minha mente, um desejo insano de me atirar para cima dele e lhe arrancar as entranhas – o tipo de ideia que acaba matando você.

Há um problema em pisotear continuamente os instintos menos sensatos que levam os homens a se colocarem em perigo. Até o mais racional e equilibrado de nós tem espaço limitado para armazenar essas emoções indesejadas. Você vai guardando as coisas, empurrando-as para o fundo da mente, mas, assim como um armário abarrotado, chega uma hora em que você tenta enfiar mais uma coisa ali e de repente algo estala, o trinco cede, a porta se abre e tudo que estiver lá dentro é despejado em cima de você.

"Apenas me deixe viver!" Mas ao mesmo tempo em que disse isso o véu vermelho que estava tentando segurar veio abaixo. Uma alegria líquida e incandescente brotou e, embora uma minúscula voz dentro de mim gritasse "não", eu me atirei para cima do homem que matou minha mãe.

Com a entrada entre nós, a espada longa de Edris se tornou uma desvantagem, confinada entre os batentes da porta. Desviei sua estocada seguinte para o lado, prendendo sua lâmina com a minha na lateral da entrada e metendo meu antebraço no rosto dele. Eu senti o nariz dele se quebrar. Girando dentro do alcance de meu oponente, mantendo presa sua espada até o último momento, fiquei de costas para ele e lancei o cotovelo do braço da espada contra a cabeça de Edris com toda a força que pude reunir. Sem me virar, eu peguei minha espada com as duas mãos, virei a ponta e, por baixo da minha axila, apunhalei o peito dele, raspando entre as costelas.

Eu me afastei com o urro de dor de Edris, cambaleando para dentro da cela, com minha espada presa no osso e arrancada de minhas mãos. Sua lâmina bateu no chão atrás de mim, fazendo barulho. Eu consegui parar pouco antes de me estatelar sobre os restos de Tuttugu em cima da mesa e me virei, pulando sobre o pé dianteiro, quase perdendo o equilíbrio. Edris Dean estava parado na entrada, encostado em um dos lados para se apoiar, com as duas mãos na espada curta que eu enterrara nele, embaixo do peito. O sangue corria vermelho sobre o aço.

"Morra, desgraçado." Aquilo saiu como um sussurro. A loucura da batalha foi embora com a mesma rapidez que havia chegado. Eu tossi e encontrei minha voz, impostando uma autoridade real nela. "Você matou uma princesa de Marcha, e merece coisa pior do que Tuttugu teve." Parecia fácil demais ele simplesmente morrer ali e desaparecer.

"Agradeça por eu ser um homem civilizado..." Palavras grosseiras podiam não ser grande coisa, depois de enterrar uma espada, mas eram todo o sal que eu tinha para esfregar na ferida dele.

Edris viu seu sangue pingar no chão, chocado com a mudança de sua sorte. Ele levantou as mãos, pingando, e olhou para mim, o sangue escuro brotando em sua boca. O fato de ele ter sorrido nesse momento, mostrando os dentes ensanguentados, foi desencorajador, mas prossegui, tentando não deixar a incerteza transparecer em minha voz. Eu conhecia o suficiente sobre ferimentos para saber que o que eu fizera nele era fatal. "A necromante que lhe dá ordens... ela não ficará nada satisfeita. Não consigo imaginar seu corpo recebendo um enterro decente." Tentei sorrir de volta.

"Isso." Edris respirou, estremecido, um pouco do ar sendo puxado em volta de minha lâmina, formando bolhas escuras. "Foi um erro."

"Foi mesmo! E o primeiro erro que cometeu foi ir contra m..." Um pensamento horrível me interrompeu. Eu percebi que Edris estava me prendendo sem arma dentro da cela... "Você está esperando que, depois que morrer, a necromante o erga novamente para terminar o serviço!"

"Todos da realeza são burros assim? Ou aquela piranha da sua mãe cruzou com o irmão para fazer você?" Edris se endireitou e se afastou do batente da porta, rangendo os dentes de dor, e segurou o cabo de minha espada que se projetava do corpo dele. "Não há necromante nenhuma observando das montanhas, seu imbecil." Ele puxou a lâmina para fora e a ferida sangrou, preta. "*Eu* sou o necromante!" Uma risada ou uma tosse irrompeu dele, espirrando sangue entre nós. Algumas gotículas atingiram minhas mãos levantadas e queimaram como metal quente derramado do cadinho.

Minha única chance estava na velocidade e agilidade. Edris podia estar ganhando força, mas ainda se movia com certa rigidez, mecanicamente, por causa de seu ferimento. Eu recuei um passo, dois, e me preparei para saltar quando ele liberasse a entrada. Alguma coisa se prendeu atrás de minha túnica. Eu puxei, mas estava firmemente presa. Edris entrou na cela, com minha espada curta preta e gotejante no punho dele.

"Quanto mais próximos da morte estamos, mais difícil é nos matar." Ele sorriu outra vez, com o rosto na sombra, apenas o brilho de seus olhos insinuando o desejo assassino ali.

"Agora – espere, vamos apenas ficar..."

Ele não esperou, mas se aproximou sem pressa, a espada empunhada sem nenhum tremor, a ponta nivelada com meu rosto. Por desespero, arrisquei uma olhada para trás, para ver o que estava me prendendo. Tuttugu me olhava fixamente da mesa, com aquele apetite familiar dos mortos ardendo em seus olhos. A mão amarrada mais perto de mim na quina da mesa havia se torcido dentro da tira de metal em volta de seu pulso e prendido os dedos no tecido solto de minha túnica.

Eu puxei com mais força, mas havia pagado caro pela roupa e o linho não se rasgava. Ao olhar de volta na direção da porta, encontrei Edris imediatamente à minha frente agora, com o braço da espada puxado para trás, prestes a enterrar minha própria espada curta em minha cabeça.

"Não!" Um apelo choroso e desesperado por clemência enquanto eu ficava de joelhos, com a cabeça baixa em súplica. Talvez não fosse a melhor maneira de um príncipe de Marcha Vermelha morrer, mas toda a minha plateia estava morta ou quase lá. "Por favor..."

A única resposta que recebi foi a pancada úmida do aço cortando a carne, e o sangue escorrendo sobre meus ombros. A dor chegou intensa e lancinante, uma queimação que tomou conta de meu pescoço e costas, sangue derramado por toda parte, e imediatamente uma sensação de fraqueza me dominou, um cansaço profundo que brotava de algum lugar para me puxar para baixo. Eu fiquei onde havia caído, esperando a luz enfraquecer, ou me chamar, ou o que quer que ela faça em seus últimos momentos.

"Vadia", disse Edris, mas com a voz sufocada.

Eu fiquei confuso com o "vadia", mas decidi que tinha de abrir mão das perguntas e me deixar levar... As pernas à minha frente se mexeram, talvez para me deixarem cair, mas atrás delas eu vi outro par de pernas... mais torneadas... saindo debaixo de uma saia suja. Aquilo me fez levantar a cabeça. Edris havia se movimentado em direção à porta, com o pescoço em um ângulo desconfortável e derramando sangue de um corte que parecia uma tentativa decente de atingir sua coluna. Kara rodeou com ele, ostentando um enorme olho roxo e segurando sua própria espada curta roubada, tão preta de sangue quanto a do necromante.

O sangue que me encharcava era o de Edris, ardendo com sua necromancia. Eu permaneci de joelhos, com sangue escorrendo de meus cabelos e mãos, ainda ancorado pela mão de Tuttugu.

Apesar de sua segunda ferida mortal, Edris deu um passo rápido em direção a Kara, com a espada à sua frente.

"Melhor correr, Edris Dean, ou terminarei o serviço. Skilfar sempre me disse o quanto ficaria feliz em beber de seu crânio e fazer um brinde à Dama Azul." Kara bateu na lâmina dele, as duas espadas se chocando.

Edris respondeu alguma coisa, mas as palavras que gorgolejou na garganta saíram quebradas demais para interpretar.

Kara riu. Um som frio. "Você acha que coisas mortas me assustam, Dean?" E à medida que ela falou o lampião ficou mais fraco, cada sombra se aprofundando e se esticando, a escuridão se contorcendo em cada canto como se os monstros mais sombrios despertassem de seu sono. Edris fintou para a direita, atirou a espada curta nela, e em seguida cambaleou, desajeitado, em direção à porta. Kara foi atrás, com sua própria lâmina pronta para se enfiar nas costas dele, mas ela parou de repente, fixada em alguma coisa na parede oposta. Outro espelho, idêntico ao primeiro. Como eu podia não ter reparado nele eu não sabia. Ela parecia fascinada por seu reflexo. Ao olhar para Edris, eu o vi diminuindo a velocidade, começando a se virar. Um terceiro espelho estava pendurado acima da entrada, e eu tive um vislumbre de alguma coisa azul, refletida de maneira escura, um rodopio de túnicas?

"Jalan." Kara falou com os dentes cerrados, sem acrescentar nada à declaração de meu nome.

"O quê?" Ao olhar para a esquerda eu vi mais espelhos que não havia percebido, dois deles pendurados na altura da cabeça. Edris completou seu giro. Ele estaria virado de frente para Kara, se ela não estivesse olhando para o primeiro espelho que chamou sua atenção. Edris sorriu, com sangue negro escorrendo por cima de seu queixo. Ele começou a sacar a faca de seu cinto, uma coisa cruel de ferro turcomano, mais de vinte centímetros de comprimento, fina e chanfrada.

"Quebre. O. Espelho." Kara forçou cada palavra entre seus dentes como se aquilo fosse uma luta da qual ela não estava à altura.

"Qual espelho?" Devia haver uma dúzia, e aquilo não fazia nenhum sentido. Não era possível que eu não os tivesse visto. "E com o quê?" Eu avistei as túnicas azuis de novo, reflexos fugazes, aqui, depois ali, e olhos, olhos no infinito sombreados atrás do vidro, apenas um brilho, mas observando.

"Agora!" Foi tudo que ela conseguiu.

Edris estava com a faca para fora, o braço molenga por conta do grande buraco que eu fizera em seu músculo peitoral.

Com um salto, ainda preso por meu justilho na mão morta de Tuttugu, eu peguei a jarra quebrada no chão e me virei para atirá-la contra o espelho que havia visto primeiro. Pelo menos seis espelhos pendiam ali agora, amontoados. Seus reflexos não mostravam nada da cela, mas revelavam algum outro espaço escuro onde velas estavam acesas, como se cada espelho fosse uma pequena janela para uma câmara do outro lado. Aqueles olhos vistos pela metade me encontraram e fizeram de mim seu foco, roubando a força de meu braço, anuviando minha mente com um azul mais profundo que o mar, mais brilhante que o céu. Eu atirei mesmo assim, cego, adivinhando o alvo. O som do vidro estilhaçado foi alto o suficiente para me derrubar, se eu já não estivesse de joelhos. Eu joguei os braços para cima, esperando ser afogado em um dilúvio de cacos. Mas nada aconteceu.

Olhei em volta e vi Kara no meio da cela, ainda parecendo atordoada. Edris saiu cambaleando pela porta.

"Hennan está lá fora!", gritei, com a intenção de avisar a Kara, mas percebendo ao mesmo tempo que acabara de lembrar ao necromante também. Imediatamente, Kara foi atrás dele – decente da parte dela, já que a última coisa que o garoto fez para ela foi esmurrá-la na nuca com uma meia cheia de florins.

A saída dela me deixou de joelhos em meio às minhas próprias desgraças, a barriga ostentada para o mundo, com minha túnica levantada debaixo dos sovacos, ainda presa à coisa morta amarrada à mesa. Eu olhei em volta desesperadamente, procurando a forma preta da chave de Loki, perdida no meio da sujeira em um chão coberto de sombras escuras. Por sorte, olhos aguçados ou algum truque da própria chave, eu a vi, tentadoramente perto, mas fora do alcance. Eu me esforcei, esticando o braço até as juntas ameaçarem se soltar, mexendo os dedos, como se isso fosse compensar a distância de quinze centímetros.

"Me solte, seu maldito!"

Pode ter sido coincidência, mas, no momento em que fiz minha exigência, alguma coisa cedeu e eu fui para a frente, quase achatando meu nariz quebrado no chão. Eu me levantei com a chave na mão e a escondi no cós da calça quando Kara voltou, segurando o lampião diante de si e guiando Hennan, inseguro, ao seu lado.

"Edris?", perguntei.

"Fugiu", disse ela. "Há uma dupla de soldados mecânicos lutando dois pisos abaixo. Ele não parecia rápido o bastante para conseguir passar por eles." Ela deu de ombros.

"Você não deveria estar indo atrás dele? Sua avó não quer beber o digestivo dela no crânio dele?"

Um sorriso austero. "Eu inventei isso."

Ela pôs Hennan sentado contra a parede. "Fique aí." E cruzou até a mesa. Eu consegui ficar de pé quando ela chegou. Kara esticou um braço acima do rosto de Tuttugu e ele fez força para mordê-la.

"Não..."

Ela virou a cabeça para mim, um movimento brusco. "Não o quê?"

"Eu..." Eu não sabia ao certo. Eu só sabia que ele era meu amigo e não o salvara. "Você é jurada pelas trevas!" Foi a melhor acusação que pude encontrar.

"Somos todos jurados por alguma coisa." Kara estendeu a mão com cuidado e pôs o dedo na testa de Tuttugu. O cadáver amoleceu, e quando ela retirou o dedo revelou-se uma de suas pequenas pastilhas de ferro com runas, permanecendo onde a mulher havia tocado. "Ele está fora do alcance deles agora." Ela se endireitou, com os olhos brilhantes. "Tuttugu era um bom homem. Ele merecia mais."

"Ele vai para Valhalla?", perguntou Hennan, ainda sentado curvado no chão. Parecia que sua cabeça ainda não havia desanuviado após a colisão com a parede.

"Vai", disse Kara. "Ele morreu lutando contra seus inimigos e não lhes deu o que queriam."

Eu olhei para o horror que haviam feito com ele. Meus olhos arderam inexplicavelmente. Ele deve ter apanhado todos os dias. As solas de seus pés estavam esfoladas, os dedos quebrados. "Por quê?" Aquilo não fazia sentido. "Por que ele simplesmente não disse a eles onde a chave estava?" O banco não tinha interesse em matar os nórdicos. Se Tuttugu tivesse entregado a chave logo no começo, eles podiam ter sido banidos e mandados de volta ao norte antes mesmo de Edris Dean saber que eles haviam sido capturados.

"Snorri", disse Kara. "Se entregasse a chave, ele estaria entregando os filhos de Snorri. Ou pelo menos ele sabia que era assim que Snorri encararia."

"Pelo amor de Deus! Ele não podia ter *tanto* medo assim de Snorri."

"Não é medo." Kara balançou a cabeça. "É lealdade. Ele não podia fazer isso com seu amigo."

Eu pressionei as mãos contra os olhos e tentei clarear as ideias. Ao retirá-las, percebi mais uma vez os berros abafados corredor abaixo. Eles não haviam parado – eu simplesmente os bloqueara. "Snorri!"

Os outros me seguiram enquanto eu corri até a cela dez e destranquei a porta. Eles haviam acorrentado Snorri a pesados aros de ferro presos à parede, e sua boca estava presa por uma mordaça de couro. Ele não apresentava sinais de tortura, mas a ferida que trouxera consigo do norte, o corte da lâmina do assassino, agora era uma faixa de carne viva de três centímetros de largura e quarenta e cinco de comprimento, encrustada com sal que crescia em cristais agulhados, alguns do tamanho de uma unha.

Snorri puxava suas amarras, com os pulsos sangrando onde os grilhões roçavam. Kara atravessou a cela, tirando uma pequena faca de seu cinto e estendendo a mão para a mordaça do nórdico.

"Espere!" Eu corri para a frente e segurei o braço dela. "Deixe que eu faço isso."

Ela me olhou nos olhos com fúria. "Você acha que vou cortar a garganta dele?"

"Você queria deixá-lo aqui!", gritei, tentando puxar a lâmina da mão dela.

"Você também!", devolveu ela.

"Eu não queria, não, eu só... Enfim, você queria levar a chave para aquela bruxa no norte!"

"Você também. Só que para uma bruxa diferente e um norte não tão distante."

Eu não tinha resposta para aquilo, então comecei a serrar a faixa que segurava a mordaça de Snorri no lugar. O couro resistente cedeu facilmente perante a lâmina afiada. Deve ter sido assim que Tuttugu cedeu. O idiota devia ter se poupado. Eu puxei a mordaça para fora e Snorri curvou-se para a frente, engasgando.

Kara se aproximou, levantando a mão para segurar a cabeça dele. Eu a observei e percebi que aquilo não fazia sentido. "Se Skilfar queria a chave, por que ela simplesmente não a pegou quando Snorri estava bem ali na frente dela? É... *você* que está atrás dela?" Seria a própria ganância de Kara ou Skilfar usando-a para roubá-la e assim evitar a maldição? No final, não fazia diferença.

"Tire os grilhões." Ela gesticulou com a cabeça.

"Não consigo, estão presos por rebites. Precisa de um ferreiro."
Eu mantive os olhos nela, procurando sinais de traição.

Ela se virou para mim, transformando a preocupação em algo mais duro. "Você ainda não entendeu o que tem na mão. Use-a! E use a cabeça."

Eu contive uma reposta brusca e decidi não lembrá-la de quem era o príncipe ali. Eu tive que ficar na ponta dos pés para alcançar a algema no punho de Snorri e, sem esperar muito, apanhei a chave, ainda no formato da porta da cela, e empurrei sua ponta no primeiro dos dois rebites que a fechavam. O troço resistiu. Eu botei mais pressão e com um guincho de protesto ela deslizou e caiu no chão. Repeti a operação e abri a algema. Snorri curvou-se para a frente.

"Cadê Tutt?" Ele conseguiu levantar a cabeça, mas a força que o mantinha lutando com as correntes havia desaparecido.

Deixei Kara responder-lhe enquanto eu removia a algema em seu outro punho.

"Valhalla." Ela se virou e saiu para ficar ao lado de Hennan, pondo a mão no ombro dele. O garoto tremeu, mas não recuou.

Livre da segunda algema, Snorri desabou de joelhos e caiu para a frente para apoiar a cabeça nos braços contra o chão. Eu retirei as algemas em seus tornozelos e estendi a mão para encostar nas costas dele, mas desisti antes de fazer contato. Alguma coisa nele me fez pensar que eu estaria mais seguro enfiando a mão numa caixa de gatos-selvagens.

"Você consegue andar?", perguntei. "Precisamos sair daqui."

"Não!" Snorri se levantou do chão com um urro. "Não vamos embora até estarem todos mortos! Cada um deles, até o último!"

Kara aproximou-se quando ele se levantou. "E onde isso termina? Qual é o último deles? Um carcereiro no térreo? O homem que entrega comida para a Torre? O banqueiro que assinou a ordem de prisão? O assistente dele?"

Snorri a empurrou, rosnando. "Todos eles." Ele puxou a espada curta de meu cinto, rápido demais para impedir.

Eu segurei a chave na frente dele. "Tuttugu morreu para que você pudesse usar isto. Ele aguentou os ferros quentes porque pensaram que ele era o mais fraco, o homem que podiam desviar de seu curso." Eu a pressionei na palma de Snorri, mas com cuidado para pegá-la de volta – afinal, era a única coisa que eu tinha. "Se ficar aqui, soldados mecânicos virão, você vai morrer e a dor de Tuttugu não terá significado nada."

"A dor nunca significa nada." Um rosnado, de cabeça baixa, o rosto emoldurado por mechas soltas de cabelos pretos, um vislumbre de olhos azuis ardentes por trás. Ele começou a sair.

"Tuttugu se lembrou de seus filhos", disse a ele. "Talvez devesse se lembrar também."

Sua mão agarrou meu pescoço, e foi tão rápido que nem vi acontecer. Tudo que sabia era que de alguma maneira eu havia sido pregado à parede e que respirar deixara de ser uma opção.

"Nunca..." A ponta de sua espada estava a meros centímetros de meu rosto, direcionada entre meus olhos. "... fale deles." Eu achei que ele fosse me matar nessa hora, e com a surpresa daquilo eu não tive tempo de ter medo. Mas minhas palavras pareceram atingi-lo – talvez porque eu não pudesse acrescentar mais nenhuma – e um instante depois ele soltou, abaixando os ombros. Eu descobri que meus pés haviam saído do chão e desabei, abalando minha coluna.

"Acabaram?" Kara olhou para nós, franziu o rosto e começou a sair da cela. Hennan foi atrás, depois Snorri, comigo na retaguarda.

Nós chegamos até a cela de Tuttugu. A espada longa de Snorri ainda estava caída no chão perto da entrada. Eu a peguei, hesitante, quase esperando que ela me mordesse. Ela já havia me mordido antes.

"Uma pira." Snorri apontou para dentro, na direção do corpo de Tuttugu. "Nós construímos uma pira. Grande o bastante para a fumaça chegar até Asgard."

"Onde diabos..."

"Portas." Snorri me interrompeu. "Abra as celas. Use a chave para soltar as dobradiças. Traga-as aqui."

E assim fizemos. Porta após porta aberta e derrubada. Uma batida com a chave fazia os pinos das dobradiças saírem voando. Kara intimou cada ocupante a procurar chaves em todos os carcereiros mortos e soltar os prisioneiros nos andares superiores. Todos eles concordaram, mas também todos estavam presos por fraude, então eu não fazia ideia se realmente colocariam sua fuga em segundo lugar e os companheiros de prisão em primeiro.

Em dez minutos, Tuttugu estava em sua mesa, rodeado por um mar de portas. Snorri pegou trapos e palha, embebeu-os com óleo de lampião e acendeu o fogo. Snorri disse as palavras à medida que o fogo tomou conta e a fumaça começou a subir, espessa, acima de nós, acumulando-se sob o teto em um manto escuro.

"Undoreth, nós. Nascidos na batalha. Ergam martelo, ergam machado, com nosso grito de guerra tremem os deuses." Ele tomou fôlego e prosseguiu no antigo idioma do norte, e Kara uniu-se a ele no refrão da litania. A luz do fogo tremeluzia sobre os dois. Snorri encostou os dedos nas runas tatuadas realçadas pelos enormes músculos de seu braço, gravadas em preto e azul, ainda visíveis por baixo da sujeira. Parecia que ele estava soletrando sua despedida de Tuttugu, e talvez dos undoreth também, agora que ele era o último de seu clã.

Finalmente, com a fumaça grossa sobre o teto, baixa o suficiente para alcançar a cabeça de Snorri e com a chama chamuscando nossas bochechas, ele terminou.

"Adeus, Tuttugu." E Snorri se afastou.

Eu fiquei mais um momento e observei Tuttugu através da fumaça oscilante da chama, suas roupas começando a se queimar agora, a pele murchando perante o calor. "Adeus, Tuttugu." A fumaça me fez engasgar, de modo que não consegui dizer as palavras direito, e entrou em meus olhos, fazendo-os lacrimejar. Eu me virei e saí apressadamente atrás dos outros.

Nós encontramos o Guardião à espera, vitorioso, mas danificado demais para nos acompanhar até a cidade sem atrair atenção indevida. Mas decidi mantê-lo por perto até estarmos prontos para sair.

No térreo, os detentos haviam feito um trabalho minucioso de pilhagem, mas uma pesada porta resistiu a eles. Eu me apressei até lá para destrancá-la. Nós precisávamos de tudo que pudéssemos juntar.

"Vamos!" Snorri em direção à saída principal.

Kara segurou meu ombro e depois parou para olhar. "Mas o que..."

A sala estava apinhada de prateleiras do chão ao teto, fundas e particionadas, cada uma repleta com todo tipo de coisas, de papeladas a vasos, bandejas de prata e sapatos avulsos. "Louvados sejam os guarda-livros de Umbertide!" Eu estendi a mão para pegar uma urna dourada reluzindo ali perto. Embora eles torturassem os fraudadores nas celas acima, todas as suas posses ficavam organizadas, catalogadas e intocadas ali embaixo, esperando por todo o processo da lei ser completado.

Snorri passou por mim, empurrando minha mão cobiçosa para o lado. Kara atrás dele. O local, apesar de abarrotado, tinha pouquíssimas armas, e ambos os nórdicos foram direto para cima delas. Kara pegou uma lança na parede oposta, Gungnir, de sua própria lavra.

"Você não acha ainda que isso irá amedrontar Kelem, acha? Ela nem impediu a guarda da cidade de levar você!"

Kara inclinou a cabeça para mim e em seguida olhou para o Guardião na entrada. Ela passou por Snorri e lentamente moveu a lança até a ponta interagir com o buraco solitário na armadura do soldado mecânico. Um encaixe perfeito. "Eles tinham dois soldados ao lado deles. O que levou Snorri saiu de trás de nós, pelo muro, e pôs os braços em volta dele."

Snorri continuou a inspecionar a lâmina de Hel. O machado de seu pai estava pendurado no meio das outras armas. Satisfeito, ele levantou a cabeça com um sorriso sombrio, o primeiro desde que o encontrei. "Agora estamos prontos."

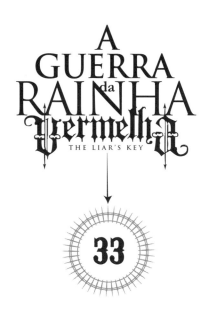

33

Uma multidão havia começado a se formar quando saímos pelas portas da Torre. A metade superior inteira da Torre das Fraudes arrotava fumaça pelas janelas. Antes de partirmos pus o Guardião para vasculhar o prédio atrás de Edris Dean e expliquei em quantos pedaços deveria partir o corpo. "Ah, e deixe todo mundo sair", acrescentei. A ideia de deixar qualquer um fritar não me caía bem, mas principalmente porque eu queria o maior número possível de fraudadores à solta em Umbertide. Assim, as autoridades teriam coisas demais a fazer para despender grandes esforços na minha recaptura.

Ninguém nos desafiou, rodeados como estávamos pelos outros detentos, todos saindo para a rua e desaparecendo pelos becos no labirinto de Umbertide. Se Edris Dean tinha escapado do prédio ele deve ter tido coisas mais importantes a fazer do que soar o alarme, porque não havia mais do que dois guardas da cidade na estrada e ambos estavam tentando parecer invisíveis, caso alguém sugerisse que contivessem a maré de prisioneiros fugitivos. Eu sinceramente esperava que Edris tivesse rastejado para longe para morrer. Pelo menos me parecia provável que até um necromante precisasse de um pouco de tempo e de recursos para reparar o tipo de ferimentos que havia sofrido.

Com o sol da manhã subindo acima dos telhados, nós corremos pelas ruas estreitas atrás de Hennan, que havia aprendido as entradas e saídas da cidade que as pessoas de bem não usavam nem conheciam. A maneira mais fácil de sair de Umbertide era passando por cima dos muros, em vez de rastejar através dos canos de esgoto, como Hennan entrara na cidade. Teria sido apertado e malcheiroso para Kara – Snorri e eu não caberíamos. Além do mais, as muralhas de qualquer cidade que não esteja em guerra são pouco vigiadas, e, com a coluna de fumaça da Torre das Fraudes para chamar atenção de qualquer guarda que pudesse estar realmente de guarda, foi bastante fácil encontrar um trecho de muro sobre o qual poderíamos escapar.

O único problema real consistia em comprar corda e arpéu. Já é bem difícil encontrar um bom motivo para querer um arpéu, para início de conversa, e mais difícil ainda encontrar um ferreiro que não lhe diga para pagar no ato e voltar em três dias para buscá-lo.

"Jogue mais para cima", instou Kara, quando o gancho de ferro por pouco não acertou minha cabeça na segunda queda.

Eu parei e a agraciei com um olhar semicerrado, lembrando que não a perdoara por ter quebrado meu nariz. *"Jogar mais para cima? É assim que fala com a sabedoria das völvas? Todos aqueles anos de estudos arcanos..."*

Eu joguei mais para cima na terceira tentativa e o prendi à parede. Escalar uma corda fina e sem nós acabou sendo bem mais difícil do que eu imaginara, e passei uns cinco minutos pulando, atirando-me e fazendo força, sem conseguir ficar mais do que a um metro do chão. Finalmente peguei o jeito, pelo menos parcialmente. Impulsionado principalmente pela vergonha, consegui subir pela corda até o alto do muro, enquanto dois idosos desdentados e um crescente grupo de pivetes locais assistiam. Kara e o menino vieram atrás sem nenhum esforço perceptível, Kara com a lança, Gungnir, amarrada às costas. Snorri veio na retaguarda, com sua ferida dificultando a escalada, embora apenas uma vez, ao escorregar, ele tenha gritado de dor. Eu descobri que descer do outro lado era tanto mais fácil como mais rápido. E também doía mais no traseiro.

Depois de reunidos do lado de fora dos muros, nós corremos para atravessar a terra empoeirada e batida em direção às margens do olival mais próximo e nos perder entre as árvores.

"E aí?" Kara falou primeiro. Nós havíamos seguido o declive pela sombra malhada até avistarmos o Umber, o rio sem o qual a cidade atrás de nós não seria nada mais que um terreno baldio salpicado de arbustos de mesquite, comidos por cabras raquíticas.

"Aí o quê?", perguntei, espantando as moscas, já com calor demais e suado demais.

"Você sabe o caminho?"

"Hennan conhece os caminhos de trás. Eu vim pela Estrada de Roma." Em pouco tempo, boa parte da guarda de Umbertide estaria se espalhando pelo trecho norte da Estrada de Roma. Aquilo não faria diferença para Snorri. Ele estava indo para o sul, para as terras improdutivas onde Kelem havia firmado residência, uma fenda salgada conhecida como Minas Crptipa.

"Você sabe o caminho até a *mina*?"

"A mina de Kelem? Por que diabos eu saberia? Estou em Umbertide porque meu tio me mandou para tratar de alguns assuntos bancários, não para procurar um mago encarquilhado e... e implorar a ele para me deixar fazer algo incrivelmente estúpido." Na verdade, eu conhecia o caminho, pelo menos de maneira aproximada, mas considerando que não tinha o menor interesse em ir até lá eu guardei essa informação para mim.

"Snorri?" Hennan levantou a cabeça de seu próprio sofrimento e olhou para o nórdico, com o sofrimento dele. Ver uma expressão tão sombria em um rosto tão jovem me fez lembrar de que Tuttugu estava morto – um fato que eu vinha tentando empurrar para o fundo de minha mente, até o lugar onde as coisas são esquecidas.

"Eu conheço o caminho." Snorri levantou a cabeça, com os olhos vermelhos, o maxilar travado, assustador pra cacete. "Vou ficar com a chave agora – você pode ficar ou ir."

Eu analisei a palma aberta que ele estendeu para mim e apertei os lábios. "Não tirei Hennan de uma prisão e invadi outra sozinho só para lhe dar uma chave que conquistamos, nós três, eu, você e Tuttugu. Vim para salvar a vida de vocês. E considerando que eu poderia simplesmente ter ido embora com a chave, alguns diriam que tenho bastante direito de ficar com ela. Então, o mínimo que você pode fazer é pedir em vez de exigir, e talvez demonstrar um pouco de gratidão, caralho." Eu me arrependi do xingamento assim que ele saiu de minha boca. Em parte, porque um príncipe do reino não quer ser visto se rebaixando a conversas de sarjeta com plebeus, mas principalmente por causa do sol batendo na borda do machado preso às costas dele, em um suporte de couro pelo qual eu havia recentemente pagado.

Um silêncio perigoso estendeu-se entre nós, lentamente retesando cada músculo meu na expectativa de um golpe iminente. Snorri estendeu a mão e eu me encolhi com tanta violência que quase bati na mão dele. Ele segurou meu ombro, com os olhos azuis profundos encontrando os meus, e suspirou.

"Desculpe, Jal. Não sei como conseguiu nos encontrar, mas foi preciso coragem e habilidade. Eu agradeço a você por isso. Tuttugu irá contar a história nas mesas de Valhalla. O norte não se esquecerá disso. Você é um amigo verdadeiro, e eu estava errado em falar com você daquela maneira."

Nós ficamos parados ali um minuto, ele com a cabeça baixa, acima de mim, a mão pesada em meu ombro, e eu me enchendo de orgulho. Algumas pessoas podem levantar você apenas com algumas palavras. Snorri era uma delas. Embora eu soubesse como aquilo funcionava e já tivesse visto aquilo antes, ainda assim funcionou.

Eu pus a chave na palma aberta de sua outra mão e ele a fechou sobre ela. A sensação de perda foi imediata, mesmo sabendo que aquele troço era um veneno de dez tipos diferentes.

"Preciso fazer isso", disse ele, soando como se verdadeiramente precisasse.

Eu tentei conceber aquilo. Ele precisava levar a chave ao homem que mandou assassinos o matarem por causa dela? Ele precisava levar a chave ao homem que a desejava o bastante para atravessar mais de mil e quinhentos quilômetros atrás dela? Ele precisava entrar no covil de um mago mortífero e enfrentar probabilidades ridículas... e o "prêmio" era abrir uma porta para a morte e começar outra missão suicida que não poderia lhe dar o que ele queria?

"Não precisa, não."

"Preciso. E não há nenhum homem que eu prefira ter comigo do que você, Jalan, príncipe de Marcha Vermelha. Mas esta é a minha jornada e eu não pedirei a ninguém que corra o risco. Levei você ao norte para enfrentar meus inimigos. Não vou levá-lo até Hel."

Até parece que eu não vi minha boca se abrindo para contradizê-lo. Eu consegui engolir uma declaração desafiadora de que ficaria ao lado dele contra todas as hordas do submundo.

"Escute. Kelem *quer* você lá. Ele está puxando você para o sul com essa sua ferida aí do lado. Ele bloqueou você da porta na Caverna de Ruinárida e teria trancado quaisquer outras que alcançasse. Sabe que ele o está atraindo. Caramba, você só saiu daquela torre por causa dos sonhos!"

"Que sonhos?" Kara se aproximou, de sobrancelhas erguidas.

Meus ombros caíram. "Kelem contratou um bruxo dos sonhos, Sageous, nós o conhecemos em Ancrath, Snorri e eu. Ele me atormentou com pesadelos sobre Hennan até eu encontrá-lo. Hennan me levou até Snorri. Pronto, não fui atrás de ninguém por heroísmo. Eu fui porque não conseguia dormir. Semanas sem dormir deixam um homem prestes a tentar qualquer coisa por paz."

"Semanas?" Kara sorriu e se virou.

"Semanas!"

"Mas nós só fomos capturados cinco dias atrás", disse ela.

Olhei para as costas dela se afastando, tentando me reavaliar. Talvez eu tivesse uma consciência, no fim das contas...

Snorri tirou a mão de mim e recuou. "Nós dois sabemos que a chave é uma maldição, Jal. Não há felicidade alguma nela, só trapaças. Você se poupará de mais tristeza do que pode imaginar se abrir mão dela."

Ele estendeu a chave de Loki para mim, com compaixão nos olhos. "Mas está certo, você a mereceu. Eu não tinha o direito de exigi-la de você." Kara se virou e olhou com tal intensidade que eu pensei que a qualquer momento ela fosse dar um salto para a frente e arrancá-la dele.

Parte de mim suspeitava que Snorri estivesse certo – eu deveria recusá-la. Mesmo assim, se eu quisesse ter um futuro em Vermillion, ele provavelmente começava comigo colocando a chave de Loki sob os cuidados de minha avó. E, além disso, eu simplesmente não queria abrir mão dela.

Eu peguei a chave dele. "Não vou passar pela porta se a encontrarmos, mas irei com você e carregarei este fardo até o fim. E se você ficar diante da porta e me pedir para abri-la... eu farei isso." Fiz um discurso ousado e viril, olhando-o nos olhos. "É o que um amigo faria." E também ficar na companhia dele enquanto tomava uma direção inesperada provavelmente seria minha maior chance de não ser pego pelas autoridades de Umbertide e jogado de volta na cadeia. Kara me lançou um olhar desconfiado como se pudesse ler minha mente, mas, se pudesse, após todas aquelas semanas desejando-a naquele barco, sua opinião a meu respeito provavelmente não poderia ser pior. Eu lhe dei um sorriso vitorioso, bati de leve nas costas de Hennan e saí, com a chave no fundo de meu bolso mais uma vez.

"Aonde está indo?", perguntou Kara quando passei por ela. "Achei que tivesse dito que não sabia o caminho."

Ela me pegou ali, então eu me desviei para o rio e me ajoelhei para lavar as mãos. "Corpo limpo, alma pura, minha cara, e, já que estou na companhia de pagãos, o mínimo que posso fazer é lavar a sujeira."

Nós acampamos perto do rio naquela noite, ao lado de um meandro lento, onde o Umber serpenteava sobre sua planície de inundação. Todos nós aproveitamos a oportunidade de limpar a maior parte da sujeira da prisão. Eu precisei me lembrar várias vezes de que Kara era uma bruxa pagã traiçoeira e jurada pelas trevas, porque ela já era bonita à beça mesmo seca e suja, mas muito mais limpa e molhada. Eu já estava há tempo demais sem uma mulher. Ficar muito concentrado na jogatina acaba fazendo isso. É a única desvantagem. Bem, isso e perder.

Eu digo "acampamos", mas "deitamos em um vinhedo" seria mais apropriado. Felizmente, o céu estava claro e o ar se manteve quente com a lembrança do calor do dia. Kara se sentou com Snorri, limpando seus ferimentos e aplicando uma pasta feita com alguma erva encontrada pela margem do rio. Os cortes que ganhara das algemas eram profundos e feios, e provavelmente inflamariam se não fossem tratados. Até com um médico as feridas têm propensão a piorar no calor e, depois que os maus humores entram no sangue, eles o arrastam logo para a cova, não importa quem você seja.

O ferimento principal, o que o assassino de Kelem fez em Snorri, Kara não conseguia tratar. Dava para ver que aquilo não lhe daria paz, e a maneira como ele ficava olhando para o sudeste me dizia para onde ele o atraía. Eu me perguntei quantos daqueles pensamentos eram dele mesmo agora. Se Kara havia realmente bloqueado o acesso de Baraqel a Snorri para que ela tivesse mais chance de fazer seus encantos e roubar a chave, então fora um mal dobrado. Enquanto ele era jurado pela luz, suas próprias magias trabalhavam contra o ferimento. Com Snorri indefeso, a infecção do jurado pela rocha apenas cresceria até matá-lo ou levar embora sua vontade de viver.

Quando Kara terminou com Snorri, tentei fazê-la dar uma olhada em meu nariz, afinal, ela o quebrara, mas ela alegou que não estava quebrado e ainda por cima eu é que devia estar cuidando do olho dela.

"Foi Jal quem fez isso?" Snorri levantou a cabeça das uvas que estava experimentando, fazendo careta para o azedume delas antes da época.

"Longa história." Eu me deitei rapidamente e olhei para as primeiras estrelas, já perfurando seu caminho no vermelho-escuro do céu. Meus ombros queimavam onde o sangue de Edris Dean havia respingado e bolhas começaram a se formar e a descascar, como se eu tivesse ficado muito tempo no sol. Doía, mas eu me consolei ao pensar que provavelmente doera mais no necromante. Se eu tivesse deixado mais um litro de sangue derramar sobre mim para ter certeza de que ele estava morto e acabado, teria sido um preço que valeria a pena pagar.

Eu me perguntei se a Irmã Silenciosa havia visto isso, ao vislumbrar um futuro tão brilhante que a cegara. Ou talvez ela não tivesse visto além da destruição do desnascido procurando a chave sob o Gelo Mortal. Será que ela havia agido para impedir que o Rei Morto obtivesse a chave de Loki só para que seus dois agentes de destruição, um deles de sua própria família, entregassem o objeto a Kelem? Pelo que vovó me disse, Kelem estava intimamente ligado à Dama Azul, e era dela a mão que tentava orientar o Rei Morto. Nós a carregáramos mais de mil e seiscentos quilômetros, dos desertos congelados às colinas secas e ardentes de Florença, levando-a até a porta que a Irmã Silenciosa nunca quis abrir... No fim, parecia que a chave de Loki havia enganado até minha tia-avó, atravessando os anos do passado para iludi-la.

Quando o sol se pôs, ouvi batidas. Olhei em volta, mas os outros estavam se ajeitando, Hennan já com a cabeça enterrada nos braços. As batidas vieram novamente, como se saíssem de todos os lados. Eu havia ouvido aquilo antes, na prisão dos devedores, por um minuto ou dois... A noite parecia cheia de sussurros conforme o céu se avermelhava e o sol caía por trás das montanhas. As batidas vieram mais fortes e depois sumiram. Pensei em Aslaug, em seus apetites sombrios e sua beleza de pernas compridas. Ocorreu-me, tarde demais para agir mesmo que eu quisesse, que só ouvi aquelas batidas depois que estava de posse da chave. Kara havia de alguma maneira trancado Aslaug, afastando-a de mim – será que agora eu tinha os meios de abrir o caminho outra vez?

A GUERRA DA RAINHA VERMELHA

Eu percebi Kara me observando e decidi pendurar a chave em meu pescoço com um cordão. Bolsos são facilmente roubados e eu não confiava que ela não fosse tentar. Eu mal havia acabado de amarrar os nós quando a exaustão saltou das sombras em cima de mim. Parecia que havia dias que não dormia, e eu estava mais cansado do que já estivera em toda a minha vida. Eu pensei em Sageous, esperando para passear em meus sonhos, e com um arrepio puxei a chave de minha camisa. Eu a pressionei à minha testa. "Tranque-o do lado de fora." Um sussurro, mas sincero. Valia a pena tentar. Enfiei a chave de volta, dando aqueles enormes bocejos que esticam sua mandíbula e enchem seus ouvidos com o som do sono.

Eu me deitei e deixei os sonhos me levarem enquanto as estrelas surgiam com vigor e as montanhas vibravam com o som de grilos fazendo serenata para a noite. A guerra de minha avó havia nos arrebatado – eu, Snorri, Kara, o menino, Tuttugu, todos nós – pois sua irmã nos pusera no tabuleiro e eles jogavam conosco. A Rainha Vermelha fazendo suas jogadas do trono em volta do qual eu orbitava, lançado ao norte, lançado ao sul, sempre procurando retornar, e a Dama Azul observando de seus espelhos, com suas próprias peças sobre o tabuleiro. Será que Kelem era dela também, eu me perguntei, ou outro jogador?

O dia todo, desde que quase engasguei com o sangue que o soco de Kara fez jorrar de meu nariz, o sonho do qual eu tinha escapado continuou seguindo seu curso, sussurrando no limiar da audição, pintando-se por trás de minhas pálpebras se eu piscasse. Agora, fechei meus olhos e escutei com afinco. Na minha vida, fui tanto o jogador como fui jogado. Eu sabia de qual gostava mais e sabia que aprender as regras é um primeiro passo vital se pretende deixar o tabuleiro. Mais um bocejo e o sonho me devorou.

O salão de banquete do grande palácio de Vermillion está abaixo de mim, embora mais grandioso, mais cheio e mais alegre do que jamais o vira. Eu estou na galeria dos músicos, um lugar no qual já me escondera antes para espionar os banquetes, quando era pequeno demais para participar deles – não que minha avó seja dada a esse tipo de recepção, a não ser pelo grande banquete de inverno da Saturnália, que ela oferece mais para irritar a papisa. Tio Hertet, por outro lado, honra qualquer festival, pagão ou não, que lhe dê uma desculpa para abrir barris de vinho e convocar sua corte representante ao palácio, para que todos possam fingir que a rainha morreu e desempenhar seus papéis antes que a idade os diminua ainda mais.

O salão abaixo de mim, no entanto, tem mais nobres ombro a ombro do que tio Hertet jamais se aventurou a alimentar, e nas paredes guirlandas de azevinho e hera festoam em profusão, vermelho-rubi sobre verde-esmeralda, correntes de sinos prateados e desfiles de espadas e alabardas, espalhando ferro afiado em quantidade suficiente para equipar um exército. Eu olho para a esquerda, depois para a direita. Alica está de pé em um lado, uma criança de uns onze ou doze anos, Garyus e sua irmã do outro, comigo ocupando a brecha entre os gêmeos e minha avó. As meninas estão de pé, com as mãos no parapeito de mogno esculpido; Garyus está sentado, descansando suas pernas malfeitas.

A multidão cintilante lá embaixo chama minha atenção, a elegância de uma época passada, uma fortuna em seda e tafetá, cada lorde resplandecendo com a fortuna exibida para o outro. Quase ninguém daquelas centenas de pessoas estaria vivo quando eu acordasse, levados pela idade, e as crianças ao meu lado mais velhas do que eu poderia imaginar. Durante muito tempo, acreditei que minha avó tinha vindo ao mundo vincada e enrugada, trazendo as rugas desde o ventre, os fios grisalhos de suas tranças vermelhas tão velhos como o líquen das estátuas. Vê-la jovem me perturba de maneiras que nem consigo explicar. É o aviso de que um dia realmente será a minha vez de ser velho.

O banquete está quase no fim, embora comida ainda se amontoe nas bandejas e os criados passem para lá e para cá para reabastecê-las. Alguns assentos estão vazios, um lorde se levanta, instável, faz uma mesura para o anfitrião e caminha em direção às grandes portas com o passo cuidadoso de um homem embriagado. Por toda parte, os convidados estão murchando, empurrando seus pratos. Até os cachorros às margens do salão já haviam perdido seu entusiasmo por ossos caídos, e mal rosnavam para reivindicar suas posses.

À cabeceira da grande mesa, presidindo mais de cinquenta metros de carvalho polido, quase escondido atrás de bandejas de prata, cálices, candelabros, terrinas e jarros de vinho e água, está sentado um homem que eu só conheço de quadros. Seus retratos são raros o bastante para eu me perguntar se a Rainha Vermelha não os queimou. Gholloth, o segundo com esse nome, um gigante loiro, está sentado lá – com o rosto vermelho de bebida agora, sua túnica com bordados elaborados e adornada com a flâmula vermelha de Marcha, mas manchada de vinho e com as costuras abrindo. Nas telas ele é pintado sempre jovem e glorioso, como se parecia nas praias de Adora, ou como o imaginavam. Ele é mostrado no começo da invasão que iria unir o ducado ao trono de Marcha Vermelha. A Guerra das Balsas, como a chamaram, porque ele levou suas tropas em balsas fluviais por vinte e cinco quilômetros de mar até chegar à Ponta Taelen. Agora ele parece ter cinquenta anos ou mais, já bem acabado, e ele tinha a mesma idade, quando minha avó nasceu, que seu pai, quando ele nasceu. Onde o velho Gholloth estava eu não sabia, morto talvez, ou um ancião desdentado e sentado no trono com uma tigela de sopa.

Os gêmeos não estão olhando para seu pai, contudo: a Irmã Silenciosa está olhando para alguém com uma intensidade incomum, até mesmo para ela, e Garyus acompanha o olhar dela, franzindo a testa. Alica e eu nos unimos a eles. Estamos observando uma mulher na metade da mesa, mais ou menos. Ela não se destaca para mim, nem velha nem nova, nem bonita, mas maternal, coberta com recato, seu vestido uma peça sem-graça preta e creme. Apenas seu cabelo brilha, preto-graúna por baixo de uma rede de safiras presas com fios de prata.

"Quem é ela?", pergunta Alica.

"Lady Shival, nobreza menor de um dos Reinos Portuários; Lisboa, eu acho." Garyus franze o rosto, vasculhando sua memória. "Rei Othello lhe dá ouvidos, é uma espécie de conselheira não oficial."

"Elias a está observando", diz Alica, e Garyus pisca, olhando para o outro lado do salão onde um homem está de pé perto da parede, nas sombras, longe dos comensais, enchendo ostensivamente seu cachimbo. Há alguma coisa familiar no sujeito. No movimento ágil e inquieto de suas mãos. Ele estende a mão para acender uma vela no lampião da parede e seu rosto é iluminado pelo brilho.

"Raiz-Mestra! Minha nossa!" Eles não me ouvem, é claro. Eu não estou presente, sou apenas um sonhador flutuando nas memórias que meu sangue carrega. Não pode ser Raiz-Mestra. Esse homem está na casa dos quarenta, e o doutor Raiz-Mestra que conheço não pode ter mais de cinquenta e poucos. Além do mais, como é que um cortesão de meu bisavô podia estar perambulando pelo Império Destruído à frente de um circo? Deve ser um ancestral dele. Mas só de observá-lo, de ver os movimentos rápidos de sua cabeça examinando as mesas, como um pássaro, sempre se voltando para nossa dama com a rede de safiras, eu sei que é ele. Eu sei que quando ele abrir a boca eu vou ouvir "observe-me" e as mãos inquietas irão conduzir a conversa.

"Elias vai..."

"Esta mulher está fora do alcance dele. _____ diz que ela está aqui para matar... alguém." Garyus interrompe Alica, dispensando-a com gestos irritados de seu braço apertado demais. Mais uma vez o nome da irmã deles me escapa, apenas um silêncio onde ele deveria soar.

"Eu não a ouvi dizer nada", diz Alica, olhando para sua irmã, que ainda está observando fixamente a mulher lá embaixo, sem desviar os olhos. "Quem essa mulher irá matar?"

"Vovô", diz Garyus, quase cochichando. "Ela quer mudar o destino de nossa linhagem."

"Por quê?" Não é a pergunta que eu faria, certamente não com onze anos. Eu perguntaria onde deveríamos nos esconder.

"_____ não quer dizer", responde Garyus.

A Irmã Silenciosa interrompe seu olhar para a mulher lá embaixo e se vira para mim. Por um instante, tenho certeza de que ela me vê

– eu fico hipnotizado por aqueles olhos descasados, o azul e o verde. Ela volta ao objeto de seu estudo.

"Ela não sabe?", pergunta Alica.

"Fique quieta, criança", diz Garyus, embora ele mesmo seja apenas um garoto. Ele parece sério agora, mais velho do que é, e triste, como se um grande peso tivesse sido colocado sobre ele. "Eu *poderia* ter sido rei", diz ele. "Eu poderia ter sido um bom rei."

Minha avó faz uma careta. Ela não consegue mentir para ele, mesmo com essa idade, quando o mundo inteiro é metade de faz de conta. "Por que estamos falando sobre isso de novo?"

Garyus suspira e se senta. "_____ precisa de minha força. Ela precisa ver, ou essa mulher irá matar todos nós antes que possamos detê-la."

O rosto de Alica se franze ainda mais. "_____ já fez isso antes... não fez?"

O aceno de Garyus é tão ligeiro que quase não se vê. "Mesmo antes de nós nascermos."

"Não façam isso." Alica está falando com os dois. "Contem a papai. Mandem os guardas para cima dela. Mandem jogá-la na..."

"_____ precisa ver." Garyus deixou a cabeça cair. "Essa mulher é mais do que parece. Muito mais. Se não a conhecermos antes de agirmos, nós iremos fracassar."

A Irmã Silenciosa está inclinada sobre o parapeito agora, olhando para a mulher com tal intensidade que cada linha de seu corpo macérrimo estremece, olhando com tanta força que eu quase espero que o caminho entre elas se acenda em reconhecimento das energias sendo despendidas. Garyus se encurva sobre si, com um leve sobressalto escapando de seus lábios.

Forças invisíveis se acumulam. Minha pele se arrepia com elas, e eu nem estou presente. Lá embaixo, as safiras no cabelo da mulher parecem refletir mais do que a luz dos lampiões, fulgurando com algum fogo interior, uma dança vívida do azul sobre o preto de seus cabelos. Ela põe seu cálice sobre a mesa e olha para cima, com um meio sorriso nos lábios escuros de vinho, encontrando os olhos da Irmã Silenciosa.

"Ah!" Garyus grita de dor, os braços apertados contra o corpo. A Irmã Silenciosa abre a boca como se fosse gritar, mas, apesar de o ar parecer tremer com aquilo, não há nenhum som. Eu observo o rosto dela enquanto se levanta, o olhar ainda fixado ao da mulher. Por um segundo, eu posso jurar que há fumaça saindo dos olhos da Irmã Silenciosa... e ainda assim ela não desvia. Suas unhas arranham a madeira escura à medida que uma pressão invisível força as costas dela, e finalmente, como um galho se partindo, ela é atirada para trás, cambaleando, parando apenas com a parede atrás dela. Ela fica curvada, com as mãos nas coxas, os cabelos claros em volta do rosto, com a respiração trêmula.

"O que..." A voz de Garyus está fraca e rouca, mais parecida com a voz que conheço. "O que você viu?"

Não há resposta. O silêncio se estende. Eu estou me virando de costas para ver o que a mulher está fazendo quando de repente a Irmã Silenciosa se endireita. Seus cabelos se partem e eu vejo que um de seus olhos está cego e perolado, e o outro escurecido além de qualquer lembrança de céus azuis.

"*Tudo*." A Irmã Silenciosa diz aquilo como se fosse a última palavra que irá pronunciar.

"Precisamos fazer alguma coisa." Alica, parecendo uma criança pela primeira vez, constata o óbvio. "Ponham-me perto o bastante e eu enfio uma faca nela." A ilusão evapora.

"Não vai ser fácil." Garyus não levanta a cabeça. "_____ viu o bastante antes para envenenar a bebida dela."

"E aí?" Alica se vira para trás para observar o banquete.

"O homem caído na mesa ao lado dela? Está morto. Ela trocou os cálices."

Eu não me pergunto como a Irmã Silenciosa sabia horas antes qual cálice revestir com veneno, nem onde conseguira uma coisa dessas, sendo tão silenciosa e jovem. Ela sabia, da mesma maneira que a mulher lá embaixo sabia para trocar com seu vizinho. Ambas tinham o mesmo defeito.

"Jesu." Alica se inclina sobre a balaustrada, com os olhos duros. A mulher não se moveu: ela pega um último doce em seu prato enquanto conversa com o homem ao seu lado – o que não está morto. Ela ri do que ele acabou de dizer. "Então se não é veneno, é o quê?"

Garyus suspira, um som indescritivelmente cansado, e levanta a cabeça como se ela tivesse o peso de um homem. "Os homens que tenho à minha volta são meus. Eu substituí os soldados de papai com meus próprios contratados, caros, mas são mercenários da maior qualidade, e a lealdade deles tem o tamanho do meu bolso. Esperaremos por ela na Galeria das Espadas e... ela não vai embora."

Alica ergue uma sobrancelha com aquela informação. Um instante depois ela corre até a porta e bate nela. Um homem com libré do palácio entra, empurrando uma cadeira de rodas. Ele é um sujeito robusto, atento, com uma fina cicatriz branca de sutura abaixo do olho direito, como se o sublinhasse. Eu gostaria de dizer que teria suspeitado que ele era mais do que um lacaio, mas não sei se isso é verdade.

A Irmã Silenciosa ajuda Garyus a se sentar na cadeira e ele acena para ser empurrado para fora. Ele está mais fraco agora, mais torto. É mais do que exaustão – sua irmã gastou a saúde dele para comprar o que precisava. Um segundo homem aguarda no recinto do lado de fora, em meio aos instrumentos grandes demais para serem levados pelos músicos, uma harpa, tambores, longos carrilhões. Ele ajuda a carregar a cadeira para descer as escadas. Qualquer aristocrata que estiver hospedado pelo rei será alojado na ala dos hóspedes, e para chegar lá do salão real de banquete é preciso atravessar a Galeria das Espadas. Se aquela mulher está planejando um assassinato ela deve ter sido convidada a passar a noite; caso contrário, está ficando sem tempo.

Eu fico admirado por um momento ao constatar que nenhum dos homens de Garyus está armado – mas é claro que não seria provável que tivesse permissão para seus contratados usarem armas na casa do rei, parente ou não, principalmente por ser um herdeiro substituído. Os mercenários talvez fossem suficientemente bem pagos para arriscarem facas escondidas, mas elas teriam de ser muito pequenas para passarem despercebidas. Parece improvável que meu bisavô ou o pai dele sejam tão relapsos a ponto de não fazerem inspeções regulares – vovó certamente se tornou bastante favorável a elas com a idade avançada. Mesmo assim, os dois podiam rapidamente estrangular essa mulher com uma corda.

Nós caminhamos pelo palácio, Garyus rodando na frente, chacoalhando em sua cadeira, atravessando passagens familiares que mudaram impressionantemente pouco em sessenta anos. Logo antes de chegarmos à galeria, Alica para, em seguida os outros, depois eu. A Irmã Silenciosa parou um pouco atrás de nós, ao lado de uma porta de carvalho preto. Ela está apontando.

"O que ela está dizendo?", pergunta Alica a seu irmão.

"Eu..." Ele parece perdido. "Não consigo mais ouvi-la."

A mensagem é clara o bastante sem palavras, silenciosas ou não. Nós atravessamos e nos encontramos em um recinto alto e estreito, forrado com armários, cada um com uma fina placa de vidro dos Construtores na frente, ostentando mais de vinte borboletas em cada, furadas com alfinetes para mantê-las no lugar. Elas assombram a sala em legiões empoeiradas, com o brilho de suas asas abafado pelo descaso, uma dúzia de verões perdidos espetados atrás do vidro. Eu nunca estive nesse aposento antes; ou, se estive, os insetos foram removidos.

"Nós a perdemos?", arrisca perguntar Alica, puxando uma faca pequena, porém cruel, das dobras plissadas de sua saia creme.

A Irmã Silenciosa balança a cabeça.

"Gwen! Ela está a salvo?" Garyus tenta se endireitar na cadeira, lembrando-se da irmãzinha deles. Aquela em quem Alica irá enfiar uma flecha das muralhas da Torre de Ameroth daqui a seis anos.

A Irmã Silenciosa assente, embora haja uma tristeza nisso, como se ela agora compartilhasse de meu conhecimento.

Garyus vira a cabeça com esforço para olhar para o homem a seu lado. "Grant, há uma mulher que precisa ser morta. Ela descerá até a Galeria das Espadas em pouco tempo. Ela é uma ameaça a mim e a minha família. Quando isso for feito, vocês dois precisarão abandonar o palácio e meus serviços imediatamente. Vocês levarão trezentas coroas de ouro consigo."

Grant olha para o homem atrás de Garyus. "Ela vai estar sozinha?"

"Pode haver outros com ela, mas nenhum guarda, ninguém armado. Lady Shival é a única que deve morrer. A que tem safiras nos cabelos."

"A dama de azul. Entendi." Grant põe a mão no queixo, seus dedos são ásperos e marcados. "Trezentas? E tem certeza, milorde? Matar no palácio não é pouca coisa. Não é algo que se possa levar a cabo sem ter certeza. A não ser que suas irmãs consigam escondê-lo, você será encontrado na cena do crime."

Garyus tolera o questionamento – é bem-intencionado, afinal de contas, apesar de insolente. "Estou certo, Grant. Johan, é um preço justo?"

"É sim, senhor." O outro homem, mais moreno, mais velho, inclina a cabeça. Sua voz, delicada e aguda, surpreende-me. "O dinheiro chegará a nós em que lugar?"

"Porto Ismuth. Com meu agente lá, Carls. Dentro de duas semanas."

Nós esperamos em silêncio depois disso, em meio às borboletas mortas, com as asas secas e imóveis em seus estojos. Cinco minutos se passam, dez... uma hora?

A Irmã Silenciosa levanta a mão. Grant e Johan vão até a porta, nós vamos atrás deles, com Alica empurrando Garyus.

Portas duplas dão para a Galeria das Espadas e aqui eu vejo uma diferença entre os dias atuais e sessenta anos atrás. Vovó decorou as paredes da galeria com retratos a óleo de mestres d'armas praticando sua arte. A arte do pai dela era de ferro, em vez de óleo, com mais de cem espadas forrando as paredes, todas apontadas para o teto, uma diferente da outra. Grant tira um belo exemplar de suas amarras, uma espada longa com lâmina de ferro preto turcomano, e a entrega a Johan. Ele pega outra para si, uma espada mais curta, só que mais pesada, de aço teutão, e avança em direção às portas duplas do outro lado.

As portas se abrem um segundo antes de os dois mercenários a alcançarem. E lá está ela, Lady Shival, com uma empregada atrás dela, vestida com as cores da realeza, escoltando-a a seus aposentos.

A dama não parece nem um pouco surpresa ao ver dois homens avançando sobre ela com as espadas em riste. Seu sorriso, em um rosto a poucos anos de se tornar matronal, é quase o de uma mãe, reprovador, porém indulgente.

"Olhem para vocês!", repreende ela, erguendo a mão e revelando um pequeno espelho de prata.

O avanço de Johan é interrompido como se ele tivesse batido em algo sólido. Ele levanta a outra mão, lutando com alguma coisa que não consigo ver. Os músculos de seu pescoço saltam, tensos pelo esforço. À esquerda, Grant se vê igualmente preso, o horror tomando conta de seu rosto enquanto faz força, com a mão da espada presa e a outra mão tentando se fechar sobre alguma coisa. Lady Shival anda entre a dupla, deixando a empregada parada e atônita para trás.

"Vocês deveriam estar acordadas tão tarde, crianças?" Ela se inclina levemente para a frente para se dirigir ao trio.

Alica não perde tempo com papo-furado ou ameaças, apenas dá um salto para a frente, com a faca escondida do lado.

"Não." A dama é mais rápida; um giro com a mão e o espelho está apontado para a criança, parando-a com a mesma eficácia que parou os dois mercenários. "Agora restam os gêmeos de Gholloth..." Ela se vira para eles: Garyus curvado em sua cadeira, a Irmã Silenciosa ao lado dele. Ela ignora o menino e olha nos olhos da gêmea dele. "Já nos conhecemos, querida." Novamente o sorriso maternal, embora eu veja algo mais duro por trás dele agora. "Belo olhar que tem aí, mocinha. Mas se sair olhando em lugares que não se deve olhar... bem, digamos apenas que o futuro é ofuscante."

A Irmã Silenciosa não responde, apenas olha fixamente, um olho perolado e cego, o outro escuro e indecifrável.

"Essa coisa toda." Lady Shival acena o braço para os mercenários, ainda lutando, grunhindo de esforço, reajustando rapidamente os pés. "É muito inconveniente. Tenho que agir com rapidez agora, então perdoem-me por não parar para bater papo." Ela mexe o espelho para a linha que liga os olhos dela aos da Irmã Silenciosa. "É um buraco", diz ela. E é mesmo. No lugar da prata e dos reflexos não há nada além de um buraco escuro e devorador, sugando a luz, o som e o ar. Eu me sinto puxado para a frente, puxado para dentro, minha própria essência saindo de minha pele e sendo puxada na direção daquele terrível vazio.

A Irmã Silenciosa abre a mão na direção do espelho, bloqueando-o de sua vista, e fecha os dedos com uma determinação lenta. Ela está a um metro de tocá-lo, mas o barulho agudo de vidro quebrado ecoa e o sangue escorre do punho que ela formou. O buraco se encolhe, se fecha e some.

"Extraordinário", diz a dama. Ela dá um passo para a frente. Seus olhos são azuis. Eu nunca vi aquilo antes. O azul mais profundo. Um azul que escorre para a parte branca e a torna algo inumano. Outro passo para a frente e ela estende a mão para a Irmã Silenciosa, em forma de garra, com a palma para a frente. A luz em volta dela fica impregnada de azul. "Impressionante para alguém tão jovem, mas não tenho tempo de ficar impressionada, criança." O lábio dela treme com um rosnado. "Hora de morrer." E alguma coisa que estava enrolada bem apertada dentro dela se solta tão rapidamente que o choque daquilo percorre o ar, pulsando para fora, quase uma onda visível.

A Irmã Silenciosa cambaleia para trás como se fosse atingida. Só se mantém de pé por ter se segurado na cadeira de Garyus. Ela volta com dificuldade para sua posição, como se caminhasse contra um vento forte, formando uma linha severa com a boca pelo esforço.

A Dama Azul ergue a outra mão e deixa o veneno dentro dela se derramar sobre a garota à sua frente, que cai de joelhos com um sobressalto inaudível. A Dama Azul avança, com minha tia-avó curvada e indefesa diante dela.

"Para trás!" Meu grito não é ouvido e eu fico ali, impotente, querendo fugir, mas sem ter lugar para me esconder nessas memórias de sangue.

Enquanto a Dama Azul se assoma sobre ela, a Irmã Silenciosa levanta uma das mãos para agarrar o braço de seu irmão, bem acima do cotovelo. Garyus inclina a cabeça na direção dela. "Faça-o." Uma palavra crocitada, cheia de arrependimento.

A Dama Azul se enverga, as mãos em forma de garra chegando perto da cabeça da Irmã Silenciosa pelos dois lados para lhe dar o golpe de misericórdia, mas algo a detém, como se o ar engrossasse. Garyus resmunga e se contorce em sua cadeira, o corpo tendo espasmos enquanto sua irmã extrai sua energia. Eles nasceram grudados, esses dois, e, embora um aço afiado os tenha separado, há um vínculo ali que permanece intacto. Parece que o que torna a Irmã Silenciosa mais forte deixa Garyus mais fraco, mais débil, e considerando a maneira que aquele garoto aparece para mim, décadas mais tarde, já velho, parece que o que ela tira não pode ser devolvido.

"Morra", rosna a Dama Azul entredentes, mas a Irmã Silenciosa, embora curvada, continua desafiando-a enquanto Garyus sacrifica sua força.

"É apenas um reflexo", diz Alica, ofegante, atrás de Lady Shival. "E *não é* páreo para mim."

Seja lá com o que a garota está lutando, parece estar se enfraquecendo. Os mercenários estão tendo uma experiência bastante diferente, os dois imprensados contra a parede agora, com os fios de suas espadas sendo empurrados inexoravelmente em direção a seus pescoços, embora não haja ninguém ali para empunhar as lâminas a não ser eles.

Em algum lugar ao longe há gritos. Eu desvio o olhar da disputa de determinação e vejo que a empregada fugiu. Em pouco tempo, os guardas do palácio convergirão na batalha.

A Irmã Silenciosa levanta a cabeça muito lentamente, os cabelos ensopados de suor, o pescoço tremendo de esforço, e em seu rosto, ao encontrar os olhos da Dama Azul, um sorriso que eu conheço. Alica está com sua pequena faca empunhada agora, o punho branco como se estivesse envolvido por outra mão, e sua mão livre agarra o ar com uma intensidade desesperada. Com passos minúsculos, resultado de um enorme esforço, ela avança atrás da Dama Azul.

Gritos mais altos ecoam, mais próximos agora, uma campainha de alarme começa a soar mais ao fundo do palácio.

Praguejando em uma língua que nunca ouvi antes, a Dama Azul se afasta, sai correndo pela Galeria das Espadas e desaparece entre os dois mercenários, virando à esquerda ao passar das portas duplas. Ao passar por eles, Grant e Johan perdem sua batalha e escorregam pelas paredes apertando suas gargantas, com o sangue encharcando seus peitos.

Permaneço parado, tomado por uma profunda sensação de alívio, embora em nenhum momento eu estivesse em perigo. Alica já está correndo, mas na direção errada: ela está perseguindo a dama. A Irmã Silenciosa está de quatro, com a cabeça baixa, exausta. Garyus desaba em sua cadeira, tão debilitado como quando o conheci, com seus últimos vestígios de saúde sacrificados para o poder de sua gêmea, sugado pela fissura que ainda os conecta. Os olhos dele, quase escondidos na sombra de sua testa monstruosa, encontram-me, ou parecem me encontrar. Eu olho para ele por um momento, e uma tristeza que não consigo explicar me dá um soco no estômago. Eu sei que não sou homem para fazer o tipo de gesto que este garoto fez. Meus irmãos, meu pai, Marcha Vermelha em si, todos eles podiam se danar, antes de eu levar o golpe direcionado à outra pessoa.

Eu corro, não sei se para sair do escrutínio de Garyus ou para seguir Alica.

O caminho da Dama Azul pelo palácio está repleto de guardas lutando com reflexos que só eles podem ver. É tarde da noite e, fora os guardas, o palácio está deserto. Na verdade, o palácio é em grande parte deserto a qualquer hora do dia. Palácios são um exercício de ostentação – aposentos demais e gente de menos para desfrutar deles. Um rei não pode deixar seus parentes se aproximarem demais, e assim o Palácio Interno não é nada mais que recintos luxuosos desfrutados por ninguém e vistos apenas pelas faxineiras que tiram o pó e os arquivistas que verificam se a poeira é tudo que elas tiram.

Nós passamos por mais guardas se debatendo. Os homens perigosos estarão onde quer que o rei esteja. Não em sua sala do trono, não a esta hora, mas eles não estarão andando pelos corredores, protegendo vasos e tapetes – eles estarão perto do homem que importa.

Eu alcanço Alica, embora não tenha sido fácil. Eu já corri por esses corredores sozinho – bem, na maior parte corredores mais afastados, pois a Rainha Vermelha não gosta tanto assim de seus netos, mas em algumas ocasiões, quando criança, eu passei por esses corredores. Mas, estranha ou não, a Dama Azul está à frente de nós dois. Ela vai precisar de sorte, no entanto, e muita. Esse não era o plano dela, isso é desespero, ou raiva, ou ambos, e está sendo criado na hora.

Enquanto corro ao lado de Alica, eu tento me lembrar do que me disseram sobre a morte de meu trisavô. Dá um branco. Eu nunca dei a mínima para nenhum morto, a não ser para guardar algum fato impressionante sobre minha linhagem que pudesse me dar alguma vantagem em disputas com as visitas da nobreza. Com certeza eu me lembraria se ele tivesse sido assassinado com brutalidade no palácio por uma bruxa maluca, não? Um deles morreu caçando... tenho quase certeza. E outro de "excesso de cerveja". Sempre achei essa divertida.

Embora Alica pareça ameaçadora e haja um assassinato iminente, não consigo deixar de sentir que o pior já passou. Afinal, eu nunca conheci nenhum dos dois Ghollothos, Primeiro e Segundo, como os historiadores os chamam, e tive a vida inteira para me conformar com o fato de que ambos estavam mortos. E, francamente, cinco minutos seriam mais que suficientes para isso. Vamos descobrir que a Dama Azul o matou, ou não, mas de qualquer maneira ela fugiu e eu estou me sentindo bem mais relaxado do que estava quando fui confrontado com ela lá na Galeria das Espadas. Não que eu estivesse correndo qualquer perigo lá também... De modo geral, eu estou relaxando bem feliz nessas memórias e – eu olho para trás sobre o ombro. Tenho certeza de que ouvi um cachorro latir. Eu dou de ombros e alcanço Alica, que está virando uma esquina e subindo um lance de escadas. *Lá está novamente.* Os latidos de um cão. Com certeza nenhum dos vira-latas do salão de banquete teria permissão de correr à solta pelo palácio. *Outra vez, mais perto.* Inadmissível! Vira-latas do salão perambulando pelos corredores do poder! Um tremor repentino me faz dar um passo em falso. Terremoto? O lugar todo parece estar tremendo.

"Dê um tapa nele!" Era a voz de uma mulher.

"Levante-o!" Agora a de um menino.

Eu abro os olhos, confuso, mas ainda indignado com o cachorro, e uma mão grande me bate bem na bochecha.

"Mas o quê?!" Eu segurei o rosto.

"Cães, Jal!" Snorri me soltou e eu caí de joelhos. O chão empoeirado, a noite escura, as estrelas abundantes e espalhadas em tal profusão que formavam uma faixa leitosa sobre os céus.

"Cachorros?" Eu os ouvia agora, latindo ao longe, mas não longe o bastante.

"Estão nos procurando. Atrás da chave ainda." Snorri me ajudou a me levantar de novo. "Tem certeza de que quer ficar com ela?"

"Claro." Eu me endireitei para ficar com minha altura total e estufei o peito. "Não é tão fácil assim me assustar, velho amigo." Dei-lhe um tapinha no ombro com o máximo de vigor másculo que pude. "Está se esquecendo quem foi que invadiu a Torre das Fraudes desarmado!"

Snorri sorriu. "Venha, vamos conduzi-los mais para cima, ver se encontramos uma subida que eles não consigam escalar." Ele se virou e saiu.

Eu fui atrás antes que a escuridão conseguisse engoli-lo por inteiro, com Kara e Hennan ao meu lado. Até parece que eu ia abrir mão da chave agora! Eu precisaria de alguma coisa para dar a eles, caso me pegassem. E, além do mais, mesmo se desse a chave para Snorri e corresse em outra direção, os desgraçados ainda iriam me caçar. Estamos falando de banqueiros e eu lhes devia dinheiro. Eles iriam me caçar até o fim do mundo!

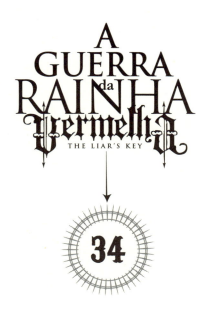

34

Snorri nos levou imediatamente ao rio. Um fato que eu descobri ao perder minha bota na lama inesperada e sugadora.

"Qual é o negócio dos nórdicos com barcos?" Agora que Snorri deu um passo para o lado eu podia ver a água, revelada pelas ondulações que refletiam o brilho das estrelas.

"Barco nenhum." Snorri desceu a ribanceira comprida e suave.

Puxei minha bota da lama. Aparentemente, eu havia pisado em um pequeno afluente. "Eu não vou nadar!"

"Você pode mandar os cachorros embora para nós, então?", gritou Snorri por cima do ombro. À frente dele, Kara e Hennan já estavam entrando na correnteza. Não faço a menor ideia de como o garoto aprendeu a nadar lá na Roda de Osheim.

Praguejando, eu prossegui, pulando conforme tentava calçar de novo a bota. Os cachorros pareciam perto num minuto e longe no outro. "É verdade a história de que a água atrapalha o cheiro?"

"Não sei." Snorri entrou, parando um momento quando a água atingiu seus quadris. "Só espero que eles não consigam ou não queiram atravessar."

Nunca vi um cachorro que não gostasse de se jogar em um rio. Talvez os cachorros nórdicos sejam diferentes. Afinal, durante metade do ano isso só resultaria em uma contusão na cabeça.

"Que frio do cacete!" Ainda não conheci um rio quente, não importa quão escaldante o dia esteja.

Nós saímos nadando ou, no meu caso, batendo na água e tentando ir em frente, em vez de para baixo. A longa espada de Edris, agora embainhada em minha cintura, ficava tentando me afundar, apontada para o fundo do rio e puxando nessa direção, como se fosse feita de chumbo e não de aço. Por que não comprei uma arma nova em Umbertide eu não sei, só sei que essa arma, já manchada com o sangue de minha família e com o meu próprio, era minha única ligação com o desgraçado que os assassinou e talvez um dia pudesse me levar a ele novamente. Em todo caso, nadar com uma espada deve ser ainda menos recomendado do que o nado comum. Exatamente como Snorri se mantinha na superfície, com um machado nas costas e uma espada curta no quadril, eu não sabia. Kara também devia estar se esforçando com o peso de Gungnir. Eu tinha segurado aquela lança e ela era bem mais pesada do que qualquer lança deveria ser.

O Umber era um rio amplo e plácido naquele ponto de seu curso, mas mesmo assim a correnteza tomou conta em pouco tempo e me carregava dez metros mais próximo do mar para cada metro que eu conseguia nadar em direção à margem oposta. Em algum lugar no escuro, os outros estavam fazendo um progresso mais rápido e mais silencioso. Eu os vi durante um tempo na brancura da água refletida pelas estrelas, mas em pouco tempo eu estava travando minha batalha sozinho, sem conseguir enxergar nenhuma das margens e imaginando que o rio tinha se transformado em um estuário de boca tão larga que eu seria carregado ao mar antes de encontrar a terra novamente.

Quando minha mão bateu em algo sólido, entrei em pânico e engoli uma quantidade desconfortavelmente grande de água enquanto tentava inalar o resto. Felizmente, a água à minha volta tinha pouco mais de sessenta centímetros de profundidade e eu me debati para sair dali e cair exausto na lama.

"Rápido, levante-se!", disse Kara, puxando minha camisa.

"O quê?" Eu consegui ficar de quatro. "Como vocês me encontraram tão rápido?"

"Ficamos andando pela margem seguindo o barulho", respondeu Hennan, em algum lugar no escuro.

"Provavelmente percorreu uns oitocentos metros", falou Snorri, bem próximo, puxando-me para ficar de pé. "Kara achou que você não ia conseguir."

Nós seguimos andando noite afora, tentando enxergar o que podíamos dos contornos elevados e iluminados pelas estrelas, evitando os vales escuros onde era possível. O ar quente e o exercício me secaram rapidamente, e o medo me impediu de sentir o sono perdido, com os ouvidos atentos aos sons da noite, sempre temendo a voz distante dos cães.

Não sei dizer quantas vezes tropecei no escuro – o suficiente para torcer o tornozelo de tanto reclamar. Eu caí várias vezes, as mãos esfoladas com cortes e pele perdida, areia grossa enterrada nas duas palmas.

Eu via os outros como vultos escuros, sem detalhes, mas o suficiente para ver Snorri curvado com a dor de seu ferimento, apertando a lateral.

A aurora surgiu cinza e depois rosa acima dos Montes Romero, em cujas cavernas a mina Crptipa se aninhava. Eu ouvi os cães novamente antes de o sol surgir no horizonte. A princípio, pareciam parte de minha imaginação, mas Snorri parou e olhou para o nosso caminho atrás. Ele se endireitou com uma careta de dor e pôs o braço em volta de Hennan.

"Nós lutamos com um lobo Fenris. Alguns cachorros florentinos não serão um grande desafio." A sombra escondeu seu rosto.

"Vamos nos movimentar." Eu segui caminhando. Cães de caça trabalham em conjunto: meia dúzia pode derrubar qualquer adversário. E haveria homens vindo atrás. "Não podem estar muito longe agora." Eu precisava que estivesse muito longe, mas o que eu preciso e o que o mundo oferece geralmente são coisas diferentes.

"Devemos nos separar." Os latidos soavam mais próximos a cada momento e, como sempre acontece quando as coisas chegam a esse ponto, meus pensamentos se voltaram a como eu poderia escapar. Hennan estava nos atrasando, disso não havia dúvidas. O medo não estava tão profundo em mim para abandonar o menino, mas seguir caminhos separados parecia uma boa alternativa. Ele não me atrasaria mais, e eu não estaria abandonando-o – havia uma probabilidade igual ou maior de os perseguidores virem atrás de mim, e isso, com o benefício da dúvida, poderia até ser interpretado como salvá-lo! "Se nos separarmos, eles não poderão vir atrás de todos nós..."

"O que é aquilo?" Kara me ignorou e apontou para a frente.

A terra havia se elevado debaixo de nós, tornando-se improdutiva e mais seca à medida que subíamos pelas colinas. Com pouco mais do que um sentido geral para seguir, e uma lembrança turva de alguns mapas que havia visto nos arquivos da Casa Ouro, parecia que nossas chances de encontrar aquele buraco específico que procurávamos dependiam de conhecer alguém da região para nos guiar. Infelizmente, os Montes Romero pareciam ser completamente desprovidos de pessoas, provavelmente porque o local era bem menos acolhedor do que a superfície da lua.

"Uma trilha." Snorri abaixou a mão que protegia seus olhos e a linha fina de sua boca se contorceu em algo menos sombrio, apenas por um momento.

"E só há um lugar para ir aqui!" Comecei a avançar com a energia renovada, molhando os lábios secos e rachados e desejando ter bebido um pouco mais do Umber enquanto o atravessava.

Alguma coisa na acústica do vale fazia parecer que os cães estavam em nosso encalço a todo momento, embora ao chegarmos do outro lado da trilha ainda não houvesse sinais dos perseguidores nas encostas por onde tínhamos vindo.

"Não é lá uma grande trilha." Snorri grunhiu e empurrou Hennan para cima da ladeira. "Não deveríamos ter encontrado algum movimento?"

"Umbertide importa a maior parte de seu sal subindo o Rio Umber. Você seguiria suas margens até a cidade, após atracar em Porto Tresto."

Kara se virou ao ouvir aquilo. "Ouvi dizer que a mina Crptipa é uma das maiores..."

"É imensa, só que não produz nenhum sal que valha alguma coisa", falei. "Ela tem Kelem como residente. Aparentemente, ele não gosta de companhia e, já que o lugar o preserva, ele provavelmente não irá embora tão cedo."

Nós continuamos por mais alguns passos antes de Snorri fazer outro comentário. "Mas essas trilhas teriam desaparecido em poucos anos, se não fossem usadas."

"Existe uma pequena operação, que trabalha nas câmaras de entrada." Eu levantei a cabeça e apontei. "Ali, olhem!" A elevação revelou uma dispersão de barracos, galpões de armazenamento, estábulos e vários carrinhos, todos amontoados em volta de um buraco preto e escancarado na base de uma parede de pedra onde o vale ficava repentinamente íngreme.

Nós apertamos o passo e corremos pela estrada poeirenta, castigados pela exaustão. Ficando para trás, eu me virei e vi, surgindo nas ravinas secas do outro lado do vale, os primeiros cachorros, minúsculos à distância, mas mesmo assim assustadores.

Eu havia passado do último lugar ao primeiro, quando cambaleamos ofegantes na clareira rodeada pelas construções em frente à entrada da mina. Fiquei parado ali, com as mãos nos joelhos, a respiração seca, minha camisa grudada nas costelas. Não vi mas escutei Snorri desamarrar seu machado atrás de mim. Um instante depois, o toque de um alarme ecoou, alguém girando um pedaço de pau dentro de uma daquelas barras de ferro dobradas em um triângulo que usam para chamar os homens para comer.

"C-calma." Eu me endireitei, colocando a mão no braço grosso de Snorri. Ele não parecia estar querendo batalhar, de qualquer maneira, com linhas escuras debaixo dos olhos, suor no rosto, ainda curvado pelo sofrimento da fenda encrustada de sal na lateral do corpo. Mineiros do turno da noite começaram a sair de uma das cabanas de dormitórios, esfregando os olhos de sono, abrindo as bocas. Alguns mais acordados que o restante pegaram martelos de cabos longos em uma pilha ao lado da porta.

Kara deu um passo à frente. "Nós só precisamos visitar Kelem. Não há necessidade de problemas."

Os mineiros olharam para ela como se fosse uma estranha criatura desenterrada do sal. Os homens podiam ser mais pálidos que os florentinos típicos, trabalhando o dia todo no fundo de cavernas de sal, mas a pele de Kara era como neve, protegida do sol por um dos unguentos da bruxa.

O capataz deles finalmente recuperou o juízo, bem na hora em que eu ia apressá-lo. Seria apenas uma questão de minutos até os cães nos alcançarem e os latidos se tornarem mordidas. "Não pode fazer isso, dona. Kelem tem suas próprias manias. Ninguém desce, a não ser que ele mande seu criado levar." Ele nos observou com os olhos estreitados pela claridade, uma expressão sagaz em seu rosto magro, esticado como se o sal tivesse sugado até a última gota de umidade dele.

"Nós podemos pagar." Kara olhou em minha direção, cansada e apoiada em sua lança.

"Não tem o suficiente em seu bolso, dona, não importa o quanto seja fundo." Ele balançou a cabeça grisalha. "As regras de Kelem não podem ser quebradas. Se jogar de acordo com elas, ele será justo. Se quebrá-las, vai achar a Inquisição branda."

"E vocês vão nos impedir?" Snorri franziu o rosto. Eu sabia que era a relutância em machucá-los que o preocupava, não a quantidade deles.

Os mineiros se retesaram com o desafio em seu tom de voz, empertigando-se, acordados agora, alguns pegando pés-de-cabra, os últimos saindo da cabana comprida fazendo a força deles subir para quinze. A quantidade agora me preocupava bastante, e Snorri parecia acabado.

"Espere! Esperem..." Ergui a mão acima da cabeça e joguei a autoridade principesca que consegui em minha voz. "De acordo com as regras, você disse?" Eu enfiei a mão em minha jaqueta e revirei os papéis ainda guardados nos bolsos internos, as escrituras e títulos de várias aquisições, tão pequenas que não tive tempo nem disposição de descontar quando estava acumulando o ouro que Ta-Nam roubara de mim. Ultimamente, aqueles papéis não me serviam de mais nada além de isolamento do frio noturno nas masmorras. Encontrei o que eu queria e cuidadosamente o separei dos outros. Ainda bem que parecia que a tinta não havia escorrido muito após meu mergulho no Umber. "Aqui!" Eu o puxei para a frente com um floreio. "Autenticado pela Casa Ouro." Passei o dedo pelo título enrolado e o lacre de cera. "Possuo treze ações da Companhia Mineradora Crptipa. Um nome pomposo para esse conjunto miserável de cabanas e o pingo de sal que vocês conseguem mandar para a cidade. Portanto, enquanto..." Procurei no documento. "Antonio Garraro... é seu tesoureiro e administra o funcionamento desta operação lá de sua mesa na cidade, na verdade, sou eu, Príncipe Jalan Kendeth, décimo herdeiro ao trono de Marcha Vermelha e seus protetorados, que detém o controle acionário deste buraco." Fiz uma pausa para deixar aquilo ser absorvido. "Assim, gostaria de fazer uma visita à minha propriedade, e não posso imaginar que uma atividade dessas quebraria quaisquer regras impostas por Kelem. Regras que, afinal, permitem que meus empregados façam exatamente isso, sete dias por semana."

O capataz se aproximou, mantendo um olho atento ao machado na mão de Snorri. Ele olhou para a tinta desbotada e manchada pela água no pergaminho e bateu a unha no lacre de cera. Ele deixou seu olhar recair sobre os trapos sujos aderentes ao meu corpo. "Você não parece ser dono de uma mina, príncipe..."

"Príncipe Jalan Kendeth, herdeiro da Rainha Vermelha, e não tente fingir que não ouviu falar *dela*." Ergui a voz para aquele quase grito que funciona melhor ao comandar subalternos. "E eu pareço exatamente o tipo de homem que é dono de um buraco esgotado e imprestável como Crptipa, que não dá lucro há seis anos."

O capataz parou, com os dentes contra seu lábio inferior murcho. Eu o observei pesando várias probabilidades em sua cabeça, com as somas evidentes nas rugas de sua testa.

"Certo, majestade. Vou levá-los para baixo em breve. O turno da noite começa em uma hora e depois..."

"Nós iremos agora, não será necessário nos guiar." Comecei a caminhar em direção à boca da caverna. Os outros se uniram a mim. Os latidos distantes começaram a ficar rapidamente mais altos.

"Mas... mas vocês irão se perder!", gritou o capataz às minhas costas.

"Duvido! A mina é minha, afinal de contas, e um homem deve conhecer sua própria mina!" Um guia só tentaria nos manter nas áreas controladas da empresa, e não saberia navegar pelas cavernas de Kelem mais que nós.

"Vocês não vão nem levar lampiões?"

"Eu..." Engolir o orgulho é sempre difícil, especialmente se for tão indigesto quanto o meu, mas o medo do escuro venceu e, dando meia-volta, marchei para pegar três lampiões com cobertura de vidro dos ganchos embaixo dos beirais da cabana. Caminhei até os outros, com minha dignidade exigindo que eu não me apressasse. O uivo de um cachorro, do tipo que dão quando avistam a presa, espantou todos os resquícios de dignidade e eu corri para a entrada da mina, com os lampiões chacoalhando em minhas mãos.

Escadas bambas de madeira, amarradas com corda encrostada de sal, desapareciam para baixo da garganta de pedra que saía do chão da caverna cinquenta metros depois da entrada. Bem acima do poço, um buraco antigo de diâmetro semelhante perfurava o teto, um círculo azul e brilhante. Eu joguei um lampião para Snorri e outro para Kara. "Não há tempo de acendê-los! Desçam!" E o medo dos cachorros me fez ir na frente, puxando Hennan comigo. Nem mesmo o rangido sinistro da escada com meu peso me fez parar. Eu desci desenfreado e deixei a escuridão me engolir. Lá em cima, ouvi o barulho de rosnados, de garras na pedra e o urro de Snorri, tão amedrontador quanto o de qualquer fera. Alguma coisa despencou e passou por mim. Eu esperava que fosse um cachorro. Senti o vento de sua passagem. Um pouco mais perto e ele teria me arrancado dos degraus.

Uma eternidade depois, com as mãos esfoladas e insuportavelmente ressecadas dos degraus salgados, eu saltei para o chão firme.

"Vocês estão vindo?" Minhas palavras se perderam no vazio acima, com sua escuridão perfurada por um único ponto de céu, impossivelmente alto.

"Sim." Hennan, bem no alto.

"Sim." A voz de Kara. Mais perto. "Você está com o oricalco?"

Eu me afastei da escada para dar espaço a ela e procurei pelo cone de metal. Pisei em uma lama fétida, escorregadia sob os pés, e quase perdi o equilíbrio. Não encontrei o oricalco e me convenci de que o perdera no rio, até que meus dedos esbarraram no metal, produzindo tal reação que quase me ceguei. A iluminação pulsante revelou muitos fatos: primeiro, as belas curvas do traseiro de Kara enquanto descia os últimos degraus. Segundo, os restos espalhados de um grande cachorro de pelos escuros. Terceiro, que o que eu pensava ser lama na verdade eram as entranhas do cachorro supracitado, pois o bicho havia explodido com o impacto. O quarto e menos agradável fato: não era o final de nossa descida, mas apenas um ressalto estreito de onde saía outra escada, a coisa toda com menos de seis metros quadrados e a maior parte coberta com cachorro esmagado. Meus calcanhares estavam talvez a dois centímetros da queda escura e interminável atrás de mim, e o choque de ter percebido isso me fez escorregar de novo. Os dois pés saíram debaixo de mim e deslizaram sobre a beira. O oricalco voou de minha mão. Meu peito bateu no chão com um baque de quebrar costelas, os braços esticados para fora, impulsionados por seu próprio instinto, os dedos tentando se agarrar e, por um momento de molhar as calças, eu fiquei pendurado, com a quina da saliência debaixo de meus sovacos, o corpo apertado contra o penhasco, os pés tentando se apoiar em qualquer coisa.

"Peguei você!" Kara se atirou para a frente, a mão envolvendo o pulso de meu braço direito no segundo antes de o brilho do oricalco se apagar.

Nós ficamos daquela maneira pelo que pareceu uma eternidade, comigo ofegante demais para enfraquecer qualquer pretensão de heroísmo com gritos de ajuda ou implorando a qualquer deus que pudesse estar assistindo. Por fim, à medida que o ar começava a se infiltrar passando pelas costelas machucadas, eu escutei o som de pedra batendo no aço e um lampião se acendendo. Snorri e Hennan estavam ao lado da escada, Kara esparramada pelos destroços do cachorro, com um pé enroscado no degrau anterior, a única conexão que impedia nós dois de um mergulho fatal.

Demorou um tempo para Snorri me puxar para cima – ele parecia estar sem sua força rotineira e gemeu com o esforço para me levantar, com uma mancha escura em sua camisa do lado de sua ferida. Kara ainda estava limpando os pedaços maiores de carne canina quando finalmente me levantei. Descobri que também tinha alguns pedaços em mim para remover. Hennan recuperou o oricalco e eu o enfiei no bolso. Kara e eu havíamos perdido nossos lampiões no buraco e em pouco tempo eu poderia precisar de minha própria fonte de luz. O que quer que os treinadores dos cachorros estivessem tramando, eu não vi nenhum sinal deles no trecho de claridade lá em cima. Limpei a boca e vi que estava sangrando. Eu devo ter mordido a língua ao bater na beira do penhasco.

"Vamos." Dessa vez Snorri foi na frente.

Eu fui atrás de Kara, descendo cautelosamente, com as botas ainda escorregadias e meu peito uma dor só, de cima a baixo.

O segundo trecho da escalada se mostrou mais longo que o primeiro, e o círculo de céu pareceu ficar tão pequeno e distante quanto a lua. Um peso recaiu à minha volta – um reflexo do peso inimaginável da pedra ao redor. Eu havia saído das montanhas congeladas do norte para me enterrar debaixo dos morros calorentos de Florença, e fosse lá o que nos aguardava lá embaixo, parecia que nossa jornada estava chegando ao fim. Todos aqueles quilômetros, todos aqueles meses, e a chave de Loki acompanhando cada passo, o único motivo de nossa longa migração. Eu me perguntei se o deus embusteiro nos assistia dos confins de Asgard, rindo da piada que só ele realmente entendia.

As visões vieram no pior momento possível, quando meus braços doíam de tanto escalar, minhas mãos estavam escorregadias de suor, e a escuridão se dobrava à minha volta por todos os lados. Uma imensa massa rochosa se estendia acima de minha cabeça, e uma queda desconhecida acenava abaixo de mim. O gosto de meu próprio sangue fez as memórias voltarem correndo. Não devia ter sido uma surpresa. Os resquícios do feitiço de Kara ainda me atormentavam, ardendo com a magia que ainda possuía em minhas veias, amplificando seu encanto simples em algo que ameaçava deslindar toda a história de minha linhagem em meus sonhos. A desconfiança de que a völva havia planejado isso ainda pairava. Certamente me afundar em semanas de sonhos haviam lhe dado bem mais oportunidades de agir sobre Snorri e roubar a chave, já que ele não abriria mão dela.

A visão levou meus pensamentos das desconfianças do presente para os perigos do passado. Nós estávamos perseguindo a Dama Azul, Alica e eu, pelo palácio até os aposentos privados do Gholloth mais velho que, de acordo com a lenda, era o verdadeiro herdeiro do último imperador Adão III, embora fosse um sobrinho bastardo. Nós nunca dizíamos essa história em voz alta. Na verdade, nunca haviam me contado até meu vigésimo primeiro aniversário, pouco mais de um ano atrás. Não há nada que una mais os inimigos de qualquer Império do que um direito legítimo ao trono imperial.

A memória pintou a perseguição de minha avó na escuridão conforme eu descia, tão vívida que ela se sobrepôs à minha visão e eu buscava os degraus totalmente cego, o tempo todo com corredores passando em minha mente, guardas derrubados, portas destruídas, Alica Kendeth correndo à minha frente, destemida e ágil.

Nós cruzamos a carnificina, com a velocidade como nosso único objetivo, e mesmo assim chegamos tarde demais, passando pelos destroços dos guardas de elite de Gholloth I que ficavam nas portas do quarto do velho. A Dama Azul havia abatido três homens de armadura de metal. Só Deus sabe que magias ela usou e quanto aquilo lhe custou. Esses eram guerreiros ágeis, experientes, leais acima de qualquer dúvida, mortais com espada e faca. Eles estavam destroçados, como se cada um tivesse virado vidro e sido atingido por um martelo, com as bordas afiadas de suas feridas suavizadas pelo que escorria delas.

No quarto do velho, com a parede cheia de quadros do mar, nós encontramos o rei, o imperador, se não fosse pelas mentiras, traições e a guerra. Ele estava em paz em seus lençóis, segurando a flor vermelha de seu sangue vital contra o peito. Se você morasse em um lugar onde as estátuas dos imperadores assombram cada esquina você saberia só de olhar que o sangue deles corria nele. Eu via isso na linha de seu maxilar, no ângulo de seu nariz, na largura de seus ombros, curvados mesmo na morte.

O grito de Alica tinha mais raiva do que tristeza, mas ambas estavam presentes. Então ela o viu, e eu acompanhei seu olhar. No canto do quarto havia um espelho alto. Vidro prateado dentro de uma moldura de ébano. Uma coisa dessas lhe custaria cem coroas de ouro, se fosse procurar em Vermillion hoje em dia. Mas, em vez de refletir o quarto, ele era como uma janela estreita para algum outro lugar. Um lugar onde um vulto corria, marcado pelas safiras cintilando em seus cabelos enquanto cruzava uma terra de sonhos, onde cacos de cristal mais longos que lanças e mais grossos que pessoas saíam das pedras como os espinhos de um ouriço.

Minha avó alcançou o espelho e eu juro que ela teria entrado de cabeça nele, mas ele se estilhaçou diante dela, com mil pedaços cintilantes enchendo o ar, escorregando uns sobre os outros pela placa de ébano atrás.

Alica Kendeth caiu de joelhos ali, sem se preocupar com o vidro, e pôs a cabeça contra as tábuas de ébano. Ela fez um juramento. Eu vi nos lábios dela, mas as palavras me escaparam enquanto eu descia, o pé procurando o próximo degrau, e dei um solavanco no chão da mina.

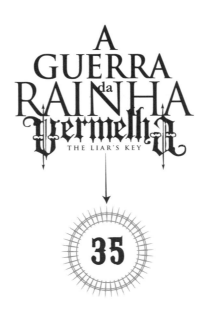

A mina de sal me pegou de surpresa. Eu esperava uma espécie de toca imunda onde os homens raspavam o material da pedra. Em vez disso, nós nos vimos em um espaço tão enorme quanto qualquer catedral, totalmente coberto por uma camada de sal branco feito cristal, rajado com veios mais escuros que davam um efeito marmorizado em alguns pontos, parecido com os de uma grande árvore, como se tivessem cortado Yggdrasil, que os nórdicos dizem que cresce no coração vazio da criação, com mundos pendurados em seus galhos.

Imediatamente à nossa frente estava uma placa circular de aço prateado, tão espessa quanto a altura de um homem, com dez metros de diâmetro e toda corroída, embora eu nunca tivesse visto a corrosão encostar o dedo num aço desses, das poucas vezes que o encontrei.

"Isso deve ser muito antigo." Kara passou ali por perto.

"Os Construtores conheciam este lugar bem antes de Kelem", disse Snorri.

O chão sob nossos pés era sal triturado, mas em alguns lugares podia-se ver a pedra moldada dos Construtores, em placas rachadas e quebradas.

"Vamos dar mais uma olhada." Peguei o oricalco em meu bolso e deixei a luz pulsar. Havia enormes colunas onde o sal permanecia intocado, apoiando o teto, todas esculpidas em um padrão de espiral que as deixavam parecidas com grandes cordas.

"Um mar inteiro morreu aqui." Kara sussurrou as palavras no vazio à nossa volta.

"Um oceano." Snorri deu um passo à frente na caverna. O ar tinha um sabor estranho, não de sal, mas de alguma coisa saída dos vapores dos alquimistas. E seco; aquele lugar comia a umidade de seus olhos. Seco como a morte.

"Então, como chegamos à parte da mina de Kelem?" Kara olhou em volta, franzindo o rosto para os lampiões que queimavam em nichos na parede distante do outro lado.

"Estamos nela", respondi, guardando o oricalco. "Os mineiros devem passar direto até onde escavam. Eles não deixariam tanto sal assim perto da entrada se tivessem acesso a isso... e também teriam lucro. E esses lampiões... quem gasta óleo dessa maneira?"

"Estamos sendo observados." Hennan apontou para um dos doze corredores que saíam da câmara central. Eu apertei os olhos ao longo da linha do dedo dele. Alguma coisa cintilava, ali nas sombras.

Snorri começou a avançar naquela direção, e quando ele fez isso a coisa que nos observava apareceu na luz. Uma aranha, mas de tamanho monstruoso e feita de prata brilhante. Suas pernas atravessavam um diâmetro de dois metros ou mais, seu corpo reluzente maior que a cabeça de um homem, cravejado com rubis do tamanho de ovos de pombo e aglomerados como os olhos de um aracnídeo. Ela se aproximou rapidamente, os membros como um complexo balé de movimentos, refletindo nossa luz de volta em fragmentos.

"Odin." Snorri deu um passo para trás. Foi a única vez que vi alguma coisa fazê-lo parar.

"Por que prata, eu me pergunto." Kara segurou sua lâmina diante de si.

"Por que uma maldita aranha? Parece uma pergunta tão boa quanto a sua." Eu entrei atrás de Snorri. Não ligo para aranhas, contanto que sejam pequenas o suficiente para caberem debaixo de meu sapato.

"Ferro oxida." Kara manteve os olhos naquela coisa. "Os soldados mecânicos não durariam muito aqui embaixo. A não ser que fossem feitos de aço prata como nossa amiga aqui."

"Amiga?" Snorri deu outro passo para trás e eu me mexi para não ser pisado.

A aranha parou à nossa frente e começou a recuar para a escuridão de onde veio, movendo-se com uma lentidão exagerada.

"É um guia", disse Kara.

"Para quê?" Snorri não se mexeu para ir atrás. "Uma teia?"

"É um pouco tarde para se preocupar em entrar numa armadilha agora, não?" Kara virou-se para olhar para ele, com raiva e exasperação misturados em seu semblante. "Você nos trouxe por mil e quinhentos quilômetros para isso, ver Snagason, contrariando todos os conselhos. Era uma armadilha o tempo todo. A teia pegou você no instante em que pôs as mãos naquela chave. Ela nunca deveria ter saído do gelo. Kelem mandou os assassinos para tomarem a chave de você – agora você mesmo a trouxe para ele. A marca dele está em você, e o atraiu até ele." Ela apontou para a camisa manchada, agora perfurada pelos cristais que cresceram em volta de seu ferimento.

Kara balançou a cabeça e saiu atrás da aranha, aumentando o pavio de nosso último lampião.

Durante muito tempo, nossa jornada se reduziu aos zumbidos e estalos dos mecanismos da aranha, o tique-tique-tique dos pés de metal na pedra, e o vislumbre das longas pernas em movimento à beira da luz do lampião. Ela nos levou por corredores com paredes de sal, que de tempos em tempos se abriam em galerias escuras e cavernosas cujas dimensões nossa luz não conseguia revelar. Nós descemos por rampas e degraus, cada um levando mais para baixo, nunca para cima. Duas vezes nós cruzamos câmaras amplas, com os tetos altos perdidos na penumbra e apoiados em colunas de sal-gema nativo deixadas no local. O restante do sal havia sido cortado em placas muito tempo atrás e transportado para a superfície desconfortavelmente longe acima de nós.

Em uma dessas câmaras com colunas, os mineradores de sal, mortos havia muito tempo, esculpiram uma igreja e a decoraram com santos. O apóstolo Paulo ficava diante da entrada arqueada com um dos braços, alabastrinos e cintilantes, erguido diante de si, os dedos meio espalhados como se apontasse uma verdade importante, a bíblia pressionada contra o peito e a expressão em seu rosto difícil de decifrar pelo branco no branco.

Percorremos um corredor de pedra dos Construtores, liso e perfeito, por cem metros até desmoronar e nos devolver às cavernas. Parecia que eles haviam feito uma espécie de complexo, sem valorizar a riqueza mineral à sua volta, apenas cavando para se esconder, só para depois outros homens escavarem em volta deles.

Quanto mais fundo os corredores nos levavam, mais forte a alquimia no ar, ardendo meus olhos, raspando meus pulmões. Após o que deve ter sido uma caminhada de quase dois quilômetros de corredores e galerias, nós começamos a ver entradas, esculpidas no sal, os arcos trabalhados de maneira elaborada, mas sem qualquer porta, apenas preenchidas com uma parede cristalina do sal nativo, como se uma nova câmara fosse ser escavada, mas os planos mudaram.

O ar ficava mais denso aos poucos, e mais quente, como se prometesse o inferno, pois com certeza o fogo infernal não podia estar muito abaixo de nós. Os sais mudaram também, do sabor que se assemelhava ao sal marinho para algo ácido que queimava a língua. As cores mudaram, com o branco adquirindo um toque de azul-escuro que parecia dar profundidade a cada superfície. O ar perdeu sua secura, tornando-se úmido conforme nosso caminho descia. Enquanto antes o suor era sugado de minha pele sem ao menos ter a oportunidade de aparecer, agora o ar se recusava a levá-lo e o deixava escorrendo por minhas pernas em filetes que não refrescavam nem um pouco.

Finalmente a aranha nos levou, por um longo lance de escadas e um corredor curto, até uma caverna natural onde a rocha ocasionalmente aparecia através das paredes revestidas de sal e tudo tinha uma aparência arredondada e cheia de protuberâncias. Outra curva revelou uma ponte de madeira branqueada que cruzava um riacho de curso veloz que esculpia o sal, quente e fumegante quando passava. Do outro lado da ponte havia uma câmara espantosa.

"Santa Hel!" Kara invocou a deusa pagã que rege os nórdicos no além, caso a morte não os leve para Valhalla. Uma vadia gelada, ao que tudo indica, dividida do nariz à virilha por uma linha que separava o lado esquerdo de azeviche puro do lado direito de alabastro.

"Puta merda." Sinto que a cristandade fornece respostas mais adequadas em tais situações. A caverna saía à nossa frente em um túnel largo e retorcido, como se um grande dragão se entocasse ali, e por todos os lados o sal se dispunha em grandes cristais, florestas deles, alguns com um metro de comprimento, de formato hexagonal e tão grossos que eu não conseguiria fazer minhas mãos se encontrarem em volta deles. Outros tinham dez metros de comprimento e eram mais grossos que a minha altura, cada lado mais plano do que qualquer coisa que o homem possa fazer, com os ângulos agudos e perfeitos.

Eu conhecia o lugar. Eu o vislumbrara nas visões que a magia de Kara me dava. Eu o vi em um espelho nas memórias de minha avó. A Dama Azul fugiu para as cavernas depois de assassinar o velho Gholloth, o primeiro de minha linhagem. Aquilo os unia, Kelem e a Dama Azul. Mas de quem era a mão por trás da jogada eu não sabia – apenas que ambos participavam do jogo e o jogavam contra minha família. De qualquer maneira que eu encarasse, aquilo colocava a mão de Kelem sobre o ombro de Edris Dean, no dia em que ele foi a Vermillion.

A aranha passou entre, debaixo e por cima dos cristais sem interromper o passo, flutuando ao redor de cada obstáculo com uma interação ruidosa das pernas. Nós nos movimentamos mais lentamente, lutando para extrair alguma utilidade de cada respiração de ar escaldante e muito úmido, e suando a água mais rapidamente do que era possível urinar. Uma letargia tomou conta de mim, como um cobertor quente e molhado, e eu me vi parado na metade de um imenso fragmento de cristal que Snorri havia acabado de ultrapassar. A superfície de cristal embaixo de mim refletiu a luz do lampião de Kara, tingindo-a de um índigo escurecido. O cristal inteiro parecia brilhar com um fogo interior, ardendo em seu núcleo impossivelmente longe abaixo de mim. Parecia por um momento que estava sentado sobre a superfície de um mar calmo, muito profundo, com apenas uma finíssima camada de alguma substância frágil para me segurar, para impedir que eu afundasse até onde aquele fogo ardia... A exaustão me curvou, um grande peso, empurrando minha cabeça para baixo na direção da superfície do cristal. A chave de Loki escorregou de minha camisa molhada, pendurada em seu cordão, mais preta do que jamais a vira, com a ponta a apenas um dedo de distância da superfície que me apoiava...

"Jal!", bradou Kara atrás de mim, com a voz parecendo o arranhão de unhas na pedra, enchendo-me de irritação. "Jal!"

Eu virei a cabeça para ela, relutante, e olhei em seus olhos.

"Não faça isso", disse ela. "O mundo é corrompido aqui." Ela franziu o rosto, o suor escorrendo em sua fronte, grudando seus cabelos loiros à testa. Seus olhos pareciam desfocados... chamarei de bruxuleantes, por falta de uma palavra melhor. Ela provou o ar. "Este é um lugar de portas."

"Bem... é o que dizem." Acenei a mão em volta de nós. "Não vi uma maldita porta desde que saímos da superfície."

Ela olhou para o cristal embaixo de mim. "Há um portal aqui. Quase uma porta... deixar essa chave tocá-la seria um erro. Eu não sei para onde ou para quando ela pode levá-lo."

"Quando?"

Mas ela não respondeu, apenas entrelaçou as mãos para que Hennan pudesse passar por cima do cristal. O menino havia enrolado trapos em suas mãos. Uma bela ideia. As minhas estavam cortadas pelas bordas afiadas e já ardendo com os sais.

A aranha nos levou embora da galeria de cristal, passando por uma piscina fumegante de água azul-cobalto, até um salão igual a qualquer outro que já tínhamos visto, mas escavado na rocha. Ao longo de cada lado havia cristais de sal imensos, colunas octogonais enormes retiradas de algum lugar profundo por uma arte desconhecida dos homens, pelo menos desde os Construtores. Cada uma delas mal cabia na passagem que nos trouxera aqui e precisaria de cem elefantes para transportar.

Que sal formava aquelas colunas eu não sei, mas tinham uma luz límpida que brotava de uma fonte que eu não conseguia ver, e iluminava as profundezas claras onde tramas e veios de linhas de falha brancas e fantasmagóricas sugeriam formas, insinuações de horrores e de anjos, presos para sempre no coração do cristal.

"Escute." Kara ergueu a mão e até a aranha parou, congelada no meio do passo.

"Não consigo..."

"Estão cantando." Hennan olhou em volta.

Cantando era uma palavra grandiosa demais para aquilo. Cada cristal emitia um som puro, quase no limiar da audição. Quando me aproximava de um e depois de outro, eu podia discernir uma mudança sutil de tom, como se cada um deles fosse um daqueles diapasões que os músicos usam para afinar suas cordas.

"*Estas* são portas." Eu pus a mão na superfície da que estava à minha frente e a chave em meu peito ecoou com a mesma nota, fazendo minha pele formigar com a vibração.

Contei treze delas, todas translúcidas, a não ser pela que estava bem no centro da fileira esquerda. Aquela era preta como as mentiras.

Snorri ficou do meu lado. Ele parecia diminuído em um lugar no qual as proporções transformavam todos nós em formigas. Ele segurava seu machado à frente, com os cortes das algemas em seus punhos ardendo vermelhos e raivosos. Seu corpo inteiro se curvava em volta da ferida do assassino e uma excrescência cristalina revestia um lado dele do quadril à axila, cheio de pontas afiadas. "Qual é a minha? A preta?"

"Nenhuma delas é sua, nórdico." A voz soou atrás de nós, uma chiadeira atonal que me fez lembrar dos soldados mecânicos.

Ao nos virar, nós vimos primeiro um trono de sal, esculpido em colunas e símbolos, tão grande quanto o de qualquer rei. As tábuas de carvalho sobre as quais ele estava repousavam-se nas costas de várias outras aranhas de aço prata, com suas muitas pernas articuladas, rápidas como os dedos dos menestréis sobre as cordas do alaúde, impelindo tanto a plataforma como o trono suavemente.

Curvada na cadeira de sal, como uma mancha naquela brancura toda, estava uma figura encarquilhada. Um cadáver, eu achei que fosse a princípio, cinzento e nu, afundado, emaciado, a pele perfurada em vários pontos por cristais afiados de sal branco, crescendo em grumos como a geada nos ramos congelados.

"Estes são os meus salões." A cabeça daquele corpo cadavérico se levantou para nos ver, o brilho do que poderia ser um olho bem fundo na escuridão de suas órbitas. Em volta do pescoço de osso e pele, um dispositivo de aço prata, enfiado na pele cinzenta e com uma grade perfurada virada para nós. Engenhocas parecidas ficavam nos pescoços dos soldados mecânicos e produziam a voz deles.

"Kelem..."

"Você não foi sábia vindo aqui, bruxa." A voz mecânica interrompeu Kara. "Do bando de Skilfar, é? O juízo dela é geralmente melhor que isso." Conforme Kelem falava, mais aranhas apareciam, menores, subindo por trás de seu trono, algumas com corpos do tamanho de mãos, outras do tamanho de uma moeda. Elas se moviam em volta do mago em uma complexa onda, deslocando o corpo dele, mudando a posição de seus braços, de modo que, como uma marionete, ele se animava numa terrível aproximação da vida.

Quando se investe no autoengano com tanta veemência quanto eu, chega-se a um ponto em que uma rápida revisão da verdade é forçada sobre você – e posso afirmar que a constatação súbita do quanto você tem sido idiota é tão cruel como qualquer estocada de faca. Na minha cabeça, nós havíamos nos infiltrado nas minas e encontrado a porta que Snorri procurava enquanto Kelem sonhava. Mesmo com a aranha nos levando até Kelem, eu achava que poderíamos encontrar o que precisávamos antes de chegar a ele. Agora parecia que Snorri precisava trocar minha última esperança de salvação só para visitar um lugar para o qual qualquer faca o despacharia. E se Kelem decidisse não negociar e simplesmente transformar nós quatro em colunas de sal... então todas as nossas esperanças passaram a recair sobre a lança de Kara.

"Você mandou assassinos atrás de mim", disse Snorri com os dentes cerrados de dor. Era quase possível ver a marcha lenta do sal crescendo sobre sua pele.

"Se você crê nisso, então foi tolice sua vir aqui, Snorri ver Snagason."

"Na Caverna de Ruinárida você me atormentou com um demônio na forma da minha filha." Snorri ergueu seu machado.

"Eu não, nórdico. Talvez algum fantasma do meu passado, sentindo minha vontade de que você viesse à minha casa. Mas o passado é outro país, e eu não sou mais responsável pelo que acontece lá. A idade absolve os crimes de um homem."

Kara interveio, talvez preocupada que Snorri pudesse atacar e roubar sua oportunidade com a lança. "Mas você não mandou mais assassinos, nenhuma outra sombra. Você pensou em negociar, em vez disso?"

"É verdade – eu gosto de negociar." Um som rouco que pode ter sido uma risada escapou pela grade de voz. "E me parece que você precisa de alguma coisa de mim, Snagason. Posso ajudá-lo com esse seu problema..." Uma aranha maior mexeu a mão de Kelem pela lateral de seu corpo em um gesto que espelhava a linha da ferida que consumia Snorri.

"Procuro uma porta. Nada além disso." E Snorri se endireitou, com a boca firme em uma linha crispada de dor, os cristais que revestiam seu corpo estalando, fazendo cair placas de sal.

Kelem analisou cada um de nós, os olhos fundos demorando-se sobre mim, depois sobre Hennan, com as pernas da aranha que levantou a cabeça dele inicialmente agora visíveis entre as mechas claras de seus cabelos. "Eu não acredito que esteja com a chave, Snagason. Embora seja um mistério por que um homem abriria mão de tal tesouro sem ser obrigado." Seu olhar se estabeleceu sobre Kara, demorando-se na lança preta e prata em sua mão, e em seguida movendo-se para o rosto dela. "Dê-me o presente de Loki, pequena völva."

Kara moveu-se rapidamente. Mais rápido do que quando eu bati nela e ela me derrubou. Com dois passos curtos ela soltou Gungnir com um estalo do braço. A lança se enterrou no peito de Kelem, prendendo-o em seu trono, uma jogada que faria orgulho a Snorri.

Nenhum de nós se mexeu. Ninguém falou. Uma aranha inclinou a cabeça de Kelem para observar a lança. Outra levantou seu braço para repousá-lo sobre a haste. "Você pegou a porta errada, völva. Chamam-me de 'mestre dos caminhos'. Você não imaginou que eu perceberia vocês passando por portais como aquele perto da Roda de Osheim? Fui eu quem lhe deu isto." Um dedo encrostado de sal bateu na madeira escura de Gungnir. "Dei-lhe para que tivesse coragem..."

"Sageous ajudou você." Apertei a mão sobre a boca para fechá-la, sem querer chamar atenção para mim.

Kelem olhou em minha direção, com a cabeça inclinada em confirmação. "Minhas habilidades detectaram você. Eu guiei o bruxo dos sonhos para mesclar isso em suas visões. Ele foi bem pago. Um mercenário, nada mais que isso. Você não tem ideia da dificuldade que foi conduzir suas mentes lentas e arrastadas até este plano, guiar vocês até as ferramentas, colocá-las em suas mãos..." Ele voltou a olhar para Kara. "E agora que me atacou, Loki não se importará se eu simplesmente matar você e pegar a chave de seu corpo. Mesmo assim, por respeito a sua avó, estou lhe dando uma última oportunidade de me entregá-la por sua livre e espontânea vontade."

"Não tenho a chave." Kara deixou seus braços parados dos lados, caídos como seus cabelos, derrotada.

Um barulho como o de unhas na pedra surgiu pela grelha vocal de Kelem, talvez o mais próximo da fúria que ele pudesse chegar, esse arremedo dessecado de homem. Sua cabeça se virou abruptamente para Snorri. "Como... como é que a pessoa com a maior força não tem também a maior arma? Você deu a lança do próprio Odin para uma bruxa e ela nem tinha a chave. Você está louco?"

"Não é a lança de Odin", disse Snorri. "E, quando eu me deparar com o que há por trás da porta da morte, estarei com meu próprio machado, o machado que meus antepassados carregaram, não a lança de outra pessoa."

"Diga o que deseja, Snagason. Você chegou longe o bastante para isso." A voz mecânica de Kelem tinha um toque de divertimento.

Snorri olhou em minha direção, com os olhos escuros, nenhum indício de azul no brilho curioso dos cristais. "Você deve falar com Príncipe Jalan Kendeth, herdeiro do trono de Marcha Vermelha. Meu amigo. A chave é dele."

Kelem fez um barulho de desgosto e sacudiu o braço desdenhosamente para nós. "A chave que está carregando deixa uma marca no mundo. Quanto mais ela fica parada, mais profunda é a marca. Quanto mais é usada, mais profunda a marca. Quando vocês começaram sua jornada, não fazia ideia de onde procurá-la. Mas agora que estão diante de mim... estou vendo que é verdade. O principezinho está com o prêmio." Seus olhos, brilhando fundo em suas órbitas secas, pararam sobre mim. "Eu comprarei a chave de você. Podemos... pechinchar?"

Kelem queria que o portador da chave o atacasse. Ele deixara a lança cair em nossos colos para nos tornar audaciosos o bastante para fazê-lo. Se seu plano tivesse dado certo, ele poderia ter nos matado e evitado a maldição de Loki, assim como Snorri a evitara quando o Capitão Desnascido o atacou. Agora que seu plano havia fracassado, o mago precisava que eu lhe desse a chave voluntariamente ou então roubá-la de mim. Duvidava que ele fosse bom em bater carteiras, mas a dele era bem recheada... Eu me perguntei quanto desse recheio ele entregaria para possuí-la.

"Tenho certeza de que podemos chegar a um acordo." Segurei a chave com força, sem querer perdê-la para nenhum ladrão aracnídeo mecânico. Ao apertá-la, vi um lampejo de outro lugar, uma sala com muitas portas, simples portas de madeira, com Kelem parado à minha frente, mais jovem até do que a sombra que vimos dele na Caverna de Ruinárida. "Qual é sua oferta?"

Kelem não falou. As pernas das aranhas giraram seu crânio incrustado de sal para ele olhar diretamente para mim. Até mesmo enquanto ele se virava para me encarar, porém, eu vislumbrei aquela pequena sala quadrada novamente e ouvi o Kelem mais jovem dizer: "Você é um deus, Loki?". Seus olhos estavam sobre mim, duros feito pedras.

"Qu..." Comecei a falar, mas a visão apareceu novamente, interrompendo-me.

"Sua morte está atrás de uma dessas outras portas, Kelem." Parece que estou dizendo as palavras naquela sala, há tantos séculos que Kelem parece ter a idade de Snorri.

Aquele jovem Kelem zombou. "Deus dos truques, eles..."

"Não se preocupe." É a minha voz, mas não sou eu. "Você nunca conseguirá abrir aquela lá."

A visão passou e eu percebi que Kelem, velho e encarquilhado em seu trono, estava se dirigindo a mim.

"O filho da Rainha Vermelha?"

"Neto dela, senhor. Meu pai é o cardeal..."

"Descendentes de Skilfar e de Alica esperando minha decisão, bem no fundo do sal da terra com o velho Kelem. Que voltas estranhas o mundo dá, e tão rápidas. Parece que foi ontem que Skilfar era jovem e bela, a flor do norte. E Alica Kendeth, certamente, ainda deve ser uma criança? Será que todo mundo precisa envelhecer toda vez que eu pisco?"

A lança caiu dele, várias aranhas estavam trabalhando para libertá-la. A arma escorregou pelo chão.

Eu ergui a chave, fria, dura, lisa, e no entanto parecendo se contorcer como uma minhoca em minha mão. "Você tem uma oferta?" Uma visão de cristais crescendo na rocha piscou diante de meus olhos. Um espelho, cristais brancos, a Dama Azul fugindo, o sangue de minha linhagem em suas mãos. Teria de ser uma oferta muito boa.

"Muito antes de me chamarem de mestre das portas, eu era mestre da moeda. A chave dourada abre quase tantas portas quanto a preta. Corações também."

Aqueles buracos ocos de olhos me analisaram por um momento. "Todo homem tem seu preço, garoto. O seu é bem fácil de adivinhar. Vou pagar por chamá-lo de 'garoto', mas não muito. *Sou* rico, garoto, você sabia disso? Rico suficiente para fazer de Creso um mendigo, para fazer a fortuna de Midas parecer modesta. Dinheiro, garoto, é o sangue dos impérios." Aranhas levantaram suas mãos secas, puxando tendões, manipulando ossos, uma teia prateada delas sobre seu corpo afundado. "O dinheiro corre por estas mãos. Diga seu preço."

"Eu..." A indecisão me paralisou e a ganância levou minha voz. E se eu pedisse muito pouco? Mas pedir uma quantia ridícula podia enfurecê-lo.

"Saber seu próprio preço é uma coisa e tanto, Jalan Kendeth. Conhece-te a ti mesmo, foi o que o filósofo disse. Uma sabedoria que sobreviveu aos Mil Sóis. Fácil de falar, difícil de fazer. Saber seu próprio preço é principalmente conhecer a si mesmo, e quem pode esperar uma coisa dessas dos jovens? Dez mil em coroas de ouro."

"D-dez..." Tentei imaginá-las ali, cintilando à minha frente, o peso delas escorrendo pelas minhas mãos. Mais do que havia perdido, mais do que me roubaram, mais do que eu devia. O suficiente para pagar as mãos gananciosas de Umbertide e para quitar minha dívida com Maeres Allus, com mais de mil de sobra.

"Dez mil seria um insulto a um homem de sua origem, Príncipe Jalan." A voz mecânica me arrancou de minha visão. "Sessenta e quatro mil. Nem um centavo a mais nem a menos. Negócio fechado."

Sempre pegue o dinheiro. Sessenta e quatro mil. Uma quantia ridícula, uma quantia absurda. Eu poderia comprar de volta os navios de Garyus, viver uma vida de prazeres bacânticos entre a elite de Vermillion, seduzir as irmãs DeVeer de seus maridos... Eu poderia comprar um esquadrão de filhos da espada para vovó, ou um navio de guerra, ou qualquer coisa igualmente violenta para afastar seus pensamentos da perda de uma chave que ela nunca possuiu...

"O dinheiro estará esperando por você em crédito na Casa Ouro. Vou garantir que todas as acusações contra você sejam retiradas e, após quitar suas dívidas, poderá deixar a cidade", disse Kelem.

"Não está aqui?" Aquilo me decepcionou. Eu queria o monte de ouro que havia imaginado.

"Não sou um dragão, Príncipe Jalan. Não durmo em cima de um tesouro escondido."

"Sessenta e quatro mil – em coroas de ouro – e você desfaz o que fez a Snorri." Hesitei e depois suspirei. "E ele pode abrir a porta da morte antes de você pegar a chave." Eu olhei para o nórdico, parado, curvado, com a mão no ombro de Hennan, um toque paternal. "Embora eu reze para que ele tenha o bom senso de não a usar."

"Não." Apenas isso através da grade prateada no pescoço enrugado de Kelem, depois silêncio.

Eu respirei fundo e limpei o suor de minha testa. "Sessenta e três mil, conserte Snorri e ele abre a porta." Há uma dor intensa envolvida na perda de mil coroas de ouro. Jamais me acostumarei a ela.

"Não."

"Ah, vamos lá." Eu bati na testa. "Você está me matando aqui. Sessenta e dois, a cura e a porta."

"Não."

Eu me perguntei o quanto poderia pressioná-lo. Kelem claramente temia a maldição de Loki mais do que temia perder sessenta e quatro mil em ouro. Mas talvez menos do que temia abrir a porta para a morte.

Ergui a mão e fui até o lado de Kara, inclinando-me para cochichar em seu ouvido. Caramba, como eu a desejava, até mesmo ali, até mesmo naquele momento, até mesmo melecada de suor e com desconfiança nos olhos. "Kara... quão perigosa é essa maldição?"

Ela deu um passo para trás, com os dedos em meu peito. "Por que Skilfar não tomou a chave de Snorri?"

"Hum..." Lutei para me lembrar. "O mundo é mais bem moldado pela liberdade. Mesmo se isso significar deixar homens tolos perderem a cabeça – foi isso que você disse?" Olhei para ela e depois para Snorri. "Ela o deixou ficar com a chave porque... ela é sábia. Ou algo assim."

Kara ergueu as sobrancelhas. "Não parece muito provável, não é mesmo?"

"Skilfar tinha medo também?"

"É a chave de Loki. Deus das trapaças. Nada tão direto quanto a força irá decidir sua propriedade. Caso contrário teria obtido a chave de Thor uma eternidade atrás!"

"Ela precisa ser dada", disse Snorri. "Olaaf Rikeson a tomou à força e a maldição de Loki congelou o exército dele, de dez mil soldados."

"Então... quando você me deu a chave de volta, lá nos olivais..."

"Eu confiei em um amigo, sim."

"Cacete." Snorri havia colocado seu futuro em minhas mãos. Aquilo era bem mais confiança do que eu poderia suportar. Era como mandar um cachorro guardar um bife. Era burrice. "Você não me conhece mesmo, Snorri." De alguma maneira, mesmo com sessenta e quatro mil coroas de ouro cintilando em meu futuro imediato, eu me sentia para baixo. Uma febre, talvez, ou uma intoxicação dos sais ácidos da mina inferior.

Talvez fosse a maneira como Snorri nem discutiu seu caso, mas simplesmente ficou parado ali, como o enorme idiota leal que era, tendo a ousadia de esperar a mesma idiotice de mim.

"Trinta e dois mil, a cura e o idiota abre a porta dele."

"Não."

"Ah, pelo amor de Deus! Quanto é para abrir essa maldita porta?"

"Essa porta não deve ser aberta nunca. Mesmo que você não levasse ouro nenhum e apenas me oferecesse a chave para lhe mostrar a porta da morte, eu hesitaria. Existe um motivo para os fantasmas de meu passado estarem espalhados pelo inferno. Não foi por simples acaso que um deles saiu para se opor a vocês ao se aproximarem da porta de Ruinárida. Abrir aquela porta é perigoso. Atravessá-la, mais ainda." A mandíbula de Kelem se movia enquanto a voz saía de seu pescoço. Na sua boca alguma coisa alguma coisa brilhou, prateada, sobre o troço preto que havia sido sua língua.

"Por quê? Por que uma coisa morta como você se importaria?" Eu nem queria que aquela porta fosse aberta – por que estava discutindo, em vez de imaginar como carregaria meu ouro de volta à Marcha Vermelha, eu não fazia ideia.

"Eu não estou morto." Kelem inclinou a cabeça. "Estou apenas... bem preservado."

Fiquei parado, a chave apertada em minha mão, observado pela bruxa, pelo guerreiro, pelo garoto e pelos ossos velhos na cadeira. Alguma coisa mudou na qualidade da luz dos cristais, uma mudança tão sutil quanto uma leve mudança no vento, mas eu a senti.

"O que faria com esta chave, mestre Kelem?", perguntei, começando a caminhar de uma coluna até a outra.

"Tenho um palácio de portas. É natural que eu queira uma chave que possa abrir qualquer uma delas." O trono de Kelem girou para permitir que ele me acompanhasse. "Sem uma chave, a abertura e o fechamento dessas portas é um negócio complexo e tedioso, até perigoso, e isso pode exaurir um velho como eu. Essas treze diante de mim. Essas são difíceis, mas ao longo dos anos eu consegui todas elas, exceto três. As portas da escuridão e da luz ainda me desafiam. Aqueles do outro lado me ouvem tentando atravessar, lógico." Um som rascante que podia ser uma risada. "Eles me temem, me odeiam e seguram as portas bem firmemente contra meus esforços. Os da escuridão sabem que, se eu controlar a porta, eu os possuirei. Os da luz também sabem.

"Muito tempo atrás, me disseram que uma dessas portas nunca se abriria para mim, que minha destruição estava do outro lado dela. O próprio Loki me disse isso, o pai das mentiras. E eu acreditei, porque ele é sempre sincero. Ele se orgulha disso – sabendo que uma verdade parcial corta mais fundo que uma mentira." Kelem acenou uma mão ressequida na minha direção. "A chave irá destrancar as portas, e a última, essa será a que eu deixarei fechada. Aquela lá eu trancarei de novo, e trancarei tão bem que ela jamais se abrirá, não enquanto a humanidade viver."

É enervante quando a pessoa com quem está negociando deixa que você saiba o quanto aquilo que você tem é valioso para ela. No comércio nós fingimos não ligar, nós insultamos a coisa que desejamos, a rebaixamos. A sinceridade de Kelem me disse duas coisas. Que eu poderia confiar em sua oferta, e que eu seria um tolo de recusá-la porque de uma maneira ou de outra ele possuiria a chave.

"Aquela preta." Apontei para ela. "É a porta da morte? O portão para o inferno?"

"Não, aquela é uma das três que ainda me desafiam. O portão para o inferno é aberto bem facilmente, o Dia dos Mil Sóis o deixou pendurado em suas dobradiças – foi a primeira das treze que eu descobri."

Eu olhei para o cristal preto. "É a porta da noite, então." Mesmo enquanto as dizia, as palavras pareciam erradas.

"Você acha, Príncipe Jalan? Será que sua conexão com as trevas enfraqueceu tanto?"

"Não." Eu balancei a cabeça. "Não é aquela..." Passei por outra pilastra, correndo os dedos sobre ela.

"Aquela porta é Osheim, Príncipe Jalan. A porta é a Roda, a Roda é uma porta. É a porta que preciso possuir."

"A Dama Azul abriria todas elas", disse-lhe. "Ela acha que o tempo das portas está passando, e em breve todos os mundos irão se mesclar uns aos outros. Ela quer abrir os caminhos e dirigir a destruição para garantir seu lugar no inferno que resultar."

"Fui mal informado sobre os níveis educacionais de Marcha Vermelha", disse Kelem, com duas aranhas do tamanho de olhos prateados puxando os cantos secos de sua boca para formar um sorriso. "Você foi bem instruído, Príncipe Jalan. Mas a Dama Azul realmente só quer girar a Roda. Ela poderia fazer isso abrindo a porta preta, mas a porta preta está se abrindo sozinha. Tem feito isso há séculos. Sempre muito lentamente, mas está se acelerando. Cada porta que é aberta, cada coisa que passa de um mundo para o outro enfraquece as paredes entre esses lugares, e conforme as paredes começam a se rachar, a porta de Osheim se abre, a Roda gira. Com a chave de Loki, a Dama Azul pode acabar com o mundo hoje ao abrir essa porta diante de nós. Sem a chave, ela precisa depender do Rei Morto para abrir a porta da morte o bastante para quebrar as paredes ao redor... e, ao fazer isso, girar a Roda e anunciar o fim de todas as coisas."

"E onde é que você fica, mestre Kelem?" A conversa havia se tornado grande demais para mim. Eu só queria escapar com meu dinheiro e ter tempo suficiente para gastá-lo.

"Eu sou um financista, um homem de negócios, Príncipe Jalan. Tudo tem um preço. Eu compro, eu vendo. Que mal há nisso? Comprar o que pode ser comprado, vender àqueles com a necessidade e os meios de pagar. Os ricos precisam ter o que desejam, você não concorda com isso?

"Nesse ponto, minha posição precisa ser bem clara. Estou me recusando a abrir uma porta, apenas rapidamente, para economizar dezenas de milhares em ouro. Isso dificilmente me mostra como um homem que esteja muito interessado em deixar todas elas escancaradas, não é mesmo? Posso até querer possuir a escuridão, e a luz, e as criaturas dentro delas, mas acabar com o universo? De que me adiantaria minha riqueza, então? É verdade, a Dama Azul e eu temos interesses em comum, mas não sou aliado dela nessa ambição."

Você foi aliado dela em outra ambição, igualmente sangrenta, muito tempo atrás. As palavras se contorceram por trás de meus lábios. Ele havia feito parte do conluio que matou o primeiro Gholloth. Talvez o segundo tivesse morrido por ordem sua também. Será que ele conduzira a Dama Azul, ou o contrário? De um jeito ou de outro, os dois haviam manchado as mãos com o sangue dos Kendeth. A família de Snorri também figurava entre os crimes deles, seu clã inteiro, os undoreth, aniquilados, apenas com um homem remanescente, agora que Tuttugu havia morrido sob a lâmina de Edris Dean. E Edris era cria da Dama Azul, a morte de minha mãe foi plano dela, minha irmã não nascida foi apenas algo que se quebrou no processo. Vi novamente a visão da dama desaparecendo no espelho, a Rainha Vermelha ajoelhada ali no meio dos cacos, seu avô assassinado, os lençóis de sua cama vermelhos. Talvez fosse a lendária raiva de Alica Kendeth que contaminava meu sangue, talvez a minha própria, certamente uma chama pálida, mas alimente uma centelha dessas com combustível suficiente e ela explodirá.

Eu ouvi as batidas novamente, aquelas batidas que vinha ouvindo de vez em quando desde a prisão de devedores. Elas pareciam mais altas em meio ao sal, reverberando entre as colunas. Ninguém mais olhou para cima.

"Você..." Eu me interrompi, as batidas vieram da minha esquerda. Eu me virei e caminhei de volta na direção de Kelem e dos outros. Kelem, o mestre das portas. Kelem, mandante de assassinos.

Toc. Toc. Toc. Constantes, rítmicas, mais altas a cada momento. Eu as ouvia todos os dias ultimamente. Será que o sol estava se pondo a quase dois quilômetros acima de nós? Será que eu tinha ouvido esse som todas as vezes que o sol se pôs desde que peguei a chave? Será que Snorri o ouviu quando estava com a chave, soando a cada amanhecer desde que a porta dos magos do mal se fechara, afastando Aslaug e Baraqel de nós? *Toc. Toc.* As batidas me despertaram de meu sonho naquela manhã de primavera lá em Trond. *Toc.* Certas portas é melhor deixar fechadas.

Kelem virou a cabeça para observar meu progresso. Eu vi suas mãos secas pingarem com o sangue de minha mãe. Eu vi a Rainha Vermelha, uma criança, ajoelhada perante a destruição de seu avô. Eu senti a dor que me feriu o âmago ao acordar do sonho de sangue que me mostrara a morte de minha mãe e a devolvera às minhas lembranças.

"Você tem algo que eu já comprei e vendi, Príncipe Jalan." Talvez Kelem pudesse ver as engrenagens girando em minha cabeça. Talvez ele soubesse que estava me perdendo.

"Tenho?" Continuei a caçar o som, passando entre as pilastras.

"Sua espada embainhada. Reconheço sua mácula. Eu a adquiri de uma necromante chamada Chella, décadas atrás. Não foi barata, mas a Dama Azul me pagou mais de dez vezes aquele valor."

Estaquei, a mão no cabo da arma, olhando novamente para Kelem. "Isto aqui? Isto aqui era seu?"

"A Dama Azul tinha muitos aliados entre os necromantes, muito antes de existir um Rei Morto ou qualquer vestígio dele. Ela vem aumentando a força deles há anos, espalhando entre os desnascidos brinquedos como esse aí que você carrega."

"Se eu tenho um preço, Kelem, isso não vai abaixá-lo." Olhei em volta, procurando uma direção, querendo que as batidas soassem novamente. "Edris Dean tentou me matar com esta lâmina."

"Você não era o alvo dele, porém", disse Kelem. "Nem sua mãe."

Eu parei e o encarei.

"Sua irmã." As aranhas moveram a mandíbula dele. "Os planetas se alinharam para aquela lá. As estrelas prenderam a respiração para vê-la nascer. A Irmã Silenciosa achava que a criança iria crescer e substituí-la, superá-la, fazer o Império se unir. E mais..."

"Curar o mundo", sussurrei. Vovó achava que eu talvez fosse o escolhido para desfazer a destruição que os Construtores jogaram sobre nós, mas não era eu: nossa salvação nunca chegou a nascer.

"A espada que carrega pôs sua irmã no inferno. Desnascida. Venda a chave para mim e a autora de sua morte será detida em sua ambição. Com a chave de Loki eu irei possuir o universo, e ao que eu possuo não permito que façam mal."

Meus dedos se soltaram do cabo como se ele tivesse ficado quente demais para encostar. A lâmina de Edris não havia apenas amaldiçoado o filho de Snorri ao assassiná-lo no ventre, tornando-o um desnascido... ela havia feito o mesmo com minha irmã.

"O que você acha que os desnascidos estavam fazendo em Vermillion, Príncipe Jalan?", perguntou Kelem, as pernas prateadas esticando a pele coriácea sobre o sorriso de seu crânio. "O capitão do Rei Morto e o Príncipe Desnascido, ambos no mesmo local, praticamente na sombra dos muros do palácio? Ambos desafiando as magias da Irmã Silenciosa..."

"Eles estavam trazendo um desnascido ao mundo..." Até agora a lembrança do Príncipe Desnascido me fez arrepiar – apenas seus olhos me olhando através da fenda daquela máscara.

"Tudo isso por um único desnascido?" A cabeça de Kelem se inclinou com a pergunta. "Os servos do Rei Morto já não trouxeram ao mundo desnascidos em todo tipo de lugares espalhados, nenhum deles tão perigoso quanto Vermillion?"

Eu me lembrei de um horror surgindo das sepulturas no cemitério onde o circo de Raiz-Mestra havia acampado.

Kelem falou novamente. "Quanto mais velho o desnascido, quanto mais tempo ele passou no inferno, mais poderoso ele é... e mais difícil de voltar. E esse aí... esse precisou de um buraco aberto no mundo, um buraco tão grande que uma cidade poderia cair por ele. Esse precisava da força dos dois desnascidos mais poderosos deste lado do véu da morte. Esse desnascido... precisava da morte de parentes de sangue para abrir seu caminho. A morte de um parente próximo, se possível. Um irmão, talvez..."

"Minha... minha irm..." O horror daquilo tomou conta de mim, tirando-me o chão.

"Sua irmã era para ser a heroína da Rainha Vermelha. A Dama Azul pegou aquela peça e a tornou sua. Como Rainha Desnascida, ela poderia ser a esposa do Rei Morto, ser seu pulso no mundo dos vivos, a serva da Dama Azul sem saber, proclamando o fim de todas as coisas. É ela quem está esperando a porta da morte se abrir. É por isso que deve me vender a chave e deixá-la fechada. Ela precisa da sua vida, Príncipe Jalan. Se destruir você nas terras mortas, isso abrirá um buraco através do qual ela finalmente poderá nascer neste mundo. Se ela atravessar por algum outro caminho, matar você irá consolidar seu lugar aqui e impedir que seja levada de volta pelos encantamentos que, do contrário, poderiam bani-la." A cadeira de Kelem se aproximou, as pernas estalando debaixo dela. "Você não tem uma escolha de verdade aqui, Jalan. Um homem sensato feito você. Pragmático. Pegue o ouro."

"Eu..." Kelem fazia sentido. Ele fazia sentido *e* oferecia uma pilha de ouro tão grande que dava para rolar em cima dela. Eu poderia vê-la em minha mente, amontoada e reluzente. Mas... as mãos do velho desgraçado estavam pingando com o sangue de minha mãe.

As batidas soaram novamente, próximas. Nenhum deles podia ouvi-las além de mim. Eu me aproximei da fonte do barulho. PAM. PAM. PAM. Quase ensurdecedor. Kara disse alguma coisa, mas eu não consegui escutar. Um movimento rápido me chamou atenção, um punho preto batendo contra a superfície da pilastra de cristal mais próxima de mim, *por dentro*, o braço perdido em uma escuridão que poluía a limpidez da coluna como gotas de tinta na água.

"Todo homem tem seu preço." De alguma maneira, a voz de Kelem chegou a mim através do ruído. Eu me perguntei qual era o preço de Snorri, qual seria o preço de minha avó. Até Garyus, o terceiro Gholloth, com seu amor ao ouro, seus conhecimentos de comércio... nem ele venderia um amigo por algo tão pequeno quanto dinheiro. Eu não pensava isso de Garyus; mas ao mesmo tempo pensava e não queria pensar isso de mim.

Sessenta e quatro mil... Kelem não mostraria a porta a Snorri nem se eu sacrificasse todos aqueles milhares. E, mesmo que mostrasse, Snorri simplesmente iria entrar e morrer – horrores se despejariam para o mundo, minha irmã desnascida entre eles. Snorri morreria e eu não teria nada além de meus trapos, um canto minúsculo e inútil de uma mina de sal, e algumas outras bobagens que eu venderia por cinquenta florins ao todo, se tivesse sorte. Não havia uma escolha a fazer aqui. Sempre pegue o...

Sangue. Parecia que o chão inteiro estava inundado até os tornozelos, e subindo. Vi o sangue pingando da cama de Gholloth. Eu vi Garyus se contorcer nos redemoinhos escarlates enquanto a Irmã Silenciosa roubava sua força. Ele escorria, rubro, do pescoço aberto de Tuttugu. Eu o vi pingar, vermelho, da lâmina de Edris enquanto mamãe deslizava pelo aço. E vi as mãos por trás de cada ato, a azul e a cinza, as duas manchadas com o que eu considerava precioso, sagrado.

PAM. PAM. PAM.

Todo esse pesadelo havia começado com Astrid batendo em minha porta, arrancando-me de um sonho bom. Cada parte de meu retorno havia girado em torno de abrir uma porta ou outra. Foi um erro abrir aquela primeira porta também. Eu devia ter ficado na cama.

E no entanto... de alguma maneira, minha mão se pegou estendendo-se à coluna de cristal que se elevava acima de nós. De alguma maneira, eu me peguei retirando a chave de Loki.

"Não!", gritou Kelem.

Ouvi o ruído dos membros de metal à medida que suas aranhas corriam em minha direção. O urro de Snorri se atirando no caminho delas, sem se importar com seu ferimento e sua dor, balançando o machado de seu pai.

Contrariando toda a razão, eu me vi pressionando a chave preta àquela superfície impossivelmente lisa, enfiando-a no olho escuro da fechadura que apareceu embaixo... girando-a enquanto as vozes se elevaram atrás de mim em meio à algazarra do combate.

A porta se abriu com uma força explosiva que me fez derrapar pelo chão. A noite negra saiu fervilhando dali, diabinhos de ébano, cheios de chifres e cascos e caudas enroladas, com formas maiores e mais terríveis surgindo atrás deles, com asas abobadadas, criaturas semelhantes a morcegos, serpentes, sombras de homens e, no meio de tudo aquilo, avançando abruptamente, estava Aslaug, ornamentada com ossos tingidos de preto, sua carruagem baixa em um frenesi de pernas aracnídeas que faziam os brinquedos de Kelem parecerem delicados e saudáveis.

"Façam-no atravessar!", gritei, apontando para Kelem, compelindo as forças da noite com toda a magia e todo o potencial que havia em mim, invocando a união à qual eu havia sido jurado. A horda, avistando seu algoz e possível soberano, atravessou com tudo o portal estreito, levada em uma onda de noite líquida. Aslaug caiu sobre Kelem em um instante, com um urro, um furor, como se minha própria raiva a contaminasse. O restante foi atrás e, em um frenesi, as criaturas da escuridão inundaram o velho mago, diabinhos pretos enterrando as presas em cada membro encarquilhado, tentáculos escuros saindo do portal e se enrolando em volta dele. Eles o odiavam de todas as formas, por presumir dominá-los, por suas insistentes tentativas de abrir e possuir a porta da noite, e por quase ter obtido sucesso.

A multidão tenebrosa levou Kelem arrastado em uma correnteza de horror, com seu trono e sua plataforma se arrastando pela superfície da coluna, uma confusão de pernas de aço prata, manchadas e torcidas, contorcendo-se em seu rastro. No momento de silêncio que se seguiu, uma risada distante ecoou, não em meus ouvidos, mas através de meus ossos – uma risada ao mesmo tempo alegre e perversa, do tipo que contamina o ouvinte e o faz sorrir. Ela veio da chave. Um deus rindo de sua própria piada.

Snorri e eu ficamos onde nos atiramos na hora, espalhados em lados opostos da avalanche.

"Morra, seu desgraçado!", gritei para o mago das portas, enquanto ficava de pé. Eu esperava que Kelem sofresse lá na escuridão infinita e que, ao fazer isso, pensasse nos Kendeth e na dívida que tinha conosco.

Aslaug permaneceu, com o corpo esmagado de uma aranha mecânica em sua mão, as pernas prateadas dando uns espasmos ocasionais. Ela assomava-se sobre Kara, com o rosto furioso. Snorri ficou de joelhos e empurrou Hennan para trás de uma pilastra próxima. "Fique aí!" Um punhado de diabinhos da noite ainda rodava o perímetro da escuridão que fumegava ao redor do portal, e outras coisas, menos sadias, contorciam-se atrás deles, menos visíveis.

"Mande-os voltar", gritei. Kara podia ter lidado de maneira brusca com Aslaug antes, mas a völva era jurada pelas trevas e as forças da noite responderiam a seu comando, se ela quisesse. A lealdade deles não havia se rompido apenas porque ela irritou alguém do bando.

Não foi preciso persuadir Kara – o esforço de seu trabalho era visível em cada linha, quando levantou os braços em rejeição.

"Fora, crias das trevas. Fora, produtos de mentiras. Fora, filha de Loki! Fora, criança de Arrakni!" Kara repetiu o encantamento que havia expulsado Aslaug de seu barco, com as mãos estendidas para a frente, com garras ameaçadoras. À sua volta, a escuridão recuou, como se fosse sugada pela entrada por um canudo até os domínios da noite.

"Acho que não, bruxinha." Aslaug estocou Kara com duas pernas pretas, prendendo-a à coluna ao lado, com sua túnica formando uma barraca em volta dos membros empalados.

Kara levantou a cabeça, com sangue em volta da boca, e rosnou: "Para trás!".

"Volte, Aslaug!", gritei, e ela virou aquele rosto lindo e aterrorizante para mim.

"Você não pode simplesmente me usar assim, Jalan. Não sou algo que se deixa de lado após conseguir o que quer." Eu quase acreditava que a mágoa em seu rosto de alabastro manchado fosse real.

Levantei as mãos com as palmas para cima, como um pedido de desculpas. "É isso que eu faço..."

A espada curta de Snorri, girando ao ser atirada, ponta depois cabo depois ponta, enterrou-se entre as escápulas de Aslaug.

"Volte!", gritou Kara.

"Volte!", gritei eu. Eu não conseguia nem me sentir mal a respeito.

E com a escuridão borbulhando em volta da lâmina da espada protuberante em seu peito, com as mãos segurando os lados da coluna, com as pernas pretas tentando se firmar na maré que recuava, Aslaug caiu para trás, gritando, retornando para a noite de onde havia saído.

Corri para a frente, tropecei em uma perna de aranha e quase fui de cabeça atrás do demônio. No último instante, consegui me segurar à porta, invisivelmente fina, e a fechei diante de mim com uma pancada, batendo o rosto nela uma fração de segundo depois. Tentando ficar consciente, apanhei a chave, atrapalhado, e tranquei a porta novamente.

"Minha nossa." Eu caí em minha própria escuridão e nem senti minha cabeça batendo no chão.

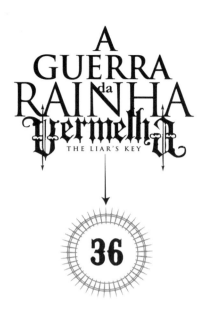

36

Tive um sonho bastante agradável, relembrando os dias emocionantes das transações no pregão da Casa de Comércio Marítimo, aqueles dias iniciais em que parecia que eu não podia fazer nada de errado. A primeira lição que aprendi lá foi a mais importante. Tinha a ver com o valor da informação. Nenhuma outra moeda era tão valiosa em Umbertide. A fortuna de um homem podia ser conquistada e perdida com um único fato pertinente.

Eu não havia comprado controle acionário na falida mina Crptipa por um capricho nostálgico. Eu não havia comprado pela possibilidade de um dia querer entrar nela apressadamente. Eu comprei a companhia porque tinha um fato pertinente. Um fato que representava probabilidades remotas de uma mudança muito significativa. Eu sabia de uma coisa. Uma coisa importante. Eu sabia que Snorri ver Snagason pretendia ir até lá.

Eu voltei a mim e vi Hennan me estapeando com entusiasmo bem mais considerável do que a tarefa exigia, e os resquícios de meu sonho desapareceram.

"Kara?" Eu me sentei com dificuldade.

Snorri estava ajoelhado ao lado da völva. Ela estava caída, escorada à pilastra onde Aslaug a prendera. Snorri havia retirado suas camadas de roupas e levantado sua blusa, revelando vergões feios e vermelhos em suas costelas dos dois lados. Algum feitiço ou encanto deve ter impedido o toque de Aslaug em sua carne, pois as pernas tentaram se enterrar bem no meio dela. Elas devem ter queimado Kara ao se arrastarem sobre sua pele, desviadas de seus órgãos vitais, e acabaram prendendo apenas suas roupas.

"A língua mordida é a pior parte." Snorri olhou para mim e abandonou Kara. Ele pegou meu braço e me puxou para ficar de pé.

"Jal." Ele limpou a sujeira de mim e deu um passo para trás, com uma expressão solene. "Sabia que não podia ser comprado."

"Rá!" Esfreguei a testa, esperando que meus dedos saíssem ensanguentados. "Você sabe que eu sou um cara de honra!" Sorri para ele.

Snorri segurou meu braço à moda dos guerreiros, e eu segurei o dele. Tivemos um pequeno momento ali.

"O que aconteceu com sua..." Eu apontei para a lateral de seu corpo, seu justilho furado em muitos lugares, rasgado e desbotado, sem os cristais protuberantes.

Ele apalpou o corpo e fez uma careta. "Não sei. Quando eu atirei a espada, um pedaço se partiu. Arranquei o resto. Parecia que não estava mais grudado."

"O feitiço de Kelem está desfeito." Kara chegou mancando, apoiada por Hennan. "Podemos ir embora agora?"

Snorri olhou para a völva e o menino, ruivo como seu filho do meio. Eu queria que visse a esposa e o filho que ele poderia ter, a vida que poderia estar à sua frente, não para substituir o que ficou para trás, mas alguma coisa... alguma coisa boa. Melhor do que o inferno, em todo caso.

Snorri curvou a cabeça. "Não posso ir embora." Ele olhou para baixo, para suas mãos, como se estivesse lembrando de quando elas seguraram seus filhos. "Mostre-me a porta. Eu cheguei longe demais para voltar."

"Eu não sei qual é." Kara acenou com o braço para as colunas que se afastavam de nós, a distância empilhando-as cada vez mais próximas até que elas perdessem o sentido aos olhos. "Essa era a especialidade de Kelem. Nós viemos aqui encontrar Kelem, lembra? Não a porta. Essa está em toda parte. Nós só precisávamos de alguém que pudesse enxergá-la. E Jal o entregou às trevas."

"Ele nunca teria lhe dito, Snorri", disse-lhe. "Ele também não teria nos deixado ir embora, não com isto." Ergui a chave. "Graças a Deus que o pôr do sol veio na hora certa."

Kara me olhou de um jeito estranho. "Ainda leva umas duas horas ou mais para o sol se pôr."

Eu ri para ela. "Claro que não."

"Acho que sim, Jal", disse Snorri, e balançou a cabeça. "O tempo fica confuso aqui embaixo, é verdade. Mas estou com Kara. Não acredito que esteja tão errado assim."

"É você, Jal", assentiu Kara. "Você não entende seu potencial. Você se prende a essas regras, essas mentiras que conta para si mesmo para evitar a responsabilidade. Mas você fez Aslaug vir. Você encontrou a porta para ela. Você fez isso acontecer."

"Eu..." Fechei a boca. Talvez Kara estivesse certa. Pensando a respeito, eu ficaria surpreso se saísse da mina e descobrisse que estava escuro. "Snorri tem potencial também. Você mesma disse. Ele acende o oricalco mais forte que você."

"É verdade", disse Kara sem rancor.

Eu olhei para Snorri, sem ter certeza se dizia ou não. "Se você quiser muito a porta da morte, é neste lugar que a encontrará." Eu balancei negativamente a cabeça. "Não procure por ela, Snorri. Mas se procurar, e a encontrar, eu a abrirei para você." E aí a loucura tomou conta de minha língua. "Vou com você." Acho que é uma doença. Ser tratado como um homem corajoso e honrado se torna um vício. Como a papoula, você quer mais e mais. Eu teria devorado os vivas oferecidos ao herói da Passagem Aral, mas ser tratado com igualdade pelo nórdico ofuscava toda aquela aclamação, empalidecia aquelas pétalas jogadas. Há um sentimento de família naquele aperto dos guerreiros. Uma sensação de pertencimento. Eu entendia agora como Tuttugu, mole como era, acabava indo junto com o restante deles. E, puta merda, aquilo tinha me pegado também.

"Venha comigo, irmão!" Snorri começou a descer pelo corredor como um homem com um propósito. "Vamos abrir a porta da morte e levar o inferno até eles. As sagas contarão sobre isso. Os mortos se levantaram contra os vivos e dois homens os perseguiram de volta sobre o rio de espadas. Ao lado da nossa, a saga de Beowulf será história para crianças!"

Fui atrás, em um ritmo acelerado para que a incerteza que tentava me agarrar pelos tornozelos não pudesse me alcançar. Kara e Hennan vieram atrás, apressados. Minha irmã aguardava do outro lado da porta, desnascida, alterada, desejando minha morte. Mas se Snorri havia libertado uma criança sua daquele destino... certamente um Kendeth poderia fazer o mesmo. Minha cabeça transbordava com visões das paradas que fariam para mim ao retornar a Vermillion, vovó me enchendo de honras. Jalan, o vencedor da morte!

Não demorou muito para as tolices começarem a desaparecer. Eu só precisava me lembrar do Forte Negro para perceber que não tinha o menor apetite para esse tipo de bobagem. Durante muito tempo esperei que minhas vanglórias entusiasmadas não me pusessem à prova, que a busca de Snorri fosse em vão, mas uma hora ele parou, com uma mão encostada a uma pilastra que, aos meus olhos, parecia exatamente igual às outras.

"Esta aqui."

"Tem certeza?" Espiei nas profundezas dela, tentando ver alguma coisa em meio às linhas de falha pálidas, amontoadas umas sobre as outras, reduzindo sua nitidez a um núcleo nebuloso.

"Tenho certeza. Já estive à beira da morte tantas vezes. Conheço a sensação da entrada dela."

"Não faça isso." Kara se pôs entre nós. "Eu lhe imploro." Ela olhou para Snorri, esticando o pescoço. "O desnascido pode estar à sua espera do outro lado. Você realmente quer libertar essas coisas no mundo? Você não tem armas para impedi-los, a não ser o aço. E depois que ela estiver aberta... em quanto tempo o Rei Morto aparecerá?" Ela se virou para mim. "E você, Jal. Ouviu o que Kelem disse. Sua irmã irá atrás de você e devorará seu coração. Se atravessar essa porta, em quanto tempo acha que ela o encontrará?"

Snorri pôs as duas mãos no cristal. "Eu consigo sentir."

"Eles vão estar esperando por vocês!" Kara agarrou o braço do nórdico, como se pudesse detê-lo.

Snorri balançou a cabeça. "Se nós estivéssemos nas terras mortas e eu perguntasse a você onde ficava a porta da vida... o que você diria?"

"Eu..." Ela apertou os lábios, percebendo a armadilha antes de mim. "Não faz sentido nenhum ela estar em um único lugar lá, assim como não está em um único lugar aqui. Ela estaria em toda parte."

"E os desnascidos estarão aguardando... em toda parte?" Snorri deu a ela um sorriso triste. "Não vai haver nada esperando por nós. Jal lhe dará a chave. Tranque a porta atrás de nós."

Eu vi as conjecturas cruzarem seu rosto. Rapidamente desapareceram. Skilfar não a enviara por nenhum outro motivo além deste momento – a chave oferecida livremente, sem vestígios da maldição de Loki.

"Não vá." Mas a convicção sumira de sua voz. Aquilo me entristeceu, mas suponho que sejamos todos vítimas de nossas ambições.

"Fiquem", disse Hennan, sua primeira palavra sobre o assunto, com o lábio inferior empurrado para cima como se quisesse estabilizar o superior, os olhos brilhantes, mas recusando-se a dizer mais, acostumado demais à decepção. Sua idade parecia muito pouca para ter lhe arrancado o egoísmo, mas era verdade.

Snorri abaixou a cabeça. "Jalan. Você pode fazer as honras?" Ele acenou para a superfície de cristal à nossa frente.

Sempre achei que aquela frase sobre o sangue gelar fosse pura imaginação, mas ele realmente pareceu congelar em minhas veias. Há uma coisa em ficar preso entre o medo e o orgulho. Mesmo sabendo que o medo irá vencer no final, parece impossível abrir mão do orgulho. Então eu fiquei ali paralisado, com um sorriso fixo, a chave tremendo em minha mão como se estivesse ansiosa.

"Kara, Hennan." Snorri pegou os dois nos braços com dois passos rápidos, tirando-os do chão, apertados contra o peito. "Eu ficaria se achasse que pudesse ser o amigo de que precisam." Ele os segurou bem próximos, esmagando qualquer pergunta ou protesto deles. Um instante depois os soltou. "Mas essa coisa." Ele apontou para a chave, para a porta. Ele acenou para o mundo à nossa volta. "Isso me consumiria até não restar mais nada além de um velho viking amargurado sem um clã, odiando a si mesmo, odiando qualquer um que o tivesse impedido de cumprir seu dever. Tarefa inútil ou não, é a minha tarefa. É a minha finalidade. Alguns homens precisam velejar até o horizonte e continuar seguindo até o oceano engolir a história deles. Esse é o mar que eu tenho de velejar."

"Todos os homens são tolos." Kara disse as palavras para o chão, enxugando os olhos. Nisso eu concordava com ela. Ela fungou raivosamente e passou a Snorri sua última runa. "Leve isto!"

Hennan observou Snorri, com uma única lágrima cavando um canal pela sujeira em sua bochecha. "Undoreth, nós. Nascidos na batalha. Ergam martelo, ergam machado, com nosso grito de guerra tremem os deuses", disse ele de maneira aguda, porém firme, sem oscilar, e juro que, durante todo aquele tempo, essa foi a única hora que achei que Snorri pudesse ceder.

Mas ele apontou para a chave e acenou para eu prosseguir, sem dizer nada. Fui até a porta, com minha mente gritando para eu fugir, os pensamentos se chocando na tentativa de encontrarem uma maneira de escapar. Talvez Kara e Hennan precisassem de escolta, talvez eles não estivessem a salvo. Os homens que nos perseguiram de Umbertide deviam estar nos túneis à nossa procura.

Eu pus os dedos no cristal, tentando sentir alguma coisa ali, tentando escutar a nota e entender o que atraíra Snorri àquela pilastra. Nada. Foi isso que pensei, até o momento em que fui afastar os dedos, e naquele segundo eu senti, eu vi, uma secura, uma sede, um vazio. Nenhuma sensação de nada à espera, apenas um apetite que já vira antes em olhos mortos.

"Deus nos salve." Pus a chave no cristal e lá estava a fechadura, como se sempre tivesse estado ali, esperando desde o início dos tempos. Os outros me observaram. "Você não deveria levar o menino, Kara? Sair daqui de perto?"

"Preciso trancar a porta", disse ela.

Eu pus a chave na fechadura. Girei. E senti um ano de minha vida indo embora. Eu usei a chave para puxar a porta para trás, apenas um pouquinho, apenas o suficiente para uma linha plana de luz laranja aparecer. O ar do corredor chiou para entrar naquela fenda como se o inferno tomasse fôlego, e eu me esforcei para manter a porta aberta, segurando-a pela borda. Onde meus dedos alcançavam o outro lado eu senti a secura, como se a pele estivesse descascando, já enrugada sobre o osso.

Retirei a chave e, com uma relutância tão forte que parecia que estava estendendo a mão através de melaço, pus a chave na mão aberta de Kara. Eu quase a peguei de volta. Parecia definitivo demais. Talvez ela tenha percebido isso em mim, pois a enfiou rapidamente em seu bolso. O momento passou – o momento pelo qual Kara havia esperado mais de mil e quinhentos quilômetros. Será que Skilfar havia de fato nos enviado até os confins do mundo só para dar a Kara tempo de fazer aquela magia, para fazer o guerreiro se apaixonar por seus encantos ou, caso isso não funcionasse, aceitar a sabedoria de seus conselhos e lhe entregar a chave de Loki por livre e espontânea vontade? Será que Skilfar não podia ter mostrado a porta a Snorri bem ali em sua caverna no Beerentoppen, se quisesse? Com certeza aquela vadia fria conhecia seus próprios caminhos até ela.

"Que os deuses nos velem", disse Snorri. "Não pedimos ajuda nenhuma, pedimos apenas que testemunhem."

"Dane-se isso, Deus me ajude! O pagão pode fazer seu próprio caminho, se quiser!"

Snorri me deu um sorriso, pegou a porta e a abriu. A luz parecia atravessar seu corpo, mostrando apenas seus ossos, o sorriso mais largo de seu crânio. E, em um instante, ele atravessou.

A porta escorregou de minha mão e bateu atrás dele. Eu teria culpado os dedos suados, se eles não estivessem mais secos do que nunca. Deveria tê-la aberto novamente, mas meus braços ficaram dos meus lados.

"Ah, Deus, eu não consigo." Minha voz até falhou.

"Não há vergonha nenhuma nisso." Kara estendeu a mão para tocar meu ombro e naquele momento eu desabei sobre ela, passando os dois braços em volta de seu corpo, assolado por um choro descontrolado, metade por vergonha e metade em luto por mais um amigo, talvez meu único amigo, agora provavelmente morto.

Não sinto orgulho pelo que minhas mãos fizeram naquele momento. Bem... talvez um pouquinho de orgulho, porque foi algo inteligente, disso não há dúvida. Eu sabia que Loki, por ser um sujeito de truques e roubalheiras, se é que ele existe – e não existe, porque só há um Deus, e tão quieto que nem sempre tenho certeza se Ele existe –, enfim, eu sabia que sua maldição proibia que os fortes tomassem a chave à força, mas na verdade Kara já havia me mostrado que roubar um pouquinho fazia parte do espírito da coisa. Eu me afastei, fungando, uma mão esfregando os olhos e a outra escondendo a chave de Loki, agora convenientemente pequena como se aprovasse a enganação. Não sei ao certo quanto tempo eu esperava que levasse para Kara perceber o sumiço dela – a não ser que se esquecesse de trancar a porta, ela iria descobrir sua ausência em instantes. Sinceramente, eu não estava pensando com muita clareza. Tudo que sabia era que não havia a menor possibilidade de eu caminhar até o inferno e que agora eu tinha nas mãos o ingresso para cair nas boas graças de vovó – e possivelmente o ingresso para o trono quando ela o desocupasse. Além do mais, eu agora era proprietário de uma mina de sal que de repente teve acesso ao maior e mais lucrativo depósito de sal ao norte do grande Saha em Afrique, portanto me tornando um homem riquíssimo. Não era mais uma mina de sal, mas uma mina de ouro! Acrescentar esses dois motivos aos outros milhares para não ir com Snorri me deixou convencido de que qualquer vergonha pessoal valia muito a pena. Afinal... sempre pegue o dinheiro! Eu tinha meu preço e acabou que ele era "tudo". E minha vergonha tinha apenas duas testemunhas, as duas pagãs. Se eles não gostassem, eu simplesmente daria no pé e não pararia de correr até chegar em casa.

Casa – que palavra mágica. Eu não a havia aproveitado de maneira adequada em meu primeiro retorno, mas dessa vez eu iria para casa como o herói rico e vencedor, e aproveitaria para cacete. Afinal de contas, eu não disse que: *Sou mentiroso, trapaceiro e covarde, mas nunca, nunquinha, vou deixar um amigo na mão. A não ser, é claro, que para isso seja preciso sinceridade, jogar limpo ou coragem.*

Consistência! Essa é a melhor virtude que um homem pode ter. Alguém famoso disse isso. Famoso e sábio. E, se não disseram, deveriam muito bem ter dito.

De alguma maneira, esses pensamentos todos conseguiram se enfiar em minha cabeça nos momentos de silêncio que se estenderam entre mim, Kara e Hennan. Aquecido pelas lembranças de casa, comecei até a pensar que tudo ficaria bem. Kara provavelmente se afeiçoaria a mim no caminho de volta... mostraria suas delícias do norte...

Quando a porta se abriu com um estrondo e um braço grosso me agarrou pela gola da camisa, puxando-me para atravessá-la, eu não tive tempo nem de gritar.

AGRADECIMENTOS

Muito obrigado ao pessoal da Voyager que fez
tudo isso acontecer e pôs o livro em suas mãos.
Agradeço especialmente a Jane Johnson
por seu apoio constante em tudo
e por suas edições valiosíssimas.
Muita gratidão a Sarah Chorn também,
que leu uma versão inicial do livro
e me deu um feedback importante.
E mais uma salva de palmas para meu agente,
Ian Drury, e para a equipe da Sheil Land
por todo o seu excelente trabalho.

Mark Lawrence é um cientista que trabalha com o desenvolvimento de inteligência artificial, e tem acesso liberado a informações secretas dos governos norte-americano e britânico. *Prince of Thorns* é seu aclamado livro de estreia. *King of Thorns* e *Emperor of Thorns* completam a Trilogia dos Espinhos. A *Guerra da Rainha Vermelha Volume 2: Liar's Key* é o segundo volume de sua nova trilogia. Saiba mais em marklawrence.buzz.

"Certas portas é melhor
deixar fechadas."
INVERNO VERMELHO.2017

DARKSIDEBOOKS.COM